夜幕之下

UNDER THE NIGHT

三九音域 著

北京联合出版公司
Beijing United Publishing Co., Ltd.

这种能够通过自身影响周围的超凡领域，就被称为"禁墟"。

禁墟分级

0-89	超高危禁墟
90-199	高危禁墟
200-399	危险禁墟
400-599	低危禁墟
600-	无害禁墟

禁墟六大境界

第一境 —— 盏	池 —— 第二境
精神力如杯盏之水，少而不动	精神力如池塘之水，多而不动
第三境 —— 川	海 —— 第四境
精神力如川流之水，多且流通	精神力如海洋之水，浩渺广阔
第五境 —— 无量	克莱因 —— 第六境
精神力近乎无穷无尽，浩瀚磅礴	精神力取之不尽，用之不竭，打破空间维度，近似克莱因瓶

目录
CONTENTS

第一篇 ONE	第二篇 TWO
横刀向渊 —— 001	十年之约 —— 073

第三篇 THREE	第四篇 FOUR
难陀蛇种 —— 111	地狱集训 —— 167

第五篇 FIVE	第六篇 SIX
双神代理 —— 263	绝命追杀 —— 281

番外篇 EXTRA

鱼种实验 —— 335

禁墟

211，无戒空域

拥有者	赵空城（守夜人）
载体	告示牌
属性	禁物
等级	危险
能力	将一片范围与外部环境彻底隔绝 无论在这片范围内发生什么 都不会延伸至外界

前方禁行

守夜人训言：

若黯夜终临，吾必立于万万人前，横刀向渊，血染天穹！

| 第一篇 |

横刀向渊

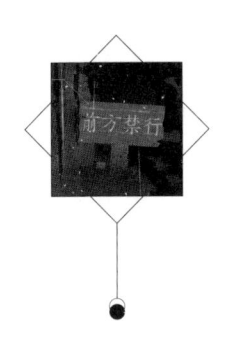

001

炎炎八月。

"嘀嘀嘀——"

刺耳的蝉鸣混杂着此起彼伏的鸣笛声,回荡在人流汹涌的街道上,灼热的阳光炙烤着灰褐色的沥青路面,热浪涌动,整个街道仿佛都扭曲起来。路边为数不多的几团树荫中,几个小年轻儿正凑在一起,叼着烟等待着红绿灯。突然,一个正在吞云吐雾的小年轻儿似乎发现了什么,轻"咦"了一声,目光落在街角某处。

"阿诺,你在看什么?"他身旁的同伴问道。

那个名为阿诺的年轻人呆呆地望着街角,半晌才开口:"你说……盲人怎么过马路?"

同伴一愣,迟疑了片刻之后,缓缓开口:"一般来说,盲人出门都有人照看,或者有导盲犬引导;要是在现代点儿的城市的话,马路边上也有红绿灯的语音播报;实在不行的话,或许靠着声音和导盲杖一点点挪过去?"

阿诺摇了摇头:"那如果既没人照看,又没导盲犬,也没有语音播报,甚至连导盲杖都用来挑花生油了呢?"

"你觉得你很幽默?"

同伴翻了个白眼,顺着阿诺的目光看过去,下一刻整个人都呆在了原地。只见在马路的对角,一个穿着黑色短袖的少年正站在那儿,双眼上缠着厚厚几圈黑色布缎,严严实实地挡住了双眼。他的左手拎着装满蔬菜的廉价购物袋,右手拽着扛在肩上的导盲杖,像是在扛一根扁担,而在导盲杖的末端,一大桶黄澄澄的花生油正在阳光下闪闪发光——黑缎缠目,盲杖在肩,左手蔬菜,右手挑油……这匪夷所思的画面,顿时吸引了周围一大群人的注意力。

"欸，你看，那人好怪啊。"

"眼睛上蒙着这么多布，能看见路吗？"

"你没看到他手里的导盲杖吗？人家本来就是个盲人好吧？"

"这都什么年代了，盲人基本都戴墨镜了，谁还大热天的用布缎缠着眼睛，不觉得热得慌吗？"

"就是，而且你见过哪个盲人不用导盲杖走路，反而用来挑东西的？"

"现在的年轻人真会玩。"

"……"

夏日的蝉鸣也掩盖不住周围行人的窃窃私语，他们好奇地打量着那个少年，小声讨论着他到底是真盲还是假盲，同时有些期待地看着闪烁的红灯。

就在这时，一道清脆的声音从少年的身边响起。

"哥哥，我扶你过马路吧？"

那是个穿着校服的小女孩儿，十二三岁，脸颊上带着几滴晶莹的汗珠，一双乌黑的大眼睛正担忧地注视着少年，纯粹而简单。少年微微一愣，侧过头转向小女孩儿的方向，嘴角浮现出一抹微笑："嗯。"他将拎着蔬菜的袋子挂在右手上，腾出左手在衣角擦擦汗，轻轻握住了小女孩儿的手掌。

绿灯亮起——

少年迈开步子，和小女孩儿一起朝着马路的对面走去。小女孩儿很紧张，左顾右盼地注意着两边的车辆，步伐小心而又胆怯。至于那少年……他走得很稳。在众人的眼中，这一幕不像是一个好心女孩儿牵着盲人过马路，反倒像是一个大哥哥带着小朋友过马路。马路并不宽，不过十几秒钟，二人便抵达了马路另一边，少年对着小女孩儿说了声"谢谢"，便头也不回地朝着偏僻的巷道走去。

"他不是盲人。"阿诺见到这一幕，笃定地说道，"他一定看得见。"

阿诺身后的一个小年轻儿一只手托着下巴，若有所思，随后像是想到了什么，恍然大悟道："我懂了，他在Cos（角色扮演）盲僧！"

啪，一个大巴掌干脆利落地拍在他的后脑勺儿上，阿诺骂骂咧咧地开口："废物，一天天就知道玩游戏，谁闲着没事干在大马路上Cos盲僧？不要命了？"顿了两秒，阿诺小声嘀咕着补充了一句，"再说……盲僧遮眼睛的布是红色的，这Cos得也不像啊。"

"阿诺，你还说我……"

"闭嘴！"

"哦。"

就在两人拌嘴之际，一直在一旁沉默不语的年轻人注视着少年离去的背影，眉头微微皱起。

"怎么了？"阿诺注意到他的目光。

"我知道他。"

"知道他?"

"没错。"年轻人点了点头,"我表弟还在上小学的时候,听说他们学校有个学生出了意外,眼睛出了问题,只能用黑缎缠目,据说还有精神方面的问题……"

"精神问题?"阿诺一愣,仔细回想了一下刚刚的情况,"我看好像没什么问题。"

"那都是十年前的事情了,说不定人家已经痊愈了。不过当时事情好像闹得挺大,没几天那学生就退学了,据说后来转到了特殊教育学校。"

就在这时,另一人兴冲冲地插话道:"话说,那到底是什么意外?竟然能让人失明又出现精神问题,不会是撞邪了吧?"

"不知道。"他顿了顿,"不过,听说是比那更离谱的事情。"

"是个苦命人。"阿诺叹了口气,"他叫什么名字?"

"好像叫,林……林……林七夜。"

晚霞中,林七夜推开了门。几乎瞬间,从屋内传来的菜香便钻入了他的鼻腔,他嗅了嗅,咽了口唾沫,拎着东西走进屋中。

"嘎吱——"老旧的房门发出刺耳的尖鸣,掩盖了厨房传来的炒菜声,一个中年妇女推开厨房门,看到拎着大包小包的林七夜,惊呼一声,匆匆忙忙走上前。

"小七,你怎么又拎这么多东西回来?"妇女双手在围裙上蹭了蹭,急忙帮林七夜接过东西,絮絮叨叨地说道,"这么大一桶花生油?你这孩子,是不是又乱用政府发的补贴了?"

"姨妈,政府给残疾人的补贴就是用来生活的,我用来买油是物尽其用。"林七夜笑道。

"胡说,这钱是留着给你上大学的,怎么能乱用?我可跟你说啊,姨妈打工挣的钱其实够养活我们仨了,你别乱掏钱。"姨妈用手轻轻在油桶上仔细擦了擦,表情有些心痛,小声嘀咕,"这么大一桶油,还是品牌的,得花不少钱吧?"还没等林七夜说什么,姨妈突然反应过来,"不对……这么多东西,你是怎么带回来的?"

"哦,路上碰到了几个好心人,帮我带回来的。"林七夜平静地说道。

"好,好啊,看来社会上还是好人多啊,你有没有好好谢谢人家?"

"谢过了。"林七夜转移了话题,"姨妈,阿晋呢?"

"他在阳台上写作业。对了,今天精神病院那边例行复查的医生来了,在房里歇着呢,你去让人家医生看看,姨妈先去做菜,好了叫你们。"

林七夜的步伐微微一顿,"哦"了一声,转身朝着卧室走去。

"你好,我是阳光精神病院的医生,我姓李。"见林七夜推门而入,坐在卧室小板凳上的年轻男人站起身,温和地开口。他的脸上戴着一副大大的黑框眼镜,看起来斯斯文文的。

林七夜有些诧异地挑眉："以前不都是韩医生来吗？"

"韩医生去年就已经高升为副院长了。"李医生笑了笑，眼中浮现出些许羡慕。

林七夜微微点头，"哦"了一声，觉得也是，人家韩医生一把年纪了，医术又高超，升为副院长并不令他意外，换个年轻医生来定期给自己复查也是理所当然。

见林七夜坐下，李医生清了清嗓子，从包里掏出一沓病历。

"不好意思，因为我也是刚来，对你的情况还不太了解，我先简单了解一下哈。"李医生有些抱歉地开口。

林七夜点头。

"姓名是……林七夜？"

"对。"

"今年十七岁。"

"对。"

"嗯？病历上说，你是十年前双目失明，同时因为一些问题被送到我们医院的？"

"对。"

李医生沉吟半晌："你是不是改过名字？"

"没有，为什么这么问？"林七夜一愣。

李医生有些不好意思地挠了挠头。"喀喀……看来是我想多了。"他伸出手，指了指病历上的年龄，又指了指十年前这三个字，"你看，你是在十年前失明的，那时候你正好七岁，你的名字又正好叫林七夜，所以我以为你是在失明之后改的名字……"

林七夜沉默许久，摇头道："没……我从来没有改过名字，在我生下来之前，我父母就给我定下了'林七夜'这个名字。"

"那还真是挺……喀喀……"李医生话说到一半，就意识到不太礼貌，及时地闭上了嘴巴。

"挺巧。"林七夜淡淡开口，"确实挺巧。"

李医生有些尴尬，不过很快就转移了话题。"嗯，病历上似乎并没有详细讲述那场导致你失明和精神失常的意外，方便的话，能跟我说说吗？"林七夜还未开口，李医生连忙补充，"并不是有意冒犯，更深入地了解病人，才能更好地为他们治疗。当然，如果你不想说的话，我也不会强求。"

林七夜静静地坐在那儿，黑色缎带之下，那双眼睛似乎在注视着李医生。半响后，他缓缓开口："没有什么不能说的……只是，你未必会信，甚至你可能会把我再抓回精神病院去。"

"不不不，不要把我们的关系认定为医生和病人的关系，这只是朋友间正常的聊天，不会到那一步的。"李医生半开玩笑地说道，"就算你跟我说你是被太上老君拉进了炼丹炉里，我也会信的。"

林七夜沉默片刻，微微点头："小时候，我喜欢天文。"

"嗯，然后呢？"

"那天晚上，我躺在老家房子的屋顶上看月亮。"

"你看到了什么？月兔吗？"李医生笑道。

林七夜摇了摇头，他的下一句话，直接让李医生的笑容僵在了脸上。

"不，我看到了一尊天使。"林七夜认真地说道，双手还在身前比画了一下，"一尊笼罩在金色光芒中的、长着六只白色羽翼的炽天使。"

002

房间陷入了短暂安静，几秒后，李医生回过神来："炽天使？"

"对。"

"他在干吗？"

"什么也没干，他就像一尊金色的雕塑，坐在一个庞大的月球坑中央，看着地球，像是在……守望？"

李医生揉了揉眼角，有些无奈地开口："七夜，你知道月球离地球有多远吗？"

"近四十万公里。"林七夜平静地道。

"近四十万公里。"李医生重复了一遍，"就算是用最先进的天文望远镜，也只能勉强看到月球表面的情况，而你在七岁那年只是躺在老家的屋顶上，就用肉眼看到了月球上的天使？"

"不是我看见的他。"林七夜幽幽开口，"是他看见了我，我只是抬起了头，眼睛就像是被他拖拽着穿过空间，与他对视。"

"这么说，是他逼你的？"

"算是吧，不然我怎么看得见月球表面？我又没有千里眼。"

"如果月球上真的存在一尊天使，为什么这么多年都没有被人类发现？"

"不知道。"林七夜摇了摇头，"或许那尊炽天使不愿意被观测到，更何况……人类真的了解月球吗？"

林七夜说得很诚恳，诚恳到李医生马上就想打电话叫车把他拖回精神病院。李医生毕竟是个专治精神病的医生，形形色色的精神病人见多了。他在自己的医学生涯中总结出了一个规律，越是一本正经地胡扯，而且让人听起来还很有道理的，越是病得不轻。

"那你的眼睛呢？是怎么回事？"

林七夜伸出手，轻轻摩擦着双眼上的黑色布缎，话语间听不出情绪波动："那天，我与他对视了一瞬间，然后……我就瞎了。"

李医生张了张嘴，低头看了下手中的病历，陷入沉默。失明原因那一栏，只写了四个字——"原因未知"。所以……当年到底发生了什么？难道真如林七夜所说，他看到了月球上的炽天使，不然怎么解释突然失明？这个念头只出现了一瞬间，就被李医生直接扼杀。好险，他差点儿被精神病人带跑偏了！他几乎可以想象到，十年前失明的幼年林七夜在众医生前说出刚刚那番话的时候，医生的表情有多精彩。也难怪这孩子被强制留院，不管怎么看，他说的都是精神病人才会发表的言论。这样的人在精神病院里并不少见，有声称自己是孙猴子转世天天挂在单杠上发呆的，有以为自己是衣帽架整夜站在房里不动的，有看谁都像自己老公，动不动就偷摸下别人屁股揩油的……嗯，最后一个患者是个四十岁的油腻大叔。

"你说的这些都是以前的事情，那现在呢？你对这件事情怎么看？"李医生调整了一下情绪，继续复查流程。

"都是妄想罢了。"林七夜平静地开口，"那天，我只是一不小心从屋顶上滚了下来，脑袋撞在了地上，至于眼睛，可能是某根神经受到损伤，所以失明了。"

这段话他不知道说过多少次，熟练而又冷静。李医生扬了扬眉毛，在病历上写了些什么，然后又和林七夜聊了些日常生活。大约二十分钟后，他看了眼时间，笑着站起身："好了，复查就先到这里，你的病已经没什么问题，希望你能调整心态，好好生活。"李医生和林七夜握手，鼓励道。

林七夜笑了笑，微微点头。

"哎，李医生，留下来吃顿饭吧。"姨妈见李医生要离开，便热情挽留。

"不了不了，我还有下一个病人要去看，就不打扰了。"

李医生礼貌地和姨妈道别，然后推门离开。在门关上的瞬间，林七夜的笑容消失，仿佛从未存在过一样。

"妄想吗？"他喃喃自语。

"哥，吃饭啦！"表弟杨晋端着菜从厨房中走出，喊了一声。杨晋是姨妈的儿子，比林七夜小四岁，刚上初中。自打林七夜父母失踪他到姨妈家借宿后，两人便一起长大，关系比亲兄弟还要亲。

"来了。"林七夜应了一声。

林七夜刚在狭小的餐桌旁坐下，突然一股温热从脚掌传来，先是一愣，随后嘴角微微上扬。表弟杨晋朝桌下看了一眼，笑骂道："好你个小黑癞，平时懒洋洋不动弹，一到吃饭的点儿，来得比谁都快。"

一只黑色的小癞皮狗从桌下探出脑袋，舌头耷拉在外，呼哧呼哧地散着热气，凑到林七夜旁边，又舔了舔他的脚丫子，满脸讨好。

三个人、一只狗，这就是一个家；简单、艰难，却又莫名地让人安心。

十年如此。

林七夜摸摸它的头，从盘子里为数不多的几块肉中夹出一块，放到了表弟杨晋的碗里："啃块骨头给它。"

杨晋没有拒绝，以他们兄弟的情谊，再多说就显得生分了。他关心的是另一件事情——"哥，你的眼睛真的好得差不多了？"。

林七夜微微一笑："嗯，现在已经能看见了，就是还不太能见光，这黑缎还得再缠几天。"

"什么几天？小七啊，姨妈跟你说，眼睛这东西太重要了，就算你现在能看见了，这黑缎也别急着摘，万一……万一又被太阳晃坏了，那多可惜！我们还是稳一点儿，再多戴一段时间！"姨妈赶忙嘱咐道。

"知道了，姨妈。"

"对了，哥，我攒了点儿钱给你买了副拉风的墨镜，一会儿拿给你看看！"杨晋似乎想到了什么，激动地说道。

林七夜笑着摇头："阿晋，墨镜虽然能挡光，但效果可比黑缎差远了，我现在还不能戴。"

"好吧……"杨晋有些失望。

"等我眼睛彻底好了，我就天天戴着它去逛街，到时候也给你买一副，咱俩一起。"

听到这句话，杨晋的目光又亮了起来，重重地"嗯"了一声。

"对了，小七，转学的事情姨妈已经给你准备好了。这学期开始，你就能从特殊教育学校转到普通高中了。"姨妈似乎想到了什么，开口说道，"不过，你真的想好了吗？普通高中和特殊学校可不一样，以你的情况，万一……"

"没有万一，姨妈。"林七夜打断了她的话，"我的眼睛已经好了，而且要想考上一所好的大学，我就必须和其他人站在同一起跑线上。"

"你这孩子……就算你考不上好的大学也没事，大不了，姨妈一直养你！"

"哥，我也能养你！"林七夜的身体微微一颤，黑缎下的双眼不知是何模样。他的嘴唇抿起，又勾起一个笑容，坚定地摇摇头，却没有说话。无论是杨晋还是姨妈都感受到了他的决心，就连脚下的小黑癫都蹭了蹭林七夜的脚踝——"汪！"。

003

回到房间，林七夜关上了房门。他没有开灯。

已是深夜，窗外点点星光洒落在地上，黑暗的房间中，林七夜坐在书桌前，缓缓摘下了双眼上的黑缎。书桌上的镜子中，倒映出一张俊秀的少年脸庞。林七夜长得很好看，若是摘下蒙目的黑缎，再稍微打理一下，配上那莫名的高冷与幽深的气质，绝对是校草级别的帅哥。只可惜，常年黑缎缠目，再加上残疾人的身份，完全遮掩了他的光芒。

镜子中，林七夜是闭着眼的，他的眉头微微皱起，遮盖在双目上的眼皮颤动，似乎努力地想要睁开眼，就连双手都攥拳用力起来——一秒、两秒、三秒……他的身体颤抖了许久，终于承受不住，骤然松懈下来，大口大口地喘着粗气。几滴汗水滑过林七夜的脸颊，他的眉宇间浮现出一股怒意，差一点儿……就差一点儿！为什么每次，都差那么一点儿？什么时候，他才能再次睁开双眼，看一看这个世界？他说他现在能看见，他说谎了。他的眼睛根本睁不开，连睁一条缝都不行。但他又没有说谎，因为即便闭着眼，他也能清晰地"看"到周围的一切。这种感觉很奇妙，就像是自己浑身上下都长了眼睛，能够全方位无死角地感知一切，而且看得比原来更清楚、更远。

一开始是做不到的，在刚失明的前五年里，他和真正的盲人并无区别，只能用声音与手中的导盲杖来感知这个世界。不知为何，从五年前开始，他的眼睛似乎出现了一些变化，自己也能开始初步地感知周围。一开始只有身前几厘米，随着时间的推移，他能"看"得越来越远，越来越清楚。五年之后的现在，能"看"到的范围已经达到了十米。

如果一个正常人只能看到十米，那他的眼睛基本废了，但对于一个失去过光明的少年而言，这十米就意味着一切。最关键的是，他所"看"到的十米，是无视障碍物的十米。

换句话说，在方圆十米的范围，林七夜拥有绝对视野。通俗点儿说，他能透视；往"高大上"了说，他能看到游离在空气中的每一粒尘埃，看到机械内部的每一个零件，看到魔术师在桌下的每一个小动作……而这种能力的来源，似乎就来自那双黑缎之下紧闭了十年的眼睛。

虽然有这种超自然的力量，林七夜依然不满足。能拥有十米的绝对视野好是好，但他更想用自己的双眼亲自看一看这个世界，这是一个少年的执着。虽然今天睁眼失败，但他能清晰地感觉到……距离真正睁开眼，已经不远了。

洗漱过后，林七夜便与往常一样，早早上床准备睡觉，这么多年的盲人生活也不全是坏事，至少养成了早睡的好习惯。躺在床上，下意识地，他的脑海中又浮现出了那幅画面——黑暗的宇宙天穹之下，死寂的月球表面，灰白色的大地映照着惨淡的星光，在那最高、最大的月球坑中央，站着一个宛若雕塑的身影。那身影静静地站在那儿，仿佛自亘古便已存在，神圣的金色光芒绽放，那份神威，足以令所有生物匍匐在地。他的背后，六只大到夸张的羽翼张开，遮住了从背后投射下来的光线，在银灰色的大地上留下庞大的阴影。而真正烙印在林七夜脑海中挥之不去的，是他的那双眼睛。那双饱含神威，如同熔炉般灼灼燃烧的双眸，像是近距离的太阳一样刺眼！他看到了那双眼睛，只是一瞬，他的世界便只剩下了黑夜。十年前,他说出了事实,却被诊断为精神病。他心里最清楚,什么是真实、什么是妄想。自从见过月亮上的炽天使之后,他就知道,这个世界……绝不是看上去那么简单。

慢慢地,林七夜沉沉睡去。他不知道的是,在他进入梦乡的瞬间,黑暗的房间中,两道璀璨的金芒从他的眼缝中射出,一闪而逝。

嗒、嗒、嗒……

迷雾的世界中,林七夜独自行走着。

周围的雾气翻滚,似乎无穷无尽,明明走在虚无之中,但林七夜每一次落脚,都会发出清脆的碰撞声,仿佛他的脚下,有着无形的地面。

林七夜低头看了看自己的身子,叹了口气。

"又是这个梦……每晚都敲门,很累的好吧?"林七夜无奈地摇头,向前一步踏出。

下一刻,周围的雾气倒卷,一座风格诡异的现代建筑出现在林七夜面前。

说它诡异,是因为明明是一座现代风格的建筑,但在某些细节的处理上,充满了神秘气息,比如雕刻着漫天神明的大铁门,比如像是火球燃烧般的电灯,比如脚下浮空的雕纹瓷砖……就像是杂糅了现代建筑风格与古代神话中那些神庙元素,不伦不类,却又有一种无法言喻的美感。

这种建筑,林七夜觉得十分眼熟。

这和他以前住过一年的阳光精神病院极其相似,最有力的佐证是,在门口原来写着"阳光精神病院"几个大字的地方,变成了另外一行字——"诸神精神病院"。

"莫名其妙的地方。"林七夜摇了摇头,迈步上前,走到了那扇大铁门的正前方。

五年前,突然开始发生变化的不仅他的身体,还有他的梦境。五年来,每天晚上他都会做同一个梦,而这些梦的主角,都是这座神秘的诸神精神病院。只是,这座精神病院的大门一直紧闭,无论如何都无法打开。

林七夜围着这座精神病院转过无数圈,只有正面的大铁门一个入口,周围的墙体虽然不高,但离谱的是,每次林七夜一跳起来,那墙的高度便会随之增长。至于蛮力……就算是林七夜整个人都撞上去,那大铁门也动都不会动一下。

进入的方法,似乎只有一个——敲门。

林七夜抓住大铁门上的圆环,深吸一口气,重重地拍打在铁门表面。

"当——"如同古钟嗡鸣的声音回荡在精神病院,大铁门一震,晃了晃,没有开。

"当——"又是一下,铁门依然没开。林七夜似乎对此并不意外,也不恼火,十分有耐心地继续敲下去。

这五年来，他已经深刻地意识到了这个梦境的规则，除了敲门，任何手段都无法打开大铁门。而且在梦中，他除了敲门，似乎什么也做不了。好在是在梦境中，他是不会疲倦的，不然身子早就累垮了。

于是，林七夜就像是个辛劳的打工人，勤勤恳恳地又敲了一夜的门。

004

一周后，沧南市第二中学。

"欸，你看，那人是我们学校的吗？怎么眼睛上蒙了一层布啊？"

"穿着我们学校的校服，肯定是我们学校的。"

"他手里还握着导盲杖，看来是个盲人。"

"奇怪，以前怎么没见过？"

"应该是这届新高一的吧？"

"别说，眼睛上缠着几圈黑布，看起来还挺帅的。"

"可是盲人怎么上课？我们学校好像没有特殊班级吧？"

"不知道。"

"……"

不出所料，林七夜刚刚走进学校的大门，就引来了一大拨人的关注。

对于这种场景，林七夜经历得太多了。他旁若无人地穿过学校的枫叶大道，向着教学楼的方向走去。林七夜来之前就已经做好了面对那些刺头的准备，毕竟像很多无脑爽文里，这种情况肯定会跳出几个傻拉巴唧的所谓"校霸"，对他一阵冷嘲热讽，为以后他装样打脸埋下伏笔……然而，那种惹事的家伙并没有出现，反倒是有不少学生主动上前，问他需不需要帮助。这让林七夜心中莫名地有些失落。

想来也是，都是经过九年义务教育的现代学生，哪有那么多不开眼的惹事精？再说就算有那些小团体，现在也讲究个"江湖义气"，平日里帮兄弟摆平事情，展示一下义气还行，要是真上去欺负残疾人，第二天就得被唾沫星子淹死，彻底身败名裂。

林七夜顺着楼梯往上走，很快就找到了自己的教室——高二（2）班。他已经在特殊学校读了一年高一，现在转学之后，算是个插班生。

从大部分影视剧作品以及小说来看，插班生一般都是冷落、孤立、悲惨的代名词，毕竟在高一的一年中，各种小团体都已经形成了，自己不主动的话，很难真正融入班级之中。林七夜很清楚，自己不是那种主动的人，就算自己高一就和他们相处，凭他那生人勿近的气质，很可能到现在也是孤零零一个人。

不过一个人也没什么不好，至少林七夜很享受这种感觉，没人打扰，静心养性，专注于学业……真要刻意让他去跟别人搞好关系，他反而不会。

站在教室的门口，林七夜深吸一口气，定下心神，迈步走入。

林七夜走进班级的瞬间，原本喧闹的声音顿时戛然而止，连空气都突然安静下来……一秒、两秒、三秒……

就在林七夜正准备说些什么的时候，班级里突然热闹起来。

"你就是林七夜同学吧？你的座位已经准备好了，在那里。"

"林七夜同学，你是不是看不见？我带你过去。"

"同学，你走慢点儿，走道上东西比较多……那个谁，快把你的书包收回去！"

"……"

还没等林七夜反应过来，已经有好几名同学走上前，小心翼翼地带着他往自己的位子走去，还有名个子高大的男生直接接过林七夜的书包，背在了自己肩上。

多人簇拥下，林七夜"平安"地来到了自己的座位。

林七夜："……"

这怎么跟剧本不太一样？

"林七夜同学，我是这个班的班长蒋倩，有什么事情可以找我。"一个扎着马尾的女生拍着胸脯说道。

"我叫李毅飞，去吃饭的话喊我一声，我带你去。"那个帮他拿书包的男生笑道。

"还有我，我叫汪绍……"

"……"

许多人簇拥在他的身边，热情地跟他打着招呼。

一时间，林七夜竟然有些茫然。

说实话，这和他想象中差得挺多。

"你们，认识我？"林七夜表情有些古怪。

"班主任跟我们说过你。"班长蒋倩回答道，"不过，最让我们印象深刻的还是你姨妈。那天她拿着一筐鸡蛋，就站在这儿，一个个地给我们送，拜托我们照顾点儿你……"

林七夜的脑海中仿佛有一道惊雷炸响，整个人愣在了原地。

接下来那些同学说了些什么，他已经听不进去了，只是怔怔地看着这个教室，脑海中不由自主地浮现出那个佝偻着背的中年妇人，拎着一筐刚煮好的鸡蛋，恳切地拜托同学们的画面。

"同学们，帮帮忙，我那个外甥啊眼睛不太好，性子又冷，你们多关照一下他……"

"小姑娘，你长得真好看，我那外甥长得也可俊了，你一定会喜欢的……"

"七夜这孩子啊，就是外冷内热，只要跟他混熟了，你们一定会相处得很好的……"

"……"

不知从何时开始，黑色的缎带微微湿润起来。

"姨妈……"他喃喃自语。

就在大家叽叽喳喳聊天的时候，一位女老师夹着书本走了进来，看到坐在前排的林七夜，先是上来慰问了几句，然后向大家简单地介绍一下，就开始了授课。"大家把书本翻到九十一页，今天我们来讲讲近代大夏的历史与困境……"

似乎多了个林七夜的缘故，今天这位老师省略了阅读课本的过程，直接讲解起了书本的内容。"在一百年前，地球上拥有两百多个国家，分布在七大洲、四大洋，风俗文化各不相同，即便是在那个科技并不发达的年代，我们依然能够乘坐船只前往不同的国家，感受相互之间文化的碰撞……

"然而，在3月9日的那一天，神秘大雾突然凭空出现在南极洲，然后以惊人的速度蔓延，在短短24小时之内，吞噬了地球上接近98%的面积。

"人类打造的高楼大厦、亘古存在的原始森林、深不见底的海洋……一切的一切都被迷雾覆盖，无数国家沦陷在迷雾中，音信全无。

"然而，这匪夷所思的迷雾在即将侵入大夏国土的时候……停下了。

"没有人知道原因，但它就是这么古怪地停下了。

"百年间，无数的理论与猜想被提出。有人说这种迷雾其实是一种生物，在吞食98%的地球后，正好吃饱了，所以停在了大夏附近；有人说是因为大夏所处的位置存在特殊磁场，阻碍了雾气的蔓延；还有人说这是我大夏五千年积攒的底蕴在发挥作用，庇护这国土……

"这种迷雾的成分完全超出了人类的认知，无论是光线、声音、电波，还是其他探测手段，都无法穿透这种迷雾，没有人知道在这片迷雾的背后，那些在百年前就被吞没的其他国家，是否还存在……

"据专家推测，人们在迷雾中生还的概率极低，因为这种迷雾无论是吸入肺中，还是接触到皮肤表面……都是致死的！

"在过去的百年中，我国曾派出无数装备齐全的探测队进入迷雾，却没有一个人回来。

"五十年前，我国第一颗卫星发射成功，由太空中传递回的图片影像来看，整个地球已经变成了灰白色，只剩下大夏一片净土。

"现在的大夏，就像这颗星球上的孤岛，而我们……或许是这颗星球上最后的生还者。

"因此，迷雾出现的那一天，也就是每年的3月9日，被称为'生还日'。"

005

月明星稀。

晚自习下课的铃声响起,三三两两的学生从教室走出,说笑着走在夜色中。在一天的煎熬之后,这或许就是他们最放松的时刻——没有作业,没有老师,身边聚着三两好友,回家洗完澡就能舒舒服服地爬上床休息,岂不妙哉?

而在这零零散散的人群中,一支有十几人的大队伍横空杀出,整齐而又稳健地朝着校外走去。在队伍的中央,一个黑绶缠目的少年就像是饺子的肉馅,被包裹得严严实实的。

这么庞大的队伍,顿时吸引了周围学生的注意力。

"其实……我可以走回去,真的。"林七夜嘴角微微抽搐,有些无奈地开口,"我能看得见,只不过眼睛不太能见光……"

"不用说了,林七夜同学!"蒋倩打断了林七夜的话,郑重地说道,"我们答应过你姨妈会照顾好你,就一定会做到!"

"是啊,七夜,正好我们的家在同一个方向,都是顺路。"

"我也顺路。"

林七夜:"……"

说真的,现在他更希望自己是被孤立的那一个。在黑暗中待久了,他不习惯这种被太多人关心的感觉,这让他很别扭。当然了,姨妈和杨晋不算,因为他们是他的家人。不过人家毕竟是一片好心,他也不好说些什么,只能无奈地跟着人群向前走去。

"我在前面那个路口要右转了,不过可以再跟你们走一段。"

"我这里就要转弯了,先走了,明天见。"

"明天见。"

"……"

随着离学校越来越远,围在林七夜身边的同学陆续道别离开,几分钟后,林七夜的身边只剩下了几个人。

原本喧闹的气氛逐渐安静,空间也一下充裕起来,林七夜长长地出了一口气。

"你们说……那迷雾真的会再次复苏,吞掉大夏吗?"李毅飞背着包,有些好奇地转头问道。

"你没听那些专家说吗?迷雾复苏的概率很小,或许最近百年都不会有所变化,至于百年之后怎么样……反正那时候我们也不在了,操心那么多干吗?"蒋倩翻了个白眼。

"嘻,你又不是不知道,那些什么专家说的话最不靠谱,万一我们好不容易考上大学，还没好好享受生活，迷雾就吞了整个大厦，那岂不是亏大了？"

"所以这就是你现在天天混日子，不专心学习的原因？"蒋倩走到李毅飞面前，正色道，"我可得提醒你，王老师已经说过了，要是你这次考试还是最后一名，你就要把桌子搬到讲台边上去了。"

"知道了，知道了。"李毅飞讪讪笑道。

"不过，我确实不觉得那迷雾能复苏。"走在最前面的汪绍突然开口，"说到底，迷雾不过是一种自然现象罢了，在达到一定的临界程度后，就会逐渐消退。就和冰河时代一样，当冰川覆盖大地之后，随着温度的回升，就会慢慢消退，随之而来的将会是一个新的时代。"

"我知道你说的这个，好像是叫自然灾害论吧？现在认可度还挺高的。"蒋倩点头。

"那如果……这迷雾并非一种自然现象呢？"就在这时，一直沉默不语的林七夜突然开口。

汪绍一愣，随后笑道："七夜，你不会真的相信那些所谓神学家的言论，认为这迷雾和超自然力量有关吧？"

"都是21世纪了，我们要相信科学，世界上没有那么多神神鬼鬼的东西。"一个叫刘远的同学插了一句。

林七夜没有回答，这个世界上有没有超出科学之外的东西，他心里最清楚，只不过这些事情没必要对外人说。

李毅飞小声嘀咕一句："我倒是觉得，如果真有那些东西，世界应该会更有趣一些。"

"扯这么多没用的干吗？这些事情也不是咱该关心的，与其在这里纠结迷雾会不会复苏，还不如等到生还日三天假期的时候多睡点儿懒觉来得现实。"蒋倩笑道。

"对，假期才是最实在的！"

此刻，沧南市的老城区。

一个男人正扛着一块告示牌，不慌不忙地行走在寂寥而昏暗的街道上。老旧的路灯洒下暗淡的光芒，将他的背影不断拉长……他瞥了眼手机，走到某个狭窄的街道口，停下了脚步。

"就是这儿了……"他嘀咕了一声，将肩上扛的告示牌放下，摆正。闪烁的路灯下，告示牌的影子忽隐忽现，而在那黑色的底纹上，鲜红的几个大字醒目至极！

——前方禁行！

男人倚靠在路灯下，给自己点了一根烟，狠狠吸了一口后，打开耳麦。

"队长，第三块告示牌已就位。"

"收到,开始吧。"

"嗯。"

男人叼着烟,迈步走到告示牌的前面,将大拇指放在牙尖,用力一咬!一滴血珠从伤口溢出。男人蹲下身,用染着鲜血的大拇指在"前方禁行"四个大字上画了一道长长的横线!他的眼神一凝,一股莫名的气势以他为中心爆发而出!他抬头仰望黑色的夜空,用只有自己能听见的声音呢喃:"禁墟,无戒空域。"

下一刻,他身前的告示牌上鲜红的血痕飞速褪色,像是被吸收了一般,紧接着,"前方禁行"四个大字红色光芒乍闪!然后逐渐恢复原样。男人一屁股坐在地上,长长地呼出一口气,有些抱怨地开口:"又被掏空了……"

此刻,若是有人从天空中俯视沧南市,便会发现在老城区的附近,三点光芒闪烁,然后以这三处光芒为顶点,飞速勾勒出一个暗红色的等边三角形!在三角形成形的瞬间,被覆盖的半个老城区就像是被人从地图上擦掉般,逐渐隐去……然而从地面上看,老城区还是那个老城区。

与此同时,在这三角形的中央,六道穿着黑红色斗篷的身影如同闪电般划过天际!

为首的那个男人抬头仰望暗红色的天穹,伸手握住了背后的刀柄,双眸微微眯起。

"怪物肃清行动,开始。"

006

老城区外。

刚刚展开了禁墟的男人坐在告示牌边,回头看了眼如同画布般静止的半个老城区,无奈地摇摇头,从口袋里掏出手机开始玩消消乐。

"兄弟,怎么大半夜坐这儿玩手机?不怕屁股着凉吗?"

没多久,一个行人从马路对面走了过来,看到这画面顿时乐了。

男人抬头看了他一眼,又低头继续操作:"没事做,闲得慌。"

行人笑了笑,从口袋里掏出一根烟,递给男人。

男人摆了摆手,正色道:"上班时间,不抽烟。"

"嘿,你蹲马路上玩手机,这也算上班?"行人乐了。

"嗯。"

"行吧。"行人耸耸肩,站起身来朝着男人背后的街道走去。

"你去哪儿?"男人突然开口。

"回家。"

"你不能回去,至少现在不能。"

行人眉毛一挑："你什么意思？"

"这条路现在不通，等它通了，你才能回去。"男人指了指背后的告示牌。

行人顺着他的手指望去，看到了那莫名其妙立在路中央的告示牌，正想说些什么，只见那"前方禁行"四个大字上微光一闪而逝。行人的目光顿时呆滞起来。几秒钟后，他僵硬地转过身，一步一步朝着来时的路走了回去，双眸中满是迷茫……男人似乎对此毫不意外，正准备继续玩消消乐的时候，耳麦中另一个男人的声音突然响起——"赵空城！"。

这个声音响起的瞬间，男人猛地从地上坐了起来，脸上的悠闲与困倦顿时消失不见，取而代之的是绝对的严肃！

"到！队长，出什么事了？"

"出了点儿问题，这批怪物中晋升出一个暗面王，趁我们围剿其他怪物的时候暴起重伤红缨，从下水道逃出了禁墟的范围。"

"暗面王？"赵空城的脸色一变，"他往哪个方向跑了？我去堵截它！"

"不，空城，你不擅长战斗，赢不了暗面王的，它由我去追。"

赵空城一愣："那我……"

"在暗面王逃离之后，又有两只怪物趁机逃窜进了下水道。其他人正在肃清剩下的怪物，脱不开身。"

"往哪个方向？"

"东南。"

"好。"

赵空城的眼中光芒暴闪，飞速奔跑到街道的另一头，钻进了一辆黑色的厢车，猛踩油门，在一片轰鸣声中疾驰而去。

在他的副驾驶座上，整整齐齐地叠放着一件黑红色的斗篷和一柄入鞘的直刀！

"行了，我要从这儿拐弯，先走了。"

汪绍停下脚步，回头对着身后的四人说道。

就在这时，李毅飞像是突然想起了什么，开口道："汪绍，我没记错的话，你家是不是在老城区旁边？"

"对啊，怎么了？"

"没什么，你回去的路上记得当心点儿。"

汪绍的嘴角微微抽搐，翻了个白眼："你有话就说，别说到一半就憋住，弄得人心里怪难受的。"

李毅飞犹豫片刻："听说老城区最近不太平，有变态杀人狂！"

"变态杀人狂？真的假的？！"蒋倩有些不信。

"当然是真的！"李毅飞环顾四周，压低了声音，"这事你们可能不知道，最近几天在老城区那儿已经陆续死了十几个人。"

"十几个人？不可能，要真有这么大动静，新闻早就报道了。"汪绍摇头。

"嘿，怎么不可能？我跟你们说，这事发生得蹊跷，上头有人强行把风声按了下去。要不是我爸在公安局上班，我也不知道这事。"

"蹊跷？什么蹊跷？"

"据说……"李毅飞顿了顿，又将声音压低了些许。

"据说死的那些人，整张脸都被剥掉了，脸上只剩下一团血淋淋的残肉和凸出的眼珠，手法极其凶残！"

微凉的晚风拂过，听到这句话的时候，几人只觉得有股寒气从脚底直冲头顶！

"李毅飞！你是不是有病啊？大晚上说这些！"蒋倩脸色苍白，下意识地环顾寂静的街道，恼怒道。

这里本就靠近老城区，属于沧南市的偏远地区，晚自习下课又到了近十点，路上连一个行人都没有，配合着李毅飞的话着实让人有些瘆得慌。不光是她，就连汪绍和刘远这两个大男生都有些害怕。汪绍瞥了眼自己即将走的那条狭窄小路，突然有些心虚……如果说李毅飞的话只是让人有些害怕，那林七夜接下来的话就直接让他们头皮发麻了。

林七夜思索片刻，幽幽开口："你确定……这些事是人做的？"

"七夜，你……"蒋倩娇躯一颤！汪绍和刘远嘴角微微抽搐，看向林七夜的眼神顿时古怪起来。好你个浓眉大眼的林七夜，想不到藏得最深的居然是你？

李毅飞吃惊地看着林七夜："你也这么觉得？"

"闭嘴闭嘴闭嘴！"蒋倩实在是受不了了，伸手在李毅飞胳膊上狠狠一拧，后者当场就疼得叫出了声。

"大半夜的就不要讲鬼故事了，一会儿我还要回家！"

李毅飞捂着胳膊，疼得直咧嘴，躲在一旁嘀咕："这可不是鬼故事……"

汪绍耸了耸肩："不跟你们在这儿扯淡，反正我是不相信这些牛鬼蛇神的东西，走了。"

汪绍的身影逐渐消失在狭窄的巷道中，蒋倩又瞪了李毅飞一眼，向前走了几步，突然停了下来。她用力嗅了嗅，眉头微微皱起，眼中浮现出些许疑惑，转头说道："你们有没有闻到臭味？"

"臭味？"

"就是那种，有什么东西腐烂的臭味。"

"我没闻到，刘远你呢？"

"我也没……哕！！"

刘远和李毅飞话还没说完，脸色突然就变了，猛地捂住自己的鼻子，惊恐地环顾四周。

- 017

林七夜正欲说些什么，一股恶心至极的臭味突然从他的鼻腔灌入。这种感觉就像是把一块腐烂了十几天的肉丢到了化粪池，又和一打臭鸡蛋液混合在一起，仅是嗅一下就让胃液剧烈翻滚。这是林七夜活了这么久，闻到过的最臭的味道。至于鼻子最灵敏的蒋倩，则直接蹲下呕吐起来。

"什么玩意儿这么臭？！"李毅飞捂着鼻子喊道。

"不知道。"林七夜的眉头微微皱起，片刻之后，伸手指向汪绍离开的那条小巷，"从味道传来的方向看，似乎从那里传来的。"

下一刻，一声凄惨的尖叫从不远处传来，回荡在寂静的夜空中。

007

"汪绍？！"李毅飞三人听到这熟悉的声音，异口同声喊道。三人对视一眼，拔腿就往汪绍离开的小巷道跑去。林七夜独自站在原地，皱眉望着幽暗的小道，神色有些凝重。虽然不知道发生了什么，但他心中有种不祥的预感——老城区外围、变态杀人魔、诡异的恶臭、尖叫……有些不对劲。他在原地犹豫半响，做了一番心理斗争之后，无奈地叹口气，最终还是拎起手中的导盲杖朝着巷道冲去。

如果是平时，林七夜碰到这种情况，绝对不会去多管闲事。他没有那么强烈的好奇心，不想知道到底发生了什么。但眼前这种情况又不太一样，如果不是他们主动护送林七夜回家，或许汪绍早就从另一条路回去，或者早几分钟回去，就不会碰到这种情况了。他确实不喜欢管闲事，但更不喜欢欠人情。不管怎么说，他至少要去看看发生了什么，也算是尽了份心。

林七夜蒙着双目，速度却丝毫不慢，越是靠近尖叫声传来的地方，眉头就皱得越紧：臭味，越来越浓了。

"啊啊啊啊啊！！！"第二声尖叫从前面的拐角处传来，只不过这次是女声——蒋倩！林七夜猛地在巷道的转角处停下身形，他的精神感知范围内出现了蒋倩三人的身影。在他身前不远处，蒋倩正瘫软在地上，张大嘴巴惊恐地看着前方，整个人都在颤抖！她的身前，刘远和李毅飞就像是石雕般定格在那儿，眼睛死死地盯着前方，同样在颤抖！

再远处……林七夜感知不到了。他的双眼还无法睁开，无法用自己的视野来看这个世界，精神感知的范围只有十米，所以这就出现了一种极其尴尬的情况——十米之内，他洞察一切；十米之外，他就是一个真正的盲人。

蒋倩三人看到了什么才会被吓成这样？他虽然看不见，但听觉十分灵敏，能清晰地听到不远处有窸窸窣窣的声音，就像有人在啃着什么东西，啃得十分狂野，且津津有味，听起来和小黑癫啃骨头一样。

"发生了什么？"林七夜压低了声音问道。

蒋倩似乎被林七夜的出现吓了一跳，双手慌乱地抓住他的衣摆，牙齿都在打战！

"怪物……怪物！"

林七夜的脸色顿时就变了！"跑！！"

林七夜和李毅飞同时大吼，这个字刚迸出来，刘远就像是发了疯的野狗般，猛地回头往后狂奔，撞上林七夜的肩膀后打了个趔趄，之后又飞速爬起来，玩命似的跑！

"怪物……救命！来人啊！！怪物！"他边跑边大声尖叫着。

林七夜猝不及防，被他这么一撞，身形一个趔趄，刚稳住身体，远处就传来沉闷的撞击声，就像是有只棕熊猛踏地面，朝着他的方向狂奔而来；蒋倩的瞳孔骤然收缩，也不知是哪里来的力气，闪电般地从地上爬起，尖叫着跑开；至于李毅飞……他早在喊出那个"跑"字之后就跑了，速度比推开林七夜的刘远还要快一些。要不是刘远刚刚撞了林七夜一个趔趄，他现在也已经跑老远了。就是这么一瞬的耽搁，他已经和蒋倩一样落在了最后。在这个时候，似乎所有人都忘记了林七夜"残疾人"的身份，刚刚还信誓旦旦保证护送他回去的同学，已经完全将他抛在了脑后。面对眼前如此血腥恐怖的景象，恐惧占据了所有人的心。

林七夜刚跑出几步的时候，精神感知的十米范围内就有东西闯了进来，像个人，又不像个人——说像人，是因为它和人一样长着四肢和头；说不像人，是因为它此刻就像是鬣狗一样，四肢齐用地在地面奔跑，体形也魁梧得像棕熊一般！最重要的是，它的头上长着一张怪脸，惨白、扭曲，那尖长而猩红的舌头像长蛇，从嘴中伸出半米，灵活地扭动着。

林七夜的脸色顿时难看起来。速度太快了，几步的工夫，它就从十米之外飞蹿到了自己的精神感知范围，而且以惊人的速度朝着自己逼近！

他已经能感觉到，有一阵狂风从背后席卷而来。一旁的蒋倩同样有这种感觉，脸色瞬间煞白，恐惧与慌张充斥了她的内心，僵硬地一点点转过头，想要看看怪物离自己还有多远……应该……还有很远吧？

"不要回头！"林七夜的声音突然从旁边响起，但还是太晚了，蒋倩的瞳孔骤然收缩，那张狰狞恐怖的怪脸几乎与她的面孔贴在一起，她能感受到对方身上那股浓郁的血腥气息！

"啊啊啊！！！"尖叫声再度响彻巷道，她猛地闭上眼睛，反身想要将书包拿下，砸到对方的身上。她彻底慌了。书包不是武器，她也不是训练有素的战士。这种生死攸关的时刻，谁先丧失冷静，谁就失去了活路。对方一把扯住书包的背带，蛮横的力量传递到蒋倩的身上，她突然失去重心，一个趔趄摔倒在地！一道沉重的黑影骤然坠下，砸在她的身上……下一刻，鲜血便将夜色浸染成猩红。

008

　　蒋倩死了，林七夜目睹了她死亡的全过程——怪物从天而降，用指甲像切豆腐般干脆利落地切开了她的脖颈，然后疯狂地啃食起来。直到最后一刻，蒋倩的双目都充满了惊恐与绝望。

　　林七夜的精神清晰地感知到所有的细节，胃液翻滚，险些吐出来。

　　虽然经过不少苦难与艰辛，他的心智早已比同龄人要成熟，但这么血腥的画面他还是第一次"看"到，而且现在不是吐的时候。林七夜没有丝毫犹豫，趁着怪物分神的时候，掉过头朝着巷道的另一边跑去！

　　原本的退路已经被怪物堵死，那他只能反其道而行之，往汪绍遇害的方向跑去。那怪物似乎对尸体的兴趣更大一些，没追上来，这让林七夜略微松了口气。他不知道那怪物究竟是什么东西，毫无疑问，那不属于"人"的范畴，也不属于人类已知的"兽"的范畴。要说那是经过辐射变异的人猿，他或许会信，这种体形、力量、速度，根本不是正常人类所能抗衡的，但也只是"或许"。在这个被迷雾覆盖的世界，目睹过炽天使存在的他，相信"神秘"的存在，而且林七夜总觉得……这种怪物的形象似乎在哪里听说过。

　　就在他胡思乱想的时候，又有东西进入了他的精神感知范围，林七夜一个急刹车，猛地停下了身形。他的呼吸越发粗重，在他面前十米，再度出现了那个怪物的身形，林七夜可以确定的是，这并不是刚才那一只——虽然它们长得差不多丑，但绝对不是同一只。最明显的证据是，在这只怪物的怀中，抱着已经死去的汪绍。此时，汪绍的脸已经完全消失，只剩下一片模糊，如果不是他的校服比较显眼，林七夜可能根本认不出这是谁。

　　这是第二只怪物，也是杀害汪绍的那一只！

　　之前和蒋倩等人在一起的时候，他没有看到十米外的画面，下意识地以为只有一只怪物，现在想来，错得很离谱。从伤害蒋倩的那只怪物的行为就能看出，这种怪物更加残忍，它不是去追活人，不然林七夜也不能逃离现场。但在一开始汪绍死后，立马就有只怪物追着林七夜他们跑，这只能说明——已经有另一只怪物在糟蹋汪绍的尸体了。

　　一条巷道，两只怪物，彻底封死了林七夜所有的退路。林七夜的脸色苍白无比，一种绝望的情绪久违地浮现在他的心头。这十七年来，真正让他绝望的只有两次——一次是十年前，他看到月亮上的那双眼睛的时候；另一次，就是现在。眼前，那只怪物转头看向林七夜，猩红的长舌舔了舔嘴角的鲜血。

　　这一刻，林七夜想骂人：为什么又是我这么倒霉？！小时候爬个屋顶都能看到炽天使，看瞎了眼从屋檐上摔下来，让人以为摔出了精神病，在精神病院住了一年，现在终于熬出头，马上准备好好学习参加高考迎接崭新人生的时候……就碰到了你这丑八怪？别人一辈子都碰不上一回，我一下碰到两个？！

在死亡的压力下，压抑在林七夜心底数年的怒火与悲愤就像是岩浆般喷涌而出！这怒火熊熊燃烧，他心中的恐惧被压缩得越来越小，一股不知道从哪儿来的狠劲直接蹿了出来！

他紧紧攥着导盲杖，面对着蓄势待发的怪物，胸膛剧烈地起伏着。这一刻，在他面前的仿佛不是一只刚祸害过人的怪物，而是他过去十年中受过的所有委屈与挫折。就连姨妈和杨晋都不知道，在这个被压抑了十年的少年心中，究竟隐藏着一种怎样的怒火！

他不甘心！！或许连他都没发现，在这激荡的情绪中，那双紧闭了十年的眼睛剧烈地颤动，似乎马上就要睁开了。那怪物看着细皮嫩肉的林七夜，像是个看到美女的流氓，尖啸一声，弹跳而起！

"老子不怕你！"林七夜低吼一声，提着导盲杖，竟然迎着跃起的怪物冲去，两者间的距离迅速缩短！就在怪物的爪牙即将划破林七夜咽喉的瞬间，后者猛地侧身，险之又险地避开了这一爪！虽然林七夜能完美掌握怪物的行迹，但自身的身体素质还是差了一些，这一爪擦着他的太阳穴划过，留下了一道淡淡的血痕。同时，黑色的缎带被割开，随着卷起的狂风不知飘到了何处。林七夜闭着双目，抓住机会，暴喝一声，手中的导盲杖猛地朝怪物的小腹捅去！

"啪——"清脆的声音响起，林七夜只觉得手中一轻，随后一股巨力从背后传来，怪物的尾巴直接将其抽开！林七夜被抽打在地上滚了几滚，忍着痛爬起身，他感知到手里的导盲杖已经断成了两截。导盲杖本就是导盲用的，材质不算特别坚实，和坚硬无比的怪物碰在一起，自然不堪大用。

"我去！"他怒骂一声，直接将手中的半截导盲杖摔在地上，好不容易抓到个机会，就这么废了。导盲杖的断裂，就像根导火索，直接将林七夜整个人的情绪引爆。他站在那儿，双手紧紧攥拳，指甲都陷入了肉里，留下道道血痕。

"我不服！！"他怒吼。就在这情绪激荡的瞬间，一股奇异的感觉突然涌上他的心头，就像是春风化雨，水到渠成，一股清凉从他的心中流出，流到脑海中那瘀结之处，轻轻一碰，那层窗户纸，便应声而开！

林七夜只觉得有一颗太阳在自己身体里轰然爆发，前所未有的炽热充斥了他的全身，眼皮之下的双目像是被炙烤一般，灼热无比！于是，自然而然地，他睁开了那双紧闭十年的双眼。而这双眼睛看到的最后一个画面，是另一双眼睛——炽天使的眼！刹那间，一道璀璨的炽热光柱从老城区边缘的巷道爆发而出，直通天际！这一刻，黑夜，亮如白昼！

009

"好亮！"

"那是什么？"

"是哪里失火了吗？"

"怎么可能？失火哪有这么亮！而且我们沧南市根本没有这么高的建筑啊！"

"快快快！拍下来！发朋友圈！"

"……"

这道冲天光柱实在太过刺眼，半个沧南市的人都注意到了它，行人纷纷停下脚步，激动地猜测着它出现的原因。有人说是爆炸，有人说是光学实验，有人说是神迹降临……只有极少数人才知道这道光柱的出现意味着什么。

两分钟前，老城区。

空无一人的街道上，空间涟漪微微荡起，就像是有人将笼罩在老城区上的这块画布掀开了一角，紧接着五道穿着黑红色斗篷的人影从中走出。其中一人四下张望了一圈，迈步向前，拎起了地上的"前方禁行"告示牌，将其合上。当这块告示牌被收起的瞬间，寂静的老城区就像是泡沫般无声地破碎，浮现出内部真正的老城区。瘆人的鲜血将老旧的街道浸染成红色，零碎的残肢遍布四处。如果林七夜看到这一幕就会发现，被剁成一块块撒在地上的，就是他所面对的怪物——密密麻麻，至少有三十四只！

"'无戒空域'回收完毕。"拎着告示牌的那人淡淡开口，"可以叫后勤的人来打扫战场了。"

"老赵呢？"

"追那两只跑掉的怪物去了。"

"是我们疏忽了。"受伤的女人捂住右肩，神情有些萎靡。

"别这么说，红缨，谁也不知道在这群怪物中竟然藏着一个暗面王。"旁边的男人安慰道。

"队长一个人面对暗面王，应该没问题吧？"

"当然没事，别忘了队长可是三境'川'境的强者，不会出事的。"男人顿了顿，"只希望……那两只逃走的怪物不会造成普通人的伤亡吧……"

他的话音刚落，一道炽热的光柱从另一个方向冲天而起，照亮了半边天空！

五人同时扭头看去，眼中满是震惊！

"那是……"

"有禁墟出世了，这股能量波动……强得离谱！"

"这，这至少是五境'无量'境的强者，不，甚至可能是六境'克莱因'……小小的沧南市，怎么会引来如此强者？"

"不，这不像是人类的禁墟。"男人的眉头紧锁。

红缨一愣，随即像是想到了什么："你是说……"

"这像是神明的禁墟，也就是……神墟。"

听到"神明"二字，几人的目光都是一凝。

"哪位神明？"

"灼热、神圣、强大，还有这创世气息，如果我没猜错的话，这应该是……"男人死死地盯着那道逐渐消弭的光柱，一字一顿地开口，"神明代号003，天使之王，米迦勒。"

林七夜很难受。

在这金色光柱的正中央，他的身体已经完全失去控制，诡异地悬浮在半空，无尽的能量从他的眼中喷涌而出。林七夜觉得自己仿佛又回到了十年前，隔着无垠的宇宙，又一次看到了那双眼睛。那种至高神圣的气息，他至今依然记忆犹新。差别在于，十年前这股气息来源于月亮，而现在这种气息来自……自己的眼睛。炽天使的气息与神威正疯狂地从他的双目中涌出，他的双眸就像是两个燃烧的太阳，仿佛要将一切都熔为虚无。

十年前，炽天使米迦勒从月球与他对视一眼；十年后，林七夜睁开眼，眼中残留的炽天使之力彻底爆发！好在残留于林七夜眼中的炽天使之力并不算多，光柱持续了七八秒后逐渐消散，林七夜的身体从半空中落下，跟跄着稳住身形。

他的双眸之中，那璀璨的金光逐渐暗淡，最终只留下了一缕淡淡的金晕。如果说之前的亮度约等于太阳，那现在的亮度也就只是盏烛火。先前爆发出的金色光芒虽然强悍无比，但毕竟不属于他，而现在蕴藏在林七夜眼底的金晕，则是真正被林七夜所掌控的——一缕微弱的炽天使之力。

林七夜深吸一口气，缓缓抬起头。

漆黑的夜空、老旧的街道、瘆人的怪物、满地的鲜血……当这绝不算是美好的画卷展现在林七夜眼前的时候，他笑了，笑得很开心。十年了，他终于再一次用自己的双眼看见了这个世界。这一刻，在林七夜的眼中，就连那怪物竟然都显得有些许可爱。

早在林七夜身上爆发出炽天使神威的时候，这两只怪物就被神威死死地按在地上，险些被压成肉饼。直到金色光柱消失，它们才缓过神来，有些迷茫地四下张望一圈，然后继续盯着林七夜，眼中再度浮现出嗜血的渴望。

"嗜——"其中一只怪物怪叫一声，猛地朝林七夜扑来！

相对于之前而言，现在的林七夜明显镇定了许多。在怪物刚刚有动作的瞬间，他就在心中判定了它的动作轨迹，用力朝着怪物侧面扑去。林七夜的速度相对怪物而言确实很慢，但他反应的速度快得惊人，预判的那几秒已经能够为他争取闪避的时间。

倒不是他能未卜先知，而是在双目睁开之后，感知能力也发生了翻天覆地的变化。一个是精神感知的范围，从十米扩展到了二十米，要知道之前林七夜可是用了五年时间才能做到探知十米，现在则直接翻了一倍；另一个，则是动态视觉。在这二十米的范围内，林七夜拥有常人近三倍的动态视觉，反射神经堪称变态，在贴身肉搏的过程中，几乎能达到未卜先知的程度。至于这双眼睛给他带来的其他能力，林七夜暂时还没感觉到。不过眼下这种情况，也不容他慢慢摸索。

怪物如同离弦之箭，扑过了林七夜刚才站立的地方，撞塌了一大块墙壁，四肢在墙壁残骸上用力一蹬，再度飞射向林七夜！此时，林七夜已经一个驴打滚避开怪物的落脚点，伸手在身旁一探，抓起了之前掉落在地的半截导盲杖！林七夜飞快地爬起身，半蹲下来，双眸死死地盯着极速逼近的怪物，两只手紧握导盲杖！

怪物拖出道道残影，搅动的狂风吹起林七夜额前的黑发。它后肢猛地用力，整个身体腾空而起！这一次，林七夜没有躲。他紧攥着半截导盲杖，一双眸子死死盯着怪物的双眼。

"嗜——"怪物的利爪探出，直接抹向林七夜的脖颈。就在它即将触碰到林七夜的瞬间，后者的双眸骤然收缩，眸中淡淡金晕像是加入了一把柴火，突然明亮起来，就像两座熊熊燃烧的熔炉！一缕神威以林七夜的双眼为媒介，猛地灌入怪物的身体中。这一刻，怪物眼中的林七夜变了，变成了一位生长着六翼、浑身散发着恐怖威严的至上神明！于是，在这神威之下，它的身体陷入了短暂的僵硬。

就在这短暂的时间里，林七夜高高举起手中的半截导盲杖，精准地刺入了怪物的右眼！

010

尖锐的断杆刺穿了怪物的大脑，抹去了它所有的生机，即便如此，它跃起的惯性依然存在。它庞大的身躯像是炮弹般坠落，将前方握着断杆的林七夜猛地撞倒在地。

说到底，林七夜能杀死这只怪物，纯粹是靠自己的动态视觉以及炽天使的神威，本体的力量并没有增强。这只怪物少说也有两百公斤重，如果仅凭他的力量短时间内根本无法摆脱，更何况是在林七夜强行动用炽天使的神威之后。他整个人就像是被抽空了一般，浑身上下没有一丁点儿力气，甚至有些头晕。就在这时，一直躲在另一边的第二只怪物动了。这只暗自隐藏在远处的猎手，终于展露出它狰狞的獠牙！它的四肢飞速奔跑，穿梭于闪烁的昏暗路灯下，身体诡异地扭动着。

林七夜能看清它的动作，但现在的他根本无法躲避，只能眼睁睁地看着那密集的獠牙在他的眼前飞速放大！

在怪物距离林七夜只剩两米的瞬间，他的瞳孔突然收缩！在他的感知范围中，一个比怪物更快的物体正在急速逼近！那似乎……是个人，是个真正的人。

"唰——"林七夜只觉得眼前一阵模糊，一道人影便从夜空中落下，双脚稳稳地落在地面，身体带起的狂风将黑红色的斗篷吹起，露出一张中年男人的侧脸——不帅，也不算丑，就像在马路边上随处可见的大叔，会让人下意识地忽略他的存在。但，他双眸中绽放的杀机，如同明晃晃的刀剑一般刺目！他身形半蹲，双目死死盯着距离他不到一米的怪物，右手稳稳地握住了背后的刀柄。

"当——"的一声脆鸣从刀鞘中响起，淡蓝色的刀锋倒映着暗淡的月光，劈开沉闷的空气，无声地斩向前方！

那是一柄毫不花哨的直刀，直刀的刀锋划过一道月牙，与怪物的利爪碰撞在一起，擦出一连串火花。赵空城低吼一声，浑身的肌肉绷紧，猛地向前踏出半步，体形不亚于棕熊的怪物竟然被他逼退数步！

林七夜的眼中满是难以置信，他和这怪物交过手，最清楚其力量究竟有多恐怖，而眼前的这个男人竟然能将其逼退，他究竟是什么人？赵空城将怪物逼退数步之后，脚下的步伐以一种独特的方式游走，紧紧贴着怪物，手中的直刀连斩，在怪物的身躯上留下一道道狰狞的刀痕！怪物惨叫出声，怨毒地瞪着赵空城的双眼，修长如矛的前肢抬起，试图害死眼前人。

然而，两道刀芒闪过，它的前肢便被直接斩下！还不等怪物尖叫，赵空城的眼中爆发出一阵寒芒，手中的直刀对着怪物的脖颈闪电般挥出，淡蓝色的刀锋轻松地划开怪物的身体，下一刻，怪物便被高高抛起又滚到地面。

"咔——"直刀回鞘，黑红色的斗篷上沾满了怪物的鲜血，由于与斗篷的颜色太过相近，不仔细看的话根本看不出来。

赵空城看都不看地上的怪物尸体一眼，不紧不慢地从口袋里掏出一根烟，点燃之后狠狠吸了一口，掏出对讲机："逃离的两只怪物肃清完毕，让后勤组来打扫战场吧。"说完，他便将对讲机收起，径直走到刚刚挣脱出来的林七夜面前。

林七夜就这么静静地看着他，他也就这么静静地看着林七夜。夜色下，两个男人就这么默默地注视着彼此。

过了许久，赵空城终于忍不住了，率先开口："我刚刚帅吗？"

林七夜："……"

林七夜盯着他的眼睛看了片刻，发现他居然是认真的，只能幽幽开口："帅。"

"帅就对了。"赵空城嘿嘿一笑，"想变得跟我一样帅吗？"

"不想。"

赵空城嘴角微微抽搐："为什么？"

"容易遇害。"

林七夜的表情很认真。

赵空城一时间竟然有些语塞："可是你刚刚也看到了，你拥有常人梦寐以求的超自然力量，你就不想像电影里那样，当个超级英雄？"

"不想。"

"因为容易遇害？"

"对。"

赵空城揉了揉眼角，眼前的这个少年似乎不太好对付，偏偏他又被搅进了这摊浑水，偏偏他又有那么强大的力量。

"这样吧，这里不是说话的地方，咱换个地方，我们好好聊聊。"赵空城想了会儿，说道，"对了，我叫赵空城，我不是坏人。"

"林七夜。"林七夜眨了眨眼，乖巧地点头，"我相信你，你在这儿等我，我去拿一下书包，我的学习资料还在里面。"

"去吧去吧。"赵空城无奈地摆摆手，走到旁边的马路牙子上坐了下来，心中有些郁闷。

要是普通人来这么一遭，早就吓到魂不守舍了，这小子居然还想着去拿学习资料。最关键的是，他居然直接拒绝了自己？

老子可是把浑身解数都使出来了，之前"咔咔咔"那几刀，简直不要太潇洒，跟队长对练的时候，老子都没这么拼命过！说起来，还不知道队长怎么样了，暗面王可不好对付啊！赵空城很没有形象地坐在路边，叼着烟怔怔出神。

嗯？好像有哪里不对劲？赵空城突然回过神来，反应了半秒钟，然后"噌"的一下站起来，飞速地环顾了一下四周，哪里还有那小子的身影！赵空城在原地呆滞地站了十几秒，张大嘴巴，迟迟不敢相信自己经历了什么。

"这小子居然跑了？！"

"哥，你今天怎么回来得这么晚？"杨晋看着满脸疲惫的林七夜，疑惑地问道，"你的导盲杖呢？"

林七夜换上拖鞋，脸上挤出笑容："路上遇到了点儿事情，一不小心弄丢了。"

为了避免杨晋看到自己太阳穴旁的伤疤，林七夜又将半截黑缎缠了回去，不过导盲杖确实是断了，与其拿回来让家人担惊受怕，还不如直接丢掉。

"没事，丢了再换一根就好……事情解决了吗？"

"嗯，解决了。"

小黑癞吭哧吭哧地从阳台上跑过来，用头蹭着林七夜的小腿，然后躺在地上露出了自己的肚子。林七夜无奈地蹲下，用手边揉着它的肚子边问道："姨妈还没回来？"

"妈妈今晚是夜班，明早才能回来。"

"好吧，作业写完了吗？"

"还剩一点点。"

"这么多作业。"林七夜站起身，吐槽了一句，接着对杨晋说道，"没事，要是累就不写了。老师要是骂你就跟哥说，哥去跟他理论。"

杨晋的嘴角上扬，"嗯"了一声："很快就写完了。"

林七夜点点头："我有点儿累了，先去睡觉，你写完了也早点儿睡。"

"好。"

林七夜拖着疲惫的身子走进自己的房间，正准备关门，杨晋的声音再度传来："哥，真的没什么事吗？"

"没事，早点儿睡哟……对了，牛奶在冰箱里，明天要是起得早的话自己热一下。"

"知道了，哥。"

"晚安。"

"晚安。"

房门轻轻关闭，杨晋抱着小黑癞站在屋外，默默地注视着林七夜的房间。

杨晋轻轻摩擦着小黑癞的头："你也感觉到了？"

"汪！"

他抬头看向窗外暗淡的月光，喃喃自语："他的身上……有血腥味。"

011

　　林七夜是真的累了，无论是从精神上还是肉体上。他是真的没想到，第一天转学过来就发生这种事，遇见怪物，同学遇害，惊险搏杀，莫名其妙地睁眼，又莫名其妙地跳出来一个超人大叔，自己偷偷溜走……

　　林七夜并不傻，知道自己今天晚上的经历绝对涉及这个世界的隐秘面：害人的怪物、自己身上冒出的金光，还有单枪匹马干翻怪物的男人。

　　那个男人不是一般人，而且从他用对讲机汇报来看，他的背后必然有一个庞大的组织，而这个组织可能是隐藏于世间，专门应对这种诡异事件的。

　　男人看到了自己身上的光，说不定还看到了自己杀怪物的画面，所以想拉自己入伙。要说他对隐秘面一点儿都不好奇那是假的，他想知道今晚自己遇到的究竟是什么，也想知道在自己身上究竟发生了什么，但不想因为自己的好奇心卷入这旋涡中。有些隐秘，一旦知晓，就再也无法脱身了。他不想当什么守护人类的英雄，他想守护的只有自己的这个家。这样想着，很快他便沉入了梦乡。

熟悉的迷雾再度降临。

梦境中的林七夜环顾四周，无奈地叹了口气："还是不肯放过我？醒着打怪物，睡着了还要来敲门，命苦啊……"

林七夜轻车熟路地走了两步，很快，一座精神病院的轮廓便出现在他眼前，右手边古老的牌匾上，镌刻着一行大字——"诸神精神病院"。

林七夜走到大门前站定，伸手抓向门上的圆环，就在指尖触碰到圆环的瞬间，整个地面微微一震，周围的迷雾突然翻滚起来。

林七夜抓着圆环，一脸发蒙。什么鬼？我还没敲呢，怎么就开始震了？以前不是这样的啊？突然，一个想法如同闪电般划过他的脑海。难道是因为……今天他睁开眼了？

林七夜低下头，看着自己梦境中的这个身体，眼眸逐渐亮了起来。以往林七夜在梦境中的身体是半透明的，就像是游离的迷雾般。今天他的身体明显凝实了不少，虽然依旧没有实体，但已经不再透明。

他猛地抬起头，看向自己身前这扇阻挡了他五年的大门，目光越发炽热。

今天说不定能行，他深吸一口气，紧攥着手中的圆环，用力向门上撞去！

"当——"

古老的钟声从精神病院内传来，比之前响亮了数倍，好在现在的林七夜没有身体，不然一定会被震得耳膜生疼。

在钟声响起的瞬间，整座精神病院再度剧烈震颤起来！

有戏！林七夜眼睛一亮。

"当！"

"当！！"

"当！！！"

林七夜没有停歇，又连续敲了三次，精神病院就像是地震般摇晃起来。终于，在最后一下敲完之后，精神病院内发出一声巨响，然后一切又归于沉寂。就在林七夜打算再敲一下的时候，面前的大门发出了沉闷的咯吱声，缓慢地移动了起来。

门，开了。

"咣当！"大门完全敞开之后，林七夜的面前便显露出一道古老而昏暗的长廊。长廊的地面不知用什么材质组成，散发着淡淡的荧光，四周的墙壁上还悬挂着燃烧的光团，神秘且诡异。

林七夜沿着这道长廊向前走，很快便出现了岔路口，而且岔路口的上方悬挂着充满现代感的路牌。

"左边是病房，右边是活动区……"林七夜看着路牌喃喃自语，"这布置，怎么跟我当年住过的精神病院一模一样？"

林七夜犹豫片刻，先走进了活动区。活动区的房间不多，但该有的都有，用来看电视电影的多媒体房、用来下棋娱乐的休息室、用来看书学习的书房……甚至在建筑的内部还有一片圆形的露天草坪，上面摆放着形形色色的运动器材。

"果然完全一样，这梦做得真古怪。"林七夜皱着眉，疑惑地摇摇头。

逛完了活动区，他便回头走向了另一边的病房区。当走到病房区门口时，林七夜突然停下了脚步。

"这里不一样了。"林七夜看着眼前一道阴暗单调的长廊，喃喃自语。他清楚地记得，原来在阳光精神病院的时候，病房是有好几层的，设施虽然不算太高级，但至少干净整洁。可林七夜眼前的这片病房区，只有一层，而且只有六个房间。这六个房间的房门上画满了奇异的符号与图形，密密麻麻的，像某种封印，仅仅看一眼就让林七夜头晕眼花。

林七夜强行将目光从门上移开，稳定了一下心神，看向别处。病房的右上方，挂着一块古老的门牌，每个房间门牌上都有一个图案，各不相同。比如，林七夜现在所站的一号病房，门牌上画的就是一个黑色的大圆，而二号病房的门牌上则画着一根似杖似笔的东西。

林七夜顺着长廊往里走，直到最后的第六间病房，看着这些门牌依然没有什么头绪。他看着眼前诡异的房门，陷入了沉思。在梦境中的这所精神病院里，只有病房区与他记忆中的阳光精神病院不同。那么，在这些病房内，是否真的住着病人？或者真如这所精神病院的名字所说，里面住着的是神？

林七夜犹豫片刻，缓缓将手伸向了第六间病房的门把手。倒不是林七夜莽撞，一方面这里是他的梦境，就算出了什么问题，也不会对他造成太大的影响；另一方面，为了进入这家精神病院，他日复一日敲了五年的门，不想就这么一头雾水地离开。而在他的潜意识中又觉得，或许在这座精神病院里，又存在着什么和自己有关的秘密。不然，为什么这里的布置和自己住过的阳光精神病院一模一样？

林七夜的手逐渐靠近，指尖轻轻触碰门把手，一股微凉的触感传递而来。没有想象中的斥力或者刺痛，手就这么自然而然地握在了把手上。

林七夜用力一拽，房门纹丝不动。他站定身体，用尽全力，又拽了拽，还是不动。林七夜放弃了这间房门，转而走到第五间病房的门口，用力拽门，还是打不开。第四间、第三间、第二间，他一间一间地试过去，没有一间病房的门能够打开。直到最后，他走到了第一间病房门口。抱着必定失败的心态，林七夜用力拽了一下第一间病房的房门。"咔嚓"一声轻响从门把手上传来，房门上镌刻的复杂纹路与图案突然断裂，然后逐渐消散在空气中。

林七夜吓了一跳，往后退了数步，眼睛死死地盯着前方！

门，开了。

012

六间病房，只有第一间病房的门能打开，是只有这间被设定为"可以被打开"，还是说和敲了五年的大门一样，自己现在的力量只能打开第一道门？

林七夜敲了五年的大门，睁开双眼之后，精神感知增强，才能打开大门，进入精神病院。

那接下来的第二、第三、第四、第五、第六间病房，是不是也要自己实力增强之后，才能打开？林七夜不确定，现在他也没时间纠结这些。因为在他眼前，那间曾布满封印的病房门正在缓缓打开。

病房里的空间不大，光线也很暗，病房的正中央放着一把椅子，椅子上坐着一个身着黑纱星裙的女人，呆滞地望着前方。除了这一人一椅，幽暗的房间内再无其他东西。

林七夜小心翼翼地走到门旁，想了想，脸上浮现出十分官方的笑容，向里面的那个女人挥了挥手："你好，我是林七夜。"

管她是什么人，先客气客气不会错，俗话说伸手不打笑脸人，自己有礼貌一些，就算这是个神应该也不会为难他。然而林七夜在外头脸都笑僵了，黑衣女人依然像一尊雕塑似的一动不动。

林七夜咬咬牙，直接走进了房间。就在他走进房间的瞬间，黑衣女人背后的墙壁上突然浮现出一行行文字——

一号病房——
病人：倪克斯。
任务：帮助倪克斯治疗精神疾病，当治疗进度达到规定值（1%、50%、100%）后，可随机抽取倪克斯的部分能力。
当前治疗进度：0。

"倪克斯？"林七夜看清墙壁上的文字后，倒吸一口凉气！虽然不太懂神话，但黑夜女神倪克斯作为古希腊神话中的五位创世神之一，他还是听说过的。这可是站在神话体系顶端的那几位神明之一！所以，眼前这个看起来呆呆的女人，就是大名鼎鼎的黑夜女神？高冷优雅的气质，完美无瑕的五官，顺滑的黑色长发如同瀑布般垂在背后，黑纱连衣裙如同夜色般深邃，将她白皙的皮肤衬托得如同雪山凝脂般吹弹可破。虽然双目无神，但她仅仅是坐在这儿，所流露出的气质就远非人类所能拥有。

倪克斯，她是神，也是帝王，属于黑夜的帝王！

林七夜摸着下巴，近距离端详着倪克斯。他是亲眼见过神的，与那位月亮上的炽天使相比，他总觉得倪克斯的身上少了些什么。神性、力量、权柄，还是都少了？林七夜不知道，但能猜到，倪克斯变成现在这样，和她的病脱不了干系。要知道，这是一位神明，一位站在神话顶端的神明！她，又怎么会生病？她的病，是自然生成的，还是人为导致的？

如果说是自然生成，林七夜不太相信；如果是人为的……林七夜不知道什么样的存在才能做到让黑夜女神生病，而且是精神病。

如果按墙壁上的文字所说，林七夜现在需要试着来帮倪克斯治病，可她究竟有什么病？

林七夜作为曾经的"精神病患者"，对精神病也知道一些，大体上来说，可以分为抑郁症、强迫症、精神分裂、妄想症等等。要想给倪克斯治病，首先得确定她得的究竟是什么病。

林七夜沉吟片刻，在倪克斯的身前蹲下，用手在她的眼前晃了晃。

"听得见吗？"林七夜在倪克斯的耳边轻声说道。

突然，倪克斯的身体一颤，将林七夜吓了一跳，下意识地后退了数步！紧接着，倪克斯的头僵硬地转向了林七夜的方向，呆滞的双眸直勾勾地盯着他！林七夜咽了口口水，一动不敢动，一秒、两秒、三秒……就在林七夜被倪克斯盯得头皮发麻的时候，倪克斯的眼神发生了变化，从呆滞到疑惑，从疑惑到震惊，从震惊到热泪盈眶！倪克斯的身体微微颤抖，泪水在她的眼眶中打转，她的双唇艰难地张开，哽咽许久，沙哑开口："终于找到你了……我的孩子！！"

这一刻，林七夜只觉得有一股电流从脚底直冲大脑，将他的脑海震得一片空白！她？我？孩子？林七夜确实不记得自己的父母长什么样，毕竟他们在生下他并将他托付给姨妈后就不知去了哪里。可……自己的母亲应该，可能，大概是个人类，而不是黑夜女神。不，万一……等等，这外国的黑夜女神，怎么说一口中文？！

哦，对，这是我的梦，我能听懂神的语言似乎也不奇怪……或许这就是脑电波传输信号？

就在林七夜胡思乱想的时候，倪克斯站了起来，张开双臂，蹒跚着向林七夜走去！她走得越来越快，神情也越来越激动！此刻林七夜的脑海中已经乱成了一团糨糊，他下意识地张开双臂，想要迎接黑夜女神的怀抱！然而，黑夜女神就这么奔跑着和林七夜擦肩而过，一把抱住了林七夜背后窗台上的小花瓶。倪克斯紧紧抱住花瓶，眼泪哗哗地往下流："我的孩子……你原来还活着，我终于找到你了！"

林七夜：？？？

紧接着，倪克斯的目光落在了那把她坐了不知道多久的椅子上。愣了片刻之后，她冲上前抱着椅子和花瓶再度痛哭："修普诺斯！我的孩子，原来你也在这里！"

思绪凌乱的林七夜就像是尊雕塑般站在那儿，眼睁睁地看着倪克斯先后认了花瓶、椅子、墙壁和空气为自己的孩子，哭得稀里哗啦的。

林七夜：我觉得，我大概知道她病在哪儿了。

病得不轻啊！

清晨，林七夜悠悠地从梦中醒来，望着光秃秃的天花板，无奈地叹了口气。和倪克斯待了一晚上之后，林七夜觉得自己整个人都不好了。就在他准备起身的时候，突然轻"咦"了一声。在他的脑海里，那座笼罩在迷雾中的诸神精神病院正在其中沉浮，他与病院之间，似乎有了种紧密的联系。现在的他不需要入睡，也能随时将意识投入精神病院之内。这就是打开大门之后的福利吗……林七夜尝试着将意识连入精神病院中，马上就能感知到精神病院内发生的一切。当然，那五间被封印的病房依然无法探入。此时，倪克斯在院子里正抱着花瓶和椅子，对着旁边的空气自言自语，也不知在说些什么。

林七夜坐在床上，郁闷地揉着眼角："治病，治病……我也不是医生，该怎么帮她治病呢……"突然林七夜的眼睛一亮，像是想到了什么，嘴角浮现出一丝笑意。

013

沧南市，某高楼。

嘎吱一声，房门被缓缓推开，赵空城萎靡地走了进来，时不时叹口气。

"老赵，你这是怎么了？"

屋里坐着的五人见赵空城这副模样，有些诧异地问道。

"是不是昨晚受伤了？"

"看这神情，失恋的可能性比较大啊……"

"老赵，不会你老婆要跟你离婚了吧？"

"别瞎说。"

五人你一言我一语地猜测起来，半晌之后，沉默的赵空城幽幽叹了口气："我真的那么没有魅力吗？"

"……"

五人不约而同地翻了个白眼，假装没有听到这句话，各自继续忙活手上的事情，有的磨刀，有的擦枪，有的玩手机，有的睡大觉……

"不是，我是很认真地在问你们啊！"赵空城急了。

见迟迟没人理会赵空城，正在擦枪的红缨叹了口气："空城哥，受刺激了？"

"算是吧。"赵空城顿了顿,"昨晚我碰到了那个金色禁墟的拥有者。"

听到后面这句话,所有人猛地抬起头,纷纷停下了手中的事情,两眼开始放光。

"那个疑似炽天使代理人的家伙?"

"嗯。"

"是不是很强?他是什么人?"

"你们想多了。"赵空城摇摇头,"只是个普通高中生,那'克莱因'级别的力量波动应该只是炽天使在他身上留下的力量残余,他现在还是个刚刚踏入'盏'境的新人。"

听到这儿,几人的眼中流露出些许失望。

"还以为沧南市来了个'克莱因'级别的强者……"

"也是,如果那个极度危险的神真的选择了代理人,而且还成长到了'克莱因'级别,高层不可能不知道。"

坐在沙发上的男人眼睛微微眯起:"不管怎么说,炽天使选择了代理人并赐下神墟,这是大事,要赶紧跟高层汇报。"

"对了,老赵,你既然碰到他了,那他人呢?这么重要的人你没有带回来吗?"

"他跑了……"赵空城幽幽开口,"他跟我说去拿书包,然后趁我出神的时候跑了。"

众人无语。

就在几人准备好好吐槽一番的时候,房间的门再度被打开。一个披着黑红色斗篷的男人走了进来,脸上还残留着血迹,步伐沉重得像灌了铅一样。见到这个男人,包括赵空城在内的所有人立马站了起来。

"队长!"

"队长,你没事吧?"

队长摆了摆手,脱去了染血的斗篷,在门旁的小凳子上坐了下来,眉宇之间有说不出的疲惫。"我没事,但……暗面王跑了。"几人的脸色顿时凝重起来,队长继续说道,"昨晚我一路追杀暗面王到北面城外的郊区,和它打了一架。它受了重伤,后来不惜自伤本源强行逃生。"

"这么说,暗面王现在可能已经逃出沧南市了?"

"不,不一定。"坐在沙发上的男人突然开口。

所有人都看向他,队长的眉头微微上扬:"说说吧,湘南。"

吴湘南缓缓站起,从沙发底下掏出了一张沧南市周边的地图,在地上展开。"沧南市的位置较偏,距离附近的城市也比较远,队长昨晚和暗面王在北面的郊区战斗。除了沧南市外,那里距离最近的城市也有数十公里远。"吴湘南在地图上画了一个圈。

"那怎么了?"红缨的眼中满是疑惑。

此时，队长的眼睛逐渐亮起："暗面王受了重伤，在没有恢复力量之前，根本跨越不了这么远的距离。"

吴湘南接着队长的话说道："暗面王如果想恢复力量，只能靠害人，也就是说……"

"它一定还会回沧南市？"

"没错。"

赵空城的眉头微微皱起："可沧南市这么大，我们根本不知道它会在哪里出现。"

"下水道。"吴湘南推了推眼镜，用红笔在地图上勾勒出一条曲线，"怪物很喜欢钻下水道，而且暗面王之前就是通过下水道逃跑的。连接北城郊区的下水道只有一条，也就是说暗面王出现的地点，很可能就在这条下水道经过的某处。"

"马上派人沿着这条下水道搜索，这次，绝不能让它跑掉！"队长的眼中闪过寒芒，即刻下令。

"收到！"

"对了，还有一件事。"

吴湘南转头看向赵空城："一定要把炽天使的代理人带回来，他的潜力太大了，绝对不能落在古神教会的手里！从某种意义上来说，这件事的优先级比肃清暗面王更高！"

赵空城当即挺起胸膛："这件事交给我，我一定要亲手把这小子逮回来！"

"他不是跑了吗？你还能找到他？"红缨小声嘀咕。

"他穿着二中的校服，我今天就在校门口堵着，不信堵不到他！"赵空城嘴角浮现出自信的笑容。

"哥，你今天怎么不去学校？"杨晋看着没穿校服也没拿书包的林七夜，好奇地问道。

"今天有点儿事，先不去了。"林七夜边穿鞋边打开门，"姨妈还在睡？"

"她一个小时前刚回来。"

"我知道了，一会儿早点儿去上学，不能学我。"

"好的。"

林七夜关上门，默默地摘下了眼睛上的黑绶，放入口袋里。他的眼睛恢复了，但还没有跟姨妈和杨晋说，一是因为姨妈昨晚上的是晚班，两人根本没见到面；二是林七夜才刚刚获得这双眼睛，还无法很好地控制眼中的力量，那金光有时还是会突然从眼底浮现出来，虽然不是很明显，但要是让姨妈他们看到了，一定会逼自己再去检查眼睛的，白花钱。他想等自己能完全控制眼睛的时候，再宣布这件事。既然出了门，林七夜就没必要再缠黑绶了，那样太引人注目。林七夜从口袋里掏出之前杨晋给自己买的墨镜戴上，迈着大步朝公交站走去。经过一个多小时的颠簸，林七夜终于来到了自己的目的地——阳光精神病院。

上一次林七夜来这儿，还是十年前。这十年，林七夜变了很多，这家精神病院也变了很多——所有老墙都被翻新了，大门比之前宽敞了两倍，两座现代化高楼取代了原本的三层小楼，就连"阳光精神病院"六个大字也变成了镏金烫印！站在大门口，林七夜再也无法将眼前的现代化医院和记忆中的小楼联系起来。唯一没有变的，或许就是那个看门的老大爷，只是身形佝偻了许多，头发花白了许多。

老大爷似乎看到了林七夜，眯了眯眼睛，举起右手指向林七夜。就在林七夜以为老大爷还记得自己，准备打招呼的时候，大爷高喝一声："那边那傻小子！你挡着后面的车了！"

014

咚咚咚！

"请进。"

林七夜推开门，走进了诊室。坐在桌子另一边的，是个中年男医生，披着一件白大褂，顶着一头稀疏无比的"地中海"，一看就是智慧的象征。林七夜在椅子上坐下，医生悠悠开口："说说吧，有什么毛病啊？"

"我没什么毛病。"

"没什么毛病，你来这儿干吗？"

"我没毛病，但我有个朋友，有很严重的精神疾病。"

医生听到这儿，表情古怪地看着林七夜，笑着捋了捋头顶的几根头发："你说的那个朋友，不会就是你吧？"

林七夜正色回答："不，真的是个朋友。"

"行，那你说说你有……不是，你那个朋友，有什么病？具体有什么症状？"

林七夜沉吟片刻："这个可能有点儿不好描述……"

医生笑了："那你就把自己当成那个朋友，跟我实际表演一下。"

林七夜古怪地看了医生几眼，纠结片刻之后，无奈地点了点头。于是，林七夜缓缓地从座位上站了起来，在医生的注视下，径直走到医生的面前。他伸出手将中年医生的头埋进了自己的怀里，另一只手轻轻抚摩着医生头顶那仅剩的几根秀发，眼中满是慈祥，轻声说道："我的好大儿，爸爸终于找到你了！"

医生："……"

在接下来的十分钟里，林七夜用上了毕生所学的议论文手法，唾沫横飞地向医生解释真的不是他有病，避免了被强制住院的命运。

"所以，你那个朋友看到什么东西都像是看到自己的孩子？"

"对！"

"还哭了很久？"

"一直在哭。"

"喜欢坐在院子里给花瓶和凳子讲故事？"

"没错。"

"睡眠怎么样？"

"她不睡觉。"

医生皱着眉头："你这个朋友，病得不轻啊！我强烈建议你把她带到我们医院来住院治疗。"

"她的情况比较特殊，没有住院治疗的条件。"林七夜无奈地开口。他自然不可能说实话，要是真告诉医生黑夜女神倪克斯就是患者，而且住在自己脑海中的精神病院里，他马上也要接到住院通知单了。

医生为难地在那儿想了想，双手开始在键盘上打字："不能住院的话，那就只能先靠药物治疗了。我给你开点儿药，你回去给她吃上，如果病情没有好转的话，一定要送到院里来。"

林七夜的表情有些为难，现实中的药能带到脑海中吗？林七夜不知道，觉得就算能带进去，普通人治病的药也未必会对神明有效果。"医生，除了吃药，还有什么办法能治疗吗？"

医生沉思片刻，缓缓开口："你朋友这个症状，属于重度妄想症，这种病人我见过不少。之前有个男人很爱他的老婆，后来他老婆出车祸死了，他就经常对着空气说话，想象他老婆还在他的身边。

"这种病多半是由于精神上遭受过巨大的创伤，潜意识里拒绝现实，从而给自己营造出'她还在身边'的虚假意识。

"如果能从发病原因的角度入手，在心理上给予一定的治疗，也存在好转的可能的。如果没有药物辅助，很难很难。药物与心理治疗，这两者是相辅相成的关系，你懂我的意思吗？"

林七夜若有所思地点点头。要从发病原因的角度入手吗？可他对倪克斯的过去根本不了解，无从下手啊！看来，他要多做些准备工作了。林七夜接过医生开的取药单，却并没有选择去缴费取药。既然现实中的药物无法对脑海中的神明起效，他也没必要去花这钱，而且这些药太贵了！

林七夜从精神病院出来，坐上了回程的公交车。这趟精神病院来得还是值得的，至少它给了林七夜一个突破口，从心理角度去开导倪克斯，要想做到这一点，就必须足够了解她。

于是，林七夜在某一站下了车，走进了沧南市图书馆。

二中，校门口。

"欸，你看，那个大叔是谁啊？"

"不认识，估计是哪个家长吧。"

"我早上七点多进校门的时候就看到他了。"

"我也看到了，他早上戴着副墨镜，穿着衬衫，手里拿着一杯咖啡靠着墙边，当时还觉得他挺帅的。"

"那他现在怎么跟乞丐一样，眼睛都红了？"

"你们说，他不会从早上一直待到现在了吧？"

"不会吧，现在马上都十点了。"

"谁知道呢？哦，对了，你们听没听说，昨晚放学回家的时候，有两个学生遇害了！"

"真的假的！"

"当然是真的，我听说……"

"……"

在校门口对面的马路牙子上，一个落寞的男人正孤零零地坐在那儿，旁边是满地的烟头，路灯下的背影显得说不出的哀伤。赵空城弹了弹手中的烟，他怎么想也想不通，究竟是哪里出了问题。他从早上六点一直蹲到晚上十点，人都被太阳晒傻了，愣是没看到那小子的人影，昨晚那小子明明穿的就是二中的校服啊！难道这小子猜到自己要来堵，直接不来了？屁股都坐痛了——赵空城双手撑着地面，缓缓地从马路牙子上坐起，假装不经意地拍了拍裤子上的灰尘，开始活动手脚。就在这时，他用余光突然看到，在马路的另一侧，一个穿着便服的少年正拎着几本书慢悠悠地在散步。那家伙倒是和那小子的体形有点儿像，嗯？赵空城一愣，用力眨了眨眼。

"嗖——"赵空城二话不说，像是阵风般直接向那少年飞奔而去，两眼通红，一副凶神恶煞的模样！然而，当他距离少年大概二十米时，那少年似乎察觉了什么，浑身一震，同样拔腿就跑！两人就这么在街道上一前一后地狂奔！林七夜此刻真想扇自己两个耳光，那么多路不走，为什么偏偏要挑这条路？！现在倒好，昨天刚放了人家鸽子，现在人家又追过来了！

林七夜的速度虽然不慢，但和赵空城相比还是差了很多，没几秒的工夫便被赵空城追上了。赵空城恶狠狠地拽住林七夜的肩膀，冷笑了两声。

"小子，咱们又见面了！"

林七夜僵硬地转过头，歪了歪脑袋："你谁啊？"

015

赵空城觉得自己要被气炸了。

"我！你还问我是谁？我是昨晚被你欺骗了感情，吹了大半夜冷风的无辜受害者！"赵空城死死地锁着林七夜的手，就像个害怕朋友被别人抢走的纯情大叔，"我告诉你，你少给我在这儿装蒜，今天你绝对跑不掉了！"

林七夜看了看自己被锁死的手臂，放弃了无谓的挣扎，一副任人摆布的模样。

"行吧，你说，去哪儿聊？"

"跟我走。"

赵空城挽着林七夜的手，迈开大步朝某个方向走去，把他锁得死死的，硬拖着往前走。

"你……你想干吗？我告诉你啊，你别乱来……"

"你们这些高中生脑子里装的都是什么？就找个地方聊天而已。"

"聊天用得着去酒店？"

"你懂什么？这里是安全屋！"赵空城翻了个白眼，拖着挣扎的林七夜走到前台，对着前台目瞪口呆的女店员抛了一个极其油腻的媚眼："一间大床房，谢谢。"

林七夜："……"

"先生，这里需要您的身份证件，还有这位小……小同学，您的证件也出示一下。"

"这是您的房卡，房间在 3966，祝二位入住愉快！"

"傻站着干吗？跟我上去吧。"赵空城拉着林七夜就往电梯走去，很快刷卡进了房间。

赵空城反锁了房门，这才放开林七夜，径直走到电动床边坐下，僵直了一天的身体终于放松下来。

"别那么紧张，真的只是聊天。"赵空城见林七夜那如临大敌的表情，笑骂道。

林七夜叹了口气，坐在了门旁的沙发上问："你想跟我聊什么？"

"当然是聊聊你。"

"林七夜，男，十七岁，单身，身高一米七五，体重……"

"你知道我说的不是这个。"赵空城抚额，另一只手指了指林七夜的双目，"我说的，是你的眼睛。"

林七夜陷入了沉默。

"你见过米迦勒了？"

听到这句话，林七夜的身体微微一颤，犹豫了半晌，轻轻点头。果然，眼前的这个男人知道很多东西，他背后的势力绝不简单！而这句话也给林七夜透露了一个重要的信息，那就是十年前他见到的那位炽天使，原来是大名鼎鼎的六翼天使米迦勒。见林七夜点头，赵空城的心终于放了下来，看向林七夜的目光逐渐火热。

"他为什么找你？他和你说了什么？你现在能将禁墟用到什么地步了？"

赵空城的问题像连珠炮一样，林七夜的眉头微皱，摇了摇头。

"你的问题太多了。"

赵空城也意识到自己有些失态，干笑了两声："也是，现在的你心里肯定有很多疑惑，那就让我先来替你解答，想知道什么就问吧。"

林七夜沉吟片刻，注视着赵空城的眼睛，问出了第一个问题："这个世界上……真的存在神话中的神明吗？"

"存在。"赵空城没有犹豫，直接点头，"但并不是所有的神都存在。"

"什么意思？"

赵空城沉思起来，像是在想该从哪里讲起："你觉得，神话是什么？"

林七夜想了想："是古人的精神寄托？是对大自然未知力量的恐惧与幻想？"

"你说得没错。"赵空城点头，"直到百年之前，所有人都是这么认为的。"

"百年之前？"

"没错，在那场迷雾出现之前，这个世界上从来没有出现过神明的踪迹。"赵空城的眼睛微微眯起，"然而，自从那场覆盖地球的迷雾出现之后，一切似乎都不一样了。1922年9月，也就是迷雾出现的后一年，大夏派出的某一支迷雾探测队，在马里亚纳海沟观测到了一只缓慢飞行在天空中的超大型巨龙，那是人类历史上第一次观测到神话生物。经过研究考证，那条龙是《圣经》中的混沌之龙——利维坦，传说是上帝制造的生灵。这条巨龙的发现直接颠覆了整个大夏高层的认知，他们意识到，从这场大雾开始，世界已经与曾经截然不同。当时迷雾刚刚出现，整个大夏都陷入了恐慌，高层为了国家稳定，隐瞒了这次探测的结果。而混沌之龙利维坦作为人类观测到的第一只神话生物，大夏高层将其代号编为001。后续的探测过程中又陆续发现了部分神话生物，便继续向下编号。你所见到的炽天使米迦勒，便是1928年人类观测到的第三只神话生物，代号003。"

"1928年？"林七夜一愣，"那时候我们还没有掌握登月的技术吧？他们是怎么找到在月球上的炽天使的？"

"不是我们找的他。"赵空城摇头，"1928年3月，一束金色剑芒从月球发出，穿过宇宙，将北美的一座大火山夷为平地。直到那时我们才知道，月球上还存在着一尊神明。"

"北美？那里有什么？"

"后来，我们的探测队花了一年的时间抵达那座火山。在一片废墟中，发现了被封印在神墟中的004号神明，"赵空城顿了顿，继续说道，"堕落天使路西法。"

"路西法……"林七夜还没有从赵空城传递出的巨量信息中反应过来,在那儿愣了许久。

"所以,你是说……从那场迷雾出现之后,神话中的神明就莫名其妙地陆续出现了?"

"没错,高层一直在探究这件事背后的原因,推测出了两种可能。"赵空城伸出了两根手指,"第一种,这些神本身并不存在,但是在迷雾出现之后,某种神秘的变化产生,将他们从神话中具象了出来。第二种,神话并不是古人的幻想,而是真实存在的,在人类越发活跃之后,他们出于某种原因潜伏在地球某处,而迷雾的突然出现则唤醒了他们。"

林七夜点点头:"那你刚刚说的并不是所有的神都存在是什么意思?"

"现在存在于地球上的神明数量并不多,并不是所有的神话生物都降临于此,目前出现的仅仅是偌大神话体系中很小的一部分。我们不知道为什么是他们,与强弱无关,与故事传播度无关,与善恶无关,与国界无关,他们的出现似乎并没有规律,就这么随机产生了。不仅是《圣经》、希腊神话、北欧神话、克苏鲁神话……在人类现在已知的神明中,涵盖了所有神话体系。"

"既然是所有的神话体系,那我们大夏的神呢?"林七夜好奇地问道,"比如齐天大圣、三太子、四大天王、玉皇大帝……他们在哪儿?如果他们存在的话,那一定能将西方神话吊起来打吧?"

赵空城短暂地沉默之后,摇了摇头:"你想的这些,我们也都想过。这一百年里,我们无数次在大夏国境内探寻,试图寻找他们的下落。可整整一百年,我们什么都没有找到,哪怕连个土地公公都没有。有人说,这是因为迷雾还没有吞掉大夏,所以大夏的神话不会出现。也有人说……"

林七夜忍不住问道:"有人说什么?"

"也有人说……他们一直在。"

"一直在?"

"你觉得,为什么整个地球都被迷雾吞噬,只有大夏幸存?那迷雾已经来到了大夏周围,但就是被挡在国境线旁,寸步不得进?"

林七夜张大了嘴巴:"你是说……"

"这只是一种猜测,或者说是一种美好的幻想。"赵空城摇了摇头,"不管怎么说,我们都没有发现过大夏神明的踪迹。"

"好吧。"

光是现在听到的这些信息量,林七夜就已经觉得自己的世界观崩塌了。如果不是亲眼见证了炽天使的存在，他说不定回头就会打电话给精神病院，让他们把赵空城拖走——这病得比他当年还重！

"那昨晚，从我身上发出来的金色光柱是什么？"林七夜问出了下一个问题。

"禁墟。"赵空城回答，"在迷雾笼罩地球后，发生的变化并不仅限于神明的出现，这些迷雾对我们的人体似乎也有神秘的作用。虽然这些迷雾没有进入大夏的疆土，但它的内部似乎蕴含着某种类似于辐射的能量，对部分人的身体有催化作用。在迷雾降临后出生的孩子，有概率在体内产生一种奇特的力量。经过某些特定环境影响，这些力量便会被激发，从而形成一种能够影响现实环境的特殊力量。这些力量的特征因人而异，各有不同。而这种能够通过自身影响周围的超凡领域，就被称为'禁墟'。"

林七夜若有所思。简单来说，"禁墟"就是一些幸运儿的超能领域。这么看来，自己能够用类似精神感知的手段感知方圆二十米内的一切，同时具备极强的动态视觉，还能动用炽天使神威，也是禁墟的表现形式。

"这种禁墟是不是能够成长？"

"是的，禁墟的能力、范围、特殊性都会随着主人的精神力增加而增加，精神力是影响禁墟强度的重要标准。通过精神力，我们将禁墟分为六大境界。精神力如杯盏之水，少而不动，被称为第一境'盏'境；精神力如池塘之水，多而不动，被称为第二境'池'境；若如川流之水，多且流通，被称为第三境'川'境；若如海洋之水，浩渺广阔，被称为第四境'海'境；若精神力近乎无穷无尽，浩瀚磅礴，则是第五境'无量'；若精神力取之不尽，用之不竭，打破空间维度，近似克莱因瓶，则是第六境'克莱因'。"

"那我呢？我现在是什么境界？"林七夜问道。

"你？你现在就是个'盏'境，只是个刚刚能够使用禁墟的新人而已。"赵空城似乎很喜欢打击林七夜的感觉，"只能算是个……嗯……稍微厉害点儿的普通人。"

林七夜顿时无语。这么看来，他昨晚之所以能打开脑海中精神病院的大门，应该就是因为自身突破进了"盏"境，能打开倪克斯的病房门也是这个原因。那是不是意味着，以后他每突破一个新的境界，就能放出一个病人？

"那你呢？你这么厉害，是什么境界？"林七夜看着赵空城问道。

赵空城老脸一红，有些尴尬地转头看向窗外："我，我本身……没有禁墟，自然就没有精神力。"

"你没有禁墟？"林七夜瞪大了眼睛，"那你是怎么杀死那个怪物的？"

林七夜是真的被惊到了，那种怪物就连拥有变态动态视觉的他都只能勉强应对，当时赵空城完全是压着对方打，这么猛的人居然没有禁墟？

"我杀它，只是凭借多年的训练以及丰富的战斗经验。在加入守夜人之前，我是个特种兵，精通近战的那种。"赵空城继续补充，"想获得禁墟有三种途径，一种就是我刚刚说的，只有一小部分幸运儿能够生下来就拥有使用禁墟的天赋。第二种则是借助拥有禁墟的物品。并不是只有人能被迷雾影响拥有禁墟，某些物品机缘巧合之下也会拥有禁墟，这种禁墟一般极其特殊且罕见，如果人类能够驾驭它们的话，也能够使用禁墟的力量。我就属于这第二种，不过我拥有的禁物并不是攻击类，而是守夜人特有的制式辅助类禁物——'告示牌'，它的作用只有一个，就是张开'无戒空域'！"

017

"无戒空域？"

"一个能够隔绝域内与域外的禁墟，能够防止我们与敌人的战斗影响到普通人。每座城市的守夜人都会配备三块能够施展'无戒空域'的告示牌，因为一般不正面参与战斗，所以我们这类人也被称为'守望者'。"

林七夜的眉毛一挑："也就是说，你就是个放风的。"

"不会说话，你就少说几句。"赵空城翻了个白眼。

"你刚刚说获得禁墟有三种方法，那最后一种呢？"

"最后一种，就是神明赐予，也就是你这种情况。"赵空城的脸色严肃起来，"有些神明会将自身的部分力量给予被他选中的人类，让其成为自身在人间的代理人，这种由神明赠予的禁墟也被称为'神墟'。相应地，在获得力量的同时，代理人也会收到来自神明的指令，有的是毁灭人类社会，有的是守护人类社会，有的是去帮神明寻找某种东西……总之，一般情况下一位神明的代理人只有一位，而他就代表着神明的意志。目前出世的那十几位神明代理人，大多数是试图毁灭人类新秩序，让世间重返混沌的恶神代理。他们自创了一个组织，名为古神教会。善良神明的代理也有，但数量极少，至于中立神的代理人有多少我们就不得而知了。"赵空城站起身，迈步走到林七夜的面前，凝视着他的眼睛，一字一顿地开口。

"林七夜，米迦勒给你的指令是什么？你属于哪一方？"

林七夜眼中满是茫然："我不知道啊，他没说。"

林七夜说的这是大实话，当时米迦勒就从月亮上远远看了他一眼，他就晕了，对方真的一句话都没说啊！

赵空城的眉头皱了起来："他什么都没说？你也没在心底听到过他的声音？"

"没有，真没有！"

赵空城狐疑地端详了林七夜许久，像是想从中看出他说谎的迹象，半晌之后才挪开眼睛，缓缓坐了下来。"按我们推测，米迦勒应该是属于中立或者善良阵营，要不然我们早就把你杀了，不过……他既然把神墟给了你，为什么又什么话都不说呢？他究竟想做什么？"

林七夜的眉头微微皱起。"他想做什么我不知道，就算他给我下达了指令，我也不会去做。我不想掺和进这种乱七八糟的事里，大不了就把这双眼睛再还给他。"说着，他便站起身，"没事的话，我就先走了。"不等赵空城说话，他扭头就去开门。

"不是，你等等！"赵空城猛地站起来，挡在门口，盯着林七夜的眼睛，"你问完问题就走了？我呢？"

"你？你可以在这儿一个人激情。"林七夜认真地回答。

"不是，我的意思是……你就不问问我吗？我是什么人？"赵空城觉得和这小子说话真的很累。

"你是什么人跟我有什么关系？"林七夜继续开门。

赵空城一把按住门把手："我为什么知道这么多？我的背后是一个什么样的组织？我们在做些什么……这些你都不好奇？"

"不好奇。"

"为什么？"

"按照影视、小说里的逻辑，我一旦知道你们的存在，只剩下两种选择。"林七夜伸出两根手指，"要么就加入，要么就变得永远也泄露不了秘密，比如被杀、被关、被洗脑……"

"你少看点儿电视吧！"赵空城一阵无语，"再说了，你都不了解我们，你怎么知道加入我们不是个好选择？"

林七夜扬了扬眉毛："这么说，就算知道了你们的事情，而且选择不加入，我也不会有危险？"

"当然不会！我们算是军人，最多就让你签个保密协议，你说的那些纯属扯淡！"

"那我倒可以听一听。"林七夜听到这句话，又坐了回去。赵空城叹了口气，和这小子聊几分钟的天，感觉比他在外面蹲守一天都累！"1922 年，在我们的探测队发现第一只神话生物，也就是混沌之龙利维坦之后，大夏高层紧急成立了一个组织，时刻准备应对神话生物的入侵，被称为 139 特别生物应对组。那时候，我们的科技比较落后，对眼前的世界也一无所知，所以所谓的特别生物应对组只是个假把式，根本没什么大用处。随着时间的流逝，我们观测到越来越多的神话生物，尝试着与其中几位建立联系，同时也发现了禁墟的秘密，开始训练特殊的战斗人才。随着发掘出的禁墟拥有者越来越多，我们发现由于禁墟拥有者出现的随机性，无法将所有人都纳入有关单位的范围，所以，139 特别生物应对组又逐渐转向半民间。现在，我们将这个特殊组织称为——'守夜人'。"

林七夜若有所思："所以，你们的存在是保护大夏不受那些邪恶神明的侵犯？"

"准确地说，是所有神话生物。"

"有什么区别吗？"

"当然,之前我就说过,神话生物的出现带有随机性,与力量强弱无关,所以降临的神话生物不仅是人们耳熟能详的那些强大神明,也有一些只存在于乡野传说中的弱小生物,你昨晚遇到的怪物就是乡野恐怖传说中的一种。这种不具备灭世级力量,但是会对人类社会造成影响的神话生物,我们统称为'神秘'。"

"原来如此。"林七夜点头,难怪他觉得昨晚碰到的那东西形象有点儿眼熟,原来它本就诞生于乡野故事。

"所以啊,我们也是军人,是保家卫国的军人!我们的存在,就是为了防止大夏的人民遭遇苦难,这难道不高尚吗?难道不帅吗?!"赵空城苦口婆心地劝说起林七夜来。

"很高尚,很帅,我很敬重你们,真的。"林七夜的神情严肃起来,他不是在开玩笑,从他的眼神中,确实能看到浓浓的敬重之色。

赵空城的脸上逐渐浮现出笑容:"那你……"

"我不去。"

赵空城的笑容顿时僵硬:"为什么?!"

"我走不开。"林七夜的眼中满是认真,"我还有很多事情要做。"

"什么事能比保家卫国更重要?!"

"我有一个姨妈和一个表弟。"林七夜望着窗外,表情十分平静,"姨妈年纪不大,但为了阿晋和我这个废人,没日没夜地在厂里上班,十年如一日,现在身体已经快不行了……她这个人啊,很倔强,明明自己在客厅的凳子上揉颈椎揉得眼泪都出来了,还要嘴硬说自己在做瑜伽,很养生……我就坐在她对面,她以为我看不见。她活得太小心,也太累了。

"我那个表弟很聪明、很孝顺,可惜他还太小了,承担不起这个家。所以,我还有很多事要做,我要挣钱养家,我要给姨妈和表弟买个大房子,我要让姨妈再也不用回到那个黑工厂受苦!

"我要供我的表弟读大学,我要让他和姨妈一起过上好日子!这十年,他们没有放弃过我这个拖油瓶,现在我终于好了,又怎么能抛下他们?你们很崇高、很伟大,如果条件允许的话,我或许会加入你们,但现在的我,只想踏踏实实地待在他们身边,守护这个家。"

018

赵空城呆住了。

他真的没有想到,眼前这个普普通通的高中生,竟然会说出这样一番话,竟然有着这样成熟的想法。他这时才意识到,自己之前试图调动少年郎普遍存在的"中二"与热血心理的行为,是多么可笑。林七夜,不是普通的高中生。

林七夜站起身，径直走到门口，犹豫片刻，停下了脚步。"谢谢你告诉我这么多事，保密协议，我会签的。"说完，他推门而出。

这一次，赵空城只是默默地坐在床边，身体微微站起，似乎想去拉住林七夜，短暂停顿后，又无力地坐了回去。他知道这个少年意味着什么，也知道自己身负着把这个少年带回去的使命，可他做不到。

"小七啊，终于回来啦？你今天怎么没穿校服？"
"姨妈，今天早上起得急，忘记穿了。"
"你这孩子……不穿校服，老师不会骂你吗？"
"就说了两句，没事的。"
"唉，小七啊，你刚转到新学校，不能给老师留下坏印象，做事要小心一点儿。"
"知道了，姨妈。"
"在学校和同学们相处得怎么样？他们没有排挤你吧？"
"没有，我们相处得挺好的。他们还送我回家，我也送了他们一程。"
"那就好，那就好。"
"我回房间了，姨妈。"
"嗯，早点儿睡。"

"砰——"
林七夜关上房门，仰躺在床上，望着窗外的夜色，长长地叹了口气。这个世界，比他想象中复杂太多。不过，这和他没多大关系。休息了一会儿，林七夜坐起身，刚开始脱衣服，一个硬质物品从他的口袋里掉了出来。当啷！林七夜低下头将那东西捡起，眉宇间浮现出疑惑。这是个金属饰品，像是枚纹章，也就比一元硬币大了一圈，不知是用什么材质做成的，入手之后散发着淡淡的凉意。在这纹章的正面，两柄直刀交错，刀身散发着淡蓝色微光，刀后的背景则是一片点缀着星星的夜空，做工极为精致。在图案的下方，刻着"赵空城"三个小字。

"这是……"林七夜的眼睛微微眯起。

林七夜想起来了，刚刚赵空城拽着自己往宾馆走的过程中，似乎摸了一下他的口袋，是他不小心丢的？林七夜摆弄着纹章，将纹章翻了一面，纹章背面镌刻着几行小字——

> 若黯夜终临，
> 吾必立于万万人前，
> 横刀向渊，
> 血染天穹！

"好气魄,这是赵空城自己写的,还是他们守夜人的训言?"林七夜喃喃自语,"看他样子呆呆的,不像是能写出这种话的人啊。"

把玩一阵之后,林七夜就将它放在了桌上,自己换好衣服爬上了床。今晚,他还有很重要的事情要做。他闭上眼,将意识沉入了脑海中的诸神精神病院内。

此刻,在精神病院的小院子里,倪克斯正抱着一堆瓶瓶罐罐坐在摇椅上,似乎在呢喃着什么,嘴角还时不时浮现出笑容。如果忽略她眼中的混浊和怀中奇奇怪怪的东西,仅凭她举手投足间散发出的高贵气质,这必将是一幅绝美的画卷。

不久,穿着一件白大褂的林七夜缓缓走来。为了更好地代入精神病医生这个角色,林七夜特地在院长办公室找了件白大褂,甚至在衣领上夹了一副平光眼镜。乍一看,确实像那么一回事。

林七夜走到摇椅旁,默默注视着倪克斯那双混浊呆滞的眼睛,轻叹了口气。从他所翻阅的神话典籍来看,倪克斯确实是希腊神话中最为古老强大的那批神明之一,其地位和力量都是顶尖的。与其他神明相比,她有个最大的特点——喜欢生孩子!据林七夜统计,倪克斯的子女有二十多个,包括大名鼎鼎的死神达纳都斯、睡神修普诺斯,以及太空神、命运女神、厄运之神等等。除了极少数几个,倪克斯的绝大多数孩子是恶神,诞生之后便为祸人间,其中落得悲惨下场的神也不在少数。从神话故事的只言片语中,林七夜无法得到这位黑夜女神更加详细的信息,但推测倪克斯现在的病情或许和她的子嗣有关。

阳光精神病院的那个医生说,有个男病人因为太过思念自己的妻子,便幻想其还在自己的身边。那倪克斯的病,是不是也是如此?她因为太过思念自己的孩子,从而将那些瓶瓶罐罐当成了她的孩子?可在她的子嗣身上究竟发生了什么才会引起倪克斯如此强烈的反应?而且作为一个拥有神性的古老神明,真的会拥有如此强烈的情绪吗?还是说,在她发病之前,她就被夺走了神躯,剥夺了神格?林七夜不得而知。

"修普诺斯,别急,你哥哥就快回来了,他只是贪玩了一会儿。达纳都斯这孩子,从小就爱惹麻烦,等他回来,一定要好好教训他!"倪克斯抚摩着手中的花瓶,呆呆地遥望着远方,眼中浮现出一丝希冀,紧接着又混浊起来,顿了顿,沙哑的声音微微颤抖着,"三千年了,可他为什么还没回来……"

林七夜看着这一幕,不知为何,心中泛起一阵酸涩。谁又能想到,那个曾经高高在上的黑夜女神,现在却如此无助而卑微。她是黑夜女神,也是一位等待孩子归来的母亲。

"想要治好她的病,必须从根源入手……"林七夜的脑海中再度回荡起医生的话,他低着头,努力思索着。根源……倪克斯的病根,在于她失去的孩子,想要治好她,只能从她的孩子入手。可是,她的孩子都是大名鼎鼎的希腊神,自己总不可能去把他们一个个找回来,带到倪克斯面前吧?林七夜甚至连他们是否被迷雾带到这个世界都不得而知，又去哪里找这么多神明？就算找到了，那些恶神真的会乖乖跟自己过来吗？林七夜皱眉思考着，就在这时，一道灵光从他的脑海中一闪而过！或许……这样能行？林七夜站起身，纠结地注视了倪克斯许久，终于下定决心，向前迈去。在倪克斯呆滞的眼神中，林七夜一步步走到她的面前，轻轻蹲下，伸出双手抱住倪克斯，在她的耳旁轻语："母亲，我回来了。"

这一刻，倪克斯的眼中突然焕发出前所未有的神采。她颤抖地伸出双手，紧紧地抱住林七夜，过了许久，才颤巍巍地说出一句完整的话："欢迎回来，达纳都斯，我的孩子。"

019

在倪克斯说出这句话的瞬间，一块虚拟面板凭空出现在林七夜的眼中——

一号病房——
病人：倪克斯。
任务：帮助倪克斯治疗精神疾病，当治疗进度达到规定值（1%、50%、100%）后，可随机抽取倪克斯的部分能力。
当前治疗进度：3%。

已满足奖励获取条件，开始随机抽取倪克斯的神格能力……

紧接着，一个虚拟的抽奖转盘浮现出来，开始急速旋转！林七夜可以看到，这个转盘上分割了二十多块区域，每块区域的面积基本差不多，也就是说，他抽取这些神格能力的概率都是一样的——夜空降临、黯淡之眼、陨落千星、裂星术、暗夜闪烁、黑夜眷属、超凡生育……

旋转的转盘上的能力看得林七夜眼花缭乱，但他总觉得，里面好像混进了奇怪的东西……超凡生育是什么鬼？这也算神格能力？！自己要是抽到了这种能力，是不是连老婆都不用找，自己就能生一堆神子？嗯？听起来好像也不赖。

与此同时，林七夜注意到，在这转盘的角落，竟然还有一块和其他能力面积不一样的狭长黑色区域，大约占总面积的1%。这个神格能力的名字，叫作"未知"。未知？这是什么意思？这不重要，林七夜相信以自己的运气，让他抽一千次估计都抽不到那个"未知"。

林七夜深吸一口气，死死地盯着眼前的转盘，心念一动，转盘就开始减速，指针从一个个能力上转过，最终停留在了一块能力区域上。

"星夜舞者……"林七夜看到这几个字，无奈地叹了口气。听名字，这种能力的档次比什么裂星术、陨落千星差了好多，不过还好……不是超凡生育。这运气，不愧是我。

指针停下的瞬间，林七夜眼前的转盘逐渐消散，只有那"星夜舞者"四个字静静地悬停在空中，颜色越发深邃。林七夜伸出手，将其握住，紧接着，那四个字便化作一道黑光，灌入了林七夜的身体。林七夜只觉得一股神秘的能量正在飞速改造自己的身体，整个人从灵魂到肉身仿佛都被洗涤了一般，异常舒适，这种感觉真的很奇妙。这个状态大约持续了五秒，等到彻底消散之后，林七夜明显感觉到自己的身体不一样了。他的眼前，缓缓浮现出另外几行小字。

星夜舞者——
在黑夜中，你的速度、力量、耐久、恢复能力均为平时的五倍。
在黑夜中，你的存在不易被察觉。
在黑夜中，你对其他生物的威慑力更强。
你拥有了与其他夜行动物交流的能力。

林七夜看到这儿，不由得倒吸一口凉气！这个看起来神格不高的能力，似乎也异常强悍啊。别的不说，光是那速度、力量、耐久、恢复能力为平时的五倍，就已经堪称变态！哪怕以他这普通得不能再普通的身体素质，只要在晚上去参加什么铁人三项之类，绝对是妥妥的吉尼斯世界纪录！五倍的加成，能够让他的身体直接逼近人类极限，这还只是在他自身素质普通的情况下。如果经过系统训练，林七夜不敢想象自己会成长到什么样的地步，更别说后面的潜行，以及与夜行动物交流的能力，这已经完全超出了人类的范畴。

林七夜按捺住内心的兴奋，深吸一口气。他确实没有加入守夜人的想法，也不想与那些神话生物搏杀，但再怎么说他也只是个高中生，要说对于超自然力量没有憧憬，那是不可能的。再说，只有自身变强，才能更好地保护自己的家人。林七夜终于定下心，将目光落在了眼前的倪克斯身上。

此时，倪克斯正温柔地看着他，用手轻轻抚摩着他的头发，自顾自地呢喃："达纳都斯，这三千年你跑到哪儿去了？你知不知道我有多想你？"

林七夜默默坐在那儿，看向倪克斯的目光满是复杂。和他猜的一样，对现在的倪克斯而言，她连自己的孩子和花瓶都分不清，又怎么可能认出林七夜不是她的孩子？她因思念成疾，将身边的一切幻想为自己的孩子，但……那些瓶瓶罐罐毕竟不是真的人，不会对倪克斯做出响应。所以，当林七夜这个会呼吸、会动、会喊母亲的人一出现，倪克斯就像是活过来一般，终于找到了自己的精神寄托！这，就是让她打开心扉的第一步，也是治疗进度直接跳到了3%的原因。

"达纳都斯，你知不知道你弟弟有多想你，快抱抱他。"倪克斯嘴角含笑，将手中的花瓶举到林七夜面前。

林七夜："……"

无奈之下，林七夜只能接过花瓶，装模作样地抚摩起来。就在这时，他的余光瞄到了倪克斯的怀中，看到了自己其他的那些"弟弟妹妹"，浑身一震。只见在倪克斯的怀里，抱着好几个贴着标签的瓶瓶罐罐，颜色也各不相同。在其中一瓶的标签上，林七夜清楚地看到了一行大字——氟哌啶醇（神用）。

林七夜死死地盯着它，嘴巴越张越大。氟哌啶醇？这名字怎么这么眼熟？这不是白天那个精神病医生给他列出来的药物清单里的药吗？而且后面还有两个字——"神用"？

在这瞬间，林七夜像是想到了什么，整个人突然激动起来！他将手中的花瓶递给倪克斯，匆匆开口："我去去就回！"随后他便如同一阵风般爬上了精神病院的二层楼，找到在楼梯尽头的一个房间——药物储藏室。房间的门是开着的，倪克斯之前应该进来过，不然也不会带走那么多"弟弟妹妹"。林七夜快步走入其中，搜索了一番，最后在一个巨大的金属柜面前停了下来，眼中的光芒越发明亮。他的眼前，是整整一面墙的药物！这些药物种类繁多，绝大多数是用于精神病治疗的，包括他刚刚看到的氟哌啶醇、氯丙嗪等，还有大量的镇静药。而且在这些药物的后面，都加有两个字——神用。

林七夜的嘴角浮现出笑意，他早该想到的，这里是给诸神治病的精神病院，既然是精神病院，自然有储藏药物的房间，而且里面的药物都是针对神明体质的特殊药物！他无法将现实中的药物带到梦里，但是可以在这里找到相对应的、作用于神的药物！这么一来，事情似乎就变得简单了很多。

林七夜挑了几瓶白天医生列出的药物，跑下楼，来到倪克斯身边。

"这个，这个是每天一次、一次两粒……还有这个，这个是每天三次、一次一粒……要记得吃啊！"

倪克斯专注地看着林七夜，好像他的脸上有朵花一样，似乎根本没有听见林七夜的话。

"唉，算了，每天到时候了，我来喂你吃吧。"林七夜看着倪克斯的反应，无奈地叹了口气。

指望一个重度精神病患者记着自己吃药，这确实有些难为她了。

听到林七夜的这句话，倪克斯的脸上顿时绽放出了笑容。

她笑得很开心。

020

林七夜给倪克斯喂完药之后，就从脑海中退了出来，逐渐沉入梦境。这一次，他没有再做那个累人的敲门梦。自从诸神精神病院与他结合之后，他似乎就彻底摆脱了那个梦境的束缚，拥有了真正的睡眠。他做了一个好梦，梦到自己考上大学，事业成功，带着姨妈和杨晋住进了大房子。他梦到一家三口终于能够出去旅行，去看看那些只在电视中见过的山和水……由于之前失明，而且家里开支本就紧张，没有多余的钱，这十七年来，林七夜别说出去旅游，就连沧南市都没出过。打心底里，他对外面的世界还是很向往的。当闹钟响起，林七夜才依依不舍地起床，换好衣服准备前往学校。他刚推开门，就看到匆匆忙忙在门口换鞋准备出门的姨妈。

"姨妈，怎么这么早就要去上班了？"

"厂里又来了批新零件，要我们赶紧加工。姨妈先走了，你继续跟你弟弟吃早饭哦，记得别迟到！"姨妈碎碎念道。

"好。"就在姨妈即将关上门的瞬间，林七夜再度开口，"姨妈。"

"怎么了？"姨妈停下脚步，疑惑地看向林七夜。

"没……没什么。"林七夜犹豫片刻，摇了摇头，嘴角浮现出笑容，"等你回来，我告诉你个好消息。"

姨妈疑惑地看了他几眼，笑骂道："这孩子，还跟我在这儿打哑谜。那行，姨妈现在赶时间，晚上跟我说哦！"说完，她便匆匆关上门，嗒嗒嗒地往楼下跑去。林七夜默默地站在门口，低着头，不知在想些什么。突然，他猛地抬起头，像是下定了某个决心，穿着拖鞋就打开了门。他站在楼道口，对着楼下大喊："姨妈，我能看见了！"下一刻，林七夜听到楼下的嗒嗒嗒声突然停顿，然后姨妈的声音从五楼下颤巍巍地传上来。"你，你再说一遍？！"

"我能看见了，我好了，姨妈！"

短暂停顿之后，一阵比下楼更加急促的上楼声从下方传来，没多久，气喘吁吁的姨妈就站在了林七夜的面前。她的嘴唇微微颤抖，嘴角却控制不住地上扬："能看见了？真的？"

"真的。"

"模糊吗？有重影吗？疼不疼？照到光还会不会刺痛？"

"没有，都没有，姨妈。"林七夜嘴角上扬，伸手解开了眼上的黑缎，一双极其漂亮的眸子缓缓睁开，"我真的好了，姨妈。"

姨妈怔怔地看着这双眼睛，泪水控制不住地从眼眶中涌出！她笑了，脸上的皱纹就像是花儿般绽放，四十多岁的她，笑得像个孩子。十年来，林七夜从未见

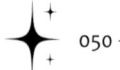

过她露出这样的笑容。姨妈将林七夜搂入怀中,林七夜能清楚地感觉到,她的身子在轻微颤动。

"好,好啊……我们家小七终于熬出头了!"姨妈松开林七夜,抹了把眼泪,笑着说道,"小七啊,姨妈该去上班了。今晚姨妈回来的时候多买点儿菜,一定要好好庆祝一下!"

"谢谢姨妈。"

"那姨妈先走了,你好好去上学哦。"

"嗯。"

姨妈快步走下楼梯,泪水依然控制不住地从脸颊上滑落。她抹了把脸,步伐前所未有地轻快。

林七夜目送姨妈离开,双眼通红地转身走进了屋里。事实上,他本来是想等姨妈晚上回来,再正式宣布这件事情,但又想到,在电影里立这种目标的人一般都没好下场。他不想姨妈出事,哪怕只是莫名其妙的玄学逻辑,他也不愿去冒这个险。所以,他很干脆地把这个目标拔出来,撕碎后丢进了太平洋。林七夜刚转过身,就看到杨晋抱着小黑癞站在他的身后,双眼泛红。兄弟两个就这么对视了两秒,同时笑了出来。

"哥,恭喜你。"

"嗯,这下子你送给我的墨镜,终于可以派上用场了。"林七夜抚摩着杨晋的脑袋,轻笑着说道。

"吃饭吧,哥,晚上等妈妈回来,咱吃好的。"

"好!"

小黑癞从杨晋的怀里探出脑袋,舔了舔林七夜的手:"汪——"

二中。

当林七夜走进教室时,整个班顿时安静了下来。那些同学大眼瞪小眼地迷茫了一会儿,才有人试探性地开口:"你是……林七夜?"摘掉了黑缎的林七夜扬了扬眉毛,微微颔首。短暂的寂静之后,教室再度喧闹起来,而且讨论得比之前更加热烈!

"他的眼睛好了?"

"肯定是好了,他都能看东西了!"

"他的眼睛好漂亮!"

"对啊对啊,之前怎么没发现,他居然这么帅……"

那些女生看向林七夜的眼神都变了,她们聚在一起,叽叽喳喳地说着什么,目光时不时瞥向林七夜。离林七夜比较近的男生也凑到林七夜身边,问了他一堆关于眼睛的问题,当确认林七夜确实恢复了之后,都惊讶无比。

"我本来就能看见，只不过眼睛不能见光，昨天去了趟医院之后就好了。"林七夜回答。

同学们这才想起林七夜昨天确实缺勤了一天，恍然大悟。而在这喧闹的教室中，只有两个人表现得格格不入。刘远在角落里低着头，用余光瞄着林七夜，脸色尴尬无比。他清楚地记得，那天自己忙着逃命，用力撞了林七夜一下，等到逃出生天之后，觉得林七夜这个盲人根本无法从那怪物的手中逃脱，心里虽然愧疚了一会儿，但也没太放在心上。让他没想到的是，死的居然是蒋倩，而最不被他看好的林七夜居然活了下来，而且眼睛还好了！一时间，刘远自己也说不清是什么心情，尴尬、愧疚、沮丧，还是遗憾？林七夜虽然背对着刘远，但对方那精彩的表情变化被他的精神感知看得一清二楚，他的眼睛逐渐眯起。就在这时，另一个人走到了林七夜的面前。

李毅飞正手足无措地站在林七夜的桌旁，表情有些尴尬。他左右看了一圈，伏下身在林七夜耳边说道："七夜……那个……能不能跟我出来一下？我有些话想说。"

林七夜只是略作犹豫，就点了点头。

021

走廊外。

"对不起，七夜，真的对不起！"李毅飞站在那儿，低着头，不停地认错，"当时我实在是太害怕了，我，我没想那么多，我就直接跑了。我把你和蒋倩留在了原地，还害得她……"

"我不指望你原谅我，但我们毕竟是同学，我还是希望能跟你道个歉，对不起！"李毅飞不敢看林七夜的眼睛，但态度十分诚恳。

等到他说完，林七夜才缓缓开口："遇到危险先逃命，这是人之常情，没什么问题。"林七夜拍了拍他的肩膀，"而且，如果当时换作我，只会跑得比你更快。"

李毅飞挠了挠头，似乎想到了什么："对了，你是不是也签了那个保密协议？"

林七夜一愣，犹豫了片刻之后，点点头。看来赵空城没有骗他，他们确实不会对目击者怎么样，李毅飞那晚从怪物手中逃脱，被他们发现之后签署了保密协议，也是理所当然的。如果他没猜错的话，那个刘远也签了同样的协议。虽然他现在还没签，不过这是迟早的事情，要是现在跟李毅飞说自己还没签，反而不好解释。

"其实就算他们不让我签，我也不会说出去的。"李毅飞叹了口气，"那个画面，我一辈子都不想再记起来。更何况签了协议之后，如果违反的话还要把牢底坐穿，我可不想亲手葬送自己的人生。"李毅飞将双手搭在走廊的栏杆上，俯视着下方热闹的校园，眼中浮现出一抹憧憬，"其实，我倒希望能加入他们。"

林七夜诧异地开口："你想加入他们？"

"对啊，在签协议的时候我就提出来了，我愿意放弃学业加入他们。可惜，他们不要我。"

"你为什么想加入？你的成绩虽然不算优秀，但不是马上就要被体育学院破格录取了吗？"

"当个体育生多没意思，不，应该说当个普通人多没意思。"李毅飞的眼睛逐渐亮起来。"加入一个神秘而强大的组织，默默地与潜藏在人类社会中的敌人战斗，立下数不清的功勋，等到这一切浮出水面的那一天，世人都将铭记我的名字！"李毅飞的拳头逐渐握紧，激动地说道，"这是多少男人的梦想，这，才是有意义的人生啊！"

"你想得太美好了。"林七夜毫不留情地打破了他的幻想，"说不定你在第一次任务中就会牺牲，被怪物啃成八瓣，寂寂无名地被埋在深山之中。你的父母或许都无法得知你的死讯，你就只能这么孤零零地离开人世。"

李毅飞："……七夜，你的想象也太血腥了吧？"

"这不是想象。"林七夜摇头，"你刚刚说的那些，才是。"

李毅飞无奈地叹了口气："不管怎么说，反正他们不要我，我也没必要想这么多，以后只要老老实实把这个秘密带进棺材就好了。"

"嗯。"林七夜看了眼时间，"该回去了，马上上课了。"

两人走回教室，林七夜可以感觉到，和之前相比，李毅飞的状态明显放松了许多，看来他对于林七夜和蒋倩的内疚，确实给他带来了极大的压力。同样是逃跑，李毅飞和刘远，又是完全不同的选择。

上完一天的课之后，林七夜便背起书包往家走去。

前两天汪绍和蒋倩的死，让校方十分痛心，为保障学生安全，学校取消晚自习制度，让学生早早回家。让林七夜没想到的是，守夜人的权限似乎真的很高，一般来说在此事之后，像他和李毅飞这种曾与死者同行的人，必然会接受警察的盘问。但距离事发已经过了两天，依然没有人来找他们。这么看来，守夜人应该是完全接管了这个案件，他们的权限高到足以让当地的警方闭口不言此事。

走着走着，天空逐渐暗了下来，淅淅沥沥的小雨落下。不过六点多钟，天色就已经暗淡无光。林七夜皱了皱眉，他没有带伞，只能迈着大步朝家走去。雨越下越大，林七夜匆匆赶回家时，已经成了一只落汤鸡。他刚一打开门，一股浓郁的菜香就扑面而来，浇灭了他心中所有的负面情绪。

"呀！小七，你这孩子，怎么淋成这样回来？"正在厨房忙碌的姨妈见林七夜这副模样，连忙走上前。

"外面雨下得有点儿大，今天没带伞。"林七夜笑道。

"没带伞就找个地方躲着啊,或者给姨妈打个电话,姨妈去接你,自己淋回来,万一感冒怎么办?"姨妈佯怒道。

林七夜乐呵呵地挠了挠头,没说话。

"赶紧去擦擦,哦对了,刚刚你老师来找你,我让他在你房里等着了。"姨妈似乎想起了什么。

"老师?"林七夜一愣。

"对啊,就是你们体育老师,说是找你有事,赶紧去见见人家吧,别让人家老师久等。"

林七夜拿着毛巾,茫然地擦着头发。什么鬼,体育老师来找他?他才刚转学几天,连体育课都没上过,找他干吗?难道……林七夜的脑海中闪过一个想法,丢下毛巾,匆匆开门进了自己的房间。只见一个熟悉的中年男人正靠在椅子上,端着茶杯,笑吟吟地看着他。

林七夜的眉头微皱:"是你?你是怎么找到我家的?"

赵空城微微一笑,将桌上的纹章拿起,晃了晃:"自从那天晚上被你甩了之后,我就长了个心眼,昨晚把这东西丢进你口袋里,它能定位。"

林七夜锁上房门,径直走到床边坐下:"我说了,我是不会加入你们的。"

"我知道,所以我这次来也不是为了这个。"

"那你是来找我签保密协议的?"

"也不是。"赵空城摇头,"我向其他人汇报说你已经失踪了,既然我决定要放你离开,就不能再让你签协议,否则他们知道你没有失踪,还会派别人来上门游说,他们可就没我这么好打发了。"

林七夜一愣:"那你是来……?"

赵空城从口袋里掏出一个牛皮袋,放在林七夜的桌上,缓缓打开。

"守夜人的待遇比你想象中好很多,我工作了这么多年,还是有不少积蓄的。"赵空城边打开牛皮袋,边絮絮叨叨地说道。

当牛皮袋打开的瞬间,林七夜的目光一凝,里面是一沓厚厚的钱。

022

林七夜的眉头皱起:"你这是什么意思?"

赵空城微微一笑,不慌不忙地从口袋里掏出一根烟:"介意吗?"

"介意。"

赵空城无奈地又将烟收了起来,将身子靠在椅背上,眼中浮现出一丝追忆。

"我年轻的时候,也和你一样。

"说真的,这个开场有点儿老套。"

"没事,你继续。"

"六岁那年,我父亲就因病去世了,我妈一个人打两份工,才勉强把我拉扯大。"赵空城的手摩擦着烟盒,声音十分平静。"那个年代的生活节奏很慢,当时我妈对我的期望就是,好好读完初中,然后回来当个村干部,娶个小媳妇,生几个娃,一家子在一起快快乐乐地生活。你知道,少年人,总是有叛逆期的。初中毕业的时候,我成绩还不错,如果回去当个村干部,也不是很难,但我不顾她的反对,毅然去当了兵。其实她也没有反对,只是看起来似乎有些不高兴。我离家那天她站在门口,就这么默默地看着我;我走到屋后面的路上,她在看着我;我走到村口,她还在看着我……后来我走到市里的车站,放不下心,偷偷溜回去看了一下,发现她还是站在那儿,看着我走的方向,在发呆。说真的,那时候我真的想过就这么留下,不走了,最后还是狠了狠心,去当了兵。"赵空城长叹一口气,继续说道,"后来,我的军衔越升越高,进了特种部队,又因为擅长近身格斗,被调动安排进了守夜人。之后,我也趁着假期回过家,去看看我妈,结果就发现……"赵空城说到这儿,突然停顿了下来。

林七夜小心翼翼地开口:"你母亲过世了?"

"不是,她改嫁了。"

林七夜:"……"

"我母亲年轻时工作太累,熬坏了身体,本来她是想让我回村当干部,也好照顾照顾她,可当时的我没想到这一层,选择了去当兵。后来,她一个人实在熬不住,就嫁了,至少老了还有个人能照顾她。可惜当时我已经进了守夜人,不能长久地留在她身边给她养老。说实话,当时我听到她嫁人的消息,真的松了一口气。"

林七夜沉吟片刻:"所以,你和我说这个的目的是什么?"

赵空城缓缓站起身,注视着林七夜的眼睛:"我们都曾有珍视的东西,随着自身的成长,却因为习惯而下意识地忽略它们的存在,转而被其他东西吸引了全部的注意。我当年便是如此,但你不一样,林七夜。你比当年的我聪明,比当年的我懂事。你有自己的想法,你想留在自己的家人身边陪伴他们,这真的很好。既然你选择了这条路,那就好好走下去。

"守护世界什么的,交给我们这些人就好。"

他转身拿起桌上的牛皮袋,递到了林七夜面前:"刚刚我见过你姨妈了,在这个时代,像她这么好的人真的不多了。你们家现在的情况我知道,这钱你拿去。"

林七夜没有丝毫犹豫:"我不要。"

"我是守夜人,我不缺钱。"

"那我也不要。"

"这是我给你姨妈的,你得要!"

"我姨妈也不会要。"

赵空城嘴角微微抽搐，与林七夜对视许久，谁也不让步。半晌之后，赵空城再次开口："林七夜，我老了，见不得自己身上曾经发生过的遗憾又一次在我眼前发生，哪怕是在别人身上。"

"那你可以闭上眼，不用看。"林七夜的态度很坚决，"我们家虽然穷，但也有自己的底线，军人的钱，我不会要。更何况，我的眼睛好了，我有本事，我不会让遗憾发生的。"

赵空城张了张嘴，似乎想说些什么，最后又什么都没说，只是苦笑。

"这些钱你拿回去给你老婆孩子用，不香吗？"林七夜再度开口。

"我说了，守夜人的福利制度很好，就算我战死在沙场上，我的老婆孩子也一辈子不愁吃穿，而且我的孩子以后也能上很好的大学，有光明的未来。"赵空城见实在说服不了林七夜，只得将牛皮袋又揣了回去。

"那你就没什么梦想吗？"

"我的梦想？"赵空城又坐回了椅子上，眉毛上扬，"我的梦想，确实有，从小时候就有。"

"是什么？"

"在军中当上将军！然后胸前挂着琳琅满目的军功章，穿着军装，风风光光地回村里，让那些看不起我妈的人知道，她的儿子是个将军！"赵空城的眼中浮现出耀眼的光彩。林七夜一怔，不知为何，看着眼前的赵空城，他又想到了李毅飞，他们似乎是一类人。

"那你现在当上了吗？"

"没有，还差得远呢。"赵空城苦笑道，"而且身为守夜人，是无法戴着军功章大摇大摆地出去晃的，这个梦想终究只能是梦想。"

林七夜沉默了。

"好了，既然这样，那我也该走了。"赵空城站起身，走到林七夜面前，伸出右手，"祝你有个光明的未来，林七夜。"

林七夜呆呆地望着赵空城那张脸，似乎已经不那么油腻了。他伸出手，两只手紧紧地握在了一起："祝你有朝一日军功满身，赵将军。"

赵空城笑了笑，转身向屋外走去。

"等等，你的纹章。"林七夜叫住了他，将桌上的纹章拿起，挥了挥。

赵空城一拍脑袋："看我这记性，差点儿忘了！这可是我的命！"

赵空城接过纹章，翻看了一眼，似乎想到了什么："对了，你有没有看到后面那几句话？"

"看到了。"

"怎么样？是不是很帅？"

"很帅，是你写的？"

"不是，这是我们在加入守夜人的时候立下的誓言。"赵空城像是抛硬币一样将纹章抛起，又稳稳接住，放入口袋，"不过，我很喜欢。"

"等等。"

"又怎么了？"

"外面雨大，你拿着伞。"

"谢了，这伞，我可就不还了。"

"你尽管拿去，就当是守护地球的报酬吧。"

"有意思，行，我真走了。"

"再见。"

赵空城拿着黑伞，打开门走了出去，林七夜则站在窗旁，默默目送他离开。

雨中，他手指在口袋中摩擦着纹章，轻声念道："若黯夜终临，吾必立于万万人前，横刀向渊，血染天穹……"

雨，越下越大。

赵空城撑着伞不慌不忙地坐进黑色厢车，从口袋中掏出烟盒，准备享受一下短暂的静谧。

就在这时，他的耳麦突然响起，一个男人的声音从中传出。他拿烟的手猛地一颤，瞳孔骤然收缩！

023

"小七，你们老师走了？"

送走了赵空城，姨妈才匆匆从厨房走出："哎呀，怎么不让人家留下来吃顿饭再走啊？这孩子。"

林七夜摇了摇头："他一会儿有事，不会留下吃饭的。"

"你们老师说什么了？"

"没什么，说是有个什么体育测试，特地来问一下我眼睛的情况。"

"这个赵老师可真是个好人啊，还亲自来学生家里问情况。对了，你回来之前，他还在厨房帮我洗菜，他看起来五大三粗的，没想到干活还挺细致。"姨妈用围裙擦了擦手，关掉了隆隆作响的油烟机，对林七夜说道，"饭做得差不多了，喊你弟弟一起来吃吧。"

"好。"

片刻之后，一家三口便整整齐齐地围在桌旁，桌上足足摆了七道菜，色香味俱全，让人食指大动！

"西红柿炒鸡蛋、炖鸡汤、干煸四季豆……还有糖醋排骨！"杨晋看着满桌的饭菜，咽了口唾沫，"妈，咱家的菜多久没这么丰盛过了？"

"小七的眼睛好了，这可是比过年还要大的喜事，当然得隆重一些！"姨妈理所当然地说道。林七夜低下头，看了眼疯狂摇尾巴的小黑癫，笑道："看来，今晚小黑癫也能大饱口福了。"

"便宜它了。"姨妈笑着端起身前的茶杯，"为了庆祝小七眼睛康复，干杯！"

"干杯！"

"干杯！"

暗淡的云层下，黄昏的微光早已消失无踪，天地仿佛蒙上了一层黑纱。

雨，在风中飘摇。

光，在远方的市区绚烂。

在这片矮旧的老住宅区中，一个身披黑红色斗篷的人影正在雨中狂奔，他的手中提着一个大型手提箱。雨水顺着赵空城的脸颊落下，明明是夏季的雨，却有一股莫名的冰凉。

"你们确定暗面王真的往这个方向来了？"赵空城眉头紧锁。

耳麦中，吴湘南的声音响起："不确定。十分钟前，我们的搜索队在附近的下水道管网发现了暗面王的血迹，从它的行迹来推测，目的地只可能是那片老住宅区，或者是市中心。"

"有两个疑似的目的地？"

"没错。"

"那怎么办？分成两队守着吗？"

"理论上来说是这样，但市中心的人流量巨大，我们无法轻易疏散人群。一旦暗面王在市中心现身，不仅会造成大量伤亡，而且很容易造成恐慌，所以我们派出了大部分战力前往市中心驻守。"

"那老住宅区怎么办？万一暗面王在这里出现，这里的人也会有危险！"

"老住宅区居民少，分布较为分散，相对市中心来说更容易疏散，而且……"

"而且就算暗面王来到这里，也不会造成太大的损失，是吗？"赵空城的声音中带有一丝怒意，"这里住着的也是一个个活生生的人啊！"

"老赵，冷静！"吴湘南的声音严肃至极，"我从来没说过放弃老住宅区，现在红缨已经带着人往那里赶了。你们的任务，就是疏散老住宅区的居民，越快越好。还有，即便暗面王真的去了你们那里，也不要和它发生正面冲突，暗面王不是你们能对付的，必要时张开'无戒空域'困住它。"

赵空城紧握的拳头缓缓松开，叹了口气："收到。"他心中虽然有些不忿，但也很清楚，这是最正确的做法。毕竟如果真让暗面王去了市区，那里人流量如此密集，随便躲在哪个阴暗角落里害几个人就够它恢复伤势了，而且一旦暴露在大众眼中，必然会造成恐慌。所以，往市区派多少人都不会多，只会觉得不够用。而老住宅区这里住的人少，且相互之间间隔较远，暗面王就算来这里，要想恢复伤势也需要时间，而且暴露的可能性很小。在这种情况下，吴湘南还能往老住宅区派人，已经算是很厚道了。现在，他必须抓紧时间疏散老住宅区的居民，这是与时间的赛跑。赵空城的身影穿梭在雨中，速度快得惊人，坠落的雨滴打在手中的提箱上，绽出一朵朵晶莹的水花。不远处，朦胧的水汽中，那栋熟悉的矮房越发清晰。几分钟前，他刚从那里出来。赵空城的心中满是复杂，算算时间，那一家子也应该开始吃晚饭了吧？他记得有糖醋排骨，有西红柿炒鸡蛋，有干煸四季豆……对了，那四季豆还是他洗的。

前脚刚在那小子面前耍帅，说守护世界什么的交给自己，现在又要上去敲门让他们赶紧撤离，这样显得我很没面子的，好吧？不过，现在已经不是纠结面子的时候了。赵空城踩着雨水向前飞奔，就在这时，一股恶心至极的臭味突然涌入了他的鼻腔。他的瞳孔骤然收缩，猛地停下了脚步！哗啦哗啦……雨水的喧嚣声充斥着赵空城的脑海，他谨慎而又缓慢地转动脖子，双眼瞪大，生怕错过任何一个细节。然后，他的目光落在了不远处的井盖上。臭味，越来越浓。

手紧紧地攥着手提箱的把手，赵空城深吸一口气，微弯下腰，将手提箱放在了地上。

他很清楚臭味代表着什么。"报告，守望者赵空城，在老住宅区发现暗面王……"他打开耳麦，声音十分平静，边说话，边按下手提箱上的按钮。"啪——"手提箱弹开，露出了里面整齐又崭新的三块告示牌。

赵空城将三块告示牌扛起，在原地放下一块，紧接着又朝着另一边飞奔而去。几乎在赵空城说完的瞬间，耳麦的另一头，吴湘南的声音响起："收到！我已经下达命令，守夜人都在往老住宅区移动，红缨他们也马上就到，最多还有十分钟！十分钟！老赵，布置'无戒空域'，暂时困住它！"

赵空城放下第二块告示牌，边朝着三角形的另一个顶点飞奔，边无奈地开口："湘南，'无戒空域'是用来隐藏战斗的，不是用来困人的，它困不住暗面王十分钟。"

哗哗、哗哗、哗哗……雨水顺着地面倾斜角，流淌进那块井盖中，突然整个井盖剧烈颤抖起来，原本灌入其中的雨水如同沸腾的泉眼，疯狂地向外涌动！

"不管怎么样，你不要和暗面王做正面战斗！"吴湘南的声音明显焦急起来，"老赵，老住宅区这么大，暗面王就算出来了，一时半会儿也未必会造成损失。这十分钟，就算让它杀死几个人，也不会恢复太多实力。'神秘'造成的平民伤亡每时每刻都在发生，我们守夜人不是神，无法阻止所有的死伤。如果因为一个重伤的暗面王损失一个核心队员，这绝对是得不偿失！老赵，老赵！你听得见吗？"

"砰——"

井盖像是炮弹般被弹飞，冲天而起，黑洞洞的下水道口，一只狰狞的手臂猛地探出，紧接着一个比原先怪物大了数倍的怪物从中跃出！赵空城平静地看着这一幕，缓缓将手中的最后一块告示牌放下，咬破指尖，在告示牌表面涂上一道鲜血。

"湘南，你还记得你曾立下的誓言吗？"赵空城注视着眼前的暗面王，微微蹲下身，余光落在了不远处那栋矮小的住宅楼上，"若黯夜终临，吾必立于万万人前……这一次，我的身后没有万万人，可，我的身后，有那孩子的全世界。"

他的双手突然合十，一道无形的画布笼罩了这小小的三角。

"禁墟，'无戒空域'！"

024

"小七，别光吃蔬菜，也吃点儿排骨啊！"姨妈夹起一块排骨，放到了林七夜的碗里。

林七夜笑了笑："谢谢姨妈。"

"今天是个大好日子，要多吃点儿，别给姨妈省钱！"

"知道了，姨妈。阿晋，你也多吃点儿，你现在正是长身体的时候。阿晋！阿晋！"林七夜看着正在发呆的杨晋，喊了两声。

"啊？哦，我这就吃！"杨晋回过神，挠了挠头。

"这孩子，怎么心不在焉的，现在嘴刁了？有肉都不吃了？"姨妈白了杨晋一眼，又多往他的碗里夹了几块肉。

"阿晋可能是作业压力太大了。"林七夜笑着说道，将刚刚啃完的骨头捡起，四下张望了一圈，脸上浮现出些许疑惑。

姨妈也回过神来，诧异地开口："奇怪，小黑癫呢？平日里吃饭它最积极，现在有骨头吃，却连影子都看不到了？"

似乎听到有人喊自己，小黑癫从阳台上探出脑袋，叫了一声："汪——"

林七夜夹着骨头在空中晃了晃，示意小黑癫过来吃。小黑癫却看了看骨头，又看了看窗外，似乎有些纠结。

"这小东西，今天这是怎么了？"姨妈狐疑道。

林七夜犹豫片刻，夹着骨头站起身，走到阳台上，摸了摸小黑癫的脑袋，轻声开口："你这是怎么了？嗯？外面有什么东西吗？"

林七夜将骨头丢在地下，趁着小黑癫啃骨头的时候站起身，向窗外望去。茫茫黑夜中，除了滂沱的大雨，一无所有，甚至连远处的其他住宅楼上，也没有了丝毫灯光。世界如此寂静，仿佛只剩下无尽的雨水。

"奇怪，什么也没有啊。"

林七夜嘀咕了一声,正欲转头离开,突然,有声音从窗外传来,就像是有人在拍窗子。

林七夜回头望去,才发现窗外有一只小小的蝙蝠。那蝙蝠似乎被雨水浇透了,不停地撞击着窗户,似乎想要找个地方躲雨。林七夜的眼睛逐渐亮起,说起来,星夜舞者给他带来的与夜行生物交流的能力还没用过,难得碰到一只蝙蝠,似乎可以试试。于是,林七夜就这么静静地站在窗边,注视着那只蝙蝠。

"小七,你在那儿干吗呢?快回来吃饭,菜都要凉了。"姨妈见林七夜在发呆,喊道。然而林七夜就像一尊雕塑,站在那儿久久不动。就在姨妈准备再说些什么的时候,林七夜猛地回过头,双眸都在震颤!他飞速地跑到门口,穿起了鞋子。

"小七,你这是要干吗?"

"突然想起来有点儿事,我出去一趟。"

"傻孩子,说什么呢?外面天又黑,这么大的雨,你出去干吗?"

"有事,很重要!"

"那,那饭呢?"

"等我回来再吃!"

在姨妈疑惑的眼神中,林七夜已经换好了鞋子,匆匆打开家门,准备出去。

就在这时,杨晋的声音突然响起。

"哥,外面雨大,还是别去了。"

"不行,我一定要去。"

"事情再重要,也有人会去做,这个地球就算离开你,也照样转。"

"可有些事,我非做不可。"林七夜深吸一口气,嘴角挤出一个笑容,"别太担心,一件小事而已,解决完,我就回来了。毕竟难得吃上一次这么香的饭,我可舍不得浪费。走了。"林七夜匆匆关上门,飞速朝楼下冲去。

等林七夜走远,姨妈才突然反应过来,快步走到门口,向下大喊:"傻孩子!外面雨这么大,你带把伞啊!"

楼道中,林七夜的脚步越来越远,没有人回应。姨妈无奈地叹了口气,回到自己的位置坐下,突然觉得眼前的饭都不香了。而杨晋,只是静静地坐在那儿,双眼望着窗外的大雨,沉默不语。

雨中。

嚓、嚓、嚓——赵空城连按了几下打火机,火花刚刚燃起,就被浇落的雨水熄灭。他叼着烟,有些无奈地叹了口气,今天的运气真背啊。

"啫——"

离他不远处,暗面王就像是一尊雨中恶魔般站在那儿,身影给人带来极大的压迫感!暗面王长得和普通怪物差别很大,光是体形就比普通的要大上两圈,远远看上去，就像一座小山。不仅如此，普通的怪物像动物般用四肢行走，暗面王却双脚着地，抬头挺胸，如果忽略那张苍白的怪脸以及猩红的长舌，还是与人类很相像的。就是这样凶狠骇人的暗面王，浑身上下布满了刀伤，每一刀都像是砍入了肉里，将它的身体砍得鲜血淋漓。

赵空城看着暗面王身上的伤口，咂了咂嘴："队长还是猛啊，竟然把它伤得这么重，看来平时和我对练的时候放水了。'川'境的怪物，就算重伤也是变态级的，也不知道我在它手下能撑几招。"

赵空城嘀咕着将手伸到肩头，握住直刀的刀柄，缓缓拔出。淡蓝色的刀锋切开雨水，发出轻微的嗡鸣——一场大雨，一根烟；一件斗篷，一柄直刀！

暗面王看着赵空城，猩红的舌头翻卷，双眸中浮现出嗜血的渴望！

霎时间，赵空城和暗面王同时动了！赵空城手执直刀，像是一支离弦之箭般飞射而出，双眸凛冽，杀机四溢！他的速度很快，但暗面王的速度更快！它那庞大的身体撞开雨幕，惨白的怪脸剧烈地扭曲着，像见到了猎物的猎手，按捺不住心中的狂喜！当！当！当！两个身影撞在一起的瞬间，刀光凛冽，连续的三道金铁交鸣之声划破雨幕，利爪与刀锋碰撞，擦出一道道刺目的火花！赵空城不愧是近战大师，连续三刀都精准地斩向暗面王的要害，却又被暗面王以更快的速度挡下。赵空城只出了三刀，因为第三刀之后，他就被暗面王那恐怖的力量震飞，狼狈地摔在了泥泞的地面上。他们之间的差距太大了，一个是抵达"川"境，拥有禁墟与恐怖身体素质的神话生物；一个是肉体凡胎，只有技巧与经验的普通人。

赵空城从泥泞中爬起，吐掉了嘴中已经浸湿的烟，骂骂咧咧地开口："神话生物了不起啊？力气大了不起啊？"

暗面王丝毫没有公平对决的想法，朝着赵空城咆哮，声音宛若雷鸣般响起！

"吼吼吼！"紧接着，以暗面王为圆心，一个巨大狰狞的怪脸逐渐在地面上浮现。赵空城脸色顿时就变了。

"禁墟序列176，'鬼面相地'。"

025

这张脸出现的瞬间，赵空城只觉得天地都颠倒了，前所未有的眩晕感涌上心头。他眉头紧锁，紧绷住身体，才勉强稳住身形。在他的视野中，眼前的一切就像是旋转的万花筒般，错乱零散，又无迹可循。

"糟了，它竟然还能动用禁墟，这下老子栽了……"赵空城喃喃自语，脑海中再度浮现出作战前吴湘南说过的话。

"禁墟序列176，'鬼面相地'，在禁墟的范围内，能够欺骗境界小于等于自身的一切生物的感知，颠倒空间概念。在鬼面相地中，上下、左右、前后都会随着暗面王的意志随时改变，虽然在一定程度上可以靠自身意识与经验抗衡，但毫无疑问的是，在这禁墟之中自身的所有攻击手段都会受到影响，战力大打折扣。所以，除了同为'川'境的队长，其他所有成员都不能与暗面王正面战斗，否则只会是死路一条……"

果然是个恶心至极的禁墟，赵空城作为亲身经历者，真正体会到了这个禁墟的变态之处。

所以，队长就是在这片禁墟之中硬生生把暗面王砍成了重伤？他也是个变态！赵空城深吸一口气，缓缓闭上了双眼。

"吼吼吼！！！"咆哮声从四面八方传来，根本无法确定暗面王的位置，大地微微震颤，赵空城能感觉到，暗面王正在迅速逼近！

它，会从哪里来？

现实当中。

在那诡异狰狞的怪脸上，赵空城闭着眼睛，就像是尊雕塑般站在那儿，双手握刀对准前方，眉头紧锁。他丝毫没有察觉到，暗面王已经悄然移动到了他的身后。在赵空城的感知里，无论是视觉、听觉、嗅觉还是触觉都在飞速地变换，就像是被塞进了一台超强力的滚筒洗衣机，错误的信息充斥了他的脑海，让他无法分辨现实世界中的一切。暗面王的双眸盯着浑然不知的赵空城，惨白的脸浮现出嗜血的笑容。它微微俯身，然后像一发巨型炮弹般撞开雨幕，身形快到拖出残影，尖锐的利爪划出几道寒芒，斩向赵空城的脖颈！它似乎已经能预感到，温热的鲜血喷涌而出，沾满它身体的畅快场景。就在它的利爪即将碰到赵空城身体的瞬间，异变突生！赵空城的背后就像是长了眼睛般，猛地错开身，险之又险地避开了暗面王这一爪！紧接着，他手中的直刀在雨中划出一道长弧，直取暗面王的首级！

"当——"尖锐的碰撞声响起，暗面王的手死死地攥住赵空城的刀锋，然后一脚踹出，直接将赵空城整个人像是踢沙袋般踢飞了出去！即便如此，也掩盖不了它眼中的震惊。它想不明白，赵空城是怎么察觉到它的攻击的。赵空城重重地摔在地上，痛呼一声，艰难地从地上爬起来，嘴角却控制不住地上扬。"惊不惊喜，意不意外？"他用直刀撑着身体，笑了，笑容里满是嘲讽，"你这个禁墟确实变态，要是平时，我肯定就着了你的道，死在了你手中，可惜……"赵空城伸出一根手指，指了指天空，"今天下雨，你能欺骗生物的感知，却无法阻碍靠着重力下落的雨水，雨水落在我的皮肤表面，会给我带来触觉。你可以改变我的触觉，让我觉得雨水是从四面八方落在我身上的，而我，也可以借此反推出真正的方向！只要知道一个标准方向，剩下的就简单了很多。"

赵空城嘿嘿一笑，吐出一口血痰，很臭屁地举起手中的直刀，刀锋指向暗面王："不是老子吹，要是老子也有禁墟，你早死八百回了！"

"吼吼吼！！"暗面王成功地被赵空城激怒，疯狂地朝着他奔来。赵空城继续闭着双眼，预测着暗面王来袭的方向。叮叮当当！赵空城与暗面王混战在一起，凭借着自身恐怖的战斗直觉与经验，赵空城硬是和暗面王对拼了数刀，但也仅限于此了。在暗面王的全力攻击下，肉体凡胎的赵空城很快便支撑不住了，被它抓住机会重击胸口，直接倒飞出去。这一次，赵空城足足花了五秒才勉强站起来。如果不是有直刀格挡了部分伤害，这一下就足以要了他的命。

"喀喀喀……"他接连咯出数口鲜血，脸色苍白无比。暗面王的身形屹立在雨中，目光凛然，一步步朝他靠近……就在这时，一个声音突然从赵空城的身后传来："赵空城！赵空城！赵空城！"

赵空城一愣，隐约觉得……这个声音似乎有点儿耳熟，等等，这不是……他张了张嘴，似乎想说些什么，可犹豫了片刻，还是选择了沉默，他的目光满是复杂。

此刻，"无戒空域"外。

林七夜站在那片空地附近，雨水浇湿了他的头发，他却恍若不知，扯着嗓子在那儿大喊大叫："赵空城！你别躲了！我知道你就在这儿附近！"林七夜喊完，静下心听了一会儿，除了嘈杂的雨声还是什么都没有。"那蝙蝠明明看到一个斗篷男跟一只怪物在这儿突然消失，怎么会没有……难道真是看错了？"林七夜皱着眉头，四下张望起来。突然，他的目光一凝。只见在离他十几米远的地方，三块古怪的告示牌正孤零零地立在那儿。林七夜走上前，用手抹去了告示牌上的雨水，轻声念出上面的字："'前方禁行'，这里什么时候立的这牌子？而且……这布置也太古怪了些。"林七夜低头沉思着，忽然，像是想起了什么，眼睛逐渐亮起，"他好像说过，他的禁墟是隐藏战场的辅助禁墟，好像叫什么'无戒空域'？"

林七夜端详着眼前的三块告示牌，嘴角浮现出笑容，再度扯着嗓子大喊："赵空城！我知道你在无戒空域里！你快开开门，让我进去！！"

一秒、两秒……赵空城的声音从告示牌的后面幽幽传来："你大晚上不吃饭，跑出来溜达个屁！给老子滚！！"

026

赵空城就纳闷了，这么大的雨，这小子没事出来溜达啥？自己已经张开了"无戒空域"，他是怎么知道自己在这儿的？而且他早不来晚不来，偏偏在自己被按在地上摩擦的时候来，这要是被他看到了多丢人！更何况自己前脚刚说过守护世界交给他，现在要是反手就把林七夜卷进来，万一这小子出了什么意外，赵空城一辈子都不会原谅自己。

"你管我出来干啥，我知道你跟那个什么怪物在里面打架，你放我进去，我现在也挺能打的。"林七夜的声音再度从外面传来。

"你能打个屁！"赵空城骂道，"这不是怪物，这是暗面王！'川'境！比你这个刚踏入'盏'境的臭小子足足高了两个大境界！你个高中生拿头跟人家打吗？再说了，你小子不是一向怕死吗？现在怎么这么不要命地往前凑？赶紧给老子回家吃饭，今天老子把话撂这儿了，有我在，这东西伤不了你们一家半根毫毛！"

林七夜在外面大喊："我们一家人在里面其乐融融地吃饭，让你一个人在这里跟暗面王对砍？你想当无名英雄，我还不答应呢！要吃，也得等杀完暗面王，你跟我一块儿回去吃！"

林七夜用力冲撞着告示牌旁的空气，可那里就像是有一道无形的屏障，直接将域内与域外隔绝开来，任凭林七夜如何用力，依然纹丝不动。域内，赵空城又一次被暗面王打飞，在地上瘫了许久，才勉强用刀撑起身体。

"别费力了……喀喀，我虽然没有境界，但张开的'无戒空域'挡住'池'境以下的人还是绰绰有余的。要想进入这里，只有两种可能……要么，我主动放你进来；要么……只能等我死。你连我的'无戒空域'都打不破，来这里面对暗面王，和送死有什么区别？"

赵空城眼睛紧盯着暗面王，声音却越发地虚弱。在他说完最后一句话之后，域外的动静便消失了，没有人继续撞击"无戒空域"，也没有别的声音传来。赵空城等了一秒、两秒、三秒……嘴角浮现出笑容："这就对了嘛……乖乖回家吃饭，剩下的，交给我们守夜人……"

赵空城吃力地站直身体，大口大口地喘着粗气，鲜血顺着嘴角滴落。他的每一次呼吸，剧痛都让他的身体微微颤抖。他的身体已经到极限了。在他前方，暗面王像座小山矗立在雨中，浑身都是伤口，有老的，也有新的，依然生龙活虎，没有倒下的意思。这，就是神话生物的变态体质。赵空城一只手握刀，另一只手颤巍巍地伸进口袋，片刻之后，从里面掏出一枚纹章。纹章上刻着两柄交叉的直刀，在它们的下方，写着一个名字——赵空城。恍惚中，赵空城仿佛又回到了刚刚加入守夜人，还是个新兵蛋子的时候。

"……纹章，是守夜人的生命！不仅是从信仰上，战斗中也是如此！在这枚纹章的内侧，安置了一个小针头，只要按下开关，它就会弹出来，而在针头的末端涂抹着一种名为'鬼神引'的药物。这种药物刺入体内，会在短时间内燃烧一个人所有的潜能，能让本身就拥有禁墟的人，在使用禁墟时的威力获得极大提升！如果本身没有禁墟，那'鬼神引'也会强行刺激你的身体，催发出隐藏在生命本源中不曾显露的禁墟，也就是说，在药物持续的时间内，它能让没有禁墟的人获得一种禁墟！这是同归于尽的手段，也是绝境反杀的手段，也是那些没有禁墟的战士，一生中唯一体会自己禁墟的机会。不到万不得已，不能使用……"

赵空城攥着纹章，身形控制不住地摇晃，看着逐渐逼近的暗面王，嘴角浮现出一丝笑意:"你知道……我等这一天,等了多久吗?"

大雨滂沱,雨水混杂着血水,顺着赵空城的手臂,滴落在纹章的表面。赵空城不管暗面王听不听得见、听不听得懂,在雨中喃喃自语:"男人嘛,总是向往那些超自然的力量,想着自己有一天也能上天入地,一拳开山,一念云覆……当了这么多年的守夜人,我一直在等待着自己禁墟的觉醒,可惜现在我已经四十多岁了,还没见到自己的禁墟。说真的,在守夜人里,没有禁墟真的挺难混的,每次看队长他们用禁墟战斗,帅到爆炸的时候,这心里总是酸酸的……后来我就想着,要是哪一天碰到绝对赢不了的敌人,一定要在死前试试'鬼神引',看看自己的禁墟,就算是死,也要笑着去死。不管怎么说,谢谢你给我这个机会。"

赵空城张开手掌,任凭雨水冲刷纹章的表面,他的手指在纹章侧面轻轻一搓,一根细窄的银针便弹了出来。他深吸一口气,将银针刺入自己的掌心。"我去,有点儿疼……"赵空城咧了咧嘴,暗骂一声。

就在银针刺入皮肤的瞬间,赵空城只觉得浑身的剧痛如同潮水般退去,前所未有的力量感涌上心头。他浑身的细胞都像是活了过来,表现出前所未有的活力,他的心脏就像战场上两军交战时敲响的战鼓,快速且有力!与此同时,一股神秘的力场以赵空城为中心,朝着外侧辐射而出,赵空城的眼睛亮了起来。暗面王似乎察觉到了危险,低吼一声,双脚在雨中飞速奔驰,携带着恐怖的动能弹射而出!赵空城的腰板逐渐挺直,握刀的手越攥越紧,雨水打在直刀表面,发出叮叮当当的轻响。他握着刀,双眸中爆发出前所未有的光芒!于是,他抬起手,朝着极速逼近的暗面王,一刀,遥遥斩出。一道四五米高的黑色月牙从刀锋挥出,无声地切开雨幕,刹那间就贯穿了两人身前的空间。这道月牙速度实在太快,快到暗面王都来不及转过身形!

于是,一只残缺的狰狞手臂被高高抛起。一刀,斩下暗面王一臂。赵空城握着刀,嘴角控制不住地上扬。他仰天大笑:"禁墟序列083,'泯生闪月'!哈哈哈哈,我就知道,我……也是个天才!"

027

哗啦哗啦……雨水如注,赵空城手执直刀,黑红色的斗篷已经湿透,浑身血水的他已然狼狈至极。他的那双眼睛,却明亮如星辰!原来……这就是禁墟吗?爽!真爽!

在他的对面,暗面王错愕地看着自己空荡荡的右臂,那张苍白的怪脸仿佛都因震惊而扭曲起来。它无法理解,为什么刚刚还被自己单方面蹂躏的老鼠,竟然能顷刻间释放出这么强大的力量。但它的智商不够,而且……它也没有那个时间了。

赵空城动了。在"鬼神引"的药力下,他的身体已经忘却了所有伤势,回到最佳状态，他就像一支离弦的羽箭，飞射向暗面王！

"吼吼吼！！"暗面王双眸赤红，失去右臂的它，已经彻底陷入了狂暴状态！它浑身的肌肉隆起，整个身体膨胀了一圈，双腿弯曲，庞大的身躯骤然跃起，溅起大片的水花。

半空中，两个身影极速地碰撞在一起——咚！咚！咚！！

两人的动作快到模糊，一道道黑色的月牙刀锋四溅而出，在周围的地面上留下大片狰狞的刀痕！原本，赵空城的刀根本破不开暗面王的防御，而且无论是力量还是速度，都处于绝对的下风，这也是他刚刚被打得那么惨的根本原因。而现在有"泯生闪月"，赵空城本身的杀伤力已经达到了恐怖的级别，每一刀都能在暗面王身上留下一道深刻的刀痕！虽然从力量和速度来看，赵空城依然比不上暗面王，但当他弥补了杀伤力方面的缺陷之后，其他的短板都能靠经验补足。哪怕自身身体素质差暗面王一大截，他依然能把对方按在地上捶！

事实证明，赵空城没有说谎。当他有了禁墟，他能杀暗面王八百回！如果给他足够的时间，单杀暗面王也只是时间问题……关键在于，他没有那么多时间。使用"鬼神引"虽然能让人的潜力全部爆发，但持续时间并不长，从赵空城爆发禁墟到现在过了快十秒，留给他的时间已经不多了。正在与暗面王鏖战的赵空城能清晰地感觉到，自身的力量正在消退，那些被隐去的痛感正在逐渐恢复……就连挥出的黑色月牙都越来越小！暗面王似乎察觉到了他的状态变化，不惜强行消耗本源，发出了更加凌厉的攻势。又交手了几个回合之后，暗面王抓住机会，一拳重击在了赵空城的胸口！"咚——"一声闷响回荡在空中，赵空城就像只断了线的风筝，狼狈飞出，重重地摔落在地！

"咝……怎么这么痛……"痛觉就像是汹涌的波涛，冲刷着赵空城的每一根神经，他紧咬着牙，双眼中充满了血丝。他边咳着血，边缓慢地从泥泞中爬起。他的目光死死地盯着暗面王，双眸中燃烧的火焰依然没有消退。他还能喘气，他的禁墟还在，他还能打！暗面王还没死，他还不能倒下！他用直刀撑住地面，摇晃着站起，就在这时，异变突生！"轰——"一道巨响从赵空城的身后传来，头顶的天空微微一颤，裂开了一道缝隙。这是……赵空城愣愣地看着天空，似乎想到了什么，猛地回过头！在他身后不远处，遮蔽着这片天空的无形画布已然裂开一角，而在那残缺的裂缝中，一个双眸染金的少年正缓缓走来。

赵空城张大了嘴巴，那表情就像是见鬼了一样："你，你你你……你是怎么进来的？！"

林七夜撩起被雨水浸湿的头发，双瞳像燃烧的火炉，炽热而又神圣，他无奈地叹了口气："不得不说，这个'无戒空域'真的是挺硬的，幸好我有这双眼睛，能找到它最薄弱的点，也幸好现在是黑夜。"

赵空城只听懂了前一句，但这依然无法解答他心中的疑惑："你明明只是刚进入'盏'境，怎么会有这么强的力量？不对……你没武器，是怎么破开'无戒空域'的？"

"说出来你可能不信。"林七夜平静地开口，"我瞪了它一眼，它就开了。"

赵空城："……"

林七夜没说谎，在黑夜的加持下，他能感觉到自己的眼力也大幅增强，虽然没有五倍那么夸张，但两倍还是有的。在获得"星夜舞者"之前，他能用炽天使的神威单杀怪物，在黑夜的加持下，他也能用神威破开"无戒空域"。只不过这对他精神力的消耗太大了，只是瞪了一眼，就险些直接将精神力抽空。

林七夜看了眼遍体鳞伤的暗面王，又看了眼满地的刀痕，看向赵空城的眼神顿时古怪起来："还说你没有禁墟？这是人能砍出来的？"

赵空城懒得和他解释，因为……他的时间真的不多了。

"别废话，给我退到一边去。"

"我可以帮你打架。"

"我知道，你先退到一边。"赵空城转头看向他，"一刀，我再砍一刀，这一刀砍完，你再来帮我也不迟。"

"哦。"林七夜站到一边。

赵空城深吸一口气，握紧手中的刀柄，一双眸子紧紧地盯着不远处的暗面王。

"小子。"

"嗯？"

"这一刀，你要看好了。"

"为什么？"

"这一刀……会很帅。"

"……"

不等林七夜露出嫌弃的表情，赵空城的双腿就猛蹬地面，爆发出惊人的速度冲向暗面王！

暗面王似乎也看出了眼前这个男人已经到了油尽灯枯的地步，没有选择和他硬拼，而是警惕地站在原地，时刻准备抵挡他的攻击。赵空城眸中的光芒如同点燃的火炬，越来越亮。他撞开雨幕，冲向暗面王，没有丝毫的花哨，抬手，挥刀。前所未有的庞大月牙划开夜幕，以肉眼无法捕捉的速度掠过天空，将路径上的每一滴雨水切成了两半。这一刀的速度太快，快到强如暗面王也无法轻易躲开。就算它想躲，以它现在的状态也做不到。

于是，黑色的月牙划过天空，轻轻地，斩下了一颗长着苍白怪脸的狰狞头颅。

028

　　骨碌碌,暗面王的人头落地。赵空城身体一晃,直挺挺倒了下去。林七夜眼疾手快,稳稳地接住了赵空城的身体,直到这时,他才发现赵空城的身体状况有多糟糕。

　　抓伤、撞伤、摔伤……在林七夜的精神感知中,他身上遍布密密麻麻的伤口,汩汩鲜血从中流出,将身下的雨水泥潭都染红了大半。他身上至少断了五根骨头,林七夜无法想象在这样严重的伤势下,赵空城是怎么站起来的。最要命的是,林七夜能清晰地感知到,赵空城的肉体在飞速衰退,他的生机就像灰烬中的余火,越来越弱小……

　　林七夜茫然无措地坐在赵空城身边:"你的身体……"

　　"咯咯咯……没事,强行爆发潜力的后遗症而已。"

　　"照这个形势下去,你会死的。"

　　"我知道。"

　　"会死也没事?"

　　"嘿嘿嘿嘿……"赵空城想笑,但他笑到一半,又咯起了血,"不亏,至少临死时体验了一把禁墟,而且……"

　　"而且什么?"

　　"而且我做到了,横刀向渊,血染天穹。"赵空城颤巍巍地伸手,摸了把身下的泥泞,摸出了一手血,"这出血量,就算染不了天穹,染一片大地应该没问题。"

　　林七夜怔住了:"可是,你的身后没有万万人,除了我,没有人看见你的努力,这样也值得吗?"

　　赵空城笑了笑,没有回答。

　　"帮我个忙。"

　　"你说。"

　　"口袋里有包烟,帮我点上。"

　　林七夜在赵空城胸前的口袋里摸索了一会儿,摸出一根被雨水浸湿的香烟,又从裤子口袋里摸出了一个打火机。林七夜把烟给赵空城叼起,伸手护住打火机,防止被雨淋到,嚓、嚓、嚓,连按了几下,一缕火苗燃起,点燃了赵空城口中的香烟。他狠狠地吸了一口,又长舒了一口气,仿佛整个人都舒坦了。赵空城叼着烟,双眼望着灰蒙蒙的天空,雨水浇落在他的脸上,顺着脸颊滑落……

　　"林七夜。"

　　"嗯。"

　　"老子一刀砍了暗面王,你看到了吗?"

"我看到了。"

赵空城的嘴角抑制不住地上扬,他很开心。

林七夜点点头,正欲说些什么,突然,浑身微微一震,只见在远处的泥泞中,一具魁梧的无头尸体正缓缓爬起。在它的身体上,一张苍白诡异的怪脸就像是寄生虫般,飞快地爬行,从双腿爬到后背,从后背爬到前胸……最后,它长在了暗面王的胸膛。而一旁刚刚被斩下的头颅上,那张苍白的怪脸已经消失无踪。林七夜的瞳孔骤然收缩——暗面王……还没死。

雨,还在下。

赵空城望着天空,还在回味着刚刚那一幕,并没有注意到林七夜的表情变化。

"连队长都没能砍死的家伙,被老子砍死了。林七夜,你说我厉不厉害?"

林七夜沉默片刻,低头看向怀中的赵空城,重重地点头。

"嗯,厉害!"

"立下这么大的功,要是我能活下去,一定能混个将军吧?"

"一定可以。"林七夜的眼中满是笃定,"你要活下去!"

"嘿嘿。"赵空城似乎想象到了什么画面,脸上洋溢着满足。可,他眼中的光,正在逐渐熄灭。

林七夜的双手微微颤抖,他晃了晃赵空城的身体,低声喝道:"赵空城!你还没当上将军,你还不能死!"

赵空城似乎已经听不到林七夜的声音,双眼逐渐迷离,他张了张嘴,声音如同细蚊般响起:"老子……刚刚帅不帅?"

"帅!"林七夜的嘴唇颤抖,他坚定地点头,"非常帅!比我见过的任何人,都要帅!"

赵空城的嘴角勾起一个轻微的弧度,双眼缓缓闭上,身体松弛下来。

赵空城,死了。

哗啦哗啦……林七夜怔怔地坐在那儿,雨水迷离了他的眼睛,但他的目光依然没有从赵空城身上移开,直到那沉重的脚步声再度响起。林七夜抿着嘴,深吸一口气,从地上缓缓坐起。他转过身,目光落在远处那具无头的暗面王尸体上,双眸中仿佛有轮烈日在熊熊燃烧!他向前走了两步,拔出斜插在地面的那柄直刀,那是赵空城的刀。林七夜握着刀,一步步朝着暗面王走去,雨水将他浇得湿透,却浇不灭他心中的那份怒火和那双熊熊燃烧的黄金瞳!

暗面王尸体上的怪脸扭曲着,似乎在无声地嘶吼。它的步伐越来越快,最终像只踉跄的巨兽,朝着林七夜撞来!已被赵空城斩去右臂的无头暗面王,只能靠左手的利爪,发出狂风暴雨般的攻击!林七夜握着刀,总是能未卜先知般猜到它的进攻轨迹,然后闪电般地错开身,避开攻击。他像一只午夜的蝴蝶,在凛冽的狂风中飘摇，却又始终片叶不沾身。恐怖的动态视觉加上"星夜舞者"的速度加持，使得这一刻的林七夜仿佛鬼魅化身。

林七夜连续闪过暗面王十余次攻击，面无表情地抬起手，猛地挥刀！这一次，他的目标不是任何一处身体要害，而是那寄居在暗面王躯体胸口处的苍白怪脸！如果他没猜错，这张脸才是暗面王的本体。之前赵空城虽然斩下了暗面王的头颅，却并没有伤到这张脸，所以暗面王还能死而复生！林七夜的身体在暗面王的攻击间隙中舞动，手中的直刀接连挥舞，一下又一下地斩在那张怪脸上。

他虽然有五倍的力量加成，但仍然无法给暗面王带来实质性的伤害，只能留下一道不深不浅的血痕。但这不重要，一刀砍不死，就砍十刀、一百刀！这次，他要将暗面王砍到魂飞魄散，一刀、两刀、三刀……

暗面王碰不到林七夜，林七夜却能砍到暗面王，渐渐地，暗面王胸前的怪脸上的伤口越来越多，越来越血腥，表情也越来越痛苦！很快，暗面王的攻势就慢了下来。林七夜的眼中杀机爆闪，他抓住机会，反手将直刀握在手中，用尽全力，捅在怪脸之上！凄厉刺耳的嘶号响彻云霄！

| 第二篇 |

十年之约

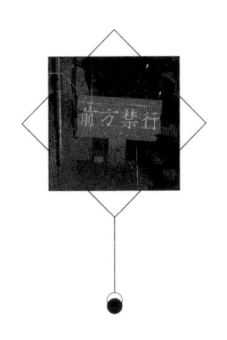

　　林七夜的刀刺穿了怪脸，但那并不是暗面王痛苦嘶吼的原因。真正让暗面王发出如此撕心裂肺哀号的，是林七夜的那双眼睛，在那灼热的金光下，那张鬼脸就像被火焰炙烤的蜡烛，极速地熔化。虽然这金光只出现了一瞬，但足以令本就濒死的暗面王彻底丧失生机。最终，在林七夜的注视下，那张脸彻底凝固成一团皱皱巴巴的半固态物体，再也不见怪脸踪迹。

　　林七夜微微皱眉，抬脚踩住脚下的暗面王躯体，拔出直刀，想了想，又弯腰把那苍白的脸捡起，只觉得眼前一黑，险些栽倒在地。

　　虽然有"星夜舞者"的加持，但经过如此高强度的惊险战斗，林七夜自身的体力消耗也极大，最关键的是两次动用炽天使之眼，彻底榨干了他本就不多的精神力，现在走路都有些吃力。正如赵空城所说，以他现在的境界，面对暗面王只有死路一条。如果不是守夜人先将暗面王重伤，如果不是赵空城用命砍废了暗面王，即便他有炽天使之眼和"星夜舞者"，也依然不可能是暗面王的对手。

　　这就是降临在这个世界的神话生物。

　　这就是"川"境。

　　雨水滑落脸颊，他一步步踩在血洼中，踉跄着朝着赵空城的尸体走去。走到尸体边，他缓缓地坐了下来。

　　"早就跟你说了，英雄，不是这么好当的。"林七夜看着已经冰凉的赵空城，喃喃自语，"你在这里赌上性命出生入死，又有几个人知道呢？你知道吗，现在，远在数里之外的市中心，依然是灯红酒绿。他们在KTV唱歌，他们在火锅店享用美食，他们在电影院吃着爆米花……而你，只能无声无息地死在这里。他们不会知道，在这瓢泼大雨中，有个男人提着刀干翻了一只神话生物！也不知道，自己能没心没肺、开开心心地玩乐是因为有人替他们献出了生命。你这样，真的值得吗？"

林七夜注视着赵空城苍白的面孔，似乎在等待他的答案。可惜，他注定无法再度开口。林七夜继续说道："你是不是觉得我很怕死？你错了，死，我一点儿也不怕。你觉得一个从小见过天使、瞎掉双眼、被关进精神病院的孩子还会对死亡有所敬畏吗？我曾在黑暗中无数次试图了结自己的生命，但光明一次又一次地把我救回来。救我的光明，不是那些在都市里为欲望奔波、抱怨世道不公的所谓的'众生'，而是我的家人啊。"

林七夜抬头，仰望着漆黑的夜空，缓缓开口："众生不曾度我，我又为何要用自己的性命去守护这'众生'？所以，我不愿当守夜人。"

林七夜转过头，目光落在那栋大雨中的矮房上，双眸中浮现出些许迷茫。

"但，我这个人，最欠不得别人人情。你救下了我的全世界，我……又能为你做什么？"

林七夜顿了顿，继续说道："我知道你们守夜人福利好，即便你死了，家里的老婆孩子也能受到最好的待遇，后事就更不用说了，守夜人肯定给你安排得体体面面。你也不缺钱，而且我也没钱。那我，到底该怎么还你这天大的人情？"

林七夜怔怔地坐在那儿，半晌之后，又转头看向远处的矮房……

雨中，他的双拳缓缓攥紧，又无力地松开。他像是下定了决心，用刀撑着地面，艰难地站起，喃喃自语："我林七夜这一生只对三个人有愧，为我奔波十载的姨妈、被我拖累十载的表弟，还有救下了我们一家三口性命的你。你救了我的全世界，作为交换，你的世界，我帮你守十年。十年之后，无论是何光景，我与守夜人再无关系，我与'众生'再无关系，我还是会回到这个家，继续我原本的生活。这笔交易可还算公平？"

林七夜低头看向血泊中的赵空城，他只是静静地躺在那儿，像是睡着了般。

"既然你不反对，就这么定了。"

林七夜将直刀插入地面，面对一个方向跪了下去。那里，雨中，是一栋普普通通的矮房。

"姨妈，小七要走了，请原谅我的不辞而别，因为我怕回去了，就再也不想离开。听说守夜人的待遇不错，在我卖命的这十年里，给的补贴够你们母子二人好好生活了。十年之后，小七会让你们过上最好的日子。您的养育之恩，小七十年后再报。"

林七夜跪在雨中，水珠顺着他的发梢落下，湿润了眼眶。他俯下身，重重地磕了几个头，额头抵在地面许久，才缓缓抬起。他缓缓站起身，最后看了矮房一眼，拔出地上的直刀，转身离开。

"湘南，我已经到老住宅区了，老赵他在哪里？！"

大雨中，一个披着黑红色斗篷、浑身湿透的女人站在街道中，身后背着一个黑色长匣，弯着腰大口大口地喘着粗气。

"在你前面两栋楼之外的空地上。"吴湘南的声音从耳麦中传出，他顿了顿，声音有些压抑，"红缨……你要做好准备。"

"什么准备？"

"我们在几分钟前就和他失去了联系，而且老赵的纹章定位，已经好几分钟没有动过了……"

红缨的瞳孔骤然收缩，她的身体微微颤抖，随后就像是利箭般射出，朝着前方疾驰而去！

"你别瞎说！！也许，也许他只是累了……"红缨咬着牙，声音已经带上了哭腔。

"红缨……"

"你别说话！"红缨怒吼。

"红缨，老赵的纹章定位动了！"

这句话一出，红缨的眼中顿时浮现出光芒！

"我就知道，我就知道……他没那么容易死！他在哪儿？"

"他在缓慢地移动，他离你越来越近了。"

红缨一愣，下意识地停住脚步，目光落在不远处的拐角。沉闷的雷声在远处的云层中回荡，雨水如同倾注的水幕，遮蔽了她的视线。隐约中，一个身影从雨中缓缓走来。

那是一个少年，他的身后背着一柄刀，他的手中抱着一个男人的尸体。他停下脚步，用尽全身的力气，咆哮开口，像是在向全世界宣告："晚辈林七夜，送赵空城将军凯旋！！！"

030

屋内。

姨妈抬头看着墙上的挂钟，怔怔出神，身前的餐桌上，满满的一桌菜已经冰凉，和林七夜离开的时候几乎没有区别。不知过了多久，杨晋伸出手，用筷子夹了一块肉放进姨妈的碗里。"妈，吃饭吧。"

"唉……"姨妈摇了摇头，长叹一口气，"你说你哥，饭吃到一半跑出去，怎么到现在都没回来？不会出什么事了吧？"

"放心吧，他不会出事的，说不定是哥的那些同学见他眼睛好了，硬要拉着他出去吃饭呢。"杨晋轻声安慰道。

听到杨晋这番话，姨妈的表情明显放松了一些，随即又担心起来。
"可是他出去没带伞啊。"
"妈……"杨晋站起身，指着窗外，平静地开口，"雨，已经停了。"

雨，确实停了。
朦胧的月光从云层中穿透而出，洒在寂静无人的夜里，万籁俱寂。不远处的空地上，残破的告示牌已经被人拿走，满地的血肉也被人打扫得干干净净，只剩下地面上一道道狰狞的刀痕，无声地倾诉着昨晚的一切。或许明天早上，就会有人发现这神秘的裂痕，他们会做出许许多多猜测，但永远不会知道事情的真相。
几滴雨水顺着屋檐滑下，落在泥泞的小水塘中，荡起一阵阵涟漪。
"啪嗒——"一只脚掌踩在水塘中，溅起一朵水花。
黑夜中，满是刀痕的空地上，一只黑色的小癞皮狗正不慌不忙地走来。它的脖子上，挂着一个小小的布袋。它穿过道道裂痕，走到了一片干净的空地旁，停下了脚步。
十几分钟前，在这里，躺着一个男人的尸体。它低着头，漆黑的双眼中浮现出淡淡的光芒。突然，它张开嘴，口吐人言，声音低沉而宏大："魂归来兮……"

沧南市，和平桥。
和平桥，是沧南市偏郊区的一座大桥，桥下便是横穿整个沧南市的江南大运河，每天从这座桥上经过的行人与车辆无数，算是沧南市的地标之一。和平桥的桥头，两侧都是琳琅满目的小店面，其中一家看似最不起眼的店面，挂着一块老旧的大红招牌——和平事务所。和和平桥旁的其他店面一样，它并不大，不过几十平方米，也就比学校旁边的兰州拉面馆大上那么一点点。说它不起眼，不仅是因为名字太过通俗，最重要的是，它两边的店面太过显眼。左边，是一家布置极为喜庆、大红大紫的婚庆公司，叫作"和平婚庆"；右边，是一家到处挂着白缎、摆着花圈的殡葬一条龙店，叫作"和平殡葬一条龙"。左边婚庆，喜笑颜开；右边殡葬，如丧考妣。
在这两个极端的中间，和平事务所就像家透明店，根本无法吸引别人的注意。如果非要说有什么特点的话，那可能就是它的名字，一般的事务所专精之处各不相同，有专业打官司的律师事务所，有专业破案的侦探事务所，有专业算账的会计事务所……可这家店面，没有任何前缀，只有"和平"二字，让人根本捉摸不透它是干吗的。

此刻，和平事务所，地下。
宽敞明亮的大厅中，一个少年正低头坐在沙发上，注视着脚下的地砖，沉默不语。

在这个大厅中,还坐着六个人。

"所以,你就是老赵负责找的炽天使代理人?"吴湘南坐在另一边的沙发上,看着林七夜问道。

"没错。"

短暂的沉默后,吴湘南缓缓开口:"我叫吴湘南,是驻沧南市守夜人136小队的副队长,靠在柱子旁边穿黑衣服的那个,是队长陈牧野。"

林七夜顺着吴湘南的目光看过去,在不远处的一根柱子旁,一个双手插在口袋中的男人正默默地注视着他。察觉到林七夜的目光,陈牧野微微点头示意。

吴湘南转过头,看向剩下的四人:"别傻站着了,介绍一下。"

此刻,独自坐在单人沙发上,抱着双腿,头发还湿漉漉的女人微微抬头,露出一双泛红的眼睛:"守夜人136小队,正面战力,红缨。"

林七夜认识她,自己之所以出现在这里,就是红缨将他带来的。红缨说完后,在她身边站着,手里还拿着毛巾的男人微笑着开口:"守夜人136小队,正面战力,温祈墨。"

紧接着,在一旁抱成一团,同样哭成泪人的少女微微抬头,轻声说道:"守夜人136小队,战斗辅助兼职军医,司小南。"

"守夜人136小队,远程火力支援,冷轩。"抱着狙击枪坐在一旁的男人冷冷说道。

见所有人都自我介绍完毕,吴湘南再度开口:"林七夜同学是吧?关于赵空城战死的事情,你还有什么要补充的吗?"

"我已经说得很清楚了。"林七夜平静地说道,"赵空城张开'无戒空域',独自和暗面王死战,最终同归于尽。"

"他们战斗的时候,你在现场吗?"

"我在。"

"你是怎么进入'无戒空域'的?"

"我瞪了它一眼,它就开了。"

吴湘南张了张嘴,眉头微微皱起:"你能详细给我描述一下他们战斗的情景吗?比如赵空城是怎么杀死暗面王的?"

"他挥了一刀,斩出一块巨大的黑色月牙,砍掉了暗面王的脑袋。"林七夜如是说道。

"黑色月牙……"吴湘南皱眉思索起来。

就在这时,一直沉默不语的陈牧野突然开口:"是'泯生闪月',老赵用了'鬼神引'激发了自己的禁墟。"

温祈墨惊讶地开口:"序列083的'泯生闪月'?那可是高危级的禁墟!"

"没想到……真被赵叔说中了，以前我还以为他只是自恋……"司小南抿着嘴，弱弱开口。

"不，他就是自恋。"陈牧野的嘴角微微上扬，眸中闪过一丝追忆，"我想，那家伙看到自己禁墟的时候，都不太敢相信吧？"

"要是我们当时在那儿，他绝对会缠着我们说他的禁墟是所有人里最帅的……"红缨似乎想到了什么有趣的画面，嘴角微微上扬，可很快眼里的光就暗淡下来。

吴湘南看着林七夜的眼睛，再度开口："还有一个问题，从暗面王的尸体来看，它的致命伤是一连串刀伤，还有莫名的灼烧痕迹。可'泯生闪月'似乎并不具备这种特性，这，是怎么回事？"

林七夜的眉头一皱，看着吴湘南的眼睛，一字一顿地开口："我已经说得很清楚了，赵空城独自面对暗面王，死战到底，最终，单杀了暗面王！"

031

吴湘南听到林七夜的回答，眉头越皱越紧。就在他还想问些什么的时候，红缨突然坐起，发红的双眼盯着吴湘南，怒喊道："吴湘南，你这是什么意思？赵空城死了，我们的队友死了，你还要揪着他的事情不放，你的心里，就不会有一点儿悲哀吗？"

吴湘南张了张嘴，停顿片刻，平静地开口："老赵死了，我也很难过，但真相也同样重要。"

红缨死死地瞪着他，胸口剧烈起伏，她冷笑了两声，将手中的黑匣重重地砸在地上，转身向地下室的出口走去。

一旁的温祈墨想劝两句，却觉得衣袖被人扯了一下，疑惑地转过头。司小南正站在他的身边，摇了摇头。

"所以，现场的那些……"

"湘南，够了！"

吴湘南正欲追问林七夜，一直站在边缘的队长陈牧野突然开口，打断了他的话。

"林七夜已经说得很清楚了，至于细节没必要追问下去，这件事，到此为止。"陈牧野双手插兜，走到吴湘南的身后，拍了拍他的肩膀。

吴湘南错愕地转头，看到陈牧野那不容置疑的眼神，犹豫半晌，无奈地点头。

陈牧野走到林七夜对面的沙发旁，缓缓坐下。

"赵空城的事情结束了，那我们是时候聊聊你了，林七夜。"

"聊什么？"

"据我所知,赵空城曾邀请你加入过守夜人,可是你拒绝了,后来他甚至跟我们说跟丢了你。如果你不带着赵空城的尸体走出来的话,我们或许一辈子都无法再找到你。既然如此,你现在为什么想加入守夜人?"陈牧野注视着林七夜的眼睛,双眸深邃无比。

"为了还他人情。"林七夜平静地说道。

陈牧野一愣:"人情?"

"我和他有过约定,我会加入守夜人。"林七夜顿了顿,"但是,我有一个条件。"

"什么条件?"

"我只会在守夜人待十年,十年之后,我就会离开。"

听到林七夜这句话,在场的所有人都一怔,表情顿时古怪起来。

"守夜人不是社区志愿者,一旦加入,就无法离开,所以你说的十年……我不能答应你,整个守夜人组织都没有人能给你这个承诺。"林七夜正欲说些什么,陈牧野再度说道,"不过,如果十年之后你有那个本事,能自己离开守夜人,又让守夜人的高层对你无可奈何,那就另当别论了。总之,想走正规程序离开守夜人,没门!"

"好。"出乎意料地,林七夜很干脆地点头,"十年之后,如果我走不了,那就是我的问题。"

听到林七夜这近乎无法无天的回答,司小南和温祈墨都惊讶地张大了嘴巴,就连冰山般的冷轩眼皮都跳了跳,多看了林七夜两眼。

"既然这样,我马上就向上层递交你的加入申请,不过在经过集训之前,你还都不算是正式队员。"

"集训?"

"守夜人是半军事化管理的组织,所有新人在正式加入守夜人之前,都要集中参加为时一年的集训,学习格斗、枪械、作战部署、禁墟使用等技能。"

"什么时候开始?"

"每年的九月,也就是一个月之后。而在你参加完集训之前,只能算我们小队的临时队员。"说到这儿,陈牧野像是想起了什么,郑重提醒道,"临时队员,我们是不包食宿的。"

林七夜:"……"

不包食宿?不是说守夜人的福利很好吗?怎么抠门到这个地步?!

"那,那我这一个月住哪儿?"林七夜慌了。回姨妈家?不,不不不,回去了他有百分之九十九的可能性都不会出来了,说不定会直接带着全家跑路。不过他肯定要通知姨妈,至少报个平安,所以他准备写封信回去,就说自己去参军,也能让她放心一些。现在的问题是,守夜人不让他留宿,难道他只能去露宿街头?

"没事,你可以来我家住。"就在这时,一直偷偷躲在门后面的红缨探出脑袋,小声地说道,"我家还是挺大的,给你一个房间没问题。"

"红缨，你不是生气走了吗？"温祈墨瞪大了眼睛。

"我，我……我想起来东西没拿，我又回来了不行吗？！"红缨瞪了他一眼，迈步走进屋里，提起放在地上的黑匣子，转头又瞪了吴湘南一眼。

吴湘南："……"

在吴湘南无语的眼神下，红缨走到林七夜的面前，温和地说道："七夜弟弟，放心，既然是咱小队的队员了，姐一定罩着你！"

"临时，他是临时队员。"陈牧野很认真地纠正，"而且，你俩还不一定谁大，你不能这么草率地叫他弟弟。"

"队长，你太死板了！"红缨对陈牧野吐了吐舌头，从桌上扯下一张纸，写下了一个地址，塞进了林七夜的手里，"七夜弟弟，姐姐我还要去练枪。要是一会儿手续办完了找不到我人的话，就自己先回去。"

红缨的脸和林七夜贴得很近，近到林七夜可以清晰地闻到她身上淡淡的香气，看到她的睫毛微微颤动。那双澄澈的眸子含笑注视着林七夜，就像金黄枫叶林中的一汪秋水，清澈动人，又饱含温暖。不得不说，红缨长得很好看——白皙的皮肤、娇小的鼻梁、殷红的双唇、精致的五官、丰满的……林七夜及时挪回了自己的视线，脸上莫名地浮出两抹红晕。他长这么大，还是第一次如此近距离地接近女生，还是红缨这般自然清新的女生。

"谢……谢谢红缨姐。"

"啊哈哈哈——"红缨突然站起身，激动地笑了出来，把她身后的吴湘南吓了一大跳。

"你怎么神经兮兮的？"吴湘南没好气地说道。

"你管我！"红缨撇着小嘴，"谁让我们的新人弟弟叫得这么好听。"

林七夜嘴角微微抽搐，下意识地将头偏到一旁。

就在这时，温祈墨微笑着走了过来："红缨，你别欺负新人了。七夜，走吧，我带你四处看看，顺便跟你说说守夜人的情况。"

林七夜如蒙大赦，跟着温祈墨走出门，顺着楼梯向地面走去。

"七夜。"楼道中，温祈墨突然开口。

"怎么了，温祈墨前辈？"

"喀喀喀……不要叫我前辈，这样太生分了，而且我应该也就比你大两三岁。"温祈墨有些不好意思地挠了挠头，"你就叫我名字吧，或者和他们一样，叫我祈墨。"

"好吧。"

"其实，我有个不情之请。"温祈墨停下身，认真地看着林七夜的眼睛。

"什么？"

"今晚……我可以和你一起住到红缨家里吗？我想去很久了。"

林七夜："……"

032

林七夜看向温祈墨的表情逐渐古怪。

温祈墨轻笑道:"跟你开个玩笑,我是看你在里面的状态太压抑了,让你放松放松。"

他看着林七夜的眼睛,目光逐渐柔和:"毕竟,任谁目睹了那样一场惨烈的战斗,都没办法轻易走出来,更何况你只是个高中生。"

林七夜一怔,抿着嘴唇,沉默不语。温祈墨说得不错,就连林七夜都没注意到,现在自己的精神状况有多糟糕。目睹赵空城战死,又孤身和暗面王拼命搏杀,离开生活了十几年的港湾,独自加入陌生又危险的守夜人……他虽然相对成熟,但从本质上说,还只是个少年。如此巨大的变故之下,背上的压力已经将他压得喘不过气来。

"刚刚在那儿坐着的时候,我就发现你的状态很糟糕。其实不只是我,红缨也看出来了,要不然她也不会主动邀请你去她家暂住,不会按捺住内心的那份悲伤,笑着和队长、副队拌嘴。"

"你现在刚来,对她还不熟悉,等你们熟悉了后就会发现,她,太善良了。"

林七夜一怔,他还记得,自己在雨中抱着赵空城走出来时,红缨哭成泪人的画面。此时再回想起刚刚红缨浅浅的笑容,似乎也掩藏着浓浓的悲伤。可,她既然已经如此伤心,为什么还要来照顾我的感受?

"其实不仅我和红缨,在场的除了湘南那个一根筋,还有冰块人冷轩,其他人也看出来了。只不过队长有些傲娇,只能暗暗借助红缨来活跃气氛,小南则是太腼腆,不好意思开口说话。"温祈墨转过身,继续爬楼梯,悠悠开口道,"或许来之前,你觉得守夜人应该是一群冰冷的杀戮机器,等你在这里待久了,就会发现其实并非如此……"

林七夜跟着温祈墨走到一楼,穿过伪装用的事务所大厅,推门而出。此时,已是深夜。喧闹繁华的和平桥寂静无人,刚刚下过雨的地面上还残留着雨水,整条和平桥街道上,只有和平事务所一家还在营业。

"来之前,我以为守夜人是个很大的组织,坐落在无人问津的军事禁区,里面停着飞机、坦克,动不动就会有军事演习的那种。"林七夜看着寂静的街景,缓缓开口。

温祈墨一愣,转头看向林七夜,忍不住笑出了声:"巧了,我进守夜人之前,也是这么想的,谁让那些科幻电影里都这么演呢?"他抬头,看着天空中朦胧的月光,"不过,虽然没有军事禁区、飞机坦克,但守夜人确实是个很大的组织。"

"为什么这里只有六个人?"

"守夜人和军事力量不一样。"温祈墨摇头,"你说的军事禁区这种集中式管理,虽然便于管理,而且运转高效,但它还有个致命的缺陷,就是机动性太低。打个比方,今天我们沧南市出现了一只神话生物,等当地警方确认之后,发信息到坐落在上京市的基地,然后基地审核,再派人来沧南市调查,最短也要两天才能开始调查。而这两天的时间,或许会死很多人。所以,最好的方案就是,在每座城市驻守一支守夜人队伍,当城市内发现疑似神话生物的踪迹,直接由驻守队伍前往调查解决。而我们,就是守夜人驻守在沧南市的队伍。"

林七夜若有所思:"难怪你们几个人的职位分工这么明确,各有所长。"

"没错,从正面战力,到战斗辅助,到远程支援,到统领大局……每个人都有所长,又能相互配合,这是每一支守夜队伍的标准模式。"

"那如果一座城市中出现了当地守夜人队伍无法解决的神话生物呢?"

"那就向上层申请特殊队伍支援。"温祈墨伸出四根手指,"在大夏,除了每座城市驻守的守夜人之外,还有四支特殊小队。他们不驻守在任何一座城市,当某座城市遇到当地守夜人无法解决的困境时,他们就会前往那里。他们没有队伍编号,只有属于自身的'代号',那是独属于特殊小队的荣光。"

"特殊小队吗?"林七夜好奇地问道,"你见过吗?"

"没亲眼见过,但两年前隔壁淮海市同时出现了三只'海'境的神话生物,险些酿成大灾。后来,代号'假面'的六人特殊小队突然出现,只用了一晚上时间,就将其全部肃清!"

温祈墨的眼中浮现出一丝向往:"据说,第二天太阳升起的时候,神话生物的鲜血染红了海湾,而那支'假面'小队已经悄然前往了下一座城市。"

"听起来有点儿帅。"

"是吧?"

"他们招人有什么要求吗?"

"当然有,而且很苛刻。"温祈墨叹了口气,"首先,特殊小队的成员至少得是'川'境巅峰境界。"

"'川'境巅峰……那你们这六个人里,最高的境界是什么?"

"是队长,他也是'川'境,但距离巅峰还有十万八千里。"温祈墨继续说道,"而且,要想加入特殊小队,光有境界可不行,还得要'特殊性'。"

"什么特殊性?"

"就是异于其他守夜人的地方,比如拥有超高危的禁墟序列,前90的那种;或者在某个领域做到登峰造极,比如刀道大宗师、剑道大宗师;或者他是某位神明的代理人。"

"神明代理人?这也算特殊性?"

"你这是什么虎狼之词?"温祈墨瞥了林七夜一眼,眼中满是羡慕,"你是炽天使代理人,就以为神明代理人像大白菜一样满大街都是吗?"

"不是吗?"林七夜茫然问道。

"当然不是!"温祈墨没见过这么"弱智"的,"站在人类这边的神明代理人可是极其稀缺的物种。在整个守夜人里,也就只有八九个,基本都分布在各个特殊小队,或者是某座大城市的守夜人大队长,是极度重要的人物!真羡慕你小子。"温祈墨罕见地爆了粗口,无奈地叹了口气,"你啊,潜力很高很高,等你成长起来,沧南这座小城就容不下你了。说不定以后,你就成了驻守上京市的守夜人队长,或者加入了某支特殊小队满世界跑,当个特殊小队的队长也不是没可能。总之,你的未来,不可限量。"

033

"哦。"林七夜的表情很平静。

温祈墨诧异地看着他:"哦?没了?"

"还要有什么?"

"一点儿都没有心潮澎湃、热血沸腾的感觉吗?"

"有一点儿,但也只有一点儿。"林七夜淡淡回答,"我对升职什么的不感兴趣。"

温祈墨古怪地看了他一眼:"忘了你是个十年后就要叛出守夜人的'异端'。"

林七夜不置可否,继续问道:"按你的话说,这四支特殊小队,已经是大夏战力的天花板了?"

"当然不是,他们或许是守夜人中团队战力的天花板,但绝对不是大夏战力的天花板。"

"你的意思是,在大夏,还有类似于守夜人这样的组织?"

"不,大夏只有一个守夜人,但在守夜人之上,还有五位人类天花板。"

"人类天花板?"

"顾名思义,就是人类所能达到的顶峰战力,由于实力逼近神话中的古老神明,他们也被称为'半神'。"

"以凡人之躯,比肩神明?"

"虽然我知道你在套用影视经典台词,但确实就是这么一回事。"温祈墨抬头望着夜空,眼中是满满的崇拜,"这五个人,是人类的支柱,也是这茫茫迷雾之中,人类所能看到的唯一希望。"

"他们是谁?"

"不知道,他们离我们太过遥远,很少有人见过他们的样貌、知道他们的名字。不过,有些有意思的传闻。"

"什么传闻?"

"这五位人类天花板，被称为一剑、一骑、一尊、一虚无、一夫子。"

"剑、骑、尊、虚无、夫子，这算什么传闻？根本就没什么有用的信息吧？"

"据说，我们守夜人的最高司令，就是这五位人类天花板中的'一尊'。不过，已经很久很久没人见过他出手了。"

"我有个问题。"

"你问吧。"

"人类到现在为止杀过神吗？"林七夜指了指天空，"不是那种奇奇怪怪的神话生物，是存在于神话中的、真正古老的神明！"

温祈墨沉默片刻，摇了摇头："我不知道，但我觉得，应该没有。茫茫迷雾之中，人类就像是被蒙上双眼的羔羊，我们不知道这个世界发生了什么，不知道末日何时会降临。在这个神明的存在被证实的时代，人类如果真的杀死了一尊神明，必然会引起其他神明的恐慌。这么一来，他们很可能会联手先灭了人类，到时候人类所面对的局面就更加严峻！"

林七夜点点头："我明白了。"

"还有什么要问的吗？"

林七夜沉吟片刻："临时队员有福利补贴吗？"

"有。"

"那就没别的问题了。"

"所以你问了这么多问题，只有最后一个是最关心的？"

"当然。"林七夜理所当然地点头，"什么特殊小队、人类天花板，那些东西离我太遥远了，我喜欢脚踏实地。"

"好吧。"温祈墨转过头，问道，"你困不困？"

"不困。"

"那我带你去个地方。"

"大半夜的，正经吗？"

"正经。"温祈墨嘴角一抽。

"那行。"林七夜叮嘱了一句，"别忘了，我还未成年。"

温祈墨："……"

几分钟后，汽车缓缓停靠在一片寂静无人的荒野。林七夜开门下车，四下张望了一圈，看向温祈墨的眼神充满了警惕："你带我来这儿干吗？"

温祈墨默默翻了个白眼，伸手指了指不远处的一片墓地："在那里。"

林七夜顺着他手指的方向望去，陷入了沉默。他隐约可以猜到，温祈墨带他来这里是为了什么。两人顺着狭长的小路一直向前，很快就走到了墓地的周边。这块墓地并不大，比起市区边缘的那块公墓，这里明显小了一大圈，但无论是墓碑的做工还是碑与碑之间的间隔，都远非普通公墓能比。这里的墓碑似乎更精致，也更井然有序。

"这里是……"

"驻沧南市守夜人的坟场。"温祈墨平静地开口,"从1936年大夏特别生物应对组正式转变为'守夜人',采取一城一队的管理形式之后,这里就被划分为沧南市守夜人战死后的最终归宿。当然,这只是默认归宿,在每个人正式加入守夜人小队的时候,可以说明自己死后是进入守夜人墓地,还是火化,或者埋回自己的老家,等等。当年,赵空城选择的就是埋在守夜人墓地,他说自己的身上沾了太多血,回祖宗坟地的话,他怕吓着各位老祖宗。"

说着说着,温祈墨的嘴角就扬起了笑容,仿佛又看到了赵空城没心没肺地说这话时的场景。

林七夜沉默地看着周围林立的墓碑,眉头微微皱起:"这么多……"

在这片墓地中,至少有六十座不同的墓碑,而且绝大部分是新碑。

"从1936年到现在,也有85年了。"温祈墨感慨地说道,"一开始,我们的牺牲确实不多,毕竟每座城市每年也不会出现几只神话生物,就算出现,境界也不高。随着时间的流逝,神话生物降临的速度越来越快,实力也越来越恐怖,我们的伤亡就越来越多。你看到的这些墓碑,有近一半是最近20年牺牲的。在陈牧野队长来沧南市镇守之前,据说这里每年都会死两名队员,直到队长来了之后,死亡率才大幅下降。"

林七夜的脑海中浮现出那个沉默寡言的黑衣身影,不由得敬佩起来。

"可赵空城今晚刚刚牺牲,他的墓碑就已经做好了?"林七夜突然想到了什么,疑惑地问道。

"没有。"

"那我们来这里……"

温祈墨抬起手,指向远处:"你看那儿。"

林七夜顺着他的手望去,只见黑茫茫的墓地中,一点微光渐明。微弱的灯光下,红缨眼眶泛红地坐在一块空地旁,手中抱着一块无字碑,右手拿着刻笔,一点一点地雕琢着。泪水顺着脸颊滑落在碑上,又被她匆忙擦干。此刻的她,哪还有之前的半分活力?

"她……她不是说去练枪吗?"林七夜呆呆地看着这一幕。

"她说谎了。"温祈墨摇了摇头,"守夜人的墓碑,由死者的队友雕刻,这是不成文的规定。本来,这块碑应该由我来刻的。她虽然没说,但我心里很清楚,其实她才是最想帮赵空城刻碑的那个。他们关系很好,真的很好。即便她说谎说得那么扯淡,我还是睁一只眼闭一只眼,让她来偷偷刻碑。"

林七夜和温祈墨静静地站在那儿,注视着专心刻碑的红缨,久久不曾言语。

朦胧的月光下,死寂的墓地里,只有红缨手中的刻刀,发出轻微的悲鸣。

-085

"不上去打个招呼吗？"半晌，林七夜问温祈墨。

"现在去打招呼，反而会让她尴尬，她的脸皮太薄了。"

"可我们这样，感觉就像是偷窥别人秘密的变态。"林七夜心里有些别扭。

温祈墨转头看向他，眼中浮现出一丝笑意："你以为在旁边偷窥的'变态'只有我们两个吗？"

034

墓地，另一边的树林里。

"湘南。"

匍匐在地的吴湘南虎躯一震，猛地回过头，看到来人后松了口气。

"队长，大半夜的，不要在墓地里无声无息地走动，我差点儿被你吓死了。"吴湘南摸着扑通狂跳的心脏，深呼吸起来。

陈牧野在吴湘南的身边悄然坐下，看着不远处独自刻碑的红缨，小声开口："我以为你那榆木脑袋里只装了战术，没想到你也会来。"

吴湘南白了他一眼："大半夜的，谁信她会去练枪，我有那么迟钝吗？"

"有。"

吴湘南："……"

"祈墨呢？他应该来了吧？"

"跟林七夜在对面山沟上趴着。"

"冷轩和小南呢？"

"冷轩早就不知道去哪儿了，小南怕黑不敢来。"

"哦。"

两个男人陷入沉默。许久，陈牧野才再度开口："你能来，我挺开心的。"

"至于吗？"

"至于。"陈牧野认真地点头，"这说明你已经不是那个刚从死人堆里爬出来的吴湘南了，就算你再怎么否认，你也已经在变了。"

"我为什么要否认？"吴湘南平静地开口，"从'蓝雨'小队覆灭到现在，已经快六年了，我这个废人总要走出来的，能碰到你们，算我运气好。"

陈牧野长叹了一口气："在他们眼里，你可是个眼里只有规定和准则的死板男。上次我偷听红缨和小南墙脚的时候，她们还说你这辈子都找不到老婆。"

"……"

"要是她们知道，你曾是大名鼎鼎的'蓝雨'特殊小队的队员，估计会惊掉下巴。"

"我只是个苟活下来的废人，不配再担起那个名字。"吴湘南平静地说道，"现在，我只想当一个普普通通的 136 小队队员。"

陈牧野拍了拍吴湘南的肩膀，没有说话。

"你怎么看？"吴湘南突然开口。

"什么？"

"那个新人，林七夜。"

"挺好的孩子。"

"我说的不是他的潜力，我说的是他的性格。"

"我说的就是性格。"吴湘南顿了顿，继续说道，"暗面王是他杀的，如果我没猜错的话，赵空城只是将它打成了重伤，但并不致死。"

"这重要吗？"

"不重要吗？"

陈牧野注视着吴湘南的眼睛，缓缓开口："那孩子愿意将功劳推给赵空城，这是他的选择，你又何必执着？你和老赵相处了这么久，他的梦想是什么，你难道不知道吗？"

"杀死一个'川'境的神话生物，这是大功！这对那孩子的未来很有帮助！"

"你觉得他在乎这些吗？"

吴湘南哑口无言。

陈牧野将目光从红缨身上移开，落在了远处的山沟里，平静地开口："我说过，这孩子很好。"

此时，距离墓地几里之外，悄悄蹲在山头的冷轩放下了手中的望远镜，嘴角微微上扬："一个个的，躲得一点儿技术含量都没有，这次又被我拍到了吧……"

咔嚓咔嚓！冷轩手中的望远镜发出几声轻响，从下方掉出几张高清的照片，有红缨独自刻碑的，有林七夜和温祈墨聊天的，有两个大男人在树林里说话的。他视若珍宝地将这些照片拿起，小心放进了一个上锁的盒子。盒子里，是满满的照片，是独属于 136 小队的，搞笑、尴尬却又温馨的照片。

两小时后。

林七夜站在一座豪华大别墅前，目瞪口呆。他低下头，再度确认了一下字条上的地址，又看了眼别墅，倒吸一口凉气！

"原来她是个富婆？！"如果林七夜没走错的话，眼前的这座别墅，正是红缨的家。隐约中，林七夜的脑海中似乎又回荡起她的那句话："我家还是挺大的……"

这何止是挺大！林七夜在别墅门口踌躇许久，终于下定决心，走上前敲了敲门。

之前，他和温祈墨在墓地一直默默看红缨刻碑，直到她刻完了，两人才离开。

-087

为了不让红缨怀疑，他还特地晚了半个小时来到这里，留下一个时间差。

门只敲了两下，林七夜就收回了手。

一阵嗒嗒的拖鞋声隐约从门后传来，紧接着，别墅的大门开了。门后，穿着毛绒睡衣的红缨站在那儿，眼眶微红，看到林七夜后脸上浮现出笑容："七夜弟弟，快进来，你怎么回来得这么晚？"

"祈墨拉着我一直聊到现在。"林七夜昧着良心说道。走进屋，林七夜低下头，这才发现红缨早就为他准备好了一双拖鞋。

"那个……家里今天没有打扫，可能有些乱，你别介意啊！"红缨用手拨弄着头发，将发丝在指尖缠上几圈，有些不好意思地说道。

"这已经很干净了。"林七夜四下张望了一圈，无奈地说道，"而且，只要有个地方住，我就已经很高兴了。"

不得不说，红缨家无论是装修还是陈设，都透露着一种大气高雅，这让从未住过别墅的林七夜有些拘束，而且他也从来没去女生家里留过宿。

"红缨姐姐，是七夜来了吗？"一个软软的声音从二楼传来，只见睡眼惺忪的司小南正趴在围栏上，小声地问道。

"嗯。"红缨点头。

林七夜一愣，转头看向红缨。

红缨对着他笑了笑："因为我平时不住宿舍，小南一个人住宿舍的话我也不放心，所以平时就让她和我一起住在这里。"

原来如此。

就在这时，林七夜似乎想到了什么："叔叔阿姨呢？我就这么住进来，会不会打扰到他们？"

"不会。"红缨摇了摇头，"五年前，他们就在迷雾中失踪了。小南没来之前，这里都是我一个人住。"

"他们是探测队的人？"

"是啊。"

林七夜张了张嘴，他知道自己问错话了，但又不知说什么来安慰才好。

就在这时，红缨指了指二楼的一个房间："你住那间屋子，我已经收拾好了，卫生间里蓝色的毛巾和牙具是你的，不要弄混啊！"红缨穿着拖鞋，一步步走上楼梯，随后，像是想到了什么，猛地转头看向林七夜，"对了，要是想进我和小南的房间得先敲门！要是让我发现你有什么不良企图的话，哼哼！"

红缨撩起睡衣袖子，露出雪白的胳膊，"恶狠狠"地挥了挥："别忘了，我可是小队的正面战力，除了队长，没人打得过我！姐姐的长枪，可是不长眼睛的！"

说完，她潇洒地回头，乌黑的长发自然垂卷，迈着大步走进自己的房间。

林七夜："……"

趴在一旁的司小南打了个哈欠,对林七夜挥了挥手:"晚安。"

砰!两扇房门关闭,走廊再度陷入安静。林七夜突然想到了什么,快步走到红缨的门前,敲了几下门。

嘎吱,房门缓缓打开,拎着长枪的红缨面色不善地站在门后,扬了扬下巴:"你,想干啥?"

035

暖色的灯光下,长枪的枪尖散发着点点寒芒。

这……她居然真的在自己房里藏了长枪?!

林七夜咽了口唾沫,急忙开口:"不是,红缨姐……我就是想问一下……你这儿有纸和笔吗?"

红缨一愣:"大晚上的,你要纸笔干吗?"

"写一封信。"

"嗯,好像有,你在这儿等一下!"红缨将手中的长枪放在一旁,回到房里翻箱倒柜地找起来。

站在门口的林七夜,能清晰地看到红缨房里的情况,出乎意料地,红缨的房间十分简单,甚至可以说是简陋。在这个房间里,只有一张硬板床、一盏台灯、一张书桌,还有一个放在床边的毛绒玩偶。没有任何多余的装饰,也没有昂贵的席梦思,没有沙发,没有空调……林七夜很难想象,在这样一座豪华的大别墅里,红缨的房间竟然能简陋到这个地步。与其说是别墅主卧,不如说是苦行僧的草庐更加合适。只有那个可爱的毛绒玩偶,是这个房间里唯一符合红缨年纪的东西。

"纸,纸,纸找到了!"红缨的眼睛一亮,拿着一支笔和几张纸走到门口,递给林七夜。

"红缨姐,你平时……都睡这儿啊?"

红缨回头看了一眼,点了点头:"身为守夜人,不能太沉溺于物质的享受,要时刻磨炼自己的意志。如果这幢别墅不是我父母的遗物,需要经常打理的话,我或许早就将它卖了,回去住宿舍。"

林七夜沉默片刻:"我知道了,谢谢,晚安。"

"晚安,你也早点儿睡。"红缨笑着对他挥了挥手,轻轻关上了房门。

林七夜走下楼,在客厅的椅子上坐下,打开头顶的一盏明灯。桌上,是一张纸和一支笔。

聒噪的蝉鸣在窗外隐隐响起,夏夜的灼热在雨后一扫而空,树叶的剪影借着月光投射在桌上……

林七夜提着笔,坐在桌前,一动不动。不知过了多久,他才轻轻落笔,在纸上写下第一行字。

"致姨妈、杨晋……"

"妈，妈！"

杨晋摇了摇睡在餐桌边的姨妈，轻声喊道。

姨妈睁开蒙眬的睡眼，缓缓抬起头，一边揉着酸痛的脖子一边问道："怎么了？是不是你哥回来了？"

杨晋摇了摇头："不是，但是门缝下面有一封信。"

"信？"

"嗯！好像是哥写的。"

"小七？快，快打开来看看！"姨妈焦急地说道，边看杨晋拆信边说道，"这孩子，一晚上没回来，也不打个招呼，都到家门口了也不进来，他……他塞封信是什么意思？"

杨晋拆开信，姨妈接了过来，两人凑在一起，仔仔细细地看了起来。半响，姨妈双手颤抖地放下信，呆呆地坐在那儿。

"妈，哥说他去参军了。"杨晋拿起信，转头看向姨妈。

"参军……参军？这怎么……突然就去参军了？"姨妈喃喃自语，"从来没听他说起过啊？"

"不，哥说过的。"杨晋认真地点头。

"他说过？"

"以前，他经常私下里跟我说，其实他最大的梦想就是去参军，只不过眼睛一直没好，就暂时放弃了这个梦想。"杨晋顿了顿，又指着信上的几个字说道，"而且你看，哥在信里也说了，他眼睛好了之后，就偷偷报了名。因为怕您阻拦就没告诉您，昨天晚上自己偷偷坐上了去齐市的火车……"

"不对啊。"

"哪里不对？"

"这封信是你今天早上才拿到的，按这信上说，他应该在火车上了啊！"

"嗯……"杨晋挠了挠头，"其实，我是今早才发现的这封信，有可能它昨晚就在那儿了，我只是没看见而已。"

"可，可这也太突然了！"姨妈无法接受这个事实，"而且七夜这孩子眼睛才刚好，万一去当兵的时候复发了怎么办？不，不行！我不放心！我要去找政府，我要我外甥回来！"

姨妈着急地站起身，不顾自己穿着拖鞋，开门就急忙往外走。突然，她停下了脚步。

只见家门外，两个穿着军装的男人正尴尬地站在那儿，似乎正准备敲门。如果林七夜在这儿的话，他马上就能认出，这两人正是陈牧野和温祈墨。

"你们是谁？"姨妈皱眉问道。

陈牧野和温祈墨对视一眼，温祈墨的脸上顿时浮现出温和的笑容，对着姨妈敬了个并不标准的军礼。

"你好，请问是林七夜的监护人王芳女士吗？"

"对，我是。"

"我们是沧南军政办的，来给您送林七夜参军的一些手续和补贴。"

"军政办？"姨妈狐疑地问道，"那是什么地方？"

"就是专门负责新兵入伍这块的。"

"哦，那，那你们先进来坐。"姨妈后退几步，让两人进来，转身给他们沏茶，"我刚想去找你们，这事情不太对啊！"

陈牧野和温祈墨刚坐下，后者听到这句话，冷汗都出来了。

温祈墨悄悄俯到陈牧野耳边，小声道："队长，咱这……真的能糊弄过去吗？"

"怕什么？我们的手续都是从正规军里分发下来的，全是真的！"

"可，可你昨天才提交的林七夜的加入申请，文件没道理来得这么快吧？你确定这些是真的？"

陈牧野的嘴角微微抽搐："很快，它们就变成真的了。"

"可是我不懂啊，咱明明可以等正式文件下来再上门的，为什么这么急？"

"不是我们急，是林七夜这小子急。"陈牧野看了在厨房忙碌的姨妈一眼，小声说道，"他怕他姨妈不相信信里的内容，直接去政府那儿求证，可政府基层的那些干部并不知道我们的存在……你懂我的意思吧？"

"懂了。"

温祈墨点点头，坐直身子，露出标准的微笑。

"王芳女士，你放心吧，我们是正规军，林七夜去乌市参军入伍的事情也是经过批准的，不存在任何问题！"

一旁的杨晋无奈地抚额，正在沏茶的姨妈身体一颤，手里的茶杯直接翻倒在桌上。她僵硬地转过身，瞪大了眼睛开口："他，他不是去的齐市吗？！"

036

陈牧野瞪了温祈墨一眼。

温祈墨正色道："女士，是这样，林七夜呢之前填报的志愿是去齐市，但是后来又服从调配，去了乌市。"

姨妈半信半疑："那他的文件呢？"

温祈墨从公文包里拿出厚厚几沓文件，依次放在桌上，推到了姨妈面前。

"林七夜的手续都在这里，您收好吧。"温祈墨想了想，继续说道，"后续可能还会有一些文件过来，到时候我们再登门拜访。"

姨妈眯着眼睛，把文件拿得老远，一字字地看过去，生怕错过什么重要信息。过了许久，她才将文件放下，长叹一口气："他这孩子，眼睛才刚刚好，我怕他当兵的这段日子再出什么岔子……"

"请放心，我们已经对林七夜的眼睛做了详细的检查，不会再有别的问题了，他很健康。"温祈墨的声音逐渐柔和起来，"而且，孩子大了，总要让他们脱离家庭的羽翼磨炼磨炼，不是吗？"

姨妈张了张嘴，似乎想说些什么，最终只能无奈地叹了口气。

"女士，这里是林七夜参军的补贴，请您收下。"陈牧野取出一个厚厚的信封，推到了姨妈的面前。

姨妈掀起信封的一角，浑身一震，震惊地看向二人："这……这也太多了吧？！"

"现在国家对军人的福利很好，而且林七夜所在的队伍比较特殊，补贴也相对会比其他地方多一点儿。"温祈墨解释道。

"特殊？不会有危险吧？"姨妈的脸色一变。

"不会的，这里的特殊指的是……他离得比较远。"温祈墨一本正经地胡扯，"毕竟从这里到乌市还要很久。"

"原来是这样。"姨妈拿着手里的信封，坐立不安，她还是第一次见到这么多钱。

"同志，这些钱能不能帮我寄给他？"姨妈担忧地开口，"他一个人去那么远的地方，身上没钱怎么办？而且这么多钱放家里，我也不安心啊！"

"军队里用不到这么多钱，而且我们有规定，这些钱是给家属的，请您务必收下。"温祈墨的眼睛微微眯起，声音逐渐严肃起来，"至于安全您放心，只要我们还在，就没有人能动得了你们。"

"那他这一去，什么时候回来？"

"十年。"陈牧野突然开口，眼中满是认真，"十年之后，他一定会回来。"

"十年，"姨妈念叨着这两个字，回头看了眼杨晋，喃喃自语，"十年之后，阿晋应该大学毕业、工作了吧……"

温祈墨和陈牧野又陪着姨妈聊了一会儿，等到时间差不多了，便起身告别。

"对了，你们那儿能打电话吗？"姨妈突然想到了什么。

"当然可以。"温祈墨点头，"一会儿我给您一个电话，只要不是训练时间，就能联系到他。"

"好，好好。"

姨妈送两人离开，然后独自在门口站了一会儿，才缓缓回屋坐下，呆呆地望着属于林七夜的房间，她的眼睛逐渐泛红。

"妈，哥去当兵，这是好事啊。"杨晋抱着小黑癞走上前，安慰道。

"妈知道。"姨妈抹了下眼角，"孩子长大了，总是要出去见见世面的，去军队里磨炼一下确实是好事。等他回来，也算是退伍军人，到时候妈给他物色媳妇的时候，肯定有不少人抢着要！"

杨晋："……"

"妈只是……放不下心啊。"姨妈抬头望着窗外，怔怔出神。

"该走了。"陈牧野走下楼，拍了拍偷偷盯着窗户看的林七夜，说道。

林七夜目不转睛地看着阳台上的姨妈，轻声开口："怎么样？"

"她信了。"

"那就好，钱给了吗？"

"给了。"陈牧野顿了顿，"那是你所有的补贴和预支的一年薪水，把这些都给他们了，你怎么办？"

"这些年我存了点儿钱，省着点儿用，过一年没问题。"

陈牧野见此，沉默片刻，补充道："平时没事的话，可以来事务所吃饭。"

林七夜错愕地问道："临时队员不是不包食宿吗？"

"临时队员不包食宿，但是……"陈牧野拍了拍他的肩膀，朝着不远处的厢车走去，"我做的饭除外。"

林七夜一怔，嘴角浮现出笑容。

"丁零零——"

就在这时，林七夜口袋里新配备的手机响起。

"喂？"

"小七？是小七吗？"

"是我，姨妈。"

"你这孩子，自己去当兵，怎么也不跟我说一声？你要是想去，我也不会拦着你啊！是不是不把我当姨妈了？嗯？"

"对不起姨妈，我，我错了。"

"哎，在火车上了？"

"嗯。"

"要多久才能到？"

"听说要两天时间，小绿皮有点儿慢。"

"去了军营以后，一定要多吃点儿，不能累垮了身子！"

"我知道了，姨妈。"

"还有啊，你的这些补贴，姨妈都收到了。姨妈把它先放起来，等你回来，给你娶媳妇用。"

"姨妈，我们部队待遇很好的，每年都有很多钱，那些钱你先用着吧。"

"你这孩子，一点儿都不知道节省，你那些钱自己收好了，一定要过得好一点儿，听到没有？"

"听到了，姨妈。"

"嗯，没什么事，姨妈就先挂了。"

"好，姨妈再见。"

"对了，到了乌市之后，记得给姨妈报个平安。"

"一定会的，姨妈再见。"

电话那头沉默了许久，姨妈那微微沙哑的声音才再度响起。

"嗯，再见……"

嘟、嘟、嘟……电话那头传来忙音，姨妈紧紧攥住手机，像是尊雕塑般坐在那儿，一动不动。紧接着，两行热泪从她的眼眶中流出。她缓缓趴在桌上，将脸埋进肩里，无声地哭泣着。

一旁，杨晋轻叹了口气，转头看向窗外，喃喃自语："哥，你这个笨蛋。"

老住宅区外。

"七夜，该走了。"陈牧野回过头，平静地说道。

林七夜将手机收起，最后看了一眼远处的矮房，"嗯"了一声。

大风渐起。林七夜额前的黑发被微微吹起，他伸手紧了紧衣领，转身朝着风中走去。

他们的衣袂猎猎作响！

037

诸神精神病院。

宽敞整洁的院子中，倪克斯抱着花瓶，正坐在摇椅上发呆。一个穿着白大褂的少年穿过廊道，带着几瓶药，来到了她的身边。

"你来看我了，达纳都斯，我的孩子。"倪克斯转头看向林七夜，嘴角绽放出笑容。

林七夜在她身旁坐下，"嗯"了一声。"该吃药了。"他将瓶中的药倒出，仔细地分成一小堆一小堆，放在倪克斯的手上，"乖，先把药吃了。"

倪克斯没有犹豫，将手中的药一口吞下，然后注视着林七夜，眼中满是慈爱："达纳都斯，你似乎有心事？"

林七夜一怔，没想到倪克斯这个精神病人竟然能一眼看穿他的状态，犹豫片刻，点了点头："算是吧。"

"有什么我能帮你的吗?"

"很遗憾,这件事情你帮不了我。"林七夜摇头。

自己离家出走、独自心伤这种事,怎么可能是外人能帮得了的?

倪克斯有些沮丧,紧接着,像是想到了什么,开口道:"既然这样,达纳都斯,我送给你一个礼物。"

"礼物?"林七夜一愣。

"对,我把我的手镯送给你,以后你就把它戴在手腕上,就能……"倪克斯伸手在自己手腕上摸了摸,又摸了摸,她低头看着自己光秃秃的手腕,哪里还有手镯?"我的手镯,我的手镯呢?"

林七夜:"……"

果然,倪克斯病得不轻啊!

倪克斯歪着脑袋,皱着眉头,似乎在思考着什么。

就在林七夜准备起身离开的时候,倪克斯突然开口:"我想起来了。"

"你想起来什么了?"

"我的手镯被人赢走了。"

"赢走了?"林七夜一愣,想了想,似乎没在哪个神话里看到过手镯的故事,"是哪位神赢走的?"

"不是神。"倪克斯摇头,指了指林七夜,"她和你一样。"

"和我一样,也是你的孩子?"林七夜试图以倪克斯的思路来思考问题。

"不是,她和你一样,也穿着这件白色的衣服。"

林七夜的瞳孔收缩,眉头紧紧皱起。

"你是说,在我之前,还有人穿着这件衣服进入你的房间,赢走了你的手镯?"

倪克斯点头,林七夜的表情逐渐严肃起来。无意中,他竟然从倪克斯的口中得到了如此重要的信息。从她的表述来看,在自己敲开这座精神病院大门,放出倪克斯之前,应该还有一个人来过这里,而且也打开了倪克斯的那扇门。自己并不是这里唯一的主人?可这精神病院明明就在自己的脑海里,怎么会有别人进来?林七夜突然想到,自己第一次做关于敲精神病院大门的梦,是在五年前。五年前,它就这么突兀地、神秘地来到了自己的梦境。难道说,在五年前,自己梦到精神病院之前,这里还有别人存在?想到这儿,林七夜立马坐了回去,郑重地开口:"她是怎么把你的手镯赢走的?"

倪克斯回忆了一会儿,开口道:"她说,她要和我比赛。如果我赢了,她就把我的孩子还给我;如果我输了,就要把我的手镯给她。"

"你们比了什么?"

倪克斯的嘴中缓缓吐出两个字:"造物。"

"造物?最后你输了?这怎么可能?"林七夜眼中满是惊讶,"你可是黑夜女

-095

神，创造世界的五位神明之一，你怎么可能输给别人？"

"我不知道，但我确实输了。"倪克斯摇头。

"你还记得她的样貌吗？"

"记得，她当时好像只有十二三岁，黑色的长头发，很漂亮，这里还有个奇怪的图案。"倪克斯指了指手背。

"一个十二三岁的小女孩儿，在造物上赢了你？"林七夜的眼珠子都要瞪掉了，"就算你现在神格受损，也不太可能吧？"

倪克斯坐在那儿，似乎又陷入了回忆。

林七夜平复了一下心情，继续问道："关于她，你还记得什么？名字呢？"

"不知道，我只知道，她好像姓……纪？"倪克斯有些不确定地说道。

"纪？"林七夜念叨着这个字。

"最后，我回到房间之前，她往那里走了。"倪克斯想了一会儿，伸手指向三楼的某个房间。

"我知道了，你好好休息。"林七夜抬头看了眼房间，嘱咐了一句，转身就往楼道跑去。

片刻之后，林七夜来到了倪克斯所指的房间前，门牌上，写着三个大字——"院长室"。

林七夜的眉头微皱，推门而入。门后，是一个不大不小的办公室，看起来有些杂乱。之前他就进过这个房间，这件白大褂也是在里面的衣架上拿的，可是之前进来的时候似乎并没有发现什么东西。既然倪克斯说那个女孩儿当时走进了这个房间，那很有可能留下了一些重要的线索。这次，他要将这里彻底搜索一番！他没有选择翻箱倒柜，而是原地坐下，缓缓闭上了双眼。凭借炽天使给他的神墟，他能轻松地感知这个房间内的一切物品，比翻箱倒柜地找高效太多了。几秒后，他猛地睁开了眼睛，站起身走到办公桌旁，伸手在最后一个抽屉的夹层摸索了一番，掏出了一封有些泛黄的信纸——果然有！林七夜飞速地拆开信封，取出信纸，表情突然有些古怪。啧，这个字，好像有点儿丑啊！歪歪扭扭，跟小学生刚学写字一样——

致某人：

　　我不知道你是谁，但我知道，你才是这里真正的主人。

　　当你找到这封信的时候，应该已经过了好几年，别笑我现在的字不好看，毕竟我还小，等我长大就好了。

　　不好意思啊，强行把属于你的病院在我这里扣留了一段时间，不过看在现在已经物归原主的分儿上，就不要怪我啦！（吐舌涂鸦）

　　还有，我从你的几个病人那里借了点儿东西，等我再次找到你的时候,会还给你的,放心!

最后再提醒你一下,这个办公室的底下,还有一块地方哦!

等我长大,我会来找你的。陌生人,毕竟你是我回家的希望。

拜拜!

纪念 留

038

林七夜将手中的信纸放下,表情有些古怪。

他原以为这封信里藏着这座精神病院的秘密,或者是某个神秘强者的留言,或者会揭开这个世界的真相……可这该死的小学六年级作文既视感是怎么回事?!难道说这座精神病院的上一位院长,真的是一个小女孩儿?没道理啊!什么小女孩儿能在造物上赢了黑夜女神?从这封莫名其妙的信里,林七夜能得到的信息不多,在他之前,这座精神病院曾在另一个女孩儿的手里,而且她还拿走了一些病人的东西。想到这儿,林七夜的眉头又皱了起来。信里,她说的是"几个病人"。也就是说,除了倪克斯,她还打开过其他几个神明的病房,甚至同样用"比赛"的方式各赢走了他们的一件物品。这是什么妖孽……不过,她说这个办公室的底下有东西。林七夜蹲下身,用精神感知仔细地向地板下探测,在即将抵达二十米深时,似乎真的碰到了一些不一样的东西。

"这个房里还有机关?"林七夜抬起头,看向办公室后面的那面墙壁。在他的感知中,这面墙的后面是一条隐秘的通道,而打开这面墙的方法……林七夜细细感知了一会儿,站起身,走到角落的书架旁,伸手在某个暗格上轻轻一按。紧接着,办公室后面的墙壁便向两侧徐徐打开,露出一条黑洞洞的通道。林七夜没有犹豫,沿着这条通道向下走去。这条通道很长、很深,林七夜走了许久才走到尽头。当他打开尽头的那扇门之后,整个人都愣在了原地。在他的眼前,是一条昏暗、潮湿的走道,而走道的两边,则遍布着阴暗的牢房!没错,是牢房,和上面的六个病房不同,呈现在林七夜眼前的,是真正只存在于监狱中的牢房,而牢房的铁门上同样画着密密麻麻的花纹,不知是用来干吗的。

林七夜顺着走道向前,精神力时刻警戒着四周。在这座本就充满了神秘的诸神病院底部,还藏着两排诡异的牢房,一看就知道不是善地。奇怪的是,两侧的牢房都空荡荡的,一个人都没有。

"难道这里只是个废弃的牢房?"林七夜嘀咕了一句,继续向前走。很快,他就走到了尽头。然而,当他的目光落在尽头的第一间牢房时,瞳孔骤然收缩,只见那间牢房的角落里,蹲着一个魁梧的身影,它似乎听见了林七夜的脚步声,僵硬地转过头,露出一张苍白且狰狞的怪脸——暗面王!林七夜看到这熟悉的身影,眼中爆发出浓烈的杀意，整个人警惕地后退半步。暗面王如同一只野兽，嘶吼着猛地朝林七夜冲去，却在接触到牢房围栏的瞬间，被一股无形巨力弹飞，撞在了后方的围墙上。林七夜眉头紧紧皱起，暗面王不是被他杀了吗？脸都剁成了十八块，死得不能再透了，尸体也应该被守夜人带走了才对，怎么会出现在这里？就在林七夜疑惑的时候，熟悉的面板再度浮现在他的眼前——

　　罪民：暗面王。

　　抉择：作为被你亲手杀死的神话生物，你拥有决定它灵魂命运的权力。
　　选择1：直接磨灭它的灵魂，令其彻底泯灭于世间。
　　选择2：让它对你的"恐惧值"达到60，可将其聘用为精神病院的护工，照顾病人的同时，能够在一定程度上为你提供保护。
　　当前恐惧值：1/60。

　　看完这段话，林七夜总算明白这是怎么回事了。这么看来，这座精神病院除了关押六位神秘病人之外，还具备将自身亲手杀死的神话生物转变为护工的能力。也就是说，以后自己每杀死一只神话生物，都有机会将其转变为护工。那这里的神话生物包不包括古老的神明？万一，我是说万一，万一以后我杀了一位真正的神明，是不是也可以让他来给自己打工？
　　想到这儿，林七夜的心脏越跳越快。
　　"吼吼吼！！"暗面王的嘶吼声将林七夜从幻想拉回现实，他抬头看向牢房里狰狞恐怖的暗面王，目光逐渐冷了下来。
　　"暗面王，"林七夜看着暗面王，平静地开口，"你很强，如果让你来当我的护工，想必是个很不错的选择。"
　　暗面王听到这句话，逐渐安静下来。林七夜缓缓伸出手，似乎想触摸一下暗面王的怪脸。暗面王的眼中浮现出杀意，但生存的本能又将其强行按捺住。它出现在这里之后，就知道了自己的两种命运，也知道自己的命运就掌握在眼前的这只蝼蚁的手里。它不想彻底地泯灭于世间，所以只能选择臣服！它低着头，安静得像只狗。林七夜的手掌碰到了它的怪脸，轻轻摩擦起来。
　　"你杀了很多人，没关系，我和他们不熟，这不妨碍我聘用你。"林七夜的眼睛眯起，眸中闪烁着寒光，"可惜……你杀了一个很重要的人。"突然，林七夜的手开始发力！
　　"嗜——"暗面王的怪脸剧烈扭曲起来，尖锐的哀鸣回荡在整个牢房。它拼命挥动四肢，想从林七夜的手中逃出，可惜它做不到。这里，是林七夜的精神病院。他，是这里的院长。他想让它死，它不得不死！林七夜眼中的寒芒爆闪，不过几秒钟的工夫，一只"川"境的神话生物就完全消失了。这座牢房，就像一只活的、会吃人的野兽！

林七夜望着空荡荡的牢房，面无表情地开口："你很强，很可惜，我的精神病院不欢迎你。"说完，他转过身，双手插在白大褂的口袋里，一步步朝外走去。

039

"叮咚——欢迎光临！"清脆悦耳的电子音响起，林七夜推开事务所的大门，走了进去。

刚进门，他就愣在了原地，只见事务所里的沙发上，坐着一个五十多岁的老奶奶。她一只手拄着拐杖，一只手扶着老花镜，正手舞足蹈地描述着什么。

"我跟你说啊！我这个老伴啊，他平四不四这个样子嘞，以前跟我粗去，他都会拉着欧滴手，生怕欧粗现什么意外，从上周开始，他就八这个样子嘞！他啊，肯定四外面有别的女愣嘞！（我跟你说啊！我这个老伴啊，他平时不是这个样子的，以前跟我出去，他都会拉着我的手，生怕我出现什么意外，从上周开始，他就不这个样子了！他啊，肯定是外面有别的女人了！）"

在她的对面，红缨正托着腮帮子，聚精会神地听着，时不时还惊讶地回答："啊？他真的这么过分啊？嗯嗯，我觉得奶奶您说得对！好过分啊，他！放心吧，这件事，我们事务所管定了！"

她的旁边，温祈墨也一本正经地坐在那儿，保持着如沐春风的笑容："我觉得奶奶说得对，我觉得红缨说得对。对，我觉得你们说得都对。"见林七夜茫然地站在门口，温祈墨给了他一个眼神，站起身跟着他走到了店后面。红缨还坐在那儿，兴致勃勃地和老奶奶聊天。

"这……这是什么情况？"进入地下室的楼道中，林七夜终于忍不住问道。

"嗯？正常的工作啊。"

"我以为这上面的店面只是个伪装，居然真的有生意？"

"七夜啊，你还是不够了解啊。"温祈墨拍了拍他的肩膀，"沧南这座城市说大不大、说小不小，神秘事件确实会发生，但一年里也就那么五六次。你说我们这群人在这儿，平时没神秘事件处理的时候，除了训练就是聊天吹牛，得多无聊？"

"所以，你们还拓展了帮人调查婚外情的业务？"林七夜的表情十分古怪，"还是个五十多岁的老奶奶？"

"老人家今年六十岁了。"

"……"

"你看啊，平时接一些不痛不痒的小委托，既能找点儿事做，又能赚点儿外快，多好！"

"这样……"林七夜若有所思，"除了调查婚外情，咱们还有什么别的业务吗？"

"有，业务范围很广，非常广！"温祈墨的眼睛亮了起来，"帮人家救上了树的小猫，上门给初中以下的小朋友补习，给需要帮助的人提供法律援助，顺手解救被拐卖的孩童，有时还蒙着面去制伏抢银行的歹徒……"

"等等，这业务范围广得有些过头了吧？"林七夜瞪大了眼睛，"救援、教育、法律、两性关系，连警察的活你们都抢着干？"

"常规操作。"

"我突然有些好奇，你们当中谁会法律？"

"冷轩，他在加入守夜人之前，是政法大学法学博士。"

林七夜："……"

两人走到地下活动空间，温祈墨拍了拍他的肩膀："对了，队长说等你来了，去练武场找他。"

"在哪儿？"

"前面的走廊一直走到头。"

"好。"

林七夜穿过活动室，顺着走廊一路向前。

上一次来的时候没注意，直到这时，林七夜才意识到这片地下空间究竟有多大。一道道长廊，一间间神秘的屋子……

终于，林七夜走到了走廊的尽头，面前是一扇大铁门。他推门而入，里面是一大片空阔明亮的练武场，至少有三个足球场大小！

"他们……是把整个运河底部挖通了吗？"林七夜喃喃自语。

见林七夜来了，在练武场中央打坐冥想的陈牧野睁开眼，对着他招了招手。

"队长。"

"嗯，感觉这里怎么样？"

"反差有点儿大。"林七夜如实说道，"明明上面只是一间不起眼的小门面，下面却有这么大一片空间，感觉跟科幻电影一样。"

陈牧野微微点头："这里，是几十年前，一个拥有土系特性的禁墟拥有者建造的，所以这么大的工程完全没有惊动地面。"

"原来如此。"

"对了，你加入守夜人的一些文件都已经到了，收在档案馆里，你要是想看的话自己去拿。"陈牧野顿了顿，"不过，你的佩刀、斗篷和纹章都要等到进入集训之后才统一发放，这段时间，你先用这柄刀吧。"

陈牧野将身后的一柄直刀递给林七夜。林七夜接过，打量了一番，在刀柄上看到了三个小字——"赵空城"。

"这是……"林七夜错愕地抬头。

"老赵的刀。"陈牧野平静地说道,"你是他选择的孩子,他战死了,他的刀就交给你保管吧。"

林七夜沉默片刻,默默握紧了手中的刀柄:"好。"随即,他又疑惑地问道,"不过,不是说我现在只是临时队员吗?为什么需要佩刀?"

"距离开始集训还有一个多月,这段时间不能白费,我们要教你一些东西。"陈牧野缓缓站起,看着林七夜,继续说道,"毕竟是要加入我们136小队的队员,在集训里的表现不好的话,容易给我们丢人。"

林七夜:"……"

不知为何,林七夜突然有一种因为成绩不好,被家长强行送去补习班的感觉。

"也好,那我该怎么练?"林七夜没有犹豫,毕竟就算陈牧野不先提出来,他也会主动找他请他教自己战斗的。

命是自己的。这时候偷懒,就是慢性死亡。

"上午和我练刀,下午和温祈墨学禁墟使用,晚上和冷轩学枪。"陈牧野从一旁的武器架上取下两柄竹刀,握在手中。

"把刀捡起来,我们要开始了。"

林七夜看了眼自己身旁的直刀,错愕地开口:"队长,我这柄是真刀!"

"无所谓。"陈牧野面无表情地提着双刀朝林七夜走来,"反正,结果是一样的。"

不知为何,林七夜的心中一紧,隐约有种不祥的预感。他捡起地上的直刀,把刀出鞘,深吸一口气:"队长,我要上了。"

陈牧野点点头:"来吧,上吧。"

林七夜的目光一凝,握紧刀柄,整个人飞快地朝陈牧野奔去!

三秒后,他的惨叫声在整个地下室回荡……

040

下午,温祈墨百无聊赖地坐在禁墟试验场上,看了眼时间:"这小子……怎么还不来?"

话音刚落,一个身影就缓缓推开门,像是僵尸般朝着他挪动。

温祈墨见到来人,惊呼出声:"七夜,你……你这是?"

鼻青脸肿的林七夜摆了摆手,正欲说些什么,脚下一个趔趄,险些栽倒在地。

温祈墨连忙上前扶住他:"跟队长对练了?"

"对。"

"嗯,看来你天赋还行。"

林七夜盯着他的眼睛:"你管这叫还行?"

"当年我第一次跟队长对练的时候,被打得在练武场趴了一天一夜才缓过来。"

温祈墨叹了口气,"能在近身战上和队长勉强一战的,现在只有红缨了。"

"我听说赵空城是近战大师,他也不行吗？"

温祈墨沉默片刻,缓缓开口:"他和队长那不叫勉强一战,那叫平分秋色,当然,是在双方都不使用禁墟的前提下。"

"好吧。"林七夜忍着肢体的疼痛,勉强站起身,如果把他的衣服撩起来的话,会发现他的身上满是青一块紫一块的伤痕。陈牧野的刀,太快、太重、太狠了,而且他似乎并没有手下留情的意思。

"放心吧,一会儿去找小南治疗一下,明天早上又能去挨揍了。"温祈墨安慰道。

林七夜:"……"

"现在,开始上课。"温祈墨清了清嗓子。

林七夜站直了身体。

"首先,我们从禁墟是什么开始讲起。"

"这个,赵空城之前跟我说过了。"

"那好,那我们来说说神墟。"

"这个也说过了。"

"行,那我们来说说,由物体产生的禁墟。"

"说过了。"

温祈墨:"……"

"这家伙,到底偷偷跟你透露了多少东西？"温祈墨抚额,"禁墟序列呢？这个说过了吗？"

"这个没有。"

温祈墨松了口气,开始说道:"所谓禁墟序列,就是人类对禁墟的危险等级进行划分,排列出的一张序列表。和神明代号一样,从 001 开始,序列越靠前,代表越危险。"

"这是不是和神明代号一样？"

"不一样,神明代号是人类发现神明的顺序,与神明自身的战力和危险程度无关,而禁墟序列,是危险性排序。"

"我懂了。"

"禁墟序列在 600 之后的,被称为'无害禁墟',这种禁墟的作用很小很小,最多也就能帮花草浇浇水,帮人杀杀口腔里的蛀虫,或者凭空造根辣条出来。序列在 400 到 599 的,称为'低危禁墟',这种禁墟具备杀伤性,但并没有太大的危险,用好了的话或许有奇效。"

"禁墟序列在 200 到 399 的,称为'危险禁墟',能对人类社会造成规模性威胁,同时具备了与神秘战斗的能力。禁墟序列在 90 到 199 的,则是'高危禁墟',能对人类社会造成大规模威胁,拥有超高的战斗力,能拥有这部分禁墟序列的,大多是高端战力，比如队长就在这一段。至于禁墟序列在90之前的，则被称为'超高危禁墟'，这类禁墟要么拥有极度强悍的超大规模杀伤力，要么拥有令人匪夷所思的特殊能力。总之，这类的禁墟序列，已经完全超出了'人'的范畴，动辄拥有毁灭一城的能力！"温祈墨再度强调，"这不是危言耸听，几年前在西北沙漠中出现过一只强大的神话生物，拥有禁墟序列063的'罗天魔刹'，差点儿直接用狂沙埋葬了周围的几座城市，后来还是一支特殊小队到场，才将其格杀。"

林七夜一愣："我记得，当时赵空城说过，他的禁墟序列是083。"

"'泯生闪月'，位列超高危禁墟，虽然是倒数几个，依然极其罕见。"温祈墨的神情有些落寞，"如果他真的生下来就拥有这个禁墟的话，或许……他早加入某支特殊小队，当上将军了。"

"这些是禁墟排名？那神墟呢？"林七夜好奇地问道。

"神墟，也是禁墟的一种，所以也在序列里。"温祈墨顿了顿，有些羡慕地看了林七夜一眼，"禁墟序列的前30里，有23个都是神墟。神明赐予的力量，自然不是凡人能匹敌的，无论是危险性还是特殊性，都远超我们的想象。"

"那这么说，在前30的序列里，还有7个人类的禁墟？"

"有。"温祈墨的眼中散发着光芒，"甚至在排名前五的禁墟中，还有一个属于人类！"

"哪一个？"

"不知道。"

"……"

"别这么看着我，我加入守夜人也没几年，这么机密的事情，我怎么会知道？"温祈墨很无辜地摊手。

"那我的禁墟呢？"林七夜指了指自己，"序列多少？"

温祈墨看了他一眼，幽幽开口："神明代号003，炽天使米迦勒的神墟，叫作'凡尘神域'，禁墟序列，同样是003。"

"禁墟序列003，'凡尘神域'。"林七夜喃喃自语。

"不过你也别高兴得太早，003是炽天使的禁墟序列，不是你林七夜的。"温祈墨补充道，"只有在炽天使手里，它才是003，而在你这个刚刚踏足神秘的新人手里，威力或许只算是高危禁墟。等到未来的某一天，你境界足够高，高到可以与神明比肩的时候，它才是003。"

林七夜点点头："我心里有数。"

"对了，我还有一个问题。"

"你问吧。"

"同一个人有可能成为几个不同神明的代理人吗？"

"不可能。"温祈墨没有丝毫犹豫地摇头，"至少在人类历史上，从来没有过这样的先例。"

"哦。"林七夜点头。

从现在开始,就有了。林七夜的身上,除了炽天使的"凡尘神域",还有从黑夜女神身上得到的"星夜舞者",从某种意义上来说,他就是两个神明的代理人。当然,这种事暂时还不能告诉别人,万一被守夜人高层抓过去研究,那他就凉凉了。至少现在的他太弱了,或许等到他足够强的那一天,再怎么暴露他都不怕。

"既然基础知识科普完了,我们就来聊聊你的禁墟吧,现在你手中的'凡尘神域',能做到什么地步?"

"以我为中心,二十米为半径的圆形领域内,我能感知到所有东西。"

"哦,"温祈墨眉毛一挑,"红缨今天的内搭是什么颜色?"

"白色。"

041

"顶尖的侦察与战斗辅助类能力,或许现在显现出的优势还不大。但随着你的实力增长,应该会成长到一个极其恐怖的地步。"温祈墨边记录着信息,边说道。

"还有呢?"

"动态视觉大概是之前的好几倍。"

"近身格杀类能力,很好,还有呢?"

"消耗大量精神力的情况下,能使用一缕炽天使的神威。"

"嗯,一般神明代理人都有这个能力,还有呢?"

"没了。"

"没了?"温祈墨错愕地抬起头,"就这些?"

"炽天使给我的力量就这些。"林七夜真诚地回答,从某种意义上来说,他说的是实话。

温祈墨的眉头微微皱起,思考一阵之后,接连摇头:"不对,不对啊,这可是'凡尘神域',哪怕只是'盏'境,所展现出来的威能应该远不止这些啊!"

"你的意思是……我现在的能力,不完全?"林七夜一愣。

温祈墨点点头:"这么说吧,在'凤凰'小队的那位雅典娜代理人,在刚踏入'盏'境的时候就能一拳轰倒一座楼房,徒手撕掉'池'境的神话生物。你的能力虽然不错,但也仅仅是不错,最重要的是你现在所展现出来的,都是战斗辅助类的能力!可……那可是米迦勒的神域!怎么可能只有这么点儿威力?"

林七夜茫然地看着自己的双手:"可是,我确实只感觉到了这些能力。"

温祈墨沉吟片刻,继续说道:"现在有两种可能,第一种,炽天使在选你做代理人的时候,就只给了你这一小部分能力,目前我觉得这种可能性最大。第二种,是你神墟的其他能力一直都存在，只不过你现在无法感觉到它，或者是你下意识地忽略了它。"

"下意识地忽略？"

"打个比方，比如你的能力是可以用皮肤呼吸，因为你长期使用这个能力，导致你已经完全习惯了它。过了很长时间，明明其实你一直在维持这个能力，自己却开始下意识地忽略它，因为使用这个能力已经成了你的本能。"

"你的意思是，我有可能一直在使用这个能力，但自己没发现？"

"没错，你仔细想想，从小到大，有没有什么和其他人不一样的地方？"

林七夜沉吟片刻："瞎？"

"这个不算。"温祈墨无奈地叹了一口气，"其实我个人还是倾向于第一种可能，炽天使一开始就没有给你完整的神墟。毕竟是炽天使的神墟，就算真如第二种推测那样，你一直在使用，没道理还这么平凡，应该随便打个喷嚏就能掀飞一群人才对。"

林七夜："……"

"总之，之前我说你现在的'凡尘神域'大概算是高危级别，看来是高估你了，从你现在展露的能力来看，大概算是普通危险级别吧。"温祈墨又在文件上记录几笔，安慰道，"你也别灰心，随着你实力的增长，后续的能力会渐渐显露出来的，毕竟你是炽天使的代理人，他不会让你这么没面子的。"

林七夜耸了耸肩："希望吧。"

林七夜的心里虽然有点儿沮丧，但也只是一点点而已，拥有诸神精神病院的他，其实并没有那么依靠炽天使，毕竟在他的精神病院里，还关着六位神明供他选择。

"既然已经初步了解了你的能力，那我们就该开始训练了。"温祈墨总结了一下，很快就给他设计了一份训练计划。

"怎么练？"

"总体来说，你现在的能力侧重于'感知'与'预判'，这种特性的能力相对而言，比那些动不动就轰个螺旋丸的能力好训练得多，只需要让你的身体与能力逐渐磨合就好。"温祈墨指了指身后的房间，"这里面，是一个装有 39000 支隐藏式微型橡胶枪的机关房间，每秒可以射出 1～39000 发橡胶子弹，子弹的飞行速度虽然略慢于真实子弹，但对你现在的境界来说也够用了。你要做的，就是站进去，用你的感知与动态视觉，尽可能地躲避橡胶子弹。"

"考虑到你的境界，就先从每秒钟 50 发子弹开始吧。"

林七夜看了眼房间，点点头："我知道了。"推门走进房间，林七夜站在正中央，看着遍布墙体周围蜂窝般细密的枪孔，心中再度浮现出不祥的预感。

"等等，这脚底下怎么也全是枪孔？打到不该打的地方怎么办？"林七夜看到身下密密麻麻的枪孔，脸色一变。

"实战中，危险可能会在任何地方出现，没有不该打的地方。"温祈墨的声音从四面八方响起，"如果你准备好了，我就开始了。"

林七夜缓缓闭上双眼，深吸一口气："开始吧。"

"嘟——"

"嗖嗖嗖嗖……"

在提示音响起的瞬间，林七夜的感知范围中，橡胶子弹如同雨点般从四面八方飞来，速度极快，肉眼根本无法捕捉！林七夜在子弹出膛的瞬间就做出了反应，连续两个后跳躲掉了大半的子弹，但又有一大批子弹射出，而且角度都极其刁钻！在林七夜的感知中，他能预测到子弹的弹道不假，但能同时预测的弹道又是有限的——就比如让一个人来抓一个滚动的乒乓球，轻而易举就能做到，如果同时抓三个乒乓球，也行；如果有二十个乒乓球同时从不同的方向滚动，人的大脑就无法及时反应过来，无法准确地判断出它们每一个的运动轨迹。

林七夜面临的也是这个问题，训练开始不过三秒，他的身上已经挨了十几发子弹，橡胶子弹虽然不会让人受伤，但因为速度快，痛感还是有的。他终于领会到了这场训练的真谛。

"怎么又是挨揍？！"

活动室。

陈牧野系着围裙，戴着手套，端着一碗香喷喷的骨头汤走到桌旁，轻轻放下。

"咕咚——"

红缨瞪大了眼睛，狠狠咽了口口水："队长，你多久没亲自下厨了？今天太阳打西边出来了？"

一旁的吴湘南微微一笑："你还没看出来？这主要是给林七夜准备的，咱们都是附带。"

"陈叔，你偏心！"司小南气鼓鼓地说道。

陈牧野嘴角微微抽搐，面无表情地开口："我只是吃便当吃腻了，想换换口味，跟那小子没关系。"

"原来是这样。"红缨的眼睛一亮，伸出筷子往骨头汤里探去，"那我就不客气啦，嘻嘻……"

"啪——"

陈牧野用筷子打回了红缨的手，淡淡开口："林七夜还没下课，都给我等着。"

红缨：队长，你不爱我们了……

042

"好香!"浑身都在痛的林七夜蹒跚着走出训练室,闻到从活动室传来的香味,如同死灰般的眼神重新燃了起来。

温祈墨的嘴角微微上扬:"看来,你上午的那顿打没白挨啊。"

林七夜径直走到活动室,刚刚推门进去,四双幽怨的眼神齐刷刷地扫了过来。

林七夜觉得气氛有些不对:"怎么……了?"

"没什么,坐下来吃饭。"陈牧野看了他一眼,淡淡说道。

"哦。"

等林七夜坐下,红缨眼巴巴地看着陈牧野,说不出地可怜。

"吃饭吧。"终于,陈牧野说出了众人等待许久的这句话。

几人纷纷出手,像饿了几天的狼,眼睛都发红了。

"红缨姐,你们守夜人的伙食一向都这么好吗?"林七夜看着满桌的饭菜,小声问道。

红缨没好气地回答:"我现在不想跟你说话。"说完又想了想,补充道,"我要等吃完了再跟你说话!"

林七夜:"……"

"林七夜。"

"在,队长。"

"今天训练下来,有收获吗?"

"有的,收获很多。"

"嗯。"陈牧野点点头,顿了顿,继续说道,"疼不疼?"

"有点儿。"

"小南,一会儿帮他治疗一下。"

司小南噘了噘嘴,乖乖点头:"好。"

陈牧野想了想,又补充了一句:"不用完全治好,只要明天还能挨打就行。"

林七夜:"……"

啪嗒!两双筷子在骨头汤里撞在了一起,发出轻微的响声。两双筷子死死僵持,夹着一块肉,谁也不让谁。红缨和吴湘南大眼瞪小眼,就这么僵持在一起,目光仿佛在空气中碰撞出一连串的火花。

"吴湘南,这块肉是我先看上的。"红缨瞪眼说道。

吴湘南平静地开口:"我先夹到的。"

"你放开。"

"我不放。"

- 107

"放开！"

"不放！"

刺啦刺啦……

两人之间碰撞的火花越来越强烈。就在这时，一旁默默吃饭、存在感极低的冷轩盯着那块肉，伸手在腰间一摸，掏出了一支 MP5 微型冲锋枪，放在桌上。

"都放开。"他平静地说道。

红缨："……"

吴湘南："……"

冷轩很自然地伸出筷子，夹走了那块最大的肉，犹豫片刻，放进了林七夜的碗里。

"新来的，多吃点儿，一会儿练枪。"冷轩边把冲锋枪收起，边冷冷说道。

"啊？哦……好。"林七夜一时间没反应过来，然后愣愣地看着埋头吃饭的冷轩。好家伙，什么叫人狠话不多，这就是！

"冷轩，下次尽量不要在餐桌上拔枪。"陈牧野开口提醒道，"万一走火了……这桌饭菜就可惜了。"

冷轩点头："哦。"

红缨和吴湘南对视一眼，同时乖乖低头吃饭。等到林七夜将碗里的饭菜吃得一干二净，冷轩站起来走到他身边，淡淡开口："吃饱了？"

"饱了。"

"走，练枪。"

"好！"

看着两人逐渐消失在走道中的背影，温祈墨长叹了一口气，转头看向司小南。

"小南。"

"怎么了？"

"你的团宠身份被取代了。"

司小南："……"

"枪，是热武器，是人类智慧的结晶。"射击室中，冷轩站在一面整整齐齐挂着各种枪支的墙壁前，面无表情地说道，"对于高境界的神话生物，它们能起到的作用极小，但对于低境界的神话生物而言，枪支往往比冷兵器更有效。尤其是对于新人，在不具备很强的近战水平的条件下，学习使用枪支是十分必要的。"

冷轩从身后的墙壁上拿下一把手枪，放在林七夜的面前："我只教你两件事，一件是射击技巧，另一件是枪械的构成原理。在没有以后打算专精枪械的情况下，这对你来说已经够用了。"林七夜连连点头。

"现在，拿着这把枪去打靶，让我看看你的天赋。"冷轩指了指不远处的靶子。

林七夜点点头，拿起手枪，在射击台前站定。深呼吸，学着从电视里看到的动作，举枪，

瞄准，射击，"乓——"的一声枪响，两张脸顿时黑了下来——脱靶了。冷轩走到靶前，再三确认没有弹孔，表情似乎有些难看："三十米靶都能脱靶？这……"

林七夜放下枪，轻咳两声："那个……我的天赋怎么样？"

冷轩看了他一眼，绝望地闭上了眼睛。

"你？你有个鬼的天赋。"

林七夜："……"

回到红缨的大别墅，林七夜无力地倒在沙发上，揉着疲惫的眼角。这一天的训练下来，可以说是受到了身体和精神上的双重折磨——先是被队长暴砍，再被橡胶子弹打成筛子，晚上的枪械课吧虽说不累，却一次又一次将他的自尊心按在地上摩擦。他对枪，真的没有天赋。这一晚上的训练下来，走出射击室的时候，林七夜明显感觉到冷轩比他还累，最重要的是他眼中的光没了。

最后冷轩还安慰了他一番，说新手这样其实也并不是太离谱，让他以后好好努力。说着说着，就反过来变成林七夜安慰冷轩了。

"你放心，我觉得我现在没天赋是暂时的，多练练就好了。"

"你要对我有信心，也要对自己有信心，你的枪法这么厉害，没道理教不会我吧？"

"时间，最重要的是时间，要有耐心……"

"乐观一点儿，至少二十米之内，我还是能上靶的，我还有救！"

"……"

就在林七夜黯然神伤的时候，一道倩影悄然走到了他面前。

"七夜弟弟，是不是很累？"红缨穿着毛绒睡衣，手里端着一杯茶，笑着递给林七夜。

林七夜勉强一笑，接过茶："谢谢。"

"其实还好，虽然累，但是很充实。"林七夜喝了一口茶，四下张望了一番，"小南呢？"

"她似乎对你抢了她团宠的位置有些生气，回屋待着去了。"

"难怪，她刚刚给我治疗的时候，总是掐我肉，我还以为这是正常程序。"林七夜摸了摸自己青一块紫一块的胳膊，恍然大悟。

红缨扑哧一下笑出了声："其实，队长对谁都这么严格。我刚来这里的时候，哪怕我是个女生，他也没有丝毫留情，硬是把我给打哭了。"红缨抬头望着窗外，似乎回忆起了什么，嘴角浮现出笑意。

"有点儿狠。"

"不狠，一点儿都不狠。"红缨摇了摇头，"沧南市守夜人的死亡率下降，基本都是队长的功劳，一个是因为他自身实力强，另一个就是他对其他队员足够负责。他打你打得越狠，越是能让你记住疼痛，快速地成长。他宁可队员恨他，也不愿他们因为实力不足死在战场上，你明白吗？"

林七夜沉默许久，似乎又回忆起早上陈牧野那凌厉的目光，缓缓点头："我知道。"

红缨嘴角微微上扬，像个大姐姐般摸了摸林七夜的头发，轻声道："好了，累就早点儿去休息吧，晚安。"

"晚安。"林七夜和红缨道别，回到了自己的房间，拖着疲惫的身体躺在床上，望着空荡荡的天花板怔怔出神。

过了半晌，他又缓缓从床上爬起，拔出鞘中的直刀，一手握刀，一手握鞘，闭目回忆着今天陈牧野使出的每一式刀法，在朦胧的月光下，挥出一刀又一刀！

| 第三篇 |

难陀蛇种

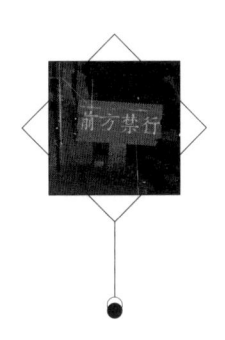

二中。

放学铃声悠悠响起，成群结队的高中生走出校门，有说有笑地朝校门外走去。

"唉，今天又布置这么多作业，又得搞到十一点多……"

"可不是嘛！老师布置了12篇阅读理解题，让不让人活了？"

"阅读理解不是随便写？"

"怎么随便写？"

"三长一短选短，三短一长选长，参差不齐选C，模棱两可选D。"

"你等等，我拿笔记下来！"

"……"

突然，一个学生转过头，对着落在最后面的李毅飞说道："李毅飞，你怎么这么慢？快点儿啊！"

李毅飞回过神："哦，来了来了。"他加快脚步跟上队伍，仍然时刻不停地四下张望，有些心不在焉。

"你怎么了？在找什么呢？"王亮疑惑地问道。

李毅飞纠结片刻，叹了口气："经过之前那件事，我对放学回家这种事已经有阴影了。虽然现在没有晚自习，天还是亮的，但总感觉瘆得慌！"

王亮翻了个白眼："不就是碰着一个杀人犯吗？哪有这么夸张？李毅飞，你看着五大三粗的，胆子怎么这么小？"

"那可不是，唉，算了，跟你说也说不清。"李毅飞摇摇头，紧接着，他就像是想到了什么，突然停下了脚步。

"又怎么了？"

"我突然想起来我没带作业本,还在教室抽屉里。"李毅飞有些头疼地说道。

"你说说你这脑子,本来就笨,现在更不经用了。还好现在学校没关门,快回去拿吧,我跟他们先走了。"

王亮背着包,对着李毅飞挥了挥手,转身跟着其他人离开。李毅飞在原地叹了口气,回头朝着学校的方向走去。等到他回到学校门口的时候,距离放学已经过了二十分钟,该走的学生基本都走光了,整个学校空荡荡的。

"幸好门还没关。"李毅飞嘀咕了一声,快步跑进学校。黄昏下的校园相对于平时多了一分寂静,少了一分人气,时不时有打扫卫生的学生从教室里出来,看着时间,快步跑向大门,迎着逆向而行的李毅飞擦肩而过。他们都急着回家,急着回去吃家里热腾腾的晚饭。李毅飞越往前走,人越少,暮色越浓。路两边高大的树木被风吹得沙沙作响,即将坠入西山的残阳光辉从树叶缝间漏出,越来越暗,越来越少。李毅飞匆匆跑到高二的教学楼前,两步一跨跑上四楼,来到了自己的班级门口。空荡荡的走廊中,除了昏黄的暮色,只有李毅飞一人。此时,打扫卫生的同学基本走光,就连教室门都锁上了。这难不倒李毅飞,他熟练地打开窗户,放下书包,双手在窗台上一撑就翻了进去。

"作业本,作业本,作业本……找到了!"李毅飞在自己的书桌里摸索了一阵,掏出一个本子,眼睛一亮。他将本子塞进书包,来到窗旁,准备如法炮制翻出去。就在这时,两个人影突然出现在走廊的尽头。李毅飞余光看到他们,虎躯一震,飞快蹲下身,躲在窗下的瓷砖后面。"这是什么鬼运气,正好碰到教导主任?"李毅飞暗骂一句。

从走廊尽头走来的两个人,一个是他们班的语文课代表刘小艳,一个就是他们高二年级的教导主任。自己放学后偷摸着翻窗进教室,很容易让人误会,要是被教导主任发现,那肯定是百口莫辩,吃不了兜着走。所以,李毅飞便紧紧贴在墙边,打算等两人离开了再走。两人一边聊着天,一边向李毅飞藏身的教室靠近。渐渐地,李毅飞可以清晰地听到他们聊天的声音。

"……所以说,你们班这个语文一定要抓紧,选一个写作文最好的出来,参加这次市里的比赛。"

"我知道了,主任,我们班作文写得好的人挺多的,比如……"

两人走着走着,主任似乎走累了,停下了脚步,将双手搭在走廊的栏杆上,歇息起来。

而刘小艳也同样停下,在教导主任身边继续说着。他们的位置,偏偏就在李毅飞藏身教室的门口!李毅飞通过窗户的反射看到这一幕,无奈地翻了个白眼,索性原地坐了下来,等他们俩离开。

"嗯,你说的这些人都不错,明天把他们叫到我办公室来,我跟他们聊聊。"教导主任满意地点头,转身对刘小艳说道,迈步准备离开。

"主任！"刘小艳突然开口，叫住了主任。

主任回过头，疑惑地看着她："你还有什么事吗，刘小艳同学？"

"主任，其实，其实我……"

站在刘小艳面前的主任眉头越皱越紧。

"其实我……想……害你！"最后三个字吐出来的同时，刘小艳的嘴巴咧开一个惊人的弧度，露出一颗颗宛若倒刺的尖牙！她的双瞳已经消失，眼眶里只剩下眼白，看起来瘆人无比，而两颊的酒窝，依然在黄昏下泛着诡异的酒红。

教导主任瞪大了眼睛，下意识地张大嘴巴，想要尖叫出声！

下一刻，刘小艳嘴巴大张，密密麻麻的尖牙散发着森然的寒光，一口咬上教导主任的脖子！李毅飞死死捂住自己的嘴巴，惶恐地盯着窗户，浑身肌肉都在颤抖！

刘小艳松开嘴巴的时候，教导主任除了身上有些黏液，连一根头发都没少。他就这么静静地躺在地上，而一旁的刘小艳几秒内就恢复成了那个普普通通的高中女生。她盯着身前的主任，一动不动。几秒后，主任突然睁开双眼，和刘小艳四目相对，同时露出了笑容。两人以一种极其诡异的同步姿态，迈步逐渐消失在走廊的尽头。

等确认两人真的离开，李毅飞才松开自己的嘴巴，无力地瘫软在地，大口大口喘着粗气。

他的心中只有两个字："又来？"

044

"叮咚——欢迎光临！"

林七夜推开事务所的大门，见红缨正笔直地坐在沙发上，怔怔出神，对着她挥了挥手："早，红缨姐。"

"七夜，你终于来了！"红缨见到林七夜，"噌"的一下从沙发上站起来。

"怎么了？"

"出事了。"红缨严肃开口，上前拉住林七夜的手腕，快步朝着地下室走去。

林七夜还是第一次见到红缨露出如此严肃的表情，眉头微微皱起："神秘……降临了？"

"嗯，而且很棘手。"

两人推开门走进活动室，林七夜这才发现，136小队的几人都已经到齐。倚靠在柱子旁的陈牧野见林七夜来了，迈步走到会议桌边，坐了下来，依然面无表情。"人到齐了，准备开会。"

众人入座之后，陈牧野用指节敲击着桌面，缓缓开口："昨天晚上，我们收到消息，又有疑似神话生物的存在出现了。地点在沧南市第二中学。"

"二中？！"林七夜一愣。

"对，就是你上过的那所学校。"陈牧野点头，"而且，报案的好像还是你的老熟人。"

陈牧野对着后面房间喊了一声："那小子睡醒了吗？睡醒了就出来！"

众人齐齐望去，很快，房间的门就缓缓打开，一个双眼满是血丝的少年从中走出。

林七夜见到他，惊呼出声："李毅飞？"

李毅飞一愣，看到坐在会议桌旁的林七夜，揉了揉眼睛，确认确实是他。

"林七夜，你怎么也在这里？你也看到那个怪物了？"

"不，他是我们的一员。"吴湘南摇了摇头，说道。

"临时队员。"陈牧野纠正。李毅飞张大嘴巴看着林七夜，半晌才反应过来："他们说你参军去了，原来你竟然加入这里了！"

林七夜耸了耸肩："发生了一些意外。"

"你们的事情，可以待会儿再聊，现在先说案件。"陈牧野提醒道，随后想起了什么，补充道，"本来，如果发生疑似牵扯到神秘的案件的话，一般都是先报给公安机关，然后由他们转接给我们，但这小子上次经历了一回怪物案件，接触过我们，还签了保密协议，所以直接一个电话打过来，省去了中间的过程。这是个例，我们正常的办案流程不是这样的。"众人点头，但林七夜心里很清楚，陈牧野这番话是解释给他听的。

"说说吧。"

"好。"李毅飞咽了口唾沫，回忆起来，"昨晚，我回学校拿作业本，碰巧看到……"

李毅飞一五一十地把昨天的见闻说了出来，越往后听，众队员的眉头就越皱越紧。等到李毅飞讲完，吴湘南点了点头："如果这小子说的都是真的，那件事情已经有百分之九十五的可能性牵扯到了神秘。"说着，他转头看向李毅飞："你应该知道，如果报告假情况的话，你会有什么后果吧？"

"知道，我知道。我之前说的都是真的，真得不能再真了！"李毅飞诚恳地回答。

"那好。"陈牧野转头看向吴湘南："说说你的看法吧。"

"从目前得到的信息来看，这只神话生物拥有极强的伪装能力，在变成他人的同时，还能正常与别人交流，不露出马脚。"

一旁的温祈墨叹了口气："伪装吗？又是个麻烦的家伙。"

"除此之外，它还疑似拥有能将吞下去的生物同化的能力，这才是我们真正需要警惕的。"吴湘南说道。

"就像电影里的丧尸，无限感染？"红缨问道。

"虽然感染方式不同，但从效果上来说，它们确实差不多。"

"那我们是不是只要冲进学校，把那个刘小艳解决就行了？"红缨眼前一亮。

"没这么简单。"坐在另一头的林七夜突然开口，"既然它能感染别人，那我们就无法确定，刘小艳是不是它的本体，因为她也可能是被别人感染的。"

"七夜说得不错。"吴湘南点点头，"这个神秘事件最大的难点就在于，我们不知道这种诡异的感染途径源头在哪里，就像是我们去砍丧尸，如果找不到丧尸母体，就算把其他子丧尸全砍死也没用。"

"而且我们不知道这只神话生物已经存在了多久，感染了多少人。"温祈墨补充道，"刘小艳有可能是它第一个感染的，也有可能是它不知道第几个感染的，甚至，我们要做最坏的打算。"

"最坏的打算？"红缨疑惑。

"那就是整个二中都变成了一所怪物学校。"吴湘南缓缓开口，双眸中满是凝重，"甚至，这只怪物感染的不仅是学校，还有沧南市的其他地方。"

听到这里，李毅飞突然打了个哆嗦："你们这是什么意思？"

"你有没有想过，"吴湘南缓缓站起身，直视李毅飞的眼睛，平静地开口，"你所在的这所学校，除了你之外，其他的老师、同学都是怪物变的？不，甚至，已经站在这里的你也有可能在不知不觉中，成为神秘的一部分？"

李毅飞的瞳孔骤然收缩，只觉得一股凉意从脚底板直冲大脑，整个脑海一片空白！

"好了湘南，你别吓唬他了。"温祈墨笑着站起身，"如果真是这样的话，'灾厄之鸦'早就叫了。既然它还没动静，就说明局势还没到这么危险的地步。"

"'灾厄之鸦'，那是什么东西？"林七夜疑惑地看向红缨。

"是一只乌鸦，也是一件自带禁墟的禁物。"红缨耐心地解释道，"当沧南市即将出现大灾难时，它就会提前尖叫示警，算是个探测仪吧。"

"哦。"林七夜点点头。

"总之，既然神秘已经出现，那我们必然要一查到底。如果放任这只怪物继续发展，只怕距离湘南描述的未来也不远了。"陈牧野缓缓开口，"湘南，你有什么计划？"

吴湘南坐下来，推了推眼镜，严肃说道："我觉得，当务之急是要找出神话生物本体所在，同时摸清它究竟已经感染了多少人。我提议，这次我们分为两组行动。一组以二中为中心，向周围发散，寻找是否有其他被感染者的痕迹；另一组打入二中内部，顺藤摸瓜，尽快找出本体所在。"

陈牧野点头，目光在众人身上一一扫过："既然要打入二中内部，就不能引起它的警觉，必须符合高中生的人物形象。红缨、小南，还有……七夜，进入二中，找出它本体的任务，就交给你们了。"

"队长，七夜还只是临时队员，在转正之前不应该参与神秘肃清行动。"吴湘南的眉头微微皱起。

陈牧野摇摇头："从现有的情报来看，这只神话生物擅长的是伪装潜伏与感染，自身的境界并不高。七夜也受了半个月的训练，实力增长了不少，这对他而言是个很好的磨炼机会。而且他之前就是二中的学生，对二中最为熟悉，也是那个刘小艳的同学，由他来接近刘小艳也最为自然。"说到这儿，陈牧野又看向林七夜，继续说道："当然，你是临时队员，我并不会强迫你，如果你不愿意去的话，就负责留守这里吧。"

"我去。"林七夜没有丝毫犹豫。

陈牧野说得没错，经过这大半个月的训练，他的战力已经增长许多，迫切需要一个机会来实践所学。而且要想在这危险的时代活下来，就必须尽早熟悉危险本身，林七夜虽然喜欢明哲保身，却不会放弃任何一个锻炼自己的机会。

"既然这样，那就开始行动吧。"陈牧野站起身，随后转头看向李毅飞："你和七夜他们一起。"

李毅飞一愣："我，我只是普通人啊，万一……"

"他们会保护好你的。"陈牧野的语气没有丝毫波澜，"你见过那只神话生物，是我们这里对它最了解的，你必须去。"听到陈牧野这近乎命令的语气，李毅飞苦着脸点点头。"如果这次行动顺利的话，我给你一个加入守夜人的机会。"陈牧野边向门口走去，边缓缓说道。

李毅飞的眼睛顿时亮了起来！林七夜正欲离开，一直站在角落的冷轩突然叫住了他："林七夜。"

"嗯？"

冷轩走到他的面前，从腰后掏出一把漆黑的手枪，递给林七夜。

"这是……"

"带着吧，弹匣是满的。"冷轩淡淡地说道。

"可是，我的枪法万一误伤到别人怎么办？"林七夜的表情顿时有些难看。

冷轩大有深意地看了他一眼，转身离开："枪的意义，并不只在于杀戮。"

林七夜在原地愣神片刻，随后还是将手枪放入了口袋中，迈步朝着通道口走去。

二十分钟后。

三个人提着不同的匣子，站在二中的大门口，愁眉苦脸。

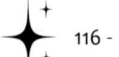

"七夜,你们的校服怎么这么丑?"红缨低头看了眼红白相间的高中校服,嫌弃地说道。

"女生的校服算是不错了,"林七夜指了指自己的蓝白校服,"男生的才是真丑。再说,校服好不好看也是因人而异的。你这样,已经很不错了。"

阳光下,红缨穿着一件白色的短袖,外面套着红白相间的校服,拉链敞开,随风微微摆动,高高的马尾束起,背后还背着一个长长的黑匣,整个人洋溢着青春与英气;旁边的司小南则是另一幅光景,身上穿着一件卡通长袖,校服缠绕在腰间,像是裙摆,乌黑的长发扎成两个大大的团子,看起来像个腼腆的青涩少女。

红缨笑嘻嘻地对林七夜眨了眨眼:"七夜弟弟,想不到你这么会说话!"

林七夜:"……"

"现在的问题是,上午第一节课已经开始了一半,我们该怎么混进去?"林七夜看了眼时间,又遥遥望了一眼门口凶神恶煞般的保安。

"而且我们还带着这些东西,肯定会被拦下来询问的。"司小南看着自己手中的黑匣,软软地说道。

"这还不简单?"红缨嘴角微微上扬,抬头挺胸,指着不远处两米多高的围墙,"翻墙进去!"

林七夜沉吟片刻,转头看了眼个子只到他肩膀,看起来柔柔弱弱的司小南:"我倒是没问题,就是小南可能有些困难。"

司小南:"……"

她默默对林七夜翻了个白眼,身形一动,眨眼就跑到了围墙旁边,脚尖在围墙上连点数下,整个人像只轻盈的蝴蝶飘起!她一手提着黑匣,在空中旋转了半圈,悄然无声地落在了围墙的另一边。

林七夜:"……"

红缨捂着嘴轻笑:"七夜,小南虽然是个软妹子,但人家可是已经加入小队两年了,别小看她哦。"说完,红缨也飞快朝围墙奔去,如同惊鸿般贴着墙体连踏数步,轻松翻过了墙壁,惬意而又不失优雅。林七夜走到围墙下,脑海中闪过二人刚刚堪称华丽的过墙表演,嘴角微微抽搐。他深吸一口气,先将黑匣丢了过去,然后整个人高高跃起,双手在墙头一撑,轻松越过。虽然看起来也还不错,但凡事就怕对比,有红缨和司小南珠玉在前,林七夜顿时有种没脸见人的感觉。

"嗯,还不错,有点儿帅哦。"红缨将林七夜的黑匣还给他,笑着鼓励道。

林七夜摇了摇头,只想尽快结束这个话题:"那就按计划,我回班里近距离接触刘小艳,你们去办公楼调查教导主任。"

"行,有什么事,耳麦交流。"红缨指了指耳朵上的隐形耳麦,转身和司小南离开。走了两步,她身形一顿,有些不好意思地回过头,"那个……办公楼在哪里?还有,教导主任办公室在哪里?"

林七夜无奈地指了指远处的高楼："403。"

"所以啊，我们说，奇变偶不变，符号看象限，这个口诀大家一定要记住，接下来我们看下一题。"讲台上，戴着眼镜的中年男人拿着讲义，正神采奕奕地讲解着。

突然，一阵敲门声响起——砰砰砰！众人转头看向门口，只见十几天不见的林七夜正静静地站在门口，手里提着个黑匣，微微躬身。

"报告。"

"林七夜？"数学老师见到他，有些惊讶，"你怎么才来？这几天你去哪儿了？"

"我的眼睛又出了点儿问题，住了两周的院。"

"这样啊，快进来吧。"数学老师推了推眼镜，对于林七夜这个之前的特殊学生，老师们还是有很大的容忍度的，也不会太为难他。在众人诧异的目光中，林七夜淡定地走到原本属于自己的位子，坐了下来。他的精神力扫过周围，眉头微微皱起。

"同学们，我们继续讲课……"数学老师敲了敲黑板，将其他人的注意力吸引过去，继续讲了起来。

林七夜隐晦地抚摩了一下耳麦，陈牧野的声音从中响起。

"林七夜，情况怎么样？"

"我已经进入教室了。"林七夜压低了声音。

"你的禁墟能辨别它们吗？"

"可以。"

"数量怎么样？"

林七夜的眉头微皱，声音有些凝重："不太妙。"

046

早在出发之前，陈牧野等人就特地关照了林七夜，让他留心使用一下自己的能力。既然这只神话生物感染的人类从外表上无法鉴别，那就只能找别的辨别方法，而林七夜作为他们当中唯一拥有精神力感知禁墟的人，自然十分重要。和林七夜想的一样，他的炽天使之眼可以辨别出被感染者。此刻，在他的精神感知领域中，刘小艳就像一只披着人皮的血肉怪物，精妙地操纵着那副躯壳，在很自然地和同桌窃窃私语。而在这间教室中，除了刘小艳，还有一个感染者。同样是个女生，林七夜对她的印象不是很深刻，属于那种在班里不起眼的女孩儿，她的名字叫韩若若。此刻，她正在悄悄写着什么，然后转身将一张小字条递给后面的男生。她身后的男生林七夜也认识，而且算是比较熟悉——刘远，曾经在面对怪物时撞了他一下的刘远，他自然不会忘。

"大概多少只？"耳麦中，陈牧野的声音再度响起。

"我的教室里就有两只,而且我刚刚来的时候,特地在这层楼所有的教室前扫了一圈,光是这一层大概就有六只。"

"他们还有救吗?"

"没了。"林七夜笃定地说道,"他们已经被害了,就算是杀了那些东西,他们也绝对活不下来了。他们在被附身的那一刻,就已经死了。"

光是一层,就已经有了六名牺牲者。如果放眼整所学校,那将会有多少?而这件事情背后所造成的社会影响,则更为恐怖!

耳麦那头的陈牧野沉默许久,才缓缓开口:"我知道了,继续观察,不要打草惊蛇。"

"收到。"林七夜拿出纸笔,聚精会神地听老师讲课,就像个普通的学生一样。

老师讲了十几分钟后,李毅飞气喘吁吁地跑到门口,敲了敲门。

"报告!"

"李毅飞?你迟到了。"对于李毅飞这种老油条,老师没有好脸色。

"老师,我请了病假,我有假条!"李毅飞甩了甩手中的假条。

老师瞪了他一眼:"快回位子上,这次再考不好,我就要叫家长了。"

李毅飞匆匆坐到林七夜的身边,边低头拿书,边小声问林七夜:"怎么样了?"

"知道了一点儿,但并不全面。"林七夜瞥了眼窗外,"我需要一个机会,一个能感知到全校师生的机会。"

李毅飞一愣:"你是说……"

"这节课下课之后,就是升旗仪式,到那时我就能初步摸清状况了。"林七夜的眼睛微微眯起。

办公楼。

"403、403、403!找到了。"红缨和司小南二人走到主任办公室门口,同时停下了脚步,她们对视一眼,迅速站好位置。司小南背着黑匣站在门口,红缨则侧身躲在门后死角,时刻准备突入。司小南清了清嗓子,伸手敲门。咚咚咚——三声响起之后,两人屏住呼吸等待数秒,门内依然一片安静。红缨柳眉微皱,给了司小南一个眼神。司小南又敲了几下,依然没有动静。红缨示意小南后退几步,自己走到门前,从口袋里掏出一根细针,在锁孔里轻轻一转。

"咔嗒——"只听一声轻响,房门缓缓打开,门后,是空无一人的办公室。红缨警惕地走进房间,四下搜索了一番,确认真的没有人后,才松了口气。

"红缨姐,这里的人应该刚走没多久,杯子还是热的。"司小南伸手碰了碰桌上的杯子,开口道。

"应该是去开会了,如果是上厕所的话,不至于锁门。"红缨微微点头,"总之,先把这里搜一遍,看看有没有线索。"

司小南点头："我帮你望风。"她关上房门，侧身躲到窗边，从口袋里掏出一面精巧的小镜子，通过反射仔细地观察四周的情况。红缨则飞快地翻找起来，办公桌、抽屉、档案柜、花盆……所有能找的地方都找了一遍，除了一堆没用的资料，没找到任何有价值的东西。突然，她停下身，仔细了嗅了嗅。"小南，你有没有闻到什么味道？"红缨的眉头微皱。

"啊？好像没有。"司小南仔细闻了闻，茫然回答。

红缨眉头越皱越紧，蹲下身，循着那缕若有若无的臭味寻去，最终，目光落在了椅子下方的一块瓷砖上。这块瓷砖看起来很干净，而且似乎有被撬动过的痕迹。她掏出一柄小刀，在瓷砖边缘用力一撬，将瓷砖撬起一个小角，一股酸臭味扑面而来！红缨忍着臭味，用刀尖轻轻将瓷砖下的东西挑出，那是一整块黄褐色的软体薄膜。将这块薄膜摊开，红缨的瞳孔骤然收缩！

"皮，这是人皮！"红缨猛地抬头看向司小南，"这些感染者会蜕皮？！"

司小南眉头一皱："蛇？"

"有可能，把这个信息汇报给吴湘南，或许能查到这只神话生物的信息。"红缨飞速地将皮塞回瓷砖，将其盖了回去。

就在红缨掩盖了一切自己来过的痕迹之后，一声突然的乐曲从窗外响起，将她吓了一跳！

听到这熟悉的旋律，红缨走到窗边，俯瞰着楼下越来越多的学生从楼道走出来，喃喃自语："升旗仪式？全大夏升旗仪式的音乐都是统一的吗？"

此刻，林七夜和李毅飞二人正在楼道中，顺着喧闹的学生队伍缓慢向下挪动。李毅飞小心翼翼地四下看了一圈，凑到了林七夜的耳边："七夜，你加入了他们，是不是说明你也有那个特殊能力？"

"嗯。"

"真羡慕，你的能力是什么？"

"用精神感知附近的东西，就类似这种吧。"林七夜含混地回答。

"那你是不是能辨认出怪物和人？"

"可以。"

"那你跟我说实话，咱班到底有几只？"

"两只，刘小艳和韩若若。"

听到这两个名字，李毅飞似乎松了口气："幸好，幸好吴淑洁不是。我暗恋了她这么多年，要是她变成怪物，我这辈子估计都不会谈恋爱了。"

林七夜："……"

"那现在呢？我身边有几只？"李毅飞担忧地问道。

"你前面第五个人，那个女生，也是。"

"她？"李毅飞回忆了一会儿，"隔壁班的，好像叫田丽，她也被变成了怪物，这倒不是很意外。"

林七夜一愣："为什么？"

李毅飞眉头一挑："你没发现吗？哦也是，你刚转过来几天，不知道这些。"

"发现什么？"

"刘小艳、韩若若，还有田丽，她们是一个宿舍的啊！"

047

林七夜听到这句话，直接怔在了原地。确实，他之前沿着楼层感知的时候，也发现了被怪物感染的大部分是女生，被李毅飞这么一说，意识到了事情有些不对。

"难道那只神话生物是从女生宿舍出现的？"林七夜喃喃自语。

他打开耳麦，压低了声音说道："红缨姐，你们在哪儿？"

"刚从办公楼出来，怎么了？"林七夜将自己的猜测说出来，另一边的红缨立马点头，"好，趁你们都去升旗，我们现在就去女生宿舍。"

"嗯。"

随着进行曲的播放，林七夜所在的班级也顺着楼道走了出来，缓缓朝着升旗台移动。

升旗仪式举行的地方是教学楼前面的一块空地，位置并不大，整个高中三个年级的学生挤在一起，相互之间基本没多大空隙。

"后面的同学跟上！快！"

"别挤我。"

"哎呀，你走快点儿啊！"

"能走多快？排我前面的人都堵在那儿，我有什么办法？"

"嗯？我前面的人呢？"

"你前面是谁？"

"林七夜啊，他去哪儿了？"

"不知道，刚刚还在。"

"咦，李毅飞也不见了！"

就在几名同学疑惑的时候，林七夜和李毅飞已经早早溜出了队伍，逆着混乱的人流飞速穿梭于各个班级中。林七夜的精神感知范围只有二十米，要想完整覆盖两千多名学生，必须时刻不停地移动。

"林七夜、林七夜！你探查完了吗？音乐结束了，要开始升旗了！"李毅飞艰难地拨开周围的同学，对着前方的林七夜说道。

"没有，还剩下一半。"

"那怎么办？所有人站好队伍，音乐停下之后，我们就会被发现的！"

此刻，一直循环播放的进行曲声音越来越小，他们这两个穿梭在人群中的学生越来越显眼，已经有许多人对着他们指指点点起来。

林七夜的眉头微皱，李毅飞说得没错，如果在所有人站好之后他们还在穿梭，必然会引起注意。如果强行继续搜寻的话，还可能被老师截停；可如果就此罢手，要想再完整地探知整个学校三个年级的学生、老师和领导，就只能等到放学去堵门了。

时间太久，变数太多，他们等不起。林七夜的大脑飞速转动，突然，他的余光看到了远处的旗手队，眼前一亮。他改变方向，快速拨开人群，走到了旗手队的面前。

"同学，你好。"林七夜走到为首的那个学生面前，礼貌地开口。

那旗手一愣："你好。"

"你下岗了。"

那名同学疑惑地看着他："你在说什么？"

"校领导刚刚紧急通知，要优秀学生代表来升旗，并且在升旗之后要进行演讲，所以需要临时换掉旗手。"林七夜一本正经地说道，直接伸出手，抓住了那名同学手里的旗杆。

"可是，这……"

"我是高二的优秀学生代表李毅飞，请把你的旗给我，如果有任何疑问，升完旗之后你可以去找领导。"林七夜面无表情地抢过他手里的旗杆，站到了原本属于他的位置上，面容肃穆。

李毅飞："……"

那名同学茫然地挠了挠头，纠结半晌，还是选择回到属于自己班级的队伍当中。

"林七夜，你想干吗？"李毅飞忍不住问道，"你这么做，可是要被处分的。不对，我也会被处分的！"

"是我盗用你的名号，骗走了旗手的旗，跟你没关系。"林七夜淡淡说道，"更何况，我是守夜人。"

庄严肃穆的音乐响起，学生、老师、领导，整个场地所有人都安静了下来。他们将目光落在旗手手中的旗帜上，等待着它的升起。随着音乐的节奏，林七夜举着旗帜，踏起标准的正步，朝着前方走去。

"咦，你们看那个旗手，是不是有点儿眼熟？"

"是啊，长得挺帅的，有点儿像林七夜。"

"你确定是有点儿？我怎么觉得就是他？"

"好像还真是！"

"……"

绝大部分人不认识林七夜，但林七夜班上的同学很快就认出了他，窃窃私语起来。

台上的领导丝毫没注意到旗手换了人，微笑注视着那个英俊的少年，毕竟这种无关紧要的小事根本不用他们插手，全校这么多学生，他们哪知道今天该谁升旗？但负责升旗仪式的老师看到林七夜，脸色突然一变。不知为何，他心中有种不祥的预感。在众人的注目礼中，林七夜昂首挺胸走完了升旗的道路，正当他即将踏上升旗台的瞬间，猛地来了个直角转弯，朝着学生方阵的另一个直角边，义无反顾地踏去！微笑着准备迎接旗帜的领导直接蒙了，笑容僵硬地留在脸上，呆呆地看着对他们视若无睹的林七夜，过了好几秒才反应过来。他们齐刷刷地转头看向负责升旗仪式的老师，眼中满是疑问！负责升旗仪式的老师冷汗当场就下来了。

与此同时，学生们也发现了这一点，错愕地看着林七夜从他们眼前晃过，交头接耳的声音一下子大了许多。

"什么鬼？他怎么不上台？"

"不知道啊，第一次升旗？看着挺眼生。"

"有意思，这拨直接垮掉！"

"你们看台上领导的表情，哈哈哈，笑死我了。"

"林七夜这是搞什么鬼？"

"……"

就在这时，负责升旗仪式的老师的声音高高响起："安静！都安静！那个拿旗的同学，你走错路了！"

林七夜恍若未闻，依然没有转头的意思，甚至加快了自己的步伐！他的目光如刀，从眼前所有的学生脸上划过。他们的眼中有惊讶，有疑惑，有嗤笑，有幸灾乐祸……但林七夜的眸子，始终如同一汪深潭，深邃无比。在林七夜的眼中，他们是一群即将被送入狼口的羊群，危在旦夕却不自知，在场的两千多名师生中，只有林七夜和李毅飞是醒着的。众人皆醉我独醒，或许便是如此吧。

"回来！你快回来！你是哪个班的？！"台上负责升旗仪式的老师怒吼！

终于，已经探查完所有学生的林七夜装作一惊，匆匆掉头往回走，顺着升旗台走到旗杆旁边，快速地将旗绑在旗杆上。负责升旗仪式的老师紧盯着林七夜，气得浑身都在发抖，似乎想质问些什么，但现在又不是适宜的场合。

林七夜索性直接忽略了他的存在，此刻的林七夜，已经没有心思管这个老师的感受。随着音乐的变换与国歌的齐唱，旗帜冉冉上升。但在旗杆之下，一滴冷汗从林七夜的脸颊滑落。他怔怔地看着周围的领导，又低头看了看下面黑压压的学生，一颗心仿佛坠入了深渊！

"队长，你最好做好心理准备。"他喃喃自语。

048

"你,你是哪个班的?原来的旗手呢?"升旗仪式刚刚结束,那位负责升旗仪式的老师就凶神恶煞般跑到林七夜面前,质问起来。林七夜此刻根本没有时间理会他,直接错开身向远处走去。负责升旗仪式的老师瞪大了眼睛,教书这么多年,从来没遇到过这么离谱的学生!

"你给我站住!老师跟你说话,你这是什么态度!!你信不信我现在就把你拎到校长室,全校通报处分!"他一把扯住林七夜的肩膀,怒吼道!

前方,林七夜停下身,缓缓转过头,双眸中,两朵金色的火焰刹那间燃起!这一瞬,一股前所未有的压力笼罩在那位老师的心头!在这双眼睛的注视下,他只觉得自己仿佛在凝望整个宇宙,在浩瀚无垠的黑暗与未知中,他就像一粒沙石般渺小。压迫感,这是跨越了生命层次的压迫感!仅是一瞬间,那位老师的后背就被冷汗打湿,整个人仿佛虚脱了一般。林七夜眼中的火焰一闪而逝,那双漆黑的眸子中,仿佛从未出现过什么。

"刚刚的事情,是我不对,你可以向全校通报批评我,甚至可以来事务所投诉。"林七夜看着大口喘着粗气的老师,平静地说道,"但,你得等我忙完我的工作。"说完,林七夜转过身,在那位老师惊恐的眼神中,飞奔而去。

"队长。"

"七夜,汇报你的状况。"

"整个学校的师生我都查了一遍,情况很糟糕。我觉得要想悄然无声地解决这次的事情,难如登天。"

"详细说说。"

"三个年级中,高一和高三的感染者相对较少,加起来也不过十个人。高二的情况最为严重,共有三十六名感染者,有一个班甚至有一半人是感染者!这还只是学生,在老师和领导中,也有近二十名感染者!所以我可以推测,在整个二中,已经有至少六十名师生被转变为怪物!"耳麦的那边陷入了一片沉默。

"队长,六十多名感染者!就算每个感染者都只是'盏'境,那在这所高中里,也存在着六十多名'盏'境的怪物!如果我们发现了这只神话生物的本体,这六十多名'盏'境感染者必然会进入狂暴状态,对周围的师生进行无差别攻击!而且它们的数量太多了,一旦有漏网之鱼逃出学校,那将是一场波及整个沧南市的灾难!"林七夜冷静地说出了自己的推断。

"七夜,不是'一旦'有漏网之鱼逃出学校……"耳麦那头传来一阵劈砍的声音,陈牧野缓缓开口,"它们,已经在向外渗透了。"此刻,距离二中数公里之外,某间出租屋。陈牧野提着刀,从满地残碎的血肉上踩过,在他的身边是一脸凝重的吴湘南。"我们调查了刘小艳和你说的韩若若,以及教导主任的家,发现他们的家人也已被感染,我们刚刚才将其肃清。形势比我们想象中更严峻。"

"那……"

"我们需要逐一去那些被感染者的家庭,尽快阻断感染者传播,所以暂时无法去支援你们。如此棘手的神话生物,其本身战力必然不高,我相信凭借你们三个人应该能将它肃清。"

"可是这么一来,学校必然会引发骚乱,可能会暴露我们和神话生物的存在。"

"这个不用担心,我们有一件禁物,名为'梦境耳语',能够在一定范围内缔造梦境,抹去人的部分记忆。还有,我会让冷轩暂代守望者,在二中的周围张开'无戒空域',任何人不得进出,在接下来的时间里,二中将变成一座与世隔绝的孤岛。"陈牧野走到窗边,双眸眺望林七夜三人所在的方向,平静地开口,"这次我们的敌人很棘手,不用留手,不用隐藏,一定要在最短的时间里找到它的本体,杀掉它!同时保护好师生们的安全,不能再出现更多牺牲者。这次,你们可以放手一搏!"

耳麦那边,林七夜沉默片刻,重重点头:"我知道了。"

林七夜切断了耳麦,站在陈牧野身边的吴湘南眉头微皱,说道:"第一次出任务就碰上这么大的事件,对他来说是不是太难了?"

"湘南,这孩子和你我不同。"陈牧野微微摇头,"他有潜力,有心性,有韧性,我们需要做的只是给他一条明确的路、一个宽阔的舞台,他就会自己踏上云霄。"

二中,女生宿舍。

红缨从窗边鬼鬼祟祟地探出脑袋,往里望了一眼,对着后面挥了挥手:"快走,宿管阿姨不在!"

司小南飞快地从外面跑进来,轻轻一跃跨过了门禁,闪到了值班室的后面。红缨如法炮制,两人躲过了值班室之后,便径直跑上楼梯,三步一跨,健步如飞!顷刻间,她们就来到了五楼。此时升旗仪式刚刚结束,学生们都直接回教室准备上课。宿舍楼内空荡荡的,两侧的房门全部上锁,阴暗促狭,整个楼道只有最前方的露台上有一缕阳光投射下来。

红缨谨慎地贴着墙壁,借着昏暗的光线,打量着这个楼层。

"林七夜说那几个女生的宿舍是哪个房间来着?"红缨转头小声问道。

"北面倒数第二间。"司小南回答。

红缨看向北侧的宿舍,悄然无声地迈步朝那里走去。司小南紧紧抓着她的衣摆,眼中浮现出些许恐惧。

"红缨姐,你走慢点儿。"

"知道了,知道了,你这丫头,砍怪物一点儿都不怕,居然还怕黑。"红缨无奈地回答。

两人逐渐逼近宿舍门，红缨再度用细针在锁上一挑，宿舍门便缓缓打开。正如红缨所料，宿舍里一个人影都没有。二人走进宿舍，快速搜索起来。

"啧，这学校的宿舍不错啊，阳台还挺大。"红缨打开门走上阳台，感慨了一句。突然，她似乎看到了什么，瞳孔骤然收缩。只见在宿舍的晾衣架上，除了挂着一些粉粉嫩嫩的衣服外，还有四张薄薄的如人皮一样的东西，随风摆动。

049

"红缨姐……"司小南同样看到了这一幕，脸色有些苍白。

红缨皱着眉，从几张人皮中穿过，走到阳台的边缘，向外看去。这座宿舍楼是整个学校最边缘的建筑，阳台的对面除了一片尚未开发的空地，再无其他建筑，难怪它们敢这么大摇大摆地把人皮挂在上面。可如果有其他人来串门怎么办？想到这儿，红缨的眼神一凝，快步走出宿舍，打开了隔壁宿舍的门。在那间宿舍的阳台上，同样是四张人皮迎风飘扬。隔壁，隔壁，再隔壁，红缨连续搜索了周边的好几间宿舍，其中绝大多数阳台上都挂着人皮，有的是一张，有的是两张，有的则是四张。这就意味着，这个楼层已经有大量学生被转化为怪物了！

"红缨姐，这下麻烦了。"司小南站在门外，喃喃自语。

"确实是麻烦了。"红缨长叹了口气，话锋一转，"不过，这也反向说明，这只怪物感染其他人必然存在限制。"

"为什么？"

"如果真是无限感染的话，那我估计最多只要两个晚上，它就能悄无声息地将整座楼层的人都感染，但事实并非如此。我们不知道它到底暗中活动了多久，至少可以确定，绝对在两天以上，而这么久的时间，它只能感染这四五个宿舍，说明……"

"说明它能感染的人数有上限？"

"有可能，但也有另一种可能，就是它的感染能力存在冷却时间，比如一天之内一个子体只能感染一个人。"

司小南的眼睛逐渐亮起："也是，如果它真的具备无限感染能力，那整个学校早就完蛋了。"

"所以，我们其实能推理出很多东西。"红缨顺着思路向下说，"从七夜提供的情报来看，在被感染者中，寄宿生的占比远远大于走读生，因为走读生平时不住在学校，在学校的时间又大部分成群结队地在一起，怪物很难悄无声息地将其感染。而且，在被感染者中，女生的比例远大于男生，不仅是因为女生相对更好下手，容易落单，更是因为……"红缨的眼睛微微眯起，转头看向这道昏暗狭窄的走廊,"那只神话生物的本体,就在这里。"

司小南惊讶地张大了嘴巴:"红缨姐,你怎么突然这么聪明了?"

"嗯?"红缨眉头一挑,"在你眼里,我就这么笨吗?"

"嗯哪,一向很笨,不到关键时刻不会用脑子的那种。"

红缨无奈地仰望天花板,半响之后,将耳麦从耳朵上拿下:"好吧,我承认,刚刚那些是七夜跟我说的。"

司小南:"……"

"他还挺聪明。"司小南噘嘴说了一句。

红缨叹了口气:"虽然我也不想承认,但他好像确实比我聪明一点儿。"

林七夜的声音从耳麦中幽幽响起:"你确定是一点儿?"

"闭嘴。"

"哦,对了,我要提醒你们。"林七夜的声音严肃起来,"就在刚刚,我看到有一大群女生往宿舍楼走了。"

红缨眉头一皱:"是感染者?"

"距离太远,我感知不到,你们小心。"

"知道了。"

红缨将耳麦戴起,给了司小南一个眼神,两人迅速向楼道方向跑去。就在这时,几名女生有说有笑地走了上来。红缨眼神微凝,拉着司小南停下了脚步,看向她们的眼神充满了警惕。那几名女生见楼道里站着两名陌生女生,有些诧异地打量了她们一番,然后窃窃私语起来。

"她们是谁啊?"

"不认识,可能是别的班的?"

"这一层不就只有我们这几个班吗?平时也没见过她们呀!"

"可能是来找人的?"

"也是,我问问。"

一名长发女生走上前,礼貌地开口:"你好,请问你们是来找人的吗?"

红缨的脸上浮现出笑容:"对啊,我来找6班的王楠同学,但是忘了她在哪个宿舍了。"

"王楠?"长发女生歪了歪头,"6班没这个人啊,你是不是记错了?"

"这里不是高三的宿舍吗?"

"不是,这里是高二的,高三的在一楼。"

"原来是这样!"红缨有些抱歉地挠了挠头,拉着司小南的手,爽快地回答,"对不起啊,打扰了!"

"没事。"长发女生礼貌地微笑。

红缨和司小南绕过长发女生,径直向着楼道的方向走去。那些聚在一起的女生见她们走来，也很礼貌地给她们留出了一条道路。

"那个女生长得真好看。"路过她们身边的时候，红缨听到周围女生小声说道，眼中满是羡慕。

"对啊，五官又精致，皮肤又好，好羡慕。"

"后面那个矮矮的女生也好看，长得多可爱！"

在红缨和司小南与众女生擦肩而过的瞬间，那些女生的眼中同时爆发出饥渴的光芒，整个头部直接如同花苞般绽开，露出鲜红的血肉以及密集狰狞的牙齿！宿舍楼的楼道本身就窄，又被这几名女生占据了大半的地方，留给红缨和司小南的空间太小了，小到她们连闪躲都做不到！就在此时，红缨的嘴角勾起一个淡淡的弧度，一缕红芒以她为中心轰然爆开。

"轰——"

玫瑰色的火焰以她和司小南为中心，朝四面八方席卷而出，产生的恐怖斥力直接将楼道里的怪物掀飞出去！啪啪啪啪——火焰翻滚，炽热的高温使走廊两侧的应急灯直接爆开，整个走廊与楼道顿时陷入了一片黑暗，只剩下朵朵火焰独自燃烧。然后，一个背着长匣的少女缓缓踏上楼梯，火焰映照着她的脸庞。她伸手在背后的长匣上轻轻一敲，一阵轻吟从匣内传来，一杆长枪便从匣的侧面弹出，稳稳地落在她的手上。

红缨轻挥长枪，舞出一朵枪花，不紧不慢地穿过玫瑰色的火焰，傲然看着前方惊恐的几只怪物。"哼，我就知道，你们不是什么好人。"红缨将长枪扛在肩上，伸手弹了弹耳麦，"我看以后，谁再敢说我笨！"

050

司小南拍着胸脯走到红缨身后，一副惊魂未定的表情："它们长得好吓人。"

"确实有点儿。"红缨点了点头，"不过，实力看起来不怎么样。"说着，她双脚猛踏地面，整个人如同离弦之箭飞射而出，长枪的枪尖燃起一朵玫色的火焰，在空气中拖出一条焰痕！"嗞嗞嗞嗞——"楼道中的那几只怪物见红缨冲来，血肉怪头再度张开，露出狰狞恐怖的血盆大口，要将其一口吞下！红缨双眼微微眯起，身形没有半点儿停滞，竟然迎着那张巨口冲了过去！嗷呜——在怪物的巨口即将吞噬红缨的刹那间，一缕火红的枪芒从枪尖爆出，燃起的玫色火焰将整个黑暗的楼道点亮了一瞬间。下一刻，一朵巨大的火球燃起，枪尖轻松斩开怪物的身体，摇曳的火焰呼吸之间就将残破的血肉吞噬殆尽。红缨站定，随意将长枪扛在肩上，枪尖的火焰还在跳动。她轻笑一声，看着眼前几只目瞪口呆的怪物，挑衅地晃了晃手指："就你们这几只，加起来都不够我打的。"

司小南在一旁激动鼓掌："红缨姐好帅！"

那几只怪物嘶吼一声，死死地盯着眼前的红缨，下一刻，越来越多的身影在两侧的楼道口出现。她们有的穿着校服，有的穿着便衣，有的拿着水盆，有的捧着书本……她们乌黑的长发垂下，一双双眸子注视着楼道正中央的红缨，就这么静静地盯着她。

滴答，滴答……不远处的厕所传来水滴滴落的声音，楼上的天花板传来轻微的窸窣声，窗外隐约回荡着学生们的聊天声，整个楼道却死寂无声！围在楼道两侧的女生越来越多，她们整齐划一地站在那儿，像是一个无声的军团。这一幕，让人头皮发麻！司小南默默地凑到了红缨背后，从手中的黑匣中取出直刀，握在手中。

"……十六、十七、十八。"红缨细细地数着人数，喃喃自语，"十八只，这个数量有点儿麻烦了，不过，也只是'一点'。"

"若若，上节课你说想喝 AD 钙奶，刚刚我去小卖店的时候顺手买了一瓶，给你吧。"

教室中，刘远手里拿着一瓶 AD 钙奶，递给了前桌的韩若若，脸颊有些发红。韩若若回头，对着刘远露出一个甜甜的微笑，接过了 AD 钙奶："谢谢你，刘远，你对我真好。"

刘远看到韩若若的笑容，顿时有种飘飘欲仙的感觉，当即拍着胸脯保证："放心吧若若，以后你想喝什么尽管跟我说，我给你买！"

"好啊。"韩若若点点头，犹豫了片刻，凑到刘远的耳边，用一种又软又糯的声音说道，"刘远……那个……放学后，你能不能到车库里等我？"

"啊？！"

"我，我有些话想对你说。"

刘远激动地点了点头！

"好！今晚放学，我一定等你！"

就在这时，韩若若一愣，似乎察觉到了什么，突然站起身。

"怎么了，若若？你要去哪儿？"刘远疑惑地问道。

"我想起来有东西忘拿了，我要回趟宿舍。"韩若若的脸上再无娇柔之色，冷冷地丢下一句话，迈步就要往门外走去。就在这时，一个少年走到了她的桌前，拦住了她的去路。

"林七夜？"刘远见到来人，眉头微微皱起。

韩若若眼中的烦躁一闪而逝，不过很快，脸上又露出了单纯天真的笑容："林七夜同学，你有什么事吗？"

林七夜幽幽开口："今晚车库见。"

"好。"

李毅飞走到了林七夜的面前。

林七夜正欲说些什么，耳麦中传来声音，他的脸色微微一变："怎么了？"

"红缨那边出事了。"林七夜二话不说，直接提着黑匣向教室外跑去。

"哎！还有一分钟就上课了！"李毅飞下意识地提醒，随后才反应过来，现在已经不是之前那种安心坐在教室上课的日子了。他迈步跟着林七夜冲出去，刚到门口，就和英语老师撞个满怀！

"李毅飞，马上上课了，你这么着急去哪儿？"英语老师瞪了他一眼，没好气地说道。

"上课？"李毅飞直接拨开老师，飞快朝着远处跑去，还回头喊了一声，"这时候了，还上什么的课！时代变了，老师！"

英语老师："……"

李毅飞用百米冲刺的速度一路跟着林七夜，跑到了女生宿舍楼下，此时楼下已经围了一大圈人。

"你们听到了吗？刚刚里面好像有爆炸声！"

"听到了！好像还有什么东西在尖叫，好可怕！"

"怎么可能？我就听到了爆炸声，估计又有人藏了违章电器，引发火灾了吧？"

"有没有人报警？"

"有人在打电话了，消防车应该马上就到，先把现场封锁好。"

"咦，怎么没信号？"

"我也没有！"

"奇怪……"

……

二中之外。

冷轩坐在某个隐秘的角落，将告示牌放下，用刀锋在指尖轻轻一划，伤口就渗出几滴鲜血。他面无表情地伸出手，在告示牌表面画上一条长痕。

"老赵以前怎么弄的来着……"冷轩嘀咕了一声，回忆了一会儿，双手猛地合十，向下一按，"禁墟，'无戒空域'。"一秒、两秒、三秒……十秒过去了，告示牌仍然没有任何动静。

冷轩的嘴角微微抽搐，想了想："是不是血不够多？"于是，他又抽出刀，给左手划上一道口子，在告示牌上画了一横——"禁墟，'无戒空域'！"。

告示牌仍然没有任何反应，冷轩有些不耐烦地拍了拍告示牌表面，就像是在拍一台接触不良的老旧电视机。拍了两下之后，告示牌微微一颤，一道无形的画布以它为中心延展开来，与另外两块告示牌连接，覆盖在了整个二中的上空。

"这次对了。"冷轩满意地站起身，抬头看向远处，突然一愣，"咦，这次'无戒空域'的颜色怎么不太一样……"

"你们看！天空怎么变成绿色了？！"

"真的呀？好神奇！"

"快，快拍下来！"

"是哪位仁兄遇人不淑，被盖了一顶如此大帽？"

"这得被绿成什么样才能出现如此异象啊？"

"……"

突然变色的天空，顿时吸引了所有人的注意力，就连正在上课的师生都走出了教室，对着天空指指点点。

"七夜，这，这是什么情况？"李毅飞看着绿油油的天，心里总是怪怪的。林七夜眉头微皱："不知道，或许跟'无戒空域'有关，这不重要。"他的目光落在被人群围得水泄不通的女生宿舍楼下，眉头微微皱起。

"她们封锁了女生宿舍，众目睽睽之下，我不太好进去，你帮我弄点儿动静出来，把她们的注意力引走。"

"弄动静？"李毅飞一愣，"啥动静？"

"随便，你假装心脏病突发也好，跳脱衣舞也好，只要能把她们吸引走就行。"

"这，这我也不会啊！"

"李毅飞。"

"嗯？"

林七夜转过身，郑重地看着李毅飞的眼睛："既然你打算这次事件之后加入守夜人，就要做好为其付出一切的准备。"

李毅飞有些头疼。突然，他的余光瞄到了人群中的某个人，皱眉思索片刻，心一横："好，你去吧，我帮你吸引注意力。"

林七夜点点头，绕着人群走到封锁警戒线附近，给了李毅飞一个眼神。

李毅飞深吸一口气，对着前方的人群大喊："吴淑洁！！"

这一声大嗓门，立刻压住了喧闹的人群，所有人同时转过头，诧异地看着这个突然出现在女生宿舍楼下的男生。人群中，吴淑洁也回过头，看着满脸严肃的李毅飞，充满了疑惑。一旁的林七夜嘴角微微抽搐："这家伙，该不会准备……"

"吴淑洁！"李毅飞又喊了一声，"我有话和你说！！！"

……

"轰——"

飞舞的枪尖带起令人眼花缭乱的火缎，像一条修长的红色缨穗缀在枪头，一朵朵玫色火花绽放在黑暗的走廊之间。

红缨飞速地穿梭于怪物之间，长枪横扫，刹那间便有一只怪物的头颅高高飞起，被火焰燃烧殆尽。仅剩的几只怪物似乎已经开始惧怕，不约而同地后退了几步。在它们的身前，红缨手执似火长枪，长发摇曳，缓缓踱步而来。

052

玫色的火焰将整个走廊照得如同白昼，红缨手持长枪，身体微微下蹲，双眸注视着眼前的四只怪物，一圈火焰热浪以她为中心徐徐扩散。突然，她的身影如同化作一团烈火，爆射而出！玫色的余烬在空气中急速消融，拖出一条缨红的残影，她速度太快了，快到肉眼根本无法捕捉行迹。刹那间，她便到了怪物的身前，长枪轻颤，无数道火焰枪影如同花苞般绽放，将身前还未反应过来的四只怪物刺成了筛子。玫色火焰燃起，将尖锐嘶吼的怪物吞没殆尽，点点余火从空中落下，仿佛凋零的樱花，铺满了整个走廊。红缨将手中的长枪背到身后，轻轻打了个响指，走廊中的火焰刹那间熄灭，再度陷入黑暗。

"小南，你没事吧？"

"没事，我还砍死了一只。"司小南指了指地上被砍得面目全非的怪物，嘻嘻一笑。

"小南真棒。"红缨走上前摸了摸她的脑袋，笑着说道。

"哪里比得上红缨姐，你的'玫火羽裳'一出，再来几十只怪物也不够杀的。"

"就你嘴甜。"

就在这时，匆匆忙忙的脚步声从楼道中响起。红缨眉头一皱，伸手握住背后的长枪，警惕地望去。"怎么回事？里面怎么还有学生？"满脸惊慌的宿管爬上楼，看到二人站在满是焦痕的走廊里，惊呼道。见到来人，红缨松懈了些许，将手从长枪上挪开。

"我们是来救火的学生，火已经灭了。"红缨回答道。

由于走廊黑暗，宿管阿姨似乎并没有看到她身上的长枪，急急忙忙地对她们挥手。

"你们是哪个班的学生？怎么这么不怕死啊？！快跟我出去，一会儿消防车要来了！"

红缨和司小南对视一眼，将手中的武器收入黑匣，快步朝着楼道跑去。两人走到宿管阿姨的身前，她似乎正准备说些什么。"乓"的一声枪响突然爆出，一发子弹穿过扶手的间隙，射在了宿管阿姨的腰间。红缨和司小南瞳孔骤然收缩，下意识地与宿管阿姨拉开了距离。强大的冲击力将宿管阿姨撞在墙壁边缘，她瞪大了眼睛,错愕地看着楼下正在缓步上楼的少年。下一刻,她的头部绽开,化作一只狰狞的血肉怪物,嘶吼起来!

"明明是对准头打的,怎么射到了腰上?"楼道拐角处,林七夜拿着枪,嘀咕了一声,枪口对准血盆大口,面无表情地扣动扳机——乒、乒、乒,连续三发子弹洞穿了怪物的嘴巴。它身体剧烈抽搐一番,失去了生机,僵硬地从楼梯上翻滚下来。

"七夜?"红缨惊讶地开口。

"听说你们这儿陷入苦战,我就赶过来了。"林七夜将手枪收起,踏着满地的血肉走上楼梯,四下张望一圈,"嗯?怪物呢?"

"砍完了。"红缨双手叉腰,笑着说道,一副"我很强你快夸我"的表情。

"本体找到了吗?"

红缨的脸顿时垮了下来,沮丧地摇头:"没有。"

林七夜仔细地在这一层转悠了一圈,兀自沉吟:"按道理来说,这里就是第一个感染者出现的地方,难道它的本体在感染完别人之后,又离开了?"

"它有这么聪明?"

"这只神话生物一定拥有不低的智慧。"林七夜笃定地说道,"它能完美地复刻一个人的性格、行为、习惯,让人完全无法分辨真伪,这可不是野兽能做到的。更何况,它到现在为止的感染策略都具备很强的逻辑性。"

"逻辑性?有吗?"司小南疑惑地问道。

"有,它选择从女生宿舍开始感染,不仅因为女生体力较为薄弱,容易控制,而且巧妙地利用了女生独有的魅力,能够让其他人放下戒心。它用这些女生与其他男生交流,获取对方好感,然后将他们约到隐秘的地点,将其感染,神不知鬼不觉,甚至连老师都中了招。它的行为看似随机,其实极具隐蔽性,而且步步为营。如果不是李毅飞正好撞到刘小艳感染教导主任,或许再过半年我们都不一定会意识到它的存在,而那时,感染者数量将会增加到极其恐怖的地步。"

听林七夜分析完,红缨和司小南只觉得头皮发麻。

"具备这么高智慧的神话生物,我还是第一次见。"红缨的眉头紧皱,"照你这么说,它早就知道我们来了,自然也不会待在这里?"

"很可能是这样。"林七夜无奈地点头。

"那……那边那个是什么?"司小南歪了歪头,伸手指向走廊的尽头。林七夜和红缨一愣,同时转头望去,瞳孔骤然收缩。只见在走廊尽头的小阳台上,一只蛇尾人身的怪物正盘踞在那儿,漆黑的鳞片在微弱的光里散发着森然寒气,一双幽绿的眸子静静地盯着三人——咝咝咝咝——猩红的蛇芯喷吐,它的嘴角勾起一个弧度,似乎在嘲笑。林七夜和红缨呆了片刻,对视一眼,二话不说便朝着阳台狂奔而去!

"追！！！"

那只蛇尾人身的怪物高昂起头颅，张开巨口，对着天空突兀地嘶鸣！"咝咝"——紧接着，它便沿着阳台的边缘飞速滑下，速度奇快。几乎在这声嘶鸣响起的瞬间，远处的教室传来阵阵尖叫声！林七夜猛地停下脚步，抬头望向远方："感染者暴走了！"

红缨轻轻一跃，翻到了阳台边缘，身背长枪，回头对林七夜喊道："你去保护学生，我去追它！"话音刚落，她便纵身跃下，消失在阳台上。

林七夜急刹车，反身往楼道狂奔而去，以红缨的身手和境界，从五楼跳下去一点儿问题都没有，可以他现在的水准，跳下去那乐子可就大了。林七夜背着黑匣，在路上飞速狂奔，一路上许许多多学生尖叫着，像无头苍蝇一样四处乱跑。远处，隐隐有怪物的吼声响起。

"都别跑！跟在我身后！现在是出不了学校的！"林七夜大喊道。可惜，在一片慌乱中，根本没有人听他的话，所有人都疯狂地跑向学校大门，却又被无形的屏障挡在里面。

"安静！安静！都听我说……"林七夜连喊了几句，还是没人理他，就在这时，来前冷轩的那句话再度浮现在他的耳边。于是，林七夜从口袋里掏出了手枪，对着天空扣动扳机！

当枪声回荡在整个校园的时候，那些疯狂的学生都蒙了。林七夜拿着枪，面无表情地抬了抬下巴："我说了，都给我安静！"

—053—

枪的作用，不仅是杀戮，还有威慑。当突然出现的怪物给人们带来疯狂的恐惧的时候，唯有另一种恐惧能够让他们短暂冷静下来。

"你是什么人？为什么会有枪？"

"警察！你是不是警察？"

"救救我们！学校里有怪物！"

"救命！！"

"……"

短暂的愣神之后，学生们再度喧闹起来，朝着林七夜挤过去，此起彼伏的声音响彻了整个校园。林七夜的眉头微皱，不退反进，手指在黑匣的把手上轻轻一按，黑匣的侧面迅速打开，一柄入鞘的直刀弹射而出！林七夜闪电般地握住刀柄。

"锵——"

直刀出鞘，泛着淡蓝色光辉的刀锋切开空气，带着轻微的嗡鸣，闪电般地向为首的那个男生斩去。周围学生呆呆地看着这一幕，宛若雕塑般愣在原地。从他们失去理智地冲向林七夜，到林七夜拔刀、挥刀、斩首，不过一眨眼的时间，无法从极具视觉冲击力的现实中回过神来。几秒之后，刺耳的尖叫声疯狂响起，怪物竟然一直隐藏在他们身边。

"安静！"林七夜大吼，眼底一抹金色的光芒一闪而逝，杂乱的人群瞬间鸦雀无声！在林七夜开口的瞬间，一股前所未有的压力宛若海浪般冲撞在他们心头，直接将他们震蒙了。

"现在，你们当中已经没有怪物隐藏，可以直接出校门，会有人给你们开门的！"林七夜将直刀入鞘，平静地说道，"不过，都给我按顺序出去，别挤，要是让我看到谁不守规矩……"

林七夜缓缓举起枪口，在众人面前晃了晃。听到这句话，在场的学生立马掉头往校门口跑去，虽然看起来有些急躁，但还算有秩序。有几个女生腿软得走不动路，也都有男生扶着往校门口走。此时，校门口的"无戒空域"被人掀开了一角，露出一条通往外界的道路。在"无戒空域"之外，还会有专门的人对他们进行记忆清除，这一点不需要林七夜操心。

光是这一拨学生，大约就有四百人，还有大量的学生陆续从教学楼往这里跑，他们都是高一和高三的学生。高一和高三的感染者本就不多，而且教学楼的位置也离校门口很近，怪物出现之后逃离教学楼不算困难。麻烦的是，还有感染者没有暴露，而是隐藏在混乱的学生当中。他们就像是一枚枚极不稳定的炸弹，谁也不知道什么时候爆发。毫无疑问，他们爆发的那一刻，必然会成为压垮学生心理的最后一根稻草。就好比一群学生好不容易摆脱怪物，终于躲到了安全的地方，刚刚警惕心理放下，身边同学的头又裂了开来。虽然怪物的杀伤力有限，但人类由于恐慌做出的荒谬之事是毫无下限的。好在有林七夜这个人形鉴别器在，能够轻松找出混在人群中的怪物，直接将其击杀，被鉴别无害的学生也能通过"无戒空域"离开此地。这么多学生，如果硬要留在学校里，只会徒增变数。林七夜做不到送走所有学生，但能送走一些就送走一些。好在现在的高中生体质都还不错，几分钟的工夫就已经有一千三四百人跑到了校门口，在被林七夜鉴别后离开了学校，高一和高三这两栋楼基本已经空了。

"可以关闭通道了，我要进去救人。"林七夜对着耳麦那头的冷轩说道。

冷轩"嗯"了一声，下一刻"无戒空域"的通道便缓缓闭合，整个学校再度被隔绝于世外。就在林七夜准备出发的时候，天空突然闪了闪，就像接触不良的老电视机，暗淡了下去。"怎么回事？"

"我对'无戒空域'还不太熟悉，好像碰到了什么奇怪的地方。"冷轩的声音从耳麦另一边响起，"会影响到你吗？我再研究研究。"

林七夜抬头看了眼血红色的天空，叹了口气："我感觉，还是翠绿色更亲民一些。毕竟现在这场景看起来，不就和世界末日一样了吗？"

-135-

血红色的天穹之下，整个校园的氛围诡异而又神秘，从远处高二教学楼传来的尖叫声混杂着怪物的嘶吼，回荡在空中。空气中传来淡淡的血腥气息，林七夜眉头微皱。他摇了摇头，抛去脑海中杂乱的想法，提着刀飞快地在高一和高三的教学楼搜索起来。

"阿兰……我，我好害怕！"

"嘘！"阿兰从厕所的隔间探出头，向外看了一眼，又缓缓缩了回来，"声音小点儿，别再把那些怪物引过来。"

"可是，我们为什么不跟着他们往外跑，要躲到这里来？"另一个女生问道。

这个狭窄阴暗的厕所隔间里，挤了三个女生，她们脸色惶恐，嘴唇发白。阿兰压低了声音，眼里闪烁着兴奋的光芒："你没看过那些灾难电影里演的吗？末日来临的时候，无脑往外冲的基本都死了。根据我多年的观影经验，这时候与大部队脱离，躲在安全的地方等待救援，才是最明智的做法！"

"可这不是电影啊！"她身旁的女生带着一丝哭腔，"而且，你确定厕所就是安全的地方？"

"我也想找别的地方，可这偌大的教学楼，除了教室就是厕所，哪里还有别的地方？"阿兰无奈地叹了口气，"你们放心，我们躲在这里，一定没事的。"

"嘎吱——"阿兰话音未落，厕所隔间的门就被突然拉开，躲在隔间里的三个女生同时尖叫起来！当她们看到开门的并非怪物，而是一个提着刀的少年时，又同时捂嘴安静下来。

"没事？没事才怪。"林七夜淡淡开口。手中的直刀刹那间拔出，在三人惊恐的眼神中，瞬间斩杀怪物。

054

"啊啊啊啊！！！"

"安静！"

"你，你害了秀秀！"

"她已经不是她了，你还没有看出来吗？"

亲眼见到刚刚还一起躲在隔间里的姐妹变成怪物被斩杀，两个女生已经完全吓蒙了，双腿都开始发软。林七夜无奈地将她们扶出厕所，门口已经有零零散散的十几名男女生聚集在一起，看到林七夜真的带着两个女生走了出来，眼神中满是崇拜。

"里面真的有人？七夜学长，你也太神了吧？"

"十米开外都能知道里面有人，这……七夜学长，你是修行者吗？能带我一个吗?"

"愣着干什么?现在是聊天的时候吗?快过来扶一把!"

众人这才反应过来,匆匆上前扶着被救出的两名女生。他们都是林七夜在高一和高三区旮旯角里救出来的幸存者,也有不少像刚刚这两名一样被吓到瘫软的女生。好在大部分男生都比较坚强,没有出现吓得走不动路的情况。

"七夜学长,接下来怎么办?"

"这两栋教学楼都已经搜救完毕,你们去刚才路过的大礼堂躲起来,那里已经被我清干净了。"林七夜淡淡开口。

"那你呢?"

"高二教学楼才是重灾区,我还要去救人。"

"那我能跟你一起去不?我刚刚也用消防斧击退了一只怪物,我也能帮忙的!"一个看起来较为健壮的男生说道。

"不用,我一个人去就好。"林七夜摇头,伸手指了指队伍中双腿发软的女生,"你的消防斧,还是用来保护她们吧。"

"那好吧。"

林七夜没再多留,交代了几句之后就独自跑下楼,朝着最深处的高二教学楼冲去。高二那边隐藏的怪物占了整个学校怪物的约六成,而且现在距离全校的怪物暴走已经过了快十分钟,天知道高二那边已经变成什么样了……希望他们聪明些才好。

"快快快!男生都把桌椅推到楼道,把楼道堵死!"

"来,都加把劲!不能让它们冲上来!"

"女生呢?女生都别鬼叫了!快来给伤员包扎一下!"

"什么?三楼还有几个幸存者?他奶奶的,斧头队!跟老子冲!"

"王老师,这一层就拜托你指挥了!"

混乱的五楼阳台上,李毅飞扯着嗓子到处喊,此刻绝大部分高二的学生都聚集到了这层楼,密不透风的桌椅将两侧的楼道彻底堵死,十几只怪物在下面疯狂地撞击。斯斯文文、戴着眼镜的王老师郑重地点头:"放心吧,这层交给我,我这么多年的塔防游戏也不是白玩的!"

李毅飞抄起一把消防斧,背在自己身后,对着另一侧的楼道喊了一声,几个同样拿着消防斧或者钢棍、网球拍的健壮男生飞快地跑了过来。"三楼的8班还有二十几名同学被困在教室,我们去救人!"李毅飞简单地说明了一下情况,其中几名男生飞快地将衣服绑成一条粗绳,缠在走廊的栏杆上,直直地垂了下去。李毅飞扯了扯,觉得足够结实之后,便率先爬上了栏杆,紧攥着粗绳,学着电视里的画面一点点向下挪动。后面的几位男生如法炮制,虽然有些紧张,但还算有序。

-137-

"王老师，李毅飞他们不会有危险吧？"一名女生担忧地看着这一幕。

王老师深深地看了他们一眼，叹了口气："怎么可能没危险？但我相信他的能力。"

"李毅飞好帅啊，以前怎么没看出来？"旁边的女生窃窃私语。

"历史上，在每个黑暗的时代，总会有些原本寂寂无名的人站出来，成为众人的引领者。"

"李毅飞他们这些平日里看起来无可救药的学生，在这种环境下，却拥有着其他人无法替代的潜力。不要小瞧任何人，哪怕他再不起眼，或许在某一天也能散发出璀璨的光芒。"王老师推了推眼镜，随后像是意识到了什么，转头叮嘱那个女生，"对了，禁止早恋。"

"……"

李毅飞几人顺着粗绳，成功降落到了三楼的走廊上，此时大部分怪物都被吸引到了四楼与五楼之间的楼道，整个三楼就只剩下两只怪物，围在8班的教室门口。8班所有的门和窗都被人用桌椅堵死，导致这两只怪物只能游离在教室之外，根本无法突破进去，聪明的不只李毅飞。李毅飞他们落入走廊的动静很小，那两只怪物并没有发现他们的存在，直到几人蹑手蹑脚地走到它们身后，它们才有所警觉，猛地转过头，发现了猫在后面的李毅飞等人，张开狰狞巨口，就要有所动作。

"扛住！"李毅飞大喊一声。四五个男生大吼一声，就迎着两只怪物撞去。怪物虽然吃人的本领一流，力气却不比常人大到哪里去，在这些男生顶着椅子疯狂撞击之下，竟然被硬生生挡住，但那锋利密集的牙齿交错咬合，两下就将椅子彻底啃得报废。就在这短暂的时机中，其余的几个男生一拥而上，消防斧和棍棒不要命地往怪物身上招呼，狂砍一阵之后，怪物的身体便一阵抽搐，仰面倒地，头部碎得不能再碎了。几个男生大口地喘着粗气，嘴角却控制不住地上扬，眼中满是激动。他们齐心协力，砍死了两只可怕的怪物！

"快抓紧时间救人！"李毅飞跑到教室门口，迅速地敲门。而8班教室里的同学也一直在通过桌椅缝隙观察外面的动静，见李毅飞一群人竟然真的杀了怪物，就快速撤开一道门，几个男生径直走了出来。

"我是2班的李毅飞，快跟我们一起撤离吧！"李毅飞开口。

"撤离？能撤到哪里？"为首的男生摇了摇头，伸手指向一楼，"现在一楼已经完全沦陷，那里至少有十只怪物，我们根本突围不了。你们能杀了两只，能杀十只吗？"

"我们向上撤离。"李毅飞认真地说道，"我们杀光了五楼的怪物，在两侧的楼道堆起了桌椅防御，现在这座楼里大部分学生都躲在那里。"

"五楼？"男生笑了笑，"我问你，现在这是几楼？"

"三楼啊。"

"现在怪物都聚集在哪儿？"

"一楼、二楼和四楼……"

"那就算如你所说，我们朝五楼突围，那该怎么绕过怪物聚集最密集的四楼？就算我们真的从四楼成功突围，你也说了，你们五楼的楼道都被彻底封死，你们来得及给我们开门，等我们全员通过，再把它封上吗？"他指了指在三楼走廊悬挂的粗绳，"还是说，你觉得我们这二十八个人都能通过这根绳子爬上五楼？"

李毅飞哑口无言。

055

"我……我没想到这么多。"李毅飞叹了口气。

"你们能下来救我们，我们很感激。"男生微微躬身，"很可惜，你的撤退计划并不可行。"

"那你有什么更好的办法？"

"死守。"他的声音听起来十分平静，"这些怪物虽然看起来吓人，但并没有强到我们彻底无法反抗的地步。只要我们不断加固门窗的防御，拖住它们并不是问题。我相信，很快就会有专门的人来解救我们的。"

李毅飞沉默片刻，再度打量起眼前这个戴着眼镜、看起来斯斯文文的男生："我还不知道你的名字。"

"安卿鱼。"

"安卿鱼？你就是那个成绩全市第一的安卿鱼？"李毅飞瞪大了眼睛。

"成绩什么的，我不在乎。"安卿鱼的目光落在了走廊外令人作呕的残碎血肉块上，眼中闪烁着异样的光芒，"看来这个世界比我想象中有趣很多。"

不知为何，李毅飞看到他的眼神，心里有些发毛。

"既然你们不愿意跟我走，那我就回五楼了。"李毅飞转身便准备离开，毕竟这里已经不需要他了，而五楼还有大量的学生。

"我觉得，你现在可能走不了了。"安卿鱼走到窗边，伸手指向从右侧楼道飞奔而来的三只怪物，而在左侧的楼道口，同样有三只怪物爬了上来。他们被包围了。最关键的是，其中一只怪物在经过走廊的时候，顺手将悬挂在外侧的粗绳直接搅碎，彻底断了李毅飞等人的退路！李毅飞的瞳孔骤然收缩，他们利用椅子和消防斧，或许能杀两只怪物，但如果同时面对六只，他们必死无疑！

"快！把桌椅再搭回去！！"

教室里的男生飞快地将从门口挪开的桌椅又挪了回去，很快那几只怪物便来到了教室的外侧，用自己的身体和尖牙不断地咬动着桌椅，使其摇摇欲坠。二十多名男生则拼上吃奶的力气，死死顶住桌椅，脸都憋紫了。室内与室外，是一场

-139

赌上数十条性命的角力！

教室内的女生脸色煞白，尖叫着躲到教室的角落，其余男生的脸色也十分难看。只有瘦弱的安卿鱼站在一旁，皱眉望着眼前的场景，似乎在沉思着什么。"杀死两只怪物，立刻就有六只怪物出现，说明这些怪物的精神存在交互网络，由一个主脑统治着所有子脑，而且主脑具备极高的智慧，不亚于人类。问题是，它们是怎么知道要切断粗绳的？假设所有怪物的视觉能够共享，可李毅飞几人从粗绳降落到楼道的时候，从怪物的视角，应该看不到这一切才对。它们是怎么知道那条粗绳是连接两个楼层的枢纽的？

"还有……"

就在安卿鱼独自思索的时候，顶在最前面的李毅飞等人咬着牙，身形逐渐被前方的压力压得向后退。

"该死……要顶不住了！！"就在众人即将力竭的瞬间，一道身影飞速飘过窗外，淡蓝色的锋芒划过一道月牙，一只怪物当场死亡。另外五只怪物还没反应过来，那道身影步伐微变，身形一拧，以一种极其怪异的姿态，挥刀而出，又是一只怪物死亡！剩下的四只怪物终于反应过来，嘶吼着同时朝那道人影扑去！就在它们即将触碰到他身体的瞬间，那人的眼中突然爆发出两团炽热的光芒，像熊熊燃烧的熔炉，刺目耀眼，恐怖的神威如同海水般狂涌而出，冲击着四只怪物的心神，它们的动作同时一滞。于是，一道淡蓝色的刀光再度斩出，划过月牙般圆润的弧线，整个过程如行云流水，没有丝毫停滞！尽管那少年已经飞快地后退，但四溅的血水依然将他的校服染红。他眉头微皱，双眸中的熔炉缓缓变淡，消散无踪。

直刀归鞘。

一大群学生站在旁边，目瞪口呆，他们看到了什么？一个穿着同样校服的高中生，几刀就砍翻了六只怪物。

"七夜，你终于来了！"李毅飞看到那人，声音都带上了一丝委屈的哭腔，"我还以为你丢下我跑了。"

"少说这些肉麻的话。"林七夜默默地翻了个白眼。

"同学，你是来救我们的吗？"人群中有人激动地问道。

"算是吧。"林七夜点点头，转头看向李毅飞："简单跟我说一下情况。"

"好。"李毅飞组织了一下语言，开口道，"那声怪叫出现之后，绝大部分怪物暴走了，整栋楼都陷入了混乱。我们四楼还算是好的，一楼有个班级，一半的人直接变成了怪物，残杀其他同学，还彻底堵死楼梯，我们根本无法下楼跑出学校。有人试图从二楼直接跳下来，可刚跳下去就被撕成了碎片。所以，基本上所有的学生都开始往楼上跑。我带着一批有战斗力的男生，杀光了五楼的几只怪物，接应二、三、四楼的大部分学生之后，堵死了楼道，跟它们硬耗。后来听说三楼有幸存者，我们就下来了。"

林七夜问道："那些不确定是不是怪物的人，你是怎么处理的？"

"幸好你之前跟我说过，韩若若也是怪物，并没变身，而是混在人群里，被我一眼看出。为了不打草惊蛇，我把她和几个跟她接触较多的男生，还有几个同宿舍楼的女生都封锁在了一间教室，有专人看管。"

林七夜听完，连连点头："幸好有你在，不然死的学生只会更多。"

李毅飞挠了挠头，嘿嘿一笑："我的表现这么好，进入守夜人应该没问题吧？"

"问题不大。"林七夜似乎察觉到了某人的目光，转过头去，和那名戴着眼镜的文弱男生对视在一起。从他的眼里，林七夜读出了和其他人不一样的情绪。其他人看他的眼神，多半都是恐惧、敬畏、崇拜、爱慕……而眼前的这个男生的目光，像是看到了什么稀有物种，想把他带回去切片研究。

"你是？"林七夜疑惑地问道。

安卿鱼走上前，彬彬有礼地伸出自己的右手："你好，我叫安卿鱼。"

林七夜犹豫片刻，握住了他的手："林七夜。"

056

安卿鱼张了张嘴，似乎想问些什么，犹豫片刻，很识趣地没有说话。他对林七夜的身份，以及那超乎常人的战斗力很感兴趣，但众目睽睽之下，问了估计林七夜也不会说，反而会引起对方的反感。

"七夜，这可是我们沧南市十年难出的天才，二中的宝贝，你听过他的名字没？"李毅飞开口介绍道。

"没听说过。"

"……"

"现在不是讨论这些的时候。"林七夜淡淡开口，"先把这些学生都送去大礼堂，那里比较安全。"

李毅飞一愣："可是我们根本下不去啊，一楼有好多怪物……"说到一半，李毅飞就意识到自己犯了个愚蠢的错误。

"死光了，不然你以为我是怎么上来的？"林七夜看李毅飞的眼神像在看智障。

"你是真的猛。"李毅飞咧了咧嘴，"那你要继续上去救人？"

"当然。"

"我和你一起去。"李毅飞坚定地开口，"你放心，我跟着你肯定不拖后腿，而且现在他们对我比较信服，我能帮你控制局面。"

林七夜只是略作犹豫，就点了点头："带着你的斧头小队，跟我一起上去吧。"

虽然表面上看起来没什么变化，但经过一天的搏杀，死在他手里的怪物加起来已经有近二十只,林七夜无论是体力还是精神力都消耗得十分严重,他已经累了。有李毅飞和他的斧头小队,能帮他缓解不少压力。

"我也去。"安卿鱼突然开口。

"你?"

"我能帮你出谋划策,分析怪物的行为习惯。"安卿鱼平静地看着林七夜的眼睛,没有丝毫退缩。李毅飞凑到林七夜耳边,轻声说道:"我觉得,这小子挺聪明的。"

林七夜犹豫了片刻,微微点头:"那好,但先说好,我不能保证你的安全。"反正他都带了一支斧头小队,再多一个人也没什么差别。

"没问题,我不怕死。"安卿鱼的眼神亮了起来,似乎十分兴奋。

林七夜对着班里的其他人嘱咐一番后,便让他们自行前往大礼堂。大礼堂距离高二教学楼不远,再加上林七夜刚刚又把怪物清了一遍,基本不会再碰到什么危险。

"李毅飞。"

"怎么了?"

"楼上的情况怎么样?"

"还好吧,挡住四楼的那些怪物应该不是问题。"

"好,那我们原地休整一会儿。"

林七夜随便找了张凳子坐下,四楼的怪物不少,想硬生生杀上去,他需要足够的体力与精神力。

"红缨姐,你那边怎么样了?"林七夜打开耳麦。

"我没抓到它,之前我追了它大半个学校,后来它钻进了你们学校后面的那片树林,然后就不见了。"耳麦那头的红缨似乎有些沮丧。林七夜的心又沉了下去。本体不死,那这次的事件就不会结束,就算他能一个个将学校里的怪物揪出来杀掉,也只是治标不治本的办法。

"那现在你们在哪儿?"

"小南在试图追踪怪物留下的踪迹,我们继续追,只要'无戒空域'还在,它就逃不出这所学校。"

"好。"

"对了,吴湘南查出这怪物是什么东西了。"

林七夜的眼睛一亮。

"这只怪物是难陀蛇,应该来源于乡野传说。吴湘南之前找遍了所有神话典籍都没找到这东西的资料,最后还是在一本残破的古书上找到了只言片语。"

"难陀蛇?"

"这种蛇具备超强的伪装能力,以及不亚于人类的智慧,将生物吞入腹中后,可以在其体内种下蛇种,将躯壳化为它的子嗣,操控它们的行动。不过蛇种的产生存在限制,即便是本体,一天也只能产出一个蛇种,子嗣要三天才能产出一个蛇种,而且其本体和子嗣的战力都不高,至少在未成年期都是如此。"

"原来如此。"林七夜摸了摸下巴。

这么看来,这条蛇存在的时间比他想象中还长。产下这么多蛇种,它或许已经在这所学校待了不止一个月。它很小心,也很谨慎。就在林七夜思考的时候,安卿鱼悄然无声地走到了他的身边。

"有什么事吗?"

"我想问个问题。"

"如果你是想问我是不是超人或者修仙者的话,还是算了。"

"不,我想问的是这样的怪物,一直在我们所不知道的地方存在着吗?"安卿鱼伸手指了指外面尸首分离的怪物。

林七夜犹豫片刻,点了点头。

"那为什么我们还能这么悠闲安逸地活着?"

林七夜看了他一眼,缓缓开口:"因为有人在替人类守望黑夜。"

按理说,林七夜不该回答这个问题,反正他们早晚都要被清除记忆,现在怎么说也就无所谓了。不过,林七夜也只能言尽于此了。

"我明白了。"安卿鱼点了点头。

"你不害怕吗?"

"怕?我为什么要怕?"安卿鱼的嘴角微微上扬,"我只是觉得有趣。"

"有趣?"

"原来这个世界除了科学,还存在着这种神奇的生物。"安卿鱼舔了舔嘴唇,目光片刻不离走廊外的怪物尸体,"我真的很想把它们带回去,切片研究。"

"你还只是个高中生吧?"

"那又怎么样?你也和其他人一样,觉得高中生就只能学高中生的东西吗?"安卿鱼轻笑一声,"花三年的时间来学那些简单知识,浪费时间。"

"那你……"

"我最近刚读完生物学硕士内容,下半年我打算开始攻读博士,主要研究生物的遗传与基因突变,对临床医学也有些研究。"

林七夜愣愣地看着安卿鱼,半响才吐出几个字:"打扰了。"

这个世界上,居然真的有这种妖孽?林七夜一直自以为还算聪明,但跟眼前的这个男生比起来,"聪明"二字又显得如此苍白无力。他看了眼时间,从椅子上站起,迈步朝着教室外走去。"走吧,该去救人了。"

众人纷纷拿好自己的武器,气势高昂地跟着林七夜走了出去,就连安卿鱼也从抽屉里翻出一把水果刀,面带微笑地跟了过去。那表情,好像不是要去和怪物搏杀,而是要将它们切成十八片带回去研究。

五楼。

"刘远、刘远。"

"若若，我在呢，我在呢！"

教室的角落，韩若若眼圈泛红，抿着嘴唇，像只受惊的小鹿。

"刘远，他们为什么要把我们关起来？"

"李毅飞，李毅飞说我们当中可能有怪物！"刘远咬着牙，死死地盯着窗外的几个男生。

"刘远。"

"嗯。"

"我，我好害怕……"

"别害怕，有我在这里，没事的。"

"刘远。"

"怎么了？"

"我不想待在这里，我好害怕。"

刘远一愣，抬头看向门外站着的几个男生，神情有些纠结："可是，他们不让我们走，我们当中可能有怪物。"

"刘远，你觉得我是怪物吗？"韩若若看着刘远的眼睛，委屈得像要哭出来。

刘远咽了口唾沫，坚定地摇头："不是。"

"那你是怪物吗？"

"我也不是！"

"那我们为什么要待在这里？李毅飞让我们在这儿就得待在这儿吗？他凭什么说我们有问题？"韩若若哭哭啼啼地开口，"刘远，我……我真的不想待在这里了，你带我出去吧！"

韩若若的每句话都说在了刘远的心坎上，再加上那楚楚可怜的眼神，彻底点燃了刘远心中的守护欲！他深吸一口气，站起身，坚定地开口："放心，我一定带你出去，我会向你证明，我是比林七夜更有种的男人！"说着，他便拉着韩若若的手走到教室门边，咚咚咚地敲起了门。

"刘远，你干吗？"外面的男生从窗户外对着刘远喊道。

"放我们出去！"刘远怒吼。

"你们不能出去，李毅飞说你们中间有怪物！"

"你放屁！"刘远指着那个男生的鼻子，"李强，你睁大眼睛看看，我是刘远！她是韩若若！我们是同学！仅凭他李毅飞一句话，就把我们关在这里，你知道这么做叫什么吗？这叫非法拘禁，你要是不让我们出去，你这就是犯法！他李毅飞是个疯子，他要犯法，你们也要跟着他犯法吗？！"

刘远的声音在整个楼层回荡，顿时吸引了所有学生的注意力。那几个负责看守刘远等人的学生脸色微变，犹豫起来。他们到底还是学生，对这种拘禁别人的行为觉得并不太好，再说关的还是他们的同学，这么做似乎确实有些过分。

"刘远，你不要血口喷人！现在是特殊情况，你也看到了，那么多同学都变成了怪物，谁能保证你们中间没有？"李强依然不退缩。

"凭什么是我们？"刘远冷笑，伸手指着在场的所有人，"你们，不是一样有嫌疑？李毅飞怎么知道我们当中有怪物？他还能有透视眼不成？"

"你！"

就在两人争辩时，一声巨响从右侧的楼道处传来！所有人的心一下吊了起来，同时转头望去，眼神中充满了恐惧。难道是怪物冲破防线了？

"是林七夜！林七夜在疯狂地杀怪物，李毅飞他们也跟在后面！！"惊呼声从楼道口传来，所有人面面相觑，似乎不敢相信自己的耳朵。

林七夜？在杀怪物？

"轰——"

又是一阵巨响，楼道中的桌椅如同小山般倒下，叮叮当当的碰撞声吓得周围的学生连连后退，扬起的灰尘眯了众人的眼睛。灰尘四起，一个校服染血、右手执刀的少年缓缓走出，他的双眸如同熔炉般熊熊燃烧。

在见到那双眼睛的瞬间，所有人都仿佛被一只远古凶兽盯上了般，大气都不敢出。林七夜眼中的光芒缓缓退去，压在众人心口的大石终于消失无踪。在他的身后，陆陆续续跑上来几个男生，李毅飞和安卿鱼也在其中。

"李毅飞，你们怎么从那里上来了？四楼的怪物怎么办？！"人群中，很快有人缓过神来，焦急地开口。

李毅飞看着手中的消防斧，嘿嘿一笑："死光了，我七夜哥杀穿了整层四楼，现在整栋楼都被清干净了！"所有人的目光都落在了林七夜身上，眼中满是难以置信！

"怎么可能？那么多怪物……"

"他一个人杀穿了？真的假的！"

"你看他手上的刀，还有身上的血！应该是真的！"

"你看到刚刚他的眼睛没？好帅！！"

"那是什么？超能力吗？"

"……"

就在所有人看着林七夜窃窃私语的时候，林七夜的目光穿过人群，落在了义愤填膺的刘远身上。不知为何，刘远的心中一颤，下意识地后退半步。林七夜提

-145

着刀，面无表情地看着刘远，迈步缓缓向他走去。走廊里所有的同学都不自觉地给他让出了一条路，窃窃私语的声音也越来越小。当林七夜走到刘远面前的时候，整个走廊都陷入了一片死寂。

"你……你想干吗？"在林七夜的目光下，刘远竟然有些结巴。

林七夜眉毛一挑："听说，你想带着她离开这儿？"一旁的韩若若低下头，似乎在躲避林七夜的目光。刘远咬了咬牙，鼓起勇气："没错！我就要带着她走！你想拦我吗？！"

林七夜就这么静静地看着他，半晌之后，他侧过身，让出一条路，做了一个请的手势："我不拦你，你们可以走了。"

058

刘远一愣，似乎没想到林七夜竟然这么干脆地放他走。难道是他怕自己了？刚刚自己是不是气势特别强？想到这儿，刘远不自觉地挺直了腰板，瞥了林七夜一眼，冷哼一声，拉着韩若若的手大摇大摆地走了出去。

林七夜转头看向走廊里的学生们："就这些了吧？"

"对，高二全部的幸存者都在这里了。"李毅飞点头，随后凑到林七夜的耳边，"他们当中，有没有……"

"没有。"林七夜的嘴角微微上扬，"唯一的怪物，已经被刘远同学带走了。"

"哈哈哈，那就好。"

"带着他们去大礼堂吧，等难陀蛇本体被肃清之后，就能离开了。"林七夜转头对着李毅飞和安卿鱼说道。

"好，我这就跟他们说。"李毅飞走上前，对着众多学生解释起来。林七夜则独自走到了边缘的栏杆旁，皱眉遥望着远方。

"本体还没有找到？"

林七夜转头，见说话的是安卿鱼，微微点头："你跟了我一路，发现什么了吗？"

安卿鱼沉默片刻："发现了一些……"

安卿鱼凑到林七夜的耳旁，对着他轻轻说了些什么。林七夜的目光微凝，眉头越皱越紧："你确定？"

"不确定。"安卿鱼摇头，"我对这种生物的了解太少了，不足以支持我做出精准的判断。"

"我知道了。"

"我有个请求。"安卿鱼再度开口。

"什么？"

"我要那个。"安卿鱼指了指林七夜的裤子。

林七夜犹豫片刻，将手枪从口袋中掏出，交到了安卿鱼手里："只有最后三发子弹了，你会用这东西吗？"

"电视里学过。"

"那够了，水平应该比我好。"林七夜叹了口气。

安卿鱼默默地将手枪放入兜里："希望我用不上它。"

"嗯。"

片刻之后，李毅飞便带着整个五楼的学生走了过来。

"都在这里了。"

"你们带着他们去大礼堂吧，现在学校里的怪物应该基本没了，不会有什么危险，我要去搜寻难陀蛇的本体。"林七夜说道。

"交给我吧。"李毅飞拍了拍胸脯。

林七夜点头，身形一晃，便消失在了楼道中。等到林七夜离开，一大堆人簇拥到李毅飞身边，你一言我一语地问了起来。

"李毅飞，你下去救人，发生了什么？"

"对啊！怎么林七夜突然出现了！"

"他真的一个人杀光了怪物？"

"肯定是，你没闻到他身上的血腥味吗？太刺鼻了！"

"他怎么做到的？他究竟是什么人？"

李毅飞看着这群两眼放光的女生，默默翻了个白眼："想知道，到时候自己问他吧。"

说完，他便转身走开。哼，你们这群女生，等你们离开这里，就要被洗掉记忆，到时候还记得林七夜才怪！李毅飞心里嘀咕了一句。怪物被杀光，大家的心也都逐渐放松下来，女生们对林七夜这个神秘男生的讨论也越发火热。那些跟着林七夜杀了一路怪物的斧头小队男生也忍不住凑上前，向她们手舞足蹈地描述林七夜有多牛，众女生听得都痴了。就在这时，王老师走到她们身边，幽幽丢下一句话："不准早恋。"

众女生："……"

林七夜背着直刀，飞快地奔跑在校园内，他伸手打开了耳麦："红缨姐，怎么样了？"

"我们发现了一些痕迹，难陀蛇似乎向北边去了。"

"北边？"林七夜一愣，"北边的哪里？食堂？艺术楼？操场？教学楼？"

"不知道，我和小南在搜食堂。"

"好，那我去艺术楼看看。"林七夜掉转方向，径直朝着艺术楼跑去。

艺术楼可以说是二中最新的建筑，是五六年前新建的。前几年全国宣扬学生文化与艺术共同发展，学校特意斥资建了这栋楼，只不过建好之后，学生都没去上几次艺术课，每次该上艺术课的时候老师都会莫名其妙地生病。艺术楼不高，只有三层，但里面的房间算是多种多样，有专门素描的，有专门雕塑的，有专门练舞蹈的……林七夜顺着一楼的走廊飞快地跑了一圈，并没有感知到什么异常。当他跑到二楼的时候，精神感知里突然出现了一幅画面，林七夜的表情顿时精彩起来。

"若若，我们为什么不跑出学校，要在琴房里躲着？"刘远悄悄看了眼窗外，小声问道。

韩若若嘴角微微上扬，柔媚开口："出去有什么意思？还不如这里安静。"

韩若若的嘴角裂开，森然的利齿密集得令人头皮发麻！刘远的瞳孔急速放大，张开嘴，拼命地尖叫起来，整个人疯了似的想要挣脱韩若若的手臂，却根本摆脱不了！

"若若，你，你居然也是……不，不要，不要啊，我求求你，我还不想死！！"这一刻，他似乎想到了自己得意地从五楼离开时的场景，如果当初没有离开，或许现在就不会是如此绝境！林七夜、林七夜，救救我！

059

"啊啊啊啊啊！！！"凄厉的惨叫声从琴房中传出，林七夜走上前打开房门。琴房内，韩若若所化的蛇种正警惕地看着他。一旁的地上，刘远静静躺在那儿，浑身上下没有一丝伤口。

"没有选择撕碎他，而是选择了种下蛇种，这样更好。"林七夜笑着将手伸到背后，一声轻吟，直刀出鞘。就在这时，刘远像是诈尸般猛地坐起来，双眼直勾勾地盯着林七夜，眼中似乎还残存着一丝怨毒。他以一种极其诡异的姿态站起身，头部逐渐绽开，张开遍布獠牙的血盆大口，对着林七夜嘶吼！

"吼吼吼……"还没等他叫几声，林七夜已经一刀斩出，刘远所化的蛇种惨叫一声，缓缓倒下。韩若若见林七夜看过来，张开巨口嘶吼一声，微躬下身，一副准备战斗的架势。

"别急，如果不出意外的话，你是这所学校最后一个蛇种。"林七夜晃了晃手中入鞘的直刀，表示自己并没有杀意，"难陀蛇，我知道你能通过这具身体看见我，不如收起你那副凶恶的姿态，我们好好聊聊。"

停顿片刻后，眼前蛇种很快成了韩若若的模样。

韩若若面无表情地站在那儿："我和守夜人没什么可聊的。"

"你果然不简单。"林七夜眉头一挑，"不过，嘴上说着没什么可聊的，最后不还是选择变了回来？"

"你就为了说这些废话？"韩若若眉头微皱，脸上再度浮现出血线，似乎下一刻就要变回去。

"你似乎对这个社会很了解，如果我没猜错的话，你应该很早之前就降临了这座城市。"林七夜注视着韩若若的眼睛，似乎想从中看出些什么。很可惜，现在的韩若若只是一具傀儡，真正与林七夜对话的，是不知身在何方的难陀蛇本体，从韩若若的脸上什么都看不出来。

"那又怎么样？"

"我不明白，凭借着你恐怖的伪装天赋，如果没有在学校里大规模产下蛇种的话，我们或许再过十年都找不到你。你完全可以凭借伪装和自身的智力，完美地融入人类社会，小规模地在一些富人身上悄悄留下蛇种，荣华富贵唾手可得。你拥有得天独厚的条件，可以在人类社会中逍遥自在地活下去，为什么，从半个月到一个月前开始，突然选择大肆产下蛇种？"林七夜皱着眉，说出了自己的疑问。

"繁衍是我的种族本能。"韩若若淡淡说道，"而且，当一只狼混入了羊的世界，你觉得它会甘心沉寂下去吗？"

"别的神秘或许不甘心，但你……你不一样。"林七夜笃定地说道，"你拥有超高的智慧，而且十分谨慎，凡是高智商的生物，都具备克制自身本能的能力。"

"可笑的逻辑。"韩若若冷笑，"既然你这么喜欢推理，那我来给你出个问题。"

"你说。"

"在这所被封锁的学校中，一共有三位守夜人存在，拿长枪的女孩儿、会治疗的女孩儿，还有能够窥破我伪装的你。那个拿长枪的女孩儿是'池'境，我无法在她身上种蛇种，另一个女孩儿一直在她身边，我也无法下手。可如果……我在这里杀死仅是'盏'境的你，在你身上种下蛇种的话，你觉得，她们能发现吗？"韩若若的嘴角直接咧到了耳根，笑容狰狞恐怖！

林七夜瞳孔骤然收缩，想也不想，整个人飞快地朝着旁边的空地扑去！下一刻，一个硕大的黑色身影撞碎他身后的墙壁，呼啸着掠过林七夜刚刚站立的地方，粗壮的蛇尾重重敲下，在地上砸出一个大坑！林七夜借着惯性在地上翻滚半圈，飞快地从地上站起，右手搭在身后的刀柄上，眼中满是凝重。在他的眼前，一只浑身覆盖着黑色鳞片、人身蛇尾的怪物盘踞在那儿，一双妖异的竖瞳紧紧盯着林七夜——难陀蛇！

"你在套我的话……而我，也在拖延时间。"难陀蛇喷吐着蛇芯，声音从它的身体内传来。

"红缨姐，难陀蛇在艺术楼的琴房出现了。"林七夜拔出直刀，冷静地看着难陀蛇说道。

"我知道了！我马上来！你再坚持一会儿！"红缨的声音从耳麦中传出，然后就是一片呼啸的风声。

"嗞嗞嗞嗞——"

难陀蛇飞速地在地上爬行，蛇尾轻轻一搅，就将琴房内碍事的钢琴全部砸得稀烂，尖锐的利爪刹那间挥出，发出刺耳的破空声。在难陀蛇挥爪的瞬间，林七夜就做出了应对动作，极速朝着侧面闪避而去。蛇妖的利爪抓在了原本林七夜身后的墙壁上，就像是刀切豆腐，轻松留下了几道斩痕！林七夜稳住身形，看了眼几乎被抓穿的墙壁，脸色顿时有些难看，暗骂一声："你们管这叫本体薄弱、战力不高？！"

刚刚避开一道爪击，一条粗壮的蛇尾就从侧翼飞来，林七夜闪电般地挥刀，与蛇尾碰撞在一起，一阵金铁交鸣的声音响起，刀锋在黑色的鳞片上擦出刺目的火花，紧接着一股巨力就将林七夜震开，险些将其推翻在地。林七夜勉强稳住身形，难陀蛇的蛇尾上也出现了一道不深不浅的刀痕。

"力量比我想象中弱一点儿，防御跟暗面王比更是差远了。"林七夜眯着眼睛，喃喃自语，"除了攻击力强了些，似乎也不是不能打。"

060

虽然现在还没有到晚上，"星夜舞者"无法触发，但光凭林七夜变态的动态视觉与战斗本能，与难陀蛇周旋似乎也并不困难。问题是这里是琴房，地形本就狭窄，林七夜的闪避受到很大影响。于是，林七夜很干脆地冲出门去，向着艺术楼外狂奔。林七夜前脚跑出门，后脚难陀蛇就猛地撞开了琴房的墙壁，修长的蛇身沿着走廊的四壁极速爬行，片刻便来到了林七夜的头顶。

"刺啦——"

尖锐的破空声响起，难陀蛇的利爪从上方直接斩向林七夜的脖颈，而林七夜就像是后背长了眼睛般，猛地向前一个翻滚，险之又险地避开了这一击。紧接着，他利用惯性从地面弹跳起来，双手紧握着直刀刀柄，刀口朝上，精准地捅向难陀蛇的腹部！这一连串动作行云流水，仿佛他早就计算好了一般！难陀蛇双目收缩，蛇身极速扭动，避开了要害，即便如此，这一刀也刺入了它的身体，留下一道长长的刀痕！难陀蛇号叫一声，猛地将身体蜷缩起来，与此同时，狰狞的巨口朝着近在咫尺的林七夜咬去！

林七夜飞快地将直刀横于身前，但难陀蛇的咬合力实在太强，死死地卡住了直刀的刀身。它咬着刀身抬起头，疯狂地甩了几下，然后将林七夜连人带刀甩飞了出去！林七夜的身体先是撞碎了一块玻璃，然后从走廊径直飞了出去，整个人从二楼直直坠下！好在楼下是一大片绿化带，林七夜在半空中伸手抓住了一根树枝，轻轻一荡，卸掉大部分力，然后落在了下方的草地上。林七夜踉跄地稳住身形，嘴角微微抽搐，刚刚这两下虽然没有伤筋动骨，但痛感是实打实的。

与此同时，难陀蛇同样破开窗户，从二楼飞跃而下，尖锐的利爪在暗红色的天穹下闪烁森然寒光，径直抓向林七夜！林七夜身形后闪，避开了难陀蛇的下落点，然后仿佛未卜先知般再度向前，手中的直刀精准地斩向难陀蛇的脖颈！

"当当当——"

连续几声刺耳的碰撞声，林七夜手中的直刀与蛇妖的利爪对砍数下，就在难陀蛇正欲有所动作的时候，林七夜的双眸中突然爆发出一阵刺目的金色光芒，澎湃的神威无声地充斥着难陀蛇的脑海，这种来自生命层次的压制将它的精神直接震得涣散片刻，身体突然一顿！就在这短暂的瞬间，林七夜手中的直刀挥出一个十字，斩在难陀蛇的胸口，留下两道血淋淋的刀痕。难陀蛇吃痛嘶叫，飞快地向后退了数米，一双蛇目紧紧盯着林七夜，似乎没想到这个只有"盏"境的少年竟然有如此强悍的战斗力。

它开始犹豫了，继续打，可能还是打不赢，如果另外两个守夜人赶过来，那它必死无疑！可如果错过这机会，它真的还有翻身的机会吗？就在它纠结的时候，一道窈窕身影如同利箭般从远处奔来，玫瑰色的火焰在她的脚下绽放，速度快得惊人！见到来人，林七夜的嘴角浮现出笑意。而见到她的瞬间，难陀蛇再也没有丝毫犹豫，转身朝着艺术楼内爬行，速度奇快无比，仅片刻工夫就消失在了楼内，墙壁和房间遮掩了它的身形，不知去了哪里。

"它在哪儿？"红缨身背长枪就对着林七夜大喊。

"二楼最左边的那个教室！它翻开窗户准备离开了！"难陀蛇的一举一动都没有离开林七夜的感知范围，他死死地盯着那个教室，回答道。

"收到。"红缨凭借着惯性，双腿微曲，如同炮弹般弹跳而起，玫色的火焰在她的脚下熊熊燃烧！这一跳，她就跳了三层楼高。半空中，她反手取下了身后的长枪，炽热的火浪以她为中心爆发！她将长枪在身前轻轻一抛，转身在半空中旋转半圈，高束的黑发在风中舞动，长枪自然地旋转。等到枪尖对准了那间教室的时候，红缨的右脚借着旋转的惯性，携带着滔天的火焰，重重地踢在了长枪的末尾，于是，一杆萦绕着火焰的长枪如同闪电般划过天空，在空气里留下淡淡的灼痕，径直闪向那间教室！

"轰——"

仅是一眨眼的工夫，那束红色的光便洞穿了整栋艺术楼，在艺术楼的楼体炸开一个半径五米的大空洞！枪尖洞穿了飞速爬行的难陀蛇的身体，精准地将其钉在大地上，砸出了一座巨坑，烟尘四起。

林七夜站在艺术楼下，呆呆地看着被一枪炸穿的艺术楼，整个人都蒙了。这一刻，他终于知道，为什么在其他人眼中难陀蛇的战力评级是"薄弱"的了。

红缨从半空中落下，径直走到林七夜的身边，仔仔细细绕着他看了一圈，关切地问道："七夜弟弟，没受伤吧？"

- 151 -

"没……没有。"

"那就好。"红缨拍了拍他的肩膀,朝着难陀蛇走去,"走吧,去看看,如果不出意外的话,它应该是死了。"

两人走到艺术楼的后侧,在一个大到夸张的巨坑里,找到了被长枪钉死在地上的难陀蛇。红缨走上前拔出长枪,扛在肩上,用脚踢了踢难陀蛇的尸体,已经没有了丝毫生机。

"嗯,果然死了。"红缨满意地点点头,伸了个懒腰,"终于结束了,好累啊,今天一直动脑筋,要是早这么打一场就结束多好。"她扛着长枪,不紧不慢地从坑中爬出,拍了拍校服上的灰尘。

"七夜弟弟,走,姐请你吃晚饭!"红缨似乎想到了什么,笑嘻嘻地开口,"毕竟是你第一次完成任务,庆祝还是……嗯?"

红缨走了几步,似乎察觉到有什么不对,回头看去,发现林七夜还站在那个大坑中。

"怎么了?"红缨走到坑边,疑惑地问道。

林七夜低头看着脚下难陀蛇的尸体,眉头越皱越紧。

"不对……"

061

"你们说,那些到底是什么东西?"

"不知道,但是我估计以后十几年那东西都将是我的噩梦。"

"十几年?你觉得真的能活到那时候吗?"

"你什么意思?"

"如果说,这些怪物不是只在我们学校出现,而是在整个大夏都有呢?"

"像电影里的丧尸爆发那样?"

"对对对,就是这个意思。"

"拉倒吧,刚刚林七夜说了,只有我们学校出现了,等我们被救出去后就安全了。"

"林七夜,他到底是什么人?"

"……"

空旷的大礼堂已经坐满了一半的人,从高二教学楼被救出来的学生都聚集在这里,唯一进出礼堂的通道由斧头小队守着,应该算是最安全的地方。此刻,礼堂内哭泣声、安慰声、讨论声、争执声不绝于耳,尽管有人一直在维持秩序,依然止不住所有的声音。

安卿鱼静静地坐在门后，闭着双眼，不知在想些什么。

"咚咚咚——"

接连三道敲门声响起，两长一短，门后的几个斧头小队成员眼睛一亮，匆匆将拦在门后的障碍物挪开。

"是李毅飞回来了。"

安卿鱼的双眸睁开，转头看向门后。李毅飞喘着粗气走进礼堂，一副刚跑完八百米的样子，大汗淋漓。

"怎么样？其他地方的学生都撤离了吧？"安卿鱼站起身，对着李毅飞问道。

"都撤了，我一口气跑了半个学校，除了这儿，再也没有见到别的学生的影子，他娘的，累死我了。"李毅飞一屁股坐在凳子上，伸手擦了擦额头的汗。

"那就好。"安卿鱼点了点头。

"我跟你说，刚刚我跑到操场那儿的时候，听到艺术楼那边传来一声巨响，好像有楼塌了。"李毅飞像是想起了什么，急忙对安卿鱼说道。

"这么夸张？"

"应该是他们找到了怪物的本体，在战斗吧。"李毅飞仰头躺在椅子上，长叹了一口气，"要不是我还得搜救，都想凑过去看两眼。"

"神仙打架，你还是离远点儿比较好。"

"唉，也是。"

"林七夜他们那个组织，叫什么名字来着？"安卿鱼似乎想到了什么，向李毅飞问道。

"守夜人。"刚说完，李毅飞就捂住了自己的嘴巴，想了想，又放了下去，"算了，告诉你也无所谓，反正这里的人都要被清除记忆。"

"清除记忆？"

"对啊，他们有一件能大范围清除人记忆的东西，毕竟这次见到怪物的人太多了，要真有人透露出去，又得惹出一阵麻烦。"

"那你呢？你也要吗？"

"我不用。"李毅飞嘿嘿一笑，他凑到安卿鱼的耳边，小声说道，"不瞒你说，这次事件结束之后，我应该可以加入他们。"

安卿鱼点了点头："想加入他们有什么条件吗？"

"怎么，你也想去？没那么容易，他们收人的标准很高的。"李毅飞摆了摆手，"要么就像林七夜那样觉醒了能力，要么只能向他们显露自己的价值。"

"你也觉醒了能力？"

"不是，我是向他们表现了自己的价值。"李毅飞笑了笑。

安卿鱼微微点头，目光如深潭般宁静："也是，这次你的表现，确实太亮眼了一些。我要是他们，也会收下你的。"

就在两人聊天的时候，门外再度传来了敲门声，声音并不规律。斧头小队的成员顿时警惕起来，李毅飞也站起身，凝重地看着门外。

"谁？"

"我，林七夜。"

听到"林七夜"三个字，众人眼睛一亮，心中顿时松了口气。他们打开门，身后背着刀的林七夜缓缓从外面走了进来。

"怎么样了？"李毅飞走上前，急忙问道。

"成功了。"林七夜点头，"我们杀了难陀蛇本体。"

李毅飞长出一口气，笑着拍了拍林七夜的肩膀："牛啊，七夜！你们居然真的干掉它了，这么一来大家都得救了。"

听到李毅飞这句话，整个礼堂顿时欢呼起来，这些亲身在鬼门关走了一遭的学生，终于即将离开这所恐怖的学校，远离那些吃人的怪物！一旁的斧头小队也欢呼起来，将手中的斧头丢在一边，激动地相拥在一起。李毅飞冲林七夜一阵挤眉弄眼，然后凑到他的耳边，小声说道："我说，我这次立下了汗马功劳，加入守夜人应该没问题吧？我可不想被洗脑。"

林七夜沉默地站在那儿，半响之后，淡淡开口："或许吧。"

李毅飞一愣。

就在此时，身后的安卿鱼默默地从口袋里掏出手枪，漆黑的枪口对准了李毅飞的后脑。在斧头小队队员错愕的眼神中，扣动了扳机——乓、乓、乓，连续三声枪响宛若雷霆划过天空，周围喧闹欢笑的声音戛然而止，气氛火热的大礼堂再度陷入一片死寂。所有人脸上的喜悦都被定格，他们僵硬地转过头，看向出口处，眼中满是难以置信。李毅飞错愕地转过头，只见安卿鱼正平静地握着枪，黑洞洞的枪口处，一缕青烟逐渐消散。

李毅飞呆滞了几秒，疑惑地开口："安卿鱼，你为什么开枪？"

安卿鱼站在那儿，一言不发。

过了许久，李毅飞才反应过来，缓缓伸手摸了摸自己的后脑勺儿，咔嗒，弹壳掉落在地，响起清脆的嗡鸣。在他的后脑处，三个浅浅的弹坑正在逐渐愈合，只有几缕鲜血从中溢出，被李毅飞一抹，便再也了无痕迹。

李毅飞看着自己手上的几缕鲜血，喃喃自语："我挨了枪，为什么没死？"他抬起头看向林七夜，伸出沾有鲜血的手送到林七夜眼前，"喂，七夜，你看我，我为什么没死？"他的瞳孔微微颤抖。

"我是不是觉醒能力了？"

在他的身前，林七夜一脸复杂地看着他，半响之后，微微摇头："你没有觉醒能力……你，就是难陀蛇。"

李毅飞听到这句话，瞳孔骤然收缩，踉跄地向后退了两步，接连摇头："不可能，你在说什么？我怎么可能是难陀蛇？！我是李毅飞啊！"

林七夜摇了摇头，一步走上前，伸手在李毅飞胸前用力一扯，"刺啦"一声，校服的拉链断裂，露出了李毅飞的胸口，一个淡淡的枪痕如同烙印般静静地躺在那里。

"你是难陀蛇，或者说，你是难陀蛇的一部分，你留下的遗蜕能骗得了别人，但是骗不了我。"

062

"不，这不可能！"李毅飞低头看着自己胸口的枪痕，不停地摇头，"我不可能去杀人，更不可能是怪物……"

"李毅飞，"林七夜拽着李毅飞的衣领，将他的头拉到自己的面前，紧盯着那双惶恐的眼睛，"看着我的眼睛！"

"噌——"

两团金色的熔炉从林七夜眼中燃起，炽天使神威倾泻而出，疯狂涌入李毅飞的精神世界。仅片刻工夫，李毅飞的双眼一翻，晕了过去。下一刻，一只有力的手掌猛地握住了林七夜的手腕，李毅飞的双眼突然睁开！那是一双妖异的竖瞳，波澜不惊，深邃无比。

"有意思，你是怎么发现的？"李毅飞的声音深沉而又平静，"凭你'盏'境的感知力，应该看不破我的伪装才对。"

"我确实没有看破，否则早在事务所地下你就已经穿帮了。"林七夜眼中的火焰仍然没有熄灭，"自从进入学校以来，发生的一切看似合情合理，但又到处透露着诡异。"

"你的意思是，你是推理出来的？"

"算是吧，你留下的破绽实在是太多了。"

"哦？"李毅飞的眼睛微微眯起，"你说说看。"

"第一处疑点，就是你的病假条。"林七夜平静地开口，"今天早上你进教室的时候，是带着病假条进来的。"

"那又怎么了？"

"按照你的陈述，你是在昨晚放学之后发现自己忘记带作业本，回到学校才目睹了刘小艳吃人的场景。在那之后，你便仓皇逃离学校，找到了身为守夜人的我们。那么，你的病假条是什么时候开的？"林七夜冷笑两声，"你别告诉我，昨晚在目睹了吃人之后，你便猜到了今天会和我们一起行动，特地去教务办开了病假条，要知道那时候教务办早就下班了。所以，只剩下两种可能。第一种，那就是你原本就开好了病假条，打算今天逃学出去玩，好巧不巧地在昨晚遇到了吃人画面；第二种就是其实你早就知道我们会来，甚至早就做好了和我们一起进来的准备。"

李毅飞沉默半晌："继续说。"

"第二处疑点，就在于女生宿舍阳台上的几块人皮。按理来说，难陀蛇是种非常谨慎小心的生物，既然已经在人类社会隐藏了这么久，就绝不可能这么大摇大摆地把人皮挂在阳台上，这样暴露的风险太高了，它偏偏这么做了。一开始我并没明白这么做的含义，后来我才想明白，它是故意在暗示我们，它就在这座宿舍楼里。它想让我们找到它！"林七夜看着李毅飞的眼睛，"然后，你就出现了，你出现得莫名其妙，就像是特地想要引走红缨，引发全校的暴动！然后，你就像救世主般站了出来，带领着一众学生，成功地抵御了蛇种的进攻，简直是教科书般的生存模板！

"其实这时候，我还是没往你身上去想，真正让我对你起疑心的，是安卿鱼。"林七夜的目光落在身后的安卿鱼身上。

李毅飞的脖子诡异地直接扭到脑后，打量着那个戴着眼镜的瘦弱少年。

安卿鱼推了推眼镜，开口说道："围攻我们的蛇种数量一直很奇怪。当那些蛇种刚刚出现的时候，所有人都在往楼上冲，只有我们教室用桌椅挡住了门窗，据守在教室内。当时绝大多数的难陀蛇要么去了四楼，闯进你们的楼道，要么停留在一楼，断掉所有人的去路，真正停留在三楼试图冲击我们教室的，只有两只。一般来说，当一群猎手的视野范围内出现两种猎物，一种较为强壮，难以攻克，而另一种较为薄弱，唾手可得的时候，它们通常会围攻那只薄弱的，也就是我们。一开始我以为是因为信息差，其他的蛇种被你们吸引去了楼上，不知道三楼还有我们这一群人存在，后来我发现，这些难陀蛇的视野是相通的。"

安卿鱼顿了顿，继续说道："也就是说，它们明知道自己脚下就有一块肥肉，依然无动于衷，就好像是它们故意留着我们一样。后来，李毅飞就带着一群人神兵天降般来解救我们。杀完了两只蛇种后，引动了楼下的六只蛇种围攻，这个数量同样很微妙，能给我们带来极大的压力，却又不会直接让我们失去抵抗能力！哪怕它们再多上来一只，我们当时也会抵挡不住，它偏偏没有。就在林七夜即将抵达的时候，那六只蛇种又突然发力，把我们逼到了绝境，这一切太巧合，又太诡异了！"

"就凭这些，你就怀疑我了？"李毅飞眉头紧紧皱起。

"不，真正让我怀疑你的，是蛇种砍断你们粗绳的这个行为。"安卿鱼摇了摇头。

"当时你们绳降下来的时候，两只难陀蛇种并没有看见这一幕，按理来说它们并不知道这条绳子的存在。偏偏后续的六只蛇种，一上来就精准地砍断了粗绳，就好像它们很清楚这是你们的退路一样。蛇种斩断了它们本不该看见的东西，就只能说明一个问题——在我们当中，还有一个与它们共享视野的存在！"安卿鱼摊了摊手，"当然，当时我对难陀蛇并不了解，后续的结论也是我和林七夜交换过信息后才推理出来的。"

李毅飞的竖瞳紧盯着安卿鱼，冷笑了两声："早知道你这么聪明，一开始就该杀了你。"

"还有，每次难陀蛇出现的时候，你都不在场。"林七夜继续说道，"第一次遇到难陀蛇是在女生宿舍，我问你，当时你和吴淑洁说完话之后，在你回到高二教室前的这段时间去了哪里？"

"在刚刚林七夜他们与难陀蛇本体战斗的时候，你同样以搜寻其他幸存学生为借口离开，这更坚定了我心中的判断。"安卿鱼接着说道。

李毅飞看了看安卿鱼，又转头看了看林七夜，自嘲地笑了两声："我怎么就碰上了你们这两个变态？"

063

"后来，我便根据所知的信息，做出了一个极为大胆的猜想，将一切都串联了起来。"林七夜继续说道。

李毅飞叹了口气："说说看。"

"难陀蛇来到这世界的时间比我们想象中更早。"林七夜直视李毅飞的眼睛，"它来到这个世界之后，凭借自身超高的智力以及强大的伪装能力，很快便掌握了这个社会运行的法则。同样，它也察觉到了守夜人的存在，与生俱来的警惕让它悄然蛰伏于人类社会。在这漫长的过程中，它为了做到真正完美的伪装，从潜意识中孕育出了第二个人格，这个人格的名字叫作李毅飞。他忘记了自己是谁，忘记了自己的过去，接纳了难陀蛇给他留下的设定，以一个平凡高中生的自我认知生活在这座城市中。不出意外，他在未来应该会凭借自身超长的寿命以及天赋能力，逍遥自在地游戏人间。直到大约半个月前，他目睹了同为神话生物，甚至比它更强的暗面王一脉的惨死！主人格从守夜人的身上感受到了恐惧，它开始害怕、开始惶恐，担心自己也会沦落到和暗面王一样的结局。凭借自身的战斗力，它是不可能赢得了守夜人的，所以就想利用自己的伪装天赋，布局混入守夜人中，成为他们中的一员，超脱于这摊浑水之外！它给李毅飞下达暗示，于是李毅飞提出了加入守夜人的请求，却被无情拒绝，可它并不甘心。于是，它开始布局。从一开始，它的目的就不是繁衍子嗣，更不是全灭守夜人，目的只有一个，那就是展现李毅飞的价值！它自导自演了一场大戏，把李毅飞吓得神志不清，潜意识中暗示他去找守夜人，于是后面的事情都按照它的预想展开。可是，这场计划中出现了一个变数，也就是我。"林七夜指了指自己，"我是半个月前加入守夜人的临时队员，它根本不知道我的存在，更不知道我的能力可以清晰地分辨出它的子嗣！好在经过试探，它发现我无法识破它本体的伪装，于是决定继续这个棋局。它按计划在女生宿舍露出本体，引走场内的最高战力红缨，然后又变回一无所知的李毅飞，回到教学楼主持大局。它在暗中精准地控制着每一个子嗣的动向，做到既让李毅飞出尽风头，又不至于真的将自己陷入危险之中。可这时候，我这个变数又出现了。我抢走了原本属于李毅飞的风头，将整栋楼的蛇种杀了个遍。虽然它心中生气，但想到李毅飞已经展现了自身的价值，又没有做多余的动作，接下来的事情就很简单了，它变出真身与守夜人打一场，然后留下遗蜕假死，既造成了难陀蛇已经被击杀的假象，李毅飞又能凭此一战加入守夜人，未来彻底高枕无忧。可惜，又被我看穿了。"

林七夜有些惋惜地看着李毅飞，由衷地说道："这个局布得很妙，真的，如果不是因为我，你有九成的把握可以成功。"

李毅飞注视着林七夜，半响之后，微笑着鼓起了掌。"精彩，真是精彩！我万万没有想到，最后竟然栽在了你们两个家伙的手里！"紧接着，他的笑容极速收敛，竖瞳中充满了恨意，"你们抹杀了我生存下去的希望，你们说我该怎么报答你们？"

李毅飞的身体就像是气球般极速膨胀，皮肤表面长出一片片黑色的鳞片，眨眼间就变成了一只人身蛇尾的怪物！下一刻，刺耳的尖叫声响彻整个大礼堂。上百名学生如此近距离地看到难陀蛇本体，直接吓得失去理智，此刻唯一的进出口又被难陀蛇堵死，只能边尖叫着边向大礼堂最里面的角落缩去。

至于安卿鱼，早在李毅飞刚开始变身的时候就跑到了安全的地方，一双眼睛直勾勾地盯着难陀蛇，眼中满是兴奋与求知欲！

难陀蛇似乎认准了林七夜，手中的利爪划破空气，直取林七夜的脖颈。林七夜似笑非笑地看着它，右手探向背后，一声轻响之后，直刀出鞘。

"当——"

碰撞声在大礼堂内回荡，难陀蛇的竖瞳骤然收缩。这一次，林七夜只用单手握刀，轻描淡写地便挡住了它的攻击。

"不好意思，现在，你已经不能压着我打了。"林七夜回头看向门外逐渐暗淡的天空，"现在，夜色降临。"

在夜色下，他拥有平时五倍的力量与速度，现在，难陀蛇已经不是他的对手了。

"咔嚓——"

林七夜的直刀轻松地挑开难陀蛇的利爪，手腕一抖，刀光似影，连续四刀斩在难陀蛇的手臂上。后者尖叫着后退，愤怒地朝着林七夜嘶吼起来！林七夜身形一闪，便来到了它的面前，难陀蛇的双爪在空气中飞速下抓，却都被林七夜单手挡下。

林七夜的眼睛微眯："你太慢了。"下一刻，他挥刀的速度骤然加快，在空气中挥出了残影,淡蓝色的刀锋组成一道密不透风的刀墙,横在难陀蛇的面前。

随着林七夜速度的爆发,难陀蛇招架得越来越吃力,一道道狰狞的血口出现在它的身上,不多久身上的黑色鳞片就崩碎了大半,看起来狼狈至极!即便它利用爬行的优势在诸多墙体边缘游走,林七夜也能迅速地跟上他,如影随形!难陀蛇的叫声越来越凄厉,它怨毒地看着眼前的少年,双眸中是滔天的恨意!这一次,无论是智商还是战力,它都被无情地碾轧了。

林七夜面无表情地斩下一刀又一刀,就像是在加工一件未完成的艺术品。等到难陀蛇几乎丧失了抵抗能力,他的双眸中闪过一道金色光芒,身形一晃,淡蓝色的刀锋在空气中留下一道笔直的轨迹。林七夜的身影已经到了难陀蛇的身后,咔嚓,直刀归鞘,一颗硕大的蛇头骨碌碌滚落到地上。那双怒睁的竖瞳依然死死地盯着林七夜,像是想将他一起拖入幽冥地狱!

林七夜转过身,对着脚下的尸体喃喃自语:"对不起,李毅飞,就让我们在诸神精神病院再见吧。"

064

"嘎吱——"

大礼堂的大门再度被打开,林七夜拎着黑匣,缓缓从中走出。坐在一旁楼梯上的红缨见林七夜出来,笑着挥了挥手:"搞定了?"

"嗯。"

"那就好。"红缨点了点头,犹豫了片刻,还是忍不住问道,"话说,你为什么不让我出手?"

"他是我的同学,由我亲手杀了他,也算是给了他一个交代。"林七夜淡淡说道。

红缨呆了呆:"亲手杀了他也算交代?这是什么理论?"

司小南瞥了他一眼,小声说道:"变态。"

林七夜当然是瞎说的,他是怕红缨出手的话,直接一枪就把难陀蛇打死,这样他就不能补刀,李毅飞也无法在诸神精神病院内重生了。

"这次多亏了你,不然真的就被那东西骗过去了,这次回去给你记头等功!"红缨竖起大拇指,笑着说道。

"里面的这些学生怎么办?"林七夜指了指背后的大礼堂。

"就让他们先在里面待着吧,一会儿会有人来使用'梦境耳语'的,针对性地抹掉所有关于难陀蛇和你的记忆,再给他们缔造一场梦境。"

"那死掉的学生怎么解释?"林七夜忍不住问道。

"官方会妥善处理的。"

红缨抿了抿嘴，微微低下头："只是遇害的学生太多了，都怪我。"

"红缨姐姐，这怎么能怪你呢？绝大部分学生是早就被种下蛇种才死的，如果不是你，伤亡只会更多。"司小南在一旁安慰道，又看了林七夜一眼，小声开口："还有你，虽然并不是很想承认，但你确实很厉害。"

林七夜："……"

"对了，我这次认识了一个很聪明的家伙，而且对神话生物似乎很感兴趣，能不能把他招入守夜人？"林七夜似乎想起了什么，转头对红缨说道。这是刚刚在大礼堂里，安卿鱼对他提出的请求。红缨犹豫了片刻，斟酌着说道："七夜，守夜人不是光靠聪明就能加入的，这个职业很危险，你明白我的意思吗？"

林七夜微微点头，没有再劝说下去。帮安卿鱼提出这个请求，已经是他能做到的极限了，毕竟连他都是个没有正式加入守夜人的临时队员，既然被拒绝，也不好继续死缠烂打。

"走吧，该收队了。"红缨从楼梯上站起身，将装着长枪的黑匣背在身后，朝着门口的方向走去。

林七夜回头看了大礼堂一眼，迈步跟了上去。

礼堂中，一直站在门后的安卿鱼目光暗淡了下来。就在这时，他的目光又落在了不远处的难陀蛇尸体身上，皱眉沉思许久之后，像是下定了决心，眼中再度闪烁起光芒！

校门外。

黑色厢车旁，两个男人正倚着车门，默默地注视着寂静的校园。其中一人的耳麦响起，陈牧野的眉毛微微上扬："结束了，他们要出来了。"

旁边的吴湘南脸一黑："为什么她只跟你说，不跟我说？"

"我才是队长。"

"我还是副队呢！"

"谁让你老是跟红缨作对。"

"我只是按章程办事。"

"你太死板了。"陈牧野摇了摇头，嘴角微微上扬，"所以啊，红缨还是跟我比较亲。"

"这又不是看孩子跟父亲亲还是跟母亲亲，你的语气怎么怪怪的？"吴湘南翻了个白眼。

"意思也差不多。"

两人沉默了片刻，陈牧野再度开口："听说林七夜这次表现特别好。"

"是啊。"

"你说他第一次完成任务，我们是不是该表示表示？"

"比如？"

"拉个横幅什么的，回去再给他做个蛋糕。"

吴湘南叹了口气。

"怎么了？"

"感觉你特别像是马上要接考了年级第一的孩子放学回家的家长，简直要把'骄傲'两个字写在脸上了。"

"是吗？我感觉挺不错的。"

就在这时，坐在驾驶座上的温祈墨忍不住摇下了车窗，吐槽道："我说你们两个真是够了，完成个任务，接他们一趟，怎么能这么多戏。"

"冷轩呢？"

"不知道，他一向不知去向。"

"好吧。"

就在他们扯皮的时候，三道身影从校门中缓缓走出。红缨大老远就看到车旁的两人，笑着跳起来对他们挥了挥手。司小南想了想，偷偷抹了把林七夜身上的血，擦在自己脸上，像只小花猫，她昂首挺胸，脸上仿佛写着"我没有划水"！林七夜背着黑匣，校服浸满了鲜血，几乎已经看不出原来的模样，他微微眯起眼睛看着前方，嘴角勾起一丝笑意。

"受伤没？"陈牧野等林七夜走到身前，开口问道。

"没有。"林七夜摇头。

"感觉怎么样？"

"感觉……"林七夜想了想，"比我想象中简单一些。"

陈牧野笑了笑，微微点头："行，上车吧，该回去了。"

"队长，你怎么不问问我！"红缨噘着嘴，叉腰问道。

"你？"吴湘南瞥了她一眼，"你没把学校拆了就不错了，问你干吗？"

红缨瞪着吴湘南，气得直咬牙："我问你了吗？你又不是队长！"

"我是队长，虽然是副的。"

"副的不算！"

"当然算。"

"不算！！"

"……"

…………

咔嚓——

清脆的快门声响起，一张照片从照相机的底端洗出，被一只手小心翼翼地拿了起来。不远处的高楼上，冷轩坐在天台的边缘，轻轻晃动着手中的照片，上面的图片越发清晰。微风拂过他的刘海儿，他低头看向手中的照片，嘴角浮现出淡淡的笑容。

"这张拍得也不错。"他视若珍宝地将照片收入盒中，贴身存放，然后悠悠地从天台旁站起，将狙击枪扛在肩上，走入了夜色中。

065

"喂？"

"喂，是陈牧野队长吗？"

"是我。"

"我们在打扫二中战场的时候，遇到了问题。"

"什么问题？"

"我们在回收难陀蛇尸体的时候，发现它的头不见了。"

厢车的副驾驶座上，陈牧野的眉头微微皱起。

"不见了？"

"是的，我们搜索了整个现场，都没有发现它的头部。"

"是不是学生藏起来了？"

"应该不可能，我们已经搜过了他们的身，并没有什么发现。我们猜测，可能有人在我们来之前，带着它的头逃出了大礼堂。"

"现在'无戒空域'应该还笼罩着学校，他逃不出去的。"陈牧野平静地说道，"你们将'梦境耳语'在整个校园范围内播放，先洗掉他的记忆，失去记忆的他会自投罗网的。"

"收到。"

挂断电话之后，红缨好奇地问道："队长，发生什么事了？"

"难陀蛇的头不见了，可能是有人偷走了。"陈牧野说道，"问题不大，应该能找回来。"

林七夜先是一愣，眉头微微皱起，看向窗外。

难道是他……？

"咚——"试图翻墙的安卿鱼被无形的屏障硬生生撞回了地上，他咬着牙从地上爬起，伸手将书包背好，凝视着眼前的虚无。

"那个无形屏障还在，他们或许已经发现蛇妖的头不见了。"他喃喃自语。他的眼中光芒闪烁，思考片刻，径直朝着操场的方向跑去。既然逃不出去，那就藏起来，他不信这个屏障能张开太久的时间，只要躲到他们离开，他就能逃出去！

安卿鱼飞奔到了操场最边缘的一处空地，在杂草中翻出一块井盖，用力将它打开。紧接着，一股恶臭从下水道中扑面而来，安卿鱼忍住作呕的冲动，强行调整心态，背着书包跳了下去,将井盖回归原位。黑暗潮湿的下水道中,恶臭从四面八方钻入安卿鱼的鼻腔,几乎将他臭到窒息。他咬紧牙关,抱着怀中的书包,兀自忍耐着。

　　黑暗中,他的双眸依然明亮如星。突然,一阵悠扬的音乐从外面传来,安卿鱼的瞳孔骤然收缩。他仿佛听见有人在他的耳边低语,整个人控制不住地困倦起来,恍惚中,他便要沉沉睡去。就在此时,一股奇异的力量从他的心头涌出,仿佛有一道清泉流淌进他的大脑,将一切梦境与耳语冲刷得无影无踪!

　　安卿鱼猛地睁开了眼睛,眼中的混浊已然消失不见,取而代之的是绝对的清明!在他的眼底,微不可察地盖上了一层灰色。现在,他前所未有地清醒。他呆呆地看着前方,然后低头看向自己的手掌。在他的眼中,自己的身体仿佛变成了一台精密至极的机器,他能看到每一个零件运转的过程,能清晰地看懂它们运作的原理。他知道自己的每一次眨眼、每一次呼吸都是如何做到的,他就像一个经验极其丰富的钟表师,用放大镜在窥视钟表每一个环节的运行过程……他从未如此了解过自己的身体。突然,他想到了什么,飞快地拉开自己书包的拉链,从中取出一颗头颅——难陀蛇的头颅。

　　在那双眼睛下,这个完全不属于现代科学研究范畴的神话生物,仿佛被拆解成了一个又一个齿轮、机栝、螺丝……但现在的他,还无法将其看透。于是,安卿鱼从书包的夹层里,掏出了一把锋锐的水果刀。他像个拿着手术刀的医生,目不转睛地盯着眼前的头颅,然后一刀扎入它的头中,艰难地切开它的头盖骨……他在解剖,他想要看清头里面是什么。他切割头颅的速度越来越快,他的双眸越来越激动,他的身体也开始激动地颤抖起来!黑暗恶臭的下水道中,一个瘦弱的少年拿着刀,面带笑容,一点儿一点儿切割着狰狞的头颅……他的声音在幽暗的环境中回荡。

　　"原来是这样,原来是这样,我看懂了!原来是这么运作的,有趣,真是有趣!!"

　　"这是……哪里?"幽暗的牢房中,李毅飞缓缓睁开了双眼。他茫然地环顾四周,刚准备站起身,断断续续的记忆如同潮水般涌入他的脑海。他痛呼一声,又踉跄地跌倒在地。

　　安卿鱼开枪,自己被林七夜震晕,潜伏在身体里的难陀蛇出现,恶战,然后被林七夜斩下头颅。他错愕地看着自己的双手,声音开始颤抖:"我……我真的是难陀蛇……怎么会这样……是我杀了他们!"他的眼前仿佛又出现了那些被蛇种屠杀的学生,满地的鲜血仿佛烙印般刻在他的脑海中,逐渐成为他的梦魇。

　　"不,不……"他半跪在地,面容扭曲,痛苦地呻吟着。下一刻,他的眼睛突然变成妖异的竖瞳,就像是变了个人一般,面无表情地站了起来。

　　"懦弱的废物。"难陀蛇的一只手臂长出蛇鳞,猛地抓住身前的围栏,想要将其拧断。

紧接着，一道道晦涩的符文从牢房表面浮现出来，恐怖的斥力直接撞飞了难陀蛇，它重重地砸在了牢房另一侧的墙壁上，然后跌落在地。难陀蛇盯着眼前的围栏，蛇芯喷吐，双眸冰冷彻骨。在刚刚接触到围栏的瞬间，关于这个牢房的残破信息已经灌入了它的脑海。它不知道这是哪里，但知道自己的死活都掌握在一个人手里。那个人，是这里的主人。

就在难陀蛇沉思的时候，沉稳的脚步声从廊道的另一侧传来，它的竖瞳收缩，飞快地爬到了围栏旁，向着那一侧看去。昏暗的廊道中，一个身影越发清晰，那是个穿着白大褂、双手插在兜里的少年，当看到他的脸的瞬间，难陀蛇身躯一震！

"居然是你？！"

林七夜面无表情地走到它的面前，扬了扬眉毛："惊不惊喜，意不意外？"

066

难陀蛇盘踞在围栏后，就这么静静地看着他。

林七夜的眼睛微眯，站在围栏外，同样注视着难陀蛇的眼睛。在他的视野中，一块熟悉的面板已经展开。

罪民：难陀蛇。

抉择：作为被你亲手杀死的神话生物，你拥有决定它灵魂命运的权力。

选择1：直接磨灭它的灵魂，令其彻底泯灭于世间。

选择2：让它对你的"忠诚值"达到60，可将其聘用为精神病院的护工，照顾病人的同时，能够在一定程度上为你提供保护。

当前忠诚值：0/85。

林七夜读完这些信息之后，眉头微微上扬。这次的任务和上次的不一样，如果他没记错的话，上次的护工标准是"恐惧值"，而这次变成了"忠诚值"。也就是说，对于不同的神话生物，病院给出的护工标准也不尽相同。而且，这次的忠诚值被划分为两部分，一个是"0"，一个是"85"，如果林七夜猜的没错的话，这是难陀蛇本体被划分为两个不同意识的缘故。第一个数值来源于难陀蛇自身，第二个数值来源于"李毅飞"这个独立的意识。

"我想，你已经知道自己的命运了。"半晌之后，林七夜缓缓开口。

"杀了我，李毅飞也会死。"难陀蛇盯着林七夜的眼睛。

"哦！"林七夜淡淡一笑，"你觉得，我会很在意他的死活吗？确实，如果他死了，我会困扰一段时间，但那也仅限于此了。我和他的关系没有好到那种程度，你应该是知道的。"

难陀蛇陷入了沉默。作为一直在背后注视着一切的存在，李毅飞的一举一动它都一清二楚，从两人认识到现在，也不过半个多月的时间，要说关系多密切那纯属扯淡，更何况李毅飞中间还抛下他跑路一次。用两人的感情来当全部的筹码，难陀蛇没有这么蠢。

"你想要什么？"

"我想你误会了什么。"林七夜平静地开口，"现在是你在向我展现你的价值，如果你的价值不符合我的预期，抱歉，我的病院不养闲人。"

难陀蛇停顿片刻，缓缓开口："我擅长伪装，能够种下蛇种，潜伏与渗透是我的看家本领。"

"不够。"

"我擅长布局，可以给你出谋划策。"

"你说你擅长什么？"

"我什么都没说。"难陀蛇差点儿忘了自己的局就是被他给破的，"不过，集思广益并不是坏事，你一个人的智慧并不一定能面面俱到，我们思考的方式与层次不同，或许能给你一些参考。"

"嗯，这么说倒也不错，还有呢？"

"虽然我现在本体的战力比较低，但是等我成年之后，本体也将拥有强大的战斗能力，而且我可以蜕皮，很难被杀死。"

"继续。"

"没有了。"

林七夜想了想："你会逗老人家开心吗？"

"我不会。"难陀蛇的脑子险些没转过来，"但是李毅飞很擅长这个。"

"那就行。"

林七夜停顿片刻，再度开口："你可以留下，但是还有附加条件。"

"什么条件？"

"非必要时刻，让李毅飞来掌管这具身体。"

难陀蛇心中纠结半晌，还是点了点头："好，我答应你。"自由固然重要，但它绝不想魂飞魄散，再说李毅飞也是它的一部分，把身体让给他也不是太难以接受。

林七夜点点头，伸手在虚无中一抓，一张羊皮纸和一支钢笔凭空出现在他的手中。

"这是你的劳动合同，你看看，没什么问题就签了吧。"林七夜摆足了大老板的架势，轻飘飘地将手中的羊皮纸一丢。

难陀蛇将纸拿在手中，细细地阅读，表情顿时精彩起来。与其说是一份劳动合同，不如说是卖身契更加合适，里面密密麻麻地列举了一大堆难陀蛇应尽的义务，包括但不仅限于"必须无条件听从林七夜院长的命令""不得伤害或意图伤害林七夜院长及其利益""不得损毁病院内的公共财物""必须定期打扫病院卫生""必须早起给病人们制作早餐"……在附加栏那一行，还有一句"非必要情况，必须让'李毅飞'人格掌管身体"。而在林七夜该履行的义务那一栏，只有一个孤零零的"无"字。

这绝对是一份无情的单方面压榨护工利益的卖身契，黑到令人发指的那种！然而，现在的难陀蛇并无其他选择，只能硬着头皮签下了自己的大名。在名字签上的瞬间，羊皮纸自动燃烧，紧接着牢房周围的奇异符文逐渐消散，牢房门自动打开。

与此同时，难陀蛇的身躯迅速恢复成人形，而且身上多了一件青色的护工制服，护工服的胸口还有一块黑色的名牌——护工001。

李毅飞茫然地看着自己身上的衣服，挠了挠头。刚刚难陀蛇和林七夜的对话，他也听得一清二楚，算是基本明白了现在的状况，他从林七夜的同学沦落为他手下的打工仔了。

"复活的感觉怎么样？"林七夜微笑着走上前。

"还不错，"李毅飞苦笑着说道，"林老板，以后不要把我压榨得太狠，我受不住啊。"

"叫院长。"林七夜拍了拍他的肩膀，转身朝着牢房外走去，"跟我来吧，我来给你介绍一下这家病院。"穿着护工服的李毅飞叹了口气，快步跟着林七夜走了上去。

"这一片是病房，现在只有一间病房打开了。这座病院里也只有一个病人，她叫倪克斯，病症什么的一会儿自己去看我写的病历。那边是活动区，平日里没事可以带她老人家过去看看电视、下下棋，别让她老是抱着花瓶在院子里发呆，别最后精神病没治好，又得了老年痴呆……这里是药物室，这几种药，每天给她吃三次、每次两粒……"

随着林七夜的介绍，李毅飞整个人都已经麻木了，这……到底是什么地方？

"母亲，我给您找了个伴，以后就由他替我陪着您了。"最后，林七夜带着李毅飞来到倪克斯面前，笑着介绍道。

倪克斯注视着李毅飞，似乎在思考着什么，半晌之后张大了嘴巴，惊喜地开口："孙子，奶奶找到你了！！"

| 第四篇 |

地狱集训

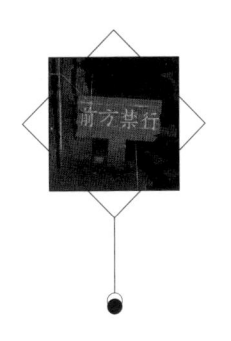

067

　　李毅飞脸上的笑容突然一僵，缓缓扭头看向林七夜，林七夜给了他一个肯定的眼神。

　　李毅飞："……"

　　"奶……奶奶！"李毅飞乖乖张开双臂，跟激动的倪克斯相拥在一起，脸上笑得比哭还难看，"我也想死你嘞！"

　　在一旁看戏的林七夜眉头微挑，看向李毅飞的眼神充满了敬佩——不愧是你！在逗老人家开心这件事上，你果然是专业的！

　　林七夜清楚地看到，倪克斯头顶的治疗进度从"21%"跳到了"23%"，当然，这个进度条只有他能看见，李毅飞是看不到的。这大半个月以来，林七夜几乎每天准时准点来医院里，喂倪克斯吃药，陪她聊天，在药物和精神双重治疗之下，倪克斯的病情已经好转了许多，至少现在不会到药物室偷偷抱着药瓶哭了。以后有李毅飞这家伙二十四小时陪伴，估计她的康复进度会大大增加，应该用不了多久就能达到50%。到那时候，他就可以抽取倪克斯的第二项能力。

　　在这期间，林七夜也试着去开启过第二间病房的门，可惜依然无法打开，应该是与自身境界直接挂钩，而精神力修炼这东西只能循序渐进，急不得。好在林七夜这段时间用温祈墨教他的修炼法修炼，已经彻底稳固了"盏"境，突破下一个境界的时间也不会太长。

　　林七夜又跟李毅飞嘱咐了几句，便离开了精神病院。接下来的日子似乎和之前并没有什么区别，哪怕林七夜已经出色地完成了第一个任务，平日里的训练量依然没有丝毫减少，林七夜甚至觉得陈牧野的刀打在脸上更痛了。

　　在经历了这次生死搏杀之后，林七夜自身与"凡尘神域"的配合更加默契了，而且精神感知的精度又提高了不少，在机关房间中已经能完美躲避 50 发 / 秒的射击频率，向 100 发 / 秒发起挑战。要说进步最大的，或许还是林七夜的射击，从一开始的三十米射击必然脱靶，二十米射击勉强上靶，一路训练到现在，他已经可以勉强保证打中三十米内的靶子了！林七夜还记得那天，自己第一次三十米射击上靶时，用精神力看到冷轩站在后面眼眶发红，悄悄抹眼泪，然后仰起头，露出了一个欣慰的笑容。

十天后，林七夜走到队长办公室门口，敲了敲门。

"进。"

林七夜走入房间，看到陈牧野正拿着一份文件，仔细地阅读。

他抬头看了林七夜一眼，开口说道："再过几天，新兵集训就要开始了。"

林七夜一愣，这才意识到，自己进入守夜人到现在，不知不觉已经过了一个月。

"那我该做什么准备吗？"

"嗯，按往年的情况，今年的新兵集训应该也是在上京市，这段时间我会给你把材料准备好，到时候让你带过去。对了，新兵集训期间，统一采用封闭式管理，虽然日用品什么的那里也会提供，但质量可能不太好，一会儿让红缨带你上街买点儿东西，花费我给你报销。还有，上京市那边天气不比我们沧南，比较冷，记得多买点儿冬天的衣服，还是记在我账上。集训的时候最容易受伤，明早你记得再找我一趟，我给你点儿药，这药的效果比市面上其他药好很多……"陈牧野手里拿着小本本，一条一条仔细地嘱咐林七夜，就连火车上买哪种铺最舒服都说得一清二楚。等到陈牧野合上小本本，已经大半个小时过去了。

"我刚刚讲的这些，你都记下来了吗？"陈牧野认真地看着林七夜。

林七夜重重点头："嗯，都记下来了。"

"好。"陈牧野像是又想起了什么，"去上京市的车票要早点儿买，早去报到的人能自己选宿舍，一会儿上街就顺路去买了吧，买明天的。"

"明天？明天就走吗？"林七夜一愣。

"越早越好。"

"我知道了。"林七夜点了点头。

等林七夜从办公室离开后，陈牧野默默地翻出了自己的钱包，往里面瞥了一眼，幽幽地叹了口气。

当天下午，红缨和司小南两个人带着林七夜，可以说把整个沧南市逛了个遍，将林七夜这辈子没逛的街全都补了回来。

"哇！小南，那个小猪佩奇的床单好好看！我们给七夜买一套好不好！"

"好哇好哇！"

"那个粉粉的行李箱也好棒！买一个吧？"

"好哇好哇！"

"小南,你看这个白雪公主同款的背包!是不是好赞?我们……"

"好哇好哇!"

"哇!你看那条小裙子!真好看!买它!"

"好哇好……呜呜呜……"

林七夜死死地捂住司小南的嘴巴,郑重地开口:"红缨姐,我觉得那个不适合我。"

红缨一脸遗憾地放下了手中的露背连衣裙,叹了一口气:"也是,你是个男孩子,穿裙子不太好。"紧接着,她拿起了旁边的性感吊带衫,两眼放光地看向林七夜,"那我们买这个吧!"

林七夜:"……"

直到傍晚,林七夜才扛着大包小包,跟跟跄跄地回到房间。看着满地的花花绿绿,林七夜坐在一旁,无奈地苦笑,却又越笑越灿烂。笑着笑着,他的眼中浮现出一丝淡淡的哀伤。

他抬头看向窗外,朦胧的月光洒落人间:

"要走了吗?"

第二天一早,火车站,拖着两个大行李箱的林七夜站在火车站前,身后是136小队的其他成员。

"东西都带全了吧?"吴湘南率先开口。

"都带好了。"

"七夜弟弟,我给你买的防晒霜、脱毛膏和身体乳,你一定要记得用啊!"红缨两眼泛红,站在最前面,依依不舍地说道。

"会用的,放心吧。"林七夜的语气有些无奈。

"七夜,"陈牧野走上前,神色十分郑重,"上京市不比我们沧南,离得太远,而且集训中本就存在一些不公平。这要是在沧南,我们可以上门给你出气,可在上京市,你就只能靠自己了。"

"放心吧,我能照顾好自己。"林七夜认真地回应,他向众人微微鞠躬,"那我走了。"

他站起身,朝着众人挥了挥手,拖着两个行李箱走进了火车站。

众人望着他离去的背影,心中都是沉甸甸的。就在这时,陈牧野的手机突然响了起来。

"喂?"

"……"

"什么?!"

陈牧野猛地抬起头,伸手朝着林七夜一指:"快拦住那小子!!"

众人疑惑地回头望去。

"不知道高层抽了什么风,这次他们居然把新兵集训定在了沧南,快拦住他,进站之后,这车票可就退不了了!"

068

上京市,守夜人集训办公室。

"什么?这次新兵集训定在沧南?沧南在哪儿?"袁罡看着手中的文件,错愕地开口。

在他的前方,懒洋洋地躺在办公桌后躺椅上的男人伸了个懒腰,眯着眼睛坐了起来,他的额角上有一块十字形的伤疤。他,是守夜人驻上京市小队——编号006小队的队长,绍平歌。

"东南地区的小城市,在淮海市旁边。"绍平歌想了想,回答道。

"可是,往年的集训不都是在上京吗?为什么今年突然改到沧南?"袁罡皱着眉头。

"谁知道高层是怎么想的。"绍平歌站起身,从热水壶里接了杯水,慢悠悠地又躺了回去,"我们,哦不,你只要执行命令就好。你是我们006小队的副队长,也是历年新兵集训的总教官,你带了这么多届兵,换个环境难道就不行了?"

"当然不是。"袁罡连连摇头,"我只是想不明白,为什么突然换地方?明明这里的设备、场地、器械都是现成的,现在还要大张旗鼓地全部运到沧南,这不是没事找事吗?"

"高层这么做,一定有他们的道理,我们只要执行命令就好,不该我们知道的不要多问。"

"好吧。"袁罡叹了口气。

"以后勤部的效率,明天天亮前就能在沧南搭建出完整的集训基地,你也该带着人收拾收拾,准备出发了。"绍平歌喝了口茶。

"是。"袁罡想了想,继续说道,"我不在上京的这段时间,队长你能守住上京,不搞出幺蛾子吗?"

"唰——"

一只拖鞋从办公桌后丢了出来,袁罡微微一侧便闪身躲开,紧接着绍平歌的骂声就从办公桌后传来:"嘿,你个袁罡,你瞧不起谁呢?老子怎么说也是驻守上京小队的队长,老子是吃干饭的?"

袁罡嘿嘿一笑,反手把绍平歌的拖鞋丢到窗外,然后大摇大摆地开门走了出去。

绍平歌破口大骂!

广深市，某会所。

"沧南？沧南系咩地方啊（沧南是什么地方啊）？"极尽奢华的贵宾按摩室中，一个穿着浴袍的小胖子躺在沙发上，诧异地看着手中的通知，转头问道。

在贵宾间的门后，五名彪悍的保镖面无表情地站在那儿。在他们的面前，一个戴着单片眼镜的管家微微躬身，温和地说道："沧南是东南边的一座小城市。"

"以前唔都系在上京的咩（以前我们都是在上京的吗）？"

"今年似乎政策有变，看来您的行程也要变一变了，我这就派人去安排。"

小胖子想了想，将手中的葡萄放回盆中，大手一挥："订听日的飞机飞，我听日就走呢（订明日的飞机票，我明日就走呢）！"

管家一愣："明天就去会不会太急了？宿舍的事不用担心，我们已经让守夜人那边给你安排最好的宿舍了，他们会给我们面子的。"

"广深太闷，我想去认识新朋友呢！"

"到了那边之后，尽量还是说普通话吧，不然他们可能听不懂。"

"普通话？"小胖子想了想，"也对哦，要是语言沟通有困难，确实交不到真朋友！"

说完，小胖子拍了拍正在给自己捏脚的妙龄女子："好了，下去休息吧，这十几年我也享受够了，该换种生活了。"他站起身，伸了个懒腰，浑身的肥肉都微微颤抖。

"沧南系（是）嘛？小爷唔嚟嘞（小爷我来了）！"

九华山上。

佛音缭绕，檀香氤氲。一位披着袈裟的老和尚穿过木廊，手中的念珠微微转动，双眸平静如水。终于，他在一间禅房门口停下脚步。他伸出手，轻叩两次门扉，然后推门而入。禅房内，仅有一床、一桌、一蒲团，在最大的那面墙体上，用黑色笔刷写着"静心"两个大字，笔锋飘逸，看似温和，却仿佛隐藏着惊天的杀意。

蒲团上的黑发少年微微睁开眼。

"曹渊施主，您的信来了。"老和尚行了佛礼，随后从袖中掏出一个信封。

黑发少年缓缓站起身，接过那个信封，拆开看了许久。

"沧南……"他喃喃自语，随后抬头看向老和尚，恭敬开口，"大师，您觉得我是否该去？"

"施主，您已在这佛庙中静心五载，心中魔性已被镇压，老朽认为你该去。"

少年的眼中浮现出犹豫："可是，我身上的罪孽……"

"杀生是孽，救世是功，功过相抵，方得自在。"老和尚的双眸深邃无比，他双手合十，平静地说道，"待在这一方寺庙中，便是枯坐数十年，孽也终究是孽。

施主，是时候放下了。"

少年沉默许久，同样双手合十，深深鞠躬："多谢大师开导。"

"曹渊施主，老朽还有一事要提醒你。"

"大师请讲。"

"你此行前往沧南，或遇一贵人，若能抓住机缘，此生不仅能洗刷身上罪孽，还可能修成正果。"

"贵人？"曹渊的眉头微微皱起，"这贵人可有什么特征？"

"双木立身，八神去一，入夜十载，度我世人。"老和尚闭着眼睛，双手合十，声音如古钟长鸣，"阿弥陀佛！"

曹渊眼中满是疑惑，但还是仔细将这几句话记下，躬身回礼。

"既然如此，"曹渊抬头看向禅房外的山巅云海，双手合十，平静地开口，"我去也。"

厢车中。

林七夜看了眼沉默的众人，默默地缩了缩脖子。气氛有些尴尬。

"喀喀……"温祈墨轻咳两声，率先打破了沉默，"那个，七夜啊，火车票退不了那不是你的问题，别放在心上。"副驾上的陈牧野脸色有些发绿。

"呃，我们也要想点儿好的嘛！对吧！比如在沧南市集训，离得这么近，我们可以随时去看你啊！"

"集训是封闭的，我们进不去。"驾驶员吴湘南幽幽开口。

温祈墨顿了顿："至少，我们东西都买全了，比如羽绒服、厚毛毯、暖宝宝、大围巾……"

"祈墨，沧南的冬天用不上这些。"红缨小声提醒。

"闭嘴！"陈牧野瞪了温祈墨一眼，只觉得自己的心在流血。他犹豫片刻，回过头，眼巴巴地看着林七夜："七夜啊，要不你一会儿去看看，这些还能不能退？"

069

"轰隆隆——"

蔚蓝色的天空上，几架重型武装运输直升机缓缓降落，螺旋桨卷起的狂风将地面的风沙尽数扬起。停机坪的另一侧，几名穿着军装的男人顶着狂风，巍然屹立在原地，像一尊尊雕像屹立不倒。直升机的舱门缓缓打开，身着军装、身背黑匣的袁罡从直升机上走下。

"啪——"

在一侧等待的军人整齐敬礼，中气十足地齐声大喊："首长好！"

袁罡迈着大步走来，面容严肃，身后直升机扬起的狂风将他的衣角吹得猎猎作响！

"集训营都建好了吗？"

"报告，集训营已准备完毕！"

"嗯。"袁罡点了点头，"对了，这次集训的新兵名单给我一份。"

"是！"

袁罡背着黑匣，转身朝着这座一夜之间拔地而起的集训营走去。这座集训营的位置在一片荒无人烟的郊区，算是沧南市境内占地面积极大的，而且集训营周围十里都以军事基地的防卫等级戒备设下了关卡。除了来集训的新兵，没有任何人能抵达这里。

"首长，这是今年的新兵名单。"就在袁罡和众教官逛集训营的时候，一个士兵快步跑上前，将名单递给了袁罡。袁罡接过名单，扫了一眼，整个人愣在了原地，后面的教官也停下了脚步。袁罡揉了揉眼睛，仔细看了两遍，喃喃自语："今年这是什么鬼阵容？"

"怎么了，首长？"身后的教官好奇地凑上前。

"广深百里集团的百里胖胖？是……是那个百里集团？"身后的教官瞥到第一行，整个人就愣住了。

"大夏第一家族集团，除了政府外，守夜人背后的第二大赞助商，被称为禁物博物馆的百里家？"另一个教官忍不住开口，"这，这是我们守夜人东家的儿子来了？"

"好好的有钱人不当，来守夜人干吗？体验生活？"

"可能吧，有钱人的心思我们不懂。"

"那我们到时候训练怎么办？万一下手重了点儿把他惹毛了，不会报复我们吧？"

"他们敢？"袁罡的眼睛微微眯起，"守夜人是国家的组织，百里家是赞助了很多钱没错，但守夜人不是他们家的后花园！只要来了我们集训营，所有人都是平等的，都给我往死里操练，出了事我负责！"

"是！"众教官郑重点头。

袁罡的目光再度落到手中的名单上："这一届，居然又出现了一位神明代理人。"

"神明代理人？是哪位神明？"

袁罡抬头看向天空，微微眯起眼睛："代号003，炽天使米迦勒。"

"炽天使？！"

"炽天使什么时候有代理人了？"

"幸好是我们守夜人这边的。"

"已经多少年没出现过神明代理了，这小子以后前途无量啊！"

"上一个从新兵集训走出的神明代理，似乎是特殊小队'假面'里的那一位吧？"

"对。"

袁罡看着手里的名单，用一支红笔将几个名字圈起来，无奈地叹了一口气："一个百里集团的小太爷、一个炽天使代理人就已经够我们头疼了。这一次，超高危级禁墟拥有者又一次性出现了三个，其中还有一个序列在前50！除此之外，还有上京八卦掌传人、河北墨家枪传人、在役特种兵……"看着袁罡手里密密麻麻的红圈，后面的教官心中有些发慌。

"首长，这次都是硬茬儿，我们能镇住他们吗？"

袁罡沉默许久，将手中的名单收起，平静地开口："联系'假面'小队，让他们来给我镇场子。只有妖孽，才能制住妖孽。"

集训营外。

军事关卡中，一个拿着望远镜的特种兵眉头微皱，向远处看了许久，缓缓放下了望远镜，掏出了对讲机。

"报告，前方发现有人靠近。"

"汇报他的情况。"

"青年男性，看起来像个高中生，手里拖着一只粉色HelloKitty行李箱和一只小猪佩奇行李箱，肉眼看不到是否携带武器。"

"高中生？"对讲机那边的声音顿了顿，"难道是新兵报到？今天早上才发的通知，他中午就到了？这是什么速度？"

"他还在向这里接近，请指示！"

"待命，我去会会他。"

不一会儿，一辆军用越野车就从关卡后开出，朝着少年来的方向驶去。

烈日炎炎。

此刻，林七夜正拖着两个行李箱，在崎岖的泥泞路上走着，几滴汗水顺着脸颊滑落。

"这地方，真有集训营？"林七夜四下张望了一圈，嘀咕起来，"队长不会是因为我没退货耍我吧？"

今早刚收到新兵集训营的具体地址，陈牧野就催着他过来，有了昨天尴尬的送行仪式，今天阵仗就没那么大了。温祈墨开车将他送到了这儿附近，就让他走过去。大家在知道林七夜就在沧南集训之后，似乎就没那么放不下心了，或许真如陈牧野所说，要是林七夜真出了什么事，大家马上就能赶过来，不像在上京那么提心吊胆。再怎么说，这沧南市也是他们136小队自家的地盘。

"嗡——"

就在林七夜拖着行李箱前进的时候，轰鸣的汽车声从远处响起。林七夜眯了眯眼，停下了脚步。一辆迷彩的军用越野车带着扬起的尘土，猛地急刹在林七夜的身边。一位军官从里面探出脑袋，仔细打量了林七夜一番："干吗的？"

"集训的。"

"新兵？"

"嗯。"

"来这么快？！"

"我沧南本地的。"

"证件给我看一眼。"

林七夜将陈牧野给他准备好的证件交给军官，后者仔细翻看了好久，将证件送回林七夜的手中，指了指身后："上车。"

林七夜将行李放在后备厢，上了越野车，这位军官带着林七夜直接驶过了所有关卡，最后在集训营的大门口停下了车子。

"到了，自己进去吧。"他用下巴指了指前面的大门。

林七夜跳下车，拖着两个粉粉的行李箱，站在了这座庞大的铁门面前，抬头望去——039新兵集训基地。这里，是他即将度过一年的地方。他，是这里的第一名新兵。

070

不一会儿，一位教官就从门后走了出来，诧异地看了他两眼。

"新兵？"

"对。"

"叫什么名字？"

"林七夜。"

教官虎躯一震，认真打量了林七夜一番，像是在看什么稀世珍宝。

"你就是林七夜？"

林七夜被他看得有些发毛："是我，有什么问题吗？"

"没有。"教官摇了摇头，打开了集训营的大门，"你是今年第一个来的，进来吧。对了，我叫洪浩，是你们的教官。"

"洪教官好。"林七夜边走进集训营边礼貌地说道。

洪教官点点头："小子，你来得早，算你赶上了，这次我亲自带你熟悉一下集训营。"

洪教官领着林七夜，在空荡荡的集训营里转了起来。

集训营内部比林七夜想象中大很多，其中的建筑不是那种临时搭建起来的帐篷或者板房，全部都是用不知名材质组装成的楼房，建筑与地面接触得极为平整，就像是从地里长出来的一样。地面也被一道道线条划分得极为工整，哪里是走人的、哪里是走车的，还画着地标，食堂在哪个位置、宿舍在哪个位置……各种线

-175

条的粗细与颜色看起来十分舒适，简直是强迫症患者的福音。如果不是林七夜知道原来这里只是一片荒地，多半会以为这是花了数年才竣工的新基地。一辆辆军车奔驰在大路上，上面还放着一箱箱物资与器材，食物、水、武器、被褥……林七夜的嘴角微微抽搐，突然对这个基地的安全性有了些许担忧。说起来，林七夜到现在都没有接受过像样的集体训练，毕竟从小学开始就失明了，初高中的军训一次也没参加过，就连体育课都没怎么参与，要不是他平日里自己注重锻炼，现在只怕体虚得不成样子。

"那边是训练场，大部分体能训练都在那边进行。"洪教官指着不远处机场般空旷的地域说道，"体能，是我们训练的重点，你的身板看起来一般，到时候估计有苦头吃了。那里是食堂，未来一年里让你又爱又恨的地方。那里是教室，用来教学理论知识。那边一连串的废弃建筑，是机动性教学场，用来教学巷战、绳降、滑索……那里是靶场……"

林七夜看着眼前层出不穷的训练场地，暗自记下它们的作用，心中有些好奇，也有些期待……

"这是什么？小卖部吗？"林七夜好奇地指了指不远处的小店。那是个看起来跟平时学校里看到的小卖店差不多格调的矮小建筑，货架上摆着满满的生活用品。此刻正有一群教官站在门口，指着墙上的香烟说着些什么。

"那是补给站。"洪教官瞥了一眼，"集训营是全封闭的，在这里用不到钱这个东西。只要你的生活物品损坏了，都能到这里领到新的，还有面包、水、烟这些东西，每人每月都有固定的配额，肯定是够用了。"

就在两人经过的时候，补给站内的教官似乎发现了什么，所有人同时转头看向林七夜，正指指点点地说着什么。

林七夜皱了皱眉："他们为什么都看着我？"

"炽天使的代理人可是稀罕货，他们对你感到好奇也正常。"洪教官回答。

"在我之前，没有代理人参加新兵集训吗？"

"当然有。"洪教官点了点头，"上一个从集训营走出去的代理人，已经成了'假面'小队的队长。"

"'假面'？"林七夜一愣，如果他没记错的话，之前温祈墨跟他说过这支特殊小队的事迹，"他是哪位神的代理人？"

"这个你过两天就知道了。"洪教官微微一笑，没有回答。

洪教官带着林七夜走到一片密集的建筑群边，说道："这里就是宿舍区，全部都是双人间，你是第一个来的，随便挑吧。"

林七夜点点头，大致在宿舍楼附近转悠了一圈，挑了个坐北朝南，采光最好、最舒适的房间。

"眼光不错，那我就给你登记了。"洪教官记下了林七夜的门牌号，"集训要在三天后正式开始,这两天你好好在这儿歇着吧,毕竟接下来的一年,你就歇不下来了。"

洪教官简单交代了一句,便转身离开,只剩下林七夜一人在宿舍中。

宿舍的环境比林七夜想象中更干净,但设施极为简陋,那张矮矮的硬板床光是坐上去就硌得慌,别说空调了,房里连台风扇都没有。好在林七夜已过惯了苦日子,这种环境对他来说也没什么,他熟练地放好自己的行李,铺好床单被套,就在床上躺了下来。这里没有信号,没有手机,想找点儿事打发时间都不行,要是真让他一个人在这儿待三天,真的会闷得慌。好在林七夜脑袋里还有个精神病院,闲着无聊就去跟倪克斯喝喝茶培养感情,或者跟李毅飞到活动室下棋、聊天,丝毫不觉得枯燥。

第二天一早,林七夜便去补给站要了点儿补给,毕竟现在食堂还没有开门,想找地方吃个早饭都不行。等到回宿舍的时候,他才发现自己宿舍门口已经站了好几个人。

"我给您看了这么多地方,就这间环境最好,冬暖夏凉,阳光也最足!"一个满脸谄笑的男人站在一个小胖墩儿面前,絮絮叨叨地说道。

"唉,要说起来,这沧南是真的不比我们广深,经济又不好,环境还差。啧,您看看这房子建的,哎哟喂,这都是什么呀?墙上一抠一层皮!您看看,这些宿舍里的设施都简陋成什么样了!您看这床,这是人睡的吗?要不咱还是回去吧,咱没必要受这苦!"

小胖子昂首挺胸,瞥了他一眼:"放屁!小爷我就是来吃苦的,我才不回去!你少在那儿嚷嚷,把门打开,我今天就住这儿了!"

男人无奈地用钥匙开了门,看到里面的场景,先是一愣。

"哎哟,谁这么不懂事儿啊?居然抢了您的房间!快!你们几个还愣着干吗?快把这些东西统统丢掉!真脏!"小胖子身后的保镖匆忙上前,想要帮着扔东西。

林七夜的眼中寒芒一闪,呵,滥俗的大少爷欺负平民的套路,装样打脸、扮猪吃虎的戏份,我最喜欢了!林七夜正欲有所动作,那小胖子猛地一脚踹在男人的屁股上,破口大骂!

"叼你老母咩!这是二人间,这里住的是小爷我的舍友!你个扑街仔敢动下小爷舍友的东西试试?还脏?小爷最讨厌你这种仗势欺人的狗东西!给小爷有多远滚多远!"

男人被小胖子一脚踹翻在地,惶恐地扇了自己几个巴掌,连忙往门外跑去。

"你们几个,把小爷给舍友带的见面礼搬过来,今天小爷就在这儿候着,一定要让小爷的舍友看看什么叫一见如故、情比金坚!"

一旁的林七夜:嗯?

071

小胖子身后的保镖连忙把一摞摞礼盒整整齐齐地放在林七夜的床边，然后排成一长溜儿，站在自家主子的身后。

"啧，你们站在这儿干吗？这里是新兵集训营，以为是自己家吗？"小胖子不耐烦地连连挥手，"走走走，都给我走，不要给小爷的舍友留下我喜欢仗势欺人的印象。"

保镖们面面相觑，最后只能无奈地离开。只留下小胖子一个人坐在小山般的礼物旁，低头看了看自己的衣着，清了清嗓子，端端正正地坐在门口。林七夜挠了挠头，现在的局势发展让他有些看不懂，在原地想了会儿，还是缓缓朝着自己的宿舍走去。

当林七夜的身影出现在空旷的走廊上时，小胖子的眼睛顿时亮了起来，猛地站起身，再度整理了一下自己的仪容仪表，露出整洁的大白牙，含笑看着穿着拖鞋走来的林七夜。林七夜的表情古怪起来，在这胖子诡异的注视下，好像尴得连路都不会走了。终于，林七夜走到了宿舍的门口："那个……"

"你好，我叫百里涂明，我知道这名字有些拗口，你可以直接叫我涂明，或者叫我胖胖！"

还没等林七夜有所反应，胖子猛地一个鞠躬，吓得林七夜连退两步。

"希望能和你成为朋友，接下来的一年，请多指教！"这一通操作，直接给林七夜整不会了。

"咯咯……那个，百里……百里……"林七夜想了想，似乎忘了他后两个字叫什么，只记得有个什么胖胖，"百里胖胖同学，不用这么客气。"

胖子的眼睛又亮了起来，似乎对百里胖胖这个称呼很受用："还没请教你的名字？"

"哦，我叫林七夜。"

"七夜兄，我从家乡给你带了点儿特产，都是些不值钱的东西，还希望你别嫌弃。"他笑着将身后的礼盒一个个递给林七夜。

林七夜仅用精神力一扫，表情顿时精彩起来。

"这一盒劳力士？"林七夜蒙了。

在胖子手里的礼盒中，整整齐齐放着十二只名牌手表，绿水鬼、探险家、格林尼治……十二只手表放在一个盒子里，有一种红富士苹果送礼套装的既视感！

"怎么，七夜兄不喜欢？"胖子一愣，将礼盒放在一边，拿起了另外一个盒子，"那这些呢？七夜兄啊，我本来是想送点儿别的东西，可这集训营里大部分东西都用不了，所以只有手表最合适。"

林七夜怀里摞起来的礼盒越来越多,过了许久,才缓缓开口:"百里胖胖,你家是做手表生意的?"

"不,我们家什么生意都沾一点儿。"百里胖胖哈哈一笑,"你别多想,我只是普通家庭的孩子,不是什么世家公子,我很亲民,啊不对,我很接地气的。"

我信你个鬼,林七夜暗自翻了个白眼,将手中的礼盒放在一边:"这些东西,我不要。"

"为什么?"百里胖胖急了,"你收下呗,反正又不值钱,就是见面礼。"

"我不喜欢收礼。"

"那,那我……"百里胖胖看了看林七夜,又看了看手里的礼盒,急得汗都出来了。

林七夜看了他一眼,叹了口气:"你先收着,等我哪天想要了,你再给我。"

"那……好吧。"百里胖胖郑重地将礼盒收起,然后慢吞吞地打开了自己的行李箱,不管床单被套,统统往床上一丢,然后四仰八叉地躺了上去。

林七夜嘴角一抽:"你这是干吗?"

"睡觉啊。"百里胖胖拍了拍揉成一坨的不知名布料,"床铺好了,睡起来还挺舒服。"

林七夜:"……"

林七夜不是个爱管闲事的人,更何况现在这个小胖子怎么看怎么可疑,他也不愿意横生枝节,索性双眼一闭,假装睡了过去。

过了一会儿,百里胖胖悄悄爬起来,小声叫道:"七夜兄,七夜。"林七夜闭着眼,一动不动。百里胖胖小心翼翼地站起身,蹑手蹑脚地走到柜子旁边,翻动起来。这胖子想干吗?林七夜闭着眼,继续用精神感知着百里胖胖的一举一动。片刻之后,百里胖胖就捧着刚刚塞回去的礼盒,挪动到林七夜的床边,小心地将礼盒一个个塞到了林七夜的床底下。

林七夜:"……"

这小胖子……这么执着?!

林七夜恶由心生,突然睁开眼,看向一旁的百里胖胖:"你在干吗?"

百里胖胖浑身一震,一屁股坐在地上,惶恐地看着林七夜的眼睛,本就不太聪明的大脑飞速运转。于是,他僵硬地凑到林七夜的脚边嗅了嗅:"七夜,你的脚真香。"

林七夜:"……"

林七夜彻底傻在了原地,饶是机智如他,一时间也想不出该怎么回复这句话,这是个什么物种?

见林七夜僵在了原地,百里胖胖犹豫片刻,将自己的脚丫子伸到了林七夜的面前,小心翼翼地问道:"要不,你也闻闻我的?"

林七夜："……"

远处，另外一座楼上。

总教官袁罡默默放下了手中的望远镜，表情精彩至极。他转头看向洪教官，指了指对面正在互相闻脚丫子的两人，阴阳怪气地开口："这就是你说的两个危险人物？"

洪教官："……"

"不是，"洪教官揉了揉自己的太阳穴，"这不对劲啊！一个是傲气十足的炽天使代理人，一个是娇生惯养的百里集团继承人，这两个人住在一个屋檐下，怎么看怎么危险！可他们怎么就……"

袁罡拍了拍他的肩膀，语重心长地开口："洪浩啊，要想了解一个人，不能只关注他们的身份、背景，这个世界上可以有无数个相同的家世背景，但人的品行和性格有千千万万。"袁罡说完这句话，便转身离开。等到彻底脱离了洪教官的视线范围，袁罡终于绷不住了，扑哧一声笑了出来："有意思！"

072

从林七夜抵达集训营的第二天开始，入营的新兵就逐渐多了起来，原本空荡荡的宿舍楼，不知不觉已基本住满。等到第三天早上，林七夜就被走廊外的喧闹声吵醒，他坐起身，揉了揉惺忪的双眼。

"嗯？傻胖子起这么早？"林七夜瞥到旁边猪圈般的床铺已经没人，有些诧异地扬了扬眉毛。看来这个百里胖胖确实不太一样。经过这两天的相处，林七夜也算是对这个百里胖胖有了初步的了解。他确实不属于那种嚣张跋扈的公子哥儿，反而好像很努力地隐藏自己的家世，伪装成一个"普通家庭"，只不过演技太过拙劣。本性不坏，就是有点儿缺心眼，这是林七夜对百里胖胖的初步评价。

林七夜不怕事，从某种程度上来说，甚至有些期待自己的舍友是个趾高气扬、动不动就找他碴儿的跋扈之人，这样自己就能名正言顺地揍他，然后霸占整个房间。偏偏百里胖胖是个人畜无害的傻胖子！这傻胖子每天乐呵呵地跟他相处，动不动就送个礼物，说话也很客气，林七夜就感觉自己是一拳打到了棉花上——揍他吧良心上过不去，不揍他吧当他半夜偷偷把脚凑到自己脸上的时候，又实在忍不住。最可气的是，等林七夜被臭醒之后，百里胖胖还会诚恳地看着他的眼睛，七分期待、三分羞怯地来一句："七夜，你还没回答我，我的脚香不香？"幸好林七夜手边没有刀，不然这胖子绝对看不到第二天的太阳。

林七夜舒展了一下身体，将牙刷叼在嘴里，拿着空热水瓶准备出去洗漱，刚打开门，就看到乌泱乌泱一群人围在对面的宿舍楼前，人群中，一个浑身散发着珠光宝气的胖子正扯着嗓子大喊:"各位战友!我从老家给你们带了点儿特产,希望大家不要嫌弃,今后的一年里,还希望大家多多关照!哎,那边的兄弟,不要抢不要抢,人人都有哇!"

百里胖胖举起自己圆润的手臂,上面密密麻麻戴着十几块不同的名表,把手包得像木乃伊,简直贵气逼人,周围的新兵顿时轰动了。

"大家不要误会,我不是什么有钱人!我就是普通人家的孩子,我只想好好跟你们相处……"

"啪嗒——"

看着对面混乱的宿舍楼,林七夜震惊地张大了嘴巴,嘴里的牙刷掉在地上。

"这胖子究竟是什么来头?"他喃喃自语。就算是那些富家公子,也没有这么富的吧?整个新兵营两百多名新兵,人手一只名表,这是撒钱啊!

即便是整个宿舍楼都闹翻了,人群中依然有人不为所动。林七夜注意到,在同一楼层的楼道旁,一个少年正倚靠在墙边,冷漠地注视着这一切。他站在那儿,就像是站在了另一个世界,给人一种格格不入之感,仿佛在他的面前有一层无形的墙壁,将一切喧哗与吵闹隔绝在外,双眸平静如水。而在右侧的女生宿舍楼上,同样有个长发女生站在走廊上,眯眼望着人群中的百里胖胖,眼中满是鄙夷。越是观察,林七夜越是发现,隐藏在暗中观察着这场闹剧的人并不少,他们有的人表情淡漠,有的神情戏谑,有的鄙夷不齿,有的蠢蠢欲动……百里胖胖的这一手,在引爆了新兵宿舍气氛的同时,也暗中将一幅隐秘的画卷展现在林七夜眼前。

同样,在林七夜注意到他们的时候,他们也注意到了彼此。就在此时,洪教官带着几名教官杀气腾腾走进了宿舍区,抬头看向喧闹的宿舍楼,破口大骂:"都干什么呢?赶集呢?啊?要不要我请几个脱衣女郎来给你们跳支舞助助兴啊?!"

几声大吼在宿舍楼之间回荡,聚集在百里胖胖附近的新兵"哗"的一下散开了,只剩下百里胖胖抱着满怀的手表,悄悄向下望了一眼,默默趴在了地上,小声嘀咕:"看不见我看不见我看不见我……"

洪教官嘴角微微抽搐,板着脸继续喊道:"别以为集训还没正式开始,你们就可以放肆了!我告诉你们,进了那扇门,你们就是兵。兵,就要讲纪律!这是第一次,放你们一马!下次再让我发现谁聚众闹事!看老子操练不死你!"洪教官大吼一声,"听明白了吗?"

"听明白了!!"声音从三个宿舍楼传来。

洪教官的目光如刀,扫过三栋宿舍楼,随后缓缓开口:"今天下午两点,所有人训练场集合!"说完,他便转过身,和其他几名教官走出了宿舍楼的范围。

百里胖胖从走廊缝里向下看了一眼,匆匆忙忙站起身,抱着满怀的手表跑到林七夜的身边。

"吓死我了,幸好我躲得快,不然就被发现了!"百里胖胖摸着小心脏,后怕

- 181 -

地开口。

林七夜："……"

"唉，看来，剩下的这些礼物是送不出去了。"百里胖胖低头看着手里的表，叹了口气。

"你为什么这么执着于送礼？"林七夜忍不住问道。

"不送礼，怎么跟别人搞好关系呢？"百里胖胖理所当然地说道，"我爸都说了，这个世界上最讲究的就是人情世故。"

林七夜翻了个白眼："如果人情世故就是这个世界的全部，那这个社会就已经死了。"说完，他也不管百里胖胖有没有听懂，弯腰捡起了自己的牙刷，继续朝着热水房走去。只留下百里胖胖留在原地，茫然地挠了挠头。

下午，林七夜换好从补给站领到的军装，径直向训练场走去。百里胖胖一边试图将自己的屁股完整地塞到裤子里，一边匆匆忙忙跟上林七夜，时不时喊一声："七夜，你等等我啊！"

等到两人来到训练场，场上的人基本已经到齐了，只不过现在还没有编队列队，大家都是随意站队，看起来高矮胖瘦、参差不齐。

演武台上，二十多名教官昂首挺胸，整整齐齐站在那儿，身姿像是苍松般笔挺！站在最前方的总教官袁罡俯视着下方混乱的人群，双眸微微眯起。

073

"都给我站好！"袁罡身后的教官大吼！场内所有新兵顿时安静了下来，虽然队列依然歪歪扭扭，但至少能看出行列的雏形。

林七夜和百里胖胖来得比较晚，所以站在了队列的最后方，即便如此，依然能感受到来自演武台上众教官的威严。没有使用禁墟，没有动用武器，他们就这么站在那儿，那种气势就像雄浑的山岳，镇压在众人的胸口。这种气势，只能来自生死搏杀的磨炼，这是他们这群菜鸟所没有的。

袁罡沉默地注视着下方的众人许久，才缓缓开口，声音低沉而洪亮："我知道，你们都是来自整个大夏的天才，要么拥有常人梦寐以求的禁墟，要么拥有登峰造极的技艺，或许还有着惊世骇俗的背景。但，从你们踏入那扇门开始，你们就只有一个身份，那就是新兵！是菜鸟！不，现在你们连菜鸟都算不上，你就是废物，是垃圾！面对真正强大的神秘时，只会害死自己、连累队友的废物！要想真正成为守夜人，你们还差得远！！"

袁罡的声音越来越大，就像是雷鸣回荡在空旷的训练场上，林七夜的精神能清晰地感知到，周围大部分新兵的表情都冷了下来。有人傲然抬头，有人暗自冷笑，有人不屑一顾，有人低头沉思……

"怎么？你们不服？"袁罡将所有人的表情尽收眼底，扬了扬眉毛。没有人回答，但他们的答案都写在了脸上。

"你们是不是觉得，自己有强大的禁墟、有超凡的能力，前途无量？是不是觉得我之所以能站在这里训斥你们，不过是早生了几年，境界比你们高？是不是觉得我可以说你们弱，说你们境界低，但是不可以说你们是废物、是垃圾？"袁罡冷笑了两声，"放屁！我说得一点儿都没错，就按你们现在这个状态，就算是到了'克莱因'境界，也只是厉害一点儿的废物！遇到那些真正的强者，连一招都撑不下来！你们信不信？！"

许多人的呼吸粗重起来，死死盯着台上的袁罡，眼中仿佛有怒火燃烧。

"我不信！"就在这时，一个敞开着军装、将军帽反戴的年轻人慢悠悠地伸出手，嘴里还嚼着口香糖，脸上满是戏谑。

"新兵，你叫什么名字？"

"沈青竹。"

"好，还有谁不服？"

"我也不服！"

"我！"

"还有我！！"

"……"

有一个沈青竹带头，剩下不服的人越来越多，到最后整个队伍大约一半的人都举起了手。

后排，百里胖胖拱了拱林七夜："七夜，你呢？"

"我？我服。"

"为啥啊？"

"因为他说得没错。"林七夜的脑海中浮现出那场洗刷一切的大雨，那只雨中所向披靡的暗面王。还有二中里，那个站在黑暗中、智力超凡、暗自策划着一切的难陀蛇。

"他们没有接触过神秘，不知道那些到底是什么样的存在。"林七夜的眼睛微微眯起，"我敢保证，要是他们真的对上我遇见过的那两只神秘，这两百多人里能活下来的不超过十个。更何况在这个世界上，绝对还有更强、更变态的神秘存在。现在的我若是遇上它们，只怕怎么死的都不知道。"

"你见过神秘？很厉害吗？"

"很厉害。"

"好，你服我也服。"百里胖胖很没有原则地说道。

台上，袁罡的嘴角微微上扬，他点了点头，继续说道："好，既然你们这么

- 183

多人不服，那我就给你们一个机会，一个认清自己的机会。"说着，他掏出了对讲机，淡淡开口，"下场吧。"

"嘟——"对讲机的声音关闭，袁罡抬头看向蔚蓝的天空，似乎在等待着什么。台下的众人也抬头看去，却什么也没有发现，又等了片刻，就窃窃私语起来。

突然，人群中有人惊呼："你们看，有人从云上掉下来了！！"

众人猛地抬头！

林七夜望着天空，双眼微微眯起，只见湛蓝的天空上，七个黑点正在急速放大，过了几秒，众人才看出来那是七个人。七个披着灰色斗篷、身背黑匣、戴着不同面具的人。

他们从云巅坠落，身上没有佩戴任何防护，就这么自由落体，急速地向训练场逼近，狂风将他们的斗篷吹得猎猎作响！

"他们不会是跳机下来的吧？还没背降落伞！"站在林七夜旁边的百里胖胖惊呼出声。震惊的不仅是百里胖胖，其他人也都看傻眼了，嘈杂声越来越大。

台上，袁罡摸了摸自己的鼻子，小声嘀咕了一句："好家伙，我就随口一提，他们还真跳了，这也太敬业了。"

天空中，这七个人影急速下坠，杀鸡般的惨叫声回荡在空中，其中戴着旋涡面具的男人疯狂地扭动着自己的四肢。

"啊啊啊啊啊啊！救命啊啊啊啊啊！啊！！！"

"旋涡！你能不能安静点儿！老娘耳朵都要聋了！"戴着蔷薇面具的女人骂骂咧咧。

"我恐高！！！蔷薇！你别站着说话不腰疼！！"旋涡嗓子都喊哑了，"队长啊！袁罡那家伙说要跳机，咱就真跳啊？凭什么！"

在最下方，一个戴着"王"字面具的男人淡淡开口："听说这届新生很难吓唬，袁教官估计也是没办法了才找我们帮忙，这个忙我们得帮。"

"啊啊啊！！那我们要是摔死了怎么办？！"

"有我在，摔不死你的。"旁边戴着天平面具的男人翻了个白眼。

"你技术行不行啊？我最近吃胖了两斤，你能托住吗？"

"队长，我能让这家伙就这么摔死吗？"

"不行。"

"……"

"啊啊啊啊啊啊……"

"好了，安静！"王面看了眼下面，继续说道，"马上要落地了，叫太大声会让他们听到，很丢人的。"

"那……那我尽量叫得很小声。"旋涡捂住了嘴巴。

随着他们距离地面越来越近，众新兵终于看清楚了他们的装扮。

"是'假面'？！"

"四大特殊小队之一的'假面'？！"

"咝……"在众人的惊呼声中，眼看七人就要摔落在地，其中那位戴着天平面具的男人伸出两根手指，轻轻一晃，七人身上的重力瞬间消失，像是羽毛般轻轻飘落在地上。他们的脚尖在地面上一点，整个人就稳稳地站在那儿了，灰色的斗篷随风飘动，阳光下，七副截然不同的面具熠熠生辉。王面的目光从众人脸上扫过，淡淡开口："大家好，我们是'假面'……"

还没等王面说完，旋涡的双腿一软，扑通一声跪在了众新生面前。

旋涡："……"

"假面"众人："……"

众新兵："……"

074

现场突然陷入一片死寂，王面面具下的嘴角疯狂抽搐，蔷薇的拳头硬了起来，在场教官的脸色也都精彩至极！

唯有新兵们，呆呆地站在那儿，有些摸不着头脑。这是下跪吗？这是吗？不会吧？他在干什么？他们或许猜到发生了什么，却又根本不敢往那个方向去想，努力地给眼前看到的一切找一个合理的解释。拜托，这可是"假面"，怎么可能犯这么低级的错误？！所有人的目光都落在了旋涡的身上。

旋涡跪在那儿，花了一秒钟的时间认清了现实，犹豫片刻，然后缓慢地抬起双手对着众新生拱了拱手："'假面'小队旋涡，给各位拜个早年！"说完，他噌的一下站起来，傲然挺立，假装什么都没有发生过。

林七夜："……"

百里胖胖想了想，很认真地凑到林七夜的耳边："七夜，你说这教官是不是预算不足，请不到真的'假面'小队，就找了个高仿？"

"应该不是。"林七夜的目光落在七人最前方的王面身上，脸色逐渐严肃。林七夜能感觉到，台上的这个男人，散发着一股淡淡的神威。其他人或许察觉不到，但林七夜可以。因为他们都是神明代理人。与此同时，台上的王面似乎也察觉到了林七夜的存在，两人的目光碰撞在了一起。片刻之后，王面挪开了目光，缓缓开口说完刚刚的台词："我们是'假面'特殊小队。"

众人倒吸一口凉气！

袁罡嘴角微微上扬，声音再度回荡在训练场中："既然你们不服，我就给你们一个机会，一个认清自己的机会，一个真正接触到顶尖天才的机会！现在是下午两点，在晚上九点之前，你们这所有的239名新兵，无论用什么手段，只要能揭下'假面'小队中任意一人的面具，就算你们赢！如果你们赢了，就证明你们确实很牛，这一年的集训也就没必要进行，我明天就申请让你们结业！如果九点前，没有人做到的话，就都给我把你们那些可笑的骄傲与自负丢进茅厕里。无论集训中我们提出什么样的要求，你们都必须执行。听懂了吗？"

听到袁罡这段话，在场的众新兵顿时炸开了锅。很快，就有人抗议："这不公平！他们基本都是'川'境或者'海'境的强者，而我们都是'盎'境，这怎么打？"

"在这场对战中，'假面'小队全员都会将自身的境界压制到'盎'境，同样的境界下，239人对战7人，你们不敢？！"

全场哗然！大家都是"盎"境，自然就没有了根本意义上的强弱之分，剩下的无非就是战术配合、战略以及战斗素养，就算"假面"小队的成员都是成名多年的强者，但他们足足有239个人，堆也能堆死他们吧？！众新兵的呼吸顿时急促起来！光是这悬殊的人数，就没道理会输。要是赢了，不仅可以省掉这一年的集训，也是狠狠给自己长了一波脸！

"好！！"

"我同意！"

"一言为定！！"

"……"

新兵的气氛顿时被点燃，死死地盯着台上的七个灰衣人影，目光灼灼。似乎感受到了他们的昂扬战意，王面眯了眯眼，幽幽开口："对付你们根本不需要七个人，我们，只需要五个人就能干翻你们全部！"

这句话一出，新兵们的情绪再度被引爆，他们激烈地回应王面的挑衅，整个场面乱作一团。

"他们这么嚣张？"百里胖胖诧异地开口。

"他们不是嚣张，正好相反，他们是追求稳妥。"林七夜摇了摇头。

百里胖胖一愣："只出五个人就要干翻我们全部，这还不嚣张？"

"这场对战的规则是，揭下他们任意一人的面具就算赢，所以他们上场的人越多，输的可能性反而越大。"林七夜见百里胖胖还没明白，继续说道，"一支小队七个人，必定各有所长，也有所短。一旦这个短板暴露，在239个人集体围攻下，短板被击破的可能性就很大。如果一开始就将所有短板留在场外，就不会有这个问题。"

"你是说，他们担心有的队员不擅长战斗，所以索性直接不让他们上场，这样他们就没有弱点了？"

"是这个道理。"

"那这么看来，他们其实是忌惮我们的，我们赢的机会不小？"

"未必。"林七夜瞥了眼前面激动的人群，淡淡开口，"虽然从人数上我们占优势，但都是一群没有配合的乌合之众，这种情况下，人数反而成了我们的劣势。假面的五人是一柄尖锐的利刃，而我们这239个人，只是一盘散沙。"

"好吧。"百里胖胖叹了口气。

"能不能赢得了'假面'，不在于我们有多少人，而在于我们有多少聪明人。"林七夜的目光从周围的新兵身上扫过。

袁罡见下面众人的气势已经积蓄完毕，开口说道："你们所需要的武器，在仓库里都能找到，接下来的七个小时只属于你们！不要在意损毁多少设施、打坏多少建筑，无论你们把这里闹成什么模样，我们都能复原。接下来，就让我见识一下你们的能耐吧。"袁罡说完最后一句话，便带着众教官转身离开。

"还是按原计划，我、旋涡、蔷薇、天平、月鬼五个人上，你们回去休息吧。"王面转身对另外两名成员说了两句，他们便跟着教官离开了。

最终，整个场地里只剩下239名新兵以及假面的五名成员，气氛顿时紧张起来。

所有新兵都不怀好意地看向台上的五名假面，人群中，有人伸出手问道："请问，我们什么时候可以开始？"

天平微微一笑，伸出一根手指，朝着人群遥遥点去。下一刻，那提问者就如同被一柄无形巨锤撞在胸口，猛地吐出一口鲜血，倒飞出去。骚乱中，王面幽幽开口："刚刚教官说得还不够明确吗？从两点到九点，也就是说，现在已经开始了。"

075

王面话音刚刚落下，十数名新兵立刻冲了上去，火焰、冰霜、狂风、激光……形形色色的攻击蜂拥而至！训练场的气氛如同一个点燃了引线的火药桶，轰然爆发。百里胖胖大喊两声，迈步就要往上冲。林七夜一把拽住他，二话不说，扭头就往训练场外面狂奔！

"七夜，你干吗啊？咱得上啊！"

"现在上是去找死吗？"林七夜边跑边喊道，"现在上，你有武器吗？我们的武器在进入集训营的时候就被收走了，但是'假面'小队的五个人现在可都是全副武装！你拿头跟人家打吗？"

百里胖胖一愣，下意识地摸了摸自己的衣服口袋："其实……"

"再说，特殊小队之所以被称为特殊小队，就是因为他们的战力远超其他人，在不知道他们的禁墟能力和所擅长的战斗方式的情况下，贸然往前冲就是送死！"

林七夜回头看去，似乎正是为了印证他的想法，演武台上异变突生。一个深紫色的旋涡突然在半空中绽开，横在"假面"众人的身前，硬生生吸走了所有的攻击！下一刻，一柄粉色的大锤凭空出现，足足有两层楼那么高，卷起呼啸的狂风,硬生生把半空中的新兵全部砸飞!这时候,大部分新兵已经意识到事情不妙,再转身想要离开,已经来不及了。旋涡手指轻轻一弹,那紫色旋涡再度出现在众人头顶。

"现在才跑?晚啦!"旋涡轻蔑一笑。

之前被紫色旋涡卷走的火焰、冰霜之类的攻击喷射而出,像是雨点般从空中落下,一连串的爆炸在演武台上爆发。炽热的火焰与浓烟滚滚升起,跟在林七夜后面的百里胖胖咽了口唾沫,后背惊出了一身冷汗。

"这……这是'盏'境该有的战斗力?要是他们发挥全部力量,那该有多强?"

"要不然人家怎么是特殊小队?"林七夜叹了口气,"开场才不到一分钟,就损失了近一半的人,麻烦了。"

聪明人不止林七夜一个,当林七夜带着百里胖胖率先冲出来的时候,很多人便反应过来,同样往外狂奔,这才幸免于难。要不是林七夜带了个好头,现在出局的人数只会更多。滚滚浓烟中,五位披着灰色斗篷的身影缓缓走出,旋涡低头看了眼周围不省人事的新兵,咧了咧嘴:"一群傻瓜,看来赢下这场闹剧,是十拿九稳了。"

"定论不要下得太早。"王面平静地看着远处逐渐消失的新兵们,转头对戴着月牙假面的男人说道,"接下来,他们的目标一定是仓库。月鬼,你先去堵门,我们从外围包抄。"

"好。"月鬼身形一晃,便消失在了原地。

集训营地下基地。

众教官坐在一面面屏幕前面,每人手里都拿着一沓资料,微微摇头。

"这才一个照面就出局了九十多个,看来我们是高估他们了。"

"归根结底,还是'假面'太强了。"另一个教官叹了口气,"让一支曾经斩杀过'无量'境神秘的顶尖小队来镇场子,对新兵来说完全是降维打击。"

"话不能这么说,他们也把力量压制到了'盏'境,不算欺负人吧?"

"但他们的经验和默契,是这群新兵蛋子望尘莫及的,而且他们中可是有三个超高危禁墟,还有那位神明的代理人。"

"也是。"

"不用太悲观。"就在众教官讨论之际,袁罡缓缓开口,"新兵看似损失惨重,其实真正有希望与'假面'抗衡的那几个人都逃脱了,扫清一些搅乱节奏的家伙,对他们来说或许是件好事。"

旁边的教官一愣:"首长,听你的意思,你还真希望新兵蛋子们能赢?"

"不,有那家伙在,他们赢不了的。"袁罡摇了摇头,"我只是期待看到一场精彩的战斗。"

"七夜，你跑慢点儿！我跟不上啊！"百里胖胖被林七夜拽着，跑得大汗淋漓，连气都快喘不上来了。

林七夜眉头一挑，直接松开了手："那你就生死由命吧，我先走一步！"眼看着林七夜就这么干脆地把他抛在一旁，百里胖胖先是一愣，然后使出吃奶的力气撒丫子追了上去。

"不……不行啊！我一个人落单肯定会被追上。七夜、七夜兄，你等等我咩！"终于，百里胖胖连滚带爬地跟着林七夜来到仓库门口，看着紧闭的大门，突然一愣。

"这门怎么关着？不是让我们自己来拿武器吗？！"

林七夜的眉头微皱："让我们来拿，没说开着门让我们来领……"

"那我们还得把这门破开？"百里胖胖上前敲了敲，"这是什么材料？好像还挺结实。"

林七夜绕着仓库走了一圈，脸色有些难看，他转头看向百里胖胖："你的禁墟是什么？"

"我？我没禁墟啊！"百里胖胖理直气壮地回答。

林七夜："……"

这胖子到底是怎么混进守夜人的？

"麻烦了。"林七夜叹了口气，"我的禁墟没有大规模的破坏能力，打不开这扇门。"

百里胖胖挠了挠头："哦，就这事儿啊，其实我……"

"闪开。"就在百里胖胖准备说些什么的时候，一个清冷的女声从后方传来，百里胖胖一愣，转头望去，只见一个身材高挑的女人正站在他的身后，长发鲜红如火，自然垂至腰间，即便是朴素的新兵军装，也无法掩盖其曼妙的身姿。她瞥了百里胖胖一眼，冷哼一声，径直走到仓库的大门前。

"你是……"林七夜的眼睛微微眯起。他记得这个女人，今早百里胖胖在对面宿舍楼搞事情的时候，她就站在女生宿舍走廊上，鄙夷地看着这一切，后来他们还对视了一眼，林七夜现在还记得那充满侵略性的目光。

"莫莉。"她淡淡地回了一句，伸出那双白皙的手掌，轻轻贴在了仓库大门的表面。下一刻，整座仓库都剧烈震颤起来！！

076

"咔咔咔——"

在莫莉的手掌触碰到仓库大门的瞬间，金属材质的大门顿时以肉眼难以捕捉的频率震动起来，尖锐的嗡鸣从门内传出！下一刻，数道恐怖的沟壑便出现在了大门的表面。莫莉收回手掌，反身一记飞腿蹬在门上，残破的大门便碎成数段，轰然倒塌！烟尘中，莫莉拍了拍手上的灰尘，面无表情地走进仓库。

"好强的破坏力。"林七夜的目光落在满地的金属碎块上，摸着下巴喃喃自语。

门外，百里胖胖眼睛紧紧盯着莫莉的背影，咽了口唾沫。

"你怎么了？"林七夜见他表情古怪，疑惑地问道。

"七夜，"百里胖胖凑到林七夜耳边，小声说道，"你觉不觉得她很帅啊？"

林七夜翻了个白眼，根本没有和百里胖胖继续讨论的意思，径直走到了仓库的武器架上，随手挑了一柄制式直刀。在来集训营之前，陈牧野就说过集训营内非必要情况，不得带兵器进入，所以事先将赵空城的刀放在红缨的宅子里。好在这种守夜人统一制式装备，在仓库里要多少有多少。林七夜一边拿着刀，一边用精神力注意着莫莉的举动。出乎意料地，这个女人看都没看两边武器架上的刀枪剑戟一眼，径直走到了仓库的最深处，从旮旯角掏出一柄巨大的太刀，背在了自己身上，转身就往仓库外走去。

"太刀这种武器可不常见。"在她经过林七夜身边的时候，林七夜平静地开口。

莫莉的脚步一顿，瞥了林七夜一眼："我喜欢这个，有什么问题吗？"

林七夜转过身，看着莫莉的眼睛，伸出右手："我叫林七夜。"

"哦。"莫莉淡淡回了一句，丝毫没有和林七夜握手的意思。

林七夜的眼睛微微眯起。

"超高危禁墟？"

"我为什么要告诉你？"

"你不想赢吗？"

"告诉你就能赢？你以为自己是谁？"

"'假面'的五个人中，至少有三个超高危级禁墟，而且相互之间的配合极为密切。如果我们这里的超高危级不团结起来，根本没有丝毫胜算。"林七夜平静地说道。

莫莉眉头微皱，诧异地看向林七夜："你也是超高危？"

"不是。"林七夜摇了摇头，正当莫莉掉头准备离开的时候，他又缓缓开口，"我是炽天使的代理人。"

莫莉的脚步猛地一顿，她扭过头，眸中满是震惊："你是神明代理人？"

"没错。"

莫莉仔细打量了林七夜一番，犹豫片刻，缓缓开口："禁墟序列076，'万象频动'，能在禁墟范围内控制一切与我直接或者间接接触的物体震动频率。"

林七夜的眉头上扬，很快就联想到了刚刚她轻易破开大门的一幕，微微点头："很强，难怪你要使用太刀。"

就在两人对话的时候，百里胖胖匆匆跑来，轻咳两声，郑重地对莫莉伸出了手:"你好,莫莉小姐,我叫百里涂明,出生于广深市一个普通家庭……"

莫莉眉头突然皱起,厌恶地看了百里胖胖一眼,冷哼一声,转身便往仓库外走去:"我最讨厌的就是你们这种有钱人,我警告你,离我远点儿!"

百里胖胖一愣,连忙开口:"不是,我不是有钱人啊!我真的来自普通家庭。"

"你的武器呢?"林七夜见百里胖胖手中空空的,疑惑地开口。

"我什么武器都不会用啊,就没拿。"

林七夜沉默片刻,拍了拍他的肩膀:"这样吧,我给你个建议,你找个没人的地方躲起来,等对战结束再出来,省得挨揍。"

百里胖胖毅然决然地摇头:"不行!我不当缩头乌龟!我要战斗!"

林七夜摇了摇头,径直向仓库外走去:"随你吧,你开心就好。"

此时,来仓库拿装备的新兵越来越多,林七夜和百里胖胖走出仓库的大门,只见身背太刀的莫莉正靠在墙边,似乎在等待着什么。

"你在等什么?"林七夜走到她的身边,问道。

"等你。"莫莉平静地开口,"如果我没猜错的话,还有一个人也是超高危。"

"谁?"

"刚刚在总教官说话的时候,第一个站出来反对的男人,你还有印象吗?"

"你是说那个反戴军帽,军装敞开,嘴里嚼着口香糖看起来很拽的那个?"百里胖胖回忆了一会儿,插嘴道。

"我记得他。"林七夜同样点头。

"如果能把他……"

"锵——"

莫莉的话还没说完,林七夜的瞳孔骤然收缩,闪电般地拔出直刀,斩向莫莉的背后!

"当——"

一声清脆的碰撞声传来,莫莉反应极为迅速,飞速前翻,站起,右手握在了身后的太刀刀柄上。只见虚无中,一柄短剑模糊闪动,而林七夜的直刀死死地抵住了短剑的剑锋,他的双眸注视着前方的虚无,表情逐渐凝重起来。虚无中,一个戴着月牙面具的男人悄然浮现。他反握短剑,诧异地看着林七夜:"你能看到我?"

"侥幸可以。"林七夜淡淡回答。

月鬼注视着林七夜的眼睛,片刻之后,恍然大悟说道:"我知道了,你就是那个炽天使的代理人,你身上的气息和队长很像。"

林七夜背后,莫莉的表情十分愠怒,刚刚若不是林七夜出手帮她挡住刺杀,现在她估计已经不明不白地出局了。想到这儿,她就怒由心生,猛地拔出了背后的太刀,刀身以一种恐怖的频率颤动起来!林七夜手中的直刀荡开月鬼的短剑,想也不想,猛地向后跳开。下一刻,莫莉手中的太刀挥下。

"轰——"

太刀前方的空气剧烈颤动起来，紧接着一股恐怖的震动刀刃，以空气为媒介，飞射而出，斩裂大地表面的同时径直撞到了仓库的墙壁，直接轰出了一个狰狞的刀痕。

滚滚烟尘扑面而来，在那裂纹之上，月鬼静静地站在那儿，右臂已然消失不见。"果然是危险的禁墟呢。"月鬼淡淡开口，朦胧的月光在空中涌动，很快就凝结成了一只手臂。

077

莫莉扛着太刀，看向月鬼的眼中满是震惊："这怎么可能？这是再生？"

"不是，在刀刃触碰到他身体的瞬间，他的半边身体分解成了月光，避开了你的攻击。"林七夜用精神力将刚刚发生的一切看得一清二楚，皱眉回答道。

"棘手的禁墟。"

"现在似乎只来了他一个。"林七夜的目光从周围扫过，眼神越来越亮，"这是一个机会！只要能揭下他的面具，我们就赢了！"

听到林七夜的这句话，莫莉的目光顿时火热起来，还有刚刚从仓库里拿了武器出来的数十名新兵，齐刷刷地看向孤零零的月鬼，这是一个落单的"假面"成员！月鬼察觉到周围投来的不怀好意的目光，嘴角微微抽搐："这和我想象中的不一样啊。"

照月鬼原来的设想，他应该在仓库里徘徊，像是一只黑暗中的鬼魅，悄然收割新兵才是。

怎么就这么暴露了？！

就在此时，百里胖胖大手一挥，指着月鬼，大喊道："兄弟们，干他！"话音落下，周围的新兵们一拥而上，各种武器和禁墟齐刷刷亮出，声势浩大！

月鬼暗骂一声，身形突然模糊，消散在了空气中。失去了目标的众新兵都是一愣，茫然地四下张望起来。林七夜动了，他闪电般地冲向旁边的一片虚无，双眸灼灼，手中的直刀飞速地斩向空气。下一刻一柄短剑显现而出，挡住了直刀，月鬼被迫露出身形，看向林七夜的目光满是无奈："兄弟，不用这么搞我吧？"

林七夜微微一笑，双眸中突然爆发出刺目的金色光芒，一股澎湃的神威从他身上爆发而出，直冲月鬼的心神！然而，月鬼虽然将自身的境界压制到了"盏"境，但本质上还是"川"境的体魄，炽天使的神威对他的效果并不明显。

"神明威压？'盏'境就有如此威力，这就是炽天使吗？"月鬼只是微微失神，很快便反应过来，手中的短剑飞速舞动，与林七夜的直刀碰撞在一起。

"当当当——"

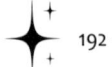

连续数道火花溅出，这一刀一剑的速度都快得惊人，但几秒之后，林七夜就感受到了莫大的压力。月鬼毕竟是"假面"的成员，剑技可不是闹着玩的，而林七夜学刀才学了多久，两人这么一交手，林七夜顿时落了下风。好在他不是一个人在战斗，林七夜拖住月鬼的这几秒钟，新兵们又再度包围上来，彻底封死了月鬼的所有退路，开始了不讲道理的群殴！在雨点般密集的攻击中，月鬼只能凭借自己月光化的能力，以及丰富的战斗经验勉强支撑，好在他还能将自身的面具一同月光化，否则面具早就被接连的爆炸轰碎了。

"那四个家伙人呢？！说好的打团！怎么变成我一个挑一群了！"人群中，月鬼狼狈地躲避着众人的攻击，骂骂咧咧地开口。话音刚落，一个人影就悄然出现在东边的房屋之上。那是个戴着天平面具的男人，几乎在他出现的瞬间，林七夜就注意到了他，脸色凝重起来。屋顶，天平默默地注视着下方混乱的战场，双手轻轻一拍，低声自语："力场转换。"

紧接着，众人附近散落在地的金属残片、碎渣、武器、墙砖统统飘浮起来，像一只巨碗扣在众人头顶，似乎随时可以射出！

"重力加倍。"天平的双手再度一拍，被各种碎片包围的众人只觉得身子突然一沉，险些栽倒在地，在这沉重的压迫下，移动速度顿时减缓了许多。

人群中，月鬼终于松了口气："再来晚几分钟，我就真的栽了！"

"饭桶月鬼，怎么这么菜？"南面的路上，旋涡不紧不慢地走过来，轻佻地开口。紧接着，蔷薇出现在西面的道路上，手中的一柄小锤轻轻一晃，急速放大，刹那间就有三层楼高。这一锤子下去，几乎可以直接将仓库砸得稀烂。北边，王面双手插兜，不知何时站在了那里。

他的目光扫过在场的几十名新兵，平静地开口："很遗憾，你们被我们包围了。"

包围？五个人，包围了近四十个人？虽然看起来很扯淡，但现场的所有新兵没有人觉得这是一个笑话。他们真的被包围了，人群中，林七夜的目光逐渐凝重起来。

"现在怎么办？"莫莉扛着太刀，脸色同样难看，"跟他们拼了？"

"就凭我们这些人，拼不过的。"林七夜摇了摇头，大脑飞速运转。他微微转过头，目光穿过半边塌陷的仓库，落在了南边仓库旁的旋涡身上。

"一会儿，看我行动。"林七夜压低声音。莫莉和百里胖胖目光同时一凝，微微点头。"他们只有四个人，封锁了四个方向，我们只要齐心协力向一个方向突围，闯过去的可能性很大。"林七夜的声音高了些许，让在场的所有新兵都听得清楚。

"一会儿，那个天平动手的时候，我们就集体朝着西边的女人那里冲！"众新兵的目光闪烁，没有说话，但心中已经有数。

端坐在屋顶上的天平手指轻轻一挥："落。"

刹那间，包围在众人头顶的金属碎片和建筑残渣骤然落下，森然的尖锐棱角闪闪发光！几乎同时，大部分新兵扛着双倍的重力，拔腿就往蔷薇的方向跑，而莫莉眼中寒芒一闪，手中的太刀再度震颤起来。她低吼一声，挥刀向天。一道雄浑的无形震纹从刀身扩散而出，重重地撞在了落下的漫天锋锐上，竟然硬生生地将它们轰成碎渣，从另一侧零散落下。

与此同时，手握三层楼高的巨锤的蔷薇眉头一挑，看着乌泱乌泱冲来的一大群人，冷笑起来。

"找死！"

"轰——"

她手上锤子的尺寸再度暴涨，几乎变成了一整栋居民楼大小。如此恐怖的尺寸却被她轻松举起，卷着风，朝着一脸发蒙的众新兵轰然砸下，遮天蔽日！

078

蔷薇的锤子很吓人，但新兵们也不是吃素的，在锤子即将砸在他们身上的瞬间，几道光芒突然爆出，与巨锤碰撞在一起，死死地顶住了锤子的底面。嗡鸣的爆炸声从两者碰撞之处传来，狂风席卷。这两股力量僵持在一起，一时间竟然不相上下。就在此时，另外四名假面队员动了，他们急速地向西面跑去，包围圈正在急速缩小。

"跑！"站在最后面的林七夜突然低吼一声，不管前方混乱的战场，扭头就往南面跑去！

而莫莉和百里胖胖都还专注于眼前的大战，听到林七夜喊话先是一愣，然后反应过来，紧跟着林七夜向南面突围！

"队长，有几个人反身往南面跑了！"天平看着这一幕，微微一怔。

王面只是略作犹豫，就开口说道："先把眼前这几十名新兵送出局，南面那里旋涡先拖一下。"

"收到！"旋涡猛地掉转方向，向正在朝南面突围的三人追去。这时候也有别的新兵反应过来，学着林七夜趁乱朝其他方向突围，可惜这时候包围圈已经彻底形成，刚刚跑到一半就被"假面"小队的其他队员直接送出局。林七夜的脚下没有丝毫停滞，径直冲进了已经塌陷半边的仓库，百里胖胖和莫莉也紧随其后。旋涡身形闪烁，很快便来到了仓库门前，以惊人的速度朝着他们接近。

"哗——"

就在旋涡进入仓库的瞬间，一辆推车突兀地朝着他滑来。旋涡先是一怔，下意识地错身闪开推车，下一刻，一颗圆滚滚的东西轻轻从顶端落下，精准地掉入推车中。旋涡抬头，只见林七夜正站在房梁上，微微一笑，然后转身跳到了附近的武器架上，飞快地跑开。旋涡低头看去，借着门外微弱的光线，看清了推车里的东西。那是一整车摆放整齐的炸药包，而在炸药包的上面，是一枚倒计时仅剩两秒的炸弹。旋涡的瞳孔骤然收缩，"轰——"刺目的火光混杂着滚滚浓烟，将剩下的半个仓库直接炸飞，嗡鸣的爆炸声响彻整个训练基地。伴随着整车炸药包的引爆，仓库里的其他手雷、雷管、火药也统统爆炸，来了一次惊天动地的二次爆炸，刚刚淘汰了几十名新兵的"假面"小队众人脸色同时一变！火焰如柱，浓烟滚滚。"假面"小队的四个人飞快地跑到仓库残骸前，脸色十分凝重。

火焰中，一个狼狈的人影跟跄着从废墟中走出，众人这才松了一口气。

狼狈不堪的旋涡剧烈咳嗽了几声，一屁股坐在地上，骂骂咧咧地开口："这小子心真黑！要不是老子反应快，及时张开了吞噬旋涡，这下估计直接没了！"他摸了摸脸上的面具，已经被炙烤得不成样子，上面还有一道道细密的裂纹，只怕再用一点儿力，就要从中裂开。

"还好……还好，面具还在，没翻车！"

"旋涡，你太大意了。"天平叹了口气。

"这……这能怪我吗！"旋涡弱弱地开口。

一旁的月鬼耸了耸肩，说道："刚刚就想提醒你们，那个炽天使的代理人不好对付，没想到咱们布下这么严密的局，都被他硬生生闯出去了。"

王面沉默地看着林七夜三人离去的方向，目光闪动："不愧是代理人，果然非同一般。"

旋涡挠了挠头："队长，你是在夸自己吗？"

"……"

林七夜回头看了眼火光冲天的仓库，平静地开口："安全了，他们没追上来。"

百里胖胖大口大口地喘着粗气："七夜，你下手这么狠，他不会直接被炸死了吧？"

"要是这样就没了，那他就不可能进入特殊小队。"林七夜摇了摇头，有些遗憾地开口，"可惜，似乎这一下还是没能炸掉他的面具，不然我们已经赢了。"

"就这么抛下其他人，是不是不太好？"莫莉背着太刀，看向林七夜。

"他们本来就逃不掉的。"林七夜平静地开口，"他们的目标太大了，我们之所以能突围出来，是因为我们只有三个人，而'假面'的人在三个人和四十多个人之间，选择了围攻多数人。一旦我们突围的人数再多一些，他们必然会掉转主力来拦截我们，到那时我们就无法离开。说到底，我们只是利用了自身与他们的价值差，逼'假面'小队做了一个选择，如果我们硬着头皮和其他人一起突围，反而一个人都逃不出去。"

莫莉沉默不语。

"那我们接下来怎么办？"百里胖胖问道。

"事情发展到现在，新兵里愚蠢的家伙应该都已经出局，剩下的新兵多半相互之间已经分割成了一个个小团体，分散在集训营的各个角落，试着找机会干掉'假面'小队。"林七夜蹲下身，用手边的树枝在地上写写画画。

"到现在为止，还在场上的新兵有 100 人左右，去掉一些失去斗志、躲在角落里等待对战结束的人，实际战力应该有 90 人。无论是从正面还是偷袭，想要干翻'假面'小队，至少要 10 个人同时出手。假设这 90 个人已经被划分为四到八组，分布在学校的各个角落……"林七夜在地上简单地画了一幅集训营地图，将其中几个地方勾起，"如果我是'假面'小队，一定会抓紧时间将这些小团体各个击破。如果我没猜错的话，接下来应该是耗费大量时间的据点战以及车轮战。要进行据点战的话，集训营能够埋伏的地方并不多，食堂、教室、宿舍楼、战术研究室……我猜测，接下来'假面'小队要去的，应该是宿舍楼。"林七夜在宿舍楼的位置画了个五角星。

"为什么？"百里胖胖无法理解。

"所有的这些地点中，只有宿舍楼的面积最大、埋伏点最多、隐蔽性最高。我猜，那里一定有不止一个新兵团体在埋伏！而'假面'小队考虑到拖得时间太长，自身的精神力会因为车轮战而损耗，他们必然会在一开始就选择最难啃的那块骨头。所以，他们很可能会直接去打宿舍楼！"林七夜眼中光芒闪动，他猛地抬起头，看到百里胖胖和莫莉都用异样的眼神看着他。

"怎么了？我的推理哪里有问题吗？"林七夜疑惑不已。

百里胖胖和莫莉看着林七夜，缓缓开口："变态。"

079

"宿舍楼？为什么要先去那儿？"旋涡一愣，摸了摸自己的肚子，"我想先去食堂干饭。"

"现在食堂不提供饭菜。"天平翻了个白眼，"我已经说得很清楚了，人数是我们的劣势，境界被压制到'盏'境的我们不具备应对车轮战的能力，所以必须一开始就去除最大的威胁！"

"哦，那打完宿舍楼，可以去食堂干饭了吗？"

"……"

"就按天平的计划来，先打宿舍楼。"王面缓缓开口，"一定要小心，现在那里应该已经变成了他们的主场，不要阴沟里翻船。"

"是！"

地下基地。

"这个林七夜可以啊，这样都能突围，还差点儿炸掉了旋涡的面具。"一名教官感慨道。

"毕竟没两把刷子，怎么当代理人？"

"他的近战能力很强，但是到现在都没有显露出炽天使的特性啊？那可是序列003的'凡尘神域'，如果他刚刚施展的话，不用引爆炸药应该也能闯出去吧？"

"情报上显示，他的神墟似乎并不完全。"

"光凭他恐怖的推理能力和近战水准，也足以位列整个新兵营里潜力最高的那一批人了。"

"我倒是很好奇，他跟王面交手的时候，会是怎样的一幅场景？"

袁罡注视着屏幕，指关节有节奏地敲击着桌面，似乎在思考着什么。

"首长，你在看什么？"

袁罡伸出手，指向屏幕中某个抱着刀坐在角落、闭目养神的少年。

"看他。"

"他？"那教官挠了挠头，"我记得他从对战开始就一直坐在那儿吧？他有什么特殊的吗？"

袁罡将手中的资料丢在桌上："你们看看吧。"旁边的几位教官拿起资料，眼睛越瞪越大，最后倒吸一口凉气！

"他就是……"

"曹渊，你怎么一直坐在这儿？来跟我们聊聊一会儿的战术吧！"一个年轻人推开宿舍门，看着这名独自坐在角落的少年，叹了口气。曹渊缓缓睁开眼睛，平静地开口："你们聊吧，不用带我。"

"不是，曹渊，你就不想赢过'假面'，直接结束集训吗？就在这儿干坐着，也太消极了吧？"年轻人一副恨铁不成钢的表情，"一会儿'假面'小队杀上来，你就这么坐着等他们把你淘汰出局吗？"

"对。"

"……"

年轻人见根本无法和他交流，索性直接关上了房门，转身朝走廊走去。

"沈哥，他还是不肯过来。"楼道中，十几名新兵聚集在一起，最中央站着的，正是那名反戴军帽、嚼着口香糖的另一名超高危禁墟拥有者。沈青竹摆了摆手，不屑地开口："那就别管他，又是个胆小怕事的懦夫，就算叫来了多半也没什么作用。"

"沈哥，那我们接下来怎么办？"

"就在这儿埋伏，一会儿'假面'小队的那帮人来了之后，等对面楼的那群人先动手消耗，然后我们再出其不意，一举击溃'假面'小队！"

"好！"

"嗯！"

"说得对！"

"傻瓜。"

"妙啊！"

一连串的应和声中，似乎混入了什么奇怪的声音。众人微微一愣，转头望去，不知何时在他们的身后，站着一个手握短剑、戴着月牙面具的男人，月鬼面具下的嘴角微微上扬。

"你……"

砰砰——月鬼闪电般出手，用短剑的剑柄接连敲晕了两名新兵，算是出局。紧接着其他人终于反应过来，同时拔刀砍去！还没等刀落在月鬼的身上，后者的身形就一阵模糊，彻底消失在众人的视野中。

"他能隐身！"

"都小心！"

新兵们反应过来，接连大喊！

沈青竹的脸色阴沉无比，他飞快地抬起手，打了个响指。

"啪——"

刹那间，方圆十米的范围内，所有的气体都被抽离，形成了一片真空区域。而围在沈青竹周围的其他新兵，双眸突然收缩，死死地抓着自己的咽喉，表情极度扭曲起来。他们痛苦地匍匐在地，试图向远处爬行，但当他们触碰到真空区域边缘的时候，似乎又有一道无形的气墙将他们阻隔，根本无法逃出。

沈青竹表情冷漠，直接无视了同伴的痛苦，目光扫过周围："我知道你听不到我的声音，但你应该能看懂我的口型。真空环境下，人类并不会马上死亡，当外界的气体压力消失后，人体内的气体便会膨胀，从口鼻、肛门排出，一点儿一点儿被榨干。同时血管内的微气泡会膨胀，产生泡沫状血液堵塞血管，导致内出血。人类在真空环境下最多只能活16秒，现在已经过去了7秒。现在，你最好自己摘下面具，否则，我不介意把你和他们一起杀死在这里！"沈青竹的眼中杀意暴起，就在这时，一束剑芒突然出现在他的脖颈前！

沈青竹瞳孔骤缩，下意识地拔刀格挡，就在这时月鬼的身形浮现，猛地一脚踹在了他的胸口，将其直接踹飞！沈青竹的身形摔落在禁墟之外，这片空间内的气体再度回归，匍匐在地的新兵们猛地吸了一口气，剧烈地咳嗽起来。

"喀喀喀……你这个疯子！"月鬼手握短剑，死死地盯着沈青竹，目光森然，"一次对战，你竟然下如此狠手？"

沈青竹嘿嘿一笑，从地上爬起："不这样，怎么把你逼出来？现在，事情就好办了。"

"噗——"

沈青竹伸手在空气中一抓，周围的空气顿时急速向月鬼压缩，组成一个高压囚笼，在锁住月鬼的同时，不断向其体内压迫。月鬼眸中冷意爆闪，半边身体化作月光，硬生生穿过了空气囚笼，手中的短剑闪电般刺向沈青竹！沈青竹双手一拍，一堵气墙横在他的身前，同时身体迅速后退，拉着几名新兵的衣领，把他们全部抛到了身后的宿舍楼道中。

与此同时，月鬼的短剑几乎已经割开了气墙。沈青竹深吸一口气，用嘴里的口香糖吐出一个泡泡，吐向月鬼。下一刻，剧烈的爆炸声轰然响起！

080

"爆炸声？！"

另一座宿舍楼中，几名新兵猛地站起身，看向爆炸传来的方向，脸色一变。

"那边先遭遇了，我们要不要过去帮忙？"其中一人皱眉问道。

"你们还是先照顾好自己吧。"

一个声音从远处悠悠传来，紧接着，一个紫色的旋涡在楼下飞速成形。

"轰——"

刚刚在仓库被旋涡吸走的部分爆炸，又从这个旋涡中喷涌而出，携带着恐怖的弹片与火焰，刹那间便将半个宿舍楼炸成了碎渣。残破的废墟中，一个混凝土圆球缓缓绽开，十几名新兵从中飞射而出。

"我们被反包了，一起上！"为首的新兵大吼一声，手中的长刀绽放出红芒，拖着长长的曳尾朝旋涡冲去，身后五颜六色的攻击接踵而至！

"力场转换。"一声清脆的拍手声从远处传来，天平盘膝悬浮在空中，对着众人遥遥一指。众人身上的重力瞬间颠倒，只觉得自身突然一轻，便被一股力量拽着向天空飞去，整个攻击阵形瞬间崩溃。就在此时，一道巨大的锤影从半空中呼啸而来。蔷薇同样悬浮在空中，手握大锤，大喊一声："走你！"

"砰——"

大锤直接将悬浮空中的十几位新兵砸飞，就算有凭借自身能力勉强躲开这一击的，也都被天平的力场禁锢，再被砸飞一次。从旋涡出场到现在，不过半分钟的工夫，这一支十几人的新兵小队就被团灭。

"轰——"

刺目的火光从另一栋宿舍楼再度爆出，天平带着蔷薇缓缓落下，同时转头望去。

"月鬼不就是去牵制一下另一拨人吗？怎么闹出这么大动静？"旋涡嘀咕了一句。一旁的王面眼睛微微眯起："看来月鬼那边遇到棘手的敌人了，我们也过去吧。"四人身形一晃，便朝着爆炸传来的方向闪去。等到他们离开，远处的林七夜缓缓放下了手中的望远镜，目光有些凝重。

-199

"果然，他们还是败了，而且根本没有还手之力。"莫莉平静地开口。

"现在的'假面'小队铁了心要打闪电战，在这么凌厉的攻势下，他们这群临时凑起来的小队是挡不住的。"林七夜摇了摇头。

"接下来呢？我们还是袖手旁观吗？"百里胖胖看向林七夜。

"不，现在我们必须出手了。"林七夜目光落在远处那座爆炸不断的宿舍楼上，"如果我猜得没错，现在和月鬼交手的就是另一个超高危，作为场上为数不多的能和'假面'抗衡的战力，不能让他就这么被淘汰。我们绕到'假面'的后面过去，有机会的话就配合那个超高危试着打一波，没机会的话就救人跑路，能救多少救多少。当然，前提是保证我们自己不会出局。"

"轰——"

一团刺目的火球在宿舍楼里爆开，崩碎了整个楼层的玻璃，一道模糊如月光的身影从废墟中闪出，一个年轻人紧随其后！

月鬼的双脚在墙体上轻轻一踏，整个人反身跃起，手中的短剑突然掷出，划过淡淡的残影，径直射向沈青竹的脖颈！沈青竹的瞳孔微缩，飞快地伸出两根手指一夹。周围的空气如同铁板一样凝固在他的身前，死死地卡住了近在咫尺的短剑，指尖微弹，就将短剑崩到了数十米之外。月鬼伸手在斗篷下一摸，又是两柄短剑入手，他正欲有所动作，沈青竹再度打了个响指。两人之间的气体急速压缩。与此同时，一丝电火花从沈青竹的戒指上迸出。

"轰——"

炽热的火焰轰然爆发，月鬼的身体再度月光化，身形晃动，后退了十几米。

"当空气中氧气和氮气的含量被压缩到一定比例，就会具备爆燃的条件，只要稍稍加入一些火花，就能引发爆炸。"沈青竹将手插进口袋，平静地说道，"我这种大范围无差别杀伤能力，是你的天敌。"

"但你只能调动周围半径十米范围内的空气，不是吗？"月鬼握着短剑，看着沈青竹的眼睛，"以你现在的境界，离大范围无差别杀伤还差十万八千里。"

沈青竹的眼神一凝，脸上浮现出一丝愠怒："对付你，足够了！"

两人同时向彼此冲去，就在此时，一柄大锤从天而降。沈青竹瞳孔骤然收缩，猛地停下脚步，双手虚托，向着径直朝他砸来的大锤轰去。他周围十米的空气被飞速压缩，凝聚成一堵空气墙，挡在他的头顶。

"当——"

一锤落下，以沈青竹为中心，周围的地面猛地下沉些许，沈青竹的脚下一条条龟裂沟痕飞速扩散。沈青竹闷哼一声，嘴角溢出一缕鲜血，身形微晃，踉跄地跌倒在地。空气墙寸寸破碎，而沈青竹头顶的那柄大锤迅速缩小，最后落回了蔷薇的手中，像是玩具般被她把玩起来。

"禁墟序列068，'气闽'，又是一个超高危禁墟。"天平缓步走在旋涡旁，淡淡开口，"难怪袁教官要我们出手，这确实很棘手。"

"据说这次新兵当中，除了代理人之外，还有三个超高危。刚刚那个拿太刀的女人、这个操控空气的男人，还有一个在哪儿？"旋涡四下张望起来。

"应该在附近埋伏，都小心些。"王面淡淡说道。

王面话音刚落，两侧宿舍楼的窗户突然爆碎，一支支黑洞洞的枪口从中探出，步枪、冲锋枪、狙击炮，还有数个榴弹发射器！走廊上，还站着二十多名新兵，指尖散发着各色光芒，神色不善地看着"假面"众人。与此同时，四名新兵的身影突然出现在两栋楼的后方，同时伸手按向地面。土墙、屏障、藤蔓、钢刺……一道道截然不同的墙壁从地面升起，死死地堵住了三人来时的路口，配合前方呈"品"字形分布的宿舍楼，彻底封死了"假面"小队所有的退路！

废墟中，沈青竹摇晃着站起身，伸手抹去了嘴角的鲜血，看着五人冷冷一笑："将军了，'假面'。"

081

"你们以为，我跟那个戴月亮面具的刺客缠斗这么久，是为了什么？"沈青竹眯眼看着眼前的"假面"小队，缓缓开口，"我承认，论正面战斗，我们这些新兵赢不了你们，但现在我们已经布好了天罗地网，在这里我们磨也能磨死你们！"

沈青竹的身影突然飞速后退，躲进了身后的宿舍楼，紧接着，一道沉重的空气墙就堵在了宿舍楼前，防止"假面"小队冲阵。

"有点儿难搞。"旋涡看着埋伏在四面八方的新兵，挠了挠头。

"50多个人吗，看来这里埋伏的果然不止两队人，基本上在场的新兵里，有一半都聚集过来了，真是大阵仗。"天平感慨道。说完，他转头看向王面："队长，这次你也该出手了吧？"王面静静地站在那儿，一言不发。

宿舍楼中。

沈青竹低头看着下方的五人，轻轻挥了挥手。

"动手。""嗒嗒嗒嗒嗒"——架在周围窗户上的枪支同时开火，漆黑的枪口喷吐着刺目的火焰，一发发子弹如同潮水般倾泻而出，朝着中央的五人射去。除了榴弹与子弹，具备攻击禁墟的新兵同时出手，狂暴的元素混杂着各种奇异的攻击，如同雨点般落下！旋涡深吸一口气，在众人的头顶张开一个巨型紫色旋涡，吞噬着所有攻击。

"他只有'盏'境，坚持不了多久的。"沈青竹低头看着这一幕，淡淡说道。果然，几秒钟后，众人头顶的紫色旋涡剧烈波动起来。

"队长，我要撑不住了！"旋涡脸色铁青，转头看向王面。漫天的攻击交织出绚烂的光芒，映照着王面白色的面具，面具下，王面波澜不惊的双眸闪过一缕光华。他的手掌轻轻搭在刀柄上，骤然用力，"锵——"刀身出鞘半寸。霎时间，漫天的攻击就仿佛被按下了暂停键，滞缓在空中，以龟速朝着"假面"众人移动！不仅如此，周围"假面"小队的其他成员，以及埋伏在三座宿舍楼里的新兵们，都像是被丢入了泥潭般，动作缓慢至极。而在这滞缓的世界中，王面静静地拔出了腰间的黑刀。随着王面的动作，黑刀表面的光华越发明亮，一股恐怖的威压从刀身上荡漾而出。王面向前半步，刹那间挥刀。交织的刀光在王面的身前会聚成刀网，同样以极其缓慢的速度停留在他的身边，将他包裹其中。

"咔——"

黑刀入鞘，周围的一切顿时恢复正常。下一刻，一道道狰狞的刀痕以王面为中心爆射而出，顷刻间将周围的三栋宿舍楼切成碎块，却又精准地避开了每一名新兵，没有伤到他们的性命。

"轰——"

被切成数十段的三座宿舍楼，轰然倒塌。扬起的滚滚浓烟淹没了中央"假面"小队五人的身形，伴随着一阵阵惊呼，整片宿舍区已然沦为废墟。远处，正准备包抄"假面"的林七夜三人，目瞪口呆。

"这……这是'盏'境？"莫莉呆呆地望着前方，喃喃自语。

"一边滞缓了时间，一边又斩出那么离谱的刀芒，他的神墟到底是什么？"林七夜眉头紧锁，眼中充满了疑惑。或许是刚刚他们离宿舍楼的距离还比较远，没有被卷入那诡异的时间滞缓范围，所以清晰地看到了王面挥刀的全过程。问题是，一个"盏"境的家伙，就算是神明代理人，也不可能同时展现出两种毫无关系的能力吧？

"其实，他的神墟就是控制时间而已。"百里胖胖挠了挠头，"至于那几道强得离谱的刀芒，你们可以理解为他作弊了。"

"作弊？"

"他手里的那柄黑刀是一件禁物，能够展开序列301的禁墟'弋鸳'，能够将自身的速度凝聚成刀罡，速度越快，刀罡越强。虽然这件禁物自身的危险等级不高，但在那位的手里，拥有着堪比超高危的杀伤力，而且王面只用'盏'境的加速，就能挥出堪比'川'境的刀罡。"

"所以哪怕把自身的境界压制到'盏'境，他也拥有着'川'境的杀伤力？这也太变态了吧！"林七夜忍不住吐槽，"还有，如果王面仅用'盏'境就能挥出如此离谱的攻击，若是解放全部境界他会有多强？这就是特殊小队的队长级吗？果然是妖孽中的妖孽。"

"那他背后的神明，是……"林七夜突然想起了什么。

"神明代号 017，时间之神，克洛诺斯。"莫莉凝视着远方的废墟，缓缓说道，"因为他本身是'假面'小队的队长，戴着'王'字面具，又是时间之神的代理人，所以，他有时候也会被称为'假面'的时王。"

林七夜的表情凝重起来，之前他研究黑夜女神倪克斯的时候，顺带着研究了一下希腊神话中的其他神。克洛诺斯作为希腊神话的第二代神王，其神力绝对是众神中处于顶端的那一批之一。相应地，作为他的代理人，王面的实力必然极为恐怖。克洛诺斯虽然牛，但他诸神精神病院里的倪克斯属于创世神，从辈分上来说，算是克洛诺斯的长辈。林七夜若是完整地得到倪克斯的能力，他必然不是自己的对手。

"对了，你怎么对王面这么了解？"林七夜似乎想起了什么，回头看向百里胖胖。

"呃，"百里胖胖轻咳两声，"因为，他手里的那柄'弋鸳'是我们家之前为了拉拢他，特意送给他的，小时候我经常用那把刀来砍蚊子。"

林七夜："……"

"你们家？"莫莉的眉头微微皱起，似乎想起了什么，眼中浮现出一丝震惊，"你刚刚说你叫什么名字来着？"

百里胖胖一愣，然后心花怒放，郑重地看着莫莉的眼睛，再度伸出了自己的手："莫莉小姐，请允许我再自我介绍一次，我叫百里涂明。"

"百里……"莫莉喃喃自语，"被称为禁物博物馆的百里世家？"

百里胖胖咳嗽两声，压低声音，轻轻摆手："不要声张，低调，低调，我只是个普通家庭的孩子。"

莫莉看着他的眼睛，眸中的鄙夷之色更浓了，冷哼一声，转头看向别处，直接无视了百里胖胖伸出的手："我最讨厌有钱人，越富越讨厌！"

百里胖胖的表情突然变得僵硬。

082

"凭着自身的神墟和那件禁物，他的战力已经远远超过'盏'境，或许一个人单挑我们 239 名新兵都不是问题。"莫莉的脸色有些难看，"这一次对战，我们根本没有胜算。"

"不一定哦。"百里胖胖摸了摸自己的肚子，笑呵呵地开口。

林七夜道："你有办法？"

"他的'弋鸳'是我们家送的，我自然有限制它的手段。"百里胖胖伸手在口袋里掏了掏，从里面拿出了一卷胶带，"这是禁物'封禁之卷'，序列 343，只要在那柄刀的刀身贴上一段，就能彻底将刀与环境阻隔。这样王面的时间神墟就无法影响它，威力也就跟一把普通的刀差不多了。"

林七夜接过胶带，诧异地看向百里胖胖的口袋。"你还随身带着这东西？难道你早知道王面要来？"百里胖胖嘿嘿一笑，不置可否。见他没有回答的意思，林七夜也不想再追问，低头看向手中的胶带，目光闪烁："只要能封印住那柄刀，我们就还有希望。"

轰、轰、轰——一声声爆炸声从废墟中传出，密集的人影从四面八方冲向"假面"小队，刺目的火光接连爆出！宿舍楼被砍塌了，但并不是所有新兵都被迫出局，能支撑到现在的，大部分是从五湖四海来的天才，在乱境中保得自身安全，并不是太难。

"沈哥、沈哥！你没事吧？"一名新兵踉跄着从废墟中爬起来，对着旁边喊道。下一刻，他身旁厚重的墙板便轰然爆碎，满身灰土的沈青竹黑着脸从中爬出，咳嗽了两声。

"我没事，刚刚那是什么鬼东西？那种攻击真是'盏'境能弄出来的？"沈青竹的目光落在远处和众新兵混战的"假面"小队身上，脸色凝重。

"沈哥，现在还有三十多个人能打，我们是上还是……"

"上！"沈青竹啐了一口，将头上反戴的军帽撇到一边，脸上浮现出狠意，"埋伏没了，就跟他们正面硬杠！我就不信了，他们打了这么久，还能剩下多少精神力？"说完，一股旋风从他的脚下爆出，整个人飞速地朝混乱的战场移动。

"旋涡，那个棘手的家伙来了。"月鬼用短剑剑柄敲晕两名新兵，余光瞥到了飞奔来的沈青竹，对着旋涡喊道。

"干吗叫我去？"

"我的禁墟不适合跟他打，你去。"

"喊，就会使唤人。"

旋涡嘟囔一声，转身向疾驰而来的沈青竹冲去。

两道身影快速接近，紧接着，剧烈的空气爆炸轰然爆发，一个个瑰丽的紫色旋涡绽开，两者剧烈地碰撞到一起！

天平双手轻拍，周围废墟中的碎石突然飘起，顺着他的指尖方向飞射向冲刺来的新兵们，很快就将他们彻底淹没。就在他准备继续发挥远程炮台的作用时，一个脑袋突然从他脚下的废墟中探了出来。天平脸色一变，二话不说，身形快速后退数步。指尖微勾，一块块尖锐的碎石便将那人彻底围住。

"有意思，居然在这里埋伏我？"天平微微眯起眼睛。

那人缓缓从废墟中爬出，扒拉了两下脸上的灰尘，露出一张年轻得过分的少年面孔。他抱着刀，平静地摇头："我没有埋伏你，我只是在房里休息，然后楼就塌了。刚爬出来,就看到你了。"

天平:"……"

曹渊四下张望一圈,指尖在身边的碎石上轻轻一碰,点了点头:"嗯,不错,淘汰我吧。"

天平一愣:"你说什么?"

"淘汰我。"

"你就不想反抗一下?"

"没意思。"曹渊抱着刀,耸了耸肩,"而且我怕我反抗之后,你受不住。"说完,他想了想,继续补充道,"你们,都受不住。"

"你是在看不起我吗?"天平被气乐了,"你一个新兵,口气倒不小。你还能杀了我吗?"

曹渊摸了摸下巴,仔细思索了一阵,认真地点头:"说不定可以。"

"哦?"天平的眼睛眯成一个危险的弧度,"那你来试试。"

"我不。"曹渊果断摇头,"我拔刀之后,自己都控制不住,我已经不想再造杀孽了。"

说完,曹渊将怀中的刀丢在地上,双手合十,虔诚地低头道了句"阿弥陀佛"。

"不行,你得试试!"天平看到这一幕,好奇心彻底被勾起来了。

"我不。"

"试试!试试又不会怎么样!我保证,你伤不了我!"

"我不能冒险。"

"别啊!快拔刀!快来砍我!"

"阿弥陀佛。"

"……"

天平正欲说些什么,脸色微微一变,身形再度向后飘了数米。一道恐怖的震纹呼啸而过,将脚下的大地震得寸寸龟裂,四溅的砖石刚刚升起,就被一股奇异的力场禁锢在半空中。天平皱眉看向右侧,手指微勾,悬浮的砖石便如同一支支利箭,飞射而出!不远处,莫莉手握太刀,猛地一脚踏向地面,无形震纹以她为中心爆开,在半空中便震碎了所有砖石。

"咦,是那个御姐。"一旁抡着大锤的蔷薇余光瞥到正在和天平僵持的莫莉,眼睛一亮。

她直接抛下自己面前的几个新兵,扛着大锤,转身就朝莫莉冲去!

"天平,这个御姐交给我!"蔷薇的眼神雪亮,看向莫莉的样子像是在看一件稀世珍宝,手中的大锤急速放大,卷着狂风砸向莫莉!

莫莉的眼中杀意爆闪,手握太刀,迎着大锤撞了上去!

"咚——"

与此同时，林七夜的身形突然出现，径直冲到曹渊的背后，一把拽住他的衣领，带着他飞速地远离天平。曹渊回过神，反手握住了林七夜的手腕，两人顿时停了下来。

　　"你干吗？"曹渊皱眉开口。

　　"当然是带你离开。"林七夜平静地开口，"你觉得自己能赢他？"

　　"我没想赢，我只是想早点儿被淘汰。"

　　"……"

　　林七夜翻了个白眼，好不容易冲进场，刚救下第一个人，结果人家还是个一心求淘汰的消极奇葩。

　　"哦，那随你吧。"林七夜冷冷地撒下一句话。对于这种咸鱼，林七夜不愿在他身上多浪费时间，转身就要去其他战场。

　　"七夜、七夜！这里有个人，我拖不出来啊！"百里胖胖拽着一名半个身子卡在废墟中的新兵，对着林七夜喊道。

　　听到这句话，正想回头找天平的曹渊身躯一震。"七夜、七夜……"他低着头，喃喃自语。

083

　　"等一下！"曹渊突然开口，叫住了即将离开的林七夜。

　　林七夜皱眉回头。

　　"你姓什么？"

　　"林，双木林。"林七夜疑惑地看着曹渊，"有什么问题吗？"

　　"双木立身，八神去一，入夜十载，度我世人。原来是你。"曹渊怔怔地看着林七夜，喃喃自语。

　　林七夜没听清他说什么，只看他一个人神神道道，翻了个白眼："神经病。"

　　"……"

　　林七夜没有再跟他纠缠，转身往另一处战场跑去。曹渊沉默地看着他离去的背影，不知在想些什么。突然，有个人在背后拍了拍他的肩膀。曹渊回头，只见天平满眼期待地看着他："来砍我吧，我很好奇。"曹渊看着他，转头又看了看正在战场中战斗的林七夜，犹豫片刻，缓缓弯腰捡起了地上的刀。天平的眼睛亮了起来。

　　"看来，现在他是把我当逃兵了，这个坏印象，我得扭转过来。"曹渊边拿刀边喃喃自语。

　　"你说什么？"天平有些没听清。

　　"你确定，有把握活下来吗？"曹渊一只手握着刀鞘，另一只手缓缓向刀柄摸去,双眸看着天平,认真地说道,"如果你没把握,我可以去找那边那个戴'王'字面具的男人。"

天平果断摇头:"放心吧,这点儿小事,还用不着队长出面。"

"哦,那我拔刀了。"曹渊深吸一口气,将自己的手落在了刀柄上。他的指尖触碰到刀柄的瞬间,莫名的惊悚感从天平的心中升起!

与此同时,一旁静静观战的王面猛地转过头,死死地盯着远处的曹渊,眼中闪过一丝震惊!刀身出鞘,黑色的煞气宛若狂涌火柱,冲天而起。一缕缕漆黑的火焰从曹渊肌肤内蹿出,刹那间将他的上衣燃烧殆尽,露出结实且遍布伤疤的身体。黑色煞气火焰交织在他的体外,逐渐凝固成一个诡异的人形外衣,似人、似魔。刺啦,他的嘴角微微咧开,一缕白烟从体内散出,他缓缓睁开了双眸,露出一对血色的妖异重瞳!他的眼中,已经丝毫看不出理智和冷静,他就像一头野兽。天平的瞳孔骤然收缩,心中的那股不安感越发强烈,当即就向后飘起,准备与曹渊拉开距离。他双脚刚刚离地,曹渊便身形一闪,如同鬼魅般闪现在他的身前。对着他的脖颈,狞笑着一刀挥出。黑色的火焰缭绕在刀身之上,轻易地破开了天平周身的防御力场,直取天平首级!

天平的心中咯噔一下,这一瞬间,他仿佛又想起,刚刚这个少年认真地看着他的眼睛,问出的那一句:"你确定,有把握活下来吗?"

有把握,有个屁?这一刀,真切地让天平感受到了生死危机。他再不解放境界,仅凭"盏"境的他,绝对无法在这一刀下活下来!就在天平准备解放境界的瞬间,只觉得眼前一阵模糊,一道人影突兀地出现在他的身前!

那是一个戴着"王"字面具、手中握着黑刀的男人。

"当——"

尖锐的碰撞声响起,刺目的火花在黄昏下迸发,王面的"弋鸢"和曹渊的刀碰在一起,一股狂风以两人为中心爆发。紧接着,一道恐怖的刀罡从"弋鸢"中斩出,将曹渊连人带刀直接砍飞,径直砸入远处的废墟中。

王面收刀入鞘,转头看向天平,有些无奈地开口:"天平,你太轻敌了。"

"不是,"天平揉了揉眼角,到现在还没缓过神来,"那到底是什么东西?"

"禁墟序列031,'黑王斩灭'。"

"'黑王斩灭',拥有序列如此靠前的禁墟的人类,我还是第一次遇到。"

"确实,禁墟序列的前30,被称为神明领域,意思不仅是说这30个禁墟中,绝大部分属于神明,还有一层意思是说,拥有这30个禁墟的存在,已经踏入了神明的范畴。而序列031的'黑王斩灭',则是真正意义上的神明之下、众生之上。"

王面看着远处从废墟中站起身的曹渊,淡淡开口:"这力量太强,而他太弱,以至于自身在使用禁墟之后就会彻底丧失意识,仅靠战斗本能驱使身体,这可是真正的无差别攻击,疯起来连自己队友都砍的。"

"我知道了。"天平的身体缓缓上升，他注视着眼前陷入疯魔的曹渊，认真地开口，"刚刚是我大意了，现在我要全力以赴，好好地会会这个疯子。"他五指相扣，周围散落在地的武器和墙砖同时飘起，铺天盖地地悬在空中，锁定了地面上的曹渊。曹渊握着刀，血色双眸紧盯着空中的天平，黑色煞气火焰翻滚，嘴角露出狰狞的笑容。下一刻，他的身形一闪，鬼魅般地穿梭于废墟中。

"去。"天平手指轻点，漫天砖石武器齐刷刷掉转方向，如同机枪般弹射而出，将地面震得微微颤动。

"轰轰轰——"

黑色的火焰迸发，刀芒闪烁之下，曹渊轻松斩开落下的物体，速度奇快，顷刻间便来到了天平的身下，双腿一蹬，高高跃起。就在他的刀即将接触到天平身体的瞬间，天平晃晃悠悠地又往上飞了几十米，于是，疯魔状态下的曹渊发现了一个很严重的问题，他够不到。

"嘿嘿嘿嘿……"天平一边飞，一边对着下面傻愣着的曹渊笑道，"你不会飞，气不气？"

曹渊："……"

"靠，那家伙也太不要脸了吧！"远处观望战斗的百里胖胖忍不住骂道。

"那家伙太强了，要是真在地面上一对一单挑，除了王面，其他人都不是他的对手，所以只能这么拖着他。"林七夜摸着下巴，喃喃自语，"刚刚那家伙，居然这么强。"他犹豫片刻，目光落在了远处的王面身上，双眼微微眯起。

"自己保重。"林七夜拍了拍百里胖胖的肩膀，身形一闪，就离开了原地。百里胖胖正欲说些什么，林七夜已经彻底跑远。他挠了挠头，无奈地叹了一口气。就在这时，一道模糊的月影，鬼鬼祟祟地跑到他的身后。短剑的剑柄高高举起，猛地击向百里胖胖的后脑勺儿！

"啪——"

一个亮瞎人眼的金光罩突然出现在百里胖胖的周围，直接弹飞了月鬼手中的短剑！

百里胖胖一愣，缓缓转头看向尴尬的月鬼，歪了歪脑袋："欸，你刚刚是想偷袭我？"

月鬼不信邪，掏出另一柄短剑，再度砸向金光罩。这次，他用的是剑尖。

"咔——"

只听一声脆响，短剑的剑尖崩开了一个缺口，而金光罩完好无损。

月鬼："……"

"不好意思哈，我有这件'瑶光'护体，这种东西是伤不了我的！"百里胖胖乐呵呵地指着自己胸前的项链，随后又补充了一句，"顺带提一下，它的序列是171，位列高危禁墟哦！"

下一刻，环绕在百里胖胖周围的金光罩聚集在一起，变成两道飞速旋转的光轮，从两侧呼啸着斩向月鬼。月鬼身形迅速后退，同时身体一阵模糊，消失在了空气中。

"隐身？"百里胖胖眉头一挑，伸手从口袋里掏出一副老旧的单片眼镜，戴在了鼻梁上。

单片眼镜的镜面闪过一道淡蓝色的光华，百里胖胖侧过头，轻轻一挥手，两道光轮便破空而去！

"当当——"

两柄短剑从虚无中探出，格挡住了光轮。月鬼身形一个趔趄，诧异地看着百里胖胖。

"你也能看见我？"

"'真视之眼'，序列315，专破幻境虚妄。"百里胖胖推了下单片眼镜，嘿嘿一笑。

月鬼似乎想到了什么："你就是百里家的继承人？"

"请不要用这种称呼来叫我，我只是个普通人家的孩子。"百里胖胖郑重开口。

月鬼："……"

"喀喀，看他们都打得那么起劲，小爷，啊不对，我也该出点儿力了。"百里胖胖将手伸进口袋里，在月鬼目瞪口呆的表情下，掏出了一个扫把。不是家里平时扫地的小扫把，而是那种用来扫大马路的、用细枝捆成的大扫把！百里胖胖抓着扫把，朝着不远处的月鬼狠狠一挥。一股狂风携着细密的电弧，直接将前方的砖渣废墟轰得爆碎。即便如此，狂风依然没有衰退的迹象，反而更加凶猛地扑向月鬼！

月鬼："……"

月鬼来不及多想，身体散为月光，勉强避开了这一击。但狂风依旧没有衰减，径直冲向了混战中的莫莉和蔷薇！大锤与太刀连撞数下，两人同时回头，看到气势汹汹的雷霆狂风，骂了一声，立马向相反的方向跑开！

"死胖子！你能不能瞄准了打？！"莫莉朝着百里胖胖大吼。

"喀喀喀……对不起，对不起，对不起，对不起……"百里胖胖连连鞠躬道歉，反手把扫把塞回了口袋，又掏了掏，掏出了一柄大宝剑！

月鬼："……"

你是属哆啦A梦的吗？！

"'雷卷风'不能用，那就只能用这个了。"百里胖胖学着哆啦A梦的姿势，高高举起手中的大宝剑，"'一化三千'！"

"唰——"

百里胖胖手中的大宝剑突然分出无数重影，密密麻麻地悬在天空，剑尖对准地面的月鬼，散发着森然寒芒。月鬼看着这一幕，咽了口唾沫，这就是禁物博物馆的底蕴，这不是作弊吗？！百里胖胖将手中之剑轻轻挥落，深吸一口气："杀！"三千剑芒如同雨点般落下，会聚成一条剑之长龙，咆哮着朝月鬼冲去！月鬼同样深吸一口气，大喊："旋涡救我！"

正在与沈青竹打得难舍难分的旋涡嘴角疯狂抽搐，抓住机会朝着月鬼的方向狂奔而去。沈青竹眼睛一眯，御风跟上。就在剑龙即将吞没月鬼的时候，一个紫色旋涡绽开，吞掉了大部分的剑影，月鬼抓住机会，闪身而出。下一刻，一道散发着黑色火焰的刀擦着他的头皮飞过。月鬼转过身，发现形如恶魔的曹渊正站在他的背后，露出狞笑。

"天平救我！！"

地下。

众教官看着神仙打架的宿舍废墟，陷入了死一般的寂静。旋涡、蔷薇、天平、月鬼和百里胖胖、莫莉、沈青竹、曹渊八人彻底乱战在一起，满屏都是呼啸的攻击，时不时地连屏幕信号都被他们打得一颤一颤的。

"咚——"

头顶一声巨响，窸窸窣窣的灰尘从天花板上落下来，监控室里的灯暗了暗。

众教官："……"

"我们要不换个地方？他们不会把这儿打塌吧？"

"应该不会吧？这里可是地下十米，他们一群'盍'境，怎么可能……"

"你们觉得，这种层次的战斗是一群'盍'境能打出来的？"一个教官指了指屏幕，所有人再度陷入了沉默。

"我突然觉得，首长让'假面'小队来镇场子，真是个英明的决定！"

众教官疯狂点头！

要是真按以前的做法，组织教官和新生们对战，那乐子可就大了。

"一次新兵集训，竟然涌现出这么多天才。"袁罡缓缓靠在椅背上，嘴角浮现出笑容，"说不准再过几年，空缺的第五支特殊小队就要出世了。"

"首长，您是觉得他们以后能成为第五支特殊小队？"一位教官震惊地开口，"您对他们的评价这么高？"

"这两年，我大夏降临的神秘越来越多、越来越强。除了各城市驻守的守夜人之外，四支特殊小队已经逐渐吃力，现在守夜人的高层开始计划，要重组第五支特殊小队。"袁罡的指关节叩着桌子，继续说道，"当年'蓝雨'小队覆灭后，第五支特殊小队就因为没有人选，一直空缺，现在，我在他们的身上看到了希望。

命运这种东西，一向是不可揣度的。他们这些孩子，未来或许有人会战死沙场，或许有人会远遁一方，但一定会有那么几个人能成长为真正的国家柱石，成立第五支特殊小队。"袁罡说完，将目光落在了某面屏幕上，"或许，一个大时代就要来了。"

暮色逐渐暗淡，黑夜笼罩天穹。混乱的战场之外，王面就像一个局外人，站在废墟的最边缘，注视着远方。

那里，一个少年带着一柄刀，正在缓缓走来。王面见到来人，嘴角微微上扬："我等你很久了。"

085

林七夜停下脚步，注视着王面的眼睛，缓缓开口："放弃围攻某一位队员，反而选择来和你这位队长单挑，这是我在这场对战中最愚蠢的决定。但，偶尔任性一次也不错。"

赢下这场对战的关键在于揭下某一名"假面"的面具，而不是将他们全部淘汰出局，所以这个时候最明智的办法应该是全体围攻一个薄弱点，而不是无脑地找人单挑，这一点林七夜心里很清楚。可是，比起赢下这一场对战，林七夜更希望多了解一些关于神明代理人的事。

十年前，炽天使莫名其妙地看了他一眼，没有留下任何一句话，让他成了代理人，偏偏自身的神墟又不完全，这一切的疑问压在林七夜的心头，无人可以解答。而王面，则是第一个出现在他面前的神明代理，他不想错过这次机会。

"我知道你心中有很多疑惑，"王面将手搭在刀柄上，平静地开口，"等这次对战结束，无论输赢，你都可以来找我聊聊。"

"谢谢。"林七夜诚恳地道了声谢，同样将手搭在了刀柄上。

"我们之间的单挑，你确定还要用那个作弊器？"林七夜的目光落在王面腰间的黑刀上。

王面眉头一挑："我用自己的武器，怎么能算作弊呢？"

"无耻。"

"谢谢夸奖。"

"锵——"

林七夜先动了，直刀出鞘，他的身形极快，像一道魅影穿梭在废墟中。距离对战开始已经过了大半天，夜色已然降临，在"星夜舞者"的加持下，林七夜的速度快到惊人。王面见林七夜速度如此之快，轻"咦"了一声，片刻之后，腰间的"弋鸳"缓缓出鞘。

"唰——"

无形的神墟张开，在林七夜的眼中，王面的拔刀速度已经快到模糊，若不是他有精神力感知，只怕连王面出手都看不到！紧接着，一道夸张的刀罡急速切开空气，朝着林七夜闪来！

在王面拔刀的瞬间，林七夜恐怖的动态视觉已经预判到挥刀轨迹，早早做出了闪避姿态，因此虽然刀罡的速度快到惊人，林七夜依然能及时错身，险之又险地将其避开。刀罡掠过林七夜的发梢，削落一缕黑发，在堪称教科书级别的提前闪避之后，林七夜径直朝着王面狂奔！

"咦？"王面似乎没想到林七夜的身手竟然如此敏捷，停顿了片刻，才继续挥出第二刀、第三刀、第四刀……密集的刀罡在王面的身前交织成一片刀网。林七夜的眼睛微微眯起，将自身的动态视觉催发到极致！在他的眼中，王面的动作一点点慢了下来，他似乎能勉强看清刀与刀之间的缝隙。仅片刻工夫，他的眼睛就开始酸痛。林七夜用力眨了两下眼睛，下一刻那道密集的刀罡网已然来到了他的面前。林七夜没有丝毫犹豫，身子猛地向后仰去，像是滑倒了般，马上就要重重摔落在地上。与此同时，林七夜手中的直刀反手刺入地面，勉强稳住后仰的身形，从刀罡网的底端避开，锋锐的刀罡擦着他的鼻尖划过，林七夜甚至能感觉到刀罡上传来的森然寒意。避开刀罡网后，林七夜反握直刀的手骤然用力，将他整个人从地上撑起，然后飞速朝王面接近。刀罡擦过林七夜之后，他明显感觉身子一松，眼中的王面速度慢了下来。

时间神墟解除了！林七夜的眼中光芒爆闪，果然不出他所料，凭王面现在的境界，根本不可能长时间支撑时间神墟。从一开始，王面就在保存实力，遇到战斗也都是另外四名队员出手，直到被沈青竹等人埋伏，不得已才出手过一次。而那一次，时间神墟也只持续了三秒左右。如果林七夜猜得没错，王面现在时间神墟的持续时间应该不超过五秒，而且每一次的使用都必然会消耗大量的精神力，所以非必要时刻，王面都不会出手。时间神墟太强，而王面现在的境界不足，能持续这么久已经很不错了。

同样是神墟，但林七夜的"凡尘神域"似乎并不完整，精神力感知和动态视觉哪怕一天二十四小时都开着他也感觉不到累。由此可见，不完整也有不完整的好处。不然他就只能像王面那样，每次出手都只能当五秒钟真男人。趁着这一次时间神墟的空隙，林七夜直接冲到了王面的身前，手中的直刀骤然挥出。

"当——"

王面手中的"弋鸳"格挡住了林七夜的直刀，一股轻微的震力从刀身传递到林七夜的手上，但也仅限于此了。没有速度加持的"弋鸳"，也就是柄能麻麻敌人手指的普通刀刃。

"'凡尘神域'还有加速的能力？你怎么这么快？"两刀相撞，王面疑惑地问道。他原以为凭自己的那几刀，已经够把林七夜直接打出局，没想到林七夜竟然在时间神墟中跟上了他的速度。

"毕竟是003，厉害一点儿很正常。"林七夜含糊其词。

"也是。"王面不疑有他，下一刻，时间神墟再度展开。时间神墟每次持续时间不长，但只要中间间隔一段时间，连续展开也不是什么大问题。现在，王面的时间神墟的冷却时间过了。在林七夜的眼中，王面的速度再度加快，动作都出现了残影。王面荡开林七夜的直刀，手中的"弋鸳"刚刚举起，然后轻飘飘一斩。"这一次，你躲不开了。"王面看着近在咫尺的林七夜，平静地说道。

"当——"

林七夜手中的直刀轻松地挡住了"弋鸳"，王面一愣——刀罡呢？我那么大一个刀罡呢？他低头看向自己手中的"弋鸳"，在"弋鸳"的刀身上，不知什么时候贴上了一段胶带。

"封禁之卷？"王面脸色微变。

在王面眼中，林七夜的嘴角缓慢上扬："现在，你的作弊器没用了，我们来好好打一场！"下一刻，林七夜手中的直刀刀锋一转，主动斩向王面。

086

在时间神墟中，王面的速度快得惊人，轻松避开了林七夜的直刀。

"我明白了，这是那个百里家的小胖子给你的。"仅片刻工夫，王面就想明白了此中关系，无奈地叹了口气。不过，他的眼神中没有丝毫遗憾，而是更加兴奋起来。

"也好，那我就跟你堂堂正正地打一场！"他彻底放弃了挥出刀罡的战法，提着"弋鸳"近身和林七夜战斗起来，黑色的刀锋与淡蓝色的刀锋在空气中接连对撞，擦出刺眼的火花。

在时间神墟内，专注于进攻的王面速度已经完全脱离了人类的层次，若是换一个人站在林七夜的位置，或许连他的手都看不清，更不用说看清刀的轨迹。即便是林七夜，也必须全神贯注地使用动态视觉，再加上恐怖的反射神经，才能勉强挡住王面的攻势。现在林七夜万分庆幸来之前陈牧野等人给他开的补习班，要是没有挨过陈牧野的木刀毒打，要是没有经过闪避子弹的训练，只怕他现在连五秒都撑不下来。

在一阵令人眼花缭乱的刀光中，林七夜只觉得身子一轻，周围的时间流速又恢复了正常。

相对地，林七夜眼中王面的速度也慢了下来。

"轮到我了。"林七夜笑了笑，提起手中的直刀，疯狂地砍向失去时间加持的

- 213 -

王面！

时间神墟内，林七夜砍不过王面，而时间神墟消散之后，拥有"星夜舞者"加持的林七夜可以把王面吊起来打。局势瞬间就变了，林七夜的攻势如同狂风暴雨，压得王面接连后退。若不是王面的刀法精湛，恐怕也支撑不了多久。几秒钟一过，王面又张开时间神墟，反过来砍林七夜。两人就这么你来我往，轮流占据上风，硬生生对砍了三分多钟！

"他们不累吗？"已经停战休息的百里胖胖坐在石头上，擦了把脑门上的汗，感慨道。

坐在他旁边的月鬼叹了口气："他们累不累我是不知道，反正我已经挨了一天的打，我是真的累了。"

百里胖胖拍了拍他的肩膀，安慰道："没事儿兄弟，咱在这儿歇着也挺好，让他们打生打死去吧，以后没事可以去我家做客。"

月鬼："……"

"轰——"

一记空气炮轰在了两人身前的地上，掀起的气浪吹得百里胖胖神志不清。

"喂，那边干架的！能不能去远点儿的地方？不要伤及无辜啊喂！"百里胖胖冲着远处打红了眼的沈青竹和旋涡喊道。说完，他转过身，关切地问道："怎么样？月鬼兄，没事吧？"

"喀喀喀，没事没事。"

远处的旋涡见这俩活宝安逸地在旁边休息，咧了咧嘴，露出羡慕的表情："我说，要不咱也停战，过去歇歇？"

沈青竹想了想："也不是不行。"

"走？"

"走！"

另一边，晃晃悠悠飘在天上的天平看了眼地上的疯魔曹渊，叹了口气："我说，要不要这么拼啊？你吼了这么久不累吗？咱也去歇会儿吧。"

"吼吼吼！吼吼……喀喀喀……"嗓子都吼哑了的曹渊咳嗽了几声，身上燃烧的黑色火焰逐渐退去，血红的双眸逐渐恢复了神志。

"喀喀喀……走，走走走，阿弥陀佛，累死我了。"曹渊嗓子都吼哑了，只能小声扯着嗓子喊了两句，给了天平一个眼神，蹒跚着朝旁边走去。

不一会儿，蔷薇和莫莉手牵着手，有说有笑地从另一边走了过来。

"欸，你们怎么也不打了？我还打算好好观赏一下呢。"旋涡见此，颇为遗憾地开口。

"怎么？只允许你们偷懒？"蔷薇白了他一眼，挽紧了莫莉的手臂，"难得碰到个这么飒的御姐，我可舍不得。"

"蔷薇，你这样子，很容易让别人误会我们'假面'都是变态的。"天平无奈地捂着额头。

"……"

众人看向两人的目光瞬间诡异起来，百里胖胖手一抖，怀里的大宝剑直接吓掉在了地上。莫莉默默地把手从蔷薇的手臂中抽了出来，走到百里胖胖身边，冷不丁开口："让让，给我腾个地方。"

"啊？哦，哦哦好！"于是，这八个人齐刷刷地挤在一块石头上，有滋有味地看着远处打生打死的两人。

"队长加油！队长最帅！"旋涡扯着嗓子大喊。

百里胖胖不甘示弱："七夜加油！干翻他！！"

"队长砍他！"蔷薇同样大喊。

百里胖胖："七夜威武！！"

"队长！！"月鬼紧跟。

"七夜，喀喀喀……"百里胖胖揉了揉脖子，转头看向沉默不语的莫莉、沈青竹和曹渊，"你们也喊一喊啊，我一个人拼不过他们。"

沈青竹直接扭过头去，无视了百里胖胖。莫莉则摸了摸鼻子，半天憋出来一句："我和他不熟。"

反倒是后面的曹渊，犹豫了片刻，扯着沙哑的嗓子喊起来："林七夜……喀喀！厉……喀喀喀……害！！"

"兄弟……兄弟，算了，还是我来吧。"百里胖胖于心不忍。

"不行，你放开我！喀喀喀……七夜厉害啊！"

"哇，用不用这么拼啊，兄弟！"

"七夜……厉……害啊！"

当当当！火花接连迸发，专心对砍的二人听到远处传来的声音，浑身一震。

犹豫片刻，王面扬了扬下巴，傲然开口："你听，我的声援比你的给力。"

林七夜："……"

"连续这么多次展开神墟，你的精神力已经快到极限了吧？"林七夜直接无视他的炫耀，缓缓开口。

"你的身体也快累得不行了吧？"王面眉头一挑，"我征战这么久，身体素质早就远超常人，而你只是个普通高中生，能坚持到现在已经出乎我的意料了。"

"我还能打。"

"赢下这场对战，对你来说有这么重要吗？"

"我不在乎对战的输赢。"林七夜摇了摇头，平静地开口，"我只是想全力以赴。"

- 215

087

"首长,你说他们两个谁能赢?"

地下,二十几名教官围在那一面屏幕前,眼睛都不眨一下。还没等袁罡回答,另一名教官就说道:"那还用说吗,林七夜虽然也是神明代理人,但毕竟是个新人,他赢不了的。"

"那可不一定,说实话,王面的神墟虽然强得离谱,但那是在境界提上来之后。在'盏'境,他能发挥出的力量太有限了,再加上'弋鸳'被封印,和林七夜的胜算真是五五开。"

"说得对,要是把王面换成'凤凰'小队里那位雅典娜的代理人,林七夜多半撑不过五招。毕竟那是人形暴龙,力量上的差距不是靠速度就能弥补的。"

"这么看来,万一林七夜真的赢了怎么办?"一名教官忍不住嘀咕,"难道真按首长说的,让他们直接结束集训?"

"要真是这样,高层多半得把我们的脑浆子都打出来。"

袁罡默默注视着两人的战场,缓缓开口:"先看下去吧,在这两人没分出胜负之前,现在说什么都为时尚早。"

"全力以赴吗?"听到林七夜的话,王面的眼中浮现出一丝赞赏,微微点头,"很好。"

"当——"

两人手中的刀碰撞在一起,与此同时,时间神墟再度张开。林七夜深吸一口气,将自身的精神状态调动到巅峰,不出意外的话,他们之间的战斗很快就要有一个结果了。"弋鸳"的刀锋划过空气,发出淡淡的嗡鸣,林七夜下意识地抬起刀,迎着"弋鸳"斩去!就在这时,王面面具下的双眼突然荡起一阵阵无形的涟漪,一股强横的神明威严从他的双眸中迸发而出,汹涌地撞入林七夜的脑海。林七夜用炽天使的神威震慑住无数人,但被别人用神威震慑还是第一次,几乎在时间之神的神威爆发的瞬间,林七夜的双眸同样收缩!他的双眸中,两道刺目的金色光芒涌而出,仿佛是一对熊熊燃烧的熔炉,散发着恐怖的神威。半空中,两道目光碰撞在一起。一股狂风从两人的目光中央轰然爆发,肆虐的神威以二人为中心,横压全场!

"这两个人相互瞪了一眼,怎么就刮风了!"百里胖胖惊呼。

天平目不转睛地盯着远处的二人,喃喃自语:"现在是两人背后的神明在交锋。"

炽天使的神威与时间之神的神威凶悍对撞了数秒,两人的眼睛都开始遍布血丝,现在他们比拼的不是自身的力量,而是他们体内蕴藏的神力!

- 216 -

"轰——"

一声轻响,王面突然闷哼一声,向后退了半步。与此同时,他周身的时间神墟寸寸崩碎!林七夜眼中光芒爆闪,踏步向前骤然挥刀!这一次,王面没来得及出刀格挡。淡蓝色的刀锋划过王面的面具,将上面的"王"字一斩为二!

"咔嚓——"

王面的面具碎了。面具下,一张清秀而沉稳的面孔露出,无奈地看着眼前的林七夜。围观的众人"噌"的一下站了起来,倒吸一口凉气。包括坐在屏幕前的众教官,心里猛地咯噔一下,暗道"不好"!

"抱歉。"王面注视着林七夜的眼睛,小声地说了一句。紧接着,他眼中的波纹再度荡漾开来。时间神墟展开,崩碎在半空中的面具碎片飞速倒流回王面的脸上,他后仰的身形逐渐回归原来的位置。周围站起的众人又原样坐了回去,眼中浮现出一丝迷茫。

林七夜的身体控制不住地回溯,直刀原路倒回,面具上的裂纹开始恢复,他的身体又回到了挥刀前的位置。林七夜瞪大了眼睛,眸中满是震惊。时间,倒流回了三秒之前。那时,两人的神威对决还没分出胜负,他还没有挥刀,王面的面具也还没有碎。周围围观的众人似乎忘记了刚刚那一幕,还在努力地替二人加油喝彩,只有林七夜记得刚刚发生过了什么——不,知道刚刚发生了什么的,除了林七夜之外,还有时刻紧盯屏幕的众教官。

"他……他斩下了王面的面具?!"

"幸好,幸好王面回溯了时间,要不然我们真的就玩脱了!"

"可是,时间回溯这种东西,是'盏'境能用出来的?"

"不,刚刚王面解封境界了,在那一瞬间,他至少抵达了'川'境。"

"那岂不是算我们输了?!"

"喀喀,现在林七夜没有斩开王面的面具,所以我们没输。"

"可是他解开境界了啊!这不是耍赖嘛!"

"读书人的事,怎么能叫耍赖呢?难道真的要这场集训就此结束,你就开心了?"

"……"

众教官顿时吵翻了天,就在这时,袁罡缓缓从位置上站起来,看了眼时间:"已经九点了,对战结束。"

"首长,那输赢……"

袁罡看了他一眼,平静地开口:"集训,必须进行。这不是为了我们的颜面,而是为了这些孩子的未来。"

"是。"

- 217

地面。

林七夜低头看了看自己手中的刀，又看向眼前的王面，过了半晌，终于反应过来："你耍赖……"

"嘘！！"王面将手指伸到嘴前，然后凑到林七夜的耳边，小声说道，"林七夜，我承认，我刚刚输给你了，但这次的新兵集训必须进行，你明白我的意思吗？"

林七夜的表情顿时古怪起来："你是要我假装没赢？当刚刚的一切都没发生过？"

"是这个意思。"王面点点头，紧接着补充道，"不过你放心，你的表现各位教官都看在眼里，这次对战结束之后，你可以以赢家的身份，让他们给你一些补偿。"

林七夜眉头一扬："我是个有原则的人。"

"我估计，他们给你发个五十万元的红包应该没问题。"

"我的原则……"

"说不定，他们还会送你一件禁物防身。"

"喀喀，我的……"

"这样吧，我再欠你一个人情。"王面注视着林七夜的眼睛，"以'假面'小队队长的身份，欠你一个人情。"

"成交！"

088

"时间截止，对战结束。"袁罡教官的声音从基地内的喇叭中传出，清晰地回荡在每一个角落，坐在一旁提心吊胆的"假面"小队成员终于松了一口气。

"吓死我了，我差点儿以为队长要输了。"旋涡拍着胸脯，有些后怕地说道。

月鬼沉默片刻："我怎么觉得怪怪的？"

"我也有这种感觉。"蔷薇的表情有些古怪，"这种感觉就像是被队长的时间……"

"喀喀喀！！"天平剧烈地咳嗽几声，给了几人一个眼神。"假面"众人齐刷刷地闭上了嘴，心中似乎明白了什么，脸色有些尴尬。百里胖胖挠了挠头："啥？不是七夜赢了吗？"

"不，时间到了，他没能斩下王面的面具。"莫莉摇头。

百里胖胖茫然地眨了眨眼，指着自己鼻梁上的单片眼镜，说道："可是我明明看到七夜一刀……呜呜呜。"

不知从何处出现的林七夜死死地捂住百里胖胖的嘴巴，面无表情地把他拖到角落。百里胖胖就像是个被恶人掳走的花季少女，想说些什么，却又什么都说不出来。

"你都看见了？"角落里，林七夜无奈地看着百里胖胖。

"对啊。"

"假装没看见吧。"

百里胖胖一愣："可是……"

"百里胖胖，你觉得这些新兵怎么样？"

百里胖胖想了想："除了那几个，其他都挺弱的。"

"那你觉得，这场集训就此取消，让他们就这么奔赴各地直面那些神秘是件好事吗？"

"应该不是。"

"所以啊。"林七夜拍了拍他的肩膀，45度角仰望天空，目光深邃而又满怀悲悯，"就算我赢了，我也得假装自己没有赢。我不是为了自己，我是为了这两百多个人的未来。这，就是格局！"

百里胖胖虎躯一震，呆呆地看着林七夜，好半晌才回过神来："原来如此！七夜兄，想不到你不但聪明、能打，而且思想境界都高到了这个地步！我……是我格局小了！"

林七夜微微点头："这件事，不能说出去。"

"你放心，我懂！"百里胖胖重重地拍了两下自己的胸口，目光中满是坚定。

"走吧，对战结束了，该集合了。"

半小时后。

演武台上，二十多名教官笔挺地站在那儿，在他们的身边，是"假面"小队的全部成员。

袁罡站在最前面，俯视着下方低头不语的新兵们，嘴角一丝笑容一闪而逝。

"我对你们很失望……"他缓缓开口，低沉的声音在夜空下回荡。听到这句话，站在旁边的"假面"小队成员身体微微一颤，默默地低下头。

"239个人对战5个人，除了那么寥寥几人，绝大部分人连'假面'小队的衣角都没有摸到。行动拖沓、思绪混乱、毫无章法，我之前说得一点儿都没错。你们这样，只会害死自己的队友！"袁罡扯着嗓子骂了半天，似乎觉得良心有点儿过不去，又补上了一句，"当然，少部分人除外。"

"既然你们输了，那就按照我之前说的！抛弃你们一切的自尊、骄傲，忘记自己的过去，将全身心投入集训中。本次集训为期一年，共分为两个部分。第一部分，是最纯粹的体能训练！在这半年里，我们会动用一件禁物，镇压你们体内的禁墟，你们将失去引以为傲的特殊力量，彻底沦为普通人。其间，我们会用各种各样的方式折磨你们，让你们身心俱疲，让你们时刻处于崩溃的边缘。你们会绝望、会痛苦，甚至会想去寻死，很可惜，在这里，你们连寻死都做不到。至于第二部分，则是禁墟和战术理论的实践，等你们熬过这半年，我再向你们慢慢解释。"袁罡的目光一一扫过下方的新兵，片刻之后，转身离开。

"好好享受这最后的安逸时光吧，明天开始就是你们的噩梦。"

众教官跟在袁罡的身后，转身离开。"假面"小队的众人也摆出了高冷的架势，消失在夜色中。

众新兵顿时交头接耳起来。

"体能训练，我好像有点儿后悔来这儿了。"百里胖胖摸了摸自己的肚腩，哭丧着脸说道。

"比起这个，我觉得你应该关心的是另一个问题。"林七夜缓缓开口。

"什么？"

"刚刚宿舍楼已经被轰塌了，我们今晚住哪儿？"

"嗯？！"

不只是林七夜，其他新兵很快也意识到了这个问题。他们飞奔着回到宿舍区，然后目瞪口呆地站在原地。刚刚碎成渣的宿舍楼，已然恢复如初。墙上没有一丝一毫裂纹，就连地面也没有半块碎渣，而且众人的行李和床单都完好如初，根本没有发生过一场大战的痕迹。

"这……这怎么可能？"众新兵看到这一幕，完全惊呆了，从他们离开这里到回来，也不过半个小时的时间，这是怎么做到的？一旁，林七夜若有所思地摸着自己的下巴，转头看向远处的黑夜。

"喀喀喀……快扶我一下。"王面已然摘下了面具，走着走着一个趔趄，险些摔倒在地。

旋涡和天平一左一右地扶着他，长叹了一口气。

"队长，你这又是何必呢？宿舍楼让后勤部去修就好了，干吗非要动用时间回溯，把宿舍楼再拼回去？"旋涡皱眉开口。

"话不能这么说，那三栋楼是我砍塌的，一人做事一人当。"面容清秀的王面摇了摇头，嘴唇有些泛白。

"虽然里面没有活物，但是一口气将时间回溯半个多小时，这对精神力的负担太大了。"天平同样眉头紧锁。

"没事，回去让菜菜给我熬碗汤就好了。"

"对了，队长，今天，我们是输了吗？"蔷薇忍不住问道。

天平给了蔷薇一个眼神，示意她现在不要说这个话题。王面的身体一顿，半响之后缓缓站直身子，转头看向身后喧闹的宿舍楼，嘴角浮现出一丝笑容："是啊，我们输了，还欠下了一个人情，后生可畏啊。"

089

"嚯嚯嚯——"

尖锐的哨声回荡在漆黑的夜空,彻底打破了宿舍区的寂静。林七夜猛地从梦中惊醒,看了眼被用来垫桌角的名牌手表,眉头微微皱起——"凌晨三点,这么狠吗?"他飞快地下床换好军装,反手把拖鞋拍在了熟睡的百里胖胖脸上。后者哼唧了两声,舔了舔嘴唇,懒洋洋地翻了个身继续睡。

林七夜一脚踹上他的床沿,百里胖胖闪电般地从床上坐了起来,像是做了什么噩梦,抬头看向另一张空荡荡的床铺,终于明白发生了什么。

"他们是疯了吗?小爷我才睡了四个小时。七夜、七夜兄,你等等我!"百里胖胖边穿裤子边推开门,发现已经有许多人开始往训练场冲刺。他懊恼地挠了挠头,甩开膀子追了上去。

在夜色下,林七夜的速度快得惊人,等他抵达训练场的时候,整个训练场除了站姿笔挺的三名教官,再也没有其他新兵了。

洪教官看着第一个抵达的林七夜,眼中浮现出一丝赞赏。在林七夜之后,后面的新兵也陆续抵达。洪教官手里握着秒表,似乎在等待着什么。等到最后面的几名新兵抵达,洪教官面无表情地看着下方睡眼蒙眬的众人,沉声开口:"今天,是你们集训正式开始的第一天!就由我来教教你们,什么是纪律,什么是执行力。听到哨声响起,无论你们在干什么,都必须在三分钟内赶到训练场集合!"

洪教官的目光扫过众人,双眸微微眯起:"现在,所有用时超过三分钟的人,自动出列!"

演武台下的新兵中,只有几个人自动出列,剩下的一大部分人都在窃窃私语。

"教官,没有看时间,不知自己用了几分钟的怎么办?"一个新兵举手问道。

洪教官瞥了他一眼:"你,先去跑十圈。"

"我只是问一下……"

"我让你去跑十圈!听不懂吗?"

"是。"

下面的新兵们眉头顿时紧皱起来,似乎完全无法理解洪教官的行为。就在这时,新兵中一个军容整肃的中年男人突然高声开口:"报告!"

洪教官的眼睛微微一亮:"讲!"

"如果不知道自己用时多少怎么办?"

"那就凭感觉,就赌。你们所有人的抵达时间我这里都有记录,你们可以赌一赌,赌自己就是在三分钟内到的。赌对了,就一点儿事没有,赌错了双倍惩罚!"

"是!"

"你当过兵?"

"原陆军作战旅特种兵,郑钟!"

林七夜的余光看向那个中年男人,目光有些复杂,也是个转到守夜人的特种兵吗?当年老赵第一次进新兵集训的时候,是不是也是这样?

洪教官微微点头,目光从郑钟的身上移开:"我再说一次,超时的自动出列。"这句话说完,下方的新兵中顿时出列了一大半。百里胖胖也苦着脸出列,虽然并不清楚自己用了多久,但估计是超过三分钟了。至于林七夜,依然站在队伍里一动不动,虽然也不知道自己具体用时,但绝对不超过两分钟。

等所有人站定,洪教官又伸出手,在原队伍中指了几下:"你,你,还有你,都出列,站最后去。"被点到的几位新兵脸一黑,无奈地走到了最后方,自成一列。

"刚刚自动出列的,背上负重,绕着训练场周围跑十圈;被我点到出列的,背上负重跑二十圈,跑不完不准休息。三分钟内到的,原地休息。"

阵阵哀号声从队伍中传来,他们不情不愿地走到演武台的旁边,一人背上一包负重,绕着寂静的训练场跑了起来。至于林七夜,则优哉游哉地坐在原地,看着他们跑。

"嗯?我感知不到自己的禁墟了!"突然,林七夜身边的一个新兵惊呼开口。

"我也是!"

"你不说我都没发现,这……这是什么情况?"

"应该就是因为之前袁教官说的,能够镇压禁墟的禁物吧?"

"真的一点儿都感觉不到了,这种感觉好难受。"

"……"

林七夜一愣,啥?你们感觉不到禁墟了?我刚刚还用"星夜舞者"的加持跑过来。林七夜仔细地感知片刻,眉头也微微皱起。和其他人不一样,林七夜依然能感知到自己的禁墟,无论是"凡尘神域"还是"星夜舞者",都还存在于他的身体。只不过,它们的效果似乎被大幅缩减了。精神力感知的范围从半径二十米缩减到了两米,动态视觉也削弱了大半,而"星夜舞者"的加持是被削弱得最小的,林七夜几乎感觉不出什么异样。

他猜测,集训营内的那件禁物虽然能镇压禁墟,但对神墟的作用就没有那么明显了,只能将其削弱。和使用自身精神力的"凡尘神域"不同,"星夜舞者"的力量来源于黑夜本身,所以那件禁物对它的削弱更是微乎其微。也就是说,现在的林七夜,或许是集训营中唯一能使用禁墟的新兵。当然,林七夜分得清轻重,不会肆无忌惮地利用神墟来减轻自己的身体负担,来集训营就是为了锻炼自身,要是这样还要靠神墟作弊,那来这里还有什么意义?

远处的跑步队伍中,隐约能看到一个胖子落在最后面,艰难地迈着双腿,一点点儿地挪动。

而在他前面不远处，就是沈青竹。沈青竹不像是跑不动，但整个人懒洋洋的，要不是偶尔还迈个大步，林七夜都以为这家伙在自家后花园里散步呢。跑着跑着，沈青竹又打了个哈欠。

"那个谁！你在散步吗？跑起来！！"洪教官皱眉看着沈青竹，破口大骂。沈青竹象征性地跑了两步，又晃悠了起来，似乎浑然不把教官的话放在心上，依然我行我素，一副转转的表情。

"喜欢散步是吧？你，再加十圈！今天跑得完也得跑，跑不完累死在这个操场上也得跑！"洪教官似乎动了真怒，"两个小时内跑完！不然再加十圈！一直到累晕过去为止！"

沈青竹的眉头皱起，瞥了眼演武台上的洪教官，朝边上啐了一口，才认真地跑起来。

三十圈，他一共跑了一个半小时。而百里胖胖的十圈，足足跑了一个半小时。不过洪教官也看得出来他确实是尽力了，有了个不服管教的沈青竹在前面晃，洪教官瞬间觉得这小胖子顺眼了很多，也没去催促。等百里胖胖跑完瘫软在地的时候，天边都浮现出了一抹鱼肚白，除了他之外，其他人基本都完成了自己的圈数。林七夜搀扶着半死不活的百里胖胖回到宿舍，后者刚接触到床榻，就像是烂泥般倒在上面，浑身的汗水浸透了床单，一副要死的模样。

"我这一晚上……把这半辈子的步都跑了……累死我了……我要睡会儿……"百里胖胖话音刚落，一声尖锐的哨声再度从外面传来。

090

"玩儿我呢？"百里胖胖边哭丧着脸，边拼命地往训练场冲去，也不知是哪里来的力气，明明刚才还是床上的一摊烂泥，现在已经健步如飞！由于夜色已经消散，林七夜也只能凭自身速度朝着训练场跑去，好在他的速度并不慢，这一次依然在三分钟内抵达了训练场。这一次，按时抵达的人明显多了不少。只不过还有几个刚刚跑完二十圈的，要么落在最后面，要么就是刚跑到训练场就眼睛一翻，直接晕了过去。前脚人刚晕，后脚一群医务员扛着担架，风风火火地从旁边跑过来，像是丢沙袋一样把人抬上担架，乐呵呵地不知带到哪儿去，熟练得令人震惊。

洪教官看了看秒表，满意地点点头。

"很好，这一次绝大部分人都按时抵达，有所进步。"

接着，他继续说道："接下来的二十分钟，是你们的吃饭时间，二十分钟内没有回到这里的，你们知道会有什么后果。"说完，他便带着另外两名教官，头也不回地转身离开。

众新兵面面相觑，然后齐刷刷地撒丫子朝食堂狂奔。就连一副死样的百里胖胖也来了精神，两眼放光地冲在了最前面，那表情就像是要把整个食堂活生生吞掉一样。等众新生如猛虎般闯入食堂，看到眼前的场景，突然愣在了原地。只见偌大的食堂内，摆放着一张张方桌，桌上摆着两个大盆，一个盆里装着满满的白面馒头，另一个盆里装着肉——还带有几丝血迹的生肉。新生们茫然地走进食堂，站在那一张张方桌旁，四下张望起来。

"饭呢？菜呢？"

"不知道啊？"

"这是什么？生牛肉？这怎么吃？"

"说不定一会儿一桌发个火锅，煮着吃。"

"我看不像。"

"……"

林七夜和百里胖胖站在一桌，后者眉头紧锁地端起两个大盆，似乎想要在盆底找饭吃："七夜，你说他们这是什么意思？"

"没什么意思，就是让我们吃。"

"这东西怎么吃？白面馒头连水都不给一口，这生肉我看着都恶心，哪怕他给一罐老干妈也好啊！"

林七夜没有说话，只是指了指隔壁桌。隔壁桌上，特种兵出身的郑钟已经面无表情地拿起生肉，大口地撕咬起来。另一只手上抓着白面馒头，一边擦掉生肉上的血迹，一边塞到嘴里。

"这……"百里胖胖震惊地看着这一幕，半晌说不出话来。

"人呢？给老子出来个人！"沈青竹将手里的馒头摔回盆里，沉声喊道。

不一会儿，一个拿着勺的老头黑着脸从厨房走了出来："谁乱喊？"

"弄这些东西，是给人吃的吗？看不起谁呢？！"沈青竹眯眼看着老头，冷冷地说道。

"爱吃吃，不吃滚！"老头瞪着眼，没好气地回道。

"哦？"沈青竹眉头一挑，正欲再说些什么，就在这时，又有几个人走进了食堂。他们披着灰色的披风，手中拿着面具，径直穿过食堂中央，走到最里面的圆桌旁坐下。这一刻，所有人都安静下来。这一次他们没有戴面具，但所有人都知道他们是什么人。

"哟，是你们几个小兔崽子。"老头见到这七个人，笑了一声。

"孙老，这么多年了，您还在食堂给新兵做饭呢？"面容清秀的王面见老头来了，连忙站起身，恭敬地说道。"假面"小队的其他人也纷纷站起，对着孙老微微鞠躬。

"嘿，我这一把老骨头，又上不了战场，就只能在这破厨房发挥发挥余热了。"孙老摆了摆手，不甚在意地说道。

"离开了这么久,还真的挺怀念您老的手艺,这次又得麻烦您老了。"

"嗐,甭管那么多,在这儿等着吧,我去给你们做几道菜。"孙老提着勺子,转身就往厨房走去,完全把新兵们当作了空气。有"假面"小队在,其他新兵也不敢再拦孙老,只能皱着眉看着盆里的白面馒头和生肉,一动不动。

"吃吧。"林七夜伸手从盆里拿出一块白面馒头,咬了一口。馒头很硬,而且没有丝毫味道,吃起来就像是在嚼蜡。

"我,我吃不下去。"百里胖胖看到生肉,觉得有些反胃。

"不吃,撑不过今天的训练的。"林七夜啃着馒头,淡淡开口,"而且以后上了战场,谁也不能保证哪里都有饭吃,不想饿死的话,就要早点儿学会适应。"说完,林七夜又抓出来一块生肉,深吸一口气,闭着眼睛啃了一大口。百里胖胖咬了咬牙,也从盆里拿出一块馒头啃了起来。一旁观望的莫莉纠结了许久,终于下定决心,抓起盆里的生肉啃了起来。而站在他对面的曹渊已经面不改色地吃完了一整块肉,惊得周围新兵仿似一整年缓不过神。沈青竹脸色微沉,冷哼一声之后,也吃了起来。慢慢地,开始吃食物的新兵越来越多,但绝大部分人还是一脸抗拒地站在原地,宁可饿肚子也不肯吃眼前的东西。

二楼的房间中,洪教官低头俯视着整个食堂,微微点头。

"不错,吃得下的人要比上一届多,其中有几个好苗子。"

"嗯,那个郑钟不愧是当特种兵的,吃起来连眉头都不皱一下。那个林七夜也不错。让我没想到的是,沈青竹竟然也吃起来了。"

"哼,他就是个军痞!"

"老洪啊,看人还是不能看表象,我倒是觉得,他就是性格刺了些,本质上还是不坏的。"

"你还挺看好他?"

"人嘛,总是会变的,这一年的集训会改变很多东西,等他们离开这里的那一天,谁知道会是什么样。"

洪教官耸了耸肩,不置可否。

"话说,都这个年代了,咱还有必要弄得这么严格吗?"旁边新来的教官犹豫着问道,"就算再怎么难,应该也不至于吃生肉吧?"

洪教官缓缓闭上了眼睛,似乎在回忆着什么:"八十多年前,守夜人刚成立的时候,正好遇上大灾,到处都缺食物。那些年,前辈们都是啃着树皮,嚼着草根,拿着刀和神秘拼命的!就算现在经济发达了,有些东西还是不能忘。每一届来集训的新兵,第一顿必须吃生肉,没给他们吃草根和树皮就很不错了,这是我们守夜人的传统。过去如此,现在如此,未来依旧如此。"洪教官顿了顿,睁开双眼望着窗外,缓缓说道,"直到有一天,这个国家不需要守夜人的时候,这些古老的传统也会随着那些不为人知的秘辛,永远埋葬在历史当中。"

091

就在林七夜等人捏着鼻子吃生肉的时候，一股香气突然出现在食堂中，所有人都精神一振，齐刷刷地转头看去。只见孙老托着一个大托盘，上面放着一碟碟菜肴，快速走到"假面"小队众人面前。

"红烧肉、小鸡炖蘑菇、蚂蚁上树、清蒸鲈鱼……这么棒的吗？！"旋涡看到满盘的佳肴，咽了口唾沫，眼睛都在放光。

"嘿嘿，小崽子们难得回来一次，当然得给你们做点儿好的。"孙老满是老茧的双手在围裙上蹭了蹭，咧嘴笑道。

"谢谢孙老。"

"谢谢孙老！"

其他几位成员纷纷道谢，然后拿起筷子，有说有笑地大快朵颐。

"咕咚——"

安静的大厅中，咽口水的声音接连响起，刚刚还勉强吃得下白面馒头的新兵闻到这味道，瞬间又吃不下去了。两百多双饿死鬼般的眼睛，直勾勾地盯着"假面"小队的大圆桌，仿佛下一刻就要冲上去抢吃的。王面瞥了他们一眼，默默地把腰间的"弋鸳"摆在了桌上，然后埋头继续吃了起来。

"我不服！凭什么他们能吃香的喝辣的，我们就只能啃馒头、吃生肉！"一名新兵忍不住吐槽。

"哼。"孙老脸色一垮，没好气地回答，"等你们这群小崽子从这营里走出去，以后再回来的时候，我也给你们做这么一桌大菜！"

就在这时，王面似乎想起了什么，对着林七夜招了招手："七夜，一起来吃点儿。"

"唰——"

所有新兵猛地转过头，盯着正在啃生肉的林七夜。林七夜扬了扬眉毛，犹豫片刻，端着自己的盆子走到"假面"小队的圆桌旁，坐了下来。

"来来来，吃点儿鸡肉吧。"王面取过一个干净的小碗，开始给林七夜夹菜。

"旋涡，把那边的鱼肉给七夜夹几块过来。"

"好嘞。"

"那肉汤也来点儿，挺鲜的。"

"我去给他拿双筷子。"

"饭呢？饭还够不够？不够我这里还有。"蔷薇站起身来给林七夜盛饭。

"假面"小队对林七夜的态度十分客气，客气到林七夜都有些不好意思，连连摆手："不用不用，你们吃吧，我就是来问点儿问题的，我吃我这个。"

月鬼一愣:"有好菜你不吃,还吃生肉?"

"嗯。"

"哎,你看你身后的战友们眼睛都绿了,真不来点儿?"

"我是新兵,我吃新兵该吃的东西。"林七夜果断地摇头。

见林七夜都这么说了,"假面"小队的众人也只好坐了下去。王面赞许地看着林七夜,开口道:"你是想问关于代理人的问题?"

"对。"

"问吧,只要我知道,都会告诉你。"

林七夜沉吟片刻:"代理人和神,到底是什么关系?"

"你这个问题,问得就很深奥了。"王面思索了许久,才缓缓开口,"从本质上来说,代理人和神的关系其实就是两个字——'契约'。"

"契约?"

"神出于某些原因,一般不会直接出现在人类的社会中。如果他们想要做些什么的话,就要找一个合适的人来帮他完成,这时候,人和神就会形成一种神秘的契约。契约的本质,其实就是交换,神将自身的部分神力给予代理人,作为交换,代理人需要帮助神来完成某些事情。当然,不是谁都能成为代理人的,只有神本身认可了你,你才有成为代理人的资格,从而完成这份契约。"

"契约。"林七夜念叨着这两个字,眉宇间充满了疑惑。

如果是签订了契约的话,没道理他什么都不知道啊,炽天使将自身的部分神力给了他,却又丝毫不提自己该做什么。比起契约,林七夜觉得这更像是一种赠予。

"那你要帮时间之神做些什么?"林七夜看向王面,随后意识到自己问出的这个问题有些失礼,补充道,"如果不能说的话,就当我没问。"

"没什么不能说的。"王面摇了摇头,"八九年前吧,我还是个普通人。那天我浑浑噩噩地走在大马路上,旁边有一辆酒驾的大卡车朝我冲过来。我来不及反应,就在我要被撞飞的瞬间,周围的时间突然被暂停了。后来,时间之神从虚无中走来,和我签订契约,将他的神墟赐予我,作为交换,我未来必须进入高天原,从里面帮他取出一件东西。"

"高天原?"林七夜一愣,"日本神话中的众神之乡?"

"没错。"

"真的存在吗?"

"时间之神说存在,那肯定就存在,只不过迄今我还没有找到。"王面无奈地叹了口气。

林七夜点了点头:"那你加入守夜人,是自己的选择?"

"是啊,其实在我加入守夜人之前,古神教会的恶神代理人就曾找过我,让我加入他们。"王面平静地说道，"但是我拒绝了。"

林七夜若有所思："因为时间之神给你的这个目标和归入哪方阵营并没有关系，所以他们觉得可以拉你入伙？"

"没错，古神教会中的某些人，甚至已经找到了关于高天原的线索，但我实在是不愿与他们为伍，最后还是拒绝了。"

"然后他们就放弃了？"

"没那么简单，古神教会的人都是一群疯子，如果不能把你拉入伙，就会想方设法地杀掉你。我刚加入守夜人的时候，就被他们伏杀了三四次，要不是我命大，估计也活不到现在。"王面耸了耸肩，"不过现在，他们已经不敢来找我了。"

"为什么？"

"因为他们不一定打得过我，而且……"王面的目光落在桌上的其他队员身上，嘴角浮现出笑容，"我有一群很靠谱的队友，不管是单挑还是群殴，他们都不敢动我。"

"喀喀喀，队长，吃饭的时候，最好不要突然煽情，容易恶心。"旋涡的表情有些古怪。

"可我说的是事实。"

"就算是这样，你也可以等没人的时候说嘛，现在说多尴尬！"蔷薇气鼓鼓地瞪了王面一眼。

"嗯，我下次注意。"

林七夜怔怔地坐在那儿，看着眼前的七人嬉笑打骂，过了许久，嘴角浮现出淡淡的笑容。

092

食堂外，尖锐的哨声再度响起！

"噌——"

林七夜还没反应过来，身前的"假面"小队七人已经猛地站了起来，拔腿就开始往外跑。旋涡跑了两步，突然回过神来："不对啊，我们又不是新兵，我们跑啥？"

"条件反射。"王面挠了挠头，瞄了眼大厅，发现所有新兵都在盯着他们，有些尴尬地咳嗽两声，

"那什么……咱接着吃，接着吃。""假面"小队的众人又坐了回去，假装无事发生地继续吃了起来。

新兵们收回目光，下意识地看了眼墙上的时间，离开始吃饭也就过了十分钟，距离二十分钟的期限还早，怎么又吹哨了？！不过，他们还是放下了手中的馒头，

转身就往训练场跑去，毕竟没有人愿意因为迟到再去跑几圈。被白面馒头噎到的百里胖胖疯狂地拍着胸脯，对着林七夜招了招手，转身就往外面跑去。

"我先走了，你们接着吃吧。"林七夜转身说道。

"嗯，去吧。"王面微微一笑，"等下次见面，我们就是在集训营外面了。"

"你们要走了？"

"是啊，北方又出现一只'海'境的神秘，我们吃完饭就要赶过去。"

"好，祝你们凯旋。"

林七夜朝他们挥了挥手，飞快地跑出了食堂。等整个食堂的人都走光了，周围的环境一下安静下来。

"唉，没有新兵们忌妒的目光，这饭吃起来都不香了。"旋涡放下了手中的筷子，长叹了一口气。

"真是恶趣味。"天平翻了个白眼。

"既然都吃饱了，那我们也该走了。"王面见无人再动筷，便拎起身边的黑匣，缓缓站起身。

"嗯，走吧，别让人家等太久。"月鬼擦了擦嘴巴。其余人也纷纷起身，披好斗篷，拎起黑匣，迈着大步朝着食堂的出口走去。

温柔的阳光穿过干净的窗户，洒在空荡荡的食堂中。他们七人并肩前行，微风从大门轻轻卷入，吹起灰色斗篷的一角。那条纤尘不染的瓷砖路上，清晰地倒映着他们的身影。他们将黑匣背在身后，低下头，戴上各自的面具，迈步而出。整个食堂，彻底寂静下来。逼仄的厨房中，身子有些佝偻的孙老站在那扇小窗户旁，沉默地看着他们离去的背影。他的眼眶有些发红，目光却充满了坚毅。片刻之后，他双脚并拢，挺起胸膛，对着他们离去的方向，敬了一个标准的军礼！

训练场。

"来自神话、传说、乡野流言的神秘生物，是我们守夜人最主要的敌人。它们的能力千奇百怪，它们的特性也各不相同，毫无疑问的是，它们远比肉体凡胎的人类强大！而我们，要想和这种存在战斗，靠的是什么？"演武台上，一名陌生的教官站在中央，目光扫过众新兵。

沈青竹懒洋洋地举起手："报告！靠的是强大的禁墟！"

教官冷笑两声："禁墟确实是人类与神秘作战最重要的倚仗，但它并不意味着全部。除非你的禁墟非常强，强到动动手指就能杀死神秘，你行吗？"

沈青竹眉头一挑："我行啊。"

"你的禁墟是？"

"序列068，'气闽'。"

教官："……"

教官假装什么都没有听到，站直了身子："谁还有别的答案？"

人群中，一个小胖子突然举起手。

"报告！靠的是钱！"

教官："？？？"

"钱？你告诉我，靠钱怎么跟神秘战斗？把钱换成硬币砸死它吗？"教官被气笑了。他转头看向所有新兵，郑重地开口，"与神秘战斗，除了禁墟之外，我们还需要强大的体魄和战斗技巧。而战斗技巧，又分为冷兵器和热兵器。热兵器在对付低阶神秘时或许有用，但到了高阶，冷兵器战斗才是真正的王道。今天，就让我来教教你们，冷兵器的近战！"

训练场另一边，洪教官和其他两名教官站在一起，远远望着这一幕。

"洪教官，这名新来的韩教官是什么来头？"身旁的教官疑惑地问道。

"这是从本部那边调来的近战高手，今天早上才坐飞机赶过来。虽然是第一次带新兵，但是我很看好他。"洪教官的目光里满是赞许。

"今天才来，第一次带新兵？"另一名教官眉头微皱，"不会出什么岔子吧？"

"不可能，这位韩教官的近战实力，在国内可是顶尖的，我们安心回去打牌就是了。"

"哦，也好！"

三人悄悄离开，没有惊动任何人。

演武台上，韩教官依然在兴致高昂地讲解着冷兵器。

"守夜人当中，除了少部分特殊情况，绝大部分人用的是制式武器，也就是星辰刀！"韩教官手里握着一柄直刀，拔刀出鞘，"直刀有很多好处，这里我就不细说了，今天我主要和你们讲讲直刀的使用技巧。要想用好直刀，第一要义就是反应速度。反应速度的快慢……"

韩教官在台上用直刀演示了好几种出刀、收刀的方法，台下的众新兵听得津津有味。

林七夜则听得有些困了，不是因为韩教官讲得不好，而是因为他说的这些，陈牧野都教过，而且他还用无数次的疼痛将其铭记在心。这个时候，开小灶的好处就显现出来了。

"现在，我就找几个人来演示一下。"韩教官讲解完刀法，将手中的直刀丢在一边，从旁边的架子上取下两柄木刀，"刚刚那个说用钱打败神秘的胖子呢？你上来，给大伙演示一下！"

韩教官一眼就看到了台下的百里胖胖，对着他招手。百里胖胖挠了挠头，有些笨拙地爬上演武台，接过韩教官的木刀。

"刚刚我说的那些，都记住了吗？"

百里胖胖犹豫了片刻："没有……"

"没记住，就用你的钞能力啊！"韩教官笑了一声，"让我见识见识，用钱怎么打赢神秘。这次我来进攻，你按我刚刚说的方法来防守，要是没记住，那就凭本事！"

"哦……"

韩教官手持木刀站在百里胖胖身前，双眸微微眯起，而百里胖胖则僵硬地握着刀，浑身上下漏洞百出。韩教官冷笑一声，一步上前，手中的木刀以迅雷不及掩耳之势挥出。在刀即将触碰到百里胖胖的瞬间，一道亮瞎人眼的金色光罩突然出现，将他守在中央。

"啪——"

只听一声轻响，韩教官手里的木刀断成了三截。

韩教官："……"

百里胖胖："……"

093

现场的气氛顿时凝固了。浑身笼罩在金光中，仿佛是个大灯泡的百里胖胖挠了挠头，赶紧关掉了"瑶光"，金光顿时消散无踪。那件能够镇压禁墟的禁物，似乎只对人体内的禁墟有效，对同为特殊物品的禁物并没有作用。他有些尴尬地开口："那个……韩教官，不好意思，刚刚忘关自动应急模式了。"

韩教官看了看自己手里的木刀，看向百里胖胖的眼神有些不善。百里胖胖将项链摘下，放回了口袋里，满脸老实地说道："对不起韩教官，要不再来一次？"

韩教官深吸一口气，将手里的半截木刀扔到一旁，换了柄新木刀。

"好，那就再来一次。"

"唰——"

"刺啦——"

这一次，木刀没有被什么奇奇怪怪的金光罩挡下，但就在木刀即将碰到百里胖胖的瞬间，直接自己烧了起来。仅用了半秒，韩教官手里的木刀就烧得只剩个把手。

韩教官："……"

"哎呀！自动防火墙忘关了，对不起韩教官！"百里胖胖幡然醒悟，急急忙忙摘下手腕上的一串珠子，"要不我们再来？"

"滚下去。"

"好嘞！"

韩教官一把丢掉手中的烧火棍，揉了揉眼角，似乎有些心累。半晌之后，他叹了口气，目光扫过众新生，指了指百里胖胖旁的林七夜："你，上来。"

"哦。"

林七夜轻松地翻上演武台，站在他的身前，伸手接过木刀。

"你身上没禁物吧？"韩教官狐疑地扫了林七夜一眼。

"没有。"

"好，刚刚教的那些都记住了吗？"

"记住了。"

"嗯，接下来我要讲新的进攻方式，你可能挡不住，没关系，我下手不会很重的。"韩教官见终于来了个正常人，心情似乎愉悦了很多。他面向全体新兵，讲解起来，"刚刚我讲了几种基础刀法，现在给你们演示一种比较高难度的挥刀动作。这个动作巧妙地利用了人的视觉死角，同时又能将刀的迅猛发挥到极致，实用性非常高，威力也十分不俗。下面我给你们演示一下。"

韩教官转过身，面向林七夜，向前半步，手中的木刀刹那间挥出，以一种极为刁钻的角度斩向林七夜。

"啪——"

只听一声轻响，林七夜单手握刀，轻松地挡住了这迅猛的一击。

韩教官："……"

林七夜：赞！好刀法！

两人就这么贴在一起，四目相对。

韩教官张了张嘴，眼神好像在说："你怎么挡住的？"

林七夜：嗯？很难吗？

"喀喀喀，刚刚是一个简单的示范，可以看出，这位新兵的刀法基础很扎实，反应也很快。接下来，我给大家正式示范一下。"韩教官试图化解尴尬，后退了几步，又一次猛挥木刀——"啪"！林七夜挡住了。韩教官不信邪，手中的木刀连斩，速度越来越快！

"啪啪啪啪啪——"

一连串的木刀碰撞声响起，林七夜手中的木刀都快挥出残影了，稳稳地架住了韩教官的每一次攻击。十几秒过后，韩教官默默地放下了手中的刀。他看着眼前满脸无辜的林七夜，一副见鬼的表情。

"学过刀？"

"一点点。"

"跟谁学的？"

"136 小队队长，陈牧野。"

韩教官缓缓闭上双眼，有些生无可恋："你下去吧。"

"哦。"林七夜面无表情地回到队列中，他能清晰地感觉到，周围人看他的目光都怪怪的。韩教官悄悄转过身，小声嘟囔着什么。"加油！韩栗！你一定行！他们不过是一群新兵，不可能有那么多变态！加油！不能放弃！这次我一定行！"
他深吸一口气，转过身来，开始仔细地观察新兵的面相。不久，他的目光落在了一名普普通通的少年身上，这少年看起来有点儿面瘫，身体也不是很强壮……就他了！

"你，上来。"韩教官淡淡地开口。

曹渊一愣，犹豫片刻，还是走上了演武台。

"你身上有禁物吗？"

"没有。"

"有别人教过你刀吗？"

"没有。"

"嗯，那好。"韩教官松了口气，这次终于碰上个正常人。他将手中的木刀丢给曹渊，"来吧，我们演练一下，你来挡住。算了，这次你进攻，我来演示防守。"

"啪嗒——"

曹渊没有伸手接刀，而是任由木刀掉到自己的脚下。

韩教官的眼睛微微眯起，语气有些不善："你这是什么意思？把刀捡起来。"

曹渊摇了摇头："我不能碰刀。"

"为什么？"

"我怕控制不住自己。"

"这只是一柄木刀。"

"木刀也是刀，只要是有刀的样子的，我都不能随便碰。"

韩教官皱起了眉头，这都是什么奇奇怪怪的毛病？

"我让你拿起来，你就拿起来。"

"我真的不能……"

"拿起来！这是命令！"

曹渊无奈地叹了一口气："那好吧。"

他弯下腰，准备去捡刀。与此同时，林七夜等人脸色一变，同时向后狂退数十米，看向韩教官的眼神满是同情。韩教官一愣，看到这一幕，突然有种不祥的预感。他正想说些什么，对面曹渊的手已经碰到了刀柄。

"轰——"

黑色的煞气以曹渊为中心轰然爆发。一道漆黑火柱冲天而起，恐怖的威压弥散在整个训练场中。

与此同时，正在休息室里"斗地主"的三名教官脸色一变，"噌"的一下站了起来。

"出事了？！"

"走走走！快去看看！"

这股煞气爆发得过于突然，直接惊动了集训营中的所有教官，他们同时看向训练场，眉头紧紧皱起。

训练场。
黑色的煞气火焰缭绕在曹渊身旁，他赤着上身，肩上扛着冒火的木刀，正朝着韩教官狞笑。
韩教官：这是什么鬼东西？就碰了下刀柄，怎么就变成这副鬼样子？我……我就想教他们用个刀而已啊，这个新兵营能不能有点儿正常人啊？苍天啊……
韩教官看着眼前煞气逼人的曹渊，又看了眼自己手中的木刀，沉默片刻，反手就把它丢了出去。去你的吧！

094

疯魔曹渊怒吼一声，身形如同闪电般飞蹿过来，手中的木刀骤然挥出，黑色的火焰宛若月牙般斩向韩教官。两手空空的韩教官眼角微眯，侧身翻滚到了另一侧，避开了月牙，与此同时反手拿起放在地上的直刀，只听一声轻吟，直刀出鞘。一刀在手，韩教官的气质顿时就变了。他深邃的目光仿佛能洞悉疯魔曹渊的动作，在疯魔曹渊闪身到他身前时，猛地后退半步，侧身挥刀而出。
"当——"
缭绕着黑色火焰的木刀与韩教官的直刀碰撞在一起，竟然发出了金铁碰撞之声。疯魔曹渊狞笑一声，骤然发力！韩教官的直刀被木刀荡开，没有丝毫惊慌，精准地预判了疯魔曹渊下一刀的轨迹，轻松避开，然后连续后退数步，眼神凝重。
"七夜，禁墟不是被镇压了吗？曹渊怎么还能用？"百里胖胖凑到林七夜耳边，疑惑地问道。
"禁墟序列越高，那件禁物镇压的效果就越弱。它镇压其他人的禁墟还好，曹渊的序列太高，根本无法完全镇压。而且，他的禁墟十分特殊，暴走状态下连自己都控制不住，那禁物的效果就更小了。"林七夜说出了自己的猜想。
"那教官们的禁墟岂不是也被镇压了？"百里胖胖似乎想到了什么，"也就是说，现在全场只有曹渊能用禁墟，而韩教官现在纯粹是靠战技在和疯魔的曹渊战斗。那可是超高危中的超高危啊！"
林七夜没有回答，只是看着台上互相厮杀的二人，陷入沉默。
"所有人立即撤离训练场！"韩教官与疯魔曹渊连续对砍数刀，被曹渊的巨力震得后退数步，沉声对下方的新兵说道。以他的眼力，自然认出了眼前这个少年的禁墟，也初步了解了现在的状况。不管怎么说，现在的曹渊都太危险了，被镇压了禁墟的新兵就只是一群普通人，再留下去难免会发生什么意外。

"该死，我现在感知不到自己的禁墟。"韩教官咬着牙，不断地试图施展出自己的禁墟，却没有丝毫反应。疯魔状态下曹渊可是连王面都觉得棘手的人物，没有时间加速，也没有"弋鸳"的韩教官，现在纯粹是依靠战斗经验与技巧与之周旋。也正因如此，林七夜等人才见识到了这位悲催教官的真正实力！无论疯魔曹渊的速度有多快，韩教官总是能预判到他的行动轨迹，手中的直刀像是有了思想，如同蝴蝶般在他的手中翻飞，精准地挡住曹渊的每一击！只可惜，他能挡住攻击，却扛不住那变态的力量，以及扑面而来的煞气火焰。这场战斗，根本就不公平。在疯魔曹渊的狞笑声中，韩教官只能勉强自保，节节败退。

"瑶光。"百里胖胖将项链戴上，伸出小胖手，朝着演武台遥遥一指。刺目的金光会聚成束，如利箭般飞出，重重地撞在木刀刀锋之上，紧接着形态突然变换，化作一根金色的绳索，捆在疯魔曹渊的身上。疯魔曹渊怒吼几声，身上的黑色火焰越烧越旺，仅用两秒就烧断了"瑶光"所化的绳索，挣脱开来，然后转头看向台下的百里胖胖，露出狰狞的表情。

百里胖胖虎躯一震，后退了半步，咽了口唾沫："七夜兄救我！"

林七夜："……"

"给我把刀。"林七夜无奈地开口。

"啊？好！"百里胖胖将手伸进口袋，快速翻找起来。此时，疯魔曹渊已经放弃了韩教官，彻底改变目标，朝着百里胖胖和林七夜二人狂奔而来！

韩教官脸色大变："快跑！！"

他双腿一蹬，追着疯魔曹渊朝着两人这里跑。林七夜眉头微皱站在那儿，眼底浮现出两抹淡淡的金色光芒，一股横横的气势以他为中心散开。

"找到了！"百里胖胖从口袋中翻出一柄长度和星辰刀差不多的刀，递到了林七夜的手中。此刻，疯魔曹渊的黑炎已经烧到了林七夜的眼前。裹挟着煞气火焰的木刀斩开空气，径直挥向百里胖胖的脖颈，就在此时，一抹白色的刀芒乍闪。

"唰——"

木刀与刀芒碰撞在一起，硬生生阻隔住煞气火焰的侵蚀。林七夜反手一搅，荡开了曹渊的木刀。惊魂未定的百里胖胖站在林七夜的身后，抚摸着扑通狂跳的小心脏："吓死小爷了！"

林七夜轻"咦"了一声，低头看向自己手中的刀，眼中浮现出一丝疑惑："我刚才明明没碰到木刀，为什么……"

"这柄刀上的禁墟叫作'小斩白'，人造禁墟，是序列061的那柄神刀'斩白'的仿品，出刀时能够无视五米的距离，不算什么厉害的禁物。"百里胖胖摸了摸肚皮，"那件真正的'斩白'是我们家的藏品之一，据说能够直接无视千米距离。千米之内，一刀挥出，万物授首。"

"这么夸张？"林七夜把玩了一下"小斩白"，惊讶地说道。

"那可不，能让我们家郑重收藏的禁物就那么几件，我老爹天天跟守宝贝似的守着，我想看一下都不行。"

"用着还挺不错的。"林七夜掂量了一下"小斩白"，满意地点点头。

疯魔曹渊低吼一声，死死地盯着林七夜，交织在身体表面的煞气火焰又旺盛了许多。林七夜察觉到了他的目光，冷哼一声，用力回瞪一眼，两团金色的熔炉从他的眼中爆发。

无尽神威直接灌入了疯魔曹渊的精神中，他闷哼一声，后退半步，身体像是喝醉了酒般摇晃起来。

"嗯？看来神威对这家伙意外地有效。"林七夜喃喃自语，转头看向百里胖胖，"上次那个'封禁之卷'，再给我一下。"

"行。"百里胖胖从口袋里掏出胶带，放了林七夜手中。林七夜右手握着"小斩白"，用牙轻轻撕开一截左手的封禁之卷，双眸闪耀似烈日，飞快朝着疯魔曹渊冲去！距离疯魔曹渊还有五米，林七夜手中的"小斩白"便连挥数下，直接荡开了曹渊手中的木刀。曹渊怒吼一声，另一只手屈指成爪，缠绕着煞气火焰，闪电般抓向林七夜的身体。林七夜仿佛完全洞穿了他的动作，微微下蹲，避开了这一爪，紧接着手中的"小斩白"再度挥出，用刀背猛击他的手肘。曹渊的木刀脱手而出！林七夜飞速反身，左手露出的大半截"封禁之卷"缠绕在他的脖颈上，连绕数圈，完全阻隔了黑炎之后，猛地向下一拽，疯魔曹渊应声摔倒在地。

095

黑色的火焰徐徐退去，露出原本的皮肤。曹渊双手拉着自己脖子上的"封禁之卷"，双眼中的血红逐渐消失，剧烈地咳嗽起来。林七夜松开手中的胶带，终于松了一口气。疯魔状态下的曹渊果然强得离谱，若非这次林七夜有两件禁物在手，再加上他的神威对"黑王斩灭"有克制作用，这次未必能赢得这么轻松。赤着上身的曹渊躺在地上，大口地喘着粗气，他的目光落在林七夜身上，嘴角浮现出一丝笑容："果然是你。"

"什么？"

"这个世界上，能镇住'黑王斩灭'的人可不多。"

"是吗？如果我没猜错的话，'假面'的队长也可以。"

"不一样，你能洗清我的罪孽。"

"你在说什么？"林七夜的眉头微皱，似乎无法理解曹渊的意思。曹渊只是摇了摇头，从地上爬了起来，没有多说什么。旁边的韩教官走过来，仔细地观察了林七夜许久："没受伤吧？"

"没有。"

"嗯。"韩教官顿了顿，对林七夜竖起了大拇指，"刚刚那招漂亮！"

林七夜微微一笑。

韩教官伸手将曹渊扶起来，曹渊正想开口说些什么，韩教官便摇头制止了他："你什么都不用说，这次的事情，责任全部在我，是我硬要让你拔刀的，不关你的事。"

本想道歉的曹渊见话被彻底堵死，无奈地叹了口气，双手合十于胸前，微微躬身："阿弥陀佛。"

没多久，几名全副武装的教官就风风火火地赶了过来，见到满目疮痍的演武台，眉头都微微皱起。韩教官走上前，简单地跟几名教官说明了一下情况，他们这才放下心来。

"洪教官，我觉得我还是不适合教学。"韩教官拉着洪教官走到一旁，长叹了一口气，幽幽开口。

"这才是你上岗的第一天，就想要放弃了？"洪教官眉头一挑。

"我发现，教导学生和自己上阵杀敌，完全是两码事。外出执行任务的时候，我可以单刀战群敌，无论是什么样的危险，我连眉头都不会皱一下。可我来这里教学，才过了几分钟就被搞得灰头土脸，差点儿酿出教学事故。"

洪教官看着韩教官郁闷的表情，忍不住笑出了声："我倒是觉得，你在教学这件事上，格外有天赋。你连抽三个人，一个是百里家的继承人，一个是炽天使代理人，一个是超高危中的超高危。这可不是在几个人里抽啊，足足239个新兵，你连抽了三个最不好惹的角色，你这手气真是绝了！"

"洪教官，你别笑话我了。"韩教官有些不好意思地摸了摸鼻子。

"说实话，论近战，我们这些教官里或许有比你强的，但那都只是某个方面比较突出，不像你这么全能，十八般武艺样样精通。在这群小菜鸟的现在阶段，需要的不是某个近战方面的专精，而是要先从所有武器中，找到最适合自己的战斗风格，这就需要一个熟悉所有武艺的老师来指引。我们教不来，整个大夏的守夜人，估计也只有你韩栗有这个本事。"

"可是我……"

"他们这些新兵里，让人头疼的也就那么几个，其实有机会亲眼见证这群妖孽的成长，对你我而言也是一件幸事，不是吗？"洪教官的目光落在远处，嘴角微微上扬，"你就不好奇，这群妖孽走出这座集训营时，会是怎样的一番气象？"

韩教官微微一怔，下意识地转头看向众新兵，脑海中仿佛又浮现出那个左手缠带、右手握刀的少年的身影。沉默片刻，他还是点了点头："好吧，我再试试。"

洪教官笑了笑，伸手拍了两下韩教官的肩膀："去吧，那群人还等着你训练呢。"

韩教官点了点头，深吸一口气，迈着大步走向训练场。见韩教官回来，原本躁动的众新兵又闭上了嘴，整个训练场安静了下来。韩教官的目光扫过众人，从旁边的架子上又取下一柄木刀，走到缺了半边的演武台上，继续讲解起来："刚刚我们说的那一式刀法，虽然迅猛快捷，但在力道上依然有所不足……"

整个上午都是近战训练时间，在韩教官简单讲了几式刀法之后，后面又继续讲了双手刀、剑法、枪法，还有部分暗器的使用方法。由于是第一次接触冷兵器训练，基本上还是以韩教官讲解为主。韩教官也是心善，让他们全部坐下来听，这让被折磨了一早上的众新兵终于有了休息的时间。等到韩教官讲得口干舌燥，也就到了午餐时间。当新生们满怀期待来到食堂，发现午饭依然是白面馒头加生肉的时候，心态直接炸裂，有些人更是直接吐了出来。也有眼尖的人发现，除了白面馒头和生肉，每个人身前还有一碟小小的咸菜，这又让绝望的新兵们欣喜若狂。

"七夜兄，你说食堂那孙老头是良心发现了吗？居然还准备了咸菜！"百里胖胖感动得将咸菜塞进白面馒头里，直接咬了一大口。

"不知道，我只知道就这么一小碟小菜，还不够吃几口的。"林七夜细细地数着咸菜的数量，黑着脸说道。

就在这时，一个身影悄然挪到了他们的桌上。曹渊默默地将自己的咸菜递给林七夜，边啃着生肉边开口："我的给你。"

林七夜一愣，百里胖胖则瞪大了眼睛："我说兄弟，这可是咸菜，你不吃？"

"林七夜要吃，我就给他吃。"

百里胖胖听到这句话，张大了嘴巴："这……你知道这叫什么吗？"

"什么？"

"舔狗。"

"我乐意。"

林七夜沉默了片刻，缓缓开口："如果你是为了上午的事情，其实大可不必这样，我也没有受伤。"

"不是的，林七夜。"曹渊摇了摇头，认真地看着林七夜的眼睛，"我只是……欣赏你。"

林七夜："……"

百里胖胖虎躯一震，看向曹渊的眼神瞬间就变了！

这是个劲敌啊！

096

这人是不是有什么问题？林七夜看向曹渊的眼神古怪起来。

"我不明白，"林七夜摇了摇头，"就因为我能遏制住疯魔状态下的你吗？"

"你还能帮我洗清罪孽，功德圆满。"曹渊双手合十，轻诵佛号。

林七夜眉头皱起:"你在说什么?"

曹渊的脸色黯淡下来,双眸中闪过一丝悲痛,沉默片刻,缓缓开口:"我身上背着333条无辜惨死之人的性命,血光冲天,杀孽如海。只有你,能替我化去这份罪孽,免受业火焚烧之刑。"

"你杀了333个人?"百里胖胖瞪大了眼睛,"你以前是个土匪?"

"不是。"

"那你干啥了?"

曹渊眼观鼻、鼻观心,低着头沉默不语。

林七夜缓缓开口:"对不起,我没有帮人化去罪孽的本事,你该去找和尚。"

"我找了。"曹渊注视着林七夜的眼睛,"我在九华山诵经念佛,静修七载,身上的血光依然没有退去丝毫。金蝉大法师说,只有一人可助我化去罪孽,功德圆满。"

"他报我的身份证号了?"林七夜古怪开口。

"没有,但也没什么区别。"曹渊平静地说道,"双木立身,八神去一,入夜十载,度我世人。不正好是'林七夜'三字?"

林七夜听到前两句话还没什么反应,但听到那句"入夜十载,度我世人",表情就逐渐郑重起来。入夜十载,是说他曾失明十年,还是说他与赵空城的约定,进入守夜人十年?

如果是前者,那只能说明曹渊仔细地调查过他;但如果是后者,当时他立下誓言的时候周围一个人都没有,那位金蝉大法师又是如何得知的?

"还是那句话,我不会替人消灾度劫。"林七夜摇头。

"现在或许不行,但我相信未来的你能做到。"

"你这么相信我?"

"我相信金蝉大法师。"

林七夜注视了曹渊许久,无奈地叹了口气:"随你吧,但我不会做出任何保证。"

曹渊的嘴角微微上扬,似乎想起了什么,将咸菜递到了林七夜的面前:"吃咸菜。"

林七夜纠结片刻,还是伸手去抓了一点儿,塞到了白面馒头里,咬了一大口。曹渊露出了满足的笑容。

"这笑容越看越……"百里胖胖嘀咕一句,不要脸地凑到曹渊身边,伸手也要去抓点儿咸菜。曹渊脸色一变,猛地用手挡住了咸菜碟子:"滚。"

"让我吃一口嘛!七夜能吃,我咋不能?这么小气。"百里胖胖撇嘴。

"这些都是林七夜的。"曹渊面无表情地开口。

百里胖胖委屈地凑到林七夜身前:"七夜,你说,我百里胖胖,配不配吃你的咸菜!"

"不配。"

"我的手表……"

"嗯,少吃点儿也行。"

见林七夜松口,曹渊在百里胖胖的傻笑下,只能委屈地松开了手,一个人默默地啃起了生肉。百里胖胖一只手拿着馒头,一只手抓着咸菜,嚣张地站在曹渊面前,边啃边嘿嘿嘿地傻笑,像极了后宫里一朝得势的娘娘。

"所有人注意!"正在大家专心吃饭的时候,洪教官带着两名教官从食堂门口走了进来,响亮的声音在整个食堂回荡。所有人同时放下了手中的馒头,只有百里胖胖猛地往嘴里塞了一口馒头,鼓着腮帮子笔挺地站在那儿。洪教官锐利的目光扫过全场,缓缓开口:"今天下午,是你们的第一次极限训练!一会儿吃完饭,所有人到食堂后面集合!听明白了吗?"

"听明白了!"众新兵回答。

洪教官点点头:"给你们一句忠告,下午的极限训练会很辛苦,你们最好把桌上的食物吃完。"说完后,三名教官便转身离开,食堂里的声音又大了起来。

"极限训练?什么鬼东西?"百里胖胖边嚼着馒头,边疑惑地开口。

"不知道。"曹渊摇头。

"先把桌上的东西都吃完吧。"林七夜看着教官们离去的方向,长叹了一口气,"今天下午,估计是真的炼狱了。"

林七夜三人吃完饭,便径直前往食堂后面,那里已经有好几辆黑色的大巴车停靠,不知要去往何处。

"出营?"百里胖胖的眼睛一亮,脸色有些期待。

"出营,未必是好事。"林七夜的眉头微微皱起。

"为什么?"

"这说明集训营里的设施,已经无法满足'极限'的条件了。"特种兵出身的郑钟突然出现在三人的身后,冷不丁开口。

"你们以前训练过?"

"我不知道守夜人的集训和部队里一样不一样,总之下午的训练不会像上午那么轻松了,保存好体力吧。"郑钟从林七夜身边走过,黑色大巴车的车门缓缓打开,他轻轻一跃,便消失在众人的视线中。

林七夜思索了片刻,依然猜不出这个极限训练究竟是个什么,索性不再多想,跟着郑钟上了车,百里胖胖和曹渊也随后跟上。等到人都到齐,车辆便缓缓启动,这五辆黑色的大巴车就这么驶出了集训营的大门,朝着荒野疾驰而去。过了半个多小时,车辆停了下来。正在休憩的林七夜睁开眼,看向窗外,整个人微微一愣。

"津南山?"林七夜是沧南本地人,自然能认出眼前这座郁郁葱葱的山脉。沧南市地处大夏东南部的平原，本就没有什么高山名山，这座津南山高度不过四千米左右，算不得什么高山。但它的周围坐落着一连串小型山峰，将其包裹在中央，连成了一片山脉，说大不大，说小也不算小。而且，这座津南山并没有被大规模开发过，属于沧南市边境的野山，只有津南山的山顶架了一座小型索道，供游人上下。即便如此，一年也来不了多少游客，属于冷门得不能再冷门的景点。

车辆停稳后，洪教官便站起身，回头看向众新兵，嘴角勾起一个残忍的笑容："全体都有，下车！"

097

很快，众新兵就在津南山下集合完毕。洪教官背着手站在他们身前，扫视一圈之后，缓缓说道："接下来，我们要开始进行极限训练。看到身后的这一片山脉了吗？一会儿，我会给你们每个人配备35公斤的负重，你们要做的就是在明天天亮之前，穿过这片山脉！"

"报告！"郑钟喊道。

"讲！"

"就是普通的负重越野吗？"

"没这么简单。"洪教官微微一笑，招了招手，最后一辆大巴车中突然飞出了密密麻麻的无人机，每架无人机的下面都装了一个微型枪孔，"你们身上的负重自带定位功能，训练开始之后，这些无人机就会进入山脉，追击你们所有人，一旦被上面装载的颜料枪击中，就意味着失败。而失败，会有很残酷很残酷很残酷的惩罚！"洪教官的嘴角控制不住地上扬，似乎想到了什么有意思的事情，连续三次强调了"残酷"二字，众新兵听得头皮发麻。

"有几个规则我要强调一下。"洪教官伸出三根手指，"第一，你们身上的负重可以相互交换，比如你们其中的某人跑不动了，可以将部分负重交给其他人，也可以随时拿回来。必须注意的是，不可以私自将负重丢弃，一旦发现，直接失败！第二，不可以用任何方式攻击甚至触碰无人机，也不可以在身上背任何物品来阻碍颜料枪的射击，不可以躲在某处地形死角，一动不动。你们面对无人机能做的只有一件事——那就是逃！第三，你们可以抱团，但相互之间不能攻击，不能强行干涉别人的行动。"

洪教官说完这三点，大声喊道："听明白了吗？"

"听明白了！"

"所有人，领负重，出发进山！"命令下达之后，众新兵就开始轮流到旁边背负重，然后每人发了一柄战术小刀，"这柄刀是让你们用来克服地形困难的，不是让你们自相残杀的，记住！"发刀的韩栗教官认真叮嘱道。当发到曹渊的时候，韩栗教官默默地放下了手中的小刀，反手从背后掏出一把勺子。

"教官，这……"曹渊傻了。

"你不能用刀具，现在又找不到别的武器，就先拿这个凑合凑合吧。"韩栗教官拍了拍他的肩膀。

曹渊："……"

人家用小刀能割开杂草，我用这勺子能干吗？给自己挖个坑吗？

"对了，那边那个胖子！"一旁的洪教官似乎想起了什么，叫住了准备进山的百里胖胖。

"嗯？"

"把'自在空间'，还有你身上挂着的那些项链、手镯、珠子，统统取下来，保管在我这儿。"洪教官伸出手。

百里胖胖虎躯一震，双手护胸："教官……这些东西很贵重的！"

"我又不拿你的，暂管，明白吗？你这要是进去到处丢禁物，那还训练个屁！"

"行吧。"百里胖胖哭丧着脸，从口袋里掏出来另一个白色小口袋，交到了洪教官手上，又把身上那些零零散散的挂件也一起上交了。

"嗯，去吧。"洪教官郑重地将这些东西放好，对着百里胖胖摆摆手。

等所有新兵全部入山，洪教官便悠悠地坐进了刚搭好的战术帐篷，打了个哈欠。

"洪教官，一次负重越野而已，有必要搞得这么复杂吗？"韩栗教官一脸疑惑地走到他身边坐下。

"嘿嘿，这可不是单纯的负重越野。"洪教官笑了笑，"你真的以为他们能跑出这座山吗？"

"嗯？"韩栗教官一愣，似乎没明白他的意思。

"我们已经动用禁物，封锁了这整片山脉，在这个范围内，原来的地形已经被彻底改变。"

"你是说……"

洪教官看着众新兵离开的方向，露出了腹黑的笑容："整个山脉已经变成了一个不可能走出去的迷宫，无论他们怎么跑，都是跑不出去的。所以，他们只能在这个复杂的迷宫里，无休止地被无人机追杀，直到每一个人的体力都被榨干。这样的效果，可比普通的负重越野好太多。"

韩栗教官沉思片刻："你是想营造一个绝望的环境，但又允许他们互相交换负重，在考验他们心态的同时，榨干他们的体能，再培养彼此之间的信任感？"

"不愧是韩教官，看问题就是透彻。"洪教官竖起了大拇指。

"可是，光凭无人机和上面的颜料枪，真的能给他们那么大的压力吗？"韩栗教官忍不住问道。

洪教官的脸上浮现出神秘的笑容："到时候你就知道了，失败的惩罚可远比你想象中恐怖。"

津南山。

林七夜和曹渊背着负重，敏捷地穿行在树林中。津南山的树木年代十分久远，又高又密，斑驳的阳光洒落在地上，仿佛置身于原始丛林。

"你们……你们等等我！"百里胖胖由于体形浑圆，这深山老林中又到处都是植物，前进十分困难。

"这玩意儿怎么这么重？要不你俩帮我分担一点儿？"百里胖胖抬起头，满脸期待地看着前面的两人。

"不要。"林七夜果断拒绝。

"滚。"曹渊冷冷回应，然后转头看向林七夜，眼巴巴地开口，"七夜，要不我帮你背一点儿？"

"不需要。"

百里胖胖："……"

"嗡嗡嗡——"

话音刚落，密集的无人机飞行声从他们的身后传来。林七夜的脸色微变："无人机进场了，我们得加速，不然肯定会被追上。"

曹渊转头看向周围，原本同一个方向进入津南山的新兵们都开始散开，毕竟聚集在一起，被无人机乱枪射中的概率更大。

"呼呼呼……要不你们先走吧，这玩意儿太重了，我感觉我跑不过无人机啊！"百里胖胖感受着离他越来越近的嗡鸣声，哭丧着脸说道。

"你不怕被射中，然后接受惩罚？"

"惩罚就惩罚吧，那个惩罚，应该也不会太恐怖吧？"百里胖胖有些不确定地说道。

098

扑通！百里胖胖话音刚落，一架无人机就从后面的树林中钻了出来，一枪射中了他身后的一名新兵。那名新兵愣住了，跑了两步，只觉得一阵天旋地转，双腿一软就倒在了原地。紧接着，就有两名教官从身后的丛林中跑出，坏笑着将那名被击晕的新兵拖进了小树林。百里胖胖见到这一幕，骂了一声，飞快地跑了几步。

"什么鬼？不是颜料枪吗，为什么打中人还会晕倒？还有刚刚那两名教官是什么鬼？"百里胖胖跑到两人的身后，忍不住吐槽。

两名教官拖着被击晕的新兵，直接抬上了旁边的担架，一路架回了山下的出发点。

"这是今年第一个在极限训练里被淘汰的吧？嘿嘿，有意思了。"一名教官看到新兵被抬下来，眼中浮现出兴奋的神色。

"给他戴上'真言戒指'，然后把话筒打开，连接所有人负重里的蓝牙音响。"洪教官有条不紊地指挥着一切，很快，那名被抬下来的新兵就被教官叫醒了，绑在一张椅子上动弹不得。

"喂，喂喂？听得到吗？"教官的声音突然从所有人背后的负重中传出，将他们吓了一跳，林七夜三人同时停下了脚步。

"里面居然配备了音响，他们想干吗？"林七夜诧异地开口。

话音刚落，音响中再度传出了声音。

"能听见啊，那就好，喀喀……那么，就开始惩罚吧。你叫王良是吧？你这辈子做过的最见不得人的事情是什么？"

王良脸颊通红，面部肌肉疯狂用力。在他的对面，洪教官一本正经地问着各种"社死"问题。其他教官则在外面听着对话，死死地憋着笑，但还是忍不住扑哧一声笑了出来，然后渐渐不再忍耐，开始群体狂笑。津南山内，除了王良之外的全体238名成员，同时停下脚步，开始放肆地笑了起来。

"哈哈哈！王良这小子，居然还有这种糗事！"

"笑死我了，哈哈哈哈哈……"

"……"

笑着笑着，他们的脸色就变了。一股前所未有的寒意涌上他们的心头，脸色就像是霜打的茄子般难看。百里胖胖咽了口唾沫，小脸煞白，沙哑开口："这就是被击中的惩罚？"

"应该是用了某种让人不得不说真话的禁物，这招真狠啊！"林七夜忍不住开口。

三人短暂对视一眼，撒丫子就往津南山深处跑去。百里胖胖也不知哪里来的力气，跑得飞快，竟然冲在了最前面。他紧咬着牙，眼中满是昂扬的斗志，感觉都要开始喷火了。这还是惩罚吗？这就是大型社死现场啊！这一刻，所有人都像是打了鸡血般，红着眼往前冲！

山脚下，临时搭建起的战术帐篷里，洪教官看着屏幕上飞速移动的红点，满意地点点头："怎么样，效果还可以吧？"

韩教官捂着笑疼的肚子，对他狠狠竖了个大拇指："牛！"

"嗖嗖嗖——"

连续几枚飞弹穿过丛林，惨叫声传来，紧接着就是重物倒地的声音。林七夜眉头一皱，看向侧面的树林，下一刻闪电般向后退去，避开了两枚飞弹。

"左边的无人机包抄上来了。"他沉声说道。

"那就只能往右边走了。"曹渊看向另一侧，脸色有些难看，"那里的地形要崎岖得多，会消耗更多的体力。"

"我……我……我总是感觉，这群教官是故意的！"百里胖胖大口喘着粗气，"他们就是要把我们往那些鬼地方赶！"

"我们别无选择。"曹渊平静地开口。

林七夜率先冲入了遍布岩石与老树的密林，奔跑、翻跃、闪身、闪转腾挪，他手中的小刀连续劈开缠绕在周围的枝丫，艰难地向前行进。不一会儿，他身上的军装便满是伤痕，双手也被周围的尖锐树枝割开小小的伤口。说到底，他也只是个高中生，虽然经过一个月的补习，但身体素质摆在那里，接连的剧烈运动在飞速地消耗他的体能。渐渐地，他的动作缓慢下来。

反观曹渊，身体似乎异常坚挺，即便奔跑了这么久，也只是有些气喘，并没有太过疲惫。

至于百里胖胖，已经一副要死的表情，虽然看起来随时都可能昏倒，偏偏又不知道哪里来的力气，支撑着他一步又一步地向前行进。也不知道这家伙到底藏着什么秘密，居然对那个惩罚恐惧到这种地步。林七夜一刀劈开前面拦路的藤蔓，正欲穿过，对面突然传来了一阵窸窸窣窣的声音，还有若隐若现的嗡鸣声。就在这时，沈青竹同样一刀劈开了附近的障碍，迎面出现在林七夜的身前。四目相对，两人同时一愣。紧接着，两拨无人机一前一后地围在了他们附近。

"糟了！"他们异口同声骂道。

099

"你们怎么突然出现在我们前面！"百里胖胖同样看到了这一幕，直接傻眼。

"现在不是纠结这个问题的时候！"沈青竹大喊一声，飞快地改变方向朝着左侧翻跃而去。好巧不巧地，林七夜同时也选择了这个方向。原本被一前一后堵截的两拨人，齐刷刷地朝着左侧突围，紧接着就是一连串飞弹破空声！沈青竹身后的三名小弟中，两名同时中弹，绝望哀号后，双眼一翻，晕倒在地。林七夜手中的刀都快挥出残影了，他飞快地在丛林中破开一条小路，而曹渊一边攥着手里并没有什么用的勺子，一边奋力追上去。百里胖胖惊呼一声，闪身到某棵大树后，避开了一连串飞弹，然后连滚带爬地追向林七夜等人。几人就这么玩命地跑，硬生生地翻过了整片崎岖老林，跑到了一片还算宽敞的空地，一条小溪潺潺地从山间流过，发出悦耳的叮咚声。林七夜走了几步，在小溪旁弯下腰，用手捧着溪水喝了几口，然后在脸上一抹，长长地舒了一口气。百里胖胖则一屁股坐在地上，直接瘫了下去："七夜，我们离穿过山脉还有多远？"

"还早。"林七夜缓缓开口，"从一开始，无人机就从不同方向冲向我们，所以路途中间不得已又改变了几次方向，现在也就刚从出发点前进了四五公里的直线距离。"

"教官这是耍我们呢？又要被无人机追，还不让还手。"沈青竹站起身，一脚将脚下的石头踢进溪水中，满脸不爽地开口。

"这么下去，我们根本穿不过山脉。"曹渊眉头紧锁。

"其实从一开始我就觉得，这个地方怪怪的。"林七夜犹豫片刻，还是开口。

"怪？"

"你们没发现吗？我们跑了这么久，无论往哪个方向，天上的太阳位置都没有变化。"林七夜指了指头顶的太阳，"而且，我的眼睛看到的山路，经常在变化。"

众人一愣，同时抬头看去，脸色沉了下来。

"什么情况？"

"应该是教官们用禁物覆盖了这片区域，从一开始，他们就没想让我们穿越出去。"

"那他们究竟想做什么？"

"在这里，彻底榨干我们的体力。"

百里胖胖的脸色一白："也就是说，我们所有人都注定要接受那个惩罚？"

"并不是。"曹渊突然开口，"那些自身力竭晕厥的人，并没有在惩罚中出现。"

百里胖胖生无可恋地坐在地上，长叹一口气。那些无人机似乎知道他们已经快到极限了，并没有直接追上来，这给了他们难得的喘息之机。众人连续奔袭这么久，体力也都消耗得差不多了，一个个都坐在地上，溪边的空地顿时陷入了一片安静。唯有从负重中不断传出的"灵魂拷问"在山间峡谷回荡，让他们时不时笑出声。

"喂，那边那个拿勺的小子。"沈青竹的目光落在曹渊的身上，"你明明那么强，昨晚在对战'假面'的时候，为什么一开始不出力？"

"非必要情况，我不会拔刀，这是我在佛祖面前立下的誓言。"曹渊淡淡回答。

"那你后来不还是出手了？"

"那是因为到了不得不出手的时候。"曹渊的余光看了眼林七夜。

沈青竹皱了皱眉："什么意思？他让你出手你就出手，我让你出手你就坐那儿发呆？你是不是看不起老子！"

"是啊。"

"你！"沈青竹目光一凝。

"连自己的情绪都无法控制的人，永远都是弱者。"曹渊把玩着自己手中的勺子，平静地说道。沈青竹死死地瞪着曹渊，双拳紧紧握起，似乎想要冲上去揍曹渊一顿，半晌之后，他还是松开了双手。他站起身，冷冷地看了他一眼："哼，是强是弱，我们走着瞧。"说完，他转身就往另一个方向走去。紧接着，跟在他身后仅剩的那名新兵也匆匆站起身，跟了上去。

"那俩都被淘汰了，你还跟上来干吗？"沈青竹正在气头上，看到这人又跟了上来，转头骂道。

"因为你是俺沈哥啊！"这一名黑黢黢的新兵憨憨一笑，"要不是你帮俺娘还了债，俺现在还在街上要饭哩，更别提当守夜人了！"

"有没有搞错，昨天我差点儿用'气闽'把你们和那个月鬼一起杀了，你还拿我当沈哥？"

"你那是为了逼他出来啊！"跟班老实说道，"而且，你要是真不在乎俺们，干吗非要把俺们丢进宿舍楼里，才动用空气爆炸哩？"

"你……"沈青竹懊恼地踢飞了脚下的石子，"老子不管了，既然你们这群家伙瞎了眼非要跟我，那就随你们。记住了，别给老子添麻烦！"沈青竹转过身，迈着大步朝远处走去，身后的跟班则半步不落地跟了上去。

"沈哥，你身上负重重不重啊，要不俺帮你背点儿？"

"滚，老子的负重，自己背！"

"哦……"

等沈青竹二人走远，百里胖胖耸了耸肩："奇怪了，沈青竹这家伙脾气又差，又自负，又喜欢骂人，居然真的有人愿意追随他，难不成真瞎了眼？"

"那个男生叫邓伟，小时候父亲跟别人跑了，母亲又爱赌博，在外面欠了一屁股债。债主都喊人提着刀上门了，他没办法，只能四处借钱。后来正好碰上了沈青竹，这家伙也不知抽了什么风，卖了老家好几块田，借给邓伟。再后来这两人一起觉醒了禁墟，被守夜人看中，就来了这里。"曹渊简单地说了下事情的经过。

"你知道得这么清楚？"

"那个邓伟是我舍友。"曹渊耸了耸肩，"还有另外两个跟班，是对双胞胎兄弟，一个叫李亮，一个叫李贾，也不知道为什么，一样死心塌地地跟着沈青竹。"

"还是个有故事的男人，看不出来。"百里胖胖扬了扬眉头。

就在这时，嗡鸣的无人机声再度从林中响起，林七夜的脸色微变，从地上站起身。

"又来了……"

"嗡嗡嗡——"

数架无人机从右侧的林中钻出，沈青竹的脸色一变："快跑！"说完，他转身就踩着溪水中露出的岩石，飞快地朝着反方向跑去。邓伟背好身后的负重，咬着牙，追随着沈青竹的脚步，一步一步跟过去。就在此时，身后的无人机已然飞到了远处，枪口对准二人，连续射出几枚飞弹。邓伟的目光被飞弹吸引，顿时慌张起来，匆匆弯下腰避开飞弹，脚下踩着的石头突然一滑，"扑通——"整个人直接跌落在溪水中。沈青竹猛地回头看去，脸色骤变，犹豫了片刻，还是咬牙拉住邓伟的肩膀，扶着他站了起来。

"让你别跟过来，现在净给老子惹麻烦！"沈青竹骂骂咧咧地扛着邓伟的肩，脚下步伐飞快，而邓伟的右脚似乎受了伤，行动十分勉强。

"嗒嗒嗒嗒——"

两架无人机依然紧跟在他们身后，就仿佛是故意的，时不时开两枪，偏偏一发飞弹都没射中。沈青竹眉头紧锁，目光落在了前方不远处的灌木林，脚下的步伐又快了几分，几乎是在扛着邓伟往前跑。在两架无人机堪称人体描边的枪法中，沈青竹带着邓伟一头钻进了灌木林，而无人机在灌木林外盘旋两圈，并没有跟进去。二人佝偻着腰，艰难地穿梭在灌木林中。终于，沈青竹用尽了力气，带着肩上的邓伟跟跄地摔倒在地上。邓伟捂住右脚的脚踝，面容因疼痛而剧烈扭曲。

"脚怎么样了？"沈青竹大汗淋漓，伸手摸向邓伟的脚踝。

"没……没事，好像是扭了。"

沈青竹感受到他脚踝处一大块脓肿，脸色顿时沉了下去："你不能再跑了。"

邓伟大口喘着粗气，他看着沈青竹，嘿嘿一笑。

"你笑什么？！"

"沈哥，你回头救俺了。"

"闭嘴！我刚刚只是恰好够得到你！"

"沈哥，你走吧，把负重给俺，反正俺也走不了了，俺就在这儿等教官来把俺淘汰。"

"老子的负重，自己背。"

"沈哥，你是要干大事的人！作为强者，理应要生存到最后啊。"邓伟伸出手，一把拉住沈青竹的负重，"反正俺早晚都要被淘汰，能帮你分担负重，也算是发挥余热了。"

沈青竹看着邓伟黑黢黢的笑容，陷入了沉默。

"你给我！"

"别抢！"沈青竹一把扯住负重，想了想，说道，"这样，我给你25公斤负重，我留下10公斤。"

"也行，听你的。"

沈青竹卸下25公斤负重，将它们放在了邓伟的身上，只觉得自己身上一轻，整个人都放松了许多。

"沈哥，你走吧，一会儿无人机该来了。"

"好，那你自己注意点儿。"

"嗯。"

沈青竹背着 10 公斤的负重，缓缓站起身，最后看了一眼瘫在地上的邓伟，转身钻进了灌木丛中。他用手中的刀劈开一条勉强够一人通行的小路，艰难地穿梭其中。偌大的林中，仅有他一人独自前行，除了窸窸窣窣的树枝声，周围寂静一片。沈青竹往前走了许久，抬头看了眼天空，发现太阳的位置依然没有变化，眉头又皱了起来。

"这群教官真的是在整人？！把我们跟小白鼠一样困在这儿，就为了看我们笑话？"骂着骂着，他逐渐停下了脚步。他回头看了眼邓伟的方向，眉宇中浮现出些许的犹豫，但很快摇了摇头："不行，沈青竹，你是要成为强者的人！强者，必须心狠！你要留到最后，你要让那群看不起你的人知道你有多强！"他攥紧拳头，深吸一口气，继续向前行进。这时，一个熟悉的声音从负重的音响中传来。

"你叫李亮是吧？"

"是。"

"嗯，说说你喜欢的人吧。"

"我没有喜欢的人。"

"哟呵，还是个高冷无情的男生。那仰慕的人呢？总有吧？"

"有。"

"是谁？"

"我沈哥。"

"沈青竹？"教官的声音似乎十分诧异，"为什么？"

"高一那年，我弟弟李贾被人骗了，惹上我们当地的一群小混混，每天放学我们都会被堵在校门口，被他们刁难勒索。后来，比我们大一届的沈哥看不下去，出手帮我们，一个人跟十几个混混打架，把四个混混打进了医院。因为这个事情，他被学校开除，没能参加高考，只能回家种田。自打那时起，我和我弟弟就发誓跟着沈哥，虽然他这个人脾气特别差，动不动就爱骂我们，但相处久了就会发现，其实他是这个世界上最温柔的人。"

沈青竹的动作停滞在半空中，像是一尊雕塑，凝固在了灌木丛里。半响之后，他喃喃自语："这家伙在扯什么犊子，明明是你小子在受惩罚，为什么社死的却是老子？"他缓缓转过头，看向来时的方向，逐渐握紧了手中的小刀。

灌木丛中。

正在闭目养神的邓伟嘴角微微上扬："李亮这家伙说得还挺透彻，就是不知道沈哥听到了会是什么表情。"

"嗡嗡嗡——"

接连的无人机声传来,邓伟睁开双眼,看着高空逐渐落下的无人机,嘿嘿一笑:"来啊,来淘汰俺!"

几架无人机转过头,枪口掉转方向,对准了瘫在地上的邓伟。邓伟深吸一口气,呢喃一声:"一会儿可别问俺奇怪的问题,要不然让他们听到,又该笑话俺哩。"他缓缓闭上了双眼。

"嗒嗒嗒嗒——"

接连的飞弹声响起,邓伟感受了许久,依然没有被打中的感觉。他睁开眼,只见沈青竹一只手拿着小刀,一只手将负重横在胸前,替邓伟挡住了所有的飞弹。邓伟愣了半响:"沈哥,规则说不能用包挡飞弹。"

沈青竹扬了扬眉头,将手中的负重丢在一边,嘴角微微上扬:"规则?我沈青竹什么时候遵守过规则?!"说完,他猛地跃起,手中的小刀飞速射出,在邓伟震惊的表情下,直接插爆了一架无人机!

"规则说不能攻击无人机,老子偏要打!"沈青竹落地,看着浑身冒火下坠的无人机,冷哼一声。他转过身,看了眼瘫在地上的邓伟,霸气地开口:"废物,你沈哥来救你。嗯……"

只听一声枪响,一枚飞弹精准地射中了沈青竹的后背。他闷哼一声,两眼一翻,干脆地昏了过去。

101

"哟呵,这不是刺头沈青竹吗?你也被淘汰了?"

"是。"

"还敢打爆无人机,谁给你的胆子?"

"对不起,我膨胀了。"

"既然这样,那你的惩罚时间就加倍吧,我想想先从哪里问起。对了,刚刚李亮说的话,你都听到了?"

"听到了。"

"他说的是真的吗?"

"是。"

"所以,你为什么要将自己包装成心狠手辣、无法无天、嚣张跋扈的模样?"

"因为人都是欺软怕硬的东西,软弱的人永远都只能挨欺负。"

"虽然我很好奇你曾经的故事,但考虑到现在情况特殊,就先不问了。说说你为什么想变成强者吧。"

"我不想别人看不起我。"

"就因为这个?"

"嗯。"

"伪装本心,外刺内柔,还这么在乎别人的看法,你是处女座?"

"是。"

"哦,那我们来说说你的感情经历吧,到现在为止,一共写了多少情书?"

"一百一十四份。"

"这么多?详细说说吧。"

"我四岁那年,喜欢上了隔壁的大姐姐,然后……"

林七夜三人一边在山间飞奔,一边竖起了耳朵听沈青竹的公开处刑。

"好家伙,这次跩哥是彻底栽了。"百里胖胖呼哧呼哧地喘着粗气,还时不时笑两下。

林七夜看着逐渐暗淡的天空,缓缓开口:"距离我们进入津南山,已经过了快五个小时,已经有大半的人被淘汰了。"

曹渊转头看向百里胖胖,有些诧异地说道:"你不是刚进来的时候就不行了吗?怎么还能坚持到现在?"

"我就算是跑晕过去,也不想去接受那个惩罚。"百里胖胖似乎想到了什么,脸色煞白。

"你这么说,我对你身上的秘密就更好奇了。"

"滚!"

越来越多的新兵被拖下山后,山上无人机的数量明显多了起来,一开始只有两三架无人机追着他们,现在动辄就出现十多架。好在教官们还算有良心,没有让无人机从四面八方包围,每次都会留给他们一个可以冲出的缺口,让他们有机会逃脱。无人机就这么追他们一阵,压榨他们的体力,然后消失一阵,给他们短暂的时间恢复体力,循环往复,让他们一次次在极限的边缘徘徊。现在,林七夜终于明白这为什么叫极限训练了。越是深入津南山,三人的速度就越慢,百里胖胖一直跟跟跄跄地跟在林七夜二人的身后,脸色越发苍白。

"不行就坐下来歇会儿。"林七夜敏锐地注意到了百里胖胖的状况,皱眉说道。

"不……不行……我要跑……"百里胖胖双眸涣散,浑身的衣服已被汗水浸透,他一步步向前,眼中满是执着,"我怎么还没晕过去?"

曹渊沉吟片刻:"要不你一头撞树上去?"

"我怕疼。"

百里胖胖摆了摆手:"你们先跑,我觉得我真的快不行了。一会儿我晕倒了,你们不用来救我。"

"其实我们本来也没想救你。"

百里胖胖表情一抽,咳嗽了两声:"扎心了,扎心……嗯……"百里胖胖摸了摸自己胸口,话音未落,就两眼一翻晕了过去。曹渊走上前查看了一下,对着林七夜点点头:"没事,只是累晕过去了。"

"嗯,那走吧。"林七夜转过身,继续向林中前行。说实话,林七夜也快到极限了,连续五个小时的负重越野,虽然中间休息了很多次,但身体毕竟没有那么强壮,现在两眼已经开始冒金星了。

"你要不也休息会儿?"曹渊看向林七夜。

林七夜深吸一口气,摇了摇头:"我还能坚持。"

"你怎么也这么拼?"

"只有打破极限,才能变强。"林七夜平静地开口,"而只有变强,才能活下去。只有活着,以后才能回去。"

"回去?回哪里?"

林七夜摇了摇头,没有回答。

"如果你只是想以后我帮你洗清罪孽,其实没必要这么讨好我。"林七夜突然开口。

"嗯?"

"如果这是一场交易的话,你只需要给出足够的代价就好了。"

"交易吗?原来你是这么看的?"

"不然呢?"

"你是不是没什么朋友?"

"我从小就是个异端。"

"巧了,我也是。"曹渊淡淡开口,"正因如此,我们才有可能成为朋友,不是吗?"

"上一个想跟我做朋友的,被我亲手砍掉了头,再上一个被我亲手送进了怪物的嘴里,现在坟头草该有半米高了。"林七夜面无表情地说道。

"当你的朋友风险这么高?"

"对。"

"其实我俩也差不多。"曹渊耸了耸肩,"我不仅亲手砍了十几个和我玩得好的小伙伴,还杀了全村的人。那天之后,我从小长大的村子里连狗都没剩下一条。"

"别跟我相提并论,这么看起来,我比你差远了。"

"你很特别,即便抛开金蝉大法师对你的预言,你依然很特别。"曹渊注视着林七夜的眼睛,"如果可以的话,我还是很希望我们这两个异端能成为朋友。"

林七夜沉默片刻,指了指后面躺尸的百里胖胖:"那他呢?"

"他?"曹渊笑了笑,"你不觉得他从某种意义上来说,也是个异端吗?"

"也是,他异常傻,还异常有钱。"

"精辟。"

不久，两名教官抬着担架来到不省人事的百里胖胖身边，有些惊讶地开口："这小胖子居然坚持到了现在，还是自己跑晕过去的。"

另一位教官有些遗憾地摇头："可惜啊，还以为能听到一些百里家族的八卦，我听说这些有钱人的私生活都乱得很！"

"哎，算了算了，直接抬下去吧。"

"嚯！好重！"两人将百里胖胖抬上担架，吭哧吭哧地跑下山去。担架上，死猪般躺着的百里胖胖哼了两声，悄悄地睁开眼，嘴角浮现出一丝笑意。

山下。

"已经过去七个小时了，还剩下多少人？"洪教官走到战术帐篷里，开口问道。

紧盯着屏幕的几名教官数了数，回答道："还有十六个，他们绝大部分是练家子，或者是特种兵，其他的……哟，这个林七夜和曹渊居然还在场上，有些出乎意料啊。"

"他们虽然擅长战斗，但体能这块并不是强项。如果我没猜错的话，他们也快到极限了。"

洪教官抬头看向陷入黑暗中的津南山，缓缓说道。

102

进入津南山八小时。

背着负重的林七夜和曹渊翻过不知道第几座山峰，夜色越发浓郁，眼前的山脉已经完全陷入黑暗中。在这种四处都是枝丫与土坑的环境下，没有配备手电筒几乎是寸步难行，谁也不知道下一步迈出去，会是平整的大地，还是满是荆棘的陷阱。

此时，偌大的津南山死寂无声。

"还剩几个？"众教官坐在一起，洪教官看了眼时间，问道。

"还剩三个，特种兵郑钟、林七夜，还有曹渊。"

"见鬼，那两个小子是怎么坚持到现在的？这不科学啊。"有教官喃喃自语。

"曹渊的身体受到过'黑王斩灭'的锤炼，能坚持下来并不奇怪，可林七夜是怎么做到的？"洪教官摸着下巴，眼中充满了疑惑。

"现在只剩两个了。"时刻盯着屏幕的教官开口，"就在刚刚，郑钟在黑暗中失足滑下山体，撞晕了过去，医疗队已经过去了。"

"已经这个点了，要不这次极限训练就先结束吧？"

"是啊，天色太晚，山里根本什么都看不见，再这样下去可能会出现意外。"

洪教官沉默片刻："先不急，把所有无人机都调到那两个小家伙那儿去，医疗兵时刻紧跟在他们后面,准备救援。我倒想看看,这两个家伙的极限究竟在哪儿。"

漆黑的丛林中。林七夜双眸闪烁,手中的刀精准地劈开眼前的荆棘,弓身从中间穿过去。

曹渊紧跟在他的身后,半步不落。

"天都这么黑了,你还能看见?"曹渊拿着小勺子,忍不住问道。

"能。"林七夜平静地开口。

"那你走慢点儿,我已经完全看不见了。"

"我已经走得很慢了。"

"不是,你一个半小时前就说要到极限了,怎么现在又这么有活力?"曹渊吐槽,"你是夜猫子吗?"

"差不多吧。"

林七夜确实很早就不行了,但后来天色越来越暗,体力又开始以惊人的速度恢复,只要原地休息一会儿,精神比刚进津南山的时候还要好。虽然他并不想利用能力作弊,但这个被动能力根本关不掉啊!他也想好好训练,突破自己身体的极限,可每当他觉得自己快到极限的时候,体力又莫名其妙地恢复了。反观曹渊,虽然身体素质被禁墟改造得极强,但耐力毕竟是有上限的,一直坚持到现在,他也已经逼近极限了。换句话说,林七夜就像是个回蓝速度1000%的奇葩,而曹渊的蓝条虽然长,但回蓝速度太慢,终究还是有磨没的一刻。

"已经很久没有听到传来惩罚的声音了,这山里会不会只剩下我们俩了?"

"十分钟前还有一个,现在只剩我们俩了。"

"这你都知道?"

林七夜没有回答,只是瞥了眼刚刚从空中飞过的蝙蝠。在这座深夜的山中,蚯蚓、马陆、蜥蜴、蝙蝠……所有的夜行生物都是林七夜的眼线,从一个多小时前开始,林七夜就已经通过它们完全掌握了这座山的情况。就连身后跟着几个医疗兵、头顶盘旋着几架无人机,他都知道得清清楚楚,甚至只要他愿意,现在就可以藏入深山中,绝对不会被任何人找到。现在,这座山已经变成了林七夜的主场。

"我觉得我快不行了。"两人又穿行了一会儿,曹渊蹒跚的脚步停滞下来,站在了林七夜的身后。林七夜眉头一挑:"不再努力一下?"

"我不能晕过去。"曹渊摇了摇头,"一旦失去意识,禁墟就有可能反过来控制我的身体,到时候更麻烦。"

"看来,禁墟序列太高也不是好事。"林七夜叹了口气。

"你走吧,我就在这里等,不出意外的话,过会儿你就能听到我被惩罚的声音了。"曹渊原地坐下,对着林七夜微微一笑。

"那我先走了。"

"集训营再见吧。"

"嗯。"

林七夜转过身，握紧手中的刀，迈着大步走入了夜色的深山中。

山下。

"曹渊原地放弃了，现在只剩下林七夜了。"一名教官开口。

"这小子倒是什么都能给我们一个惊喜。"洪教官扬了扬眉毛，感慨道。

"而且……"

"什么？"

"从一个多小时前开始，他就一直在走直线。"

"什么？"帐篷内的教官们一愣，"这怎么可能？我们一直在改变津南山的路径，他怎么可能会走直线？"

"不知道，但他确实做到了，照目前这个速度，最多再有三个小时，他真的能穿过整片津南山！"

"三个小时？他的体力够吗？"

"虽然我很想说不够，但常理对他而言似乎一向不适用。"

洪教官沉默片刻，缓缓开口："把这里的帐篷都拆了吧，留下一个人来惩罚曹渊，剩下的人跟我去津南山的另一头，我们去那儿等他。"

"洪教官，你真的觉得他能做到？"

"如果是别人我或许不信，但如果是他那就另当别论了。"

进入津南山九小时。林七夜在深夜的山林中越跑越快，他就像是一道魅影，自由地穿梭于山野中，仿佛是在自己家中一样。突然，一个声音从他背后的负重中传出。

"曹渊？"

"嗯。"

"你做得很不错了。"

"我知道。"

"但可惜，你还是要接受惩罚。"

"我知道。"

"现在能听到我们对话的人不多，除了几位教官，就只有你那位还在山里奋斗的战友，你可以放松一些。"

"你问吧。"

"你喜欢什么类型的女孩儿？"

"我不喜欢女孩儿。"

"？？？"

"我喜欢成熟的知性女人。"

"喀喀,曹渊,我们换个问题吧,你这辈子,最遗憾的是什么?"

另一头的曹渊陷入了短暂的沉默。

"在我六岁那年,没能在河里淹死自己。"

"为什么?"

"如果那时候我死了,就不会有接下来的事情。"曹渊平静地说道,"我不会回到村里,不会因为好奇捡起地上的镰刀。不会让自己的禁墟暴走,杀光村里172个无辜村民。更不会被关进公安局,用一个指甲刀杀光了整个公安局上下161条人命。"

"这不是你的错。"

"这是我的错,我不会逃避。"

"你只是控制不住自己体内的力量,这不是你的本意。"

"我的身体,我没能控制住,这就是我的错。"

那名教官沉默了片刻:"那么现在,你还有什么想对那位山里的同伴说的吗?"

曹渊微微一笑,转头看向黑夜下的津南山,缓缓开口:"林七夜,别给我们这些异端丢脸。"

103

林七夜听到这句话,嘴角微微上扬。他反手握住小刀,身形如同鬼魅般穿梭于丛林中,现在的他没有任何保留,将自身的速度提升到了极致。虽然有那件神秘禁物镇压,但对"星夜舞者"的效果并不佳,现在的他就像是开了作弊器的玩家,拥有"黑暗视野""恢复加倍""超强耐力""速度加倍"以及"地图全开"!在教官们手上的定位装置中,林七夜正在飞快地穿过整片津南山,笔直地向着山的另一边冲去。

此时,载着其他新兵的四辆大巴车早就离开,只剩下一辆车装载着众多物资与教官,在夜色下朝着津南山的出口驶去。无人机的电量逐渐用尽,不得已返回基地,本来追在林七夜身后的众多医疗兵都开始吃力,逐渐被他甩开,最终完全失去踪迹。要不是地图上那个小红点还在飞速前进,教官们都快以为林七夜已经失联了。

进入津南山九小时……

进入津南山十小时……

教官们的大巴早已抵达了津南山的另一头,他们纷纷走下车,用手中的夜视望远镜观察着前方的动向。

"他还有多久?"

"很近了,这才两个小时,他究竟是怎么做到的?"拿着平板的教官忍不住开口,"就算'镇墟碑'无法彻底镇压他的禁墟,这速度也太离谱了!难道他是变成幽灵,直接飘出来的?"

"神明代理人都这么变态吗?王面上次极限训练用时多久?"韩栗教官问道。

"最好成绩是六个小时,但那时候已经快结业了。在那之前的五次极限训练,他一次都没能真正穿过整个地形。"洪教官注视着眼前黑色的山峰,"虽然之前集训地址不是津南山,但两者几乎没多大差距,甚至津南山的地形更加复杂。不仅是他,在新兵集训营的历史上,能够真正通关极限训练的人都屈指可数,能够在第一次训练就通关的更是一个都没有。"

"如果这次林七夜真的能从这里面穿越出来,那他也算是创造了我们集训营的历史。"

"他快出来了。"那名教官的声音再度出现。

所有教官都安静了下来,举起手中的望远镜,仔细地看着前方。突然,前方的黑色山峰下,一个浑身泥泞的少年缓缓走出。他的军装上布满枝丫的剐痕以及泥土的痕迹,头上的军帽也不知落在了哪里。他紧攥着手中的小刀,掌心已经被磨出了鲜血。月光下,那张俊俏的面孔越发清晰,他缓缓走到众教官面前,停下了脚步。

"我算是完成了吗?"林七夜沙哑地开口。

众教官怔住了,片刻之后,洪教官才走上前,拍了拍他的肩膀。

"你完成了。"他说,"你创造了历史。"

林七夜的身体微微一晃,控制不住地向前跌去,洪教官手疾眼快地一把扶住了他。

林七夜是真的累了,哪怕有"星夜舞者"的加持,在如此高强度的训练中,他也已经逼近了极限,甚至彻底打破了极限。他能坚持到这里,不仅是靠这片夜色,更是靠他那份惊人的毅力与执着!洪教官扶着他到旁边坐下,韩栗教官递过自己的水壶,对他竖起了大拇指:"厉害!"

林七夜微微一笑,接过水壶,大口大口地灌入嘴里。整整十个小时,除了中间喝了些溪水,他一点儿水都没喝,嗓子早就干得冒烟了。

"慢点儿喝,慢点儿喝。"韩栗教官咂嘴。

"我突然想起来一件事。"

"什么。"

"我的补偿你们还没给我。"林七夜认真地说道。

"补偿?"韩栗教官一愣,"什么补偿?"韩栗教官今天早上才来,对昨天的那场新兵与"假面"之间的对战并不清楚。但其他教官心里都跟明镜似的,听林七夜这么一提,都有些尴尬地转过头去。

"放心吧,少不了你的,明天找时间去一趟我那儿。"洪教官走到他旁边,手里拿着一枚戒指,有些无奈地开口。

"好。"林七夜点头。

"作为历史的创造者,你要不要尝试接受一下惩罚?"

林七夜一愣:"我成功了,为什么还要惩罚?"

"唉,玩玩嘛!反正现在又没有别人听见,我们就问一个问题!"

林七夜犹豫片刻,点了点头:"好吧。"他接过"真言戒指",戴在了无名指上。

洪教官纠结了好久,才郑重地问出了那唯一的问题:"你这辈子,最遗憾的事情是什么?"

林七夜一怔。这个问题,连自己都不知道答案。他遗憾的事情似乎不少,那晚爬上屋顶,看到炽天使,瞎了眼睛,失去了普通人唾手可得的童年;或者是从屋顶上摔了下来,被送进精神病院,从此被人当作异端;又或者是没能让姨妈和阿晋过上好日子……他的过往,好像处处是悲剧,也处处是遗憾。他不知沉默了多久,转头看向远处漆黑的夜空,缓慢而沉重地说出了那个被他下意识忽略的答案:"我没能救下他。"

蒙眬中,百里胖胖睁开了眼。

"嗯?我怎么在桶里?"他茫然地看着被脱得干干净净的自己,此刻正躺在一个沐浴的大桶中,桶里装的也不知是什么液体,散发着一股恶臭。下意识地,他就想从中出来。

"你最好安静地躺回去。"一旁同样泡在桶里的林七夜提醒。

"七夜,这什么情况?"

"我比你们回来得晚,我也不清楚,总之教官们给我们每个人都准备了一桶药浴,似乎是专门用来消除疲惫、强健体魄的。"

"那我的衣服是……"

"不知道,我回来的时候,你就已经像只白斩鸡一样躺在里面了。"

百里胖胖挠了挠头,只觉得原本酸到不行的手臂似乎又恢复了正常,诧异地开口:"这药浴效果似乎不错。"

"守夜人秘方,当然不错。"宿舍门被推开,叼着牙刷的曹渊站在门口,平静地说道。

"你怎么没泡药浴?"百里胖胖疑惑地开口。

"我都已经出来了。"曹渊翻了个白眼,指了指外面晴朗的天空,"已经到早上了,教官说今天晨练暂停,一会儿直接去食堂吃饭。"

"食堂啊。"百里胖胖的眼睛一亮，似乎又想到了什么，迅速暗淡了下去。

曹渊转身离开，幽幽地丢下一句话："听说，今天食堂的早饭是包子、油条和豆浆。"

"哗——"

白白胖胖的百里胖胖猛地从木桶中站起，两眼瞪得浑圆，二话不说就跨出木桶，穿起鞋子冲出了宿舍。

104

今天没有晨训，时间自然也没有那么紧迫。林七夜不慌不忙又泡了一会儿药浴，然后才换好衣服，前往食堂。曹渊说得没错，今天的食堂终于不是令人作呕的白面馒头与生肉，而是香喷喷的中式早餐，豆浆、油条、包子、大饼、白粥……此刻的食堂挤满了新兵，经历了那场噩梦般的极限训练，他们确实饿坏了，一个个跟饿死鬼一样往嘴里塞东西。林七夜看着已经吃完了两屉包子的百里胖胖，嘴角微微抽搐。

"七夜，这包子真香，也不知道那个孙老头是不是良心发现了，来一个？"百里胖胖嘴里塞着食物，将手里的包子递给林七夜。

林七夜也不拒绝，将包子抓在手里，端着豆浆不紧不慢地吃了起来。

"对了七夜，昨晚你是怎么出山的？晕倒的还是被枪打中的？"百里胖胖似乎想到了什么，开口问道。

由于林七夜昨晚用时太长，其他新兵早就被送回了集训营，林七夜独自穿越津南山的事情自然也没什么人知道。

"走出来的。"林七夜淡淡回答。

百里胖胖一愣，一时间没反应过来林七夜的意思，随后震惊开口："你是说，你真的穿过了整个津南山？"

"嗯。"

"你是个什么品种的变态？"

"……"

"你居然真的做到了。"曹渊默默地从隔壁桌凑上前，将手里的大肉包放在了林七夜碗里，"还好，没给我们几个异端丢脸。"

百里胖胖茫然挠头："等等，你说我们'几个'异端，除了你俩，还有谁？"

林七夜和曹渊同时注视着百里胖胖。

百里胖胖："我只是个普通……"

"闭嘴吧。"

"哦。"

259

林七夜吃饱喝足，放下了手中的碗，看了眼墙上的时钟。

"你们吃，我还有点儿事。"说完，他便转身向食堂外走去。

百里胖胖眉头一挑，拱了拱曹渊："你说，他今天这么神神秘秘的，是去干吗？"

"谁知道呢？"曹渊面无表情地开口，"反正不是去私会情人。"

"为什么？"

"他这性格，你觉得有可能吗？"

"也是。"

林七夜离开食堂后，径直走到了教官办公室。

"报告！"

"进。"

林七夜走进办公室，洪教官看了他一眼，顿时有些头疼。

"我说你小子，这也太积极了吧？昨晚让你今天来，你真的一大早就跑过来了？"

"我只是正好有时间。"林七夜耸了耸肩。

"坐吧。"洪教官站起身，从身后的柜子里拿出一个信封，还有一个小黑盒子，递到林七夜的面前，"昨天呢，王面已经跟我们说过了，虽然条件有些多，但我们也不是不能接受。左边信封里是一张银行卡，里面有五十万元，密码写在里面了，随便去一家银行就能取。右边的盒子里，是我们奖励给你的禁物。"

洪教官坐回椅子上，感慨道："你小子是真可以，能从袁首长身上薅羊毛的人可不多。"

林七夜一怔："这些是袁教官自己出的？"

"是啊。"洪教官仰头靠在椅背上，缓缓开口，"让'假面'小队来和你们对战，是首长的主意，没想到居然就这么输了。首长自己担下了责任，给你凑出了这些条件，我们想帮他出一点儿他都不愿意。"

林七夜低头看着身前的信封与盒子，沉默片刻，将信封推了回去："这个就算了。"

洪教官一愣："这是你们之前说好的，现在又不要了？"

"不要了。"

"其实你没必要这样，那位是我们的首长，也是驻上京市守夜人小队的副队，在守夜人高层里也担任职务，你觉得他可能缺这五十万元吗？"

"不是缺不缺的问题。"林七夜平静地开口，"我不收军人的钱。"

洪教官诧异地看着林七夜，半响之后才开口："你可想好了，这次不要，下次想要了可不会补给你。"

"不要。"

"好，有种。"洪教官点了点头，将信封收了回去，然后伸手又要去拿桌上的盒子。

"啪——"

林七夜伸手按住了盒子："这是我的。"林七夜看着洪教官的眼睛，郑重开口。

"你不是不要吗？"洪教官咧嘴。

"钱我不要，但是这东西对我很有用。"

"嘿嘿，跟你开个玩笑。"洪教官松开了手，笑了一声，"你是不知道，首长把这东西拿出来的时候，那表情有多心疼。"

"里面是什么？"

"打开看看就知道了。"

林七夜将手中的盒子打开，里面是一个蔚蓝色的菱形结晶，不过一块指甲盖大小，表面却散发着淡淡灵蕴，一看就知道绝非凡品。

"这是？"

"'蔚蓝之心'，这是二十多年前从东海打捞上来的禁物。在它周围一米范围内，时刻张开着禁墟序列278的'蔚蓝守护'，能够抵挡住大部分精神类攻击。当然，它能抵挡的精神类攻击是有上限的，如果进攻者比你的精神力境界高，它最多只能起到削弱的作用。"

林七夜的眼睛亮了起来。虽说他现在有两个神墟傍身，但都没有偏向于精神类的能力，正大光明战斗还好，要是有人对他使用精神攻击，除非直接动用炽天使神威抵抗，否则一点儿办法都没有。炽天使的神威消耗精神力较多，而且偏向于攻击，不擅长防守，"蔚蓝之心"直接弥补了他的这个缺陷。

"好东西。"林七夜点头。

"首长手里拿出来的，能不是好东西吗！"洪教官笑道，"回去找根绳子把它穿起来，戴在身上。太遥远的咱不说，至少'川'境以下，它绝对够用了。"

林七夜郑重地将"蔚蓝之心"收起："替我谢谢袁教官。"

洪教官摆了摆手："少说这些客套的，赶紧回去吧，训练要开始了。"

林七夜简单地向洪教官告了别，便匆匆离开了办公室。等他离开后，袁罡的身影便鬼魅般出现在办公室中。他看着桌上的信封，嘴角微微上扬。

"首长，您觉得他怎么样？"洪教官丝毫不意外袁罡的出现。

"很好，原本就算王面没跟他达成协议，我也会想办法将'蔚蓝之心'给他。他毕竟是炽天使的代理人，可不能太早就夭折了。"袁罡抬头看向林七夜离去的方向。

"那现在呢？"

"现在，我觉得他确实配得上我送出的这份大礼。"

| 第五篇 |

双神代理

105

嗒嗒嗒嗒！训练场上，木刀接连碰撞，林七夜单手背在身后，右手握刀，一步步向前，步伐平稳。在他的对面，百里胖胖慌慌张张地后退，手中的木刀乱挥，只能勉强招架。林七夜手腕一抖，轻松挑开了百里胖胖手中的木刀，然后猛地一步向前，木刀悬停在百里胖胖的脖颈边。

"你太强了，我打不过你！"百里胖胖丢掉手中的木刀，气喘吁吁地坐下来，懊恼地开口。

"不是我强，是你太弱了。"林七夜说出实话。不能碰刀的曹渊默默坐在旁边，托着腮帮子观看两人的战斗，听到林七夜这句话，点了点头，深表赞同。

百里胖胖："……"

"百里涂明，你的基础太差，先跟他们一样去旁边练基础吧。"韩栗教官走上前，对百里胖胖说道。

百里胖胖哭丧着脸，垂头丧气地加入了旁边的基础队伍。

"林七夜，"韩栗教官的眉头微微皱起，"虽然你的基础很扎实，刀法也很熟练，但是我总感觉缺了什么。"

"缺了什么？"

"你的刀，徒有其形，却无其魂。"韩栗教官整理了一下语言，"你的刀太刻板，用来对付一些普通身手的人还可以，如果遇上真正的高手，就会很吃力。这样吧，我们对练一下。"韩栗教官从旁边的架子上取下一柄木刀，双手自然下垂，有些随意地站在林七夜的面前。

林七夜点点头，认真地摆出战斗姿态，手中的木刀骤然挥出！

"嗒嗒嗒——"

韩栗教官看似松散的站姿瞬间飘忽起来，手中的木刀仿佛鬼魅般斩出，轻松地格挡住林七夜的攻势。连续挡开三刀之后，韩栗教官眼睛一眯，手中的木刀仿佛有了灵魂，游蛇般轻轻飘出，击打在林七夜的手腕。只听一声轻响，林七夜的木刀便脱手而出，掉落在一旁。林七夜怔住了，和上次的刀法演练不同，上次韩栗教官与他对练，是为了教新兵们固定的刀法，而且为了能让大家看清，特地放缓了一点儿速度，更何况这刀法林七夜从陈牧野那里学过，自然能轻松格挡下来。可这次对练完全不一样，韩栗教官连出四刀，根本没有丝毫规律可循，而且那柄木刀在他的手中仿佛有了自己的生命，灵活得可怕。相比之下，林七夜的刀法就十分死板。

"感受到了吗？"韩栗教官替他捡起木刀，问道。

"嗯。"林七夜皱眉思索起来，"可是，我该怎么练习才能克服这种死板？"

韩栗教官沉默片刻："其实，这种问题虽然严重，但并非不可弥补，只是要花费大量的时间。凡间很多武功高手都是如此，只要苦练个二三十年，就能抵达一个很高的境界。"

听到"二三十年"这几个字，林七夜的脸色有些难看。

"但是，我觉得最根本的原因不在这里。"韩栗教官继续说道。

"那是什么？"

"你有没有想过，其实你并不适合用刀？或者说，不适合用这种刀。"韩栗教官看着他的眼睛。

林七夜一愣。

"说实话，你在用刀上的天赋并不高，真正天赋极高的那群人，哪怕是第一次摸刀，哪怕他挥舞得再笨拙，也会有一种不可言喻的神韵。很可惜，我在你的身上并没有看到。"韩栗教官紧接着说道，"当然，我并不是说你没这个天赋，全天下这么多人，真正拥有得天独厚天赋的人并不多。只要勤加练习，你的刀法还是会有成就的，但如果想要触碰到更高的境界，很难很难。其实我说这么多，就是想提醒你，你或许能找到一条更加适合自己的路。"

"更加适合自己的路……"林七夜喃喃自语。

韩栗教官拍了拍他的肩膀："你好好想想，我先去看看别人。"

教官离开后，林七夜手里握着刀，独自站在那儿，似乎在思索着什么。

在第一天的炼狱之后，接下来的日子就好过了很多，不仅是食堂的饭菜良心发现了，而且没有动不动就出现的变态体罚。即便如此，每天教官们变着花样的体能训练，依然让众新兵痛不欲生。

结束了一天训练的林七夜缓缓爬上床，一闭上眼，思绪就纷乱起来。他的脑海中不断出现韩栗教官的那四刀，还有自身僵硬的格挡动作。或许他说得没错，自己确实不适合用刀，但如果让他花费二十多年时间去练刀，他仍然有些无法接受。如果放弃用刀，那他的路究竟在哪儿？浑浑噩噩中，林七夜睡了过去。梦中，他再度回想起被陈牧野支配的恐惧。地下训练场中，陈牧野拎着双刀，刀势如同狂风，将林七夜压得喘不过气，他只能勉强挡住几式攻击，然后硬扛木刀打在身上的疼痛。不过这一次，他没有选择逃避。他瞪大了眼睛，用精神力仔细捕捉着陈牧野的刀，它从何处起，又从何处落……渐渐地，地下训练场逐渐消失，陈牧野的脸越发模糊，只有他手中的两柄木刀，一招一式，深深地烙印在他的心底。突然，林七夜猛地睁开眼。他从床上坐起，双眸如同窗外的月光般明亮，他犹豫片刻，穿好衣服，悄然推门而出。

在"星夜舞者"的加持下，林七夜即便走在路上依然没有丝毫的声音。他如同一个深夜幽灵，悄然飘过了大半个集训营，来到了空旷的训练场中。他走到演武台上，伸手从架上取下两柄木刀，缓缓闭上了双眼，陈牧野的刀势在他的脑海中自动浮现。他动了，夜色下，月光里，他手握双刀，像一只飞舞的午夜蝴蝶，灵动而暗藏神韵。他睁开眼，双眸璀璨如星！

"阿嚏！！"和平事务所，陈牧野猛地打了个喷嚏。
正坐在沙发上看电视的吴湘南歪了歪头："感冒了？"
"不像。"
"连打十几个喷嚏还不像？"
"我觉得，可能是有人想我了。"陈牧野认真地开口。
吴湘南翻了个白眼："扯淡。"

106

"奶奶，咱吃饭不能用手抓，要用筷子！"
"我不会。"
"哎，我昨天不是刚教过你嘛！你看啊，手指头这么抓筷子，对，就这么抓！"
"这样吃好麻烦。"
"唉，您得慢慢学啊！"
"好吧，都开始吃饭了，你爸啥时候回来啊？"
"……"
"达纳都斯这孩子，多久没回家了，是不是又在外面闯祸了？"
"呃，您放心吧，我爸在外面事多，可能只是太忙了。"
"好吧。"
活动室中，穿着围裙的李毅飞无奈地坐在桌旁，对面是黯然神伤的倪克斯，穿着一身黑纱星裙，低着头不知在想什么。

门外，穿着白大褂的林七夜眉头一挑，开门走了进去。

"达纳都斯？！"倪克斯见到林七夜，眼睛顿时亮了起来，"你回来吃饭了？"

林七夜看着她满怀期冀的目光，微笑着点点头："我回来了，母亲。"

"快坐，快坐！"倪克斯四下张望一圈，从旁边抽来一张小凳子，放在自己的身边。

李毅飞幽怨地看着林七夜："你还知道回来？"

"怎么跟你爸说话呢！"倪克斯瞪了李毅飞一眼。

李毅飞："……"

"这两天训练太累了，晚上倒头就睡，哪儿还有精力来这儿？"林七夜无奈地叹了口气，坐在桌旁。他看到桌上丰盛的饭菜，微微一愣。

"你做的？"

"对啊。"

"哪里来的食材？"

"我看院子后面的空地里种了不少菜，就挖了点儿。"

"院子里的菜？"林七夜思索了片刻，指了指硕大的红烧鱼头，"那鱼呢？"

"病房旁边的小水池里的啊，不是你养的吗？"

"那米呢？米是从哪里来的？"

"哦，那是我在院长室的柜子里翻到的。"李毅飞歪了歪头，"怎么了？过期了吗？"

林七夜张了张嘴，看着已经吃下了大半碗饭的倪克斯，默默地摇了摇头："应该没有吧？"

"我也觉得没有，毕竟我已经吃了好几天，也没拉肚子。"李毅飞耸了耸肩。

"李毅飞，你不是人，是难陀蛇，难陀蛇是不会拉肚子的。"

"……"

林七夜拿起筷子，拣了块鱼肉，放在嘴里嚼了嚼，肉质异常鲜嫩，吃起来也不像是地球上的品种。既然这两人已经吃了好几天，想必不会有什么问题。

林七夜扫了一眼倪克斯，眉头微微上扬，把头凑到了李毅飞身边："你这段时间干吗了？"

李毅飞一愣："没干吗啊，我就跟她聊聊天，教她下棋打牌、晒晒太阳，当孙子哄哄她……怎么了？"

"没有，你把她照顾得很好。"

李毅飞看不到倪克斯头上的进度条，但是林七夜可以，他记得十几天前倪克斯头顶的治疗进度条只有20%多，现在居然直接涨到了48%！就算没有进度条，林七夜也能感受到倪克斯健康了很多。他还记得倪克斯刚从病房里放出来的时候，呆呆傻傻的，看到什么就把什么当孩子，而且也很抗拒说话，最多就和花瓶聊聊天。现在，倪克斯不仅不会再认奇奇怪怪的东西当孩子，整个人也活泼了不少，可以跟李毅飞正常地聊天交流，而且眼神中明显多出了几分灵动。

看来有人陪伴，对她的病很有好处，林七夜暗自想着。

把李毅飞复活成病院的护工，真是一个正确的选择。现在倪克斯的治疗进度已经达到了48%，只要再多一点点，就能第二次抽取她的能力。要不……今天试试？

林七夜犹豫了片刻，伸出筷子夹起一块鱼肉，放到了倪克斯的碗里："母亲，多吃一点儿。"

倪克斯一愣，转头看着林七夜的眼睛，眼中竟然浮现出些许泪花："达纳都斯，你懂事了。"

"啪嗒"，在林七夜的注视下，治疗进度从48%跳到了49%。

林七夜："……"

"母亲，再多吃点儿青菜。

"母亲，我觉得这鱼的味道真不错，您再尝尝……

"母亲，我去给您盛饭吧！

"母亲……"

林七夜开始疯狂地给倪克斯夹菜添饭，而倪克斯一边欣喜地吃饭，一边默默地掉眼泪，看得对面的李毅飞一愣一愣的。

"七夜，你这是……"

"李毅飞。"林七夜转头看向李毅飞，"快给奶奶表演个才艺。"

李毅飞："……"

"才艺！快去！"

"哦……"李毅飞挠着头，从座位上站起，想了想，"奶奶，孙儿没什么特长，就给您表演一个倒立吃饭吧！"

林七夜："……"

两人在倪克斯身边折腾了好久，进度条依然一动不动，林七夜无奈地叹了口气。看来，这种东西果然还是不能勉强的。怎么说自己也是个给人治病的医生，虽然会不会治病还是个问题，但也不能就这么瞎折腾。不可否认的是，这是诸神精神病院里最为热闹的时候，也是人味最浓的时候。

李毅飞端着盘子，勤勤恳恳地去厨房洗碗。林七夜则从柜子里拿出了今日的药，仔细地分开，准备给倪克斯喂下。倪克斯静静地坐在桌旁的小凳子上，怔怔地看着专心忙碌的林七夜，似乎想到了什么，嘴角浮现出一丝淡淡的笑容。

"达纳都斯。"

"怎么了？"

"我们家多久没有这么热闹了？"

林七夜犹豫片刻,摇了摇头:"不知道。"

"你们这些孩子,长大后一个比一个走得远,明明我有这么多孩子,可到最后还是只剩下我一个人。"倪克斯的目光微微暗淡下来。

林七夜看着倪克斯,沉默许久,端着热水和药走到她的面前。

"至少,现在你有了我们,不是吗?"林七夜轻声开口,将水递到她的手上,"我们不会走。"

倪克斯的身体微微一震,她看着林七夜的眼睛,眼中绽放出前所未有的光彩。与此同时,她头顶的治疗进度条再度前进了一丝。

一号病房——

病人:倪克斯。

任务:帮助倪克斯治疗精神疾病,当治疗进度达到规定值(1%、50%、100%)后,可随机抽取倪克斯的部分能力。

当前治疗进度:51%。

已满足奖励获取条件,可再次随机抽取倪克斯的神格能力。

倪克斯治疗进度已超过50%,可以短期离开诸神精神病院活动……

107

看到这个提示出现的瞬间,林七夜的眼睛顿时亮了起来。当看到最后一句话时,他微微一愣,心中有些疑惑。短期离开诸神精神病院活动?意思是倪克斯可以离开这里,去外界放放风了?那她在离开诸神精神病院后,是属于凡人,还是属于神明呢?一系列疑问出现在他的脑海中,林七夜沉思片刻,摇了摇头,这些事情以后再慢慢摸索,现在还有更重要的事要做。

"抽取能力。"林七夜在心中暗自说道,紧接着悬浮在虚空中的神秘转盘就自动旋转起来。指针从转盘的各个选项上划过,林七夜紧紧盯着转盘表面,只觉得自己的心都被提了起来——不要超凡生育,不要超凡生育……转盘的转速越来越慢,似乎听到了林七夜虔诚的祈求,指针晃晃悠悠地划过了超凡生育所在的部分,落在了另一块区域——至暗侵蚀。

当指针彻底停稳之后,整个转盘就逐渐消失,只剩下这四个大字悬浮在半空中。林七夜伸出手在字体表面轻轻一碰,一股神秘的力量便顺着他的指尖,流淌进他的身体。

大约五秒后,几行小字浮现在林七夜的面前。

至暗侵蚀（至暗神墟）：以最原始的黑暗侵蚀自身周围的一切，凡被至暗笼罩的物体或生物，都在你的掌控之中（至暗神墟的范围与掌控强度，随自身精神力增长而增长）。

　　林七夜翻来覆去地将这段话默念了好多遍，眼中的震惊之色越发浓郁。和之前的"星夜舞者"不同，这次抽出来的"至暗侵蚀"明显要高一个档次，毕竟后面多了"神墟"二字！

　　既然涉及神墟，那就说明不仅仅是能力这么简单，这或许是属于黑夜女神的最为核心的传承能力。就功能而言，"星夜舞者"更像是黑夜的辅助能力，并没有具备禁墟的主要特征，但"至暗侵蚀"完全不同，这就是属于黑夜女神的神墟。如果林七夜没猜错的话，他这次是真的抽到宝了。林七夜按捺住心中的兴奋，细心地给倪克斯喂完药，跟李毅飞说了一声，就匆匆离开了诸神精神病院。

　　他在床上睁开眼，瞥了眼正在熟睡的百里胖胖，悄然无声地溜了出去。片刻之后，宿舍楼楼顶。林七夜缓缓走到一片空地上，四下环顾了一圈，确认周围并没有教官们布置的监控后，停下了脚步。

　　他站在那儿，闭上了双眼。下一刻，一抹绝对的黑暗以他为中心，朝着四面八方扩散开来，就像是一滴黑墨滴入白色的画卷，周围的一切都逐渐被这抹黑暗覆盖，沙石、空气、盘旋的飞鸟、洒落的月光……这是最纯粹的黑，这是最原始的黑。黑暗还在扩散，最终到距离林七夜十米左右的地方，停滞不前。这片绝对黑暗的笼罩中，位于正中心的林七夜缓缓睁开了眼。他的眼中，是一片漆黑的夜色。

　　"还是会被那个镇压禁墟的禁物影响吗？"林七夜喃喃自语。他能感受到，有一股神秘的力量禁锢在自己的周围，阻碍着至暗神墟的展开，如果排除禁物的影响，他估计这个神墟张开之后能覆盖方圆二十米。而他的"凡尘神域"大约也是这个距离，如果他没猜错的话，二十米大概就是"盏"境的极限了。

　　林七夜伸出手指，轻轻一抬。至暗神墟之内，撒落在地上的沙石微微颤动，最后竟然逐渐从地面飘起，环绕在林七夜的指尖。林七夜注视着指尖的沙石，微微点头。

　　"也就是说，我可以控制神墟范围内的一切物体。"他低下头，注视着脚下的钢筋水泥地面，目光微凝。一道细微的裂痕突然出现在地面上，就像是被人从中间硬生生撕开，露出了一条缝隙。

　　"掌控的程度还是有上限的，现在只能做到简单控制，不知道等境界成长上去后，能不能直接撕开原子核……"林七夜用手轻轻摩擦着地面的裂缝，缓缓站起，抬头看向被禁锢在至暗之中的飞鸟。下一刻，飞鸟的瞳孔同样染上了一片夜色。禁锢解开，飞鸟扑扇了两下翅膀，轻盈地绕着林七夜飞了一圈，最终停留在他的手上，像一尊雕塑。它的眼睛和林七夜一样，深邃而诡异。林七夜伸出另一只手，轻轻抚摸着它的羽毛。"通过黑暗侵蚀生物的神志，能够对它们进行操控，就是不知道对人体能做到什么地步。而且在神墟中，无论是否黑夜，似乎都能触发'星夜舞者'，这么一来，在这片神墟中，我的战斗力将飙升到一个恐怖的地步。"

林七夜细致地分析着至暗神墟，用周围的环境不停做着试验，直到自身的精神力用尽，无法再支撑至暗神墟的展开，才就此作罢。"精神力还是太弱了，现在只能持续至暗神墟两分钟。咦，王面好像只能支撑五秒来着，他怎么这么虚？"

林七夜沉思片刻，独自嘀咕着："虽然在神墟中我有'星夜舞者'加持，自身精神力也有所增加，但也不至于增加这么多啊。难道是时间神墟比至暗神墟更加耗费精神力？也不至于啊，我的持续时间是他的二十多倍。"

林七夜又思索了许久，还是想不明白，索性直接将原因归结到"王面太虚"这个理由上。

收起至暗神墟之后，林七夜犹豫了片刻，又将意识沉入诸神精神病院中。

"达纳都斯，你这么快就回来了？"倪克斯见到林七夜走来，惊喜地开口。

"母亲，你想不想出去转转？"林七夜看着她的眼睛，说道。

"出去？去哪儿？"

"去精神病院外面，去真正的世界。"

"虽然不懂你在说什么，但如果有你陪我一起的话，我还是很愿意的。"倪克斯想了想，回答道。

"好，那和我来吧。"林七夜牵着倪克斯的手腕，将意识逐渐脱离诸神精神病院。片刻之后，林七夜在楼顶睁开双目。他回头看去，只见自己的身后，一个身着黑纱星裙、气质高贵的美妇人正静静地站在夜色中。

108

竟然真的能带出来？林七夜怔怔地看着眼前的倪克斯。在夜空下，倪克斯仿佛变了一个人，不像精神病院内那个呆呆的病人。现在，她像一位真正的神明。倪克斯绝美的容颜上浮现出一丝疑惑，她走到楼房的边缘，看着脚下寂静的集训营和远方璀璨的灯火，缓缓开口："这就是你的神国吗？达纳都斯？"

林七夜摇了摇头："这不是神国，这是真实的世界。"

"世界？"倪克斯歪了歪脑袋，伸手指着远方灯火通明的城市，"可这分明就是神国啊。"

林七夜叹了口气，没有再和这个有精神问题并且思想古老的神继续纠结神国的问题，而是走到她的身边，说道："出来的感觉怎么样？"

"这里很大，很漂亮，但是没有家里温馨。"倪克斯想了想，又补充道，"既然是达纳都斯的神国,怎样我都喜欢。"

林七夜先是愣了半秒,然后反应过来倪克斯说的"家",就是那座小小的精神病院。

"可惜了,现在我还不能离开这座集训营,不然就能带你四处转转了。现代的城市里,还有很多有意思的东西呢。"林七夜有些遗憾地摇了摇头。

"这里是你的神国,为什么你不能离开?"

"嗯,这叫规矩。"

"那你想出去吗?"

"你能带我出去?"

"这片夜色中,我可以带你去任何地方。"倪克斯指着头顶的夜空说道。

"你的神力恢复了?"

"并没有,仅仅是普通的夜空闪烁,我还是能做到的。"

林七夜的目光落在远方的城市中,犹豫了片刻,似乎下定了某种决心,开口道:"想,我想去一个地方,去了我就回来。"

"没问题,我的孩子。"倪克斯微笑着伸出手,抓住林七夜的手腕,"在心里想象那个地方的位置,我带你过去。"

林七夜缓缓闭上眼睛,脑海中浮现出一座矮矮的老房子。下一刻,一股浓郁的夜色从两人的位置荡开,他们的身影骤然消失!

"啪!"集训营内,正在端茶喝水的袁罡脸色骤变,手中的茶杯直接滑落到地上,摔成了数十块碎片!

"神的气息?!"他猛地从座位上站起来,转头看向宿舍楼的楼顶,眼睛瞪得浑圆,"怎么可能,这里怎么可能出现神的气息?"

他在原地纠结许久,还是拿上了床头的直刀,闪电般冲出门去。他在寂静的夜空下拖出道道残影,边跑边掏出手机,拨通了一个电话。

"喂?"

"队长,出事了!"

听到袁罡的声音如此郑重,电话那边的绍平歌也收敛了玩世不恭的态度,严肃开口:"怎么回事?"

"沧南市,集训营内刚刚出现了神明的力量波动。"

"什么?"绍平歌脸色微变,"是哪位神?"

"不知道,但是那股气息似乎和现今知晓的任何一位神明都对不上。我猜测,这应该是一位从未被我们观测到的神。"

"我知道了,你不要轻举妄动,我去汇报给总司令,看看能不能调动一位人类天花板过去!"

"是。"

袁罡挂掉电话，身形如风，直接冲到了宿舍楼下，然后没有丝毫停滞，竟然顺着垂直的宿舍楼墙壁向上飞奔，没多久就到达了先前林七夜和倪克斯站立的位置。他站在宿舍楼的楼顶，环顾四周，眉头微微皱起："去哪儿了？"

"妈，剩下的碗就让我来洗吧。"

"不用，你去写作业吧。"

"没事的，妈，作业我已经写完了，你昨晚夜班上到那么晚，今天早点儿休息吧。"杨晋伸手接过了姨妈手里的碗，说道。姨妈双手空空地站在那儿，无奈地摇头。

"你这孩子跟你哥一样，就是太懂事了。"说到这儿，她顿了顿，抬头看向悬于黑夜之上的月亮，喃喃自语，"也不知道那孩子现在怎么样了。"

"放心吧，哥不会有事的。"

姨妈叹了口气，只能点点头。

杨晋笑了笑："好了，妈，交给我吧，你去睡觉。"

"嗯，你一会儿也早点儿睡。"

"晚安。"

"晚安。"

姨妈走进房间，反手关上了房门，逼仄的客厅中，只剩下杨晋独自洗碗的声音。小黑癞乖乖地躺在他的脚边，打了个哈欠。

隔壁楼房的房顶上，一抹夜色悄然降临。

"啪！"

"汪汪汪汪——"

一个盘子从杨晋的手中滑落，重重地摔在地上，发出了刺耳的破碎声。杨晋的眼中寒光乍闪，紧接着就消失无踪。他猛地一脚踩在小黑癞的身上，瞪了它一眼，后者立马闭上了嘴巴。它的双眸仍然死死地盯着远处的楼房，龇牙咧嘴，一副如临大敌的表情。

"又是一个西方神，哥怎么会在她的身边？"杨晋喃喃自语，又踹了小黑癞一脚。小黑癞呔哧了两声，乖乖地趴回了地上。

"怎么了怎么了？"姨妈匆匆从房里跑出来，看到满地的盘子碎片，连忙跑到杨晋的身边，"怎么样？没伤着吧？"

"没事的妈，就是手滑了一下。"杨晋不好意思地笑了笑，从旁边拿来扫把、簸箕，开始打扫地上的残片。

"我来我来，碎片尖，别伤着你！"

"不用，我可以的。"

"……"

远处的楼房上，林七夜默默地注视着这一幕，嘴角浮现出淡淡的笑容。

"这个阿晋，我不在家，做事都笨手笨脚的。"

他身旁的倪克斯眼中浮现出些许疑惑，指了指杨晋，问道："他是你的朋友吗？"

林七夜摇头："是亲人。"

"亲人？"倪克斯的眼中的疑惑更浓了。

"嗯。"林七夜又看了一会儿，长出了一口气，"好了，我们回去吧。"

"这么快吗？"

"还是不要离开太久为好。"

"嗯，听你的。"倪克斯点点头，再度用手抓住林七夜的手腕。夜色闪烁，两人的身影在原地消失。

矮房中，刚刚扫完地上碎片的杨晋微微抬头，看向两人消失的方向，陷入了沉思。

109

夜色中，林七夜和倪克斯的身影再度出现在宿舍楼的楼顶。林七夜脸上还挂着淡淡的笑容，他长叹一口气，转过头去，愣在了原地。黑暗的天穹之下，袁罡握着刀，坐在不远处的台阶上，正死死地盯着倪克斯。突然，他看到了站在倪克斯身边的林七夜，同样愣在了原地。

倪克斯诧异地看了眼袁罡，转头看向林七夜："那也是你的朋友？"

林七夜："算是吧。"

袁罡缓缓站起身，一股强横的精神力威压着肆虐而出。他一步步走到倪克斯的身前，平静地开口："大夏守夜人驻上京市006小队副队长，袁罡，请问阁下尊名？"

"倪克斯。"倪克斯眯起眼睛，一股莫名的气场从她的身上散发而出。虽然她的身上没有丝毫神力波动，但仅凭这份气场，就稳稳地压住了袁罡。她看着袁罡，带着一股淡淡的俯视之意。

"原来是黑夜女神阁下。"袁罡顿了顿，继续开口道，"不知阁下来我大夏，有何贵干？"

倪克斯歪着脑袋想了会儿："来找我儿子。"

袁罡一愣。林七夜咳嗽了两声，大脑飞速运转，及时补充道："她的意思是……她来找代理人。"

袁罡的眼中浮现出一丝了然："原来女神是来找代理人的，不知找到了吗？"

"找到了。"林七夜再度抢在倪克斯前面开口。

"在哪儿？"

"我啊。"

袁罡难以置信地看着林七夜，一副见鬼的表情："你，你不是炽天使的……"

"我脚踏两条船。"

袁罡转头看向倪克斯，眼中带着一丝询问之意："女神阁下，他说的……"

"我儿子说什么，就是什么。"倪克斯一本正经地回答。

袁罡目瞪口呆，半晌之后，才回过神，缓缓开口道："女神阁下，既然代理人已经找到，还请您离开大夏境内。"

倪克斯转头看向林七夜，林七夜轻咳两声："嗯，代理人找到了，你也该回家了。"

"好。"倪克斯没有丝毫犹豫，"达纳都斯，你记得经常回来。"

"喀喀喀，放心吧！再见！"林七夜挥了挥手。倪克斯的身影逐渐淡去，最终彻底消失在了夜色中。

晚风拂过，空旷的宿舍楼上，只剩下袁罡和林七夜两人。袁罡默默地将刀收回鞘中，后背已经完全被冷汗打湿，直面一位神明的恐怖，比他想象中更难。他瞪了林七夜一眼："你小子这到底是怎么回事？"

林七夜挠了挠头："我本来好好在床上睡觉，突然就被她拉到了这里，然后聊了会儿，就让我当她的代理人。"

袁罡："……"

听林七夜的语气，就好像在说"我朋友来找我，然后顺便吃了顿便饭"这么轻松。拜托，那可是黑夜女神，不是你的邻家小妹妹啊！

"就这么简单？"袁罡忍不住说道，"那她叫你达纳都斯是怎么回事？"

"外国神嘛，叫中文名不顺口，就给我起了个新名字。"

"等等，为什么外国神说中文？"

"这不重要。"

"那她让你当代理人，交给你的任务是什么？"

林七夜想了想："常回家看看？"

"嗯？"

"喀喀，我是说，她让我帮她找一只镯子。"林七夜一本正经地说道，"她的镯子不见了，让我帮她找回来。"

"寻物类的要求吗？还好。"袁罡点点头。

"不过，你真的成了两个神的代理人？"袁罡皱眉看着林七夜，"这在大夏历史上，还是从没出现过的事情。"

"现在有了。"

"行吧。"袁罡叹了口气，"去吧，回去睡觉，剩下的事情我来处理。"

林七夜点头，独自从楼道走了下去，心中暗自松了一口气。看来不能随便放病人出来放风啊，就算出来放风，也不能使用神力，否则肯定会被守夜人发现，到时候又是一堆麻烦。不过，至少凭着这次机会，给自己的黑夜能力找了个合适的来由，以后就能光明正大地使用两种神墟了。想到这儿，林七夜的心情顿时好了不少。

此时，宿舍楼楼顶。袁罡独自坐回了台阶，点上一根烟，再度拨通了电话。

"喂，你那里怎么样了？"绍平歌瞬间接通了电话。

"危机解除了，让那位人类天花板不用来了。"袁罡长出一口气，疲惫地开口，"第一次直面神，那压迫感简直……"

"你跟他正面交流了？"

"嗯，是黑夜女神倪克斯。"

"看来今晚，人类观测到的神明序列里，又要多出一位了。"

"是啊。"

"行了，你好好休息吧，我要去跟总司令汇报一下。"

"还有一件事，那个叫林七夜的小家伙，同时成了炽天使和倪克斯的代理人。"

"……"

袁罡详细向绍平歌介绍了一下状况，最后挂断了电话，抬头看着夜空上的那轮明月，沉默不语——

2021年10月12日，守夜人袁罡，于大夏沧南市039号新兵集训营，观测到黑夜女神倪克斯，疑似神格受损，编入神明序列，序列043。

——《守夜人神明序列档案（绝密）》

与此同时，距离沧南市数百公里之外。

汹涌广阔的长江上，一辆古老的马车正平稳地行驶在江水上，以惊人的速度顺着江水向前行进。那匹普通的栗红瘦马，拉着通体用沉木打造的马车车厢，像是没有丝毫重量，每向前一步，都会漂移般前行数十米，四只蹄掌踏在滚滚江水上，如履平地。

车厢的前面，坐着一名身穿麻衣的童子。他手握缰绳，懒洋洋地靠在车厢前，打了个哈欠。突然，他的手机响起，童子接起电话，简单聊了几句，就将手机收了起来。

"陈夫子，司令说沧南的那个神走了，叫咱们不用过去了。"

片刻之后，一个苍老的声音从车厢内悠悠传来："哼，这大半夜的，又害得老夫白跑一趟。"

"夫子，那我们是继续走，还是回头？"

"回头，沧南那邪门地方，能不去还是不去为好。"

"好嘞！"童子甩了一下手中的缰绳，"驾！"栗红瘦马猛地掉转方向，拉着车厢在长江水上来了个漂移，掉头向着长江的上游逆行而去。

110

寒风渐起，凛冬将至。

集训营的训练场上，两百多名新兵穿着单薄的黑色短袖，正绕着训练场的周围跑了一圈又一圈。从集训开始到现在，已经过了五个月，从严格意义上来说，他们已经不再是新兵，但对于每年只有一届的集训营来说，只要没有踏出那扇门，他们永远都是新兵。一月的天很冷，清晨的露水凝结成霜，丝丝寒气如同细小的游蛇钻进皮肤，让人不由得打了个冷战。

百里胖胖用手摩擦着脸颊，张开嘴吐出一口白雾，幽幽叹了口气："这大冬天的，还要起这么早训练，真是折磨人，最近小爷我都瘦了十几斤了。"

林七夜挺直腰板，一言不发地跑步，冰冷的空气将他裸露在外的皮肤冻得有些发红，但神色依然没有任何改变。

"百里涂明，你边跑步还边揉脸，你很冷吗？！"一旁眼尖的教官看到这一幕，大声喊道。

百里胖胖的脸色一变，硬着头皮喊道："报告！我有点儿冷！"

"冷就说明你跑得不够，等所有人跑完，你再留下来跑五圈！"

"是！"百里胖胖欲哭无泪地喊道。

经过这五个月的魔鬼训练，百里胖胖已经瘦了一大圈，如果说原来他的体形大概是个足球，那现在约莫着是个橄榄球。不仅他，这么长时间的体能训练，给所有人都带来了巨大变化，不仅是身体素质，精神面貌上更是如此。

凛冬中，他们眼中原本的懒散与混浊已然消失不见，取而代之的是前所未有的坚毅与清明，在这饱满旺盛的精气神中，是肉眼可见的成长。他们就像被精细打磨的刀刃，从刚开始的粗糙不堪，到现在的锋芒毕露，现在的他们已经有了军人的模样。

"全体解散，去吃饭！"教官的声音传来。

整齐的队列并没有瞬间轰然散开，而是以一种无声的默契，移动到了食堂门口，才分割成一个个独立的团体，走进食堂。

遍布白霜的训练场上，只有百里胖胖一个人哭丧着脸，撒丫子狂奔。

"要不要等他？"曹渊看着拼命跑圈的百里胖胖，问道。

林七夜摇了摇头："不用，他看着我们吃得越香，就会跑得越快。"

"有道理。"

自从入冬，食堂的伙食越来越好，每次走进食堂，都能闻到满屋的肉香，令人食指大动。随着众新兵的体能越来越好，胃口自然也越来越大，但食堂的饭菜就像是算准了一般，每次都能让他们吃饱，又不至于吃撑，可以说在食量这块上，安排得恰到好处！

林七夜和曹渊吃了一阵，外头满头大汗的百里胖胖才匆匆跑进来："肉包，我的肉包呢？"

林七夜将桌上的一笼蒸屉推过来："还有四个，专门给你留的。"

"七夜，你可太懂我了。"百里胖胖欣喜若狂，一手抓着一个肉包，大口咬了起来，一旁的曹渊默默翻了个白眼。

"对了，马上要过年了，咱给不给放假？"百里胖胖像是想到了什么，突然问道。

林七夜一怔。

自从来到集训营，他似乎就完全忘记了时间。五个月一晃而过，如果不是百里胖胖提醒，他都没意识到已经二月了。

"我们是封闭式集训，怎么可能放假，你想多了。"曹渊摇了摇头。

百里胖胖沮丧地叹了口气："唉，还以为能放几天假。说实话，离开这么久了，我还是有点儿想我家的大别墅、香软床，还有漂亮的管家姐姐们……"

曹渊默默地咬了一大口包子。

"对了，七夜，等集训结束后，跟我回广深玩玩吧？怎么说我也是广深之王，到时候保准让你玩得永远也不想回沧南！"百里胖胖激动地说道。

曹渊眨了眨眼："我呢？"

"你？自己跟团去吧。"

"……"

"广深吗……"林七夜喃喃自语，"我长这么大，还没出过沧南市，有机会的话去看看也不错。"

"啧，要是过年放假，我马上就能带你去！"

"算了吧，过年的话，我还是想回去吃顿年夜饭。"林七夜的手微微一顿，摇了摇头，"家回不去的话，跟队长他们一起吃也是好的。"

"驻沧南市守夜人小队吗？听说队长好像是叫陈牧野？"百里胖胖想了想，"沧南市的神秘事件一直不少，也不知道他们现在在干吗，应该是在围剿神秘吧？"

集训营，教官办公室。

陈牧野坐在袁罡对面，认真地开口："你们得放假。"

袁罡抚着额头："陈队长，我已经说过了，我们是封闭式训练，过年是不放假的。你也是从这里走出去的，应该知道才对。"

-277

"那你就单独给林七夜批个假，让他跟我回去吃年夜饭。"陈牧野毫不退让。

"这不合规矩。"

"我不管。"陈牧野缓缓靠在椅背上，不慌不忙地说道，"说起来你可能不信，我们小队的两名队员正埋伏在你们集训营外面，你要是不答应的话，她们可就要开始抢人了。"

袁罡深吸一口气："陈队长，请不要让我为难。"

"这样吧，如果你们不愿意放他出来，过年的时候让我们进去送饭也行。"

"这……"袁罡皱着眉头，

"陈队长，能不能告诉我，你究竟想做什么？据我所知，你们136小队一向都很低调的，这次为什么？"

陈牧野沉默片刻，缓缓开口："这次不一样。"

"为什么？"

"有人要对新兵们动手了。"

听到这句话，袁罡的脸色微微一变："什么意思？"

陈牧野注视着袁罡的眼睛，平静地说道："最近，沧南市里不太平，有很多老鼠混进来了。"

"老鼠？"

"我不知道他们是哪方势力的人，但我们追踪了这么久，基本可以确定，"陈牧野的眼神突然凌厉起来，一字一顿地开口，"他们的目标，就是这座集训营。"

111

"有人想对集训营动手？"袁罡的眼睛微微眯起，"他们是疯了吗？这里有多少名教官守着，明里暗里多少手段，他们怎么敢？"

"有些人，只要利益足够大，什么事情都做得出来。"

"一座新兵训练营，哪里来的利益？"

"这座训练营里，有着什么人，我想袁教官比我清楚。"陈牧野平静地开口。

袁罡张了张嘴，似乎想说些什么，最终还是陷入了沉默。

"光是一个百里集团的百里胖胖，你知道现在黑市里，有人给他的脑袋标了什么价吗？"陈牧野伸出手，比出一个数字，"八个亿，已经有人愿意花八个亿，来取这位百里集团唯一继承人的命。这可不是小数，八个亿，足以让多少人赌上自己的一切。想杀这位百里集团的百里胖胖，如果在广深市，难如登天。但如果在这个小小的沧南，我想，有很多人愿意铤而走险。袁教官，你觉得这座集训营的防卫，能比百里集团的大本营更加滴水不漏吗？"

陈牧野顿了顿，继续说道："更何况，除了百里家的百里胖胖，你们营里还有一位前所未有的双神代理人！虽然现在知道这个消息的人不多，但你觉得以古神教会的能量，他们会不知道吗？他们会就这么安安静静在旁边，等着林七夜成长起来吗？一个百里集团的百里胖胖、一个双神代理人，只要这两个人在你们营里，你们就永远躲不开他们带来的旋涡。他们隐忍了五个月，既然现在开始有所动作，就必然已经做好了周密的准备。现在，你还觉得这座集训营有那么安全吗？"

袁罡沉默许久，双眸中充满了坚定："只要我在这里，就没人能伤得了他们。"

"你是驻上京市小队的副队长，'海'境的强者，有你坐镇这里，当然安全，但是，"陈牧野的目光一凝，缓缓说出了下面一句话，"你能保证，你们这些教官当中没有叛徒吗？"

袁罡猛地从座位上站起，死死地盯着陈牧野的眼睛。

"你这是什么意思？"

"永远不要低估利益的诱惑，永远不要相信人性的坚定。我说过，八个亿，足以让绝大部分人为之疯狂！就算你们教官内部真是铁板一块，据我所知，古神教会中擅长蛊惑人心的神明代理人也不少，你能保证教官当中没有人被操控吗？"

"按你这么说，我们集训营现在已经是内忧外患、四面楚歌了？"袁罡冷笑，"如果连我们集训营都挡不住这群人，那你凭什么觉得，你们136小队能保林七夜周全？"

"因为我们一共只有六个人，而且彼此之间绝对了解，所以至少我们没有内忧，至于外患……"陈牧野微微一笑，"我们136小队，从来不怕外患。"

袁罡看着眼前的陈牧野，陷入了沉默。上京市的守夜人小队，可以说是全大夏守夜人小队的龙头，里面会聚的都是精英中的精英。袁罡能当上副队长，自然不会是个蠢人。正如陈牧野所说，集训营的目标太大了，里面的教官、后勤加起来得有一百多号人，在这么多人里，他真的能保证没有内奸吗？如果外界的形势真如陈牧野所说那么严峻，他要抵挡住来自四面八方的攻击就已经很困难了，要是真有内奸从中作祟，形势必然严峻至极。思索许久，袁罡缓缓坐回了椅子："那你觉得，现在我们该怎么办？"

陈牧野的指节轻轻敲击着桌面，一字一顿地说道："金蝉脱壳，化整为零。"

尖锐的哨声回荡在天空，众多新兵飞速地从宿舍楼里冲出，朝着训练场狂奔，三分钟没到，所有人都已经抵达演武台下方。洪教官清点了一下人数，微微点头："很好，经过这五个月的训练，你们已经有点儿军人的样子了。"

台下，新兵们抬头挺胸，目光如剑。

"今天下午，我们不练体能，而是宣布一件事情。"洪教官的目光扫过众人，嘴角微微上扬，"这次集训的上半部分，也就是体能专项训练，提前一个月结束！也就是说，从今天开始，我们的训练就要向战术、热武器以及禁墟方面倾斜！"

这句话说完，台下的众新兵顿时欣喜若狂，开始交头接耳起来。

"七夜、七夜，你听到了吗？噩梦终于结束了。"百里胖胖激动得都要哭出来了。

林七夜也长长地出了口气，体能训练虽然重要，但也没有谁愿意一天到晚累死累活，提前结束体能训练的消息，对所有人来说都是大喜事！

"还有！"洪教官再度开口，众人顿时安静下来，"经过我们教官一致协商，决定在下一阶段的训练开始之前，给大家放个假！从今天开始，到大年初二，总共四天的假期！"

如果上一句话只是让他们激动，当听到这句话，所有人先是一愣，然后直接欢呼起来！

"七夜，你听到了吗！我们真的要放假了！"百里胖胖一把扯住林七夜的衣服，激动得像个两百多斤的孩子。

"居然真的放假？"曹渊瞪大了眼睛，有些不敢相信自己的耳朵。

"七夜，一会儿回去收拾东西，我带你去广深玩……"

百里胖胖话音未落，洪教官下一句话就补上来了："但是，所有人不能离开沧南，如有违反，一经发现，直接革除进入守夜人的资格！"

百里胖胖："……"

林七夜拍了拍他的肩膀："先说好，别指望我，我也没房子。"

"所有人一会儿回宿舍收拾东西，半小时内到训练场集合，会有车把你们统一送出去，听清楚了吗？"

"听清楚了！"

"解散！"

"哗——"

原本整齐的队列唰的一下散开，所有人的脸上都写满了激动。虽然不能回家，但能出去透个气，感受一下人间烟火也是好的。

"七夜，走啊！回去收拾东西！"百里胖胖见林七夜站在原地一动不动，开口道。

林七夜的眉头微微皱起，沉吟片刻："你们不觉得这次的假，放得太突然了吗？"

| 第六篇 |

绝命追杀

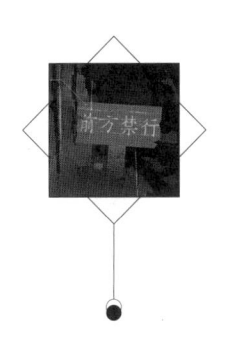

112

"突然？"百里胖胖挠了挠头，"我觉得，这应该叫惊喜。再说了，放假还有什么不好的，想那么多干吗？"

林七夜沉默片刻，点了点头："希望是我想多了吧。"

林七夜回到宿舍，简单收拾了一下行李，实际上他也没什么好收拾的，毕竟生活用品什么的红缨家里都有，这或许就是离家近的好处吧。最后，林七夜只背了一个轻便的背包，就去训练场集合了。而百里胖胖更是离谱，双手空空的，什么东西都没带。

"你就这么走吗？"拖着行李箱的曹渊看到百里胖胖，诧异地开口。

"对啊。"

"衣服呢？生活用品呢？"

"叫人给我再买几套就行。"

"……"

该死的有钱人。

等众新兵抵达训练场的时候，已经有好几辆大巴车等着了，而在车旁边，堆满了黑色的长匣。林七夜看到这些匣子的瞬间，眼睛微微眯起。他是知道这些匣子里装着什么的，而在场的众多新兵也能猜个大概。

"这次的假期应该不简单。"曹渊的眉头皱起。

洪教官背着双手，站在新兵们面前，朗声开口："这次离营放假，所有人都带着星辰刀！不过非必要情况，绝对不能使用。就算遇到特殊情况，也要尽量避开大众的视线，不能给民众带来恐慌。听明白了吗？"

"听明白了！"

- 281 -

"取刀！"

所有新兵排成一个长列，有序地从地上领取自己的黑匣，然后按顺序上车，整个过程有条不紊。林七夜抱着匣子坐上车，精神力从匣中扫过，长叹了口气。

"怎么了？"坐在后面的曹渊探出头。

"刀上没刻名字，这应该是暂借出来的制式刀，回来还是要还的。"

"这是肯定的。"曹渊点点头，"只有从集训营结业之后，才会分发属于每个人的佩刀、斗篷和纹章，现在我们的星辰刀应该还在打造。"

百里胖胖敲了敲手中的黑匣子，感慨道："这刀的质量虽然不错，但和禁物比还是差了点儿。"

"你闭嘴。"

等人坐满，几辆大巴车才缓缓启动，径直朝着集训营外开去。当他们逐渐驶出集训营的范围，突然，众人觉得身体一轻，似乎有某种一直压抑自己的重物消失，整个人的精神焕然一新。在这种压力消失的瞬间，仿佛有某层桎梏被冲破，一股清凉顺着大脑流淌至全身，洗涤着每一寸肌肤。林七夜的身体一震，下一刻，只觉得整个人前所未有地清明！

"这是……"林七夜怔怔地看着自己的双手，眼中浮现出一丝震惊。

"突破了？我突破了！"

"我也是！"

"怎么回事？我也突破了！"

"我终于到'池'境了，哈哈哈哈！"

"……"

不仅林七夜，同样的情况，在所有离开集训营的新兵身上都发生了。就在这时，坐在副驾座位上的洪教官站起，嘿嘿一笑："你们以为，我们动用那件宝贵的禁物，只是为了镇压你们的禁墟这么简单？在你们的禁墟被镇压的同时，你们的精神力流动也会被镇压。那件禁物镇压了你们五个多月，现在突然解开，你们被遏制了这么久的精神力就会发生剧烈反弹，从而轻松冲破'池'境的枷锁，进入崭新的境界！这，是我们集训营给每一位新兵的福利，也算是对你们成功度过五个月地狱训练的奖励！"

洪教官话音刚落，整个大巴车的气氛都沸腾起来。

林七夜细细地感知着精神力流动，无论是总量的大小，还是恢复的速度，都远非"盏"境可比。这次，他的精神力真正完成了从"盏"到"池"的蜕变。在绝大部分人感知自己境界变化的时候，百里胖胖茫然地摸了摸自己的大脑门，疑惑地看向林七夜。

"你也突破了？"

"嗯。"

"啧,我感知不到精神力境界,只能感觉到整个人轻快了不少。"

"那就说明你的精神力也得到了大幅增强,"曹渊缓缓开口道,"虽然你没有禁墟,无法具体感知到精神力,但它们依旧是客观存在的。精神力提高之后,以后用禁物威力也会大一些。"

"唉,真羡慕你们这些有禁墟的人。"

"你摸着你的良心,看着你那浑身的禁物,再说一遍刚刚的话?"

"这不能比啊,禁物终究只是外物,再强也不是自己的……"

就在百里胖胖在那儿高谈阔论的时候,突然有人指着窗外大喊:"那些是什么?"

众人顿时安静下来,顺着他的手指看去,同时一愣。湛蓝的天空上,五个未知物体飞快划过云层,拖曳着白色的尾巴,朝着他们的方向飞速落下。

"那,那是……"林七夜看到这一幕,瞳孔骤然收缩!

"导弹,那是导弹,所有人趴下。"坐在副驾座位上的洪教官大声咆哮!

"嗖——"

五枚导弹破开空气,其中三枚擦着众人的头顶飞过,径直落向了众人身后的集训营!当那三枚导弹落入集训营的瞬间,璀璨的火光轰然爆发。"轰——"惊天动地的爆炸声中,刺目的火焰如同狂龙肆虐,黑色的浓烟会聚成一团庞大的蘑菇云,冉冉升起。半秒后,一股恐怖的气浪从车后撞来,将整个大巴车吹得剧烈摇晃起来!林七夜死死地抓住车座下的固定架,回头朝集训营看去,只见汹涌的火光中,还有一抹金色若隐若现。就在此时,另外两枚导弹同样落下。一枚落在了他们刚刚驶过的军用关卡上,在一阵震耳欲聋的爆炸声中,整个关卡被夷为平地。而另一枚正好在众人的头顶砸落。

林七夜的瞳孔骤然收缩,只见洪教官猛地站起身,正欲做些什么。下一刻,一杆缭绕着玫红色火焰的长枪从远处爆射而出。

这杆长枪的速度惊人,肉眼几乎无法捕捉它的行动轨迹。它在天空中划过一道红色长线,精准地拦截住了半空的那枚导弹!

"轰——"

113

一团火球在半空中绽放,卷起的气浪险些直接将大巴车掀翻!支离破碎的导弹残片被剧烈的爆炸弹射而出,在半空中下起了一场金属雨!大巴车内的众新兵死死捂住耳朵,这场近距离的爆炸让他们的耳膜差点儿被震破。车身剧烈晃动的时候,放在车顶部的行李也统统坠下,整个车厢混乱不堪。此时,林七夜猛地睁大了眼睛。下一刻,一抹极致的黑暗以他为中心爆发,飞速地浸染整个大巴车,然后继续扩散,在大巴车周围飞速地组成一个半球体。

"唰唰唰——"

无数的导弹残片弹出,速度不亚于子弹,一块块嵌入这团夜色之中,在进入至暗神墟的瞬间就被定格在半空中。就算有漏网之鱼,速度也都被林七夜削减到最低,像是刀片般嵌在车顶的金属护层上,没有一块真正刺入车内。

当所有的导弹残片都被挡下,林七夜才解除了至暗神墟,半跪在地上大口地喘着粗气,后背已经被冷汗浸湿。没有人知道,在刚刚那短暂的几秒钟内,他经历了什么。

导弹在半空中爆炸后,碎片因爆炸产生的剧烈推动力,速度可达到每秒两百米以上,也就是说从碎片爆开,到刺穿大巴内新兵的身体,最多只有两秒。就在这两秒,林七夜的思绪如电闪,他先是意识到了必然存在被碎片袭击的可能,然后不顾一切,全速张开至暗神墟,最后留给他的时间不超过一秒。

林七夜第一次展开至暗神墟,足足用了五秒才将神墟覆盖方圆十米,若非林七夜半分钟前刚刚晋升"池"境,他是绝对来不及的。虽然这次赶上了,他成功地在碎片来临之前张开了至暗神墟,但导弹残片飞行的速度何其快!它们从进入至暗神墟,到洞穿新兵的身体,最多只要零点二五秒,再加上它们数量极多,想要全部将其拦截,依然是难如登天。

幸好中的幸好,进入"池"境的林七夜,精神感知的范围扩大到了百米距离!百米之外,导弹碎片刚刚接触到林七夜的精神感知边界,再到接触到大巴车,在这短短的零点五秒的时间里,林七夜依靠大脑恐怖的运转速度,加上变态的动态视觉,提前对它们的轨迹进行了预测,从而在至暗神墟内将它们全部禁锢。

导弹爆炸,张开至暗神墟,预测每一块碎片的轨迹,将它们全部捕捉。这就是林七夜这两秒的经历。就在这两秒,林七夜救下了整辆大巴车中近五十名新兵的性命。对其他人来说,这两秒也就是眨眨眼的工夫,而对林七夜来说,就像是经历了一个世纪那么漫长。

"怎么回事?刚刚发生什么了?"

"对啊,我就觉得眼前一暗,然后……"

"碎片!导弹的碎片都掉下去了!"

"发生了什么?要是这些碎片爆射出来,这辆车的铁皮肯定是拦不住的!"

"我们是在鬼门关前走了一遭吗?"

"……"

绝大部分人不知道发生了什么,只有三个人除外,离林七夜最近的百里胖胖、曹渊,还有坐在最前面的洪教官!就在全车人惊疑不定的时候,严重透支心神的林七夜,脸色煞白,只觉得眼冒金星,眼前的一切似乎都在缓缓变暗。

"七夜、七夜,林七夜!"洪教官跑到林七夜的面前,焦急地开口。林七夜的意识一沉，直接昏了过去。

集训营。

一层淡金色的薄膜覆盖了半个集训营，保住了里面所有教官和后勤人员的性命，建筑也没有受到丝毫损伤。但另外半边集训营，则彻底沦为了一片火海！身穿军装的袁罡站在这片火海前，身上的淡金缓缓褪去，一双怒眸倒映着眼前滔天的火焰。他的双拳越攥越紧。

"首长，"一名教官匆匆从远处跑过来，手里拿着望远镜，"另外两枚导弹落在了出营的道路上。"

"什么？"袁罡猛地转过头，"新兵们怎么样？"

"好像有一名136小队的队员，一枪插爆了导弹，还有一道黑色的东西闪过。反正最后所有大巴车都完好无损，没有人受伤！"

袁罡松了口气，紧接着，他眼中的怒火越来越盛。

"新兵们前脚刚出集训营，后脚就有导弹射过来，我们当中果然有叛徒。"袁罡猛地一步向前，重重地踏在火场中，璀璨的金色光芒爆发，下一刻半个集训营的火焰刹那间熄灭！

残破的废墟中，袁罡戴正了头顶的军帽，目光望着头顶的天空，深邃无比。

"可是我不明白，他们是怎么调动导弹的？"

距离集训营数百公里远，39号导弹发射基地。刺耳的警报声在整座基地回响，红色的警戒灯忽明忽暗，这座隐秘至极的导弹发射基地，不知何时已然沦陷。

"39号导弹发射基地，请立刻回答！"

"这里是总部，39号导弹发射基地，请立刻汇报你们的状况！"

"呼叫39号导弹发射基地！呼叫39号导弹发射基地！"

"听到请回答！"

"……"

偌大的操控室中，仅剩下断断续续的传呼声传出，忽明忽暗的灯光下，是一汪汪猩红的血泊，以及痛苦哀号的残破石像。在操控台的正中央，一个妖娆的女人正随意地坐在那儿，手里握着一柄无柄之刃，轻轻抛起、接住、抛起、接住……她抬起头，看着眼前的卫星监控屏幕，嘴角勾起一个诡异的弧度："居然将新兵散出集训营，这群人比想象中聪明。"

"那群蠢货在沧南的动静太大了，肯定走漏了风声，让他们察觉到了什么。"另一个深沉的男声从手机中传来。

"无所谓，这么一来，事情就更有意思了。"她咧开嘴，修长的舌头伸出，如同一条游蛇，舔了舔嘴唇。

"既然这样,我就亲自去一趟沧南,会一会那家伙吧。"她站起身,眼中浮现出病态的兴奋,随手敲碎了身边一尊佝偻的男人石像,残碎的血肉随着石渣撒落在地,令人作呕。

她在偌大的操控室地面上,用大量鲜红的血液,画着一只狰狞的蛇眼!

114

浑浑噩噩中,林七夜睁开了双眼。看着熟悉的天花板,林七夜怔了半响,才缓缓从床上爬起,头虽然还有点儿昏沉,但已经比之前好太多了。这里是红缨的宅子,林七夜在这里住了一个多月,自然认识眼前的房间,他揉了揉太阳穴,转身下床。

嘎吱,他推开房门,只见在别墅的客厅里,已经坐了一圈人。陈牧野、吴湘南、红缨、温祈墨、司小南、洪教官……听到林七夜的房门被打开,所有人抬头看去,红缨的脸一黑,一巴掌拍在吴湘南的后脑勺儿上!

"让你说话小点儿声!现在把七夜吵醒了吧?"

吴湘南:"??"

"七夜,感觉好点儿了吗?"

"嗯,没什么问题了。"林七夜一边走下楼梯,一边疑惑地开口,"我怎么会在这里?"

"你在短时间内透支了大量精神力,导致晕厥了。"陈牧野在沙发上往右挪了挪,留出一个位置,"后来红缨和祈墨及时赶到,直接把你从车上带了回来。"

林七夜在陈牧野的身边坐下,疑惑地看向洪教官。

"我把新兵们送到地方,就直接找到了陈队长,正好他们要来这里,我就跟过来了。"洪教官笑了笑,继续说道,"林七夜,你这次救下了整车的人,这个功劳我会帮你上报的。如果不出意外的话,拿到一枚勋章应该不是问题。"

"勋章?"

"守夜人的功勋体系和军营不太一样,到时候你就知道了。"

"哦。"林七夜点点头,眉头逐渐皱起,"不过,我们为什么会被导弹袭击?这不应该是被军方管控的吗?是什么人要袭击我们?"

洪教官和陈牧野对视一眼,后者无奈地开口:"不是袭击你们,他们的目标,只是你,或者那个小胖子而已。"

"古神教会?"林七夜不笨,之前王面就提醒过他,身为炽天使的代理人,必然会引起古神教会的注意,更何况现在的他同时成了炽天使和黑夜女神的代理人,是前所未有的双神代理。古神教会按捺不住了,对他采取措施也是意料之中的事。

"就现在的情况来看,他们应该是参与了。"洪教官点点头,"刚收到军方信息,

39号导弹发射基地已经沦陷,不过其中绝大部分导弹都需要双重密钥,理论上就算发射基地沦陷,在没有中央允许的情况下,同样无法发射。但是正好有五枚导弹在维修,所以只开放了一重密钥,被她钻了空子。"

"是古神教会的人干的?"

"我们的人赶到现场时,发现了大量残碎的石像与血肉,还有一只用鲜血涂抹出的蛇眼。"

"石像和蛇眼?"林七夜想了想,"美杜莎?"

"对,应该是前段日子刚加入古神教会的美杜莎代理人,代号'蛇女'。"

林七夜若有所思地点点头:"所以这次放假,其实也是为了……"

"为了保护新兵。"洪教官说道,"他们的目标,无非就是你或者百里涂明。以假期的名义将你们送出集训营,不仅能分散目标,避免其他新兵被波及造成无谓的伤亡,也能从明转暗,将你们藏起来,让他们无法继续用大规模杀伤性武器。更何况现在的集训营,也未必是铁板一块。"

林七夜长叹一口气:"我明白了,难怪要提前结束体能训练,解放我们的禁墟,让我们尽快突破,还允许我们带刀出营。"

"总之,接下来的这几天,你要当心一些,还有尽量多出去转转。"

林七夜一愣。按理说,他和百里胖胖作为首要目标,应该要好好藏起来,非必要不得出门才是,为什么要……

"你们是想利用我,把他们钓出来?"林七夜顿时想通了其中的关键。

"没错,一味逃避不是解决问题的办法。他们既然已经忍了五个多月,自然可以继续忍下去,跟我们耗时间。他们可以耗,但我们不行。所以,我们必须利用这四天的假期,把他们全部扫清!"洪教官接着说道,"你也不用太担心,我们已经把一部分绝对可信的教官散入了城里暗中保护你们,而且袁首长作为'海'境的强者,也在随时掌控全局,他们翻不出什么大浪来。"

红缨凑上前,拍了拍他的肩膀:"七夜弟弟别怕,有我们在沧南,谁也别想伤到你!"

"现在冷轩就不知道在哪儿猫着,抱着狙击枪守在这儿附近,有什么风吹草动都瞒不过他的眼睛。"温祈墨笑道。

林七夜一怔,脸上浮现出笑容:"其实现在我也挺能打的。"

"那百里涂明呢?他去哪儿了?"林七夜转头看向洪教官。

"他下车后,直奔沧南的五星酒店去了,据说管家已经给他预订好了房间。对了,他还让我转告你,房间号是9039,让你有空去找他。"

"知道了。"

"行,既然人没事了,我就先回营里。"洪教官站起身,对着屋内众人说道。

林七夜诧异地开口:"集训营不是已经被炸了吗?"

"有袁首长在那儿,集训营不会出事的,不过内鬼倒是要快点儿抓出来。"洪教官对着林七夜摆摆手,"我们集训营里再见。"

"嗯。"

等到洪教官离开,陈牧野也缓缓站起身,似乎想到了什么,转头对林七夜说道:"七夜,明天是除夕,你有什么安排吗?"

林七夜抬起头,眼睛微微亮起,随后像是想到了什么,又逐渐暗淡了下来:"没有。"

"那你明早跟红缨她们一起去买菜,明晚来事务所吃年夜饭。"陈牧野走到林七夜的身边,嘴角浮现出淡淡的笑容,"我下厨。"

林七夜一愣,嘴角再度浮现出笑容,点了点头。

"队长,你不留下来保护七夜吗?"红缨嘟着嘴,有些不乐意地说道。

"有你、小南,还有冷轩在,我还有什么好操心的?何况事务所离这里也不远,出了事我提着刀就能过来。再说,你这里有我住的地方吗?"陈牧野无奈地开口。

"人总是要成长的,红缨,你不能永远护着林七夜。"吴湘南也跟着站起身,"终有一天,他要离开这里,成为独当一面的强者,现在给他太多的保护未必是好事。"

"哼,就是懒!"红缨对着吴湘南做了个怪脸。

吴湘南直接无视了红缨的挑衅,径直走到林七夜的面前,伸手摸了摸他的手臂,嘴角浮现出一丝笑容。

"好小子,壮了!"说完,他对着林七夜挥了挥手,跟在陈牧野身后走出了别墅。突然,他回过头,看向沙发上一动不动的温祈墨:"你怎么不走?"

温祈墨正色开口:"我可以和林七夜睡一张床,贴身保护他!"

在死皮赖脸的要求下,温祈墨最终还是留了下来,只不过不是和林七夜睡一张床,而是独自在客厅里打了个地铺。看着他那阳光灿烂的笑容,林七夜默默翻了个白眼,开始怀疑这家伙是不是真心想留下来保护自己。

"我出去转转。"林七夜简单地收拾了一下行李,看了眼窗外的天色,开口道。

"要不要我陪你去?"红缨抬起头问道。

林七夜犹豫片刻:"不用,我去的地方,女生去不方便。"

温祈墨一怔,眼睛亮了起来:"那我陪你去?"

"我就去酒店里找个朋友,你在想什么?"

"哦,那算了。"

林七夜是打算去酒店里看看百里胖胖,毕竟作为沧南的东道主,就这么把人家丢在一边也不太好。要是带红缨去的话,他担心红缨一不小心看到什么辣眼睛的画面。

"现在是非常时期,你一个人去会不会不安全?"红缨犹豫道。

"马上天黑了,我一个人去反而更安全。"林七夜的嘴角微微上扬,"副队长不是说了吗,不用太照顾我,现在的我其实挺能打的。更何况城里还有许多教官埋伏,冷轩也不知道偷偷藏在哪儿,不会有事的。"

红缨点了点头,随后像是想起了什么,从房间里抱出一个黑匣,递到了林七夜的手上:"把刀带着。"

"嗯。"林七夜去房里换下军装,穿上了一身休闲套装,又从柜子里找出一顶黑色的绅士帽戴在头上,掩盖住面容。犹豫片刻,他将赵空城的刀和自己从集训营中带出来的刀都带上,拎着两个黑匣,悄然走出了别墅。

凯澜斯基大酒店,豪华总统大套房。

"再见了妈妈今晚我就要远航,别为我担心,我有快乐和智慧的桨……"一个光着膀子、腰上缠着浴巾的小胖子妖娆地从浴室中走出,潇洒地将湿漉漉的头发捋到脑后,手里端着一杯红酒,轻轻摇晃。他随着音乐的节奏,灵活地摆动身体,像个肥硕的舞者,在走廊里来了个360度转体,潇洒地走进客厅,然后笑容僵硬在脸上。只见客厅里,曹渊正抱着刀鞘,坐在沙发上,用一种看神经病的目光看着他。

"你……你怎么来了?我不是在隔壁小旅馆给你开了个单人间吗?"百里胖胖双手护胸,没好气地开口。

"单人房住着没有总统套舒服。"曹渊耸了耸肩,很自然地把脚放到了茶几上。

百里胖胖:"……"

"走走走,你在这儿影响我享受生活。"百里胖胖很嫌弃地挥了挥手。

"没事,你跳你的,我假装没看见。"

百里胖胖嘴角微微抽搐:"一个大男人抱着刀在客厅里坐着,看我跳舞?你觉得我跳得下去吗?"

曹渊沉吟片刻:"那我把刀放下。"

"这不是刀的问题。"百里胖胖无奈地抚额。

"你这么急着赶我走?该不会是叫了个……"

"小爷我一向洁身自好,怎么可能会叫……"百里胖胖气得浑身肉都抖了三抖。

曹渊歪着脑袋想了会儿:"肯德基和洁身自好有什么关系?"

"我不管,走走走,你现在就给我走!"百里胖胖瞪着眼睛。

"我留下来还能帮你抓老鼠。"

"扯淡,这是五星大酒店,哪里来的老鼠?"

"那不就是吗?"曹渊伸出手,指着缩在房间角落里的一只小老鼠。

-289-

百里胖胖的脸色一白，后退了半步，然后气鼓鼓地往卧室走去："这是什么垃圾酒店，我这就打电话叫前台上来看……"

"轰——"

刺目的火焰突然从窗外迸发，直接震碎了大片的落地窗，惊天动地的爆炸轰然爆发，滚滚气浪混杂着灼热的火浪，直接将百里胖胖和曹渊掀飞！炸雷般的爆炸声响起，街上的行人同时抬头看去，惊呼出声。黑色的夜空下，只见这座高入云霄的超高层酒店的顶端，已然化作一片火场，玻璃碎片混杂着燃烧的家具碎片，从高空急速坠下。而在这众多坠落物中间，如果有人用夜视望远镜仔细观看的话，还能发现两个急速坠落的人影。

"啊啊啊啊啊啊——"裹着浴巾的百里胖胖大声地尖叫着，席卷的狂风从他的耳边掠过，强烈的失重感笼罩了他的心神，他的脸色苍白无比。在他的身旁，曹渊抱着刀，同样急速下坠，表情却波澜不惊。他抬头看了眼燃烧的顶层，喃喃自语："果然有老鼠……"

"死曹渊！笨曹渊！傻瓜曹渊！其他人下车后一个个都跟避瘟神一样躲着老子，你怎么还死皮赖脸地往我这儿凑？！你知不知道现在这座城里有多少人想取小爷的命，你不怕死吗？！"百里胖胖在坠落过程中，看着一脸淡定的曹渊，大声骂道。

曹渊的眉头一挑："不怕。"

百里胖胖一愣，似乎没想到曹渊会说出这个答案，然后恼火地说道："疯子、疯子！幸好小爷我早有准备，否则你就等着跟我一起死吧！"说完，百里胖胖将手伸进了浴巾里，掏出了一条项链。

"瑶光！"百里胖胖伸手一指，金色的光华乍闪，化作两团柔软的云朵，飘浮在两人身下，卸掉了身上的重力，稳稳落在地上。曹渊诧异地看了眼只裹了一层浴巾的百里胖胖，表情古怪起来："你把'自在空间'藏哪儿了？"

百里胖胖脸一黑："要你管！"

曹渊抬起头，看向酒店的顶层，那里还有阵阵剧烈的爆炸声传来。

"教官们出手了，应该是跟刺杀者打起来了。"

"唉，洗个澡都不让我好好洗。"百里胖胖捏了捏肚子上的肉，叹了口气。

"百里家百里胖胖的生活，一向都是这么刺激的吗？"

"哼，从小到大，我遇到过的暗杀多了去了，不过小爷不还是好好地活到现在。"百里胖胖抬头看向夜空，"明天，我的保镖团应该就到了。到时候，看谁还敢对小爷出手！"

曹渊的目光落在四周，微微眯起："我觉得，你得先度过今天再说。"

百里胖胖疑惑地转过头。曹渊伸手指了指空旷无人的街道，缓缓开口："你不觉得，这里太安静了吗？"

116

"你好。"

"你好,我来找个朋友。"

"请问他的房间号,您知道吗?"

"9039。"

"好的,我这就为您通……"

"轰——"

林七夜和前台的对话还没结束,一阵惊天动地的爆炸声就从头顶传来,然后就是周围行人刺耳的尖叫声。林七夜脸色一变,二话不说,转身狂奔出了酒店大堂,抬头向天空看去。只见这座耸入云端的大高楼的顶端,已然化作了一片火海。不用数林七夜就知道,那里肯定就是百里胖胖住的楼层。整个酒店能引发这么离谱的攻击的,也就只有他了。

就在林七夜准备冲进酒店,从楼梯跑上90层的时候,隐约看到夜空中有一抹金色一闪而逝。

"那是……"林七夜的眼睛微微眯起。他没有犹豫,提着两个黑匣,挤过慌乱的人群,飞快地朝着金色闪现的地方跑去。穿过一条条大路,林七夜终于抵达了金色落点的附近,这里算是偏僻的路段,大半夜的,来往的行人很少,车辆更是不多。林七夜闭上眼睛,用精神力仔细探知着周围的一切。突然,他的身体微微一震。他睁开眼,快步跑到某个狭窄的十字路口前,脸色顿时阴沉下来。只见在这街道的前端,竖着一块告示牌,上面写着四个大字——"前方禁行。"

"无戒空域"!林七夜的眉头紧紧皱起,这绝不是136小队张开的"无戒空域",而用来施展"无戒空域"的告示牌,只有驻守在各个城市的守夜人队伍才有。也就是说,有别的城市的守夜人,参与进了这件事里?他们是来保护百里胖胖的,还是来杀他的?林七夜觉得,是前者的概率微乎其微,如果是来保护他的,为什么偏偏在这时候出现,又为什么要偷偷展开"无戒空域"?

八个亿,足以打动一些心志不坚定的守夜人,不惜盗出告示牌,叛出守夜人,来取百里胖胖的项上人头。对方有几个人?告示牌是他们直接带来的,还是从守夜人的手里偷来的?会不会出现高境界的强者?一系列问题浮现在林七夜的脑海中,他静静地站在告示牌前,陷入了沉思。进,还是不进?如果是以前的他,碰到这种危险未知的事情,绝对是有多远跑多远。现在,或许连他都没有注意到,不知不觉间,他已经被慢慢改变了。改变他的,是什么?或许是136小队给他带来的温馨,是红缨的热情、祈墨的温和、队长的护短、副队长的傲娇、冷轩的温柔、赵空城的决绝……或许是集训营里同甘共苦的锤炼,或许是那隐藏在日常生活中的，一个个微不足道的小细节。曾经的他，生命中只有姨妈和阿晋，现在，不知不觉中，他的身边似乎多了很多人。

夜色下，他的眼中浮现出一丝坚定；双眸中，一抹金色逐渐亮起。半年前，他破开"无戒空域"，是为了救那个守护了他的世界的英雄；现在，他要再次破开"无戒空域"，为了救他的朋友。

"这是……"百里胖胖环顾四周，脸色罕见地凝重起来。

"'无戒空域'。"

"是敌是友？"

"你说呢？"曹渊的目光落在前方的街道上，昏暗的夜空下，街道两边的路灯忽明忽暗，沥青路面的远处，一个魁梧的男人身影正在缓缓走来。

"后面也有。"

百里胖胖回头看去，只见街道的另一端，一个背着三把刀的男人已然站在那儿，注视着眼前的二人，眼中满是戏谑。

"一共两个人？"

"不，应该至少还有一个，在外面张开'无戒空域'。"曹渊摇头。

百里胖胖冷笑两声："什么时候，守夜人也干起土匪的勾当了？"

"不，我们早就不是守夜人了。"迎面走来的魁梧男人低沉开口，"我们来自斋戒所。"

"斋戒所？"百里胖胖疑惑地看向曹渊。

"斋戒所，是用来关押犯下刑事案件的禁墟拥有者的地方，其中有一半都是犯了事、被守夜人除名的前守夜人成员。"曹渊平静地开口。

"如果当年不是守夜人的总司令把我保下来，送去九华山，现在我也该被关在那里。"

"原来是刚从局子里出来。"百里胖胖了然，"你们想杀我归想杀我，为什么要炸酒店？伤到其他人怎么办？曾经立誓要守护这个国家的人，现在却为了利益，连人民的性命都不顾了吗？"

"不要把我们和那群野狗混为一谈。"背着三把刀的男人愤怒开口，"怎么说我们也曾是守夜人，这点儿最基本的底线还是有的。我们想杀你，只是为了还人情。"

"还谁的人情？"百里胖胖眉头一挑。

"不要试图套我们的话，你只需要知道，今晚你走不出这个'无戒空域'。"魁梧男人低吼一声，两眼中迸发出凶光，浑身肌肉剧烈扭动起来，身形先是拔高了半米，然后急速缩小。最后变成了一个仅有一米高、身材枯瘦的柔弱小矮子，看起来一阵风就能将他吹倒。

"柯南？"百里胖胖诧异地开口。

"禁墟序列214，'肌体重组'，能够将自身的肌肉组织自由压缩，别看他现在跟个小学生差不多，但速度和力量绝对达到了一个极其恐怖的地步！"曹渊的目光中满是凝重。

枯瘦男人嘴角浮现出一丝冷笑，脚掌在沥青路面上重重一踏，留下一个深深的凹痕之后，整个人像是利箭般闪过半个街道，一个瘦小的拳头在百里胖胖的眼中急速放大！

"瑶光！"金色的光芒刹那间在他的身前凝固成盾，男人的拳头就这么毫无花哨地撞了上去，只听一声沉闷巨响，道道裂纹在瑶光盾的上面显现出来。百里胖胖惊呼一声。紧接着，一记鞭腿再度打在了瑶光盾上，直接将金色的光芒打散了少许！百里胖胖一边匆忙将手伸进浴巾，似乎在掏着什么，一边对着身后的曹渊喊道："不来帮我一下？！"

曹渊抱着刀，紧盯着另一边的三刀男："没空。"

月光下，那个男人面无表情地拔出了身后的一柄刀，另外两柄如同被一只无形的手握住，同时出鞘！

117

"咚咚咚——"

枯瘦男人连续三拳重击撞在瑶光盾的表面，彻底打崩了金光，眼中浮现出一丝冷意，紧接着就是一记肘击撞向百里胖胖的脑袋。然而，就在他的手肘即将碰到百里胖胖的瞬间，像碰到了一层火网，自动灼烧起来，大量的皮肤炭化，浮现出焦黑。枯瘦男人也是心性狠辣，剧痛中，手肘只是在半空中停顿片刻，紧接着就以更快的速度攻去。百里胖胖怎么说也是在近战课上挨打无数的人，看到这一记肘击呼啸而来，闪电般地向侧向一个翻滚，避开了这一击。就在此时，他终于从浴巾里掏出了一柄明晃晃的大宝剑！

"哎哟哎哟哎哟……差点儿，差点儿就割到了。"百里胖胖的脸色一青，将大宝剑握在手里，朝着飞速冲来的枯瘦男人甩去。剑光在空气中划过，一分二、二分四、四分八……片刻之后，漫天剑光如同浩荡江水，卷向前方。枯瘦男人的脸色一沉，闪电般退去，避开了这一击。就在他准备继续进攻的时候，一股恐怖的煞气冲天而起。他错愕地回过头，只见在另外一条街道上，一个浑身缭绕着黑色火焰的人形怪物站在那儿，手握直刀，杀气四溢。

在那怪物的面前，三刀男咽了口唾沫："这是什么鬼东西？"

"唰——"

疯魔曹渊重瞳血红，顷刻间冲过百米，手中的直刀缠绕着烈烈黑炎，骤然挥下！

三刀男被这迎面卷来的煞气惊出一身冷汗，想也不想，猛地抬起手中的刀刃，另外两柄悬空刀刃也随之横在头上，与曹渊的刀碰撞在一起！

"刺啦——"

尖锐的摩擦声响起，三刀男只觉得一股巨力从头顶传来，脚下的路面寸寸崩碎开来，全身的骨骼都在痛苦地嗡鸣。晋升"池"境之后，曹渊身上的煞气似乎更重了，身上的那股疯劲也更加猖狂。手中的直刀被他接连挥舞，像一个打铁匠，在疯狂地锤炼手中的铁器。

"当当当——"

直刀疯狂地砸在三刀男手中的刀上，伴随着曹渊的狂笑声，三刀男双腿一软，半跪在地，与此同时，一股生死危机笼罩心头。也不知是哪儿来的力气，他的双腿猛地朝旁边一蹬，整个人翻滚半圈，躲开了曹渊的直刀。曹渊的刀斩在地上，溅起大量的碎渣。三刀男踉跄地摔倒在地，哇地吐出一口鲜血。

"这究竟是什么怪物？"三刀男惊恐开口，他猛地转过头去，对着远处喊道，"再不出手，老子就要死了！"

"嗖——"

他的话音刚落，一支羽箭就悄然划过夜空，以肉眼无法捕捉的速度，飞射向曹渊的面门！

疯魔曹渊的重瞳微缩，手中直刀猛地挥出，精准地砍在了羽箭的箭尖上，可下一刻他就连人带刀被这一箭震飞，直接嵌入了身后的楼房中。

数百米远的一栋高楼之上，一个手握弓箭的女人冷哼一声："敢徒手接我的箭？找死！"

说完，她又从背后的箭壶中抽出三支箭，接连射出！

"嗖嗖嗖——"

连续三支羽箭射入曹渊被撞入的楼房中，第一箭彻底将矮楼轰成碎渣；第二箭将地面轰出了一个直径十几米的大坑；第三箭飞跃过蒙蒙灰尘，直逼曹渊心脏！疯魔曹渊猛地张开口，发出一声震耳欲聋的咆哮，浑身的煞气如同洪水猛兽般倾泻而出，会聚成一抹黑色的刀罡，斩向半空中的那支羽箭。刀罡与羽箭在半空中碰撞，震出一道无形波纹，在煞气刀罡面前，羽箭的箭身寸寸崩裂，最后消散在了空气中。

楼顶，女弓箭手眉头微皱，反手又从箭壶里掏出一支羽箭。

"哼，射不死你，我就射那个小胖子，我倒要看看，他能挡住我几箭。"

"哦，你要射哪个小胖子？"一个淡漠的男声从她的背后响起。女弓箭手的瞳孔骤然收缩，想也不想，闪电般地弯弓搭箭，指向自己的后方。

可惜，她的指尖刚刚碰到箭羽，一抹极致的黑暗就笼罩了周围的一切，让她整个人如坠冰窟！下一刻，她指尖的羽箭就自动飘出，在半空中旋转一圈，落入了一个戴着黑色绅士帽的少年手中。月光洒落在帽檐上，阴影遮蔽了他的面容，少年把玩了一下羽箭，失望地摇了摇头："箭没什么特别的，问题是出在你的禁墟吗？"

女弓箭手瞪大了眼睛，眸中满是难以置信。不可能！没有人能在我的警觉下，悄然无声地来到我的身后，他是幽灵不成？作为一个弓箭手，对周围环境的绝对警惕是她的必修课。她周围几米的范围，哪怕一只蚂蚁爬过她都能听清，可这一次，她根本没有听到这个少年的脚步声。

她自然不会知道，在"池"境的"星夜舞者"的加持下，林七夜在黑夜中的隐匿能力已经抵达了一个何其恐怖的境界。就算现在林七夜转行去当一个刺客，也绝对是顶尖的那种！林七夜的手指轻轻一挥，羽箭就缓缓飘浮在女弓箭手的眉间，只差半分就要刺入其中。

"你们一共来了几个人？"

"你是怎么进入'无戒空域'的？韩老头呢？"女弓箭手皱眉问道。

林七夜的眉头微微眯起，手指微勾，羽箭的箭尖刺入女弓箭手眉间些许，渗出缕缕血迹。

"现在似乎是我在问你，"林七夜顿了顿，"当然，你如果是问那个地中海的老头子，那我只能遗憾地告诉你，他已经被我宰了。"

女弓箭手死死地盯着林七夜的眼睛，半响之后，冷笑着开口："我知道了，你就是那个前所未有的双神代理人，你终于露头了。"

"看来你不愿意回答我的问题。"林七夜的双眸微微眯起，眼眸中浮现出一丝冷意，"既然这样，那就当我的试验品吧。"说完，他的双眼突然被黑暗浸染，整个人的气质都深邃起来。下一刻，一抹夜色逐渐攀爬上女弓箭手的眼睛……

---118---

"啊啊啊啊——"

凄厉的惨叫声回荡在夜空中，正在战斗的三刀男和枯瘦男人同时转头看向女弓箭手的方向，眼中浮现出一丝骇然。哪里还有一位敌人？！

楼顶——

女弓箭手的双眸已经彻底沦陷为黑色，她痛苦地半跪在地，双手控制不住地撕扯着自己的头皮，像是想将什么东西赶出自己的脑海。汨汨鲜血从她的头顶流下，她张大了嘴，呕出大片黑色的鲜血，身体以肉眼可见的速度暗化。

"啊啊啊啊……你……你做了什么？"她痛苦地抱着头，猛地抬头看向林七夜，发出嘶吼！林七夜注视着女弓箭手的惨状，眉头微微皱起，伸手摸了摸下巴："'至暗侵蚀'对拥有智慧的生物效果很差，智慧越高，越难以侵蚀，按我现在的境界来看，最多只能控制一下猫猫狗狗，对人的效果很一般。"

就在这时，女弓箭手的眼中突然爆发出一股光芒，澎湃的精神力轰然爆发，眸中的夜色如同潮水般退去。她闪电般地站起身，踉跄着朝后退去。林七夜闷哼一声，同样后退了数步，用手抚着额头，眉头紧紧皱起——精神力可以挣脱"至暗侵蚀"，对方境界越高，对我的反噬越大，她应该也是"池"境的精神力，否则刚刚那一下，就可以把我震昏过去了。看来，现在还不能贸然对人使用"至暗侵蚀"控制他们的思想。

女弓箭手直挺挺地从楼顶坠下，不管怎么说都是曾经的守夜人，即便重伤在身，身手依然敏捷。她闪电般地从背后箭壶中拔出一支羽箭，刺入坚硬的楼壁中，硬生生减缓了下坠的速度，然后靠着身体自然摆动产生的惯性，在楼底的草坪上翻滚两圈，勉强站直身子，飞速地弯弓搭箭。

"嗖——"

一支羽箭射出，携带着恐怖的力量，精准地射向林七夜站立的地方。

林七夜的眉头微微上扬，像是完全预判了羽箭的飞行轨迹，轻轻将头侧偏些许，羽箭擦着他的头发掠过耳边，未能伤到他分毫。女弓箭手直接傻眼。林七夜单手拎着黑匣，另一只手轻轻按住头顶的绅士帽，嘴角勾出一个淡淡的弧度。他一步向前，轻轻从楼顶跃下。他没有像女弓箭手那样，用什么东西来减缓自己的下落速度，而是自由落体，脚尖在楼壁上轻点数下，像午夜的幽灵，轻飘飘掠过六层楼的距离，稳稳地落在了地上。这一连串动作如同行云流水，像一只从家里柜子上跳下的黑猫，优雅而又轻松。这，就是"池"境的"星夜舞者"。

"终于我也可以直接跳楼了。"林七夜想到了那天在学校里抓难陀蛇的时候，只能跑楼梯下楼时的狼狈情景，自嘲地笑道。

"你是人是鬼？"女弓箭手看到这一幕，直接头皮发麻，二话不说，转身就往后面弯曲复杂的街道跑去。她边跑边伸手从箭壶中取箭，弯弓搭箭，反身射向林七夜，动作流畅至极。

"嗖嗖嗖——"

连续几支羽箭飞射而出，林七夜不慌不忙地闪身，像个悠闲散步的行人，轻松避开了所有羽箭。百米的"凡尘神域"带来的感知力和动态视觉，再加上"星夜舞者"，可不是闹着玩的。

女弓箭手看到这一幕，咬牙切齿，索性直接掏出三支羽箭一起搭在弓上，瞄准之后，飞射而出。三支羽箭呈"品"字形划过空气，完全封死了林七夜所有的走位空间，箭尖像一张大网，朝着林七夜盖去。林七夜压了压头顶的绅士帽，一抹极致的黑暗以他为中心，向着四面八方散开。下一刻，三支羽箭就被死死地嵌在黑暗中，不得再进分毫。林七夜能在半秒钟里接下上百块导弹残片，接住这三支羽箭更是小菜一碟。他轻轻挥了挥手，三支羽箭便齐齐掉转方向，朝着女弓箭手射去。由于羽箭并不是从女弓箭手中射出的,因此并没有那么强大的动能,再加上他堪称幼儿园级的射击水准,三支羽箭早就不知道偏到哪里去了。

女弓箭手:"……"

林七夜叹了口气,决定杀人灭口,不能暴露自己惊世骇俗的射击天赋。他的手指在黑匣的把手上轻轻一按,只听一声轻响,一柄带鞘的直刀从黑匣侧面弹出!林七夜伸手握刀,"锵"的一声清脆嗡鸣,直刀出鞘。他的双眸微微眯起,单手握刀,整个人如同鬼魅般向女弓箭手接近,速度与之前完全是天壤之别。女弓箭手抿着嘴唇,连发数箭,都被林七夜轻松躲开。明暗相间的路灯下,林七夜的身形宛若幽灵,淡蓝色的刀锋在昏暗的街道上划过一条直痕,顷刻间就来到了女弓箭手的面前。女弓箭手的瞳孔骤然收缩,一抹刀芒乍闪,鲜血四溅而出。林七夜面无表情地走过女弓箭手的身侧,收刀入鞘。

扑通!被斩开咽喉的女弓箭手倒在地上,血泊逐渐漫延开来。同样是"池"境,林七夜杀她,只需一柄刀,只需出一刀。这不仅是禁墟上的差距,更多的,还是兵种上的差距。

如果说疯魔曹渊与三刀男之间的战斗,是狂战士摁着刺客打,那她遇上林七夜,就像是脆皮射手遇上了刺客,在极高的敏捷面前,毫无还手之力。至于百里胖胖和枯瘦男人,或许就是哆啦A梦和胖虎的战斗吧。

林七夜拎起地上的黑匣,微微抬起黑色的绅士帽,看向接连传来爆炸声的远方,无奈地叹了口气。

"一会儿还得把那个黑疯子揍回去,真是麻烦。"他摇了摇头,拎着两个黑匣,迈步朝着夜色的街道走去。

与此同时,数百米外的另外一座高楼上。冷轩缓缓挪开眼前的狙击镜,注视着林七夜离开的方向,嘴角浮现出淡淡的笑容:"不错。"

"咚——",

枯瘦男人一脚震碎了沥青地面,留下一个布满蛛纹的深坑。百里胖胖赤着双脚跟跄避开,鬼叫两声,再度挥出手中的大宝剑。剑影如龙,横扫大地。枯瘦男人用力一跃,跳了足足四五层楼高,避开剑影后轻飘飘地落下,稳稳地停在了路灯顶端。百里胖胖听到远处接连传来的爆炸声,眼睛逐渐亮起。

"曹渊,再撑一会儿,援兵来……呃……"百里胖胖看到远处,疯魔曹渊已经将三刀男钉死在地,一边狂笑一边用刀将他肢解,鲜血溅在他的脸上,怎么看怎么像个变态杀人魔。

这幕情景不禁让百里胖胖怀疑，谁才是真正的反派。暴走的曹渊完全是失去理智的状态，即便他已经将三刀男砍死得不能再死了，依然沉浸在屠杀的乐趣中，根本没想着来帮百里胖胖一把。事实上，他没有把百里胖胖顺手剁了，就已经很不错了。

"没用的东西！"枯瘦男人看到三刀男的惨状，骂了一声，攻势更加凌厉了。无论他如何攻击，看似笨拙的百里胖胖就像条灵活的泥鳅，总是能堪堪避开他的攻击，然后反手用一堆稀奇古怪的东西将他恶心得半死。

"呔！看我无敌大宝镜！"百里胖胖反手从浴巾里掏出一面造型古朴的圆镜，朝着枯瘦男人照去。镜子反射的月光照到枯瘦男人的脸上，他的身形突然一顿。此刻，枯瘦男人只觉得自己的大脑被人狠狠砸了一锤，整个脑子都是嗡嗡的，脸色顿时苍白如纸。

"精神攻击。"他勉强站稳身形，看向百里胖胖的眼神充满了愤怒，还没等他有所动作，百里胖胖又贱贱地一笑，手中的大宝剑再度挥下。密集的剑影直接淹没了枯瘦男人的身形，大片烟尘四起。百里胖胖单手叉腰站在那儿，跩跩地摸了摸鼻子，哼了一声："小小'池'境，可笑可笑。"

话音刚落，一个身影就如同鬼魅般出现在他的身后。枯瘦男人半边身子鲜血淋漓，表情狰狞无比，像是要将百里胖胖生吞活剥。他高高地抬起右手，骤然向着百里胖胖的后颈斩去。

百里胖胖只觉得后脑勺儿一凉，暗道不好，正欲匆忙避开，一声闷哼就从他的背后传来。只见一个穿着黑衣、戴着绅士帽的男人不知何时已经站到了他的身后，手握一柄直刀，刀尖刺穿了枯瘦男人的心脏，汩汩鲜血正顺着刀尖滴落在地上。枯瘦男人艰难地转过头，看到了那张掩盖在阴影下的面孔，张了张嘴似乎想说些什么。那人干脆利落地拔出了刀身，鲜血四溅之下，枯瘦男人彻底断了气。

百里胖胖看到来人，惊喜开口："七夜，你也来了？"

林七夜将直刀收入鞘中，耸了耸肩。

"我只是想过来看一眼，简单地尽一下地主之谊，谁知道正好……"林七夜的目光落在远处，眉头微微皱起，"算了，先把那家伙解决了吧。"

百里胖胖一愣，转头看去，只见不知何时曹渊已经从血泊中站起，肩上扛着黑烟缭绕的直刀，狂笑着朝二人走来，煞气冲天。

"幸好你来了，不然，我可打不赢这家伙。"百里胖胖看着形同恶魔的曹渊，不由得打了个哆嗦。

"进阶'池'境之后，他的禁墟似乎更强，也更凶残了。"林七夜皱眉说道，朝着百里胖胖伸出手，"封印之卷。"

百里胖胖伸手掏了一会儿，将胶带递给林七夜，无奈地叹了口气："以后，这东西还是叫'曹渊的锁'更合适。"

林七夜的嘴角微微抽搐，右手握着直刀，左手缠着胶带，一抹黑暗以他为中心扩散开来。

　　疯魔曹渊似乎嗅到了黑暗的气息，行动更加谨慎了，凝视着身处黑暗中央的林七夜，停下了脚步，似乎在犹豫要不要上前。林七夜的眉头一挑，身形如同鬼魅般朝疯魔曹渊冲去。既然疯魔曹渊察觉到了"至暗神墟"的危险，不愿意接近，那他就主动冲上前和他拉近距离。疯魔曹渊见林七夜竟然主动出击，直接视为挑衅，怒吼一声之后，迎着林七夜狂奔过去。

　　"当当当——"

　　"至暗神墟"中，林七夜和疯魔曹渊连续对砍数十刀，火花四溅！在煞气的包裹下，林七夜的"至暗侵蚀"无法侵蚀控制曹渊身上的任何东西，只能依靠"星夜舞者"的被动加持和进阶后的"凡尘神域"与之战斗。但晋升"池"境的"黑王斩灭"同样强横得离谱，无论是那令人心悸的煞气火焰，还是疯狂的战斗模式，都足以成为同阶任何人的梦魇。

　　短暂的僵持之后，疯魔曹渊竟然轻易地就将林七夜的攻势压了下去，瞬间占了上风。

　　"吼吼吼吼吼——"

　　疯魔曹渊咆哮两声，手中的刀法更快了。林七夜吃力地招架住他的攻击，眉头微微皱起。下一刻，一抹刺目的金色光芒从他的双眸中爆发。炽天使的神威不愧是疯魔曹渊的克星，林七夜仅是这么瞪了一眼，曹渊身上的煞气就被震散了大半，整个人踉跄着向后倒去。林七夜没有丝毫犹豫，将手中的"曹渊的锁"展开，飞快地锁住曹渊的身体，然后闪到他的身后，手拽胶带，骤然用力。

　　"轰——"

　　林七夜倚仗着黑夜下强横的体魄，直接将疯魔曹渊过肩摔飞，撞入了附近的一座矮楼中。滚滚浓烟四起，林七夜手握直刀站在那儿，眯着眼睛看向矮楼中。半响之后，恢复人形的曹渊艰难地从窗户中爬出，咳嗽了几声，双手缓慢地拆解着脖子上的胶带。

　　"七夜，下次能不能轻点儿？"曹渊揉了揉被勒出印痕的脖子，看着林七夜委屈地开口。

　　"你刚刚砍我的时候可不轻。"林七夜面无表情地收刀入鞘，缓缓说道。

　　"记仇了？"

　　"……"

　　林七夜没有回答他的问题，而是抬头看向天空，此时"无戒空域"已然破解，燃烧的酒店顶层依然没有丝毫被扑灭的痕迹。

　　"教官们的战斗还在继续，现在跟他们交手的，应该是'川'境的敌人，幸好我们直接跳了下来。"曹渊看着这一幕，轻叹了口气。

- 299

林七夜拎起地上的黑匣，转身朝着街道的另一边走去："那种敌人不是我们能对付的，与其在这里傻站着增加暴露的风险，不如去吃碗面。"

120

"一碗肉丝面。"

"一碗大排面。"

"一碗红烧牛肉面加大排加素鸡加肉丝加鸡蛋加香干。"

"……"

三人在面馆中随便找了个位子坐下，这个面馆的位置十分偏僻，远离大马路不说，而且招牌都是破破烂烂的，但里面传来的面香，隔着老远都能闻到。现在已经是晚上十点多，整个面馆只有林七夜他们一桌，他们没有选择坐进昏暗的门面里，而是在面馆门口的小桌子上坐了下来。安静昏暗的巷道中，从厨房传出的点点明光，夹杂着隔壁成人用品店彩色的霓虹灯，洒落在青灰色的小桌面上，在这喧闹的都市中，也算是别有一番风味。

"你说的吃面，就是来这种地方吃啊？"百里胖胖四下张望一圈，凑到林七夜的耳边，小声吐槽道。

"以我们两个现在的处境，我能带你去大酒店里吃吗？"林七夜翻了个白眼，"就得选这种没人来的旮旯角，我们才能安安心心地吃一顿饭。"

"原来如此，还是你看得长远。"

"而且我的钱也只够请你们来这儿吃面了。"

"……"

"放心吧，虽然店面看起来不怎么样，但是面的味道绝对一流。"林七夜补了一句。

不一会儿，三碗热气腾腾的面便被端上了小餐桌。这深更半夜里，浓醇的面香似乎那么平淡，又是那么惊艳。

"老板，一共多少钱？"林七夜掏出了自己的钱包。

"肉丝面十元，大排面十二元，还有这个小伙子的……四十二元，一共六十四元。"老板笑呵呵地伸出手。

林七夜的手突然停顿在半空中。

"他的钱自己付。"林七夜从钱包里掏出一张二十元、两个一元的硬币，交到老板手里，然后指着百里胖胖说道。

百里胖胖虎躯一震："七夜，你不是说请我……"

"我改主意了。"

百里胖胖犹豫片刻："老板，你们这儿能刷卡吗？"

"……"

最终，还是曹渊掏出了一张皱皱巴巴的五十元纸币，帮百里胖胖付了面钱，作为交换，百里胖胖包了他这几天的食宿。这倒真不是林七夜抠门，这次出门他总共就带了五十元，想着吃面嘛，怎么吃也够了，没想到……

"吸溜吸溜——"

三人一边埋头吃面，一边讨论起刚刚的战斗。

"所以，你们是直接被偷袭了？他们精准地爆破了90层？"林七夜听完两人的描述，皱着眉说道。

"对啊，你没看我现在还披着浴巾吗？"百里胖胖指了指身上破破烂烂的浴巾，哭笑不得地说道，"他们应该用的是某种大规模杀伤性禁墟，而不是热武器。"

"能造成那种威力的至少也是'川'境，你们直接跳楼逃生的策略是正确的，一旦让他们捕捉到你们的身形，你们根本逃不了，只会被卷入教官们的战斗中。"林七夜分析道。

"你住得太招摇了。"曹渊插嘴道，"入住这种酒店，都需要登记身份，有心人只要一查就能知道你的下落。"

百里胖胖嘀咕道："我……我这不是习惯了嘛，在广深玩的时候，我都是住比这更好的酒店。"

"这里是沧南，不是你们百里家的天下。"

"不过小爷我长这么大，遭遇的刺杀没有一千次也有八百次了，区区这种程度的刺杀，小意思啦。"百里胖胖不在意地摆了摆手。

曹渊耸了耸肩："看来当富家公子，也不是那么容易的事情。"

就在三人说话的时候，又有四个人影从外面走了进来。

"沈哥，我们已经连续吃了两顿面了，今晚又吃面啊？"

"你懂什么，面是沧南的特产，难得来一次，不多吃几顿怎么行？"

沈青竹带着邓伟、李亮、李贾三个人大摇大摆地从外面走了进来，人还没到，就高声开口："老板，四碗清汤面。"

"哟，又是你们啊？连吃两顿清汤面了，又吃这个？"老板见到这四人，诧异地开口。

"对。"沈青竹走到店面门口，看到坐在那吸溜吸溜吃面的三人，直接一愣。

"你们？"

"哟，跩哥也来吃面啊？"百里胖胖嘴里塞着半块大排，跟沈青竹打了个招呼。林七夜和曹渊也对他点头示意。

大家都是在一起经历了近半年地狱磨炼的战友，虽然平日里没什么交集，但战友情还是有的。

沈青竹"嗯"了一声，目光落在三人香喷喷的面上，抿了抿嘴唇。

"咕咚"，不知是谁咽了口唾沫，在这安静的巷道中，尤为清晰。沈青竹回头望了一眼，三个跟班齐齐低下头，他抬头看向店中央挂着的价目表，眼中浮现出纠结。

"老板，换一下吧，给我们上三份肉丝面，还有一份清汤面。"沈青竹在林七夜的隔壁桌坐下，对着店里喊了一声。

"好嘞，肉丝面十元一碗，清汤面六元，一共三十六元。"

沈青竹掏出钱包，从里面拿出几张皱皱巴巴的纸币，放在了餐台上，然后迅速将钱包收了起来。林七夜仅用精神力一扫，就知道他的钱包已经彻底空了，他是算好的价格。

"沈哥，怎么又吃肉丝面了？"

"吃了这么多清汤面，想你们也该腻了，让你们换换口味。"

"那沈哥你呢？"

"我就喜欢吃清汤面。"沈青竹傲然抬头，"简单、纯粹，才是面的真谛。"

三个跟班相互对视一眼，低头不语。

沈青竹似乎想到了什么，转头看向林七夜："对了，你之前在车上受的伤，没事吧？"

林七夜摇了摇头："没事。"

沈青竹"嗯"了一声，犹豫片刻，还是开口道："当时谢谢你了，要不是你挡下了那些碎片，我们都得受伤。"

"跩哥，你什么时候这么客气了？"百里胖胖狐疑地开口。

"死胖子，老子一向恩怨分明，怎么是客气？"沈青竹瞪了百里胖胖一眼，然后看向林七夜，缓缓开口："我知道，这次放假肯定不简单。如果你有什么难处可以跟我说，看在战友一场的分儿上，能帮的我一定帮。"

林七夜的眉头一挑，脑海中突然浮现出一个想法。

"这么说，我倒还真有笔生意想跟你谈谈。"林七夜道。

"什么？"

林七夜指了指百里胖胖，说道："放假期间，贴身保护他。"

在场的众人，包括百里胖胖，都是一愣。

"他？"沈青竹的目光落在百里胖胖身上，眉头微微皱起。

"作为交换，他每天付给你一千元保护费，怎么样？"林七夜说出了下一句话。

沈青竹的身体一震，他注视着林七夜的眼睛，不知在想些什么。半晌之后，他缓缓开口："可以。"紧接着，他指了指自己的三个跟班，"但是这笔交易，只包括我，他们三个不算。"

"成交。"

121

"七夜,你为什么要让跐哥来保护我?"昏暗的街道中,百里胖胖凑到林七夜的耳边,小声问道。

"现在这种关头,我和你都是众矢之的,所以我不能长期留在你旁边,这样会更危险,而曹渊发起疯来又敌我不分。总之,你身边要有一个正常人,而且得是高手。"

百里胖胖听完,恍然大悟:"还是你聪明!"

跟在最后面的沈青竹双手插兜,抬头看着天上的星星,不知在想些什么。突然,他停下了脚步。

"喂,胖子。"他突然喊道。

百里胖胖回过头,咧了咧嘴:"怎么说我现在也是你的雇主,能不能换个称呼?"

"百里涂明。"沈青竹深吸一口气,缓缓开口,"商量一下,先预支一天的工资给我。"

百里胖胖眉头一挑:"你要干吗?"

"你先别管,就说能不能给吧。"

百里胖胖转头看向林七夜,后者点了点头。

"但是我现在身上没现金。"百里胖胖挠了挠头。

"我这儿还有三百元,够吗?"一旁的曹渊突然开口。

"够,先给我吧。"沈青竹连连点头。

曹渊将钱包里仅剩的三百元递给沈青竹,后者回头又向面馆的方向走去,昏暗的灯光下,三人似乎看到他回到了那家破破的面馆里。他先是跟老板说了什么,给三个跟班的碗里一人加了一块大排和一个鸡蛋,然后将所有的钱都交给了邓伟,嘱咐了几句,又快步跑出。

"走吧。"沈青竹平静地开口。

林七夜三人对视一眼,默契地保持了沉默,转身朝着巷道外走去。

"酒店被炸了,那我们今晚住哪儿?"百里胖胖边走边沮丧着说道。

曹渊抱着刀:"要不,随便找个庙睡一晚?"

"这是现代都市,大半夜的上哪儿去给你找庙?"

"也是。"

林七夜沉思片刻,缓缓开口:"我知道一个地方,跟我来吧。"

三人跟在林七夜的身后,穿过几条无人小道,最后来到了一个偏僻又破旧的小旅馆门前。

- 303

粉红与紫色的灯光从窗户中透出，洒落在小矮门的前方。四人站在门口，抬头看向那粉嫩嫩的破旧大字——"梦蝶乡情人旅馆"。

"七夜，你……你是认真的？"

"沧南市里能够不用登记身份证就能入住的地方不多，这里算是环境比较好的了。"林七夜的眉头微微上扬，"如果不愿意住的话，就只能去睡桥洞。"

"那就这儿吧。"

四人推门而入，果然如林七夜所说，不需要登记身份，而且房间也不少。正当百里胖胖准备直接开三间房时，沈青竹突然开口："我和你住一间。"

百里胖胖："啥？！"

"既然说好了是贴身保护，分开来住风险太大，你睡床，我可以睡地板。"沈青竹认真地开口。

百里胖胖："……"

"既然这样，那我也住一起吧。"曹渊平静地开口，"三个人，正好能凑一桌斗地主。"

"这……"

"就这么决定了。"

不等百里胖胖反驳，曹渊和沈青竹就替他选好了房间。几人顺着楼梯走上去，每一步踏在地板上，都会发出剧烈的嘎吱声。

"到了。"沈青竹走到一个房间门口，用手中的钥匙打开房门，一股淡淡的霉味扑面而来。他微微皱起眉头，迈步走了进去。房间不大，一共两张床，头顶的灯也不知多久没清洗过了，满是污渍，粉红的灯光洒落整个房间，氛围顿时有些微妙。

"两张床，你们睡床吧，我睡地板。"沈青竹走到窗户旁边，认真地朝外面观察了许久，确定没有人监视后，拉上了窗帘。

百里胖胖点了点头："曹渊，你睡哪张……嗯？"

百里胖胖看着身后空荡荡的走廊，轻"咦"了一声。

一楼。

"你好。"

"要什么东西？"

"请问你们这里有没有那种，三个人一起玩的，很刺激、很有意思的东西？"

"嗯，倒也不是没有，具体要什么样的？"

"扑克牌。"

"……"

将百里胖胖安顿好之后，林七夜就离开了旅馆，像一个黑夜中的鬼魅，悄然向红缨的宅子移动。不知不觉中，点点雪花从夜空中飘落，点缀着寂静的街道。林七夜伸出手，轻轻接住一朵雪花，看着它融化在掌心。沉默许久，他无奈地摇了摇头。

"今年不能和你堆雪人了，阿晋……"

十分钟后。

"七夜，你怎么去这么久？"红缨见林七夜回来，"噌"的一下从沙发上站起，气鼓鼓地说道，"你要是再不回来，我就准备出去找你了！"

懒洋洋地躺在沙发上的温祈墨打了个哈欠："我可以做证，这半个小时，她已经念叨了你至少两百次了。"

林七夜有些不好意思地挠了挠头："出去吃了顿夜宵，抱歉，红缨姐。"

红缨叹了口气："算了，早点儿睡觉吧。温祈墨，晚上你可得注意点儿，保护好七夜！"

"知道啦知道啦。"温祈墨又打了个哈欠，"有我在客厅，谁都别想混进来。"

红缨看着门外，幽幽地叹了口气："队长和湘南老狗也真是的，居然溜了回去，一点儿都不讲义气！哼！"说完，她便转身回了房间。林七夜无奈地笑了笑，也回了自己的房间。

啪！一声轻响，别墅的灯光熄灭，陷入了黑暗。

屋外。

夜空浩渺，雪花飘摇。

阵阵寒风拂过沉睡的沧南，卷着漫天的雪花，呼啸在城市之间。

距离别墅不过百米的教堂屋顶，冷轩静静地趴在那儿，手中握着狙击枪，像一尊雕塑，守望着周围的一切。咯吱，鞋子踩在雪地中的声音从他的身后传来，冷轩猛地回过头，下一刻愣在了原地。

"这大冬天的，不冷吗？"陈牧野叼着烟，缓步走到他的身边，坐了下来。

"不冷。"冷轩淡淡地回答。

"给你带了件大衣。"身披黑色风衣的吴湘南同样坐在冷轩的身边，将手中的大衣披在他的身上，目光落在远处的别墅上，嘴角浮现出淡淡的笑意。

"你们不回去睡觉？"冷轩问道。

"睡觉？睡不着。"

"哦。"

"听说七夜今天去帮小胖子打架了？情况怎么样？"

冷轩停顿了片刻，嘴角微微上扬："很不错，他变强了，现在连我都不一定打

- 305 -

得赢他。"

"这样啊,"陈牧野笑了笑,"不错。"

"嗯。"

"你守了他一天,晚上换我们来吧。"

"不用,连这点儿毅力都没有,还当什么狙击手。"

吴湘南和陈牧野对视一眼,苦笑了两声,都没有再劝。

教堂屋顶,陷入了沉默。无言中,三个男人便静静地坐在那儿,守望着远处的别墅,一动不动。飘扬的雪花洒落在他们的身上,死寂的夜空下,他们身上的雪越堆越厚。渐渐地,他们变成了三个雪人,像这座城市的守护神。

122

诸神精神病院。

干净明亮的院子中,倪克斯身着黑纱星裙,坐在白色的摇椅上。摇椅随着拂过的微风轻轻摆动,她闭着双眼,似乎十分享受。

"奶奶,该吃药了。"李毅飞穿着一身青色的护工服,端着托盘轻轻走来。

"好。"

倪克斯乖乖点头,接过了李毅飞手中的药物,一颗颗吞咽起来。

"小飞啊。"

"怎么了,奶奶?"

"你说达纳都斯这孩子,什么时候能再给奶奶生个孙子啊?这样你也多个弟弟,日子也热闹一些。"

"……"

"小飞,你怎么不说话了?"

"奶奶,你儿子他找不到老婆的。"

"哪有你这么说自己父亲的?"倪克斯瞪了他一眼,摆足了身为长辈的架势,"达纳都斯这孩子,性格虽然冷了点儿,但长得还是很不错的。"

"您说得对。"就在李毅飞边翻着白眼边应付倪克斯的时候,穿着白大褂的林七夜不慌不忙地走了过来。

"达纳都斯,你回来看我了?"倪克斯看到林七夜,脸上顿时笑开了花。

"母亲,"林七夜笑着走上前,"这段日子,身体怎么样?"

"好着呢,好着呢!"

林七夜看了眼倪克斯头顶的治疗进度条,依然停留在78%。自从半年前帮助她突破了51%以后,治疗进度增长就越来越慢,到现在已经快一个月都没有动过了。药物带来的治疗效果已经到极限了吗?如果他没猜错,想要更好地推进倪克斯的治疗进度，仅仅依靠这个小小的精神病院是不行的。说到底，倪克斯得的是心病，要想彻底治好，还是需要去外界想想办法。可惜他这半年都在集训营里，有了上次的教训之后，又不敢随便再让倪克斯出来遛弯，要想继续推进治疗进度，估计只能等从集训营结业之后了。

"母亲，你先歇着，我还有些事要忙。"

林七夜陪倪克斯聊了一会儿，给李毅飞使了个眼神，两人便向病房的方向走去。

李毅飞诧异地开口："来这儿干吗？这里的门不都打不开吗？"

"那是之前。"林七夜推了推鼻梁上的平光镜，"现在我突破了精神境界，说不定能打开下一扇门。"

"下一扇门？门里有什么？"

林七夜走到六间病房所在的那层楼，在第二个房间的门口停下了脚步，抬头看向门上那块似笔非笔、似杖非杖的牌子，缓缓开口："说不定这座精神病院里，即将迎来第二个病人。"

李毅飞瞪大了眼睛："我又要多个奶奶？！"

"不一定，谁知道这次是什么。"林七夜摇了摇头。

"院长，多一个病人，能加工资吗？"

"不能。"

李毅飞叹了口气，只能认了自己的劳碌命，默默往后退了两步，将门前的空间留给林七夜。

林七夜站在第二间病房门前，深吸一口气，将手缓缓放在了门把手上。如果他没猜错的话，这里的每一扇门都对应着自己的一个境界，现在他已经进入"池"境了，精神力或许已经足以打开这第二扇门上的禁制。第一扇门的后面，是一个忧郁的黑夜女神，那这第二扇门的后面又会是什么呢？林七夜带着满心的疑问，拉下了门把手。

"咔嗒——"

随着一声清脆的机栝运转声，门上的符文禁制也同时散去，房门缓缓打开。果然，七夜猜想得没错，这里的六扇门，便对应着"盏""池""川""海""无量""克莱因"六个境界。现在的他，已经具备了放出第二位病人的资格。

老旧的房门发出刺耳的嗡鸣，随着逐渐打开的房门，林七夜定睛朝黑暗的房间内看去。后面的李毅飞也抻长了脖子，想要看看自己的第二个"奶奶"究竟是何许人也。

昏暗的房间内，一个披着深蓝色长袍的年轻男人正静静地坐在那儿，微微侧过头，一双深邃似渊的眸子注视着林七夜，像一尊雕塑，仿佛千万年不曾动过。他长着一张普通得不能再普通的西方面孔，但他的那双眼睛，像是铆钉般烙印在林七夜的心中。

林七夜依然记得，在打开倪克斯的病房门的时候，她的眼中只剩下呆滞与迷茫。现在的这个男人，他的目光非但没有一丝混浊，反而有一种无法言喻的睿智与平静。

"你来了。"披着深蓝色长袍的男人平静地开口，声音有些许沙哑。

林七夜扬了扬眉毛："你知道我要来？"

"知道。"男人微微点头。

林七夜看到这神秘男人的表现，暗自道："和倪克斯当时的情况不大一样啊。"然后将目光落在了病房后方的墙壁上。不知何时，墙壁上已经显露出几行小字。

二号病房——

病人：梅林。

任务：帮助梅林治疗精神疾病，当治疗进度达到规定值（1%、50%、100%）后，可随机抽取梅林的部分能力。

当前治疗进度：0。

林七夜看完这些字，再看向那个身披深蓝色长袍的男人，目光顿时复杂起来。

梅林，那位存在于英格兰神话中的传奇魔法师？关于英格兰神话，林七夜知道得太少了，毕竟在诸多大陆失陷迷雾的这一百年来，研究外国神话的书籍与专家本就越来越少，若非"法师梅林"的名号实在是有些响亮，再加上他的知识储备还算多，他还真不知道这号人物。作为英格兰神话中帮助亚瑟王登位的传奇魔法师，梅林可以说是英伦巫师界的鼻祖了，不仅精通所有类别的魔法，而且据说能够预知未来，法力强大的同时充满睿智。

据林七夜所知，所谓的"梅林"并不只是一个人，而是英格兰人融合了诸多传说神话元素凝聚成的。眼前的这位传奇法师，应该不仅是那个帮助亚瑟王登位的智者，更是凝聚了英格兰人对未知的向往制造出来的"神祇"，属于魔法与智慧的神祇！

林七夜又抬头看了眼门上的牌子，此刻他终于明白上面画着的法杖是什么意思了。话说回来，第一间病房开出了一个希腊神话，第二间病房开出了一个英格兰神话，难不成这里的六个房间，代表六个不同的神话体系？如果是这样，其中会不会有属于大夏的神话？

— 123 —

"什么吗……原来是个男人。"李毅飞探出头看了一眼，小声嘀咕了一句。

"嗯？"静静坐在椅子上的梅林看了他一眼，眸中闪过一道淡淡的光华。下一刻他那被遮蔽在深蓝色长袍下的身体剧烈扭曲起来，眨眼间变成了一个金发碧眼的窈窕女郎。

"性别，对我来说毫无意义。"梅林轻柔的声音响起，门口的李毅飞直接傻眼。

"院长……这，这……"李毅飞伸手指着梅林，结结巴巴地开口。

林七夜对此似乎并不意外，他摇了摇头，缓缓开口："他是梅林，传说中精通变形术的传奇大魔法师，别说变女人，让他变成你爹都行。"

林七夜话音刚落，梅林的身体就再度扭曲起来，快速膨胀，身上的深蓝色长袍也极速变大。这件长袍也不知是何种材质做成的，无论他的身体怎么膨胀，都无法撕碎。一片片蛇鳞浮现在他的身上，猩红的蛇芯喷吐，片刻的工夫，梅林就变成了一个比李毅飞原身大了数倍的难陀蛇！这条披着深蓝色长袍的难陀蛇盘踞在椅子上，一双竖瞳注视着李毅飞的眼眸，一种无形的威压降临在李毅飞身上，他忍不住打了个哆嗦。

林七夜转过头看向李毅飞："这是你爹？"

"我哪儿知道。"李毅飞嘀咕着向后退了半步，"我都不知道我爹长啥样。"

"他能看破你的真身，还能洞悉你爹的模样，这就是预言的威力吗？"林七夜叹了口气，目光落在难陀蛇身上，平静地开口："梅林阁下，你还是变回去，我们好好谈谈吧。"

蛇妖微微点头，身形一晃，又变成了那个普普通通的年轻男人，安静地坐在椅子上。昏暗的房间内，两人就这么默默地对视着，空气突然陷入了沉默。

"你就是林七夜？"梅林缓缓开口。

"你知道我？"

"早在十年前，我就预言了你会打开这扇门。"

林七夜听到如此神棍的话语，顿时就来了兴趣："那你再看看，我的未来怎么样？"

梅林摇了摇头："不知道。"

"你不是会预言吗？"

"预言不是万能的。"梅林注视着林七夜的眼睛，"在你刚打开门的时候，我就试着去窥探你的命运。但你的'过去''未来'都是一团模糊，只有'现在'可以窥探一二。"

"现在？"林七夜挑眉，"我的'现在'是什么样的？"

"你现在正身处一个危险的旋涡中，走错一步，便是粉身碎骨，而且这可能还会牵连你身边的人。"

林七夜的目光逐渐凝重起来。

"再清晰的，我就看不到了。"梅林摇了摇头，"现在的我，不能进行太过精确的预言。"

"为什么?"

"我的水晶球丢了。"

"丢了?"林七夜一愣。

梅林似乎想到了什么,嘴角泛起一阵苦涩:"十年前,一个小女孩儿来到这个房间,跟我比了一场,说如果我赢了,她就放我离开,但如果我输了,就要把水晶球给她。"

"然后你输了?"林七夜的眼睛逐渐亮起,"那个小女孩儿,是不是十二三岁,黑色长头发,手背上还有一个奇怪的纹路?"

"没错。"

林七夜沉吟片刻:"你们比了什么?"

梅林的嘴角泛起一阵苦涩:"预言,或者说推衍。"

"推衍?这怎么比?"李毅飞忍不住问道。

"我们从一片落叶开始,推衍整片森林过去五十年、现在,以及未来五十年的变化,不分胜负,然后又推衍了石块、水滴……后来我们发现,对于外物,我们无论怎么比都比不出一个高下,索性就以彼此为目标,推衍对方的一切。第二轮,她成功地推演出了我的部分命运轨迹,但第三轮的时候,我没能看透她的。"梅林回忆起当时的情况,眉头越皱越紧,"她的存在完全出乎了我的意料,无论是'过去''现在',还是'未来'都无迹可循。她就像是不属于这个世界的幽灵,无论我用什么方法,都无法窥探她命运的一角。所以,我输了。"

李毅飞咽了口唾沫,用手推了推林七夜,小声道:"这么邪乎?那女孩儿是谁?"

"我也不知道。"林七夜摇头,眉头同样紧锁。

毫无疑问的是,赢走梅林水晶球的那个女孩儿,和赢走倪克斯手镯的女孩儿,以及在院长室留下信封的女孩儿都是同一个人,也就是"纪念"。

可一个十二三岁的女孩儿,是如何在造物上赢了黑夜女神,又在推衍命运上赢了梅林这位大预言家的?

越是了解,林七夜越是觉得,这个自称为"纪念"的女孩儿身上,充满了神秘。如果能够知晓她是什么人,那这座神秘的诸神精神病院的来历,或许便能水落石出。不过对现在的林七夜而言,探究这个似乎还为时尚早。先想办法治好这位传奇大魔法师,抽取到他的部分能力才是当务之急。

林七夜微微点头,仔细观察了梅林一会儿,眉宇间浮现出些许疑惑。梅林的情况和倪克斯的并不一样,至少到目前为止,他都没有展现出任何精神方面的问题,那自己又该入何下手?

犹豫片刻,林七夜看着梅林的眼睛,认真地开口:"你有什么病?"

梅林的眉头一挑:"你才有病。"

"没病,你怎么在这里?"

"我不知道。"梅林耸了耸肩,"我只是个试图探知世界真面目的学者。"

"世界真面目?"

"你觉得,世界是什么,我们又是什么?"不等林七夜开口,梅林就自顾自说了下去,"对于深海的鱼类而言,海水与深海生物就是它们的世界,它们不会知道在海洋之外,还有陆地的存在,更不会知道陆地上还有与它们截然不同的生物。对于二维生物而言,世界就是一个平面,它们的存在本身就限制了它们的世界观,它们无法想象在平面之外,还有三维生物在观察着它们的行动。对深海鱼类来说,海洋就是它们的世界;对二维生物来说,平面就是它们的世界。可它们所认为的世界,是真正的世界吗?不是。那你又怎么知道,我们所认知的这个'世界',就是真正的世界呢?什么是真正的真实,什么是真正的'世界'?在这方天地之外,是什么?而我们在更高维度生物的观察下,又是什么?"梅林的目光逐渐火热起来,在他的眼中,林七夜清晰地看到了名为"求知"的火焰!

他从椅子上站起,一只手指着天空,一只手拉起林七夜的手腕,死死地盯着他的眼睛,一字一顿地开口:"你有没有想过,也许我们所在的这个世界,也只是一个更高维度的存在创造出来的呢?"

124

在梅林一连串的洗脑下,林七夜和李毅飞都呆在了原地。

"你是说我们所在的这个世界,并不真实?"林七夜的表情有些古怪。

"对。"

"你有证据吗?"

"我们这些神话突然出现在你们的世界里,这不就是证据吗?"

林七夜揉了揉眼角,突然觉得梅林说得似乎有点儿道理。

"如果我们所在的世界是虚假的,那是不是意味着我们本身就是虚假的?"李毅飞忍不住开口。

"对啊。"梅林理所当然地点头。

"既然这样,你这个虚假的存在,又怎么会去质疑世界的真实性呢?"李毅飞顿了顿,"就像你刚刚说的,鱼儿不会去质疑海洋外的生物,二维生物不会去质疑平面外的世界。那么,当你开始质疑这个世界是虚假的时候,你的存在本身还是虚假的吗?"梅林听到李毅飞这番话,宛若雷击,直接石化在了原地。

林七夜看向李毅飞的眼神瞬间就变了。

"你还懂哲学?"他凑到李毅飞耳边问道。

"不啊,我只是没想通。"李毅飞挠了挠头。

林七夜大有深意地看了他一眼，又转头看向梅林："你说你是个寻找真实世界的学者，那你找到了吗？"

梅林的眼中再度浮现出神采。

"找到了！"他笃定地说，"不知道多久之前，我曾用魔法沟通了某个神秘的位面，虽然不知道它具体在哪里，但我能隐隐预知到，那就是真实世界！"

"那个世界是什么样的？"

"似乎是在海底，里面有各种各样的小房子，有菠萝形状的，有人头形状的，有卖奇怪食物的店，好像还有一个奇怪的黄色方块……"梅林开始回忆当时的所见所闻，眼睛越瞪越大，身体开始不自觉地抽搐起来。

林七夜眉头一皱，发现事情并不简单，带着李毅飞默默后退了半步。

"真实世界，我看到了真实世界！！"梅林激动得手舞足蹈，眼中的平静与睿智早已消失不见，取而代之的是一抹奇异的疯狂。他的身体剧烈扭曲，片刻之后，变成了一个粉红色的海星。他伸手一抓，椅子旁的法杖变成了一张渔网，飞快地跑到林七夜的身边，手舞足蹈起来。

"海绵宝宝，我们去捉水母吧！"派大星梅林绕着林七夜转了几圈，然后带着渔网飞快地跑出病房，在院子里奔跑起来。跑着跑着，他就蹦起来一下，手中的渔网狂舞，似乎在捕捉某些看不见的东西。突然，他看到了坐在摇椅上发呆的倪克斯。

"痞老板！痞老板！你也在这儿啊？"派大星梅林凑到倪克斯的身边，欢快地问道。

倪克斯一愣，呆呆地望着这粉红色的不明物体，陷入了沉思。片刻后，她颤巍巍地伸出手，将派大星梅林搂入怀中，含泪开口："你……你也是我的孙子吗？！"

"痞老板！！"

"孙子！"

"痞老板！！"

"孙子，奶奶在呢！"

"……"

在二楼目睹了一切的二人——

林七夜："……"

李毅飞："……"

"我想，我大概知道他病在哪儿了。"林七夜默默地看着这一幕，幽幽开口。

"怎么说呢……"李毅飞挠了挠头，"这么看起来，居然有点儿莫名地感人。"

林七夜推了推鼻梁上的平光眼镜，用医生的口吻说道："在漫长的探究过程中，'真实世界'已经成了梅林的心魔。为了找到它，梅林无数次地使用预言和魔法，最终不知道弄出了什么奇怪的法阵，连通了所谓的'真实世界'，并将自己的意识传送了过去。那个世界究竟是否'真实世界'，我不知道。毫无疑问的是，这对他的精神意识造成了某种奇怪的影响，最终导致精神失常。"

"那我们该怎么办？"李毅飞觉得有些头疼。

"不知道。"林七夜摇了摇头，毕竟他不是真的精神病医生，虽然能将事情的经过推理个大概，但如何治疗，他真的一窍不通。

难道要再去一次阳光精神病院，故技重演？可现在大过年的，精神病院的那几个医生估计也会放假吧。林七夜看着下面活蹦乱跳的梅林，缓缓叹了口气。

"提到真实世界之前，他都是比较正常的，现在这个应该也只是短期症状。总之，先去给他注射点儿镇静药，看看能不能先变回原样，这样太折腾了。"

"谁去？"

"你说呢？"

"……"

某个被黑心老板压榨的卑微小护工叹了口气，独自朝着药房的方向走去。半响之后，李毅飞便提着一根大针筒，追着派大星梅林在院子里乱跑。倪克斯也紧紧跟在后面，嘴中高呼："小飞！那是你兄弟，不能下这么狠的手哇！"

三人在院子里追逐了一阵，最终李毅飞还是成功地将镇静药注射进了梅林的身体。后者顿时安静下来，变回人形在路上晃了一阵，"扑通"一下倒在地上。

李毅飞同样累得坐在地上，大口大口地喘着粗气："这活儿……也太累了！"

林七夜走上前，确认了一下梅林的状态，发现他只是意识有些模糊，应该是刚刚意识混乱的后遗症，并没有什么大碍。梅林的病症虽然严重，但并不会长时间持续，至少在不提及真实世界的时候，还是可以正常交流的，因此也不用太过担心，现在主要的问题还是先想到治疗的办法。他拍了拍李毅飞的肩膀："照顾好他俩，我先走了。"然后，在李毅飞幽怨的眼神中，林七夜消失在诸神精神病院的门后。

清晨。

林七夜从床上悠悠醒来，抬眼向窗外看去，不知何时，窗外已然是一片银装素裹。

"昨晚的雪下得这么大？"林七夜嘀咕一声，走到窗边，驻足远望。

外面的街道早已白茫茫一片，还有大片的雪花从空中缓缓飘落，凝结在窗户的边缘，逐渐消融。

在沧南，这么大的雪倒是不多见。正当林七夜准备去洗漱的时候，他突然停下脚步，回头看向房屋的角落，轻"咦"了一声。只见在角落中，一只灰色的小老鼠正静静地趴在那儿，一动不动。

"老鼠?"林七夜的眉头微皱,他正欲有所动作,那只老鼠便身形一晃,快速地钻进了角落的小夹缝中。这种大宅子也会招老鼠吗?林七夜微微摇头,没有多想,推门而出。

"起这么早?"还躺在沙发上的温祈墨被他的开门声吵醒,懒洋洋地打了个哈欠。

"在营里待习惯了。"

林七夜走下楼梯,这才发现红缨的房门早就开了,诧异地问道:"红缨姐呢?"

"她比你起得还早,现在在后院练枪。"温祈墨翻了个身,用毯子盖住脑袋,"你们这一个起得比一个早,还让不让人睡觉了,这才五点多钟啊。"

林七夜:"……"

倒不是林七夜喜欢起早,在营里的这半年是真的让他养成习惯了,每天都是天不亮就被哨声叫起,甚至有凌晨两三点拉起来集训的,能一口气睡到五点多,已经算是谢天谢地了。

林七夜放轻脚步,走进了后院。一个穿着白色练功服的少女手持长枪,扎着高高的黑色马尾,在空旷的院中快速舞动,翩若惊鸿。殷红的枪穗在空气中留下道道长痕,枪风呼啸。似乎察觉到了林七夜的到来,红缨的身影轻轻飘落在地,飒然收枪,笑吟吟地朝他走来。

"醒了?"

"嗯。"

"沙发上的那只猪醒了没?"

"好像没有。"

"不管他了,走,姐给你做点儿早饭吃,吃完了上街买菜。"红缨似乎想到了什么,舔了舔嘴唇,"自从你去集训之后,已经很久没尝到队长的厨艺了,今晚可是有口福了,嘿嘿嘿……"

"红缨姐,你每天都起这么早练枪吗?"林七夜疑惑地问道。

"对啊。"红缨点了点头,"师父说了,武功一日不练,就会倒退百日修行。从我学枪开始,每日早起练枪,已经坚持十二年了。"

"十二年?"林七夜扬了扬眉毛,"那么,红缨姐多大了?"

红缨的年纪一直是个谜,从外表来看,她应该和林七夜差不多大,最多也就比林七夜大个两三岁,也就是说,她大概从八岁就开始练枪了?

红缨吐了吐舌头,没好气地开口:"女孩子的年纪,哪能随便问?我就不告诉你!"

林七夜无奈地和红缨走进屋中，后者直接一记鞭腿踢醒了沙发上的温祈墨，然后转身走进厨房忙碌起来。

十几分钟后，丰盛的早餐就摆上了餐桌。一直猫在屋里睡懒觉的司小南也被红缨拽了起来，一百个不愿意地坐在了餐桌前，半睡半醒地吃完了早饭。吃完饭后，红缨、林七夜和司小南三人便出门买菜，只留下温祈墨在家苦着脸洗碗刷锅，彻底沦为工具人。他们没有注意到的是，在天花板的角落中，一只灰色的小老鼠正默默地注视着这一切。

沧南市。

错综复杂的下水道系统中，密集的老鼠如同潮水般涌动，它们就像是一支训练有素的军队，沉默而快速地穿过通道，来到了一片空旷幽暗的地下空洞中。微弱的阳光从空洞顶端的铁锈网栅中洒落，透过轻轻摆动的巨大而沉重的风扇，在这片昏暗的空间中投下摇晃的阴影，空气中弥漫着淡淡的腥臭味和药剂味。在这座地下空洞中，正中央摆放着一张沾满鲜血的手术台。手术台旁边整齐地摆放着几把手术刀、斧子，甚至电锯，再旁边就是两桶浸泡着诡异残肢躯体的福尔马林标本。一个死不瞑目的巨大蛇头，还有一只只剩半截身子的蜥蜴。

另一边的石台上，一个披着黑色斗篷、戴着兜帽的少年正静静地坐在那儿，他的身前摆着一张棋盘，黑白子交错，对面却空无一人。窸窸窣窣，大量的老鼠从狭窄的通道中涌入，围绕在石台旁边，黑压压的一片。它们安安静静地趴在那儿，像是在朝拜它们的王。

那少年握着一枚黑子，目光落在周围的老鼠身上，喃喃自语："四代人造难陀蛇神经元与我的精神力契合度比三代好得多，算是初步缔造了类似于难陀蛇与蛇种之间的视野共享系统，但是要想拥有难陀蛇那种极强的传染性，还需要做更多的试验与改进……"他缓缓落下手中的黑子，从石台上站起身，走到一个装满了老鼠的铁笼旁，伸手从中抓出了一只。

他的指尖浮现出一丝幽光，蹿入老鼠的头部。老鼠瞬间晕厥过去，过了几秒身体一震，再度苏醒过来。紧接着，老鼠便飞速地爬下他的手掌，落入了茫茫的老鼠大军中，恭敬地匍匐在地。

"这种能力来源于难陀蛇的'蛇种'，能够用人造难陀蛇神经元连接其他生物的意识，操控它们的行动，并完成视野共享。只可惜，现在我只能在老鼠的体内种下人造难陀蛇神经元。

"这种四代人造蛇妖神经元，就暂且命名为'鱼种'吧……有了这四百多只种有'鱼种'的老鼠，我就能完全掌控沧南市的任何风吹草动，再有神秘出现，我一定能比守夜人先一步找到它。"

少年缓缓摘下兜帽，露出一张平凡的面孔，如果林七夜在这儿，立马就能认出他来。他的名字叫安卿鱼。与林七夜联手解决难陀蛇，请求加入守夜人无果后，销声匿迹的安卿鱼。

安卿鱼转过身，目光再度落在石台的棋盘上，双眸微微眯起。

"从'鱼种'共享的视野来看，现在沧南市的局面很微妙。"他坐回棋盘旁，注视着棋盘上黑白分明、交错复杂的棋子，沉吟起来，"来自大夏各地的隐藏强者、十几名'川'境、从斋戒所逃离的前守夜人、三年前消失无踪的狂蝎雇佣兵、一个疑似古神教会的女人，还有两名隐藏极深的'海'境强者……沧南的水，越来越深了。"

他指尖拈起一枚白子，看向棋盘的角落，表情似乎有些犹豫。

"这几枚棋子的位置太危险，要不要提醒一下林七夜呢？"半响之后，他似乎下定了决心，将手中的白子缓缓落在了棋盘的一角，"毕竟共患难过，这次我就帮你一把。"

126

"油焖大虾！""至尊蟹煲！""队长红烧肉！""湘南烤乳猪！"红缨手里提着满满的菜和肉，兴冲冲地在街上喊了起来，两眼放光！

林七夜和司小南跟在她身后，手里同样拎着食材，看着前面兴高采烈的红缨，无奈地叹了口气。

"红缨姐，大街上能不能不要这么招摇？别人看我们的眼神都怪怪的。"司小南小声喊道。

红缨毫不在意地摆了摆手："管他呢，在事务所闷了这么久，难得出来玩一趟，干吗要在意别人的眼光？再说了，大过年的开心点儿有什么不好，你说是吧？七夜弟弟。"红缨搂住林七夜的脖子，笑嘻嘻地说道。

林七夜无奈地叹了口气："话说，我不在的这些日子，没有神秘降临过吗？"

"有是有。"红缨想了想，"不过那只是一只'池'境的蜥蜴，除了跑得快了些，而且怎么砍也砍不死之外，也没什么特别的。跟难陀蛇那种智商变态的神秘比，简单多了。"

"砍不死？"林七夜诧异地开口，"那你们是怎么杀掉它的？"

"刀砍不死，不代表我的枪和火不行。"红缨双手叉腰，很骄傲地开口，"实不相瞒，我只甩了一枪，它就死了。"

"……"

"不过，事情还是有些奇怪。"

"奇怪？"

"我杀了那只蜥蜴之后，后勤的人去的时候，它只剩下半截身子了。"

"只剩下半截？"林七夜的眉头微微皱起，似乎想到了什么。

"对啊，我觉得可能是我的'玫火羽裳'太强，直接把它烧没了。但是队长和吴湘南觉得事情没有这么简单，因为上次难陀蛇的头到现在还没找回来。"

"有人在暗中收集神秘的尸体？"

"不知道。"

林七夜皱眉思索片刻，还是摇了摇头，现在他还只是个没从集训营结业的准守夜人，过两天就要回营，现在操心这些似乎也没什么用，一切交给队长和吴湘南就好。

三人慢悠悠地晃过街道，走进了一条比较偏僻的巷道。就在这时，一束黑影飞掠过空气，径直朝着林七夜射去！拥有"凡尘神域"的林七夜第一个做出反应，还没等那东西飞到面前，便轻轻向侧方闪开，同时一抹黑暗以他为中心极速爆发。

"嗖——"

那是一支金属材质的小箭，速度虽然快，但箭尖并不尖锐，撞击到沥青路面后，整个箭身都被弹起，"叮当"一声落在地上。紧接着，黑暗就彻底将其包裹在内。想象中的爆炸并没有发生，这支金属小箭就这么静静地躺在路上，像一个不大不小的玩笑。

林七夜和红缨同时转身看去，只见对面的高楼上，一个披着黑色斗篷的人影正站在那儿，阳光从他的身后照出，兜帽投射下的阴影完美地遮住了他的面孔。见两人发现了他，他立刻将手中的弩箭收起，转身朝着楼的另一边狂奔。

"找死？！"红缨冷哼一声，将手中的两个大袋子递到林七夜的手上，然后身形一晃，快到拖出了残影，朝着那人离开的方向追去。

"你们先回去，我倒要看看，是谁敢在本小姐面前这么放肆！"人影已经消失，红缨的声音才悠悠地从空气中传来。林七夜拎着袋子站在路边，眉头微微皱起。这算什么？偷袭？这种程度的偷袭只要身手好一些，很轻松都能躲过去吧？更何况是他这位双神代理人？而且就凭这种力道的箭，就算是真被刺中了也未必会死，难道是箭头上抹了毒？

林七夜蹲下身，仔细地观察着眼前的金属小箭，精神力轻轻一扫，就将它感知得一清二楚。突然，他猛地放下手中的袋子，伸手从箭尾取下一卷细小的字条，在掌心摊开。下一秒，他的瞳孔骤然收缩！林七夜死死地将字条握在手中，二话不说，转身就将所有的袋子一股脑儿套在司小南的细胳膊上，险些将其直接压垮在地。

"小南，你带着这些先回去，我还有事要做。"林七夜急匆匆地留下一句话，转身就向路的另一边跑去，速度飞快！

肩扛七八个大袋子的司小南张大了嘴巴，似乎想说些什么，还没等话说出口，林七夜就没了踪影。空旷寂寥的巷道里，裹着羽绒服的司小南呆呆地看了看手中的袋子，又看了看空荡荡的两边，半晌之后，委屈地噘起了小嘴。

不知何时，雪花又渐渐飘了下来。昨夜厚厚的积雪尚未消融，布满了脚印和碎土的人行道上，林七夜的身影飞快地穿梭。他接连穿过两个街道口，找到了停在停车场的黑色厢车，从厢车的后面拎出两个黑匣，然后像一阵风般再度跑出。他径直冲到路边，左右观望了一下，眉头越皱越紧。虽然林七夜现在已经成年，但还没有考过驾照，所以136小队的那辆车他肯定是开不了的，偏偏今天又是除夕，路上一辆出租车都没有。犹豫片刻，林七夜一咬牙，索性直接拎着黑匣朝着老城区的方向狂奔。他掌心的那张字条，早已被汗水浸湿。上面仅仅简单的一句话，就轻松地破开了林七夜的心理防御——

老城区3901号，有人要对你的家人下手。

这上面的字歪歪扭扭，明显是用左手写的，可见写字条的人并不愿暴露自己的身份，却精准地说出了那个地址，那个他始终牵挂却又不得接近的地址。那是他的家。写字条的人是谁？他是怎么知道这一切的？上面说的是真是假？他为什么要告诉自己这个消息？他在这次的袭击事件中，扮演着什么样的角色？这些问题飞快地在林七夜的脑海中打转，但现在，他又没心思静下来去思考这些问题。他的脑海中，只剩下一个念头。不管是谁，敢对姨妈和阿晋出手，纵是阎罗，亦必杀之！

雪中，少年提着两个黑匣，身如鬼魅，杀气冲霄。

127

"阿晋，这个'福'的位置好像有点儿偏下了。"
"啊？现在呢？"
"嗯。好像有点儿偏右。"
"现在呢？"
"哎，对了对了，这样就正好！"

狭窄老旧的楼道中，杨晋手里握着一卷红彤彤的"福"字，踩在小板凳上，认认真真地贴好门上的这张"福"，仔细地抹平每一处角落。贴完这张后，他轻轻跳下板凳，转身审视了一番，点了点头。

"妈，还有哪里要贴吗？"
"还有房门，每一个房门都要贴！"姨妈从一卷"福"字中，仔细地挑出了一个明显不太一样的"福"字。这个"福"更大、更红，而且带着金色纹边。

"这个、这个贴到你哥的房门上。那孩子离家远,一般的'福'啊可能不太有用,这张'福'是我特地去店里买来的,花了二十多块钱呢!"姨妈将那张"福"字拿在手中,手指轻轻摩擦着边缘,认真地说道。

杨晋轻轻一笑:"妈,这'福'哪里还有远近之分。"

"啧,你这小孩子,你懂什么?这叫宁可信其有不可信其无。"姨妈瞪了他一眼,"你哥在外面日子过得肯定很苦,用这个'福'之后,希望那些什么神啊能关照一下他。"

"知道了。"杨晋耸了耸肩,接过"福"字和胶带,将大门打开,用脚踢了下在楼道趴着睡觉的小黑癞。后者晃晃悠悠地站起,打了个哈欠,懒洋洋地跟着两人走进了屋里。

杨晋在一个个房门上贴上"福"字,姨妈则围上围裙,径直走到了厨房,开始准备年夜饭。

"你说你哥这孩子,马上大过年的,也不打个电话回来。"姨妈边切菜边絮叨起来。

"部队里哪能经常打电话,说不定他现在正忙呢。"

"唉,算了,一会儿我给他打过去吧。大过年的,至少得问问他有没有年夜饭吃。"

"妈,今晚咱少做点儿菜吧,做多了我们两个人吃不完。"

姨妈切菜的手微微一顿,没有说话。杨晋看了眼厨房,微微叹了口气,再度用手抹平林七夜房门上的大"福"字,满意地点了点头。

这个"福",贴得还不错。

矮楼外。

一辆黑色的面包车停在路边,皑皑白雪覆盖在车身上,仅留下几块玻璃露在外面。玻璃也经过了特殊处理,从外面看去,只有漆黑一片。坐在驾驶位上的男人叼着烟,缓缓放下手中的望远镜,举起了手边的对讲机:"蝎三汇报,目标附近未见异常,汇报完毕。"

紧接着,另一个声音从对讲机传来:"蝎九汇报,目标女人在厨房切菜,未见异常,汇报完毕。"

在矮楼对面的楼顶,一个穿着白色作战服的男人匍匐在雪地中,握着狙击枪,沉声说道:"蝎八汇报,目标男孩儿在客厅活动,未见异常,汇报完毕。"

在那一栋楼的不同角度,另一个潜伏在纱窗后的狙击手说道:"收到,继续原地待命。"

听到这句话,坐在车中的蝎三微微皱眉,打开了手中的对讲机:"蝎一,我们已经在这里守了两天了,究竟要等到什么时候?"

"等目标出现。"

"他要是一直不出现呢？"

对讲机那边的男人沉默片刻，继续说道："'蛇女'小姐说了，如果今晚之前目标还没有来，就直接挟持那个女人和小孩儿，交给'蛇女'小姐处置。"

"'蛇女''蛇女'……哼，我们狂蝎什么时候变成一个女人的走狗了？"

"蝎三，注意你的言辞。"蝎一的声音明显严肃起来，"既然我们选择了成为古神教会的'信徒'，就要遵从教会中诸神的意志！"

"不过是几个神明代理人而已，也好意思自称为'诸神'？"蝎三冷笑。

"蝎三，"蝎一明显有些怒了，"既然当年走投无路的我们选择信奉古神教会，就不能再违背与诸神的契约，否则你害死的不仅是自己，还有我们狂蝎雇佣兵的所有人！"

蝎三握着对讲机，嗤笑一声，没有再说下去。

"蝎一，我们的目标既然是那位双神代理人，要是他真的出现了，仅凭我们这些人，能对付得了他吗？"另一个男人的声音在对讲机中响起。

"蝎七，你什么时候也变得这么畏首畏尾了？就算我们处理不了，还有那位在，那可是'信徒'第十六席，只差半步便踏入'海'境的强者，对付一个尚在'池'境的新人不成问题。"蝎一这句话一出，顿时压下了所有声音，没有人再敢对这次行动有所质疑。至于坐在车里的蝎三，也只是冷哼一声，不再多语。

"信徒？"一个声音从车外幽幽传来。

蝎三虎躯一震，猛地转头看去。只见在面包车外，不知何时站着一个拎着两个黑匣的少年，双眸漆黑如墨。他站在门外，一抹黑暗以他为中心极速扩张，刹那间便将整辆面包车笼罩。蝎三的瞳孔骤然收缩，飞速地伸手想去拿对讲机，但门外的少年目光一凝，他身边的对讲机便凭空被撕裂成数块，溅出刺目的火花。少年静静地站在车外，指尖在车门上轻轻一划，整个车门便从中央爆碎开来！

"信徒是什么？"少年低沉的声音在雪地中回荡。

蝎三毕竟是久经沙场的战士，反手便从座椅下方掏出一柄短刀，低吼一声，迅速刺向林七夜的咽喉！林七夜仿佛早就预判到了他的动作，轻轻向后退了半步，短刀的刀尖擦着他皮肤划过，没有留下一丝伤痕，紧接着另一只手迅速击打在蝎三的手腕上！

蝎三手腕一松，手中的短刀脱手而出。他的脸上不但没有丝毫惊骇，反而闪过一丝狡猾的笑容。一支漆黑的短柄冲锋枪，不知何时出现在他的左手，对准了林七夜。他猛地扣动了扳机，刺目的火花迸发，一发发子弹盘旋着从枪膛倾泻而出，携带着恐怖的动能，直逼林七夜的面门！

128

林七夜身形一晃，飞快地避开了其中几发子弹，紧接着伸手在虚空中一搅，冲锋枪的枪管就被他硬生生拧成了麻花。在"至暗侵蚀"的作用下，虽然现在还无法直接撕裂金属，但改变其形状还是可以的，而冲锋枪这种东西，一旦枪膛受阻，就只剩下一个结果。

"咚——"

一声闷响传出，蝎三手中的冲锋枪枪膛突然炸开，直接崩坏了他的手臂。在一阵痛苦的号叫之后，一柄短刀悬空飞到了他的面前。林七夜操控短刀，悬停在蝎三的咽喉，刀尖刺入皮肤，渗出些许鲜血。

"我再问一遍，什么是信徒？"林七夜冰冷的声音再度响起。

与此同时，一抹黑暗攀上了蝎三的瞳孔，前所未有的痛苦涌现在他的精神中，就像是有什么东西在啃食他的大脑，撕扯、搅碎……"至暗侵蚀"虽然暂且无法控制人类的精神，但是其对人造成的痛苦绝对是噩梦级的，在某些时候，用来拷问也能发挥出奇效。在肉体和精神的双重折磨下，蝎三的心理防线很快便崩溃了，一股脑儿地说出了自己知道的所有信息。

从蝎三的描述来看，所谓"信徒"，便是古神教会的附庸组织。古神教会的正式成员全由神明代理人组成，数量极其稀少，虽然个体实力强大，但人数使得他们的影响力受到限制。因此，为了弥补人数上的不足，古神教会的"诸神"们又以神明的名义，打造了"信徒"。他们从无数拥有野心又拥有实力的强者中挑选成员，作为古神教会的外围成员。

每个成为"信徒"的成员，都会与古神教会的某个"神明"签订灵魂契约，许诺若是以后黑暗的诸神时代降临人间，他们这些信徒便会成为万万人之上的统治者。

当然，真正相信黑暗诸神时代会来临的人并不多，所以"信徒"的大部分成员，是由"诸神"或强迫，或要挟，或欺骗进来的。在签订了灵魂契约之后，他们也只能无条件地听从"诸神"的安排，成为真正的信徒。总而言之，"信徒"是被古神教会的那几位神明代理人直接掌控的、强大的傀儡组织。

从蝎三的口中，林七夜同样得知，他们这群人就是两年前被一位古神教会的神明代理人收为"信徒"的。原本他们是一支专门替人做脏事的雇佣兵，代号"狂蝎"。而他们所"信奉"的神明，就是古神教会的"美杜莎"，代号"蛇女"。

"蛇女。"林七夜听到这个名字，眉头微微皱起。如果他没记错的话，那个入侵了导弹基地、炸平集训营的女人，就是疑似美杜莎的代理人。她的目标是自己？林七夜轻轻挥手，短刀就刺入了蝎三的咽喉，直接剥夺了他的生命。蝎三确实给自己提供了情报不假,但自己从头到尾都没说过提供情报就放了他,更何况他还想对自己的家人出手,就算是死一万次都不够。

就在林七夜准备有所动作的时候,一声微不可察的轻响从远处的楼宇传来,紧接着一发子弹极速破开空气,笔直地射向林七夜的额头！林七夜的瞳孔骤然收缩,想也不想便向侧方翻去,子弹卷携着恐怖的动能擦过他的脸颊,留下一道淡淡的血痕。这一枪,若是林七夜的反应再慢半分,便能直接要了他的性命。

"狙击手？"林七夜俯身藏在面包车后,眉头紧锁。以林七夜现在精神力的覆盖范围,以及动态视觉的掌握程度,一般的枪支已经很难对他造成威胁,但狙击枪另当别论。狙击枪子弹的飞行速度大约是每秒一千米,而林七夜的精神感知范围只有一百米,也就是说子弹在进入感知范围的瞬间,到来到林七夜的面前,也就只有零点一秒的空隙。这么短的时间里,林七夜能勉强躲开子弹就已经很不错了,至于用"至暗神墟"捕捉子弹,那更是想都不要想。

林七夜刚俯下身,头顶的面包车顶端突然破开一个大洞,一发子弹击穿了林七夜身侧的车门,深深地没入了雪地中。

"两个狙击手？"林七夜的脸色顿时凝重起来。如果说只有一个狙击手,他还能凭借地形勉强应付；如果对方有两个人,从不同的方向狙击,那危险系数便直接暴增数倍不止。

不仅如此,那两个狙击手隐藏的地点都极为隐蔽,而且枪支也经过消声处理,在这大雪中很难预判他们的位置。据蝎三所说,他们还有八个人埋伏在这附近,不知身在何处,现在敌暗我明,林七夜的处境急转直下。就在林七夜飞速思考的时候,一发子弹从他的头顶呼啸而过,精准地落入了对面楼宇顶端的一团白雪中。还有一个狙击手？不……还有一个我方的狙击手？林七夜似乎想到了什么,猛地看向某个方向。遥遥数百米外,一个黑衣男人匍匐在雪地中,身上已经堆积了厚厚一层雪花,手中的狙击枪枪口有一缕青烟逐渐飘散——冷轩！

"第一个。"他喃喃自语。

他手中的狙击镜牢牢锁定了躲在纱窗后的第二个狙击手,那个狙击手知道了还有一个同行在场,神色浮现出些许慌张,但似乎笃定自己的位置并没有暴露,还在飞快地搜寻冷轩的位置。冷轩的双眸微微眯起,无情地扣动了扳机,下一刻又是一发子弹射出！

"嗖——"

子弹穿过数百米的距离,撞碎了路径上的每一片雪花,最终没入了那个狙击手的眉心,留下一个狰狞的血洞！

"第二个。"冷轩将眼睛从狙击镜上挪开,看向林七夜所在的方向,喃喃自语,"接下来就交给你了。"

数百米外。眼看着第二个狙击手被冷轩一枪爆头,林七夜的眼睛越发明亮起来。他从面包车后站起身，转头看向某个方向。他的精神感知范围内，有几个身影正在飞速向他逼近。

129

"一、二、三、四……"林七夜的精神力扫过周围，在他所在位置的左侧和右侧各有两个人影正在飞速靠近。他们戴着白色的头盔，耳朵上别着耳麦，全身上下都藏满了武器。这四人虽然穿着雪地伪装服，但在林七夜的精神感知范围内，依然暴露得一清二楚。

咯吱咯吱……他们的脚步在厚厚的积雪上踩过，发出轻微的声音，双掌一翻，便从背后取下了几支枪。

"嗒嗒嗒嗒嗒——"

所有枪支的枪口都经过了消音处理，在漫天飘雪的吸音效果下，更是没有丝毫声音传出，只剩下火舌喷吐，致命的杀机掩藏在飘零的雪花中，呼啸而至！子弹从四面八方飞射而来，林七夜的眼中攀上一抹夜色，极致的黑暗以他为中心晕染开来，就像皑皑雪地上的一滴墨渍，异常显眼。在黑夜的加持下，林七夜的速度快上数倍，身形一晃，错身避开了密集的子弹攻击，借助惯性在雪地上滑行半圈，手腕一颤，双手的黑匣同时旋出！

"咔嗒——"

一声轻响，两柄直刀弹射飞出。林七夜站在原地，眸中的黑暗越发深邃，手指在空气中轻轻一划。

"锵——"

半空中，双刀出鞘。淡蓝色的刀锋切开晶莹的雪花，刀身清晰地倒映出狂蝎四人的身影，它们在空中旋转半圈，朝着离林七夜最近的蝎四飞去！林七夜的"至暗神墟"范围仅有二十米，也就是说，他只能在这二十米的范围内操控星辰刀离手，这个距离并不长，但也不算短了。蝎四见两柄星辰刀朝他飞射而来，果断地抛掉了手中的枪支，垂手从大腿外侧抽出两柄短刀。

"当——"

狂蝎的人到底是身经百战，蝎四的短刀稳稳地架住了一柄星辰刀的进攻，紧接着一个翻滚，又避开了另一柄刀的攻击。他冷笑一声，甩手将手中的一柄短刀掷出，短刀直飞林七夜的面门。林七夜身形如鬼魅，一边躲避着半空中的子弹，一边轻轻勾手，飞到半空中的短刀突然被嵌入了黑暗中，然后以更快的速度倒飞出去。与此同时，刚刚蝎四招架住的两柄星辰刀也同时回头。三刀合围，蝎四的瞳孔骤然收缩，猛地挥出另一柄短刀挡住一刀，紧接着，一柄星辰刀便从身后飞来，轻松地刺穿了他的胸膛。蝎四闷哼一声，仰面栽倒在地。虽然用两柄星辰刀瞬杀一人，但林七夜现在的处境依然危险，另外三个人似乎已经意识到热武器无法给林七夜造成有效威胁，索性直接近身，与林七夜搏斗起来。蝎五和蝎六反握短刀，与手无寸铁的林七夜近身搏杀在一起，刀尖、刀身、拳头、手肘、膝盖、肩膀……他们的每一个肢体关节，此刻都化为恐怖的武器。他们是久经沙场的雇佣兵，近身战自然是强项，出手狠辣，招招致命！

　　林七夜赤手空拳，同时抵挡着两人暴风骤雨般的攻击，节节败退。林七夜近身格斗的能力虽然不差，但毕竟只学了半年，此刻面对这两个从生死中摸爬滚打出来的雇佣兵，实在是吃力。若非有"星夜舞者"的速度和力量加持，以及"凡尘神域"带来的恐怖动态视觉，他早就支撑不住了。就在此时，两柄星辰刀飞回了林七夜的手中。双刀在手，林七夜的气势立马就不一样了，手中的两柄星辰刀翻飞，刀影模糊，轻松地格挡住了蝎五和蝎六的攻击，还隐隐压过了两人一头。自从找到属于自己的道路后，林七夜便在二刀流上下足了功夫。事实证明，他在这方面的天赋确实不错，现在在集训营中单论冷兵器战斗，虽然还比不上那几个武术专精世家出来的顶尖高手，但也并不会相差太多。林七夜的刀身一震，震退了蝎五、蝎六二人，立马又有两人从后方包抄，与林七夜厮杀在一起。到现在为止，这个九人的狂蝎小队，一共死了四个人，两人死在冷轩手里，两人死在林七夜手里，剩下的五人中还有一人尚未露面，但光是蝎二、蝎五、蝎六、蝎七四人的轮番进攻，就能死死缠住林七夜。

　　林七夜算是看出来了，他们是想仗着人多，慢慢消磨自己的体力，很可惜，他们注定要失望了。在"星夜舞者"的加持下，林七夜一个人就能耗死他们四个。现在唯一的不确定因素，就是那个一直没有出现的最后一人，也就是蝎一。就在林七夜单挑狂蝎小队的时候，没有人注意到，一团模糊的光影悄然飘过雪地战场，落在了矮楼的楼道中。光影退去，一个中年男人的身影显露而出。他站在楼道的窗户旁，低头给自己点燃了一根香烟，观望着远方的战场，嗤笑一声。

　　"一群蠢货，就这水准，也配成为'蛇女'小姐的信徒？丢人现眼。"他深吸一口，吐出一个烟圈，然后弹了弹烟灰，"想制伏那个家伙，只要抓住那个女人和小孩儿就好了。这么简单的事情，居然还死了这么多人，哼。"

　　他将手中的烟丢在地上，狠狠地踩了一脚，双手插兜，转身沿着破旧的楼梯向上走去。

　　他，是"信徒"第十六席，吕良，"川"境强者，只差半步便可入"海"境。他很强，但他很谨慎。从一个无名小卒一步步走到今天，他靠的从来不是武力，而是计谋和谨慎。能不正面战斗，他绝不出手，哪怕敌人只是个"池"境的少年。一个神秘莫测的双神代理人和两个手无缚鸡之力的普通人，吕良知道该怎么选择。

　　事实证明，在这个世道上，谨慎些总不会错。这些年过去，他认识的那些曾经倚仗着自身拥有强大力量，便目空一切的所谓"强者"，坟头草都有半人高了。

只有他，还好好地活到了最后，成了"信徒"的第十六席。

吕良一步步踏上楼梯，脑海中似乎已经浮现出自己抓住那小子的亲人之后，他会如何跪在自己面前，恳求自己放他们一条生路。他最喜欢的就是这种戏码，他的嘴角逐渐扬起，就在还有一层就到的时候，他微微一愣，突然停下了脚步。

在眼前这层楼梯上方，不知何时，趴着一只又黑又小的癞皮狗。小癞皮狗看到吕良，懒洋洋地张嘴打了个哈欠。吕良眉头微微上扬，仔细端详了这只癞皮狗片刻，哈哈一笑："这狗，长得真丑。"

130

"当当当——"

刀影如电，星辰刀与几柄短刀接连碰撞，擦出刺目的火花。林七夜的身形在雪地中飘然移动，脚步踩在积雪之上，却不曾留下丝毫痕迹，他就像一个幽灵，灵动而诡异。

星辰刀横扫，荡开蝎五和蝎六的连击，林七夜握刀在原地转过一个半圆，反身精准地架住了蝎二和蝎七的短刀。紧接着，林七夜的眼中绽放出刺目的金色光芒，像两个熊熊燃烧的熔炉，轰然爆发！炽天使神威！在神威爆发的瞬间，蝎二和蝎七只觉得精神被寸寸碾碎，惨叫一声，同时向后方踉跄倒去。林七夜似乎早就料到了这一幕，猛地一步向前，刀芒乍闪，刀锋飞快地抹过二人的脖颈，鲜血四溅。这就是林七夜一直在等待的必杀机会！炽天使神威帮助他打开了局面，以四对一的平衡被打破，林七夜再战蝎五、蝎六两人，就已经稳操胜券了。

蝎五、蝎六见另外两人被林七夜用雷霆手段击杀，脸上顿时浮现出惊慌之色，连退数步！

"该死！该死！！蝎一呢？你在干什么？为什么还不出手？！"蝎五握着短刀的手臂微微颤抖，不知是因为恐惧，还是因为长时间战斗有些脱力。他打开自己的耳麦，对着另一边吼道。然而无论他如何喊叫，都没有丝毫回应。

林七夜的精神力始终关注着周围的风吹草动，直到现在，狂蝎小队的最后一人都没有出现。他的眼中闪过一道寒芒，手握双刀，静站在原地。下一刻，周围尸体上的数支枪自动飘浮起来，悬停在林七夜的身边，黑洞洞的枪口对准了眼前的蝎五和蝎六。

"咔嗒——"

枪支的保险自动打开，林七夜手指轻勾，一条条火舌便喷吐而出——"嗒嗒嗒嗒嗒……"

林七夜能躲过子弹，但蝎五和蝎六不行，虽然他们尽力地试图避开子弹的轨迹，奈何周围的枪支太多，仅片刻工夫就把他们打成了筛子，又是两道身影倒在了血泊中。虽然眼前的敌人都已经被杀光,林七夜却没有丝毫放松,枪支依然静静地悬浮在他的身边。他的目光仔细扫过周围,似乎在搜寻着什么。紧接着,一个同样身穿白色伪装服的男人,悄然出现在林七夜的精神力探知范围之内。

林七夜的目光落在他的身上,眉头微微皱起:"你就是蝎一?"

"没错。"那人似乎对同伴的死毫不关心,一边向林七夜接近,一边解开了身上的伪装服,露出一件黑色的战术背心。

"你来晚了。"林七夜平静地开口。

"晚?"蝎一的嘴角浮现出一抹冷笑,"我来得正是时候。"他随手将身上的枪支统统丢在一边,从军靴中拔出一柄折刀,另一只手托起胸口的银色名牌,放到嘴前轻轻一吻。

"'鲜血沸腾'。"他呢喃一声,掌中的银色名牌剧烈震颤起来,一股诡异的气息散发而出,汩汩鲜血便如同殷红的河流,从周围几具尸体上飘出,浸入名牌中。

"禁物?"林七夜的眉头皱起。

"'鲜血沸腾',禁墟序列209,短时间内可吸取范围内所有死亡生物的血液,获取他们生前的力量并叠加,这可是我从雨林里淘出来的宝贝,那几个蠢货都不知道我有这个东西。"蝎一冷笑着将被染成血色的名牌刺入自己的手掌,浑身的青筋暴起,双眸浮现出一丝血色,充满了野性力量的躯体险些直接将黑色战术背心撑碎。

"我从来没想过能靠这几个废物战胜一位双神代理人,他们来到这里的唯一作用,不过是成为我的祭品。他们以前也都是身经百战的雇佣兵,气血极其充足,八个人加起来,就足以将我的战力堆积到'池'境的巅峰,甚至突破到'川'境!只要能杀了你,我就能在'信徒'中拥有一席之地!"蝎一反手握住折刀,摆出一副标准的格斗姿态,猩红的双目死死地盯着林七夜,目光中浮现出一丝癫狂。

林七夜的精神力能清晰地感知到蝎一身上澎湃的力量,眉头微微皱起,身后的数支枪再度开火!

"嗒嗒嗒嗒嗒……"

在子弹出膛的瞬间,蝎一的双腿就猛蹬地面,整个人像一支离弦之箭贴地飞行,黑色的战术背心在雪地上留下一道模糊的轨迹,突破子弹的围攻,朝着林七夜冲来!

林七夜的射击技术本就"感人",蝎一的速度又快得惊人,一连串的射击之后硬是没有一发子弹击中蝎一。他脸一黑,甩手就把几支枪丢在了一旁。两柄星辰刀在手,林七夜的身影同样飞快闪出,但与现在的蝎一相比,竟然慢了些许!

两人的身影在雪地中飞速对撞,"当——"刀与刀毫无花哨地碰撞在一起,鼓起的气浪直接将半空中的雪花震散。林七夜只觉得手臂一麻,身体跟跄着后退了数步。在力量上,仍然是蝎一更胜一筹!

林七夜的目光越发凝重起来，到现在为止，蝎一是他遇到的能在速度和力量上完全压制住他的敌人。"星夜舞者"能够给林七夜的速度和力量带来五倍的加成不假，但在"鲜血沸腾"的加持下，蝎一则是直接融合了其他八名雇佣兵的属性。在某些特定环境下，"鲜血沸腾"给人带来的战力，将会远超过其本身的序列排名，从危险级一跃至高危级，现在的蝎一明显就处于这种情况。单论基础战斗属性，蝎一已经突破了"池"境，抵达了"川"境的层次，能压住林七夜并不奇怪。

"当当当——"

"鲜血沸腾"的蝎一就像一台疯狂的战斗机器，仅凭手中的一柄折刀，一次又一次击退了林七夜。反手荡开两柄星辰刀后，他骤然一脚蹬出，直接将林七夜踢飞了十几米远。

林七夜的身体在雪地中拖出长长的印痕，最终撞在了一面墙上，猛地吐出一口鲜血，才停住身形。

"喀喀喀……"

林七夜咳嗽着站起身，目光死死地盯着蝎一。蝎一手握折刀，一步步接近林七夜，舌尖舔过嘴唇，露出嗜血的笑容。就在林七夜准备有所动作时，清脆的电话铃声响起——"在山的那边海的那边有一群蓝精灵，他们活泼又聪明……"林七夜一怔，从口袋中掏出手机，来电人是姨妈。

131

"姨妈……"

林七夜看到来电显示的瞬间，身体微微一震。下一刻，一记凌厉至极的鞭腿便踢到了他的面前。林七夜闪电般地蹲下身，避开了这一击，反过来使出一记扫堂腿，重重地撞在了蝎一的脚踝上。蝎一只是身体微微一晃，稳若泰山。

"真硬！"林七夜暗骂一声，手中的星辰刀骤然格挡住折刀，但刀身传来的恐怖力量，依然将他直接掀飞出去。他在雪中勉强稳住身形，手机却被震得脱手而出，落在了旁边的雪地中。

"oh，可爱的蓝精灵，oh，可爱的蓝精灵……"

蝎一瞟了眼雪中的手机，冷笑开口："家人的电话？是那个女人，还是那个小孩儿？"

林七夜缓缓站起身，抹去嘴角的血迹，漆黑的双眸中浮现出冰寒的杀意。

蝎一丝毫不惧林七夜的眼神，耸了耸肩，继续说道："对啊，今天是除夕，应该是想问你在外面过得怎么样？有没有准备年夜饭？再告诉你他们一切安好，嘿嘿……"

蝎一话音未落，林七夜的身影就划过皑皑雪地，手中交错的刀影如同蝴蝶般绽开，淡蓝色的刀锋直逼他的脖颈！蝎一接连挡住林七夜数刀，低吼一声，强横的气血奔涌而出，力量再度提升数倍，将林七夜震飞！林七夜的身形在空中灵活地调整角度，重重地落在地上，单刀插入雪中稳住身形。事实上，在林七夜恐怖的动态视觉下，两人的速度差距并非不可弥补，但力量的悬殊总是让林七夜被压一头。再这样下去，是没法打赢蝎一的，一定还有别的办法……林七夜注视着蝎一，思绪如电。

"真是温馨的家庭啊，"蝎一握着折刀，不慌不忙地走向林七夜，"我猜，他们一定不知道你在做什么，不知道你近在咫尺，却又遥不可及。沉醉于新年欢乐的他们，又怎么会想到，你就在离他们这么近的地方殊死搏杀呢？啊，对了，杀了你之后，把你的脑袋挂在他们的阳台外面，当新年钟声响起的时候，他们看到一定会吓一跳吧？"蝎一的笑容越发狰狞！

林七夜的手紧紧攥住刀柄，强忍住胸口翻腾的气血，摇晃着从雪地中站起，周围的黑暗若隐若现。之前和狂蝎小队战斗那么久，"至暗神墟"的持续时间已经快到了，他的精神力也已经接近极限，短时间内再无法解决战斗的话，他必死无疑！

"在山的那边海的那边有一群蓝精灵……"欢快的铃声依然在雪地中回响，这已经是第二轮音乐，电话那边的姨妈似乎依然没有挂断电话的打算。林七夜深吸一口气，眸中的黑暗再度浮现，周围的"至暗神墟"也稳定下来。

"轰——"他猛地拔出插在雪中的星辰刀，双刀斜指地面，身形如电般逼近蝎一。

"强弩之末。"蝎一嗤笑一声，再度摆出作战姿态。林七夜的身影快速地接近蝎一，就在两人的身体即将碰撞在一起的时候，林七夜猛地一步踏出，深深地踩在了雪地中。

"砰——"

在"至暗神墟"的作用下，两人脚下的雪突然暴起，像是雪地中埋了枚炸弹，直接炸出了一片白茫茫的雪团。飘零的雪花顿时迷住了蝎一的双眼，他眉头微皱，凭借着多年的战斗经验，身体迅速地做出反应。

"当——"

折刀毫不犹豫地挥出，成功挡住了来自侧面的林七夜一刀，蝎一见林七夜的身形暴露，嘴角浮现出"我早就知道你要这么玩"的笑容。紧接着，他就笑不出来了。飘零的雪花中，林七夜一刀斩在蝎一的折刀上，而另一只手空空的。第二柄刀呢？这个念头从蝎一的脑海中闪过，强烈的危机感涌上他的心头。他正欲有所动作，林七夜的眼中再度绽放出璀璨的光芒。炽天使的神威跨过虚空，径直灌入蝎一的脑海，将他的精神搅了个天翻地覆，使得他的动作停滞了一秒。透支精神力的林七夜闷哼一声，面如金纸，仰面向后倒去。同时，他的左手轻轻一挥，赵空城的那柄星辰刀斩开漫天飘零的雪花，无声地没入了蝎一的后颈，轻飘飘地斩下一颗头颅。鲜血似泉，喷涌而出！林七夜踉跄地摔倒在雪地中，赵空城的刀落在他的身边，刀身清晰地映照出他的面孔，以及那微微上扬的嘴角。

"赢了。"林七夜看了眼死得透透的蝎一，仰面躺在雪地中，大口大口地喘着粗气。

他的精神力已经一丝都没有了。这次绝境反杀蝎一，实在是太过惊险。哪怕林七夜算错哪一步，走错哪一步，都是万劫不复的下场。好在，他赢了。

"oh，可爱的蓝精灵，oh，可爱的蓝精灵……"沉寂许久的手机铃声再度响起，林七夜勉强站起身，用刀身支撑着身体，踉跄地走到雪地中，捡起了地上的手机。然后伸手在蝎一的尸体上摸了一会儿，摘下那块银色的名牌，放入口袋里。

"喂，姨妈。"

"你这孩子，打你这么久的电话都不接！你在干吗呢？啊？是不是在外面待久了，不要姨妈了？"一连串熟悉的声音从电话那头传来，语气中满是焦急。

林七夜的嘴角微微上扬，他拖着浸染鲜血的刀，蹒跚着从一具具尸体上走过，每一步落在雪地中，都是一个猩红的脚印。

"姨妈，我刚刚在跟战友聊天，没看到手机。"他轻声说道。

"你这孩子，大过年的，就不能主动给家里打个电话吗？"

"我本来打算晚上打的……"

"本来，本来……哼。"姨妈顿了顿，声音逐渐温和下来，"你在部队里待得怎么样？还好吗？"

林七夜抹了把脸上的血迹，走到一个楼道的角落，从窗户遥望着那栋小矮楼。从这里，他能清晰地看到在阳台上打电话的姨妈。他拿手机的手微微颤抖，半响之后，温和开口："好啊，我都挺好的。"

"马上过年了，你们部队里有年夜饭吃吗？"

"有的，我们队长已经在准备了，我回去就能吃。"

"回去？你在外面？"

"不是，我是说，我们回食堂就能吃。"

"哦……"姨妈的声音停顿了片刻，继续说道，"那，那你得多吃点儿。"

林七夜似乎察觉到姨妈的情绪不太对，主动开口道："姨妈，今年我不在家，你们年夜饭也得丰盛点儿啊。"

"这肯定的，你放心吧，我这锅里正在炖鱼呢，味儿可香了，一会儿还有猪肉，就是你不在家，我们不一定吃得完。"

"阿晋长身体，你得让他多吃一点儿。"

"嗯，对了，你要不要跟你弟说会儿话？"

"好啊。"

阳台上，姨妈悄悄抹了把眼泪，转身走进屋里，将手机交给了杨晋。

"喂，哥。"

"阿晋，我不在家的时候，你没有笨手笨脚的吧？"

"当然没有，哥，你怎么这么问？"

"没，我就随口一提。"

"哥，你那里生活得怎么样？"

"挺好的，你放心吧。"

"要是太累的话，回来也没关系，天塌下来，总有高个子顶着。"

林七夜沉默片刻，"嗯"了一声。两兄弟就这么拿着手机，过了许久，谁也没有开口说话。

"唉，你这孩子，跟你哥离开久了，还生分了不成？"姨妈见两人不说话，索性直接将手机拿了过来，"小七啊，不跟你说了啊，我锅里的鱼好了，我要先去把它端出来。"

"好的，姨妈。"

"嗯……"

"姨妈。"

"嗯？"

林七夜站在楼道的角落，注视着那个忙碌的身影，许久之后，微笑着开口："新年快乐。"

"嗯，新年快乐。"

132

雪，越下越小。天，越来越暗。矮房旁边一座楼顶，林七夜静静地坐在那儿，身旁放着两个黑匣，像一尊石雕，久久未动。

那双深邃的眸子蕴含着淡淡的光，注视着远方那户忙碌的人家。他的嘴角噙着一丝笑意，微风拂过少年的黑发，空气中仿佛弥漫着饭菜的清香。

不知过了多久，一个男人缓缓走到他的身边，远望着那户人家，许久之后，缓缓开口："后悔吗？"

夕阳下，林七夜微微摇头："不后悔。"

"短时间内，你是回不去了。你回来的频率越多，注意到这里的人就越多。"冷轩在他的身边坐下，说道。

"我知道。"

"其实，今天就算你不来，他们也不会出事的。"

林七夜转过头，疑惑地看着冷轩。

"你以为，队长所谓的保护好你的家人，只是说说吗？"冷轩的嘴角微微勾起,他伸出手,指着远处的矮房,"那天,队长带着副队来你们家送材料的时候,就在你们家门口贴了一个名为'未央'的禁物。这个禁物像一张透明的字条,能够张开一个小小的禁墟。一旦心怀不轨的人试图破开'未央'的守护范围,它就会发动,将屋内被标记的所有生物传送到另一个标记点,也就是和平事务所的地下,保护他们的安全。"

林七夜一怔,他从来没有听陈牧野提起过"未央"的存在,更不知道姨妈和杨晋,什么时候已经处在了禁物的保护之下。

"'未央'……"林七夜喃喃自语。

"和'无戒空域'一样,是守夜人为数不多的人造禁墟,但这东西的价格可不便宜,就算是在守夜人内部,能用上这东西的人也不多。"说到这儿,冷轩像是想起了什么,声音逐渐温和下来,"不过,我们136小队,基本上每个人的家属都有这东西庇护。"

林七夜茫然问道:"为什么?"

冷轩大有深意地看了他一眼:"你觉得队长为什么会那么穷?"

林七夜身体微微一震,很快便想到了什么,怔怔地望向远方。

冷轩拍了拍他的肩膀,将枪匣背起,转身朝着楼下走去,他的声音随着微风吹拂到林七夜的耳边:"走吧,这个家的年夜饭你是吃不成了,但另一个家永远欢迎你。"

林七夜深深地看了一眼家的方向。那里,姨妈正端着一盘盘新鲜的热菜,放在不大的木桌上。杨晋坐在一旁,眉宇含笑。

片刻之后,林七夜无奈地笑了笑,站起身朝着楼道走去。就在这时,一只又黑又小的癞皮狗吭哧吭哧地出现在他的面前,飞快地跑过来,用头蹭着他的脚踝。

"小黑癞?"林七夜惊喜地低下身,用手轻轻摩擦着它的脑袋。小黑癞舔了舔林七夜的手,打了个饱嗝。

"你吃什么了?还打起嗝来了。"林七夜笑道。他将小黑癞抱起来,一直送到了矮楼的楼下,放在了楼梯上,轻声道,"我要走了,你也赶紧回家,今晚,你有口福了。"他揉了揉小黑癞的肚子,站起身拎起两个黑匣,最后抬头看了眼那扇紧闭的房门,转身朝着暗淡的天空走去。他踩在皑皑白雪上,留下一道笔直的脚印,一直延伸到远方。

"叮咚——欢迎光临!"

林七夜刚打开事务所的大门,一股浓郁的菜香便扑面而来,油脂与食材的充分接触,发出嗞嗞轻响,随着锅身的摇晃,发出有节奏的噼啪声。世间最令人心安的声音,莫过于此。

红缨坐在餐桌旁,一双眼睛直勾勾地盯着桌上的炖老鹅,狠狠地咽了几口唾

-331-

沫，一双不安分的手悄悄向鹅腿摸去。

啪！吴湘南的筷子飞快地夹住了红缨的手："等人齐了再吃。"

"我……我就吃一口，就一口！"红缨小心翼翼地伸出一根手指。

"不行。"

红缨委屈地低下头，将手中的筷子放在桌上，像一条被抽光了梦想的咸鱼，软软地趴在桌上。突然，她的余光看到了走进屋中的林七夜，眼睛又亮了起来："七夜，你没事吧？"

"我没事。"林七夜摇了摇头，"那个射箭的人抓到了吗？"

红缨抿了抿嘴，苦着脸摇头："没有，那家伙跑得太快了，大白天在城里我又不敢用禁墟去追，还是让他跑了。"

林七夜若有所思地点点头："没事，他应该没有恶意，只是身份……"那个神秘人的身份，林七夜一直很在意，能够知道他家位置的人不多，而且知道那里被狂蝎小队埋伏，既然不是守夜人，又是谁有这么大的能量？

"队长还在做菜吗？"温祈墨从地下室走上来，摸了摸干瘪的肚子，问道。

"已经忙了快两个小时了，这还是有小南在旁边打下手的情况下，真不知道他打算做多少菜，我都要饿死啦。"红缨哭丧着脸说道。

又过了几分钟，厨房终于安静下来，陈牧野捧着一大盆鱼汤走出来，后面跟着抱着满怀碗筷的司小南。

终于，众人入座。一张长桌，八张座位，十六道鲜美的菜肴。陈牧野、吴湘南、红缨、温祈墨、林七夜、司小南、冷轩……还有一张空荡荡的座椅，本来，那里应该坐着一个名为赵空城的男人。

陈牧野缓缓端起手中的酒杯，橙黄的啤酒在灯光下荡出淡淡的光晕，他的目光扫过众人："这一年里，旧人逝去，新人加入，发生过很多事情。但是，我们又一次成功地守护了这座城市，一整年。作为136小队的队长，作为守夜人，我要替这沧南市的无数生灵，向在座的各位致谢。"陈牧野站直身体，朝着在座的众人深深鞠躬，然后抬起头，眼眸中充满了认真，"希望明年的现在，坐在这里的，还是我们，一个不少。大家，新年快乐。"

所有人都从自己的位子上站起，高高举起手中的酒杯，碰撞在一起，发出叮叮当当的脆响。酒水在不同的酒杯中翻滚，像金色的麦浪，彼此相连。

"新年快乐！！"

"嗖——"

"啪——"

接连的爆竹声从远处传来，璀璨的烟花从城市的每一个角落升起，绽放在黑色的夜空，七彩的烟火在风中摇曳，逐渐消散无踪。

"跩哥，看来今年，只能咱仨一起过年了。"百里胖胖将手中的罐装啤酒递给沈青竹，后者怔怔地望着绚烂的天空，这才回过神来。

"工作期间，不喝酒。"沈青竹摇头。

"喝一点儿吧，连曹渊那半个和尚都喝了，你一个打工人，还在这儿矫情啥？"百里胖胖咧嘴，伸手指了指头顶的天花板，"再说了，小爷的保镖团已经到了，你就算喝晕过去，这沧南市里也没人能伤到我。"

"可是……"

"这是老板的命令！"

"行吧。"沈青竹拉开易拉罐的拉环，发出"刺啦"的气泡声，曹渊同样拿着啤酒，走上前来。逼仄潮湿的情人旅馆中，三个少年坐在窗边，看着漫天的烟火，将手中的啤酒碰撞在一起。"新年快乐！"

……

昏暗的地下空洞中。披着黑色斗篷的安卿鱼静静地坐在石台上，身前的棋盘早已不见，取而代之的，是一瓶已经喝了大半的雪碧。

朦胧的月光从头顶的网栅洒落，照亮了小半个地下空间，远处的烟火声悠悠传来，在空旷的空间中回荡。安卿鱼望着头顶的那抹月色，沉默许久，缓缓举起了手中的雪碧。

"新年快乐。"他喃喃自语。

| 番外篇 |

鱼种实验

沧南市。

喧闹繁华的城市中，车流如潮水般流淌，路人们快步行走在宽阔的人行道上，脚下的鞋子踩踏在一座座有些松动的黑色井盖上，发出轻微的咔嗒声响。极少有人注意到，在这喧嚣的城市地下，还有一些渺小却极具生命力的生物，艰难地生存着。

细微的水流顺着井盖，滴落在水洼中，窸窸窣窣的鼠群在昏暗无光的下水道中穿梭，一只手掌突然如闪电般落下，抓住了其中一只灰色老鼠的尾巴，将其整个拎在半空中。那是一个身形瘦弱的少年。

镜片反射着苍白的微光，安卿鱼披着一件不知从何处捡来的白大褂，凝视着手中疯狂挣扎的灰鼠，双眸染上一丝灰意。

"不错的试验品……"他喃喃自语。

他拎着这只灰鼠，向着身后的黑暗走去。他轻车熟路地拐过下水道的几个分叉口，来到了一座庞大的地下空洞前，一缕阳光穿过空洞顶端的网栅，洒落在这片空洞的中央区域上，细微的尘埃飘浮在朦胧的光束中，在黑暗中散发着一种别样的美。这里是沧南市下水管网的核心区域，也是这座城最不为人知的角落。

此刻，在这座空洞的中央，已经工整地摆好了一整套废弃的医学设备，包括手术台、消毒器、心率仪、无影灯……在这些精密仪器的旁边，还有两个大铁笼子，装满了老鼠。安卿鱼平静地走到其中一个铁笼旁，弯下腰观察片刻，取出纸笔，仔细地记录起。

十九号试验品观测记录——

4月16日，"鱼种"植入第三天，尚未发生不良反应，未出现排异现象，视野共享出现模糊，精神连接稳定性有待提高……

认真地写完了半页的实验分析之后，他站起身，将这张纸贴在一旁的满是纸张的废旧白板上，并用红笔在"精神连接稳定性"上画了一个显眼的红圈。

做完这一切之后，他将刚刚抓到的老鼠放在了手术台上，用细小的钢丝固定住它的身体，并从消毒仪器中取出早就准备好的手术器具，走回了手术台边。他静静地注视着老鼠的头部，灰色的眼眸注视下，老鼠的身体就像一具精密的仪器，在他的脑海中迅速拆解。

数十秒后，他终于抬起手，拿起了锋利的刀片……

一个小时后。

安卿鱼将头部包扎完成的老鼠，放回了铁笼。

他脱下手套，洗干净双手，又拿起一页纸张记录起来。

二十号试验品观测记录——
4月16日，"鱼种"植入第一天，未发生不良反应……

"鱼种"，是他自己给从难陀蛇尸体上获取的能力起的名字。

难陀蛇的"蛇种"，能将吞入腹中的生物打造成类似于分身的存在，并获取其记忆。而安卿鱼通过解析它的尸体，也获得了类似的能力，但是"蛇种"的原理太过复杂，他现在只解析了一小部分，相比于原本的"蛇种"，还存在许多弊端。所以，他只能慢慢在老鼠的身上进行实验，并将这种独属于自身的能力命名为"鱼种"。

自从盗走难陀蛇的头之后，安卿鱼便一直生活在下水道中。为了完全解析难陀蛇，他特地潜入了医院，搬回了被医院遗弃的废旧设备。凭借着强大的解析能力，以及极高的智商，安卿鱼轻松地修好了这些设备，并在这座地下空洞中，打造了独属于自己的实验室。

"医用酒精不够了吗……"安卿鱼走到试验台前，伸手晃了晃已经见底的玻璃瓶，无奈地叹了口气。实验室内的这些消耗品，全都是他从医院里"借"来的。现在医用酒精用完了，他除了再去"借"一趟，别无他法。

安卿鱼抬起头，通过空洞顶端的网栅看了下天色，犹豫片刻，脱下身上的白大褂，套上一件黑色的连帽卫衣，背上背包，将帽子戴起遮掩住面容，快步向着空洞外走去。

等安卿鱼推开井盖翻上地面的时候，已然时近黄昏。

他瞥了眼街对面的监控，低头拐入一侧狭窄的小巷中，熟练地在小巷中穿行许久，来到了医院的后门。

此刻，医院门诊部已经下班，他独自走到无人的小门，从口袋中掏出一串钥匙，开门走了进去。等到他再度出来的时候，身后的背包已经塞满了各种医疗用品。早在第一次潜入这座医院的时候，安卿鱼就已经完全摸透了这里的地形，知道要从哪里进去才不会被监控发现，知道哪条路线才是最迅速高效的……

就在他即将离开这儿的时候，一辆救护车鸣笛飞速驶入医院内，在急诊部前停下。

救护车的后门打开，几个医护人员从车厢中抬出一副担架，急速地向急诊部冲去。即便他们都戴着口罩，安卿鱼依然能从他们的目光中感到前所未有的慌张。

担架上盖着一层深青色的布，彻底遮掩了下方病人的身体，就连一寸皮肤都不曾露出来。只有缕缕鲜血不断地渗透着深青色布单，晕染出大片的血迹，看起来狰狞无比。

周围正在进出急诊部的病人见到这一幕，都吓愣了，开始对着那担架指指点点起来。突然，一股劲风吹过，盖在担架上的深青色布单掀起了一角，露出下方人影的全貌。那是一个浑身肌肤都变成深紫色的男人，就像一尊石像躺在那儿，双眸直勾勾地盯着天空，目光涣散，嘴角不断有白沫吐出，在他的脖颈处，还有一道漆黑的抓痕……一旁的医护人员迅速盖起布单，闷头继续向医院内走去，速度更快了几分！

"那人怎么回事？看起来好恐怖！"

"不知道啊，看起来像中毒了？"

"什么毒能让人变成这样啊？"

"快走快走，别在这儿站着了，小心被传染……"

"……"

看到这一幕的路人脸色骤变，纷纷转身离开，只有安卿鱼的双眸闪过一丝灰意，眉头疑惑地皱了起来。虽然只有一眼，但安卿鱼可以清楚地知道，那男人身上的变化绝不是简单的中毒引起的，在他的身上，安卿鱼能嗅到一丝与难陀蛇相似的气息……

那个男人变成这样，难道也与"神秘"有关？

这个念头涌现在安卿鱼脑海中的瞬间，他心中的好奇就遏制不住了。沉思片刻，他还是转过身，悄然跟着那副担架，向急诊部走去。

他刚走进去没几步，一个女人带着几个人便从门外走了进来，迅速地走到担架前，拦住了这些医护人员。看到她的瞬间，安卿鱼的眼眸一凝，将卫衣的帽子又拉低了些许，转头混入缴费的队伍中，透过玻璃的反射注视着身后的情形。他认识那个走进来的女人，在难陀蛇事件时，她跟林七夜走在一起。如果他没记错的话，她好像叫……红缨？

"你好，我是公安局的……"红缨站在医护人员前，从怀中掏出一份证件，严肃地说了些什么。

片刻之后，几名医护人员对视一眼，乖乖地将手中的担架交给红缨身后的那群人，口罩下慌张的神情终于放松了些许。那些人接过担架，迅速地走出急诊部，将其塞入一辆黑色的厢车中，"砰"的一声关上了车门。

红缨走到医院外，拨通了某个电话。

"喂，队长，我已经把中了那条蜥蜴毒的倒霉蛋接过来了，准备带回队里去解毒……医院的医疗手段，对这些'神秘'的能力根本不起作用。"

"……"

"好，我会尽快的……那只蜥蜴，你们抓到了吗？"

"……"

"尸体已经在送去检验部的路上了？"红缨一愣，随后点了点头，"好，我知道了，我这就回去。"

她挂断电话，迅速地上了厢车，关上车门，嗡鸣的引擎声响起，尾灯逐渐消失在昏黄的夕阳中。安卿鱼缓缓从急诊部的门后走出，若有所思。从现在的情形来看，那个浑身紫色的男人，确实和某只"神秘"有关……而且这只"神秘"已经被守夜人击杀，尸体正在运送回去的路上。

"神秘"的尸体吗……

安卿鱼的脑海中，回想起还泡在福尔马林中的难陀蛇头颅，不由得有些心动。

一个难陀蛇的头颅，就已经极大程度上激发了他的兴趣，如果能再收集到一只"神秘"的尸体，他不就又有能解剖的素材了？如果他没猜错的话，所谓的检验部应该就是检查最近击杀的"神秘"尸体的地方，他留下的难陀蛇的躯体部分，也被运送到了那里。凭借头颅与躯体的感应，他不难找到检验部的所在。

可是就这么偷走一具"神秘"的尸体，真的好吗？

不说就凭现在的他，能不能拖走一整具"神秘"尸体，就算可以，如果他这么做了，必然会引起守夜人的警觉，充满对他的敌意，再度掀起对他的搜寻……有没有什么办法，能够在偷走这具尸体的同时，又表露出自己不愿与守夜人为敌的善意？他认真地思索片刻之后，眼眸逐渐亮起，抬头看向某个方向，脸上闪过一丝决然。

傍晚。

一辆轿车缓缓停在了一座高楼下。温祈墨从车上走下，一个男人早就站在高楼的门口，似乎在等候着他的到来。

"晚上好啊，小黑。"温祈墨见到那人，微笑地对他挥了挥手。

"你们今天来晚了。"被称为小黑的男人开口。

"没办法，中那只蜥蜴毒的人太多了，一个个把他们带回来解毒很费时间。"

温祈墨无奈地耸了耸肩,"对了,那只蜥蜴的尸体,你们检验部调查得怎么样了?"

"查完了,体内虽然具备剧毒物质,但并不可燃,可以通过常规的火烧手段处理尸体。"

"那就好。"

"走吧,我带你去领尸体。"

小黑带着温祈墨走进检验部,经过长长的廊道,来到了一扇银色的金属门前。

小黑伸出手,一边在一旁的设备上输入密码,一边问道:"我听说,你们小队的那个临时队员已经进集训营了?"

"是啊,过年的时候出来放了个风,现在又回去了。"

"还适应吗?"

"放心吧,那小子在哪儿都不会吃亏的。"温祈墨像是想到了什么,微微一笑,"估计再过半年,他就要从集训营结业了,到时候我介绍你们也认识认识。"

"行,我也想见见传说中的炽天使代理人,究竟长什么样。"

小黑微微一笑,密码锁发出一声轻响,银色的金属门便随之打开……两人看到门后的景象,同时一愣。雪白的停尸间中,淋滴的绿色血液顺着金属桌角滴落在地上。苍白的照射灯光下,一只仅剩半边身体的蜥蜴尸体,工整地躺在金属桌的中央,身体上的切口光滑无比。

在那半边蜥蜴尸体的旁边,一张墨迹未干的白纸,静静地摆在桌上。

  借用半边尸体,以后奉还。

——盗秘者

图书在版编目（CIP）数据

夜幕之下 / 三九音域著. -- 北京：北京联合出版公司, 2023.7（2025.5重印）
ISBN 978-7-5596-6982-7

Ⅰ.①夜… Ⅱ.①三… Ⅲ.①幻想小说—中国—当代 Ⅳ.①I247.5

中国国家版本馆CIP数据核字(2023)第107396号

夜幕之下

作　　者：三九音域
出 品 人：赵红仕
选题策划：北京磨铁图书有限公司
责任编辑：李　伟
封面设计：Laberay

北京联合出版公司出版
（北京市西城区德外大街83号楼9层　100088）
嘉业印刷（天津）有限公司印刷　新华书店经销
字数422千字　700毫米×980毫米　1/16　印张21.5
2023年7月第1版　2025年5月第12次印刷
ISBN 978-7-5596-6982-7
定价：52.80元

版权所有，侵权必究
未经书面许可，不得以任何方式转载、复制、翻印本书部分或全部内容。
本书若有质量问题，请与本公司图书销售中心联系调换。电话：（010）82069336